MIRA®

Der Preis dieses Bandes versteht sich einschließlich
der gesetzlichen Mehrwertsteuer.

Umwelthinweis:
Dieses Buch wurde auf chlor- und säurefreiem Papier gedruckt.

MIRA® TASCHENBUCH
Band 25337
1. Auflage: Dezember 2008

MIRA® TASCHENBÜCHER
erscheinen in der Cora Verlag GmbH & Co. KG,
Valentinskamp 24, 20350 Hamburg
Deutsche Taschenbucherstausgabe

Originaltitel: Hurricane Force
Aus dem Amerikanischen von Katja Henkel

Originaltitel: Snowbound
Aus dem Amerikanischen von Irene Andreadou

erschienen bei: Silhouette Books, Toronto
Published by arrangement with HARLEQUIN ENTERPRISES II B.V./S.àr.l.

Konzeption/Reihengestaltung: fredebold&partner gmbh, Köln
Umschlaggestaltung: pecher und soiron, Köln
Redaktion: Stefanie Kruschandl
Titelabbildung: pecher und soiron, Köln
Autorenfoto: © by Harlequin Enterprise S.A., Schweiz
Satz: Buch-Werkstatt GmbH, Bad Aibling
Druck und Bindearbeiten: CPI – Ebner & Spiegel, Ulm
Printed in Germany
ISBN 978-3-89941-552-0

www.mira-taschenbuch.de

Lisa Jackson

Der weiße Tod

Roman

MIRA®

1. KAPITEL

Bethany Mills sah aus dem Fenster ihres kleinen Hauses und versuchte sich selbst davon zu überzeugen, dass sie nicht verrückt war. Niemand verfolgte sie. Es wusste doch niemand in Portland, was in Boise vorgefallen war. Jetzt befand sie sich in Oregon und damit in Sicherheit. Es gab keinen Grund, in Panik zu geraten, nur weil sie vor drei Tagen den besorgniserregenden Anruf ihrer Eltern erhalten hatte.

Dennoch war sie panisch und konnte ihre Augen nicht vom Fenster abwenden. Mit gerunzelter Stirn ließ sie ihren Blick über die Straße schweifen, die vor ihrem Haus den Hang hinabführte. Obwohl sie zehn Minuten lang in die Abenddämmerung hinaussah, konnte sie keinerlei Anzeichen dafür erkennen, dass ein Fremder im Schutz der hereinbrechenden Nacht umherschlich; niemand kauerte sich in eine Ecke, zum Schutz vor dem Regen; nicht ein einziges Augenpaar war auf sie gerichtet. Dennoch wurde sie den Eindruck nicht los, beobachtet und verfolgt zu werden.

Seit drei Tagen, genauer gesagt seit dem Anruf ihres Vaters, quälte sie das Gefühl, dass sich Blicke in ihren Rücken bohrten. Sie hörte Schritte, die ihr folgten. Sie hatte sich sogar eingebildet, dass sie jeden Morgen auf dem Weg zur Arbeit von einem Mann beschattet wurde.

„Du spinnst“, sagte sie sich und versuchte, den Schauer zu ignorieren, der ihr über den Rücken lief. „In letzter Zeit wohl zu viele Krimis gelesen, was?“ Sie gab ihren Platz am Fenster auf und ließ sich auf ihre abgenutzte Couch fallen. Das Buch, das sie gerade las, warf sie auf den Couchtisch. „Du hältst dich besser an Liebesgeschichten.“

Bei diesen Worten lachte sie bitter auf und schüttelte den

Kopf, sodass ihr die Locken ins Gesicht fielen. Die Liebe war nicht gerade ihre starke Seite. Wenn ihre Freunde je von ihrer Vergangenheit und ihrer schmerzvollen Ehe mit Grant Mills erfahren würden, wären sie schockiert. Als Vorschullehrerin an der Johnson Elementary School schien Bethany kaum die Art Frau zu sein, der man es zutraute, mit einem Verbrecher verheiratet gewesen zu sein. Mit einem Mann, der wegen Unterschlagung und einer Reihe anderer Delikte vom FBI gesucht wurde.

„Vielleicht sollte ich das Lesen ganz sein lassen", überlegte sie laut, während sie die zwei kleinen Schritte in ihre Küche ging und sich dort eine Tasse heißen Tee eingoss. „Und mich stattdessen mit Kunst, Aerobic, Korbflechten oder so was beschäftigen. Egal was, bloß nicht lesen."

Nervös warf sie einen Blick aus dem Küchenfenster in den kalten Dezemberabend. Nur wenige Tage noch bis Weihnachten – eigentlich hätte sie glücklich und voller Vorfreude sein sollen: Sie hatte geplant, die Ferien in ihrer Heimatstadt Boise zu verbringen. Aber sie war nicht froh, denn sie hatte ihre Urlaubspläne aufgeben müssen. Und dabei lag der schwierige Teil noch vor ihr.

Schweren Herzens wählte sie die Nummer. Sie trommelte unruhig mit ihren Fingern auf die Fensterbank, während sie darauf wartete, dass die Verbindung des Ferngesprächs hergestellt wurde. Beim vierten Klingeln meldete sich ihr Vater.

„Hi, Dad", sagte sie und hoffte inständig, fröhlich zu klingen.

„Bethany!"

Die freudige Aufregung in seiner Stimme war deutlich zu hören.

Er legte seine Hand auf den Hörer und bat seine Frau, an den Apparat im Schlafzimmer zu gehen. Bethany spürte, wie der Mut sie zu verlassen drohte. Ihre Eltern hatten fest mit ihrem Besuch gerechnet.

Sicherlich hatten sie das Haus schon mit frischen Tannenzweigen dekoriert, die leuchtend roten Girlanden sorgfältig am Kaminsims und am Treppengeländer aufgehängt. Wahrscheinlich war im gläsernen Messingkronleuchter in der Eingangshalle sogar ein Mistelzweig versteckt. Sie hegte nicht den leisesten Zweifel, dass ihre Mutter und ihre Tante bereits begonnen hatten, Kürbis- und Gewürzkuchen und Zimtschnecken zu backen. Bestimmt erfüllte der warme, würzige Duft von Hefezöpfen das Farmhaus …

„Wann kommst du denn?“, fragte ihr Vater arglos.

Bethany zögerte. „Wie wär's mit dem 17. März? In den Frühlingsferien?“

Am anderen Ende der Leitung machte sich betretenes Schweigen breit. „Wir haben uns so auf ein gemeinsames Weihnachten gefreut, Bethie“, antwortete er nach einer Weile.

„Was? Kommt sie denn nicht heim? Myron?“ Entgeistert schaltete sich Bethanys Mutter Eleanor am anderen Apparat in das Gespräch ein.

„Dieses Mal nicht, Mom“, sagte Bethany tonlos. Sie sah sich in ihrem Wohnzimmer um und betrachtete den kleinen Weihnachtsbaum, den sie vor zwei Tagen aufgestellt hatte.

„Aber wieso denn nicht?“, fragte ihr Vater. „Doch nicht etwa, weil Jim Bensons Sohn Harry hier herumgeschnüffelt hat, oder?“

„Nein …“

„Myron, ich hatte dich doch gebeten, nichts zu sagen“, rief ihre Mutter vorwurfsvoll.

„Ehrlich, Mom! Das ist nicht der einzige Grund. Ich habe hier einfach sehr viel Arbeit. Das ist mein erstes Jahr an der

Johnson, und ich will gut vorbereitet sein und alles richtig machen."

„Aber es sind doch Ferien!", beharrte ihre Mutter. Bethany konnte die Enttäuschung in ihren Augen schon fast vor sich sehen.

„Ich weiß, aber es sind ja nicht die letzten. Versprochen. Gestern habe ich eure Päckchen zur Post gebracht. Ich hoffe nur, dass sie rechtzeitig zu Weihnachten ankommen."

„Dann ist es also beschlossene Sache", stellte ihr Vater resigniert fest.

„Es sind ja nur noch drei Monate, bis ich kommen kann", erwiderte Bethany schwach und versuchte, ihre Tränen zu unterdrücken.

„Eines Tages wird das alles hinter uns liegen", sagte ihre Mutter, „und dann werde ich Jim Benson und die First Security Bank zum Teufel schicken."

„Die Bank trägt keine Schuld", erklärte Bethany.

„Ich weiß, ich weiß. Aber nur, weil du mit Grant verheiratet warst, heißt das nicht, dass man dich oder deine Familie ausspionieren muss!"

„Hier wird niemand ausspioniert", meldete sich ihr Vater scharf zu Wort. „Aber Grant hat über eine Million Dollar veruntreut. Jim Benson hat als Inhaber und Präsident der Bank das Recht, wütend zu sein!"

„Aber doch nicht auf uns! Oder auf Bethany!"

„Es steckt ja noch mehr dahinter", fuhr er fort. „Benson hat mir nie vertraut. Ich hätte von vornherein nicht mit seiner Bank Geschäfte machen dürfen."

„Was zwischen dir und Benson vorgefallen ist, ist Schnee von gestern", erwiderte Eleanor. „Dumm ist nur, dass Grant …"

Leicht zuckte Bethany zusammen.

„Ich habe diesem Kerl nie über den Weg getraut", brummte

Myron etwa zum tausendsten Mal, seit seine Tochter Grant Mills geheiratet hatte.

Es besteht kein Grund, die alten Wunden noch mal aufzureißen, dachte Bethany traurig. „Hört mal, Mom, Dad … Ich finde einfach, es wäre für uns alle das Beste, wenn ich erst im Frühling nach Hause komme."

„Das ist doch einfach eine Schande", fuhr Bethanys Mutter wütend fort. „Und Grant Mills sollte man dafür kopfüber aufhängen!"

„Aber Mutter!", versuchte Myron sie zu beschwichtigen. „Bethany hat recht. Bis zum Frühling ist es ja nicht mehr lang. Dann blühen die ersten Blumen im Garten, du hast schon Bohnen und Zwiebeln gepflanzt, und wir alle werden uns viel besser fühlen."

Unter Tränen musste Bethany nun lächeln. Es war ihrem Vater mal wieder gelungen, die Wogen zu glätten. Auch nach dreißig Ehejahren wusste Myron Wagner noch immer, wie er seine Frau beruhigen konnte.

„Ich weiß, ich weiß", lenkte Eleanor ein. „Es ist ja nur so, dass ich dich vermisse, Bethie."

„Ich vermisse dich doch auch. Euch beide."

„Wir rufen dich am Weihnachtsmorgen noch mal an", sagte ihr Vater sanft.

„Gut. Und Dad?"

„Ja?"

„Danke. Ich hab euch lieb."

„Ach, Bethany", flüsterte ihre Mutter betrübt.

„Schön zu hören, Schatz", ergriff ihr Vater schnell das Wort und verhinderte so, dass Eleanor zu einem weiteren Gefülsausbruch ansetzen konnte. „Bis bald."

„Bis bald."

Bethany hängte den Hörer ein und wischte sich die Tränen ab. Weinen brachte sie auch nicht weiter. Mit einem verächtlichen Schnauben nahm sie ihre Tasse und lief zurück ins Wohnzimmer. Sie setzte sich auf die Couch und betrachtete mit leerem Blick die kleine Douglastanne, die mit handgefertigtem Baumschmuck und einer blinkenden Lichterkette geschmückt war. „Es ist einfach nicht das Gleiche“, sagte sie und dachte dabei an all die Feste zurück, die sie bei ihren Eltern auf der Farm verbracht hatte – an die Verwandten, das Lachen, die Tränen, die Liebe. Und was blieb ihr jetzt?

Sie nippte an ihrem Tee und griff dann nach dem Krimi auf dem Couchtisch. Sich in einem Abenteuer mit dem Detektiv Matt Hamilton zu verlieren war immer noch besser, als Trübsal zu blasen, weil ihr Exehemann es wieder einmal geschafft hatte, einen Keil zwischen sie und ihre Eltern zu treiben. Denn obwohl Grant von der Bildfläche verschwunden war, konnte sie den Schmerz, den er ihrer Familie zugefügt hatte, nicht vergessen. Hätte sie doch nur auf ihren Vater gehört und Grant Mills nie geheiratet!

Unter Umständen wäre dann alles anders gekommen: Sie wäre in Boise geblieben, hätte vielleicht einen Mann gefunden, den ihre Eltern mochten. Möglicherweise wäre ihr sehnlicher Wunsch nach Kindern in Erfüllung gegangen. Diese Vorstellung verstärkte nur ihre trübe Stimmung. Letztes Jahr hatte sie gedacht, sie würde Mutter werden …

Eine Woge des Selbstmitleids überkam sie. Bethany legte das Buch beiseite und strich sich müde durchs Haar. Allein der Gedanke an das Baby machte alles nur noch schlimmer. Sie schloss die Augen und lehnte den Kopf zurück. „Reiß dich zusammen“, ermahnte sie sich ungeduldig.

Seit dem Anruf ihres Vaters war Bethany ständig unruhig und nervös. Ihr Vater hatte sie informiert, dass Jim Benson, der Präsident der First Security Bank, seinen Sohn Harry vorbeigeschickt hatte, damit er eine Menge Fragen über Grant stellte.

Erneut überlegte sie, ob sie wirklich verfolgt wurde. Oder reagierte sie panisch, weil sie erfahren hatte, dass die Suche nach Grant wieder aufgenommen worden war?

Obwohl seine Schultern schon lange schmerzten, suchte Brett mit den Beinen festen Halt, hob noch einmal die Axt und legte seine ganze Kraft in den Schwung. Das letzte Stück Eichenholz zersplitterte mit einem Krachen, das von den umliegenden Bergen widerhallte. Irgendwie erfüllte ihn der Lärm mit Befriedigung.

Die Temperatur lag knapp über dem Gefrierpunkt. Dennoch war Brett schweißgebadet von der körperlichen Anstrengung. Nachdem er drei Stunden lang Holz gehackt hatte, rebellierten seine Muskeln.

Doch die Arbeit fühlte sich gut an: Sie half ihm, über den Schmerz hinwegzukommen, den Robertas Verlust in ihm ausgelöst hatte. Und er konnte damit den Gedanken verdrängen, dass ihm sein Stiefvater dieses Stück Land gestohlen hatte. Natürlich war alles legal gewesen: Jim Bensons Armada von Anwälten hatte sich darum gekümmert, das Vorgehen rechtlich wasserdicht zu machen.

Tatsache blieb jedoch, dass seine Mutter Jim geheiratet und ihm das Land vererbt hatte. Seit dem Tod seiner Frau Roberta hatte Brett sich auf das Einzige konzentriert, das ihm auf der Welt geblieben war: das Land seiner Mutter. Er musste dafür bezahlen, um es zurückzubekommen – und dabei ging es Jim Benson nicht nur um Geld.

Einige nasse Strähnen seines dunklen Haares fielen Brett über die Brauen. Mit einer Hand fuhr er über sein unrasiertes Kinn hinauf zur Stirn und strich sich schließlich die Haare aus dem Gesicht. Er wandte sich schon zur Hütte, um sich die wohlverdiente heiße Dusche und etwas zu trinken zu genehmigen.

Noch bevor er das Auto zu Gesicht bekam, hörte Brett das Motorengeräusch. Er erstarrte, kniff die Augen zusammen und warf einen Blick über die Schulter. Sofort erkannte er Harry Bensons silberblauen BMW, der die lange Auffahrt mit halsbrecherischer Geschwindigkeit entlangfuhr. Die hell glänzende Metalliclackierung blitzte zwischen den grünen Tannen und kahlen Eichen auf, die den Weg säumten.

„Na toll“, murmelte Brett. Mit herabgezogenen Mundwinkeln lehnte er sich auf den Griff der Axt und beobachtete, wie der Sportwagen sich näherte. „Was ist nun schon wieder?“

Seufzend streckte er die schmerzenden Glieder und ging zur Kiesfläche vor seinem Haus, auf der sich Pfützen gebildet hatten. Regenwasser und Schlamm spritzten auf, als der BMW dort schließlich zum Stehen kam.

„Brett! Bin ich froh, dass ich dich erwische!“, rief der drahtige junge Mann, der aus dem Auto stieg. Er hatte ein schmales Gesicht mit feinen Zügen, einen dünnen Oberlippenbart und strohblondes Haar mit Geheimratsecken. Als Harry Benson einen Blick auf die rustikale Blockhütte aus Zedernholzbohlen warf, bemühte er sich zu lächeln. Er sah zu dem frischen Holzstapel und zerrte nervös an seinem Krawattenknoten. „Ich sehe, du treibst Sport.“

„Sport?“, fragte Brett gedehnt. „Vermutlich kann man das so nennen, ja.“ Amüsiert blickte er ihn aus seinen stahlblauen Augen an, sein Mund verzog sich zu einem ironischen Lächeln. Während er den jüngeren Mann aufmerksam beobachtete, lehnte er sich gegen den Verandapfosten. „Was kann ich für dich tun, Harry?", fragte er schließlich und beugte sich vor. „Du bist doch sicher nicht hier, weil dir die Fahrt so gut gefällt. Willst du ein Bier?" Fragend hob er eine Braue, aber er wusste, dass er die alte Zuneigung für Harry nicht ganz aus seiner Miene verbannen konnte.

„Ich glaube nicht." Selbstgefällig lächelte Harry. Schließlich wusste er, dass er drauf und dran war, eine Bombe platzen zu lassen. „Aber du hast recht. Es hat sich etwas ergeben."

„Und das wäre?"

„Dass du wieder am Grant-Mills-Fall arbeitest."

„Guter Witz. Du hast noch einen Versuch."

„Ich meine es ernst, Brett", erwiderte Harry. „Erinnerst du dich an Billie Henshaw?"

„Ja. Was soll mit ihr sein?", fragte Brett und verzog das Gesicht.

Billie Henshaw war Grant Mills' Geliebte gewesen – und seine Komplizin. Sie hatte in der Maklerfirma gearbeitet, die eigentlich die Pfandbriefe an die First Security Bank weiterleiten sollte, die der Bank im Gegenzug für Kredite versprochen worden waren. Ohne Billies Machenschaften hätte das Verbrechen niemals begangen werden können: Sie hatte sämtliche Unterlagen des Maklerbüros über die Anleihen vernichtet, bevor sie die wertvollen Pfandbriefe an die First Security und damit an ihren Geliebten Grant übermittelt hatte.

„Billie ist tot. Sie ist in der Sierra Nevada mit dem Flugzeug abgestürzt."

Brett erstarrte förmlich. „Was?", rief er ungläubig. Unvermittelt wurde ihm bewusst, was nun auf ihn zukommen würde. Wütend ballte er die Hände zu Fäusten.

Im Bestreben, sich von seinem Stiefvater zu befreien, hatte Brett Monate darauf verwandt, nach Billie Henshaw zu suchen. Er hielt sie für eine mögliche Spur zu Grant Mills.

„Billie und ihr Reisegefährte wurden dabei getötet“, ergänzte Harry.

„Verdammt!“ Brett steckte die Hände in die Hosentaschen und bemühte sich, ruhig zu bleiben. „Aber Grant Mills war nicht an Bord?“

„Nein.“

Natürlich nicht. In diesem Fall war gar nichts einfach gewesen. Mit einem Blick zum Himmel verfluchte Brett stumm die grauen Wolken, Grant Mills, die First Security Bank und Jim Benson – vor allem Jim Benson. „Wer war mit ihr in dem Flugzeug?“

„Jake Weathers, der Pilot.“

„Mistkerl!“, brummte Brett. „Nur Jake? Nicht auch sein Bruder Karl?“ Die Weathers-Brüder waren ebenfalls an der Unterschlagung beteiligt gewesen. Als Sicherheitsbeamter hatte Jake in der Bank gearbeitet, während sein jüngerer Bruder Karl dabei geholfen hatte, die Flucht zu planen. Bislang war kein Mitglied der vierköpfigen Verbrecherbande gefasst worden.

„Nein. Karl war nicht bei ihnen.“

„Aber …“

„Ich weiß. Für gewöhnlich hing Karl mit ihnen herum. Diesmal aber nicht. Und was Grant und Billie angeht … Wer weiß? Vielleicht haben sie sich einvernehmlich getrennt. Oder sie hat ihn ausgebootet.“

„Oder er ist tot“, dachte Brett laut und verspürte plötzlich rasende Kopfschmerzen. „Dann wisst ihr immer noch nicht, wo er ist?“

„Nein.“

„Oder ob er überhaupt lebt?“

„Am Leben ist er, das ist sicher. Einige der gestohlenen Pfandbriefe wurden in dem Wrack gefunden. Wie viele geborgen werden konnten, kann man momentan noch nicht mit Sicherheit sagen. Aber die US-Bundesluftfahrtbehörde FAA und das FBI gehen der Sache auf den Grund."

Brett erholte sich langsam von den schlechten Neuigkeiten. Allmählich konnte er wieder klar denken. „Wann ist es passiert?"

„Letzte Woche."

„Letzte Woche?", wiederholte er und atmete langsam aus. „Und wieso habt ihr so lange gebraucht, um hier aufzutauchen?"

„Dad wollte sicher sein, dass Mills am Leben ist."

„Und das ist er jetzt?"

„Zu 99 Prozent."

„Und das restliche Prozent?"

„Ist ein Prozent Zweifel. Wir sind also wieder ganz am Anfang. Genau wie an dem Tag, als wir entdeckt haben, dass die Pfandbriefe und Mills fehlen."

„Heilige Muttergottes", fluchte Brett leise und entschied sich, sofort zum Punkt zu kommen. Da er die Antwort auf seine Frage eigentlich schon kannte, lehnte er sich zurück und blickte seinem Stiefbruder direkt in die Augen. „Und was geht mich das an?"

„Rate mal."

Bretts Antwort fiel kurz aus. „Ich habe keine Zeit für Spielchen."

Das süffisante Lächeln auf Harrys Gesicht verschwand. Plötzlich wirkte er wieder wie der kleine Junge, an den Brett sich gern erinnerte. „Okay, dann sage ich es dir eben: Du bist wieder dran an dem Fall – ob du willst oder nicht."

„Ich weiß nicht, wie ihr auf diesen Gedanken kommt", gab Brett zurück.

Harry schüttelte den Kopf und lächelte. „Aber sicher weißt

du das. Mit Billies und Jakes Tod haben wir unsere heiße Spur zu Mills verloren. Karl ist seit dem letzten Februar verschwunden. Es sieht im Moment so aus, als könnte er zusammen mit Mills aus dem Flugzeug gesprungen sein."

„Und?"

„Du warst der Detektiv, der Billie und Jake aufgespürt hat."

„Und ich schulde der First Security über hunderttausend Dollar für dieses Stück Land", murmelte Brett vor sich hin. Das Land, das eigentlich mir zugestanden hätte, dachte er verbittert und verschränkte die Arme vor der Brust. Doch es würde nichts bringen, den alten Streit heraufzubeschwören. Rechtlich gesehen hatte Jim Benson alles richtig gemacht. Moralisch gesehen lag die Sache jedoch völlig anders.

„Jedenfalls möchte Dad, dass du die Untersuchung wieder aufrollst und Mills findest", fuhr Harry fort.

„Der gute alte Dad", brummte Brett und warf Harry einen zynischen Blick zu. „Es hat ihm wirklich zugesetzt, dass Mills mit dem Geld abgehauen ist, was?"

Verärgert sah Harry ihn an. „Selbstverständlich hat es das. Herrgott noch mal, es geht hier ja schließlich um eine Million Dollar!"

„Außerdem steht der Stolz des Alten auf dem Spiel."

„Dad mag es nicht, zu verlieren."

Brett schnaubte zustimmend und strich sich über den verspannten Nacken. Wie zum Teufel war er überhaupt in diesen Schlamassel geraten? Ganz klassisch war er wohl einfach zum falschen Zeitpunkt am falschen Ort gewesen. Und er war mit den falschen Leuten verwandt. Er rieb sich den Nasenrücken und versuchte, sich zu konzentrieren. „Es ist vorbei. Mills hatte keine Freunde, die Hälfte seiner Bande ist tot, und der letzte Verbündete, der uns zu ihm führen könnte, wird vermisst. Ich habe Billie ausfindig gemacht und damit meine Schuld beglichen. Was könnte ich überhaupt noch tun?"

„Sprich mit seiner Frau."

„Nein." In Bretts Augen war Bethany Mills frei von jeder Schuld. Außer von der Schuld, den falschen Mann geheiratet zu haben. Aber Brett musste seinem Stiefvater Grenzen setzen, wenn er sich nicht wieder und wieder herumkommandieren und erniedrigen lassen wollte. „Wir hatten einen Deal", gab er zu bedenken.

„Der ist geplatzt." Harry ließ seine Aktentasche aufschnappen und zog einen großen braunen Briefumschlag hervor. „Hier sind die Informationen zum Flugzeugabsturz. Außerdem alles, was wir zusätzlich herausfinden konnten. Ich nehme an, du besitzt Kopien aller Berichte, die du damals ins Büro geschickt hast?"

Zorn blitzte in Bretts Augen auf, doch er nahm das dicke Päckchen an sich. „Macht ihr es euch nicht ein bisschen zu leicht?"

„Du hast Mills noch nicht aufgespürt."

Kochend vor Wut rieb Brett sich das Kinn und versuchte das Gefühl zu unterdrücken, dass er manipuliert wurde. Schon wieder. „Ich möchte nichts mehr damit zu tun haben", sagte er deshalb schroff.

„Wie du so schön gesagt hast: Wir hatten einen Deal. Und du hast deinen Teil der Abmachung nicht eingehalten."

„Es ist nicht meine Schuld, dass das Flugzeug abgestürzt ist."

„Ich weiß."

Brett trat auf Harry zu, baute sich vor dem jüngeren Mann auf und blickte ihn direkt an. In seinen Augen suchte er nach dem Harry, den er früher gekannt und gemocht hatte, aber der Mann vor ihm war ihm fremd geworden. „Sag dem Alten, dass ich raus bin“, sagte er ruhig. „Ich bin fertig damit, im Leben anderer herumzuwühlen. Ich möchte einfach in Ruhe gelassen werden.“

„Damit du dich um den Verstand trinken kannst?“

Brett lachte auf. Das dachte Harry also! „Um das zu tun, was mir gefällt“, korrigierte er.

„Dann musst du eben den Preis bezahlen. Sonst wird Dad dieses Land einem anderen verkaufen.“

„Hat er das gesagt?“, fragte Brett.

„Mehr oder weniger.“

„Toll! Einfach toll!“ Mit einem Seufzer fuhr sich Brett durch sein dichtes schwarzes Haar. Um sich zu beruhigen, sah er hoch in den Himmel hinauf – doch tief in seiner Seele tobten die Gefühle. Er hasste Jim Benson; hasste es, für diesen Mann zu arbeiten; hasste alles, was mit ihm zusammenhing. Aber er hatte keine andere Wahl. Das Einzige, was ihm noch geblieben war, waren diese wenigen Morgen Land. Die Arbeit hier verlieh seinem Leben einen Sinn. Dieses Stückchen Erde gab ihm Hoffnung, verhinderte, dass er aufgab. „Ich weiß nicht …“

„Deine Entscheidung“, sagte Harry und zuckte mit den Schultern.

Frustriert hätte Brett am liebsten mit den Zähnen geknirscht. Er saß in der Falle – und Jim Benson triumphierte. Wieder einmal. „Wenn ich euch helfe, dann kostet es mehr.“

„Das hat Dad erwartet.“

„Wieso ist er nicht selbst gekommen?“

„Er weiß, dass du ihn nicht magst.“

„Gelinde gesagt!“, erwiderte Brett. Sein kalter Blick traf den modisch gekleideten jungen Mann, der so etwas wie ein Bruder für ihn war. Harry hatte sich über die Jahre verändert, aber nicht zu seinem Vorteil. Unwillkürlich fragte Brett sich, wie sich das unschuldige, unbeschwerte Kind von früher nur zu diesem langweiligen Mann entwickeln konnte, der nun vor ihm stand. „Wird es ihn nicht ärgern, dass er noch mehr Geld ausgeben muss?"

„Nicht allzu sehr."

„Das überrascht mich. Ich dachte, dein Vater denkt ausschließlich ans Geld."

„Nur, weil du ihm nie eine Chance gegeben hast …", setzte Harry an, wobei seine kühle, glatte Fassade zu bröckeln schien.

„Das ist nicht wahr, Harry. Ich habe es versucht." Brett massierte sich die Schläfen. „Wie auch immer, es ist egal. Was will er genau?"

Harry räusperte sich. „Die Bank will, dass Grant Mills aufgespürt und verurteilt wird. Seit er letztes Jahr diese Nummer abgezogen hat, haben weitere sechs Mitarbeiter versucht, Geld zu unterschlagen. Einer hat sogar die gleiche Taktik anwenden wollen wie Mills und dieser berüchtigte Flugzeugentführer D. B. Cooper, der in den 70er-Jahren aus einem Linienflugzeug gesprungen ist."

„Aber der hatte nicht so viel Glück wie die beiden."

„Stimmt. Der Punkt ist, dass die First Security Bank zur Zielscheibe geworden ist. Die öffentliche Aufmerksamkeit rund um Mills' Verbrechen und seine Flucht haben ihn zum Lokalheld werden lassen", erklärte Harry. „Und im Moment sind Banken außerdem nicht gerade beliebt."

„Waren sie das denn jemals?"

Harry schürzte die Lippen, sodass sein dünner Schnurrbart zuckte. „Vielleicht nicht. Die Schließungen der Sägewerke in Oregon, die Zwangsversteigerungen der Farmen im Mittleren Westen … Das setzt dem Ruf aller Banken natürlich zu.“ Er zuckte die Schultern. „Wir können es uns nicht leisten, wenn ein Dieb wie Grant Mills zum Helden hochgejubelt oder gar nachgeahmt wird.“

„Und was soll ich dabei tun?“

„Finde ihn. Und gib dieses Mal nicht auf – selbst wenn die Spur noch so schwach ist.“

Bretts Schultern verkrampften sich. Billie Henshaw und Jake Weathers konnte man nicht gerade eine „schwache Spur“ nennen. Beide waren beim Diebstahl der Pfandbriefe aus der Bank mit von der Partie gewesen. Ohne die beiden hätte Mills den Raub niemals durchziehen können. In mühseliger Kleinarbeit hatte Brett versucht, sie ausfindig zu machen. Als es ihm endlich gelungen war, hatte Jim Benson es zufrieden hingenommen. Trotzdem hatte er Brett dieses Grundstück nicht übertragen. Nun sah es so aus, als würde er es nie tun. „Ein Deal ist ein Deal.“

Mit einer Handbewegung wischte Harry Bretts Wut beiseite. „Und du hast ihn nicht eingehalten. Dieses Mal besteht der Alte darauf, dass du dein Programm durchziehst – bis du Mills gefunden hast.“

„Kümmert sich denn nicht das FBI darum?“

„Schon möglich. Aber du bist derjenige, der Henshaw und Weathers aufgespürt hat.“

„Ich bin also das Ersatzteam?“

„Die First Security sieht es nicht so.“

Eindringlich betrachtete Brett seinen Stiefbruder. „Ich bin fertig damit.“

„Dann wird Dad sich gezwungen sehen, das Land zu verkaufen.“

„Gezwungen!“, gab Brett zornig zurück. „Zum Teufel damit! Hat er dir etwa diese Geschichte aufgetischt?“

Harry zuckte nervös mit den Schultern.

Verblüfft fragte Brett: „Das hast du doch nicht wirklich geglaubt, oder? Komm schon, Harry, du kennst mich …“

„Das kannst du mit Dad direkt klären. Du könntest mal anrufen, weißt du? Aber du hast ja kein Telefon.“

Mit Mühe kämpfte Brett die heiße Wut in sich nieder. Die Wut, die seit Robertas Tod in ihm tobte. Roberta, die der einzige Lichtblick in seinem elenden Leben gewesen war …

Frustriert bedachte Brett den jüngeren Mann mit einem scharfen Blick. Ihm blieb keine andere Wahl. Vielleicht hatte er in seinem Leben nicht viel zustande gebracht, aber dieses Ziel würde er auf jeden Fall erreichen: das Einzige zu retten, das ihm noch etwas bedeutete. Und zwar mit allen Mitteln. „Okay, Harry“, seufzte er. „Ich werde versuchen, Mills zu finden. Aber du sorgst dafür, dem alten Mann klarzumachen, dass er nicht so billig davonkommt.“

„Das ist ihm klar. Wenn du uns zu Mills führst und wir ihn verhaften lassen können, sind alle deine Schulden beglichen.“

„Das will ich schriftlich haben.“

Ein flüchtiges Lächeln huschte über Harrys Gesicht. „Selbstverständlich. Du vertraust Dad immer noch nicht, was?“

„Tust du es denn?“

„Er ist mein Vater.“

„Das ist keine Antwort.“

Harrys Auge zuckte nervös. „Natürlich vertraue ich ihm.“

„An deiner Stelle würde ich nicht zu sehr darauf zählen, Präsident der Bank zu werden“, empfahl Brett. „Das hat er dir doch versprochen, oder?“

Über dem engen Kragen seines schicken Hemds hüpfte Harrys Adamsapfel auf und ab. „Bleiben wir einfach beim Thema, ja?“

Als Brett ihn so betrachtete, packte ihn ein plötzliches Gefühl der Reue. Schon vor Jahren hätte er seinem Stiefbruder zur Seite stehen sollen – bevor Harry seine Unabhängigkeit aufgegeben hatte und zum Ebenbild seines Vaters geworden war. Vielleicht hätte seine Hilfe etwas bewirkt ... Oder vielleicht auch nicht. „Es besteht die Chance, dass Mills tot ist."

„Dann musst du es einfach beweisen."

Mit gerunzelter Stirn blickte Brett erneut in den Himmel. Dunkelgraue Wolken schienen fast die Kronen der stattlichen Tannen zu streifen. Allmählich legten sich Nebelschleier über die Ausläufer des Gebirges. „Ganz einfach, nicht wahr?", fragte er sarkastisch.

„Sollte es für dich zumindest sein." Mit diesem Satz drehte sich der junge Banker um und ging zu seinem Wagen. An der Tür blieb er stehen und zögerte. „Ach, und Brett?"

„Ja?"

„Nur noch eine Sache."

„Die wäre?"

„Vermassle es nicht." Mit einem freundlichen Lächeln öffnete der Sohn des Inhabers und Präsidenten der First Security Bank die Tür seines Autos.

„Ich werde mein Bestes geben", erwiderte Brett und verzog bei Harrys Worten den Mund zu einem breiten Lächeln. Vielleicht gab es Hoffnung für den Jungen. „Ich hätte da nur noch eine Frage."

„Schieß los."

An die Veranda gelehnt, fragte Brett: „Was ist mit dir geschehen, Harry? Was zum Teufel ist nur mit dir passiert? Ich erinnere mich an Zeiten, da bist du gerne angeln gegangen, hast ein Bierchen getrunken und hast mit all den Mädchen angegeben, bei denen du angeblich gelandet bist. Jetzt bist du einfach nur ein Abklatsch deines alten Herrn. Dich interessiert nur noch Geld und sonst nichts.“

Kurz zögerte Harry, sah dann aber finster zu Brett. „Wir werden alle mal erwachsen.“ Als er den Blick über die gezimmerte Blockhütte, den verbeulten Jeep und Bretts schmutzige, verschwitzte Kleidung schweifen ließ, fügte er hinzu: „Na ja, zumindest die meisten.“ Mit diesen Worten stieg er ins Auto, fuhr die Auffahrt entlang und verschwand hinter den Bäumen.

„Und manchmal ist das eine verdammte Schande“, murmelte Brett. Er warf sich seine Jacke über die Schulter und ging in die Hütte. Drinnen streifte er zügig die Kleidung ab.

Nach einer entspannenden heißen Dusche öffnete er eine Flasche Bier und setzte sich an seinen Schreibtisch. Er legte den Inhalt des Umschlags auf die zerkratzte Oberfläche des alten Eichentisches. Die meisten Informationen waren zu erwarten: kurze Zeitungsartikel über den Flugzeugabsturz, seine eigenen Notizen aus der Zeit, als er versucht hatte, das Puzzle zusammenzusetzen. Es hatte ihn einige Zeit gekostet, die Zusammenhänge zu verstehen und herauszufinden, welche Rolle Billie und die Weathers-Brüder dabei gespielt hatten. Doch nun waren Billie und Jake tot – und niemand wusste, was aus Karl geworden war.

Kopfschüttelnd machte sich Brett daran, die Berichte zu lesen. Schließlich kam er zum letzten Beweisstück in der Akte, einem Foto von Grant Mills’ Frau Bethany.

Brett lehnte sich in seinem Stuhl zurück und legte die Füße auf den Tisch. Nach einem großen Schluck Bier betrachtete er das Schwarz-Weiß-Bild eindringlich. Ganz gleich, wer sie war und wo sie sich aufhielt: Diese Frau war seine einzige Chance, Grant Mills zu finden – und dieses kleine Stückchen Land zu retten.

Vom Foto schweifte sein Blick über die grobe Einrichtung der Blockhütte. Klein, zugig und alt war sie.

Seine Großeltern hatten diese Hütte nach der Weltwirtschaftskrise errichtet und jeden Sommer hier verbracht. Nachdem sie gestorben waren, hatte ihr einziges Kind sie geerbt: seine Mutter. Danach war das Haus Teil ihrer Mitgift geworden, als sie in die Benson-Familie eingeheiratet hatte – einer Familie, die weder sie selbst noch ihren unehelichen Sohn je wirklich akzeptiert hatte. Nach dem Tod seiner Mutter war ihr gesamter Besitz auf ihren Ehemann übergegangen: auf Jim Benson, Bretts Stiefvater.

Und nun musste Brett darum kämpfen, das Einzige, was seinem Leben noch Sinn gab, zurückzubekommen. Es gehörte schließlich zu ihm!

Missmutig trank er sein Bier aus, stellte die leere Flasche ab und schleuderte Bethany Mills' Foto von sich. Sein Magen verkrampfte sich. Bislang hatte er es vermieden, Grant Mills' Ehefrau zu benutzen, um den Mann aufzuspüren. Aber dieses Mal hatte er keine andere Wahl: Um sein Ziel zu erreichen, musste er alle Hebel in Bewegung setzen, einfach jede Chance wahrnehmen – Bethany Mills eingeschlossen.

2. KAPITEL

Wenn Bethany sich nicht umgesehen hätte, dann wäre der Unfall vielleicht zu verhindern gewesen. Immer wieder fragte sie sich, ob sie von dem Mann verfolgt wurde, den sie auf dem Parkplatz des Supermarktes dabei erwischt hatte, wie er sie beobachtete. Ihre Einkäufe waren in den beiden Satteltaschen ihres 10-Gang-Fahrrads verstaut. Angestrengt trat sie an dem Hügel, auf dem ihr Haus lag, in die Pedale und versuchte zu ignorieren, dass es wie aus Kübeln goss – und sie das Gefühl hatte, dass jemand ihr auflauerte. Und dann passierte es: Sie blickte auf, schnappte erschrocken nach Luft und wollte ausweichen.

Ein kleiner brauner Hund rannte die Eisenbahnschienen entlang, die über die Straße führten. Neben dem Hündchen lief Jenny, Bethanys kleine Nachbarin. Als Jenny Bethany erkannte, blieb sie wie angewurzelt mitten auf der Straße stehen. Der Welpe tat es ihr gleich. Die beiden standen genau zwischen Bethany, die mit dem Fahrrad den Berg hinauffuhr, und einem roten Auto, das mit Vollgas die regennasse Straße hinunterschlingerte.

„Jenny! Vorsicht!“, schrie Bethany. Mit ihrer rechten Hand drückte sie die Handbremse, streckte die andere aus, um nach dem Kind greifen. Dass es unvermeidlich zum Sturz kommen müsste, war ihr bewusst. Dennoch beugte sie sich noch weiter nach vorn, um den weichen Stoff von Jennys verschlissenem Sweatshirt zu fassen zu bekommen. Inständig betete sie, dass sie und das Kind dem Wagen nicht direkt vor die Räder fallen würden. Als Bethany nun ruckartig an Jennys Shirt zog, rutschte das Vorderrad in einer Pfütze weg, geriet in eine Eisenbahnschwelle. Bethany verlor den Halt und wurde über den Lenker geschleudert. Mit einem dumpfen Aufschlag, der all ihre Knochen durchrüttelte, landete sie auf der Grasfläche am Straßenrand. Instinktiv rollte sie sich von der Straße weg, um wieder auf ihre Füße zu kommen und nach dem Mädchen zu greifen. Doch auf dem feuchten Gras rutschte sie aus und verletzte sich am Knöchel. Sie konnte nichts weiter tun, als voller Entsetzen das Geschehen zu betrachten.

„Jenny! Oh mein Gott, nein!"

Die Reifen quietschten, als der rote Sportwagen um das verängstigte Mädchen herumschlitterte. Die Stoßstange des Autos erfasste Bethanys Rad und schleuderte es in die Luft. Nur knapp verfehlte der Raser Jenny und das Hündchen – und setzte seine Fahrt einfach fort, preschte in wilden Schlangenlinien den Berg hinunter. Das Fahrrad landete etwa drei Meter weiter im Graben.

So benommen, wie Bethany war, hatte sie nicht einmal den Autofahrer sehen, geschweige denn sich das Kennzeichen merken können. Blitzschnell kletterte sie aus dem Graben heraus, ignorierte dabei den stechenden Schmerz in ihrem Bein und rannte zu Jenny. „Schätzchen, geht es dir gut?"

Schluchzend schlang Jenny ihre Arme um Bethanys Beine und drückte sich an sie. „Bitte sei nicht böse auf mich."

„Das bin ich nicht, Süße. Ich will nur sicher sein, dass es dir gut geht."

Kurz zuckte Bethany vor Schmerz zusammen, als sie sich nun vor Jenny kniete. Sie strich dem Mädchen die schwarzen Locken aus dem Gesicht und blickte in die großen, tränenfeuchten Augen. „Tut dir etwas weh?"

Jenny schüttelte den Kopf.

„Gut. Ich wünschte, ich könnte das über mich auch sagen", sagte Bethany, küsste das kleine Mädchen und sah dem roten Wagen hinterher. „Idiot!", rief sie ärgerlich, als das Auto um eine letzte Kurve und damit außer Sicht raste.

Bethany wischte sich mit einer Hand den Schmutz aus dem Gesicht und richtete sich auf. Wieder spürte sie einen äußerst schmerzhaften Stich in ihrem Knie. Sie verlagerte ihr Gewicht auf das unverletzte Bein und zog eine Grimasse, als sie den Schaden an sich untersuchte. Ihre Jeans war am Knie aufgerissen. Ihr Schienbein war aufgeschürft und blutete. Sie konnte die Schnittwunde an ihrem Kinn fühlen, ebenso ihre schmerzende Hüfte. Doch soweit sie es beurteilen konnte, hatte sie sich nichts gebrochen.

„Glück gehabt“, murmelte sie und strich sich die Haare aus dem Gesicht. Sie erschauerte, als ihr klar wurde, dass Jenny um Haaresbreite überfahren worden wäre. „Weiß deine Mutter, dass du hier bist?“, fragte sie das Mädchen.

Jenny zuckte die Achseln, den Blick unentwegt auf den nassen Boden geheftet.

„Das dachte ich mir. Ich glaube, wir gehen besser nach Hause und sagen ihr, was passiert ist. Findest du nicht auch?“

Heftig schüttelte Jenny den Kopf.

Bethany seufzte. Natürlich wollte sie nicht, dass die Kleine Schwierigkeiten bekam. Dennoch führte kein Weg daran vorbei: Jenny hätte ernsthaft verletzt oder gar umkommen können. Der Fahrer des Autos hatte sich nicht einmal die Mühe gemacht, anzuhalten.

Wieso eigentlich nicht?

Als sie Jenny bei der Hand nahm und mit ihr den Hügel hinunter zum Fahrrad ging, ließ Bethany die furchtbare Szene noch einmal Revue passieren.

Sie erinnerte sich an den plötzlichen Regenschauer, als sie gerade nach Hause aufbrechen wollte. An ihre Angst, dass der Mann, der vor dem Lebensmittelladen in seinem Auto saß und Zeitung las, auf sie wartete. Sie wusste noch, dass sie kräftig in die Pedale getreten war und den Kopf gesenkt hatte, um sich gegen den Regen zu schützen, der ihr in den Nacken gelaufen war. Als Nächstes sah sie das Auto aufblitzen, das den Hügel heruntergeschossen kam. Beim Vorbeifahren hatte sie die Rockmusik aus dem Autoradio und das Quietschen der Reifen gehört. Flüchtig hatte sie hinter dem Steuer die blonden Haare des Fahrers ausmachen können.

Wahrscheinlich ein Teenager, der Angst hatte, einen Strafzettel für grob fahrlässiges Verhalten zu bekommen. Innerlich glühte sie vor Zorn, als sie an die Rücksichtslosigkeit des Fahrers dachte. Dann kam ihr plötzlich ein anderer, ein schrecklicher Gedanke.

Vielleicht war dieser Beinahezusammenstoß ja gar kein Unfall!

„Deine Fantasie geht mit dir durch“, schalt sie sich wieder einmal. Während sie sich den Schmutz von den Händen wischte, versuchte sie, ihre Gedanken zu ordnen. Weder die First Security Bank noch das FBI hatten sie in letzter Zeit kontaktiert. Wieso konnte sie also das ungute Gefühl nicht abschütteln, dass sie beobachtet wurde?

„Du hast sie nicht mehr alle“, murmelte sie ärgerlich.

„Was?“, fragte Jenny unschuldig. „Was hast du nicht mehr?“

„Alle Tassen im Schrank“, antwortete Bethany leise. Als sie sah, dass Jenny verwirrt dreinblickte, fügte sie hinzu: „Ach, das war nicht wichtig.“ Sie lächelte das Kind an und unterdrückte den Schmerz, den sie beim Laufen verspürte. Kurz schaute sie sich um und bemerkte, dass das Hündchen keine Verletzungen davongetragen hatte.

Als sie sich nun ihrem Rad näherten, musste sie jedoch feststellen, dass kaum mehr als ein Haufen Schrott davon übrig geblieben war. Das verbogene Vorderrad drehte sich noch immer. Einzelne Speichen hatten sich aus der Felge gelöst. Die Enden der zerrissenen Kette baumelten lose herab. Die

Gangschaltung war ebenfalls kaputt. Quer über die Straße verstreut lagen die wenigen Einkäufe, die sie in den Satteltaschen transportiert hatte.

„Wundervoll!“, flüsterte sie und richtete sich auf. „Einfach wundervoll.“ Der braune Welpe schlich zu ihr herüber, sein Schwänzchen zwischen die Beine geklemmt. „Das alles ist deine Schuld, weißt du das?“, schimpfte sie zuerst, konnte dem mitleiderregenden, dünnen Tierchen aber nicht böse sein. „Gehört er dir?“, fragte sie Jenny.

Doch das kleine Mädchen überging die Frage einfach. „Darf ich ihn behalten?“

„Ich weiß nicht. Wo hast du ihn denn gefunden?“

Unsicher sah Jenny sie an. „Er ist mir gefolgt.“

„Und was hast du hier gemacht?“

„Auf dich gewartet“, gab Jenny stolz zurück. „Ich hab dich auf deinem Rad gesehen und wusste, dass du bald vom Einkaufen kommst.“

Ein plötzlicher Schmerz ließ Bethany zusammenzucken. „Aber du weißt doch, dass du in eurem Garten bleiben sollst.“

Betrübt senkte Jenny den Blick. Beinahe wirkte sie, als sei sie ernsthaft bestraft worden. Bethany spürte, wie sich ihr Herz vor Mitgefühl zusammenzog. „Wir müssen uns ja nicht jetzt darüber Gedanken machen. Hilfst du mir, das Fahrrad den Berg hochzuschieben?“

Sofort hellte sich Jennys Miene auf. Bethany tätschelte den braun-weiß gescheckten Welpen, der ihr zur Belohnung mit seiner feuchten, warmen Zunge die Handfläche abschleckte.

„Und du gehst besser nach Hause“, forderte Bethany den Hund auf. Sie sammelte die Lebensmittel ein und packte sie wieder in die ramponierten Seitentaschen.

„Er kann doch mit zu mir nach Hause kommen!“, verkündete Jenny.

„Wahrscheinlich hat er schon ein Zuhause", gab Bethany zu bedenken, obwohl sie es bezweifelte, wenn sie bedachte, wie dürr der kleine Hund aussah.

„Nein, hat er nicht. Darum ist er mir doch gefolgt."

„Ich glaube, es war wohl eher umgekehrt", erinnerte Bethany das Kind. „Außerdem bin ich mir nicht sicher, ob deine Mom es so gerne hätte, wenn du ihn mitbringst."

„Aber sie mag Hunde!", rief Jenny und drehte sich zu dem abgemagerten Hündchen um, das eifrig mit seinem Schwanz wedelte und schnurstracks auf sie zulief.

„Das hoffe ich", sagte Bethany leise, als der Welpe hinter ihnen hertrottete und ihre stillen Hinweise, doch nach Hause zu gehen, einfach ignorierte.

Jennys Mutter Linda Porter hörte Bethany aufmerksam zu, als diese schilderte, was vorgefallen war. Ihre Augen weiteten sich vor Entsetzen. „Oh Gott", flüsterte sie und lehnte sich Halt suchend gegen den Türpfosten. „Und der Fahrer hat nicht angehalten?"

„Nein." Bethany erschauerte bei dem Gedanken.

„Und das alles nur, weil Jenny diesem Hund hinterherlief?", fragte Linda. Sie blickte zu dem pitschnassen, bemitleidenswert aussehenden Welpen. Dieser jaulte gerade aufgeregt ein Eichhörnchen in den blätterlosen Ästen der Bäume in der Nähe des kleinen Hauses an.

„Können wir ihn behalten?" In ihrer Unschuld ahnte Jenny nicht, wie ihrer Mutter zumute war.

„Das geht nicht." Linda schlang die Arme um ihre Tochter und drückte sie fest an sich. „Du weißt doch, dass wir keine Hunde haben können. Dein Bruder Joey ist allergisch gegen Hunde", erinnerte sie ihre Tochter. „Aber darum geht es jetzt gar nicht." Allmählich machte die Sorge ihrem Ärger Platz.

„Aber ich will ihn …"

„Vergiss das am besten gleich wieder." Linda rollte mit den Augen, als Jenny zu weinen begann. „Eigentlich solltest du dich schämen, Jennifer. Du weißt ganz genau, dass du den Garten nicht verlassen sollst! Du hättest von diesem Auto überfahren werden können!"

Mit gesenktem Blick betrachtete Jenny die Dielen der Veranda.

„Der Hund muss gehen", beharrte Linda und sah zu Bethany. „Wir können ihn wirklich nicht behalten, selbst wenn er kein Zuhause hat. Aber wahrscheinlich hat er eines."

„Wahrscheinlich", stimmte Bethany ihr zu.

„Kommst du auf eine Tasse Kaffee mit rein?", bot Linda an, doch Bethany lehnte ab.

„Ich sollte jetzt besser den Schaden genauer untersuchen", sagte sie und deutete auf das kaputte Fahrrad.

„Komm doch später vorbei."

„Ein anderes Mal gern." Bethany winkte Jenny zum Abschied zu. Als sie Mutter und Tochter so zurückließ, versuchte sie, den Stich in ihrem Herzen zu ignorieren. Sie schob ihr Fahrrad die letzten paar Meter zu ihrem eigenen Haus, und das Hündchen folgte ihr mitleidsvoll winselnd.

„Vielleicht hast du dich verlaufen?", überlegte Bethany laut, nachdem sie das Rad zwischen ihrem Auto und dem aufgestapelten Holz durchgezwängt und in der Garage verstaut hatte. Der Hund stand am Rand ihres Gartens, die an der Spitze schwarzen Ohren aufgestellt, den Kopf leicht zur Seite gelegt. Vom Regen durchnässt und das Fell vom kalten Dezemberwind zerzaust, kauerte er unter dem kahlen Ahornbaum. Die kleine verlassene Kreatur, die offenbar niemand wollte, zitterte erbärmlich.

„Geh doch nach Hause", wiederholte Bethany, schloss

aber schon die Tür auf, die von der Garage in die Küche führte. Sobald die Tür offen stand, gab sie ihre unnachgiebige Haltung auf, lächelte und winkte dem liebenswerten Hündchen zu. „Du erkennst eine leichte Beute, wenn du sie siehst, was? Na, dann komm herein. Du siehst so aus, als könntest du ein warmes Bad und eine heiße Mahlzeit vertragen. Und ich könnte das auch."

Ohne weitere Aufforderung sprang der Kleine die Einfahrt hinauf, durch die Garage und in die Küche.

Bethany lachte leise. Gerade als sie das Garagentor schließen wollte, schoss ihr der lästige Gedanke wieder durch den Kopf. *Wieso hat der Fahrer des roten Autos nicht angehalten?* War er abgelenkt gewesen, vielleicht in Gedanken verloren wie sie selbst? So sehr, dass er kaum reagieren konnte? Oder war dieser Beinahezusammenstoß eher geplant als zufällig gewesen? „Du bist doch übergeschnappt", ermahnte sie sich erneut. Nervös suchte sie die menschenleere Straße ab.

Sie sah niemanden. Trotzdem hatte sie das Gefühl, dass sie beobachtet wurde, dass sie aus der Ferne observiert wurde. Im eisigen Wind zitterte sie, als sie den Blick über die kahlen Bäume, das ungeschnittene Gras und die blütenlosen Büsche der umliegenden Häuser schweifen ließ. Dann schlug sie das Garagentor zu und sagte sich selbst, wie töricht sie sich verhielt. Niemand beobachtete sie. Hier in Portland war sie sicher vor der Vergangenheit und vor dem Schmerz, den sie in Boise hatte erleiden müssen.

Während des ganzen restlichen Wochenendes wurde Bethany dieses gespenstische Gefühl nicht los, dass sie beschattet wurde. Allerdings war es auch nicht mehr als ein Gefühl, das ihr eine Gänsehaut verschaffte. Sie hatte keinen Verfolger bemerkt, keinen Fremden dabei erwischt, wie er sie von Weitem anstarrte. Dennoch konnte sie nicht anders, als sich immer wieder umzublicken, wenn sie mit dem Hündchen nach draußen ging.

Bisher hatte sich niemand gemeldet, der den Hund zurückhaben wollte. Es war ihm nicht nur sofort gelungen, es sich in ihrem Haus gemütlich zu machen. Irgendwie hatte er auch ihr Herz erobert.

Am Montag erkundigte sie sich bei den Nachbarn und gab in der Lokalzeitung eine Annonce in der Rubrik „Fundsachen“ auf. Die Anzeige würde jedoch erst am Donnerstag erscheinen. Vielleicht fordert dann jemand den verspielten Mischling zurück, dachte Bethany traurig.

Der folgende Mittwoch war der letzte Schultag vor den Weihnachtsferien. Bethany hatte sich allmählich entspannt und beinahe überzeugt, dass ihr niemand folgte.

An diesem Nachmittag wurde es schnell dunkel. Sehr zur Freude ihrer Schüler war Schnee vorhergesagt worden.

Nachdem die Kinder schon nach Hause gegangen waren, rückte Bethany noch die Tische im Klassenzimmer zurecht. Sie blickte hinaus durch die lange Fensterreihe – und sah einen Mann, der vor dem Gebäude stand und sie durchdringend betrachtete.

Bethany erschrak so sehr, dass sie nur mit Mühe einen Schrei unterdrücken konnte. Doch als sie nun genauer hinsah, wurde ihr bewusst, dass es sich lediglich um einen Schatten gehandelt hatte. Niemand schlich da draußen herum.

„Du wirst ja langsam paranoid“, sagte sie sich, als sie einen letzten Blick durch das fröhlich geschmückte Zimmer warf, das mit Basteleien aus rotem und grünem Papier dekoriert war. Rote Weihnachtsmänner, grüne Weihnachtskränze und braune Rentiere. Ihre Fünfjährigen hatten die drolligen Figürchen, die nun von der Decke hingen, selbst angefertigt.

Weiße Schneemänner aus Watte zierten die Wände.

Erneut blickte sie aus dem Fenster, konnte aber nichts weiter erkennen als die ersten Schneeflocken, die vom grauen Himmel fielen. Weiße Weihnachten, dachte sie gedankenverloren. Plötzlich fühlte sie sich unbehaglich. Dies wäre das erste Weihnachtsfest ihres Kindes gewesen.

Hätte das Baby überlebt, wie sehr hätte das ihr Leben verändert!

„Reiß dich zusammen“, flüsterte sie und unterdrückte die aufsteigenden Tränen. Sie holte rasch ihren Mantel aus dem Schrank. „Du bist einfach müde. Es ist vorbei. Das Baby ist nicht mehr da. Und Grant ist auch weg. Du hast ein neues Leben begonnen. Hier in Portland.“

Bethany schürzte die Lippen, streifte sich ihre Handtasche über die Schulter und griff hinein. Gerade kramte sie nach ihren Schlüsseln, als Marianne, die Schulsekretärin, in das Zimmer geeilt kam.

„Bin ich froh, dass ich dich noch erwische“, rief Marianne. Ihre dunklen Augen leuchteten, als sie Bethany ein farbenfrohes Paket überreichte.

„Oh, danke!“ Bethany betrachtete das wunderschön verpackte Geschenk, bevor sie in das freudestrahlende Gesicht ihrer Freundin blickte. „Das wäre nicht nötig gewesen …“

„Ich wollte es aber. Übrigens, deine selbst gebackenen Schneckennudeln waren einfach himmlisch. Wir haben sie jeden Morgen gegessen.“ Genussvoll verdrehte sie die Augen und lächelte.

„Freut mich, dass sie euch geschmeckt haben.“

„Viel zu gut, fürchte ich“, erwiderte Marianne mit einem Grinsen und tätschelte ihren hervorstehenden Bauch. „Das Baby und ich brauchen diese Extrakalorien eigentlich gar nicht.“

Wie betäubt nickte Bethany nur – sie wusste noch genau, wie sehr sie sich über ihre eigene Schwangerschaft gefreut hatte. Sie versuchte, die Traurigkeit zu vertreiben. „Ach was! Weihnachten ist doch nur ein Mal im Jahr. Da kannst du es dir schon gönnen."

„Ganz meine Meinung! Ich habe gehofft, du würdest es dir noch mal überlegen und Heiligabend mit Jack und mir feiern."

„Ich glaube nicht."

„Aber es ist dein erstes Weihnachten in Portland", protestierte Marianne und zog fragend eine Augenbraue hoch. „Es sei denn, du hast schon etwas anderes vor?"

„Ich gehe vielleicht Ski fahren", antwortete Bethany ausweichend.

„Mit diesem Bein, das du dir vor Kurzem auf dem Rad beinahe gebrochen hättest? Von wegen! Also, was steht sonst so auf dem Plan?"

Mariannes Lippen verzogen sich zu einem Lächeln, und ihre haselnussbraunen Augen sprühten geradezu. Bethany steckte das Päckchen in ihre Tasche und sah die zierliche Brünette an. „Was ist das hier? Ein Kreuzverhör?"

„Nein. Aber Jack und ich laden uns immer ein paar Freunde über die Feiertage ein. Da unsere Familien beide an der Ostküste leben, möchten wir den Heiligen Abend mit einigen Leuten verbringen, die im gleichen Boot wie wir sitzen."

„Damit meinst du mich."

„Und noch ein paar andere."

„Vielen Dank, aber …"

Marianne legte ihre Hand auf Bethanys Arm. „Sag jetzt nicht gleich ab. Du musst dich nicht sofort entscheiden. Aber versprich mir, dass du darüber nachdenkst. Es wird viel zu essen und zu trinken geben und sehr viele nette Leute, die dir bestimmt gefallen werden. Wenn du dich also entscheidest, lieber einen gemütlichen Abend vor unserem Kamin zu verbringen, heißen Glühwein zu trinken und Weihnachtslieder zu singen, statt dir deinen Hintern auf den Pisten abzufrieren, dann bring einfach eine Flasche Wein mit und komm vorbei. Gegessen wird um sieben. Und zieh was Bequemes an."

Lächelnd schüttelte Bethany ihren Kopf. Ihre dichten goldbraunen Locken fielen ihr über die Schulter. „Du hast deine Berufung verpasst, weißt du? Du hättest Vertreterin werden müssen."

„Ich glaube nicht …"

Bethany zwinkerte ihrer Freundin zu. „Du könntest sogar einem Eskimo einen Kühlschrank verkaufen."

Mariannes Miene hellte sich auf. „Dann kommst du also?"

„Ich werde darüber nachdenken." Wieder stöberte sie in ihrer Handtasche herum.

„Da ist noch eine Sache", sagte Marianne, plötzlich ernst.

„Ja?" Endlich fand Bethany ihre Schlüssel und zog sie triumphierend aus der Tasche.

„Heute war ein Mann hier, der dich sprechen wollte."

Bethanys Herz setzte einen Schlag aus. Mit verkrampften Fingern umklammerte sie den kalten Schlüsselring aus Metall. „Wer war es?"

Marianne hob die Schultern. „Ich weiß es nicht. Er sagte nur, dass er dich aus Boise kennt."

„Aber du hast ihn nicht ins Klassenzimmer geführt."

„Ich dachte, du willst nicht, dass er deine Feier stört. Immerhin ist es der letzte Schultag."

„Und?"

Marianne schürzte die Lippen. „Ich hab ihm gesagt, dass du ihn jetzt unmöglich sprechen könntest. Daraufhin wollte er warten. Als ich ihm dann erklärte, dass er nicht einfach in der Schule herumlungern könne, lächelte er und sagte, er verstehe."

„Und dann?", fragte Bethany neugierig.

Marianne zuckte die Achseln. „Dann ist er gegangen."

„Gut." Nervös blickte Bethany zum Fenster. „Hat er dir seinen Namen genannt?"

„Nein. Als ich danach fragte, hat er mich unglaublich süß angelächelt und gemeint, er wolle dich überraschen. Er benahm sich, als sei er dein bester Freund."

„Ich habe nicht viele Freunde in Boise", flüsterte Bethany fast wie zu sich selbst, als sie ihre Handschuhe überzog und einen warmen Schal um ihren Hals band.

„Ich glaube, an den würdest du dich erinnern."

„Wieso?"

Unverwandt blickte Marianne Bethany an. „Weil er unvergesslich ist. Er hat etwas an sich ..., eine Aura der Macht, würdest du vielleicht sagen."

Trotz der Anspannung musste Bethany jetzt lachen. „Das würde ich nie über jemanden sagen."

„Warte, bis du ihn getroffen hast."

„Ich hoffe, das muss ich nie."

„Er wirkte nicht wie einer, den man leicht abschüttelt."

„Wegen seiner ‚Aura der Macht'? Selbst J. R. Ewing trifft gelegentlich auf seinen überlegenen Meister."

„Manchmal, Mrs. Mills, sind Sie wirklich unmöglich!", zog Marianne sie auf, als sie auf die Tür zusteuerten.

„Aber nicht immer, richtig?"

Marianne warf Bethany einen Blick über ihre Schulter zu und schenkte ihr ein inniges Lächeln. „Wenn du je darüber sprechen möchtest, was in Boise vorgefallen ist ..."

„Du wirst die Erste sein, die es erfährt. Versprochen."

„In Ordnung."

„Marianne?"

„Ja?"

„Danke nochmals für das Geschenk. Und fröhliche Weihnachten."

„Dir auch. Bis Mittwochabend", antwortete Marianne und winkte ihr zu, als sie aus der Tür und durch den Schulkorridor ging.

„Das glaube ich kaum", sagte Bethany und schaltete das Licht aus. Mit Büchern, Päckchen und ihrer Handtasche beladen, kämpfte sie sich langsam aus dem Gebäude. Dieses Weihnachten würde sie alleine verbringen. Und zur Einstimmung würde sie dem Hund zu fressen geben und sich selbst etwas zubereiten. Dann hatte sie sich vorgenommen, ein langes, heißes Bad zu nehmen und es sich anschließend mit einem guten Buch im Bett gemütlich zu machen.

Um Viertel nach vier war es schon beinahe dunkel, und die nassen Schneeflocken schmolzen, sobald sie auf den Boden trafen. Der kalte Ostwind, der von der felsigen Schlucht des Columbia River wehte, durchdrang Bethanys Wollmantel. Zum Abschied winkte sie einigen anderen Lehrern zu und wünschte ihnen frohe Weihnachten. Vor dem stürmischen Wind zog sie den Kopf ein und ging über den Parkplatz auf ihr Auto zu.

Der Mann wartete schon auf sie. Lässig lehnte er sich an ihren kleinen Toyota, als sei heute ein strahlender Frühlingstag und nicht tiefster Winter.

Bethany blieb wie angewurzelt stehen. Ihr Herz schien für einen Schlag auszusetzen. Trotz seiner lockeren Haltung strahlte er eine innere Anspannung aus.

„Bethany Mills?", erkundigte er sich und stieß sich mit dem Ellbogen vom Wagen ab.

Im blaustichigen Schein der Sicherheitslampen konnte sie sein leicht unebenes Gesicht ausmachen: seine markante Nase, tief liegende blaue Augen, dichte Brauen und dünne Lippen. Sein Haar war schwarz und zerzaust. Er trug einen dicken Wildledermantel und ausgeblichene Jeans. Seine schmalen, kantigen Züge ließen ihn tough und zäh wirken.

Bethany hatte diesen Mann noch nie zuvor gesehen.

Als sie ihm nun direkt in die Augen blickte, erkannte sie, dass er wusste, wer sie war. Plötzlich hatte sie das Gefühl, in eine endlose Tiefe zu stürzen. Dass der Parkplatz aber alles andere als leer war, gab ihr eine gewisse Sicherheit. „Ja?"

Ein Lächeln huschte über sein Gesicht. Es war warm und leicht und außergewöhnlich charmant. Irgendwie vertrieb es sogar die Kälte des Abends. „Ich habe nach Ihnen gesucht. Ich heiße Hanson, Brett Hanson." Er streckte ihr seine Hand hin.

Mit ihren Büchern, den Geschenken und ihrer Handtasche kämpfend, schüttelte sie ihm die Hand. Selbst durch ihre Handschuhe hindurch spürte sie, wie warm sein Händedruck war.

„Was kann ich für Sie tun, Mr. Hanson?"

Wieder erstrahlte dieses unschlagbare Lächeln auf seinem Gesicht. „Es geht wohl eher darum, was ich für Sie tun kann, Mrs. Mills. Ich glaube, ich kann Ihren Ehemann für Sie ausfindig machen."

„Wie bitte?" Bethany spürte, wie ihr das Blut in den Adern gefror. Fast hätte sie alles fallen lassen.

„Ich sagte, dass ich Grant für Sie aufspüren kann. Ihre Hilfe vorausgesetzt."

Schockiert, stand Bethany bewegungslos da. Sie bemerkte nicht einmal, dass ein Windstoß ihr die Haare ins Gesicht wehte. Das Schlucken fiel ihr schwer, als sie die dunklen

Strähnen zurückstrich. Mit zitternder Stimme antwortete sie ihm: „Ich möchte meinen Ehemann nicht finden, Mr. Hanson. Wir wurden Anfang des Jahres geschieden. Wenn Sie mich nun entschuldigen würden …" Sie steckte den Schlüssel in das Türschloss ihres Toyotas, aber Hanson bewegte sich keinen Zentimeter.

„Warten Sie. Vielleicht sollten Sie mich ausreden lassen", erwiderte er.

„Nicht heute."

„Wann dann?"

„Niemals."

Er lächelte erneut, doch das kalte Funkeln in seinen Augen hob den Zauber auf. „Ich will nur mit Ihnen reden", beharrte er.

„Wieso?"

„Ich glaube, ich könnte helfen."

„Ich brauche keine Hilfe, Mr. Hanson! Und ich will sie auch nicht." Bestimmt öffnete Bethany den Kofferraum und legte ihre Bücher und die Weihnachtsgeschenke hinein. In dem Moment wurde ihr bewusst, wie wütend und verängstigt sie geklungen haben musste. Sie richtete sich auf und stellte sich seinem scharfen Blick.

„Hören Sie, ich wollte nicht so feindselig klingen", erklärte sie, als sie die Heckklappe zuschlug. „Aber mit den Ereignissen in Boise habe ich längst abgeschlossen."

„Sind Sie da sicher?", bohrte er nach.

„Absolut." Sie wich ein paar Pfützen aus und steuerte auf die Fahrertür zu. „Ich habe kein Interesse daran, meinen Ehemann zu finden", erwiderte sie scheinbar gelassen. Dennoch musste sie sich fragen, warum es ihr immer noch zu schaffen machte, über Grant zu sprechen.

„Vielleicht sollten Sie das aber."

„Nein."

„Selbst wenn *Sie* Grant nicht finden wollen: Es gibt andere, die ihn seiner gerechten Strafe zuführen möchten."

„Das geht mich nichts an", gab sie knapp zurück und schloss die Fahrertür auf.

Seine Stimme klang ruhig, aber bestimmt. „Alles, was Ihr Ehemann je getan hat, geht auch Sie etwas an."

„Aber nun nicht mehr." Bethany sah ihm offen ins Gesicht und hoffte, dass sie stärker wirkte, als sie sich momentan fühlte. „Was haben Sie überhaupt damit zu tun?"

„Ich habe ein geschäftliches Interesse daran."

„Wie bitte?"

„Ich bin Detektiv. Ich arbeite für die First Security Bank."

„Ich verstehe", erwiderte sie mit gepresster Stimme. Zuerst war sie von den Wirtschaftsprüfern der Bank in die Mangel genommen worden. Dann war das staatliche Büro für Einlagenversicherung, die FDIC, auf der Bildfläche erschienen: Bei dieser Behörde hinterlegten Banken als Sicherung der Kundengelder eine bestimmte Einlagensumme. Anschließend waren das FBI und die örtliche Polizei aufgetaucht. Und als wäre das noch nicht genug gewesen, hatten die Reporter sich auf sie gestürzt … „Ich habe schon mit den Buchprüfern gesprochen. Sicher existieren Unterlagen darüber."

Er nickte und rieb sich das Kinn. „Die sind unvollständig."

„Ich kann aber nichts weiter sagen …" Mitten im Satz brach Bethany ab und musterte den Mann, der neben ihrem Auto stand, abschätzig. „Einen Moment mal, Mr. …"

„Hanson. Nennen Sie mich Brett."

Argwöhnisch betrachtete sie ihn. „Ich denke, Sie sollten mich lieber in Ruhe lassen. Sie sehen überhaupt nicht wie die Banker aus, die ich kenne." Ihr fielen seine abgetragenen Jeans und die Wildlederjacke auf, sein strubbeliges Haar und die Tatsache, dass er keinen Anzug trug.

„Ich arbeite nicht für die Bank. Zumindest nicht als Angestellter“, erwiderte er.

„Haben Sie vielleicht einen Ausweis?“

„In meinem Jeep.“

Aber klar doch. „Hätten Sie etwas dagegen, ihn mir zu zeigen?“

Wieder lächelte er sie schief an. „Ich hoffe doch, dass Sie ihn sehen wollen.“

„Das will ich in der Tat“, bekräftigte sie ihre Forderung. Er wandte sich gerade ab und wollte auf den in der Nähe geparkten Jeep zugehen, als sie ihre Meinung änderte. Entschieden hob sie ihre Hand und winkte ab. „Ach, lassen Sie es. Ich möchte nicht mit Ihnen sprechen. Rufen Sie einfach in Ihrer Zentrale an, und verlangen Sie Bill Standish. Das ist der leitende Buchprüfer, mit dem ich damals gesprochen habe. Wenn das nicht reicht, reden Sie mit dem Präsidenten der Bank, Mr. Benson.“

„Er hat mich zu Ihnen geschickt.“

Du lieber Himmel. „Wieso?“

„Ich kann Ihnen das alles bei einem ruhigen Gespräch erklären.“ Er warf einen prüfenden Blick zum dunklen Himmel. „Wir könnten in ein Restaurant in der Stadt fahren …“

Bethany schüttelte den Kopf. „Ich habe nichts weiter dazu zu sagen. Können Sie nicht einfach die Berichte lesen oder die Bänder mit meinen Befragungen abhören?“

„Das habe ich schon getan.“

Gereizt lehnte sie sich gegen das Auto. „Und Sie haben entschieden, dass Sie mehr Informationen benötigen.“

„Die haben das entschieden.“

„Mit ‚die‘ meinen Sie wohl Benson?“

„Richtig.“

„Dann geht es wieder mal um die alte Fehde."

„Wie bitte?"

„Ach, nichts. Benson ist nicht gerade ein Freund meines Vaters, aber das tut nichts zur Sache. Das Gefühl beruht auf Gegenseitigkeit."

„Sie erzählen mir wohl besser davon."

Resigniert schüttelte Bethany den Kopf: Der Albtraum fing also wieder von vorne an. In den Handschuhen begannen ihre Handflächen zu schwitzen. „Fragen Sie Jim Benson. Ich habe nichts zu sagen, was Ihnen weiterhelfen könnte."

„Ich möchte Ihnen doch nur ein paar Fragen stellen", beharrte Brett.

„Hören Sie, Mr. Hanson. Ich bin es langsam leid, und ich will, dass Sie und der Rest der Welt mich einfach in Ruhe lassen. Ich habe mit der Bank kooperiert, mit der Versicherungsgesellschaft, mit der FDIC und mit dem FBI. Sie haben mich tagelang verhört, mir mit Gefängnis gedroht und meinen Eltern mit einem Skandal. Sie haben mich nicht in Ruhe gelassen, weil sie fest davon überzeugt waren, dass ich mit dem, was mein Ehemann getan hat, ebenfalls etwas zu schaffen hatte! Ich finde, ich verdiene jetzt ein bisschen Ruhe und Frieden. Falls Sie es vergessen haben: Es ist bald Weihnachten!"

„Ich verstehe", sagte er.

„Tun Sie das wirklich?", fragte sie ihn mit funkelnden Augen.

„Ja."

„Gut."

„Ich würde nur gerne wissen, warum Sie davongerannt sind."

„Davongerannt?", rief sie und blickte ihn entgeistert an. Wie konnte dieser Mann nur so unverfroren sein? Sie spürte, wie Wut und Ärger sich in ihrem Innern aufstauten. „Ich bin in Boise geblieben, obwohl alle dachten, ich hätte etwas mit dieser Veruntreuung zu tun. Ich bin nicht davongerannt, Mr. Hanson: Ich wurde aus der Stadt getrieben. Jedenfalls bin ich nicht bereit, hier draußen zu erfrieren, während ich über Boise oder meinen Exmann spreche. Ich bin wirklich nicht sicher, was Sie eigentlich wollen. Aber ich habe ganz bestimmt kein Interesse daran."

„Und wenn es Ihren Namen reinwaschen würde?"

„Mein Name ist sauber!"

„Es gibt immer noch Leute, die Sie für eine Komplizin halten."

„Das ist deren Problem."

„Und meins."

„Aber eben nicht meins", konterte sie. „Ich habe getan, was ich musste. Aber jetzt ist es vorbei. Die Polizei und das FBI wissen, dass ich nichts mit dem zu schaffen hatte, was mein Mann der Bank angetan hat." Energisch riss sie die Tür auf und stieg ins Auto. Sie zitterte und fragte sich, ob es an der Kälte lag oder weil sie mit der Vergangenheit konfrontiert wurde. Wahrscheinlich ein wenig von beidem. „Gute Nacht, Mr. Hanson. Noch eins: Ich wüsste es zu schätzen, wenn Sie aufhören würden, mich zu verfolgen."

„Ich habe Sie nicht verfolgt."

„Ach, lassen Sie doch den Quatsch!" Doch in seinem intensiven Blick erkannte sie absolute Ehrlichkeit. Sie musste erst schlucken, bevor sie fragte: „Haben Sie mich nicht vor einer Weile durch das Fenster meines Klassenzimmers beobachtet?"

„Nein."

Sie glaubte ihm. Etwas in seinen stahlblauen Augen überzeugte sie davon, dass er nicht log. Dann hatte sie sich diesen

Verfolger wohl doch nur eingebildet. „Es tut mir leid. Ich kann Ihnen wirklich nicht mehr sagen.“ Mit einem Ruck zog sie die Tür des Autos zu, steckte den Schlüssel in das Zündschloss und ließ den Wagen mit zitternden Fingern an. Um sich zu beruhigen, zwang sie sich, bis zehn zu zählen. Erst dann legte sie den Rückwärtsgang ein und fuhr anschließend vom Parkplatz. Im Rückspiegel konnte sie ihn sehen: Noch immer stand er unter dem gespenstischen Lichtstrahl der Sicherheitsleuchten.

Wieso ausgerechnet jetzt, fragte sie sich. Jetzt, da sie ihr Leben endlich wieder in den Griff bekam. Wieso musste dieser Fremde gerade dann auftauchen und die Vergangenheit aufwühlen?

Brett blickte starr auf die sich entfernenden Rücklichter. Kein Zweifel: Er hatte es vermasselt. Er steckte seine halb erfrorenen Finger tief in die Taschen seiner Jeans. Als er zurück zu seinem Jeep lief und sich hineinsetzte, verwünschte er sich selbst.

Gerade wollte er losfahren, als er innehielt und mit einem Klick die Schnappschlösser des Aktenkoffers auf dem Beifahrersitz öffnete. Der braune Umschlag befand sich noch genau da, wo er ihn versteckt hatte. Mit gerunzelter Stirn ließ er den Inhalt des Kuverts in den Koffer fallen und griff zielstrebig nach dem Bild von Bethany Mills.

Auf dem glänzenden Schwarz-Weiß-Foto wirkte sie flach und leblos. Doch die Frau, die er eben getroffen hatte, war das genaue Gegenteil davon: voller Feuer und Leben.

Seine Lippen zuckten, als er das Foto betrachtete und sich ihre Farben ins Gedächtnis rief: Rotbraune und stufig geschnittene Haare umrahmten lockig das ovale Gesicht. Ihre tief liegenden großen Augen hatten einen einzigartigen bernsteinfarbenen Ton, der grün und golden schimmerte. Die hohen Wangenknochen, gerötet vom beißenden Wind, erhoben sich über ihren kleinen, vollen Mund.

Nein, Bethany Mills war ganz und gar nicht das, was er erwartet hatte. Bei Weitem nicht. Das Foto wurde ihr überhaupt nicht gerecht.

Missmutig warf er das Bild zurück in den Umschlag, klappte die Aktentasche zu und legte den Rückwärtsgang ein. Während er vom Parkplatz rollte, dachte er: Tja, Mrs. Mills, so unangenehm es auch für uns beide ist, aber Sie haben mich sicher nicht zum letzten Mal gesehen!

3. KAPITEL

Bethany kam langsam zu sich. Ganz allmählich drang ein Geräusch in ihr Bewusstsein, das ihren Traum massiv störte. Als sie ihre Augen öffnete, wurde das Hämmern lauter. Am Fußende ihres Bettes bellte und knurrte Winston, der Welpe, den noch niemand zurückgefordert hatte.

„Was ist denn nun schon wieder?", fragte sie schlaftrunken, tastete nach ihrem Morgenmantel und warf einen Blick auf die Uhr. Niemand, der bei klarem Verstand war, würde um acht Uhr morgens am ersten Ferientag an ihre Tür klopfen. Oder?

Wieder knurrte der Hund, und Bethany lachte auf. Winston sprang auf ihren Bauch und schleckte ihr das Gesicht mit seiner warmen, weichen Zunge. „Igitt. Verschon mich!", stöhnte Bethany und tätschelte ihn, bevor sie sich aufsetzte, ihr Gesicht abwischte und sich die Augen rieb. „Du bist ja ganz schön besitzergreifend. Das an der Tür könnte dein Herrchen sein. Und wenn er es ist, werde ich ihm gehörig den Kopf waschen!"

Das Klopfen hielt an. Bethany stellte sich vor, es wäre der Mann vom Parkplatz. Dieser Brett Sowieso. „Ich komme!", rief sie, strich sich die Haare aus dem Gesicht und streifte sich den Morgenmantel über. Sie hastete den Flur entlang.

Als sie die Haustür mit einem Ruck öffnete, sah sie Jenny auf der kleinen Veranda stehen. Von dem Kind waren nur rosige Wangen, lockiges schwarzes Haar und glänzende grüne Augen zu sehen. Der Rest der knapp Vierjährigen war dick eingepackt in Handschuhe, Hut, Skianzug und Stiefel.

Bethany lehnte sich gegen die geöffnete Tür, verschränkte die Arme über ihrer Brust und sah das Kind argwöhnisch an.

„Warum bist du denn so früh schon auf?"

„Es hat geschneit!" Jenny deutete rings um sich auf den schneebedeckten Garten, der Bethanys kleines Häuschen umgab.

Nochmals rieb Bethany sich den Schlaf aus den Augen und gähnte. Ein Grinsen konnte sie aber nicht unterdrücken. Auch sie hatte den ersten Schnee des Winters immer geliebt. „Allerdings. Nicht zu knapp."

„Bitte?"

„Schon gut", schob Bethany die Frage mit einer Handbewegung zur Seite. „Das ist nur so ein Ausdruck, den Erwachsene verwenden." Aber das verwirrte die Kleine nur noch mehr, erkannte Bethany. Erneut setzte sie an, doch wechselte kurzerhand das Thema. „Weiß deine Mutter überhaupt, dass du hier bist?"

„Sie schläft noch."

„Verstehe. Aber sie weiß, dass du draußen spielst?"

„Ja. Fährst du mit mir den Hügel mit dem Schlitten runter?"

„So früh kann ich das noch nicht", sagte Bethany, öffnete das Fliegengitter vor ihrer Tür und trat einen Schritt zurück, um das aufgeregte Kind hereinzulassen. „Wie wäre es vorher mit einem schönen heißen Kakao, bis ich richtig wach bin?"

„Lecker!"

„Ich erinnere mich noch, dass das richtig gut aufwärmt", erzählte Bethany und dachte an ihre eigene Kindheit auf der Farm außerhalb von Boise. Vor ihrem inneren Auge sah sie große Schneehaufen, über die der Wind jagte, eine rot karierte Wachsdecke auf dem Küchentisch, die Eiszapfen am Dachvorsprung des Hauses, die in der Sonne glitzerten. Sie roch den frisch gebrühten Kaffee und den Kakao, hörte die beruhigende Stimme ihrer Mutter.

Der Winter war zwar immer hart, aber doch schön gewesen. Noch immer vermisste Bethany die Tage, wenn sie um fünf Uhr in der Früh aufgestanden war, um bei den Hausarbeiten zu helfen. Wie weit weg all das nun schien …

Sie drängte die lebhaften Erinnerungen beiseite, rief nach dem Welpen und ließ ihn hinaus in den Schnee, wo er ein bisschen herumtollen konnte.

Als der Hund den Flur entlang- und aus der Tür hinausschoss, qietschte Jenny vor Vergnügen. „Gehen wir nachher Schlitten fahren?“, fragte die Kleine erneut, zog ihre Stiefel aus und nahm auf dem Stuhl am Küchentisch Platz.

„Vielleicht.“ Bethany goss etwas Milch in eine Tasse und stellte sie in die Mikrowelle, um sie aufzuwärmen. Dann streckte sie sich, griff in den obersten Schrank über dem Herd und zog ein Päckchen Kakaopulver heraus, das sie extra für Jenny besorgt hatte. „Wenn deine Mom es erlaubt.“

„Das ist ihr egal.“

„Das glaube ich nicht“, erwiderte Bethany und rührte das Pulver in die warme Milch. Jennys Mutter Linda war geschieden und brauchte zwei Jobs, um über die Runden zu kommen. Obwohl Linda wirklich nichts dafür konnte, kamen Jenny und ihr älterer Bruder Joey manchmal zu kurz.

„Trink das. Ich springe unter die Dusche und zieh mich schnell an. Dann sprechen wir noch mal darüber, okay?“

„Okay. Aber du hast die Marshmallows vergessen.“

Unwillkürlich musste Bethany lachen. „Du weißt ja, wo sie sind. Nimm dir einfach welche.“

Nachdem sie geduscht und sich angezogen hatte, legte Bethany noch ein wenig Make-up auf. Als sie in die Küche kam, überraschte es sie nicht, dass Jenny ihren Kakao schon ausgetrunken hatte. Sie stand an der sperrangelweit geöffneten Tür und rief den Hund.

„Das hat ja nicht lange gedauert“, bemerkte Bethany und sah die geöffnete Marshmallow-Tüte, die auf dem Tresen lag.

„Hast du gefrühstückt?“

„Noch nicht.“

„Dann mache ich uns beiden Toast, und danach gehen wir raus, ja?“

Reuig blickte Jenny zu ihr herüber. „Mom sagt, ich soll hier nichts essen.“

„Eine heiße Schokolade ist doch aber in Ordnung?“

Jenny zuckte die Achseln und sah ausgesprochen schuldbewusst aus. „Ich glaube schon.“

Um ihr in die Augen sehen zu können, kniete Bethany sich vor die Kleine. „Und ich glaube, es ist okay, wenn du ein bisschen Toast und eine Orange isst. Ich spreche später mit deiner Mom darüber, ja?“

„Na gut.“ Jenny schloss die Tür und setzte sich auf ihren üblichen Platz am Tisch. Da ihr der Weihnachtsstern auf dem Fenstersims den Blick versperrte, schob sie ihn beiseite. Bethany bereitete das Frühstück zu und setzte sich dann ebenfalls.

„Wieso hast du keinen Ehemann?“, fragte Jenny, nachdem sie auch den letzten Krümel Toast mit Himbeermarmelade gegessen hatte.

Überrascht nahm Bethany einen Schluck von ihrem Kaffee und hob die Schultern. „Ich hatte einmal einen.“

„Wo ist der jetzt?“

„Wir sind geschieden.“

„Wie Mom und Dad?“

„Ja.“

„Siehst du ihn noch?“

Mit dem Zeigefinger pickte Bethany die Krümel auf ihrem Teller auf. „Nein, ich habe ihn schon lange nicht mehr gesehen. Ich … Ich hielt ihn für tot“, gab sie zögerlich zu. Zugleich fragte sie sich, wieso sie darüber mit einem Kind reden konnte, aber sonst mit niemandem.

„Wieso?“, erkundigte sich Jenny unschuldig.

„Weil er vermisst wurde … Ich meine, er war lange Zeit weg.“

„Aber er ist nicht tot, oder?“

„Ich weiß es nicht.“

Jenny verzog ihr kleines Gesicht. „Das ist aber traurig. Vermisst du ihn?“

„Manchmal schon“, gestand Bethany. Gleichzeitig war ihr bewusst, dass sie nicht ihren Ehemann vermisste, sondern die Gemeinsamkeiten, das Geben und Nehmen im Eheleben. Grant war kein besonders guter Ehemann gewesen. Aber er war jemand, zu dem sie nach Hause kommen konnte, mit dem sie träumen konnte, um den sie sich sorgen konnte …

„Ich wette, er vermisst dich sehr.“

„Das bezweifle ich.“ Bethany stellte das Geschirr in das Spülbecken. Anschließend zog sie ihre Skijacke an und band sich ihren Wollschal um. „Dann lass uns mal diesen Berg bezwingen, bevor der ganze Schnee wieder schmilzt.“

„Er wird nicht schmelzen“, erwiderte Jenny, die dabei die gesamte Weisheit ihrer vier Jahre in ihre Stimme legte. „Es war ja noch gar nicht Weihnachten!“

„Aber das ist es bald.“

„Ich freue mich schon! Dieses Jahr werde ich den Weihnachtsmann sehen!“

„Wirklich?“

„Ja! Mom hat gesagt, wir könnten ihm Kekse backen und sie auf den Karminbims stellen.“

Bethany lächelte das aufgeregte Kind an. „Kaminsims.“

„Genau.“

„Das klingt aber wunderbar." Sie wartete, bis Jenny ihre Stiefel angezogen hatte. Dabei betrachtete Bethany die Tanne, die in der Ecke beim Fenster stand. Irgendwie wirkte sie in dem Wohnzimmer mit der hohen Decke und dem steinernen Kamin einsam und mickrig.

„Komm", rief Jenny und zog an Bethanys Arm. „Hast du einen Schlitten?"

„Nur einen Tellerschlitten."

„Und der funktioniert?"

„Und wie der funktioniert!" Bethany schloss die Tür hinter sich, ging in die Garage und griff nach der runden Plastikscheibe.

„Ich glaube nicht, dass wir da beide draufpassen", bemerkte Jenny.

„Aber klar doch. Wir müssen uns eng aneinanderkuscheln."

„Das finde ich gut", entschied Jenny mit einem breiten Grinsen. „Kann Winston auch mitfahren?"

„Nicht auf dem Schlitten. Aber er kann neben uns herlaufen."

„Wieso hast du ihn so genannt?", fragte das Mädchen, als sie durch die Garage nach draußen liefen. Andere Kinder lachten und johlten schon fröhlich, während sie auf allen möglichen Gegenständen – von riesigen Reifenschläuchen bis hin zu Mülleimerdeckeln aus Plastik – den Hang hinabsausten.

„Warum ich ihm den Namen Winston gegeben habe?"

„Ja. Es ist ein komischer Name. Mama sagt, du hättest ihn nach einer Zigarettenmarke genannt."

Bethany musste lachen und wischte sich Schnee aus ihrem Gesicht. „Eigentlich nicht. Ich habe ihn nach einem sehr berühmten englischen Premierminister benannt. Ich habe gar nicht an die Zigaretten gedacht. Gefällt dir der Name etwa nicht?"

„Nein."

„Wie wäre es mit ‚Unlucky, der Pechvogel'?"

Wieder schüttelte Jenny ihren Kopf.

Bethany lächelte. „Vielleicht hätte ich ihn Lucky nennen sollen. Das hätte zumindest jeder andere getan. Immerhin überlebte er ..."

„Was überlebte er?"

Bethany sah zu dem plötzlich ernst dreinblickenden Mädchen hinunter.

„Ach, nichts", antwortete sie. „Komm. Du springst zuerst drauf."

Zusammen setzten sie sich auf die rote Scheibe. Bethany, die Jenny fest im Arm hielt, hob ihre Beine und stieß sich ab. Gemeinsam flogen sie den Berg förmlich hinunter. Schnee spritzte auf und bedeckte sie beide, als Jenny und Bethany am Ende der Sackgasse in einen verschneiten Blätterhaufen fuhren. Vor Schreck geriet Bethany ganz außer Atem. Doch Jenny schienen der Schnee und die Blätter in ihrem Gesicht nichts auszumachen. Sie kicherte und war ganz begierig, die Fahrt zu wiederholen.

„Bist du sicher?", fragte Bethany, als sie einen dünnen Zweig von Jennys Wollmütze entfernte.

„Oh ja! Bitte! Komm!"

Nachdem Bethany sich vergewissert hatte, dass es ihrem Knöchel gut ging, erfüllte sie dem begeisterten Kind gerne den Wunsch. Gemeinsam machten sie sich auf den Weg bergauf.

„Hat dieser Mann dich gefunden?", fragte Jenny unvermittelt.

Um ein Haar wäre Bethany gestolpert. „Welcher Mann?",

erkundigte sie sich beiläufig – doch bemerkte sie das plötzliche Hämmern ihres Herzens.

„Vor Kurzem war ein Mann hier."

„Wo?"

„Bei dir zu Hause. Ich habe ihm gesagt, dass du in der Schule bist."

„Süße, du weißt doch, dass du nicht mit Fremden reden sollst." Als Bethany den verletzten Ausdruck in Jennys Augen sah, griff sie nach der behandschuhten Hand der Kleinen. „Es ist einfach zu gefährlich."

„Aber er hat gesagt, dass er dich kennt!"

„Hat er gesagt, wie er heißt?"

Jenny schüttelte den Kopf.

„Kannst du mir sagen, wie er ausgesehen hat?", fragte Bethany weiter.

„Es war ein Mann."

„Ein großer Mann?"

Jenny nickte zur Bestätigung.

„Welche Farbe hatten seine Haare?"

„Ich weiß nicht", antwortete Jenny und sah auf den Boden. „Es war einfach ein Mann." Ihre Augen füllten sich mit Tränen, und Bethany war klar, dass sie zu viel Druck auf die Kleine ausübte.

Sie ignorierte die wachsende Unruhe in ihrem Innern und lächelte das Mädchen an. „Na gut, Schatz. Wir vergessen ihn jetzt für eine Weile, ja?"

„Okay."

In der nächsten Stunde schossen Jenny und Bethany unablässig vor Bethanys Haus den Berg hinab. Manchmal drehte sich die Scheibe und wirbelte die beiden herum, während der Schlitten weitersauste. Einmal landeten sie sogar kopfüber in dem Haufen aus Blättern und Schnee.

„Dieses Mal haben wir Glück gehabt“, sagte Bethany und rieb sich ihre schmerzende Hüfte. Dabei wurde ihr bewusst, wie gefährlich es für Jenny werden konnte, den Hügel hinunterzufahren. Jennys Mutter Linda war nett und liebenswürdig. Sie hatte nichts gegen die Freundschaft, die sich zwischen ihrer Tochter Jenny und Bethany entwickelt hatte. Aber es würde ihr bestimmt nicht gefallen, wenn Jenny sich verletzte. „Wir sollten langsam Schluss machen.“

„Muss das sein?“, protestierte Jenny, während sie den Hügel erklommen.

„Leider ja. Zumindest, bis ich mit deiner Mom gesprochen habe.“

„Aber das ist ihr egal ...“

„Sicher nicht. Und ich will nicht, dass du dich verletzt. Du gehst jetzt erst mal nach Hause, und ich komme dann später vorbei.“

„Versprochen?“

„Versprochen.“

Zum Abschied schlang Jenny ihre dick eingepackten Ärmchen um Bethany und lief dann halb schlitternd, halb rutschend den verschneiten Hügel runter. Sie jagte hinter ihrem Bruder und seinen Freunden her, die gerade an Bethany auf einem Rodelschlitten vorbeigebraust waren.

Eine Weile blickte Bethany dem Kind hinterher. Dann überkam sie erneut dieses ungute Gefühl, beobachtet zu werden. Den Schnee von ihrer Skihose klopfend, sah Bethany sich verstohlen um. Da erkannte sie den Mann vom Parkplatz. Er lehnte am Telefonmast unten an der Straße, nicht weit entfernt davon, wo Joey und seine Freunde zum Stehen gekommen waren.

Als Bretts Blick den ihren traf, richtete er sich auf und begann, den Hügel hinaufzugehen. Bethany spürte, wie sich ihr vor Schreck die Kehle zuschnürte. Ihr Herz pochte wie wild, als er sich ihr näherte.

„Morgen", begrüßte er sie. Das schiefe Lächeln auf seinem Gesicht nahm seinen Zügen die Härte. Tief schob er seine Hände in die Hosentaschen. Er war beinahe genauso gekleidet wie in der Nacht zuvor: eine alte Jeans, ein verblasstes T-Shirt und eine schwere Jacke. So wie sein schwarzes Haar unter der breiten Krempe seines Hutes hervorlugte, wirkte er fast wie ein waschechter Cowboy. Oder zumindest wie einer, der direkt einem Hollywoodfilm entstiegen war.

Bethany beachtete seinen Gruß nicht weiter und gab sich keinerlei Mühe, das Lächeln zu erwidern. „Einen Wink mit dem Zaunpfahl verstehen Sie wohl nicht, was?"

„Nur, wenn ich dabei das bekomme, was ich will."

Mit zusammengekniffenen Augen fragte sie: „Und das wäre?"

„Einfach mit Ihnen zu sprechen."

„Wir haben gestern Abend miteinander gesprochen."

„Aber nicht genug." Wieder lächelte er. Doch seine blauen Augen suchten aufmerksam die hügelige, schneeweiße Landschaft ab. Kleine Einfamilienhäuser säumten den baumreichen Hang. Neben fast gänzlich kahlen Ahornbäumen und Erlen standen Douglastannen, deren nadelige Äste sich unter der Last des Schnees beugten. Der ruhige Morgen wurde nur von den fröhlichen Rufen der Kinder unterbrochen oder gelegentlich von quietschenden Autoreifen, die auf der eisigen Straße ins Rutschen gerieten. „Ich finde, Sie sollten sich anhören, was ich zu sagen habe."

„Ich glaube nicht, dass ich das will. Was in Boise vorgefallen ist, liegt in der Vergangenheit. Ich führe jetzt ein neues Leben", antwortete sie bestimmt.

Brett nahm den Hut vom Kopf und fuhr sich mit der

Hand durch die Haare. „Sie können nicht einfach vergessen, was passiert ist."

„Ich kann es aber versuchen!"

„Bitte, Mrs. Mills. Hören Sie mich an. Ich bin nicht hier, um Ihnen wehzutun. Ich muss nur ein paar Fakten überprüfen."

„Damit Sie der Bank Bericht erstatten können?"

Brett schnaubte. „Ich fürchte, so einfach ist es nicht."

„Ich habe gedacht, die Bankprüfer wären zufrieden."

„Ja, die schon."

„Aber?"

„Jim Benson ist es nicht."

„Der schon wieder. Gibt er denn niemals auf?" Ihr Herz zog sich zusammen.

„Er denkt, die Bank sei zu einem Angriffsziel geworden. Seit der heldenhaften Unterschlagung Ihres Ehemanns ..."

„Heldenhaft?", unterbrach sie ihn scharf.

„So sehen es einige Menschen. Er hat nicht nur eine Bank um eine Million Dollar gebracht – eine Bank, die Geschäfte und Eigenheime in der Gegend zwangsvollstrecken lässt. Er hat es auch noch mit Stil gemacht."

„Wenn Sie es als stilvoll erachten, mitten in der Nacht mit dem Fallschirm aus einem Flugzeug zu springen, bitte schön. Ich nenne es verrückt."

Brett zuckte die Schultern. „Trotz allem ist er in der Gegend von Boise zu einer Art Legende geworden."

„Und wahrscheinlich ist er tot", flüsterte Bethany.

„Diese Unklarheit trägt nur zu dem Rätsel bei."

„Du lieber Himmel."

„Jeder Hinz und Kunz, der einen Groll gegen die Bank hegt, hat versucht, die First Security übers Ohr zu hauen. Verständlicherweise passt das dem Vorstand überhaupt nicht.

Die Bank ist zur Zielscheibe, zu einer Lachnummer geworden. Das gefällt Jim Benson nicht."

„Und wo kommen Sie dabei ins Spiel?"

„Benson möchte, dass ich Ihren Ehemann finde."

„Das ist unmöglich."

„Ich glaube nicht."

„Grant ist vermutlich tot", murmelte sie und schob mit einer heftigen Bewegung ihre Hände in die Taschen ihrer Jacke.

„Vielleicht aber auch nicht."

Die Kinder gingen wieder die Straße hinauf und kletterten, oben angekommen, auf ihre Schlitten und Reifenschläuche. Bethany sagte kein Wort. Sie stand lediglich da. Erst als die Rufe leiser wurden und die Kinder weit weg waren, lenkte sie ihren Blick zurück zu Brett. „Wieso sollte ich Ihnen trauen?", fragte sie ihn.

Mit gerunzelter Stirn betrachtete er die Straße. Er hatte sie nicht davon überzeugt, dass sie ihm helfen musste. Also griff er in seine Gesäßtasche, zog seinen Geldbeutel heraus und reichte ihr seine Visitenkarte.

Obwohl sie alt und zerknittert war, war die Botschaft unmissverständlich: Brett Hanson, Privatdetektiv. Als Adresse war ein Bürokomplex in Boise angegeben.

Bethany las die Karte, behielt sie in der Hand und schürzte die Lippen. „Na gut, Mr. Hanson. Reden wir, wenn Sie das wollen. Aber ich sage Ihnen sofort, dass ich kein Interesse an einer Untersuchung habe."

Mit der roten Scheibe unter dem Arm drehte sie sich um und ging die Auffahrt entlang. Ihr Herz klopfte aufgeregt. *Beruhige dich!*

„Nicht einmal, wenn ich beweisen kann, dass Ihr Ehemann noch am Leben ist?"

Tief atmete Bethany ein. Sie erinnerte sich an all den Schmerz und die Erniedrigung, die sie wegen Grant erlitten hatte. „Nein“, flüsterte sie, doch sie wusste, dass sie nicht die Wahrheit sagte.

„Aber sicher ...“

Eine Sekunde lang schloss sie die Augen und holte tief Luft. „Was Grant getan oder nicht getan hat, geht mich nichts an. Nicht mehr. Wir wurden vor langer Zeit geschieden.“ Sie erreichte die Vordertür. Bethany schloss auf und stellte den Schlitten hinein. Auf der Fußmatte stampfte sie den Schnee von ihren Stiefeln, bevor sie diese auszog.

Brett folgte ihrem Beispiel und ließ seine Stiefel auf der Veranda stehen. Dann trat er in das Haus und nahm seinen Hut ab. Er ließ seinen Blick über die Einrichtung des kleinen Hauses schweifen. Robuste Grünpflanzen, mit Taschenbüchern und Nachschlagewerken vollgestopfte Bücherregale, abgenutzte, aber bequeme Möbel und ein farbenfroher geflochtener Läufer verliehen dem Wohnzimmer etwas Lebendiges. In einer Ecke neben dem Backsteinkamin stand ein kleiner Weihnachtsbaum, dessen Lichter fröhlich im Morgenlicht blinkten. Ein zarter Tannenduft erfüllte das Haus.

Als Bethany ihren Mantel an den Messingständer im Flur hängte, tat Brett, der sich in Socken irgendwie komisch vorkam, es ihr gleich.

„Bitte, setzen Sie sich“, bot Bethany an, setzte sich selbst auf ihren Lieblingsplatz und betrachtete ihn misstrauisch aus ihren grüngoldenen Augen.

Brett nahm auf der Couch Platz und streckte seine langen Beine aus. Die Ellbogen auf den Knien abgestützt, sah er sie an. Dabei fragte er sich, was zum Teufel ihn geritten hatte, diesen Fall anzunehmen. Knapp zwölf Hektar in den Bergen, erinnerte er sich selbst. Das Land seiner Mutter. Er durfte dieses Grundstück nicht vergessen, wenn er die wunderschöne aufsässige und leicht verängstigte Frau betrachtete, die ihn musterte. Sie war nah genug, um sie einfach zu berühren …

„Also gut, Mr. Hanson …"

„Brett. Schon vergessen?"

„Ach ja, Brett. Wieso erzählen Sie mir alles nicht einmal ganz von vorne?" Seine Anwesenheit in ihrem Haus war ihr unangenehm. Da sie nicht nervös wirken wollte, begann sie, die Seiten der Zeitung zusammenzuknüllen und ein Feuer zu entfachen.

Mit einer Handbewegung deutete er auf das Holz. „Ich kann das doch machen."

„Ist schon gut. Im Moment brauche ich etwas Beschäftigung. Ich muss zugeben, dass mich Ihre Anwesenheit beunruhigt", sagte sie mit einem tiefen Seufzer. „Halten wir es also kurz. Sagen Sie mir einfach, was Sie von mir wollen."

„Sie sollen mir helfen, Ihren Mann zu finden."

Bethanys Herz setzte einen Schlag aus. Einen Augenblick zögerte sie und wischte sich die Handflächen an ihrer Hose ab. Dann fuhr sie fort, kleinere und große Holzstücke in den Kamin zu stapeln. „Dann glauben Sie allen Ernstes, dass er noch lebt?"

„Darüber würde ich nie Witze machen. Einige der gestohlenen Pfandbriefe sind wiederaufgetaucht."

„Oh Gott", flüsterte sie und spürte einen Kloß im Hals. „Wo?"

„In Kalifornien."

Mit zitternden Fingern zündete sie ein Streichholz an und wartete, bis das Feuer übersprang und die kleineren Scheite zu knacken begannen. Erst als sie glaubte, sich wieder einigermaßen gefasst zu haben, drehte sie sich um und blickte dem Fremden in ihrem Haus ins Gesicht. „Und ihr habt gedacht, dass ich weiß, wo er ist?“

Er lächelte.

Zur Hölle mit ihm und seinem unwiderstehlichen Lächeln, dachte sie bitter.

„Das soll es schon gegeben haben.“

„Dieses Mal aber nicht.“ Sie erhob sich und sah ihm direkt in die Augen. „Ich weiß nicht, weshalb mein Mann sich mit den Anleihen abgesetzt hat. Damals waren wir schon geschieden.“

„Nun ja, er brauchte eine große Summe Bargeld, um neu anzufangen. Der Betrug lief schon seit Jahren, allerdings nur mit kleineren Beträgen.“

Bethany schloss die Augen. „Ich habe nie etwas von diesem Geld gesehen“, erwiderte sie. „Ehrlich. Ich weiß, was die Bank denkt: dass Grant und ich diese einhunderttausend Dollar, die er über vier Jahre für sich abgezweigt hat, ausgegeben hätten. Aber ich weiß rein gar nichts darüber. Soweit es mich betraf, lebten wir von seinem und meinem Gehalt. Ich habe nichts von diesem zusätzlichen Geld gesehen.“

„Ich weiß.“

Bethany erstarrte. „Das wissen Sie? Woher?“

„Es war eine andere Frau mit im Spiel.“

Mit geschlossenen Augen biss Bethany die Zähne zusammen. Die alte Wunde war nicht verheilt. Seit über einem Jahr versuchte sie, sich davon zu überzeugen, dass das, was Grant während ihrer Ehe getan hatte, sie nicht länger kümmerte. Jetzt sah sie sich aber mit der Tatsache konfrontiert, dass Grants Untreue sie noch immer schmerzte. „Grant hatte mehrere Affären“, gestand sie. Nervös warf sie ein weiteres Zeitungsblatt ins Feuer und sah den hungrigen Flammen dabei zu, wie sie die zerknüllte Seite verschlangen.

„Ich weiß."

Bethany fuhr zu ihm herum und blickte ihn böse an. „Gibt es eigentlich irgendetwas, das Sie nicht von mir wissen, Mr. Hanson?"

In seinen Augen lag ein Hauch von Reue. „Brett. Und ich weiß nicht, wo Ihr Mann sich gerade aufhält oder wer bei ihm ist."

„Ich verstehe nicht, wie ich Ihnen dabei helfen könnte."

„Sie haben nichts von ihm gehört?"

„Aber natürlich nicht!", rief sie entrüstet. „Ich … Ich hatte den Eindruck, er sei umgekommen, als er aus dem Flugzeug sprang … Wie dieser D. B. Cooper in den 70er-Jahren."

„Den hat man auch nie gefunden." Bretts Blick schien sie förmlich zu duchbohren, und Bethany spürte, wie ihr Puls immer schneller wurde. „Außerdem geht es hier um eine ganz andere Situation. Ihr Ehemann hatte Hilfe. Was diesen Cooper betrifft, so hat er wahrscheinlich alleine gearbeitet. Und Ihr Mann ist auch nicht aus einer Linienmaschine gesprungen, sondern aus einem Learjet, der einem seiner Freunde gehörte."

„Der ebenfalls keine Ahnung hatte", unterbrach sie seinen Redefluss.

„Das behauptete er zumindest. Vergessen Sie nicht, dass er Wachmann bei der First Security war. Grant kann den Coup nicht alleine durchgezogen haben."

„Jake Weathers ist genauso in die Mangel genommen worden wie ich. Es gab sogar eine Anhörung, aber das Geschworenengericht hat die Anklage gegen ihn zurückgewiesen. Es lagen einfach nicht genügend Beweise vor …" Sie brach ab und atmete tief ein. „Aber das wissen Sie schon alles, nicht wahr?"

„Und noch vieles mehr."

„Ich glaube nicht, dass ich das alles hören will." Sie stellte sich vor den Kamin und wärmte sich an den Flammen.

„Möchten Sie nicht den Namen der Frau erfahren, die für Ihren Mann arbeitete?"

„Den kenne ich bereits", gab sie trocken zurück. „Hören Sie: Grant und ich wurden vor knapp einem Jahr geschieden – noch vor diesem Fiasko mit der Veruntreuung. Er verließ mich … aus anderen Gründen. Privaten Gründen …" Unwillkürlich zog sich ihr Herz zusammen, als sie an die Schwangerschaft zurückdachte. An die heftigen, endlosen Wehen auf der vereisten Straße, die zum Krankenhaus führte. An das schreckliche Gefühl, als das Auto in den Graben rutschte. Und dann, als sie Stunden später im Krankenhaus war, an die Geburt ihres toten Babys …

„Bethany?"

Als sie aufblickte, stellte Bethany überrascht fest, dass Brett neben ihr stand, seine Hand auf ihrer Schulter.

„Ist alles in Ordnung?" Wärme und Mitgefühl lagen nun in seinen blauen Augen.

Als wolle sie die Kälte abschütteln, rieb Bethany mit ihren Händen über ihre Oberarme. Sie trat einen Schritt zurück, wich seiner Nähe aus. „Ja. Ich habe nur … nachgedacht. Erinnerungen, Sie wissen schon … Hören Sie, ich möchte mich wirklich nicht mehr mit der Vergangenheit beschäftigen, okay?" Obwohl sie sich ganz anders fühlte, zwang sie sich zu einem fröhlichen Lächeln und hob ihr Kinn. „Wie wäre es mit einer Tasse Kaffee?"

Mit seinen stahlblauen Augen schien er ihre Verteidigungslinie überwunden und ihre Fassade durchschaut zu haben. Beinahe konnte sie spüren, wie er ihre Gedanken las. Gott allein wusste, was er so schon von ihr erfahren hatte.

„Ich möchte keine Umstände bereiten …"

„Ist nicht wahr!“, entfuhr es ihr voller Ironie. „Sie bereiten mir Umstände, seit ich Sie letzte Nacht kennengelernt habe. Eine Tasse Kaffee wird so oder so keinen großen Unterschied mehr machen.“

Das Lächeln, das sich daraufhin über sein gebräuntes Gesicht breitete, milderte seine äußere Härte und ließ ihn attraktiv wirken.

„Dann nehme ich gerne einen.“

„Gut.“ Ein neues Ziel bestärkte Bethany: Sie würde ihm einen Kaffee geben und ihn dann so schnell wie möglich zur Tür hinauskomplimentieren. Sie ging die zwei Stufen in das Esszimmer. In der Küche angekommen, gab sie den Kaffee in zwei Emaillebecher.

„Milch? Zucker?“, rief sie ihm über die Schulter zu.

„Schwarz.“

Natürlich, so trinkt man ihn eben in diesen Kreisen. Sie rührte etwas Milch in ihren und zögerte. Mit ein bisschen Glück könnte sie Brett das warme Getränk reichen, ihm ein paar schnelle Antworten geben, ein bestimmtes ‚Niemals‘ erwidern, wenn er sie um Hilfe bat, und dann wäre er weg. Auf sich alleine gestellt. Raus aus ihrem beschaulichen, ruhigen und vorhersehbaren Leben. Und zwar für immer.

Sie legte den Löffel in die Spüle und starrte gedankenverloren in ihre Tasse. Wieso störte sie der Gedanke, dass Brett gehen würde? Der Mann war wahrlich eine Nervensäge und schien wild entschlossen, ihr Leben durcheinanderzubringen.

„Danke.“ Brett griff nach seiner Tasse und nahm einen großen Schluck.

Ein eisiger Schreck durchfuhr Bethany. Sie hatte ihn nicht in die Küche kommen hören. „Gern geschehen“, erwiderte sie, nahm hastig ihre Tasse in die Hand und pustete auf das heiße Getränk. „Ich habe Sie gar nicht gehört. Das ist schon das zweite Mal, dass Sie sich an mich heranschleichen. Ich weiß ehrlich nicht, wie Sie das schaffen."

„Übung", gab er mit einem zynischen Lächeln zu. „Alte Gewohnheiten lassen sich nur schwer ablegen. Außerdem habe ich mich nicht an Sie herangeschlichen. Sie waren nur ganz in Gedanken versunken."

„Gibt es eigentlich etwas, das Sie nicht über mich wissen?"

„Sehr viel sogar."

„Das bezweifle ich."

„Aber ich wüsste gerne mehr." Seine Stimme war tief, und seine Worte klangen ein wenig zögerlich.

„Wieso?"

Tief sah er ihr in die Augen, hob eine Hand, um ihr Kinn zu berühren, ließ sie dann jedoch fallen. „Das gehört zu meiner Arbeit."

„Ach ja, richtig. Die Bank."

Er ließ seinen Blick an ihr vorbei zum Fenster schweifen und schaute plötzlich finster drein. „Genau. Die Bank." *Und Jim Benson; der gute alte Stiefvater mit der eisernen Hand und der Registrierkasse anstelle eines Herzens.* Langsam öffnete er seine geballte Faust und schob die Wut und die Bitterkeit beiseite. „Was wissen Sie über Billie Henshaw?"

„Nichts. Nur das, was ich in der Zeitung gelesen habe."

„Ihr Ehemann soll ein Verhältnis mit ihr gehabt haben."

„Wahrscheinlich stimmt das", räumte Bethany ein. „Ich weiß es aber nicht genau. Damals waren wir schon geschieden und haben uns nicht mehr gesehen. Was er privat tat …" Sie zuckte die Schultern, als hätte Grants Untreue sie nicht verletzt. Dennoch umschloss sie die Tasse fester. „Die ganze Sache hatte nichts mit mir zu tun."

„Es tut mir wirklich leid", sagte er, als er sah, wie sehr es sie schmerzte.

Ruckartig hob sie das Kinn und gab scharf zurück: „Es ist nicht Ihre Schuld. Es gibt keinen Grund, mich zu bedauern." Kämpferisch straffte sie die Schultern und begegnete seinem Blick. „Ich habe diese Billie Henshaw, oder wie sie heißt, nie getroffen." Obwohl der Schmerz ihr auf den Magen schlug, trank sie einen Schluck Kaffee. „Hören Sie. Es gibt wirklich nichts mehr, was ich Ihnen dazu sagen könnte. Ich weiß nichts über diese Veruntreuung, habe nie etwas von dem Geld gesehen. Als wir dann geschieden waren, habe ich Grant wirklich nicht ständig im Auge behalten." Vorsichtig setzte sie ihren Becher auf dem Tresen ab und blickte ihm erneut ins Gesicht. „Ich kann Ihnen nicht helfen, Mr. Hanson. Es ist nicht so, dass ich nicht möchte, dass die Bank ihr Geld wiederbekommt. Aber ich weiß nichts über diese Angelegenheit! Vielleicht sollten Sie mit Billie Henshaw sprechen."

„Das kann ich nicht", setzte Brett entgegen.

„Aber sie wird sicherlich mehr darüber wissen als ich."

„Nicht mehr", fuhr er ruhig fort und stellte seine Tasse in die Spüle, bevor er sich wieder zu ihr umdrehte. „Billie Henshaw ist tot. Sie und Jake Weathers sind gestorben, als der Learjet, in dem sie sich befanden, in den Bergen westlich von Reno abgestürzt ist – dasselbe Flugzeug, aus dem Ihr Ehemann gesprungen ist."

Plötzlich wurde Bethany blass.

Brett seufzte und murmelte leise: „So viel zu Jake Weathers' Geschichte."

„Sie denken, er hat die Polizei belogen?", fragte Bethany.

„Zweifellos hat er das getan. Jake hat darauf bestanden, nicht gewusst zu haben, dass Ihr Ehemann die Pfandbriefe der Bank gestohlen hat. Oder dass Grant vorgehabt hat, aus dem Flugzeug zu springen. Das Gleiche sagte auch Jakes Bruder Karl aus. Aber jetzt wurde Jakes Leiche mit einigen der gestohlenen Wertpapiere gefunden. So wie ich das sehe, ist Jakes Geschichte keinen Pfifferling wert."

Bethany stützte sich gegen den Tresen. Ihr friedliches Leben war kurz davor, in Stücke gerissen zu werden. Wieder einmal. Und es gab nichts, was sie dagegen unternehmen konnte.

„Das Flugzeug ist natürlich ausgebrannt, aber ein Teil des Rumpfes war intakt, und mehrere Gegenstände konnten am Absturzort geborgen werden."

„Ich bin sicher, Sie wollen auf etwas hinaus?"

„Billie Henshaws Handtasche wurde gefunden. Sie hatte nicht nur ein Bild Ihres Ehemanns in ihrem Geldbeutel, sondern gleich mehrere Pfandbriefe bei sich."

„Und deshalb nehmen Sie nun an, dass Grant am Leben ist und die restlichen Briefe hat."

„Zumindest besteht die Möglichkeit."

„Ich verstehe", erwiderte Bethany mit überraschend ruhiger Stimme. „Und jetzt denken Sie, ich könnte Ihnen helfen."

„Das hoffe ich."

„Ich habe Ihnen ja schon gesagt, dass es nicht so ist, dass ich nicht will", sagte sie und umfasste mit ihren Händen den Rand der Spüle.

„Aber?"

„Es gibt nichts, was ich tun oder sagen kann, das ich nicht schon vorher getan oder gesagt habe." Sie schüttelte ihren Kopf und blickte aus dem Fenster. „Mein Leben in Boise, das Leben, das ich mit Grant geführt habe, das ist vorbei. Ich bin hierhergekommen, um noch einmal von vorne anzufangen. Ich habe eine neue Arbeit, neue Freunde. Nur sehr wenige

Menschen wissen, was damals in Idaho vorgefallen ist, und genauso soll es auch bleiben. Das, was Sie mir nun vorschlagen, dass ich alles wieder hervorholen soll, ist unmöglich und sinnlos. Meine Geschichte hat sich nicht verändert. Das können Sie in den Akten nachlesen, bei der Polizei, dem FBI, der Bank und sogar bei der Presse. Wahrscheinlich erfahren Sie mehr, wenn Sie in die Bücherei gehen und die alten Zeitungsberichte lesen, als wenn Sie mit mir sprechen."

„Das habe ich bereits erledigt."

Bethany strich sich die Haare aus dem Gesicht und lächelte traurig. „Tja, wenigstens sind Sie effizient", murmelte sie. „Kein Wunder. Schließlich hat Jim Benson Sie engagiert."

Bretts Augen funkelten, doch er antwortete ihr nicht.

Seufzend fuhr Bethany fort: „Mehr habe ich dazu nicht zu sagen. Ich denke, Sie sollten jetzt besser gehen." Sie war überrascht, seine Hand auf ihrer Schulter zu spüren.

„Was muss ich unternehmen, um Sie davon zu überzeugen, mir zu helfen?"

„Sie können nichts tun." Als er sich nicht bewegte, schüttelte sie seine Hand ab.

Mit der Hüfte lehnte er sich an den Tresen und verschränkte die Arme vor seinem breiten Brustkorb. Forschend blickte er sie mit zur Seite geneigtem Kopf an. „Ich weiß nicht, wovor Sie davonlaufen, aber Sie können sich nicht ewig verstecken."

Herausfordernd sah sie ihn an. „Und ich weiß nicht, weshalb Sie sich in diesem Fall so engagieren. Ich habe damit nichts mehr zu tun."

„Das sehe ich anders. Ob es Ihnen nun gefällt oder nicht, Sie stecken mittendrin."

„Das mag vielleicht mal so gewesen sein. Nun liegt es jedoch weit hinter mir."

„Als das Flugzeug abgestürzt ist, haben sich die Regeln geändert."

„Na toll", gab sie schwer seufzend zurück. „Dann gehöre ich vermutlich wieder zu den Verdächtigen?"

„So weit würde ich nicht gerade gehen …"

„Wie weit würden Sie denn gehen, Mr. Hanson?"

„So weit wie nötig, um Sie davon zu überzeugen, mich zu unterstützen."

„Aber ich kann nicht! Ich sagte Ihnen bereits …"

„Ich glaube, Sie können sehr wohl", fiel er ihr ärgerlich ins Wort. Bethany Mills musste ihm einfach helfen. Sosehr Brett es hasste, das zuzugeben, aber sie war seine einzige Spur, seit Karl Weathers untergetaucht war. „Es ist sehr wichtig", sagte er ruhig.

„Für Sie?"

„Für uns alle."

„Ich weiß nicht recht …"

„Helfen Sie mir, Bethany", unterbrach er sie. „Ich brauche Ihre Hilfe."

Einen Augenblick lang schaute sie ihm tief in die silberblauen Augen. Dennoch fragte sie: „Und was genau muss ich tun, damit Sie endlich gehen und mich alleine lassen?"

„Helfen Sie mir einfach, Ihren Mann aufzuspüren", bat er sie eindringlich.

„Sofern er noch am Leben ist."

„Selbst, wenn er es nicht ist."

Bethany erschauerte bei diesem Gedanken. „Oh Gott, ich … ich bin mir nicht sicher."

„Helfen Sie mir, dann können wir die ganze Sache zu einem Ende bringen."

„Ich habe Ferien."

„Ich weiß. Und Sie haben sich nichts vorgenommen."

Sie kniff die Augen zusammen und spürte, wie die Wut in ihrem Innern aufwallte. Gab es denn gar nichts, was er nicht wusste? „Sie sind wirklich ein Bastard, wissen Sie das?“

„Ich habe schon Schlimmeres gehört.“

„Darauf wette ich.“

„Ich dachte, Sie könnten mir vielleicht jetzt sofort helfen. Sie haben doch in den nächsten zwei Wochen Ferien. Niemand würde etwas bemerken. Ihr Leben würde nicht gestört.“

„Nein, es würde nur völlig umgekrempelt werden.“

Mit erhobener Hand schwor er: „Zwei Wochen, mehr nicht. Und wenn wir ihn bis dahin nicht gefunden oder zumindest eine höllisch gute Idee haben, wo er sich aufhalten könnte …, dann mache ich eben alleine weiter.“

„Wieso ist Ihnen das eigentlich so wichtig?“, erkundigte sie sich bei ihm.

Schlagartig setzte er eine undurchdringliche Miene auf. „Es ist rein geschäftlich.“

„Sie erwarten doch nicht ernsthaft von mir, dass ich Ihnen das glaube, oder?“, fragte sie. „Hören Sie, ich weiß nicht recht.“ Ihr Magen zog sich vor Furcht zusammen. Sie blickte ihm in die kalten, stahlblauen Augen. „Was gewinnen Sie dabei, Hanson?“

„Freiheit“, antwortete er wahrheitsgemäß. „Für uns beide. Die Befreiung von der Vergangenheit.“

„Und wenn das hier vorüber ist …, irgendwann in den nächsten beiden Wochen, dann gehen Sie und lassen mich in Ruhe?“

„Genau.“

Sie biss die Zähne zusammen. Entschlossen sagte sie: „Na gut, Mr. Hanson, abgemacht. Das Einzige, was ich von Ihnen fordere, ist Folgendes: Wenn ich Ihnen helfe, möchte ich Jim Bensons Wort, und zwar schriftlich, dass Sie, er und alle anderen, die mit der First Security zu tun haben, sich aus meinem und dem Leben meiner Eltern für immer heraushalten!"

Das Feuer in ihren Augen amüsierte ihn. Er musste lächeln, als er ihr seine Hand entgegenstreckte: „Das, Mrs. Mills, verspreche ich Ihnen!"

Bethany fragte sich, ob sie dabei war, den schlimmsten Fehler ihres Lebens zu begehen. Doch sie ergriff seine Hand, und seine langen, warmen Finger umschlossen ihre.

„Und was jetzt?" Sie zog ihre Hand zurück und versuchte, die plötzliche Wärme und Zufriedenheit in seinen Augen zu ignorieren.

„Für den Augenblick wäre es das gewesen. Ich komme später wieder, wenn ich ein paar Recherchen angestellt habe."

„Recherchen?"

„Zum Verbleib von Jake Weathers' Bruder Karl. Er war auch in Jakes Flugzeug, als Ihr Mann gesprungen ist. Mit seiner Aussage hat er die Geschichte seines Bruders damals bestätigt. Da nun bei Jakes Leiche ebenfalls einige der gestohlenen Wertpapiere gefunden wurden, ist Karls Alibi nicht mehr ganz so wasserdicht wie zuvor."

„Und Sie denken, er wüsste, wo Grant sich aufhält?"

„Vielleicht. Aber Karl ist untergetaucht. Nicht einmal zur Beerdigung seines Bruders ist er erschienen. Das ist ungewöhnlich, weil er und Jake sich sehr nahestanden. Es sei denn, er hat etwas zu verbergen."

„Und da Karl untergetaucht ist, sind Sie hierhergekommen."

Er nickte. „Grant hatte nicht sehr viele Freunde. Oder kennen Sie noch ein paar, von denen ich nichts weiß?"

„Das bezweifle ich."

„Das dachte ich mir schon.“ Brett ging zurück in die Eingangshalle und zog sich seine Stiefel über, bevor er in seine Jacke schlüpfte. „Ich komme wieder“, sagte er und setzte sich den Stetson auf den Kopf.

Und was dann, fragte sich Bethany still. „Wann denn?“

„Später.“

Dann war er weg. So schnell er in ihr Leben getreten war, so schnell war er daraus verschwunden. Aber nicht für lange, rief sie sich ins Gedächtnis zurück. Ein plötzliches Frösteln überkam sie, und sie warf einen weiteren Holzscheit ins Feuer.

Freiheit. Das hatte er versprochen. Es wäre besser, dachte sie, wenn Brett Hanson hält, was er verspricht!

4. KAPITEL

Du bist eine Idiotin", sagte Bethany sich später leise und schob dabei das letzte Backblech mit Plätzchen in den Ofen. „Wieso in aller Welt hast du diesem Typen vertraut? Dummheit, Bethany, aus purer Dummheit."

Noch immer murmelte sie vor sich hin, als es an der Tür klingelte. Sie fühlte, wie ihr Herz in der Erwartung, Brett auf der Veranda stehen zu sehen, schneller zu schlagen begann. Ruckartig öffnete sie die Tür. Doch statt Brett stand Jenny da. Ihr Gesicht war vor Kälte gerötet, und auf dem Arm trug sie Winston. „Ich dachte, dass ihm vielleicht langsam kalt wird", erklärte Jenny.

Bethany lachte und gab den Weg ins Haus frei. „Danke, Jenny. Ich sage es nur ungern, aber ich habe ihn ganz vergessen."

„Wieso?"

„Weil ich mich wahrscheinlich noch nicht daran gewöhnt habe, ein Haustier zu besitzen. Bring ihn einfach rein. Dann können wir ein paar Plätzchen essen."

Ohne eine weitere Aufforderung setzte Jenny den Hund auf den Boden. Wie der Blitz jagte Winston die kurze Eingangshalle entlang und wieder zurück. Freudig sprang er über die Couch und raste bereits im Kreis durch das Wohnzimmer, während Bethany noch die Haustür schloss.

„Pass auf!", rief sie, aber da war es schon zu spät. Der Welpe umkreiste den Weihnachtsbaum und hätte ihn beinahe umgerissen.

Jenny streifte die Stiefel ab, wickelte sich aus ihrem Schal und schüttelte die Zöpfe. Kichernd beobachtete sie die Eskapaden des kleinen aufmüpfigen Hundes. „Was macht er denn da?"

„Ich kenne den Fachausdruck dafür nicht. Aber mein Dad nannte es früher immer die ‚verrückten fünf Minuten'."

„Dein Dad hat einen Hund?"

„Meistens sogar zwei oder drei Hunde gleichzeitig", erklärte Bethany und machte sich auf den Weg in die Küche, in die ihr Jenny folgte.

„Drei Hunde?" Jenny musterte Bethany misstrauisch.

„Ja, klar. Er lebt auf einer sehr großen Farm. Normalerweise hält er sich einen Jagdhund und einen Schäferhund. Aber er nimmt auch jeden Streuner auf, der seinen Weg auf die Farm findet."

„Hast du auch auf der Farm gelebt?"

„Natürlich", bestätigte Bethany, stellte einen Teller mit glasierten Weihnachtsplätzchen auf den Tisch und zog sich einen Stuhl heran.

„Ich wette, das hat dir gefallen."

„Das hat es."

„Hast du auch ein Pferd gehabt?"

Bethany musste lächeln. „Mehrere sogar. Mein erstes Pferd war ein kleines Pony, das etwa so groß war wie du."

Ungläubig starrte Jenny sie mit großen Augen an. „Wirklich? Ein Pony?"

„Jawohl. Es hieß Doc und war das gemeinste kleine Pferd, das man sich vorstellen kann."

Jenny warf ihr einen schrägen Blick zu. „Hast du es nicht geliebt?"

„Doch, natürlich habe ich es geliebt."

„Aber du hast gesagt, es wäre gemein gewesen."

„Das war es auch." Bethany lachte, als sie sich an das übellaunige kleine Shetlandpony zurückerinnerte. Mit flach angelegten Ohren, die Augen wütend auf jeden potenziellen Reiter gerichtet, hatte es mehr Tricks auf Lager gehabt als ein Zirkusclown. „Aber es hatte Charakter. Und davon sogar sehr viel. Wir haben uns gut verstanden."

„Ich wünschte, ich würde auf einer Farm leben."

„Es war schon toll", sagte Bethany und brach ein Plätzchen in zwei Hälften. Die eine gab sie Winston, der sie verschlang und sofort nach einer weiteren Leckerei bettelte. „Und Weihnachten war die beste Zeit überhaupt auf der Farm. Meine Mom hat sich große Mühe gegeben. Dad und ich mussten den größten Baum der Farm suchen, ihn schlagen und nach Hause ziehen. Unterdessen bereiteten meine Mom und meine Tanten so viel zu essen vor, dass sie eine Armee hätten versorgen können. Wir sangen Weihnachtslieder zur Musik des alten Klaviers. Überall im Haus hingen Mistelzweige, rote Girlanden und Lichterketten."

Jenny drehte sich auf ihrem Stuhl zu Bethany und sah sie direkt an. „Was ist passiert?"

„Was meinst du?"

„Wieso bist du von dort fortgegangen?"

„Ach, das meinst du." Bethany seufzte und betrachtete das Schneetreiben vor ihrem Fenster. „Ich habe dir doch erzählt, dass ich mal verheiratet war. Erinnerst du dich?"

„Ja."

„Na ja, mein Mann und ich zogen nach der Hochzeit in die Stadt. Es war nicht so weit weg von meinen Eltern, und wir besuchten sie auch oft. Zumindest am Anfang."

„Bis dein Mann weggegangen ist?", fragte Jenny.

Bethany nickte. „Ja. Und dann bin ich hierhergekommen."

„Aber du kannst immer noch zurück, oder?"

Bethany dachte an die aufgegebenen Urlaubspläne. Nur mit Mühe konnte sie die Traurigkeit niederkämpfen, die sie seit dem Telefonat mit ihren Eltern fühlte. „Natürlich kann ich zurückgehen, Schätzchen. Wann immer ich möchte. Aber ich dachte, ich bleibe dieses Jahr hier. Um in den Ferien ein bisschen zu arbeiten. Weißt du, es ist ja mein erstes Jahr bei der Arbeit."

Sofort hellte Jennys Gesichtchen sich auf, und sie richtete ihre Aufmerksamkeit auf den Plätzchenteller.

„Darf ich noch eins nehmen?"

Froh um den Themenwechsel, reichte Bethany dem kleinen Mädchen ein mit Hagelzucker bestreutes Sternplätzchen. „Bitte sehr, und bevor du gehst, suchen wir ein Dutzend von denen aus", sagte sie und zeigte auf die Plätzchen, die auf dem Tresen abkühlten. „Dann kannst du sie mit nach Hause zu deiner Mom und deinem Bruder Joey nehmen."

„Ehrlich?"

„Ehrlich."

Jenny stellte sich auf einen Stuhl, um die verzierten Schneemänner, Rentiere und Weihnachtsmänner auf dem Blech genau zu betrachten. „Ich möchte das und das … Wie viel ist überhaupt ein Dutzend?"

„Normalerweise zwölf, aber wir nehmen ein Bäckerdutzend. Das sind dann dreizehn."

„Oh, schön." Konzentriert nahm Jenny alle Plätzchen genau unter die Lupe und zeigte auf die, die ihr am besten gefielen. Bethany legte diese dann auf eine Platte und deckte sie mit einer roten Plastikfolie ab. „Wo ist denn der Mann, der heute hier war?", fragte Jenny, als sie von ihrem Stuhl herunterkletterte.

Der Gedanke an Brett vermieste Bethany augenblicklich die Weihnachtsstimmung. „Er musste gehen."

„Kommt er zurück?"

„Ich glaube schon."

„Ich glaube auch."

„Ach ja, das glaubst du? Wieso denn?“, erkundigte sich Bethany verwundert.

„Na ja, weil er doch schon mal hier war.“

Beinahe wäre Bethany die Platte heruntergefallen. „Er war schon mal da?“

„Ja, sogar viele Male.“

„Hast du ihn gesehen?“

„Ja“, bestätigte Jenny und sah Bethany komisch an. „Das habe ich dir doch gesagt.“

„Wann? Wann war er hier?“

Das Kind zuckte mit den Schultern. „Ich weiß nicht mehr.“

„Gestern? Oder vorgestern?“

Jenny verzog ihr kleines Gesicht, dachte offenbar angestrengt nach, aber hob dann die Hände. „Weiß nicht“, sagte sie und schmollte ein wenig.

„Ist schon gut“, beschwichtigte Bethany sie und versuchte, gleichzeitig ihr plötzlich wild schlagendes Herz zu beruhigen. „Es macht wirklich nichts.“ Sie half Jenny in ihren Mantel und legte der Kleinen den Schal sorgfältig um den Hals. Nachdem das Mädchen die Stiefel angezogen hatte, reichte Bethany ihr die Platte mit den Plätzchen. „Bist du sicher, dass du das nach Hause tragen kannst, ohne auszurutschen?“

„Ich kann das“, versicherte Jenny überzeugt, bevor sie auf die Veranda trat und die Stufen hinabstakste.

„Sei vorsichtig“, mahnte Bethany sie und zuckte bei jedem wackeligen Schritt zusammen.

„Mach ich“, tönte es zurück.

Nachdem sie die Tür geschlossen hatte, beobachtete Bethany durch das Fenster, wie Jenny bedächtig den Hügel zur Auffahrt ihrer Mutter hinunterging.

„So! Dann war Brett Hanson also hier und hat herumspioniert“, flüsterte sie vor sich hin. „Vielleicht hast du dich deshalb beobachtet gefühlt.“ Wütend auf sich selbst und auch auf Brett, ging sie zurück in die Küche und begann, das Geschirr zu spülen. „Also, Mr. Hanson, wenn beziehungsweise falls Sie überhaupt zurückkommen, dann reden wir Tacheles.“

Brett knallte den Hörer auf. „Verdammt!“, fluchte er und trat gegen einen Schneehaufen, als er die Telefonzelle verließ. Hier hatte er seine Ruhe haben wollen. Und jetzt war er bis auf die Knochen durchgefroren und vor Wut ganz außer sich!

Er ballte die Hände zu Fäusten, stopfte sie in die Taschen seiner Daunenjacke und ging im eisigen Wind die Straßen Portlands entlang. Dabei rekapitulierte er sein Gespräch mit Harry.

„Nimm sie in die Mangel, Hanson“, hatte Harry beharrt, nachdem Brett ihm von seiner ersten Begegnung mit Bethany berichtet hatte.

„Ich glaube nicht, dass das funktioniert.“

„Irgendwas muss aber funktionieren. Sie ist unsere einzige Spur zu Mills. Mach ihr den Hof, wenn es sein muss.“

„Ihr den Hof machen?“, hatte Brett ungläubig wiederholt. „Ach, komm schon, Harry, das ist keine spätabendliche Krimisendung. Es geht hier um eine Frau aus Fleisch und Blut!“

„Ja“, war es gedehnt durch den Hörer gekommen, „um eine Frau, die mit dem Mann verheiratet war, der die First Security um eine Million betrogen hat!“

„Sie hatte keine Ahnung davon!“

„Wie kannst du dir so sicher sein? Himmel noch mal, sie war schließlich mit dem Penner verheiratet!“

„Aber das war vor dem Diebstahl."

„Mills hat sich jahrelang bei uns bedient."

„Sie hat das nicht gewusst."

„Klar doch, sie hat von nichts gewusst", hatte Harry sarkastisch erwidert. „Hör mal, Hanson, Bethany Mills scheint mir nicht gerade ein Dummchen zu sein. Sie muss doch gemerkt haben, dass er mehr Geld zur Verfügung hatte, als er hier verdiente."

„Sie erzählt die Geschichte anders", hatte Brett entgegnet, wobei seine Wut die Oberhand zu gewinnen drohte. „Außerdem hat man euch doch das Geld erstattet. Die Versicherungsgesellschaft ..."

„Hat zwar nach einigem Zögern bezahlt", war Harry dazwischengefahren, „aber dafür die Versicherungsprämien verdoppelt! Jetzt hör mir mal zu, Brett. Pass auf, dass dir deine Gefühle nicht in die Quere kommen – so wie damals bei Robertas Tod."

Diese Aussage hatte Brett so hart zugesetzt, dass er einfach aufgelegt hatte.

„Du kannst von Glück sagen, dass ich dir deinen erbärmlichen Hals nicht umdrehe, Harry", brummte er in Richtung Telefon. Zum Schutz vor der Kälte zog er die Schultern zusammen, als er am Ufer des Willamette River entlangschlenderte. Träge rann der graue Fluss unter der Hawthorne Bridge hindurch. Tausende Eiszapfen hingen wie Kristallkegel an der Ufermauer.

Die Stadt Portland war praktisch lahmgelegt. Mit Schneepflügen und Sandstrahlgebläsen kämpften Arbeiter erbittert gegen den beißenden Wind und den zunehmenden Schneefall an. Das schlechte Wetter gefährdete nicht nur die Stromleitungen, sondern brachte auch den Verkehr zum Erliegen.

Bei seinem Fußmarsch hielt er den Kopf gegen den Wind

gebeugt und traf nur wenige Fußgänger auf den eisglatten Gehwegen. Als er jetzt den Teil der Stadt erreichte, der auch als Old Town bekannt war, blieb er vor einer der Bars am Wasser stehen und bahnte sich seinen Weg hinein.

Brett kehrte um kurz vor sieben Uhr zurück. Deutlich konnte Bethany hören, wie sich sein Jeep mühsam den Hügel hinaufquälte und auf ihrer Auffahrt zum Stehen kam. Mit klopfendem Herzen fing sie ihn an der Tür ab, noch bevor er überhaupt anklopfen konnte.

„Sie haben auf mich gewartet", stellte er mit einem Lächeln fest. Mit seinem Hut in der Hand stand er auf der Veranda. Das sanfte Licht glättete seine rauen Gesichtszüge, ließ seine blauen Augen glänzen und reflektierte sich in seinen samtschwarzen Haaren. Attraktiv und gefährlich – Brett berührte eine geheime Stelle in Bethany, die sie auch vor sich selbst stets verborgen gehalten hatte.

„Sie sagten, dass Sie zurückkommen", erinnerte sie ihn und machte den Weg frei, damit er eintreten konnte.

„Ich weiß, aber ich hatte nicht angenommen, dass Sie auf mich warten würden." Er stellte seine Stiefel in den Flur und hängte Hut und Jacke an den Kleiderständer.

„Das hier ist ja nicht gerade eine Willkommensparty", hielt sie ihm entgegen.

„Ach?", entfuhr es ihm überrascht. Er ging ins Wohnzimmer, beugte sich vor den Kamin und wärmte seine Hände am Feuer. Der Stoff seiner Cordhose spannte über seinem knackigen Hintern, sein Pulli straffte sich über seinen breiten Schultern. „Stört Sie irgendetwas?", fragte er sie, nachdem er noch ein paar Scheite aufs Feuer gelegt und dabei zugesehen hatte, wie die Flammen auf das trockene Holz übergesprungen waren.

„Irgendetwas?“, wiederholte sie ungläubig. „Wie wär’s mit einem ganzen Sack voller Dinge?“ Sie setzte sich auf die Couch, lehnte sich zurück und kreuzte die Arme vor ihrer Brust.

„Okay. Was ist es denn? Schießen Sie los.“

„Eine meiner Nachbarinnen hat mir erzählt, Sie wären schon mal hier gewesen.“

„Das ist wahr.“ Er drehte sich um, nahm am Kamin Platz und heftete seinen Blick auf sie.

„Aber Sie sind nicht zum Haus gekommen.“

„Falsch. Bin ich. Aber Sie waren nicht da. Und ich war nicht nur das eine Mal hier, sondern gleich zwei Mal.“

„Zwei Mal?“

„Jawohl.“ Seine Augen blitzten, als würde ihm die Situation stilles Vergnügen bereiten. „Ihre Spionin ist nicht zufällig neunzig Zentimeter groß, trägt Zöpfe und ist sehr altklug für ihr Alter – das ich auf etwa drei Jahre schätze?“

„Vier Jahre“, korrigierte Bethany und lachte, als sich ihr Ärger aufzulösen begann.

„Und ich dachte die ganze Zeit, sie wäre einfach ein süßes kleines Mädchen.“

„Das ist sie. Aber sie hält Augen und Ohren offen. Jenny entgeht wirklich nichts.“

„Ein Energiebündel also?“

„Ganz bestimmt sogar.“

„Darauf wette ich.“ Er gluckste und rieb sich die Hände.

Bethany musste lächeln. Wenn Brett Hanson seine Nase nicht in Dinge steckte, die ihn nichts angingen, konnte er ein interessanter und durchaus charmanter Mann sein. „Haben Sie schon etwas gegessen?“, fragte sie ihn.

„Nicht seit dem Mittagessen.“

„Ich habe zwar nur eine selbst gemachte Suppe und

Weihnachtsplätzchen, aber Sie sind zu beidem herzlich eingeladen."

Er zögerte, konnte dann aber nicht widerstehen. „Das ist das beste Angebot, das ich heute gehört habe."

„Dann kommen Sie. Es dauert nur eine Minute, die Suppe aufzuwärmen."

Während Brett durchs Küchenfenster in die dunkle Nacht hinausblickte, erhitzte Bethany die übrige Hühnersuppe und sagte sich, dass sie sich wie eine Idiotin aufführte. Für Brett zu kochen und es ihm gemütlich zu machen ist so dumm, als würdest du mit dem Feind schlafen, schalt sie sich im Stillen. Brett Hanson arbeitete schließlich für Jim Benson. Und dem Inhaber und Präsidenten der First Security Bank würde es sicher gut gefallen, die Schuld für Grants Veruntreuung Grants Exfrau anhängen zu können.

Zwanzig Minuten später, nachdem er einen großen Teller Suppe aufgegessen hatte, bedankte sich Brett. „Das war hervorragend. Wo haben Sie nur so zu kochen gelernt?"

„Auf einer Farm in Idaho", antwortete sie und rutschte unruhig auf ihrem Stuhl hin und her. Um seinem Blick auszuweichen, sammelte sie das dreckige Geschirr ein und trug es zum Spülbecken.

„Haben Sie dort Ihr ganzes Leben verbracht?"

„Den größten Teil", gab sie knapp zurück, räumte die Teller in die Spülmaschine und goss ihnen beiden eine Tasse Kaffee ein. „Aber das wussten Sie doch schon, oder?"

Missmutig nahm er sich ein Plätzchen von der Platte und aß es bedächtig. „Sie sollten wissen, dass ich nicht hier bin, um Sie zu quälen."

„Das können Sie auch nicht", versetzte sie zornig. „Ich bin unschuldig!"

„Ich möchte lediglich Ihren Ehemann aufspüren."

„Meinen Exmann!“, betonte sie und schlug die Tür des Geschirrspülers zu. Mit funkelnden Augen reichte sie Brett eine Keramiktasse. „Und lügen Sie mich nicht an. Würde Jim Benson denken, er könne Grants Verbrechen mir oder meiner Familie in die Schuhe schieben, dann täte er es. Immerhin steht sein Stolz auf dem Spiel.“

Ein zynischer Zug umspielte Bretts Mund. „Wie ich sehe, kennen Sie den Mann.“

„Das kann man so sagen. Dad und er haben sich nie verstanden. Schon als sie zusammen zur Schule gingen, waren sie Gegner. Und dann entschied Mom sich auch noch, Dad zu heiraten und nicht Jim. Aber das liegt schon Jahre zurück.“

„Und Jim hat den beiden nie verziehen.“

„Ich weiß es nicht. Vermutlich hat er das nicht. Andererseits hat er Grant einen Job gegeben …“ Plötzlich sah sie auf und stellte fest, dass Brett sie musterte. „Aber das muss ich Ihnen nicht alles erzählen. Das ist doch Schnee von gestern.“

In ihr brodelte es. Sie ging hinüber ins Wohnzimmer und setzte sich an den Kamin. Mit beiden Händen umklammerte sie die Tasse, pustete über den dampfenden Kaffee. Dabei versuchte sie, die zunehmende Wut zu unterdrücken, die sie überkam, wenn sie daran dachte, wie ungerecht das alles war. „Wissen Sie, wenn ich den Mut dazu hätte, würde ich Sie und die First Security Bank zum Teufel schicken. Dann würde ich morgen in den Flieger nach Boise steigen und meine Eltern besuchen. Doch stattdessen vergrabe ich mich hier in Portland und hoffe, dass niemand etwas über Grant herausfindet. Ich habe Angst, nach Hause zu gehen, weil ich dann die Aufmerksamkeit wieder auf mich lenken würde. Und ich möchte meiner Familie ersparen, in Verlegenheit gebracht zu werden.“ Sie nippte an ihrem Kaffee, bemerkte kaum, wie er in ihrer Kehle brannte. „Wissen Sie, bevor Harry Benson meinen Eltern einen Besuch abgestattet hat und bevor Sie hergekommen sind, hatte ich die verrückte Vorstellung, dass ich wieder ein normales Leben führen könnte.

„Das können Sie", sagte er sanft.

„Wann?"

„Wenn wir Grant gefunden haben."

„Aber ich hatte mit dem, was er abgezogen hat, nichts zu tun. Wieso sollte ich dafür bestraft werden? Und meine Eltern erst ... Es ist so verdammt ungerecht."

„So etwas nennt man in der Psychologie ‚Schuld durch räumliche Nähe'", klärte er sie auf und versuchte damit, die Stimmung aufzulockern.

„Haargenau! Und das stinkt doch zum Himmel!"

„Dem kann ich nichts entgegensetzen", räumte er ein. Er schritt durch das Wohnzimmer zur Couch, setzte sich und streckte seine langen Beine aus. „Aber vielleicht können wir alles aufklären, wenn wir Grant finden."

„*Falls* Sie ihn finden."

Sie sah, wie sich Bretts Gesicht anspannte, bemerkte den Ausdruck neuer Entschlossenheit in seinen Augen. „Ich werde ihn finden", versprach er. „Es wird nur ein bisschen Zeit brauchen."

„Und meine Kooperation."

„Stimmt."

Zweifelnd runzelte sie die Stirn, doch sie hielt seinem Blick stand. „Ich glaube wirklich nicht, dass ich Ihnen helfen kann."

„Vielleicht kann ich Sie überzeugen, wenn ich Ihnen sage, was ich schon unternommen habe."

„Zumindest wäre es ein Anfang." Bethany lehnte sich zurück und beobachtete seine plötzlich harten Züge im Licht des Feuers.

„Sie wissen ja schon, dass ich Privatdetektiv bin."

„Das sagten Sie, ja."

„Eigentlich hatte ich mich schon beinahe zur Ruhe gesetzt. Doch ich schuldete Jim Benson einen Gefallen."

„Keine gute Voraussetzung."

Ein flüchtiges Lächeln erhellte sein Gesicht. „Richtig. Jedenfalls habe ich vor Monaten zugestimmt, Grant zu suchen."

„Wieso? Um was für einen Gefallen hat es sich gehandelt?"

Brett dachte an die Hütte seiner Mutter in den Bergen Washingtons, an die Tatsache, dass Jim Benson sein Stiefvater war. Daran, dass Jim und er nichts füreinander übrighatten. Dass er seit dem Tod seiner Frau Roberta nichts anderes wollte, als sein Leben wie ein Einsiedler auf dem Land seiner Mutter zu verbringen. Trotz alledem sagte er bloß: „Ich schuldete ihm Geld."

„Sie und der Rest der Bevölkerung von Süd-Idaho."

Brett zuckte die Schultern. „Zumindest konnte ich Billie Henshaw ausfindig machen. Sie hatte Grant geholfen, indem sie sämtliche Unterlagen über die Existenz der Pfandbriefe vernichtete, als diese von der Maklerfirma an die Bank verschickt wurden. Ohne Billie hätte Grant große Schwierigkeiten gehabt, die Pfandbriefe zu verkaufen."

„Die hatte er wohl trotzdem."

„Als ich Billie aufgespürt hatte, dachte ich, ich wäre aus der Abmachung mit Jim Benson raus. Ich nahm an, sie würde das FBI zu Grant führen – entweder versehentlich oder als Kronzeugin."

„Aber so ist es nicht gekommen."

„Nein. Noch bevor man sie verhaften konnte, sind sie und Jake Weathers bei dem Flugzeugabsturz ums Leben gekommen. Damit ist die ganze Untersuchung wieder am Ausgangspunkt angelangt."

„Nämlich bei mir?"

„Bei Karl Weathers."

„Ich habe keine Ahnung, wo er ist."

„Das weiß ich." Er stellte seine leere Tasse auf den Tisch und stand auf. Als er sich nun streckte, rutschte sein Pulli ein Stückchen nach oben und gab den Blick auf seinen flachen Bauch frei.

Bevor sie die Augen abwenden konnte, bekam sie flüchtig seinen Bauchnabel und die dunklen Härchen drumherum zu sehen. Mit einem Mal fiel Bethany das Schlucken schwer, als sie ihren Blick auf sein Gesicht richtete.

Wenn er gemerkt hatte, dass sie rot geworden war, dann zeigte er es zumindest nicht. „Aber Karl ist die einzige Person, die weiß, wo sich Grant aufhält. Falls er noch am Leben ist."

Der Gedanke, dass der Mann, den sie einmal geliebt hatte, tot sein könnte, ließ Bethany erzittern. Starr sah sie in ihre Tasse und nickte.

„Deshalb hoffe ich, dass mich Karl – sobald ich ihn aufgespürt habe – zu Grant und den gestohlenen Pfandbriefen führt."

„Abgesehen davon, dass Grant vielleicht nicht mehr lebt. Womöglich ist er beim Sprung aus dem Flugzeug ums Leben gekommen ..."

„Aber man hat einige der Wertpapiere bei Billie Henshaw gefunden", wandte er ein.

„Sie könnte ihren Anteil vor Grants Sprung an sich genommen haben."

„Möglich."

„Dies alles könnte sich als vollkommen aussichtslose Jagd entpuppen", gab sie zu bedenken.

„Das hoffe ich nicht. Wir gehen davon aus, dass Mills noch lebt. Deshalb brauche ich auch Ihre Hilfe." Forschend sah er sie mit seinen dunkelblauen Augen an.

Bethanys Herz pochte wie wild. Sie räusperte sich und löste sich von diesem wissenden, beinahe schon besitzergreifenden Blick. „Nun gut. Und wie passe ich in dieses Bild?“, erkundigte sie sich.

„Für den Moment würde ich gerne jedes einzelne Papier noch einmal durchgehen, das Sie aus Ihrer Ehe mit Grant besitzen. Kontoauszüge, Kredite, Grundstücksurkunden, Briefe, Versicherungspapiere, Arbeitsunterlagen. Einfach alles.“

„Das alles wurde schon überprüft“, wandte sie ein.

„Ich weiß. Aber nicht von mir. Und ich will wirklich alles durchsehen: alte Adressbücher, Telefonrechnungen, alte Briefe und Belege.“

„Das FBI und die Bank haben das schon gemacht.“

„Aber vielleicht haben sie ja etwas übersehen. Ich will nur sichergehen. In Ordnung?“

Bethany musterte ihn von Kopf bis Fuß, doch unglücklicherweise gefiel ihr der Anblick. Diese Situation wäre um so vieles leichter, wenn sie ihn verachten könnte. „Jim Benson muss schon etwas Großes gegen Sie in der Hand haben“, sagte sie nachdenklich.

Brett verspannte sich. „Ich erwähnte doch, dass ich ihm Geld schulde.“

„Viel Geld?“

„Genügend.“

„Und wenn Sie Grant finden? Wird das die Schuld begleichen?“

„Ja.“

„Sie handeln also nur des Geldes wegen“, stellte sie ein wenig enttäuscht fest.

„So könnte man das wahrscheinlich ausdrücken“, erwiderte Brett ausweichend. Ihr eine rührselige Geschichte über die Blockhütte seiner Mutter zu erzählen würde zu nichts führen. Lass sie doch denken, was sie möchte, sagte er sich.

„Okay“, stimmte sie zu und stand auf. „Zumindest verstehen wir uns.“ Sie strich ihr dichtes rötlich braunes Haar aus dem Gesicht. „Ich habe aber noch eine Frage.“

„Schießen Sie los.“

„Wieso sind Sie mir gefolgt?“

Er bewegte sich nicht. „Das bin ich nicht.“

„Ich dachte, wir wollten ehrlich zueinander sein.“

Ernst sah er sie an. „Ich bin ehrlich. Ich habe Sie nicht verfolgt. Ich bin lediglich zu Ihrem Haus gekommen, als ich Sie gesucht habe.“

„Dann war's vielleicht einer Ihrer Männer.“

„Ich arbeite allein.“

Entnervt schob sie ihre zitternden Hände in die Taschen ihrer Jeans. „Aber irgendjemand hat es getan. Und wenn es nicht einer von Jim Bensons Leuten oder Sie oder das FBI gewesen ist …“

„Sind Sie sicher, dass Sie verfolgt werden?“, fiel er ihr ins Wort. Er kam zu ihr herüber und legte die Hände auf ihre Schultern. Durchdringend sah er sie an.

Seine Hände fühlten sich stark und warm an. Allein seine Berührung beruhigte sie, und ihre Anspannung ließ allmählich nach. „Ich hatte nur so ein Gefühl.“

„Wie oft?“

„Ich weiß es nicht. Vielleicht einmal am Tag, vielleicht öfter.“

„*Einmal am Tag?*“, fragte er ungläubig. „Wie lange schon?“

„Seit ein paar Wochen.“

„Etwa so lange ist es her, dass Billie Henshaw und Jake Weathers umgekommen sind.“ Während er nachdachte, kniff er die Augen zusammen. Ein kalter, harter Ausdruck ließ sein

Gesicht noch kantiger wirken. „Wann und wo?"

„Beliebig", gab sie mit einem Schulterzucken zu. „Manchmal, wenn ich alleine hier im Haus bin. Oder im Supermarkt. Oder in der Schule. Mir ist niemand aufgefallen, aber das Gefühl kann ich auch nicht abschütteln. Ich dachte, Sie wären es gewesen."

Er schüttelte den Kopf und sah ihr direkt in die bernsteinfarbenen Augen. „Setzen Sie sich", sagte er, verstärkte leicht den Druck seiner Hände auf ihren Schultern und nahm dann neben ihr auf der Couch Platz. „Erzählen Sie mir alles."

Erst schilderte sie nur widerstrebend. Doch nach einer Weile sprudelte es geradezu aus ihr heraus: Sie berichtete von dem Fahrradunfall und von dem Gefühl, beobachtet zu werden.

Schweigend hörte Brett ihr zu, doch seine Miene verdunkelte sich mit jedem Detail, das sie erwähnte.

„Vermutlich bilde ich mir das nur ein", schloss Bethany endlich ihre Geschichte.

„Das glaube ich nicht."

Sie blickte ihn an und sah den besorgten Ausdruck in seinen angespannten Zügen. „Wie meinen Sie das?", fragte sie ihn. „Wissen Sie etwa mehr als ich?"

„Nein, aber ich habe vor langer Zeit gelernt, meinen Instinkten zu vertrauen. Und ich finde, wir sollten Ihren vertrauen. Wenn Sie das Gefühl haben, verfolgt oder beobachtet worden zu sein, gibt es dafür wahrscheinlich einen Grund."

„Wie beruhigend", murmelte Bethany sarkastisch.

Abrupt stand er auf, ging zur Haustür und schlüpfte in seine Jacke. „Ich gehe mal nach draußen und schaue mich ein wenig um."

„Sie werden nichts finden."

Er warf einen Blick über seine Schulter und lächelte. „Hoffentlich.“ Nachdem er seine Stiefel angezogen und seinen Hut aufgesetzt hatte, verschwand er in die Dunkelheit.

„Das ist doch Wahnsinn“, sagte sich Bethany. „Purer Wahnsinn!“

Bretts Augen gewöhnten sich langsam an die Dunkelheit. Verstohlen schritt er durch die Schatten, hielt von Zeit zu Zeit inne, ließ den Blick aufmerksam über die schneebedeckte Landschaft schweifen. Nur eine einsame Straßenlaterne und die farbenfrohen Weihnachtslichter in den Fenstern der Nachbarhäuser sorgten für Licht. In der Ferne war das Pfeifen eines Zuges zu hören, das mit dem scharfen Bellen eines Hundes beantwortet wurde. In der Ferne hörte er den Verkehrslärm auf einer freigeräumten Straße, doch hier oben auf dem Hügel war alles still. Friedlich. Trügerisch.

Er dachte an seine Mutter und an ihre Ehe mit Jim Benson. Und er überlegte, ob sein Stiefvater schäbig genug wäre, einen zweiten Detektiv zu engagieren, der ihn beobachtete, um ihm das Land nicht überschreiben zu müssen.

Mit knirschenden Zähnen schlüpfte Brett unter den niedrigen Ästen einer Tanne durch und beobachtete Bethanys kleines Häuschen.

Gelegentlich ging sie am Fenster vorbei, sodass er einen Blick auf ihr Gesicht werfen konnte. Sie schien besorgt. Aber das war kein Wunder. Schließlich konnte sie überhaupt nichts tun. Er fühlte so sehr mit ihr, dass es ihm innerlich einen Stich versetzte.

Zum Teufel mit dir, Grant Mills! Ich kriege dich und wenn es das Letzte ist, was ich tue.

5. KAPITEL

Über eine Stunde nachdem Brett nach draußen gegangen war, klopfte er wieder an die Garagentür.

„Und?", fragte Bethany, als sie ihn hereinließ, und versuchte dabei, ihre angespannten Nerven vor ihm zu verbergen.

Brett wirkte genauso besorgt wie sie selbst. Die Kälte hatte seine Haut gerötet, seine Augen waren so dunkel wie die Nacht. „Nichts." In der Garage klopfte er sich den Schnee von seinen Stiefeln und ließ sie dann dort stehen.

„Ich sagte doch, dass ich mir das wahrscheinlich nur einbilde."

„Und ich sagte, dass Sie unbedingt Ihren Instinkten vertrauen müssen."

„Was ist, wenn ich mich irre?"

„Dann ist nichts verloren. Vorsicht ist besser als Nachsicht, finden Sie nicht?" Er legte seine Jacke über die Rückenlehne eines Küchenstuhls, bevor er zum Herd ging und sich zum Aufwärmen eine Tasse Kaffee eingoss.

„Und was jetzt?", erkundigte sich Bethany.

„Ich glaube, ich bleibe besser über Nacht hier."

„Bitte *was?*"

„Nur falls Sie recht behalten und beobachtet werden."

„Jetzt machen Sie aber mal halblang", stieß sie ärgerlich hervor und schüttelte ungläubig ihren Kopf. „Sie können hier nicht bleiben!"

„Wieso nicht?"

„*Wieso nicht?* Weil ich in dieser Gemeinde als alleinstehende Lehrerin bekannt bin. Ich kann es nicht riskieren, dass jemand erfährt, dass Sie hier waren. Man könnte es falsch auslegen!"

Bretts Mundwinkel zuckten belustigt. „Wir leben nicht gerade im Mittelalter, oder?“

„Erzählen Sie das mal dem Schuldirektor!“, entgegnete sie scharf. „Ich habe das gesamte letzte Jahr versucht, die Vergangenheit hinter mir zu lassen. Geschafft habe ich das nur, weil ich hierher umgezogen bin und einen Neuanfang gewagt habe. Ich kann es mir nicht leisten, dass Sie oder Grant oder die First Security das ruinieren!“

„Niemand wird etwas erfahren.“

„Die Wahrheit kommt immer ans Licht.“

„Dann sehen Sie mich als Ihren Bodyguard an.“

„Ich brauche aber keinen!“ Erbost und zornesrot ging sie zu ihm hinüber und blickte ihm fest in die Augen. „Ich lebe nun schon seit fast einem Jahr hier alleine. In Boise habe ich der Presse, dem FBI und der Bank Paroli geboten. Weder Sie noch sonst jemand muss auf mich aufpassen!“ Nach einer Weile fügte sie hinzu: „Außerdem ist da ja noch Winston. Er bellt, wenn sich draußen jemand herumtreibt.“

Lachend warf Brett einen Blick auf den dürren Welpen. „Dieser Köter?“, fragte er, beugte sich nach unten und kraulte den Hund hinter den Ohren. „Sollte jemand hier mal einbrechen, würde dieser kleine Kerl wohl eher mit dem Schwänzchen wedeln, am Dieb hochspringen und ihm die Skimaske abschlecken!“

„Sehr witzig“, gab sie zurück, konnte aber ein Lächeln nicht unterdrücken. Als Wachhund taugte Winston wirklich gar nichts.

Brett streckte sich, leerte seine Tasse und stellte sie ins Spülbecken. Gegen den Tresen gelehnt, betrachtete er sie aufmerksam und fragte dann neugierig: „Wovor haben Sie eigentlich Angst?“

Vor Ihnen, schoss es ihr sofort durch den Kopf. Allerdings nicht einmal sich selbst wollte sie diesen Gedanken eingestehen. Dass sie ihn faszinierend fand, erschien ihr gefährlich: Sie musste ihre Gefühle bekämpfen. „Ich habe Angst, alles zu verlieren, wofür ich so hart gearbeitet habe", erwiderte sie, und ihr war sehr wohl bewusst, dass das nur die halbe Wahrheit war. Aber sie durfte sich einfach nicht auf einen Mann einlassen, über den sie rein gar nichts wusste. Einen Mann, der sich bezahlen ließ, um ihren Exmann zu jagen. Einen Mann, der mit der Bank in Verbindung stand, die sie zur Verantwortung ziehen wollte für ein Verbrechen, das sie nicht begangen hatte.

Mit einer Hand fuhr Brett sich über die dunklen Stoppeln an seinem Kinn. „Sie sind eine sehr sture Lady."

„Das hat man mir schon gesagt."

„Ich halte es für eine gute Idee, hier zu bleiben und die Augen offenzuhalten", erklärte er, als er quer durch den Raum ging und sich dicht vor sie stellte. Sie musste ihren Blick heben, um ihn anzusehen. „Was, wenn ich Ihnen mein Wort gebe, dass nichts passieren wird?", fragte er leise. Sanft berührte er ihr Kinn und zwang sie so, in seine blauen Augen zu blicken.

„Ich weiß nicht, ob ich Ihnen glauben würde", gab sie zu.

„Wieso nicht? Vertrauen Sie mir nicht?"

„Eigentlich nicht." Und mir traue ich noch viel weniger, wenn ich in deiner Nähe bin, dachte Bethany. Grant hatte ihr eine Lektion über Männer erteilt – sie brauchte keine weitere von Brett Hanson. „Ich bin nicht bereit für eine Beziehung mit Ihnen."

„Das hier ist rein geschäftlich", erwiderte Brett, doch er erschauerte innerlich bei dieser Halbwahrheit.

„Geschäftlich?", brauste sie auf. „Tja, ich hasse es! Ich

hasse es, dass sich dieses Geschäft in mein Leben drängt! Ich hasse die Tatsache, dass ich alles, was ich je getan habe, offenlegen muss. Dass andere mich genau unter die Lupe nehmen und alles bewerten. Ich hasse es, dass ich nicht einmal in meinem Haus sitzen kann, ohne dass jemand darauf besteht, nur zu meinem Schutz besser bei mir zu bleiben!“

Brett seufzte und fuhr sich frustriert mit den Fingern durch sein dichtes Haar. „Mir gefällt die Situation ja auch nicht“, versuchte er sie zu beschwichtigen. „Aber das ist meine Arbeit, und ich bin jetzt hier. Sofern Sie nicht die Polizei rufen und mich rauswerfen lassen, werde ich bleiben.“

„Sie wissen genau, dass ich die nicht rufen kann“, flüsterte sie, und ihre Augen funkelten vor Wut.

„Dann sollten wir das Beste aus einer verfahrenen Situation machen“, schlug er vor. „Wenn es Ihren Sinn für Moral verletzt, dass ich im Haus schlafe, werde ich draußen im Jeep mein Lager aufschlagen.“

„Das würden Sie nicht tun!“

„Wollen wir wetten?“ Mit einem schiefen Lächeln und einem zynischen Glanz in den Augen warf er sich seinen Mantel über, ging zur Hintertür hinaus und schlüpfte in seine Stiefel. „Sie wissen ja, wo Sie mich finden, wenn Sie Hilfe brauchen.“ Damit setzte er den Hut auf und schloss die Tür. Leise vor sich hin fluchend ging er zum Auto.

„So ein abscheulicher, arroganter, selbstsüchtiger Mistkerl!“, ereiferte sich Bethany und beobachtete durch ihr Fenster, wie er in dem vereisten Wagen seinen Wachtposten einnahm. „Es würde ihm recht geschehen, wenn er da draußen erfriert!“

Dennoch konnte sie den leisen Zweifel nicht zum Schweigen bringen, der an ihr nagte: Zumindest sollte sie so viel Anstand besitzen, ihn auf der Couch nächtigen zu lassen.

„Niemals!“, schwor sie sich und ging in ihr Schlafzimmer. Dort zog sie ihr Nachthemd über und schlüpfte unter die dicke Bettdecke. Am Fußende rollte Winston sich zusammen. Irgendwie fühlte sie sich schuldig, weil sie es in ihrem Häuschen warm hatte.

„Seine eigene Entscheidung!“, murmelte sie. Trotzdem musste sie unwillkürlich daran denken, wie Brett draußen in der Kälte saß und nicht einmal seine Beine ausstrecken konnte.

Brett starrte durch die mit Eis überzogene Windschutzscheibe. Er nippte an dem lauwarmen Kaffee aus der Thermoskanne, doch der schmeckte bitter und linderte die Kälte nicht besonders. Selbst der mit Daunen gefüllte Schlafsack, den er sich über seine Beine gelegt hatte, konnte die Winterkälte Oregons um drei Uhr morgens nicht länger abhalten.

„Ich dachte, hier regnet es die ganze Zeit“, grummelte er vor sich hin, als er den letzten Schluck aus seiner Tasse nahm. Wieder suchte er die still daliegende Straße mit den Augen ab. Nichts störte die Ruhe, und der Schnee fiel unaufhörlich vom dunklen Nachthimmel. „Toll“, murmelte er sarkastisch und drückte sich tiefer in den Sitz, um seine Beine wenigstens ein bisschen bewegen zu können. Dabei rutschte ihm die Krempe seines Hutes über die Nase. „Das ist einfach toll!“

Bethany stand schon am Herd und briet etwas Bacon an, als sie ein dumpfes Klopfen an der Hintertür hörte. „Einen Moment“, rief sie. Sie schloss die Tür auf und ließ Brett rein. „Wie haben Sie geschlafen?“, begrüßte sie ihn freundlich.

„Ich habe nicht geschlafen“, brummte er.

„Soll ich jetzt mit Ihnen Mitleid haben?“ Lächelnd sah sie

ihn mit ihren warmen goldgrünen Augen an.

„Es wäre ein Anfang", gab er zurück und streckte sich, um seine verkrampften Muskeln ein wenig zu lösen.

„Na gut. Es tut mir leid, dass Sie draußen in der Kälte schlafen mussten, aber das war nicht meine Idee."

„Ist Teil der Arbeit, Ma'am", erwiderte er mit einem breiten Lächeln, als sie ihm eine Tasse frischen Kaffee reichte. „Was tut man nicht alles für die Pflicht?"

„Aber sicher." Sie ging zurück an den Herd, legte den Speck auf einen Teller und machte sich daran, Eier zu braten. „Hunger?", fragte sie über die Schulter.

„Ich bin am Verhungern."

„Ich vermute, die ganze Nacht draußen in der Kälte zu verbringen macht ganz schön hungrig?"

„Sie vermuten richtig."

Mit einem flüchtigen Blick in seine Richtung begann sie, Pfannkuchen und Rösti zuzubereiten. „Und vermutlich kann ich Ihnen dafür wenigstens etwas zu essen anbieten. Haben Sie Kleidung zum Wechseln dabei?"

„Ja, im Jeep. Weshalb?"

„Weil ich mir dachte, dass Sie sich vielleicht mit einer heißen Dusche aufwärmen möchten. Wenn Sie dann fertig sind, dürfte das Frühstück auch so weit sein."

Überrascht zog Brett eine Braue hoch und konnte den teuflischen Glanz in seinen Augen nicht verbergen. „Was ist denn das? Ein Sinneswandel? Sind Sie nicht die Lady, die sich solche Sorgen um ihren makellosen Ruf macht?"

„Es ist doch nur eine Dusche", entgegnete sie knapp. Sogar sich selbst gegenüber gab sie es nur ungern zu, aber sie hatte ihn gerne um sich. Vielleicht wäre eine Beziehung mit ihm es wert, ihren Ruf zu riskieren? Bislang war ihr Verhältnis jedenfalls unschuldig. „Das ist nichts Besonderes."

„Gestern Nacht war es aber noch etwas Besonderes", betonte er.

„Das war etwas anderes."

„Inwiefern?"

Genervt verdrehte sie die Augen und verzog das Gesicht. „Okay, vielleicht war es das nicht. Ich habe allerdings gestern Nacht auch nicht viel geschlafen. Deshalb habe ich mich entschlossen, mit Ihnen und nicht gegen Sie zu arbeiten. So bringen wir diese Geschichte vielleicht schneller hinter uns."

Brett lachte breit – und genau dieses umwerfende Lachen wirbelte jedes Mal Bethanys Sinne durcheinander. „Ich wusste doch, dass Sie in Ihrem hübschen Kopf Grips haben. Bin ich froh, dass Sie ihn endlich wiedergefunden haben!"

„Aber jetzt raus mit Ihnen", erwiderte sie, musste aber lachen. Sie deutete auf den Wäscheschrank im Flur. „Dort finden Sie frische Handtücher. Das Bad liegt gegenüber."

Innerhalb weniger Minuten hörte sie das Wasser laufen. Sie widmete sich wieder den Pfannkuchen. Als sie den Tisch für zwei deckte, summte sie ein Lied. Dabei fragte sie sich, warum sie sich so sicher fühlte, wenn Brett im Hause war. „Weil du eine Närrin bist", sagte sie sich und zupfte ein verschrumpeltes Blütenblatt vom Weihnachtsstern, der auf dem Küchentisch stand. „Eine einsame Närrin, die hofft, sich die Weihnachtszeit mit einer kleinen Romanze zu versüßen."

In der Luft im Badezimmer hing noch der Wasserdampf, als Brett in den beschlagenen Spiegel blinzelte, um sich zu rasieren. Mit seinem stumpfen Rasierer schnitt er sich gleich zwei Mal. Als der Spiegel endlich frei war, hielt er in seiner Bewegung inne.

„Was machst du eigentlich?", fragte er sein Spiegelbild. „Und vor allem, warum?" Natürlich sagte ihm seine Vernunft, dass er lediglich Bethany zu schützen versuchte. Er war nicht sicher, ob er verstand, was hier vor sich ging. Wenn sie aber ehrlich annahm, dass sie verfolgt wurde, läge es in seinem eigenen Interesse, sie zu beschützen.

Aber es war mehr als das. Er war hier, in ihrem Haus, weil er hier sein wollte. Weil Bethany ihn faszinierte. „Dann hatte Harry also recht", mahnte er sein verschwommenes Spiegelbild. „Du lässt zu, dass dir deine Gefühle in die Quere kommen." Er blickte in seine eigenen blauen Augen. „Du armer, jämmerlicher Tropf", flüsterte er, wütend auf sich selbst und auf die ganze Welt.

Als Bethany ihn den Flur entlangkommen hörte, drehte sie sich zu ihm um. Bei seinem Anblick hüpfte ihr Herz wie verrückt, und ihr Puls beschleunigte sich. Mit nacktem Oberkörper schritt er auf sie zu. Er rubbelte sich die dunklen Haare trocken und wischte mit dem Handtuch schließlich auch die Wassertropfen weg, die in seinem Gesicht und an seinem Hals glänzten. Auf seiner muskulösen Brust kräuselten sich dunkle Härchen, die sich zum Bund seiner ausgeblichenen Jeans hin einen immer schmaleren Weg bahnten.

Ihr Herz schlug schneller.

Sein Blick fing ihren auf, hielt ihn einen Augenblick gefangen. Doch dann schaute Brett hinüber zum Tisch. „Das sieht aber toll aus", sagte er mit rauer Stimme, als er das herzhafte Frühstück sah. „Was soll ich damit machen?", fragte Brett sie und hielt das nasse Handtuch hoch.

„Werfen Sie es einfach über den Rand der Duschkabine."

Er ging zurück ins Bad – und Bethany ließ ihn nicht aus den Augen. Sie nahm das Spiel seiner Muskeln in sich auf, als er das Handtuch faltete. Bemerkte die Kraft in seinen Schultern, als er sich ein sauberes Flanellhemd überzog.

„Mir tut jeder einzelne Knochen weh“, erklärte er und setzte sich an den Esstisch.

„Vielleicht brauchen Sie einfach etwas Warmes zu essen.“

Zustimmend nickte er, sah zu ihr auf und lächelte sie an. „Danke.“

Bethany fühlte, wie sie errötete. „Schon gut. Bedienen Sie sich ruhig.“

Sie nahm ihm gegenüber Platz und aß still, spürte aber seinen Blick auf sich ruhen.

„Tut mir leid, dass Sie eine unbequeme Nacht hatten“, brach sie die Stille.

Er zuckte die Schultern, aß den letzten Bissen seines Toasts und nippte an seinem Kaffee. Dabei blickte er sie über den Rand seiner Tasse forschend an.

„Möglicherweise haben Sie das aber verdient, nachdem Sie letzte Nacht so starrköpfig wie ein Esel waren“, fuhr sie unbeirrt fort.

„Möglich.“

„Und vielleicht haben Sie die Situation übermäßig aufgebauscht.“

„Oder vielleicht haben Sie das“, entgegnete er und rückte vom Tisch weg, ohne jedoch auch nur einen Moment seine Augen von ihr abzuwenden.

„Auch möglich“, gab sie zu. Sie räumte den Tisch ab und stellte das Geschirr auf den Tresen. „Und was tun wir jetzt?“

„Zeigen Sie mir alles, worum ich Sie gestern gebeten habe: die alten Belege, die Papiere. Dann gehe ich all das durch. Sie können das tun, was Sie für heute geplant hatten.“

„Eigentlich hatte ich heute nichts Besonderes vor“, gestand sie.

„Dann tun Sie einfach so, als wäre ich gar nicht da.“

Leichter gesagt als getan, dachte sie bei sich. Sie führte ihn in das zweite Schlafzimmer, das sie als Abstellkammer verwendete. Dort zeigte sie ihm alle noch vorhandenen Unterlagen aus ihrer Ehe mit Grant. Brett setzte sich an den Rollschreibtisch und überprüfte sorgfältig jedes einzelne Stück – sei es eine Eintragung im Scheckbuch, eine Adresse oder eine Telefonnummer. Tatsächlich schien er zu erwarten, auf einen Hinweis darauf zu stoßen, was mit Grant passiert war.

„Diese Dinge sind schon Hunderte Male durchgesehen worden", sagte sie gedehnt. „Alles wurde kopiert, überprüft und hinterfragt, sowohl von der Polizei als auch von den Bankprüfern. Ich verstehe nicht, was Sie hier zu finden hoffen."

„Etwas, das die vielleicht übersehen haben."

„Na dann, viel Glück", flüsterte Bethany und ließ ihn alleine.

Der Nachmittag verging schnell. Doch Bethany konnte nicht vergessen, dass Brett im Haus war, bemerkte ihn, wann immer sie den kleinen Flur entlangging. Während er arbeitete, verbrachte sie die Zeit damit, die Hausarbeit zu erledigen. Dabei versuchte sie, nicht daran zu denken, dass sie schon im Flieger nach Boise sitzen würde. Wenn nur die Dinge anders lägen.

Brett stellte ihr ein paar Fragen, erledigte hin und wieder ein Telefonat, saß aber die meiste Zeit still auf seinem Stuhl.

Im Normalfall hätte seine Präsenz in ihrem Haus sie sicherlich gestört. Jedoch genoss sie es regelrecht, mit ihm zusammen zu sein. Er war dankbar für den Kaffee, den sie ihm brachte. Er lächelte, wenn sie den Kopf durch die Tür steckte und nach ihm sah. Und er sann über ihre Antwort nach, wenn er ihr eine persönliche Frage über ihre Ehe mit Grant stellte.

Sein trockener Humor amüsierte sie. Bethany entschied, dass Brett Hanson ein umwerfend gut aussehender und charmanter Mann sein konnte, wenn er nur nicht so bierernst war.

Am späten Nachmittag klingelte es dann an der Tür. Als Bethany öffnete, stand Jenny, wie immer mit strahlenden Augen, auf ihrer Veranda.

„Ich soll mich für die Plätzchen bei dir bedanken“, verkündete das kleine Mädchen.

„Gern geschehen“, lachte Bethany.

„Außerdem möchte Mama, dass ich dir das hier gebe.“ In ihren Händen, die in dicken Fäustlingen steckten, hielt sie ein Glas Brombeergelee.

„Dann richte deiner Mom ein Dankeschön von mir aus.“

„Mach ich.“ Jenny reckte den Hals, um nach dem kleinen Hündchen zu sehen.

Sofort war Winston an der Tür und wedelte eifrig mit dem Schwanz.

„Möchtest du einen Augenblick reinkommen?“, fragte Bethany.

„Au ja!“ Kaum hatte sie geantwortet, war Jenny auch schon durch die Tür gehuscht. „Machst du wieder Plätzchen?“

„Heute nicht“, antwortete Bethany und sah deutlich die Enttäuschung in den Augen des Kindes. „Aber ich habe noch ein paar übrig. Willst du eins?“

„Klar doch!“ Jenny kletterte auf ihren Lieblingsstuhl und wartete gespannt. „Können wir zusammen welche backen?“

„Natürlich, aber nicht heute, ja? Wie wäre es mit morgen?“

„Ich gehe es gleich Mama sagen.“ Sie sprang von ihrem Stuhl, blieb dann aber wie angewurzelt stehen. Mit großen Augen betrachtete sie Brett, als dieser in die Küche kam.

„Du kannst es ihr auch später noch sagen. Möchtest du zu deinem Plätzchen eine heiße Schokolade trinken?", erkundigte sich Bethany.

Jenny, die Brett noch immer unverwandt anstarrte, nickte nur.

„Und Sie?" Bethany lächelte Brett an.

„Wieso nicht?" Als Brett sich gesetzt hatte, stellte er sich der Kleinen vor. Auch Jenny kletterte nun wieder auf ihren Stuhl und lehnte sich gemütlich zurück, während Bethany einen Teller mit Plätzchen auf den Tisch stellte. Brett und Jenny unterhielten sich, als würden sie sich schon ewig kennen.

„Gehst du mit mir Schlitten fahren?", fragte Jenny, als sie einen mit Zuckerguss verzierten Schneemann gegessen hatte und nach einem weiteren griff.

Brett grinste, schüttelte aber den Kopf. „Ich habe keinen Schlitten."

„Bethany hat einen Tellerschlitten!", rief die Kleine aufgeregt.

„Stimmt das?" Brett sah Bethany an, die gerade am Tresen lehnte und die beiden beobachtete.

„Ja. Und wir dürfen ihn bestimmt benutzen, oder? Bethany?" Mit erwartungsvollem Blick drehte Jenny sich in Bethanys Richtung.

Bethany stellte zwei dampfende Kakaobecher auf den Tisch. „Einen oder zwei?", fragte sie Jenny und hielt eine Handvoll Marshmallows über Jennys Becher.

„Fünf!", kam es wie aus der Pistole geschossen.

„Wie befohlen!"

Jenny ließ sich aber keineswegs ablenken. „Wir dürfen aber deinen Schlitten benutzen, oder?"

„Wenn deine Mom nichts dagegen hat."

„Sicher nicht. Ihr ist es egal, solange ich ihr nicht auf die Nerven gehe."

Unschlüssig biss Bethany sich auf die Unterlippe. „Vielleicht an einem anderen Tag, Jen. Mr. Hanson hat noch viel Arbeit."

„So viel ist es auch nicht", verteidigte sich Brett und rückte vom Tisch ab. „Wie heißt es noch gleich: Arbeit allein macht auch nicht glücklich." Er zwinkerte Jenny zu und fragte: „Wo ist dieser Schlitten? In der Garage?"

Während sie das Geschirrtuch faltete, nickte Bethany zunächst. Dann jedoch entschied sie, dass sie für Jenny die Verantwortung trug. Sie kannte Brett noch nicht gut genug, um ihm das Kind einer anderen anzuvertrauen. Also griff sie nach Mantel, Handschuhen und Schal und folgte den beiden nach draußen.

Winston hüpfte aufgeregt durch den frisch gefallenen Schnee. Die Kinder quietschten vor Vergnügen und sausten den Hügel auf Schlitten und dicken Reifenschläuchen hinunter.

„Erinnert Sie das an Weihnachten zu Hause?", fragte Brett und sah Jenny dabei zu, wie sie den Berg hinunterrauschte.

„Nein, es war anders, irgendwie ruhiger auf der Farm", antwortete Bethany. „Der nächste Nachbar war etwa einen Kilometer entfernt. Hin und wieder trafen wir uns beim Hügel der Taylors und fuhren auf unseren Rodelschlitten runter. Aber oft blieb dafür keine Zeit, weil die täglichen Pflichten erledigt werden mussten: Kühe melken, Eier einsammeln, Hühner und Schweine füttern."

„Vermissen Sie es?" Brett stand ganz nah bei ihr. Als er den traurigen Ausdruck in ihren Augen erblickte, überkam ihn unerwartet ein übermächtiges Gefühl der Begierde. Es war absurd! Völlig abwegig! So hatte er bisher nur ein einziges Mal gefühlt. Bei Roberta.

„Ob ich die Farm vermisse?“, wiederholte sie. „Ja, manchmal schon. Vor allem an den Feiertagen. Was ist mit Ihnen? Wo ist Ihre Familie?“, erkundigte sie sich.

Brett ließ seinen Blick von ihrem Gesicht zu einer Reihe hochgewachsener Tannen hinter ihr schweifen. „Sie sind alle tot“, sagte er. „Meine Mutter starb, als ich noch sehr jung war.“

„Und Ihr Vater?“

Mit angespannter Miene sah Brett sie direkt an. „Ich habe ihn nie kennengelernt.“

„Oh!“ Plötzlich fror Bethany. „Verzeihung, ich wollte nicht neugierig sein.“

„Ist schon gut“, versicherte er, ehe er einen Arm um ihre schmalen Schultern legte. „Auge um Auge, meinen Sie nicht?“

Traurig lächelte sie und nickte. „Na gut. Dann sind wir wohl quitt. Da wäre nur noch eine Sache.“

„Welche?“

„Sie wissen alles über meine Ehe. Wie steht's mit Ihnen?“

Er zögerte, und sein Blick verdunkelte sich, als er zum zinnfarbenen Himmel aufschaute. „Ich war einmal verheiratet“, räumte Brett ein und starrte ins Leere, während er sich an Robertas wunderschönes Gesicht erinnerte. An ihre vertrauensvollen braunen Augen, ihr ungezwungenes Lächeln. Mit den Jahren verblasste ihr Bild jedoch in seinem Gedächtnis, und dieser Verlust schmerzte ihn sehr.

„Was ist passiert?“, fragte Bethany. Sie konnte seine Trauer zwar spüren, wollte aber unbedingt mehr über ihn erfahren.

„Das liegt schon lange zurück. Sie wurde bei einem Autounfall getötet. Der Fahrer ist einfach geflohen.“

Bethany war erschüttert. Ihr fehlten die Worte. „Das tut mir leid“, flüsterte sie.

„Es ist vorbei“, sagte er mit unterdrückter Wut.

„Dann wurde der Fahrer also verurteilt?"

„Nein." Brett strich sich über den verspannten Nacken. Sein Blick war so finster wie die Nacht, die allmählich hereinbrach. „Der Bastard kam davon."

„Das hat Sie sehr mitgenommen, nicht wahr?"

„Wie gesagt, es ist vorbei." Mit zusammengebissenen Zähnen wandte er sich ab und marschierte ins Haus.

Eine Stunde später schickte Bethany Jenny nach Hause. Nachdem sie den Schlitten in der Garage verstaut hatte, pfiff sie Winston herbei und ging in die Küche. Bis auf das leise Ticken der Uhr auf dem Kaminsims und das schwache Summen des Kühlschranks lag das Haus in völliger Stille.

Da die Tür zum Arbeitszimmer geschlossen war, wagte Bethany nicht zu klopfen. Offenbar benötigte Brett Zeit für sich. Sie war gerne bereit, sie ihm zu geben. Nachdem sie ein Feuer im Kamin entfacht hatte, schaltete sie die Weihnachtsbaumbeleuchtung und das Radio ein. In der Küche begann sie dann, Maisbrot zu backen und eine sämige Muschelsuppe zu kochen.

Der warme Duft von frisch gebackenem Brot und der köchelnden Suppe erfüllte das Haus, und das Feuer knisterte. Sanfte Musik hallte durch die winzigen Zimmer. Weihnachten lag in der Luft, und Brett saß in ihrem Arbeitszimmer. Bei diesem Gedanken konnte Bethany ein glückliches Lächeln nicht unterdrücken.

Sacht klopfte sie an seine Tür und hörte, wie er brummte.

Vorsichtig öffnete sie die Tür einen Spaltbreit und spähte hinein. „Ist es sicher, hereinzukommen?"

Er drehte sich zu ihr um und zwang ein Lächeln auf seine Lippen. „Ich wollte Sie vorhin nicht so anfahren."

„Ist ja nichts passiert", beruhigte sie ihn und schlüpfte in den Raum. „Ich wollte Ihnen als Friedensangebot nur einen Eierpunsch anbieten."

„Ist das ein Waffenstillstand?"

„Ja. Na, wie steht's damit?"

„Klingt gut."

„Dauert nur einen Augenblick." Und schon war sie wieder verschwunden, um ihnen beiden einen Eierflip zuzubereiten. Gerade als sie die Drinks auf ein Tablett stellen wollte, kam Brett in die Küche.

„Zum Wohl", prostete sie ihm zu, nachdem sie ihm ein Glas gereicht hatte.

„Zum Wohl." Einen aufregenden Moment lang hielt sein Blick ihren gefangen, dann sah er fort.

„Kommen Sie doch ins Wohnzimmer", lud sie ihn ein. Dabei war ihr sehr wohl bewusst, dass sie mit dem Feuer spielte, aber es war ihr egal. Brett um sich zu haben vermittelte ihr ein Gefühl der Freude, das sie schon seit Jahren nicht mehr gespürt hatte. Noch nicht einmal mit Grant.

Mit unbewegter Miene betrachtete er den blinkenden Weihnachtsbaum und setzte sich an den Kamin. „Wissen Sie", sagte er beinahe zu sich selbst, „ich glaube, Ihr Exmann muss den Verstand verloren haben."

„Wieso?", fragte sie überrascht.

Seine blauen Augen wirkten ernst, als er ihr Gesicht erforschte. „Wenn ich je eine Frau wie sie fände, würde ich sie niemals gehen lassen."

Der Alkohol und das Kompliment lösten eine wohlige Wärme in Bethany aus, sodass sie errötete. Verlegen sah sie zum Weihnachtsbaum. „Wir sollten jetzt besser essen", antwortete sie, trank ihr Glas aus und wollte in die Küche gehen.

„Bethany?" Bretts Stimme war leise und heiser. Der

Klang ihres Namens aus seinem Mund ließ ihr Herz schneller schlagen.

Sie warf ihm einen Blick über die Schulter zu, drehte sich zu ihm um und wartete. Langsam kam er auf sie zu. Dann fühlte sie, wie er seine Hände auf ihre Schultern legte. „Ich meinte es ernst, als ich sagte, ich würde unsere Beziehung strikt aufs Geschäftliche beschränken“, flüsterte er. Dabei strich Brett mit einer Hand an ihrem Hals entlang und berührte sachte ihr Kinn. „Aber es wird die Hölle werden.“

Tief in seinen Augen spiegelte sich nicht nur das Strahlen der Lichterkette. Deutlich erkannte sie darin die schwelende Begierde, die er zu kontrollieren versuchte.

„Ich weiß“, flüsterte sie und fuhr sich unbewusst mit der Zunge über die Lippen.

„Ich versuche, auf Abstand zu bleiben, aber du darfst mich nicht in Versuchung führen.“

„Das tue ich doch gar nicht …“

„Doch, das tust du.“ Das Feuer loderte in seinen Augen auf. „Sei nicht zu nett zu mir, Bethany. Versuche nicht, mich mit deinem hübschen Lächeln zu verführen, mit sanfter Musik oder mit gemütlich hergerichteten Räumen, die vor Weihnachtsstimmung nur so strotzen.“

„Das wollte ich nicht.“

„Vielleicht nicht. Aber ich warne dich“, sagte er, fuhr aber dennoch fort, die zarte Haut ihres Halses zu streicheln. „Du könntest mehr bekommen, als du möchtest.“

„Das habe ich schon!“, fuhr sie ihn an, wütend auf sich und auch auf ihn. „Ich wollte Sie überhaupt nicht hier haben!“ Heftig riss sie sich von ihm los und rieb sich die Arme. „Sie können diese Situation natürlich deuten, wie Sie möchten! Aber ich versuche einfach nur, das Beste aus dieser scheußlichen und unbequemen Lage zu machen. Und das könnten Sie wenigstens anerkennen!“

Sie machte auf dem Absatz kehrt und stürmte in die Küche. Das Geschirr klapperte laut, als sie den Tisch deckte. Brett folgte ihr, lehnte sich gegen die Wand und sah dabei zu, wie sie den Großteil ihrer Wut am Besteck ausließ.

„Ich wollte Sie nicht verärgern.“

„Tja, dumm gelaufen. Setzen Sie sich einfach hin, und essen Sie.“ Mit funkelnden Augen wartete Bethany, bis er Platz genommen hatte. Dann gab sie die Suppe auf die Teller und stellte das Brot und den Salat auf den Tisch.

Sie aßen, ohne ein Wort miteinander zu wechseln.

„Das war das beste Essen seit Jahren“, sagte er, sobald er fertig war.

„Ist nur Suppe“, antwortete sie knapp.

„Tja, sie schlägt mein übliches Dosenfutter um Längen. Danke.“ Nachdem er sein Geschirr abgeräumt hatte, zog er sich ins Arbeitszimmer zurück.

Bethany versuchte, ihren Streit zu vergessen. Obwohl sie es sich selbst nur sehr ungern eingestand: In aller Stille hatte sie sich in ihn verliebt. Sie dachte sogar daran, wie es wäre, wenn sie sich lieben würden!

„So hast du es ja gewollt“, schalt sie sich.

Als er später aus dem Arbeitszimmer zu ihr ins Wohnzimmer kam, fand er sie lesend vor. Sie blickte auf und setzte die Brille ab. Aus seiner Hosentasche zog er nun ein kleines braunes Buch.

„Ist das sicher das einzige Adressbuch von damals?“, fragte er und hielt das ramponierte Buch hoch.

„Absolut sicher.“

„Was ist mit seiner Arbeit?“

„Es wurde alles beschlagnahmt, was er dort zurückgelassen hat. Was nicht besonders viel war."

Brett wusste das und noch viel mehr. Grant war schlau genug gewesen, seinen Tischkalender, die Adressdatei und alle persönlichen Papiere mitzunehmen, als er an jenem Freitagnachmittag die Bank mit Pfandbriefen im Wert von einer Million Dollar im Aktenkoffer verließ.

Bethany warf ihr Buch auf den Couchtisch. „Haben Sie etwas gefunden?"

„Nein. Aber ich habe auch erst ein Drittel der Unterlagen dort drinnen gesichtet", sagte er mit einem Nicken in Richtung Arbeitszimmer.

„Und wenn Sie nichts finden, was passiert dann?"

„Dann suche ich sorgfältiger."

„Was, wenn Sie überhaupt nichts finden, das Ihnen hilft?", beharrte sie.

Mit den Fingern rieb er sich den Nasenrücken. „Darüber denke ich nach, wenn es so weit ist. Aber heute nicht mehr." Um seine Muskeln zu entspannen, streckte er die Arme hoch über den Kopf. „Für heute bin ich fertig."

„Dann gehen Sie?"

Entschieden schüttelte er den Kopf. „Nein."

„Hier bleiben Sie jedenfalls nicht!", rief Bethany.

„Und Sie sind noch immer sauer."

Sie sah ihn an. „Ich mag es nur nicht, wenn Sie mich beschuldigen, ich würde Sie verführen." Daraufhin nahm sie ihren Roman zur Hand und sagte, ohne aufzublicken: „Gute Nacht."

„Ich gehe nicht."

„Und ich führe nicht den gleichen Streit wie gestern Abend. Sie können sicherlich irgendwo hingehen ..."

„Nicht, bis ich das gefunden habe, was ich suche. Außerdem glaube ich nicht, dass es sicher für Sie ist, hier alleine zu bleiben."

Erneut schleuderte sie das Buch auf den Tisch. „Großartig. Einfach großartig!“, rief sie wütend. „Sie platzen einfach in mein Leben und erwarten von mir, dass ich alles befolge, was Sie sagen. Und wenn ich dann versuche, es Ihnen bequemer zu machen, werden Sie sauer. Andererseits wollen Sie die Nacht in meinem Haus verbringen. Tja, vergessen Sie's, Hanson. Sie sind hier nicht willkommen!“

„Wenn Sie vernünftig wären ...“

„Würde ich die Polizei rufen. Aber wir wissen ja beide, dass ich das nicht tun kann, nicht wahr?“

Seine Miene erstarrte. Ohne ein weiteres Wort ging er in die Küche, spülte seine Thermoskanne aus und goss heißen Kaffee hinein. Er hörte, wie sie ihm folgte, und warf einen Blick über die Schulter. Mit fest über ihrer Brust verschränkten Armen stand sie hinter ihm. Ihre Augen funkelten herausfordernd.

„Was machen Sie da?“

„Ich lasse Ihnen Ihren Willen.“

„Sie schlafen nicht noch einmal in diesem Jeep!“, rief sie.

Verächtlich verzog er seinen Mund. „Ich sagte doch, dass ich letzte Nacht nicht geschlafen habe.“

„Wieso tun Sie mir das an?“

Er ließ einen Moment verstreichen, ehe er antwortete. Erst musste er sich beruhigen und sichergehen, dass keine Wut in seiner Stimme mitschwang. „Ich tue gar nichts.“

„Sehr wohl! Sie stellen mein Leben komplett auf den Kopf!“

Langsam drehte er sich zu ihr um und zwang sich zu einem müden Lächeln. „Glauben Sie mir: Das will ich nicht“, versicherte er ihr und fuhr mit einer Hand über sein stoppeliges Kinn.

Die Falten um seine Augen erschienen ihr plötzlich tiefer.

Er ließ die Schultern hängen, wirkte müde und abgespannt. Er tat Bethany leid. „Irgendwie habe ich das Gefühl, Sie wurden gezwungen, hierherzukommen."

Schulterzuckend goss er sich eine Tasse Kaffee ein und nahm einen Schluck. „Ist doch egal. Ich bin da."

„Was ist es nur, das Benson gegen Sie in der Hand hält?", fragte sie noch einmal.

„Das, was er gegen jeden in der Hand hält: Ich schulde ihm Geld, und das gefällt mir nicht."

„Vor allem, weil Sie es Benson schulden?"

Mit einem weiteren Schluck leerte er seine Tasse. „Stimmt genau." Er schraubte die Plastiktasse auf die Thermoskanne, schnappte sich seine Jacke und machte sich auf den Weg zur Hintertür.

„Brett …", entfuhr es ihr spontan. Als er sich umdrehte, schien ihr Herz stehen zu bleiben.

„Ja?"

„Sie können im Haus bleiben … Auf der Couch!"

Mit festem Blick sah er sie an. „Ich glaube Ihnen nicht."

„Ich meine es ernst", flüsterte sie. „Ich will nicht, dass Sie draußen schlafen."

„Sind Sie sicher?"

„So sicher, wie ich mir im Moment überhaupt sein kann", sagte sie. Sie biss sich auf die Unterlippe und hielt seinem Blick stand. Dann löschte sie das Licht in der Küche, ging in ihr Schlafzimmer und zog die Tür fest hinter sich zu.

6. KAPITEL

Bethany konnte kaum schlafen. Den Großteil der Nacht hielten ihre Gedanken sie wach: Immer wieder musste sie daran denken, dass Brett nebenan im Wohnzimmer lag … Bis um ein Uhr morgens wälzte sie sich unruhig hin und her. Als sie es dann nicht mehr aushielt, griff sie nach ihrem Morgenmantel, zog ihn über und schlich leise den Flur entlang.

Vor dem Wohnzimmer blieb sie stehen und nahm die wohlige Atmosphäre in sich auf. Die Lichterkette des Weihnachtsbaumes blinkte noch immer munter vor sich hin. Im Kamin leuchtete die Glut des ausgehenden Feuers dunkelrot. Brett lag in mehrere Decken gewickelt ausgestreckt auf der Couch. „Du bist mir ein Bodyguard …“, murmelte sie mit einem Lächeln auf den Lippen, bevor sie das Zimmer betrat und ihn näher betrachtete.

Sein stoppeliges Gesicht hatte er zum Teil im Kissen vergraben, einen Arm über die Rücklehne der Couch gelegt. Die dunklen Haare fielen ihm in die Augen, aber er atmete ruhig.

Bethany zog den Stecker der Lichterkette und ging wieder zum Sofa. Vorsichtig lehnte sie sich nach vorne und zog die Decke unter sein Kinn.

Blitzschnell streckte er die Hand aus und packte sie am Handgelenk. Langsam öffnete er die Augen.

Erschrocken darüber, dass er sie erwischt hatte, spürte sie, wie sie errötete. „Du schläfst ja gar nicht!“, warf sie ihm vor. Er griff ihren Arm fester.

„Was machst du hier eigentlich?“, fragte er und fuhr mit der freien Hand über sein Gesicht.

„Ich … Ich konnte nicht schlafen. Die Lichter brannten noch, da dachte ich, ich schalte sie lieber aus.“

„Und kommst mal vorbei, um nach mir zu sehen.“ Ein Lächeln huschte über sein Gesicht, sodass seine Zähne weiß aufblitzten.

„Vielleicht.“

Seine blauen Augen leuchteten auf. „Ich sagte dir, dass es nicht einfach werden würde“, erklärte er und versuchte sich zu zügeln, als sein Blick auf den Ausschnitt ihres Morgenmantels fiel. Zwischen den Falten des roten Veloursstoffes war ihr weißes Nachthemd zu erkennen. Und unterhalb der dünnen Spitze zeichneten sich deutlich ihre Brüste ab.

Peinlich berührt raffte Bethany mit ihrer freien Hand den Mantelaufschlag zusammen. Doch wie eine heiße Liebkosung hatte sie Bretts Blick bereits auf ihrer nackten Haut gespürt. Ihr stockte der Atem, doch es fiel ihr schwer, sich von der Verführung in seinen Augen zu lösen. „Ich … ich wollte nicht …“

„Was wolltest du nicht? Mich verführen?“

„Nein, aber ich … Oh Gott, lass mich einfach los. Ich hätte nie herkommen dürfen.“

„Da hast du allerdings recht“, stimmte er ihr zu und zog sie leicht zu sich, sodass sie auf ihn fiel. Seine starken Arme umschlossen sie, hielten sie ganz fest.

„Brett, bitte“, flehte sie heiser. „Nicht …“

Aber es war schon zu spät. Ihr Bitten stieß auf taube Ohren. Aufzuwachen und sie neben sich stehen zu sehen war einfach zu viel für ihn gewesen. Ihr langes Haar umrahmte ihr Gesicht in dichten, wilden Locken, ihre weiße Haut war über der Spitze ihres Nachthemdes deutlich zu erkennen … Wie sollte er sich da zurückhalten? Er vergrub seine Finger in ihrem Haar und presste seine Lippen auf ihre. Mit seinem Mund liebkoste er ihre weiche, warme Haut.

Sie versuchte, sich von ihm zu lösen – aber nicht sehr

lange. Gegen die Macht seines Kusses konnte sie sich einfach nicht wehren und gab sich ihm hin.

„Bethany“, stöhnte er und rang nach Luft.

Wieder versuchte sie, sich zu befreien, doch mit seinen starken Armen hielt er sie fest an seine breite Brust gedrückt. Ihre Haare fielen nach vorne, streiften seine Schultern. „Ich … denke, du solltest mich lieber loslassen“, forderte sie ihn atemlos auf und wollte von ihm abrücken. „Du wolltest doch nicht in Versuchung geführt werden, erinnerst du dich?“

„Ich habe nicht gesagt, dass ich es nicht will. Ich sagte nur, du solltest es nicht tun.“

„Ich habe das nicht geplant.“

„Von wegen! Hier hereinzukommen, in deinem Nachthemd herumzustolzieren … Hast du etwa gedacht, ich würde das nicht bemerken?“

„Ich wollte doch nur das Licht löschen“, verteidigte sie sich.

„Aber klar.“ Er lächelte, und seine blauen Augen funkelten amüsiert. Mit einem Finger fuhr er sanft die Linie ihres Kinns nach. „Und ich habe wirklich geschlafen.“

„Du hast mich absichtlich getäuscht!“

Er hielt ihre Hand hoch, hatte seine Finger noch immer sicher um ihr schmales Gelenk geschlungen. „Du hast doch damit angefangen.“

„Ich wollte einfach nur …“

„Nur was?“

„Sichergehen, dass du es bequem hast.“

Laut lachte er los und rückte auf dem Sofa ein wenig zur Seite, sodass Bethany neben ihm zu liegen kam. Kopfschüttelnd fragte er: „Wenn du hier herumspazierst? Unmöglich!“

„Aber es sah so aus, als ob du … frierst.“

„Frieren? Oh, Lady“, flüsterte er, „hast du eine Ahnung!“

Ihr Blut schien zu brodeln – heiße Leidenschaft durchflutete ihren Körper. Wie Blätter im Wind zerstreute er ihre Zweifel, als er mit seinen Lippen leicht ihren Mund berührte. Sie spürte, wie er die Decke über ihnen ausbreitete, ihren Körper enger an sich zog. Durch den dünnen Stoff ihres Nachthemdes fühlte sie die Wärme seiner Haut.

„Ich glaube, ich sollte zurück ins Bett gehen“, sagte sie und fuhr sich nervös mit der Zunge über die Lippen.

„Bleib bei mir.“

„Ich bin nicht sicher, ob das so eine gute Idee ist.“

„Pscht.“ Als er ihr Haar küsste, strich sein Atem sachte und ganz sanft über ihre Haut. „Sei still.“ Er hauchte viele kleine Küsse auf ihre Schläfen, ihre Augenlider, ihre Wangen.

„Ich dachte, wir halten unsere Beziehung rein geschäftlich.“

„Werden wir.“ Seine Hände glitten um ihre Taille unter ihr Nachthemd. Die Spur seiner Finger brannte auf ihrer Haut. „Später … sehr viel später.“ Wieder fand sein Mund ihre Lippen. Die Leidenschaft seines Kusses, Bretts Wärme und sein Verlangen übertrugen sich auch auf sie.

Sie schloss die Augen, wollte nicht daran denken, wie sich seine Haut auf der ihren anfühlte. Wollte das wohlige Gefühl verdrängen, das seine Berührung tief in ihrem Inneren entfachte.

Schließlich löste er den Gürtel ihres Mantels und schob den weichen Stoff über ihre Schultern. Langsam strich er einen Spitzenträger zur Seite, liebkoste dann erregt ihren Hals.

Ihre Haut begann zu prickeln. Sie konnte nicht anders, als ihren Kopf in den Nacken zu legen. Heiß und unnachgiebig presste er seine Lippen auf ihren Körper. Seine Küsse glühten auf ihrer Haut. „Ich möchte dich lieben“, wisperte er mit heiserer Stimme. Sein Atem drang durch die dünne Seide, als er ihre Brustspitze reizte.

„Ich kann nicht … Bitte, Brett …“

Doch das dünne Nachthemd rutschte tiefer, und sofort erforschten seine hungrigen Lippen den Ansatz ihrer Brust. Ihr Atem ging flach, und ihr Herz hämmerte wild. Langsam und aufreizend zog er weiter an dem dünnen Stoff, bis ihr Busen vollkommen enthüllt war. Ihre erregten Spitzen zeigten ihm, wie sehnsüchtig sie auf ihn wartete. Sanft umschlossen seine Lippen eine Knospe. Bethany konnte ihm nicht widerstehen.

Seine Zunge spielte mit ihrer Brustspitze, massierte, neckte, reizte sie. Erneut zupfte er an ihrem Nachthemd, bis es ihr über die Taille glitt. Gefühlvoll und doch voller Leidenschaft begann er, die weiße Baumwolle ganz langsam über ihre Hüften zu streifen.

„Brett!“, rief sie atemlos, ihre Stimme beinahe heiser vor Verlangen. „Oh, Liebling“, ermutigte sie ihn. Mit seinem rauen Kinn glitt er an ihren Rippen entlang tiefer nach unten und liebkoste ihren Bauch. Sie hatte die Hände in seinem dichten Haar vergraben. Immer enger drängte ihr Körper seinem entgegen. Fest umschlossen seine muskulösen Oberschenkel ihre Beine. Seine erfahrene Zunge bereitete ihr süße Qual, umkreiste ihren Nabel.

Er umfasste sie mit seinen großen, starken Händen. „Gott, ich will dich“, flüsterte er ihr zu und drückte sein Gesicht an ihren Körper. Langsam schob er sich nach oben. Abwechselnd nahm er die erregten Spitzen ihrer Brüste in den Mund, küsste sie und blickte ihr dabei tief in die Augen. „Ich will dich so sehr. Kein Mann auf dieser Welt kann eine Frau so sehr begehren wie ich dich“, fuhr er fort. Mit einer Spur von kleinen Küssen setzte er seinen Weg an ihrem Körper hinauf fort, vergrub seine Hände in ihrer Mähne und zog ihr Gesicht näher zu sich.

„Und ich will dich“, gestand sie ihm, obgleich sie sich vor den Gefühlen fürchtete, die in ihrem Inneren miteinander kämpften. Doch das heiße, lüsterne Verlangen übernahm schließlich die Kontrolle über ihren Verstand und über ihren Körper. Sie erschauerte, als sie ihn an sich drückte, ihre Wange an seine Brust presste und die weichen, dunklen Härchen darauf spürte.

„Aber …?“, begann er vorsichtig.

Sie versuchte, sich darauf zu konzentrieren, den wilden Schlag ihres Herzens zu beruhigen und rational zu denken. „Du wolltest dich auf nichts einlassen.“

„Ich weiß.“

Prüfend schaute sie ihn an. „Hast du deine Meinung geändert?“

Kopfschüttelnd seufzte er und starrte an die Zimmerdecke. „Nein.“

„Siehst du? Ich auch nicht.“

„Bleib einfach eine Weile bei mir.“

„Hältst du das für eine gute Idee?“

„Eine gute Idee? Wohl eher nicht.“ Er hielt sie fest an sich gedrückt, nahm den Duft ihrer Haare, den weiblichen Duft ihrer Haut tief in sich auf. „Aber eine, mit der ich leben kann.“

„Bist du sicher?“, fragte sie, kuschelte sich aber enger an ihn.

„Ja“, gab er zurück und versuchte, seine erwachte Leidenschaft zu ignorieren. Er wusste, dass er nicht die Wahrheit gesagt hatte, und fügte hinzu: „Ich bin sicher.“

Bethany erhob keine Einwände. Stattdessen lauschte sie dem schnellen Schlag seines Herzens. Es war dumm, bei ihm zu bleiben, das wusste sie. Dennoch schloss sie die Augen und schlang ihre Arme um seine Taille, ihren Kopf an seine Brust gebettet. „Gute Nacht“, flüsterte sie, doch sie war gleichzeitig sicher, dass keiner von ihnen schlafen würde.

„Nacht.“

Sie bewegte sich nicht, doch seinen wärmenden Körper, seine ruhigen Atemzüge zu spüren entspannte sie allmählich. Fünfzehn Minuten später übermannte sie die Erschöpfung, und sie schlief ein.

Eng umschlungen lagen sie auf der Couch. Brett wollte sie mehr, als er je eine andere Frau seit Roberta gewollt hatte. Ihr Duft stieg ihm in die Nase. Allein Bethany neben sich zu wissen ließ seine Lust nur noch stärker werden. Er starrte an die Decke und fluchte leise. Von allen Frauen auf der Welt fühlte er sich ausgerechnet zu Bethany Mills hingezogen! Bethany mit ihren grünen, goldgesprenkelten Augen, mit ihren Grübchen, wenn sie lachte, und mit ihrer süß duftenden Haut. Dabei war ausgerechnet diese Frau absolut tabu.

Wieso hatte er also darauf bestanden, dass sie bei ihm blieb? Um sich selbst zu quälen? Als sie sich bewegte, streiften ihre Lippen seine Brust.

Er unterdrückte ein Stöhnen. Am liebsten wollte er sie wecken und einfach seinem männlichen Begehren nachgeben. Aber er tat es nicht, küsste stattdessen ihre Stirn. Dabei bemühte er sich, dieses himmlische und gleichzeitig verfluchte Verlangen nach ihr zu verdrängen, das ihn wach hielt.

Am nächsten Morgen erwachte Bethany mit einem fürchterlich steifen Nacken – und dem Gefühl, dass etwas ganz und gar nicht stimmte. Sie streckte sich, öffnete die Augen und sah direkt in Bretts Gesicht.

„Morgen“, begrüßte Brett sie gedehnt und strich ihr eine Locke aus dem Gesicht.

„Oh nein!“, entfuhr es ihr, als die Erinnerung an die vergangene Nacht allmählich, aber unbarmherzig zurückkam. Sie hatte doch tatsächlich die Nacht in Bretts Armen verbracht! Und nicht nur das: Sie hatte ihn beinahe angefleht, sie zu lieben. „Oh Gott! Ich habe nicht wirklich hier geschlafen, oder?“, flüsterte sie und hoffte, dass er den Anstand hätte, sie anzuschwindeln.

„Das hast du“, spottete er und verzog sein Gesicht. „Und zwar so, wie du bist. Glücklicherweise war ich ein perfekter Gentleman.“

Mit einem abschätzigen Blick in seine Richtung gähnte sie herzhaft. „Ein Gentleman?“

„Aber du warst nicht gerade eine Lady.“

Entsetzt starrte sie ihn an. „Bitte?“

Er lachte und gab sie frei. „Morgens hast du nicht viel Humor, was?“

Sie stand auf und blies sich eine widerspenstige Strähne aus dem Gesicht. „Nicht, wenn ich beleidigt werde.“

„Ich? Dich beleidigen?“ Verführerisch lächelte er sie an.

„Ich wusste, dass du Ärger machst, als ich dich das erste Mal gesehen habe!“, stieß sie hervor, wickelte sich in ihren Morgenmantel und marschierte hoch erhobenen Hauptes in ihr Schlafzimmer. Dort entkleidete sie sich rasch und ging in ihr Badezimmer. Zwanzig Minuten lang ließ sie das Wasser auf sich herabprasseln. Sie hoffte, die heißen Strahlen würden ihre verkrampften Muskeln und den schmerzenden Nacken entspannen. „Aber was soll ich bloß mit diesem Störenfried da draußen machen?“, murmelte sie, als sie aus der Dusche stieg und dabei an Brett dachte. Nachdem sie sich abgetrocknet hatte, zog sie ihre Lieblingscordhose und einen Pulli an.

Als sie in die Küche kam, war Brett bereits dort und bot

ihr eine Tasse Kaffee an. Er schenkte ihr sein verdammt entwaffnendes und leicht schiefes Lächeln. „Es ist Heiligabend. Lass uns nicht streiten."

„Heiligabend?", wiederholte sie.

„Ja. Kommt jedes Jahr etwa um diese Jahreszeit."

„Natürlich", flüsterte sie und dachte an ihre Familie in Idaho. Ganz leise stahl sich ein Gefühl der Traurigkeit in ihr Herz. „Mom und meine Tanten sind sicher schon dabei, das Abendessen vorzubereiten ..."

Locker lehnte er sich an den Tresen und fragte: „Du vermisst deine Eltern sehr, nicht wahr?"

Sie pustete über ihren Kaffee und nickte. „Wir stehen uns sehr nahe. Den einzig großen Streit hatten wir wegen Grant."

„Als er die Pfandbriefe gestohlen hat?", erkundigte er sich.

Kopfschüttelnd sah sie an ihm vorbei aus dem Fenster. Schneebedeckte Tannenzweige versperrten ihr die Sicht. „Schon als wir heirateten. Mom und Dad waren dagegen."

„Wieso?"

„Sie haben ihm nie vertraut", gestand sie und lächelte traurig. „Ironisch, nicht wahr? Die ganze Zeit über haben sie recht gehabt – aber ich habe ihnen einfach nicht geglaubt."

„Weil du ihn geliebt hast." Brett musste sich geradezu zwingen, diese Worte auszusprechen.

„Ich dachte, ich würde ihn lieben. Damals war ich noch sehr jung. Ich hatte noch nicht einmal das College beendet. Seit der Highschool war Grant schon mein Freund gewesen, und ich wollte unbedingt heiraten. Mom und Dad meinten, ich solle noch warten. Aber ich wollte nicht auf sie hören."

„Und was passierte, als er mit den Pfandbriefen verschwand?"

Sie nippte an ihrem Kaffee und spürte, wie ihr Tränen in die Augen traten. „Sie waren einfach großartig. Kein: ‚Das habe ich doch gleich gesagt'. Nichts dergleichen. Sie waren toll. Die Einzigen in der Stadt, die mir geglaubt haben, dass ich unschuldig bin."

„Klingt zu schön, um wahr zu sein."

„Aber so sind sie", bekräftigte sie mit wehmütiger Stimme. „Ich wollte eigentlich über die Feiertage nach Hause fahren. Aber Harry Benson hat sie vorher besucht und belästigt."

„Also bist du lieber hiergeblieben."

„Ich dachte, sie könnten gut darauf verzichten, dass ich dich und die Presse bis vor ihre Haustür schleife. Und das wäre doch passiert, oder? Du wärst mir nach Boise gefolgt, wenn ich gefahren wäre."

„Vermutlich schon", räumte er ein und presste die Lippen zusammen.

„Ich glaube nicht, dass meine Eltern es schätzen würden, wenn ich ihnen einen Privatdetektiv der First Security Bank an Weihnachten mit nach Hause brächte!"

„Aber sie geben dir doch nicht die Schuld an den Vorfällen."

„Natürlich nicht! Sie geben Grant *und* Jim Benson die Schuld dafür!" Tapfer kämpfte sie gegen den Drang an, den aufsteigenden Tränen freien Lauf zu lassen. „Das alles ist so unfair! Ich wünschte ..." Sie brach ab.

„Was wünschst du dir?", hakte er nach.

„Ich wünschte, dass ich Grant nie geheiratet und er nie den Job bei der Bank angenommen hätte. Dad hat ihn damals gewarnt, dass Jim ihn sicher für den kleinsten Fehler hart bestrafen würde."

„Und hat er das?"

Bethany schüttelte den Kopf. „Ich glaube nicht. Immerhin hat Grant dort ein paar Jahre lang gearbeitet und wohl nicht viel Kontakt zum Präsidenten der Bank gehabt. Mein

Gott, es ist alles so verworren!“

Brett trank einen Schluck Kaffee und goss den Rest in den Ausguss. *Zum Teufel mit Jim Benson und Grant Mills!* „Vielleicht ist es ja bald vorbei.“

„Besser wär's!“

„Habe ich es dir nicht versprochen?“, fragte er grimmig.

„Schon, aber ich weiß nicht, ob ich dir glauben kann.“

„Wieso denn nicht?“

„Du kennst meinen Mann nicht. Jahrelang hat er mich und die Bank zum Narren gehalten. Schließlich hat er diesen Diebstahl klammheimlich ausgeheckt, ohne dass jemand etwas geahnt hat.“ Sie schüttelte den Kopf und runzelte die Stirn. „Er ist sehr clever. Wenn er nicht tot ist, dann versteckt er sich. Und wenn er das schon so lange tut, dann wird ihn niemand finden – nicht einmal du.“

„Oh, ich werde ihn schon finden“, erwiderte Brett, und in seinen Augen lag kalte Entschlossenheit. „Und wenn es ewig dauert.“

„Ich möchte aber nicht, dass mein Leben ewig so zerrissen bleibt.“

Er sah die Sorge in ihrem Blick und lächelte. „Das wird es auch nicht. Jetzt komm schon“, versuchte er, sie zu ermutigen, und berührte leicht ihr Kinn. „Mach dir nicht mehr so viele Sorgen.“

„Das tue ich nicht. Aber immerhin hast du die Sorgen mitgebracht.“

Seine Miene erhellte sich. „Entspann dich mal. Es ist Weihnachten, und ich bin am Verhungern. Wie wär's mit Frühstück?“

„Du kochst?“, fragte sie skeptisch.

„Sofern man das so nennen kann. Wo sind die Pfannen?“

Sie deutete auf die Schublade unter dem Herd.

„Und der Toaster?“

„Hier.“ Aus einem Schrank zog sie den Toaster hervor, stöpselte ihn ein und ging zur Seite. „Voilà!“

„Gut. Würdest du jetzt den Tisch decken, bitte? Derweil zaubere ich dir die beste spanische Tortilla diesseits des Rio Grande.“

„Die beste Tortilla?“, wiederholte sie ungläubig. „Dir ist schon bewusst, dass du es gerade mit sämtlichen Bundesstaaten der USA, einschließlich Texas, aufgenommen hast?“

„Stimmt genau.“

„Das muss ich sehen. Abgemacht.“ Zwar dachte sie wehmütig an die Schneckennudeln und die Brötchen mit pochierten Eiern und Schinken, die es bei ihrer Mutter immer morgens an Heiligabend gab. Aber sie sagte sich, dass Abwechslung die Würze des Lebens war. Außerdem waren Brett Hanson und seine spanische Tortilla nicht von hier wegzudenken – ob es nun Weihnachten war oder nicht.

Harry Benson fror. Und er war wütend. Sein Vater hatte ihn schon wieder auf die Wagner-Farm geschickt, und er ärgerte sich darüber. Harry sah überhaupt gar keinen Grund, hier draußen zu sein. Verdammt noch mal, schließlich war Heiligabend. Außerdem war es Bretts Job, sich um Leute zu kümmern, die mit Grant Mills in Zusammenhang standen.

„Ich will nur sichergehen, dass Hanson seinen Job auch erledigt“, hatte ihm sein Vater erklärt, als Harry sich darüber beschwerte, schon wieder zu Bethanys Eltern fahren zu müssen.

„Vertraust du ihm denn nicht?“

Über den Rand seiner Brille hatte Jim ihm einen bedeutungsvollen Blick zugeworfen. „Ebenso sehr wie einem Grizzlybär. Jetzt fahr schon zu den Wagners. Ich will nur sicher sein, dass Mills’ Frau nicht doch noch nach Hause gekommen ist.“

„Warum interessiert dich das überhaupt?“

Jim hatte sich in seinem Chefsessel zurückgelehnt und seine Krawatte zurechtgezogen. Die alte Abneigung war offenbar in ihm hochgekocht. Er hatte Myron Wagner nie gemocht. Und die Tatsache, dass er früher einmal mit Myrons Frau Eleanor zusammen gewesen war, wurmte ihn noch immer gewaltig – dabei war Jim selbst seit dieser Zeit schon zwei Mal verheiratet gewesen. Er hatte seinen Jungen regungslos angesehen. „Ehrlich gesagt ist mir diese Bethany Wagner Mills völlig egal. Ich will nur Hanson auf den Zahn fühlen. Und das ist der einfachste Weg.“

„Dann denkst du, dass Brett etwas vorhat?“

Daraufhin hatte Jim gegrinst, aber Freude war nicht in seinen Augen zu sehen gewesen. „Ich weiß es nicht. Er ist schwer einzuschätzen. War er schon immer. Außerdem haben wir nicht gerade einen guten Draht zueinander. Ich weiß, dass er dieses wertlose Stück Land im Kaskadengebirge dringend haben möchte. Aber als ich gestern mit ihm gesprochen habe, klang er, als würde er langsam das Ziel aus den Augen verlieren. Beinahe hätte er mich so weit gebracht, ihm zu versprechen, dass ich dieser Bethany Mills einen Brief schreibe. Etwas in der Art, dass wir sie und ihre Familie in Ruhe lassen würden, sobald wir ihren Ehemann hätten.“ Angewidert war Jim aufgestanden und hatte sich an der Bar einen Drink eingeschenkt.

„Du denkst also, dass er gegenüber Bethany Mills überfürsorglich ist?“, hatte Harry angemerkt.

Sein Vater hatte eine undurchdringliche Miene aufgesetzt und seinen Gin Tonic mit einem Schluck geleert. „Richtig.“

Harry hatte seinem Vater nicht widersprochen. Ihn hatte das gleiche Gefühl beschlichen, seit er selbst mit Brett geredet hatte. Doch das allein machte es ihm trotzdem nicht leichter, an Heiligabend einfach so bei dieser Familie hereinzuplatzen.

Die Reifen seines BMW drehten auf dem nassen Schnee durch, als er auf den Weg zur Farm der Wagners bog. Inmitten der schneeweißen Landschaft stachen die dunklen Silhouetten einiger Rinder deutlich heraus, und eine verwitterte, einst rot angestrichene Scheune hob sich von dem grauen Himmel und den weißen Feldern ab. Mehrere Fahrzeuge parkten vor dem Farmhaus. Als Harry den Wagen abstellte und ausstieg, hörte er Musik und Gelächter.

Zähneknirschend stieg er die glatten Stufen hinauf. Nach einem kurzen Zögern klopfte er laut an die Tür.

Brett streckte sich und rieb sich den unteren Rücken. Er war es einfach nicht gewohnt, den ganzen Tag am Schreibtisch zu sitzen. Kein Wunder, dass seine Muskeln schmerzten. Blinzelnd sah er auf seine Uhr. Es war schon nach fünf, und er hatte keine Pause eingelegt. Schlimmer noch: Er hatte absolut nichts gefunden – keinen einzigen Hinweis auf Grant Mills' Aufenthaltsort. Vielleicht war diese ganze Sache tatsächlich nur ein sinnloses Unterfangen …

Ächzend stand er auf, streckte sich erneut und begab sich dann auf die Suche nach Bethany. Er fand sie im Esszimmer und beobachtete, wie sie die Schubladen eines antiken Sideboards durchwühlte. Überall auf dem Esstisch lagen Bilder und alte Unterlagen verstreut.

„Irgendetwas gefunden?", fragte er und beäugte den wachsenden Papierhaufen.

„Nur Garantien für Elektrogeräte, die ich nicht mehr habe", antwortete sie. „Ich weiß wirklich nicht, warum ich nie etwas von diesem Krempel weggeworfen habe."

„Wahrscheinlich, weil er dir etwas bedeutet." Er griff nach

einem Foto, auf dem Bethany zu sehen war. Sie war jünger, trug ihr Haar kurz. Arm in Arm stand sie mit ihrem Ehemann da, einem bärtigen Typen mit Brille. Mit ihren abgeschnittenen Jeans und Sweatshirts wirkten Bethany und Grant vor dem tosenden Bergstrom wie das perfekte Paar. Das Bild löste eine starke innere Anspannung in Brett aus. Er warf es zurück und begann, die anderen Bilder durchzusehen, die ihm aber ebenso zusetzten.

„Du musst dir die Fotos nicht mehr ansehen."

„Ich halte es für eine gute Idee."

„Wieso?"

„Vielleicht finden wir hier einen Hinweis. Was ist das?" Er nahm ein altes Buch aus dem Stapel.

„Nichts Besonderes. Nur mein Jahrbuch aus der Highschool."

Doch Brett blätterte bereits darin.

„Wirklich, da wirst du nichts finden."

Er schaute zu ihr hinüber. „Haben die Polizei oder das FBI das hier gesehen?"

Seufzend verschränkte Bethany die Arme vor ihrer Brust. „Ich glaube nicht. Aber ich bin mir nicht sicher. Es ist wirklich nicht wichtig."

„Bist du das?", fragte er und deutete auf ein Schwarz-Weiß-Bild. Bethany stöhnte auf. Das Bild zeigte sie auf einem Pferd, ein breites Lachen auf ihrem mädchenhaften Gesicht. In ihrer Hand hielt sie ein Band, das sie für den ersten Platz bekommen hatte.

„Ich war in der Jugendorganisation ‚4-H Club'", sagte sie wehmütig.

Brett überflog die Seiten, bis er auf Grants Bild stieß. Es sah nicht ungewöhnlich aus.

„Wer sind all die Leute, die im Buch unterschrieben haben?“, erkundigte sich Brett.

„Niemand Besonderes! Das ist *Jahre* her. Und einige von diesen Mitschülern kenne ich nicht mal.“

Brett ignorierte ihre Ausführungen. „Wer ist Mary Alice Wilson?“

„Eine alte Freundin.“

„Und Bob Patterson?“

„Nur ein Junge, den ich kannte.“

Er drehte das Buch zur Seite. „Wie steht’s mit Howie Sparks?“

„Howie? Ach, das war Grant“, sagte sie leise und dachte an ihre Zeit an der Highschool zurück. „Er hat sich den Namen ausgedacht … für einen Scherz.“

„Für einen Scherz?“, hakte Brett nach.

„Ja“, bestätigte sie und schüttelte den Kopf, als sie sich daran erinnerte. Sie und Grant waren so jung gewesen. „Nur ein dummer Streich, den er einer unbeliebten Lehrerin gespielt hat. In seiner Freistunde ging er immer in ihre Klasse und schrieb sich dort als Howie Sparks ein. Drei Wochen verbrachte er als Howie.“

„Aber er wurde erwischt?“

„Irgendwann schon.“

„Was ist dann geschehen?“

Bethany überlegte. „Ich weiß es nicht mehr. Aber ich glaube nicht, dass er suspendiert wurde. Vielleicht bekam er nur einen Verweis. Es ist ja auch egal. Das ist über zehn Jahre her.“

Brett blätterte das Jahrbuch weiter durch und legte es schließlich zur Seite. Erneut nahm er sich die Fotos vor, in der Hoffnung, einen Hinweis zu finden. Einen Hinweis auf Grants Aufenthaltsort.

Als er auf ein Bild stieß, das Grant beim Klettern zeigte, fragte er: „Wo ist das?“

„Keine Ahnung. Irgendwo in Oregon oder Washington, glaube ich."

„Wer hat das Bild gemacht?"

„Vermutlich ein Freund von ihm."

„Du erinnerst dich nicht daran?"

„Nein", sagte sie gedehnt. „Ich war nicht dabei." Bethany blickte auf den Tisch und deutete mit ihrer Hand auf die Fotografien. „Hör mal: Nichts davon wird dir helfen."

„Man kann nie wissen", murmelte er. „Wo genau sind die entstanden?" Er hob sieben oder acht Bilder von Grant beim Bergsteigen hoch.

„Ich sagte schon, dass ich es nicht weiß. Ich vermute, in den Kaskaden."

„Das ist ein großes Gebirge. In welchem Bundesstaat?"

Sie schüttelte den Kopf. „Ich sagte, ich erinnere mich nicht!", brauste sie auf.

Grübelnd rieb er sich das Kinn. „Versteh doch, Bethany! Das könnte wichtig sein."

„Jetzt hör schon auf!", rief sie ungehalten und sah ihn mit gerunzelter Stirn an. „Das sind doch nur alte Bilder, die ich eigentlich wegwerfen oder verbrennen sollte!"

Brett zog einen Stuhl unter dem Tisch hervor und setzte sich. „Erzähl mir davon", schlug er vor.

„Ich will nicht."

„Wieso?"

„Es ist persönlich ... Das hier fällt mir alles andere als leicht. Ich habe das Gefühl, dass mein ganzes Leben wie ein offenes Buch vor dir liegt und du Seite für Seite durchgehst, um darin nach Fehlern zu suchen."

„Ich will doch nur deinen Exmann finden."

„Tja, ich aber vielleicht nicht."

„Wir hatten eine Abmachung. Erinnerst du dich?"

Bethany wandte den Blick ab. „Vielleicht sollten wir die Abmachung rückgängig machen."

Als Brett die Ellbogen auf den Tisch stützte, fielen ein paar Bilder auf den Boden. „Und dann müsstest du fliehen und würdest dich dein Leben lang vor irgendwelchen Verfolgern fürchten. Ist es das, was du willst?" Eindringlich musterte er sie mit seinen stahlblauen Augen.

„Ich glaube eben nur nicht, dass du irgendetwas finden wirst", erwiderte sie.

„Wir haben doch gerade erst mit der Suche begonnen."

„Es ist aber schon so lange her." Bethany zuckte die Schultern, hob ein Bild von Grant auf. Da waren sie gerade frisch verheiratet gewesen. Wie jung und naiv sie doch vor all diesen Jahren gewesen war!

Das Telefon klingelte, und sie ließ das Bild fallen. Brett nahm es an sich, sah sich den Mann genau an, den Bethany geliebt hatte – so schwer es ihm auch fiel. Doch er hatte geschworen, dass er diesen Mann der Justiz übergeben würde. Zähneknirschend sichtete er die Bilder. Jedes Mal, wenn er ein Bild von Grant und Bethany zusammen sah, versetzte es ihm einen Stich. Aber er musste seine Eifersucht unterdrücken.

Er arbeitete zügig. Dann hörte er, dass der Hörer aufgelegt wurde. Als er aufsah, stand sie im Türrahmen zwischen Esszimmer und Küche. In ihren bernsteinfarbenen Augen glitzerten Tränen. „Das war mein Dad", erklärte sie mit unterdrückter Wut.

„Und?"

„Gerade war Harry Benson da."

Brett erstarrte. „Bitte was?"

Verärgert und frustriert wischte sich Bethany die Tränen ab. „Und er war nicht da, um meinen Eltern ‚Frohe Weihnachten' zu wünschen. Er hat nach mir gesucht."

„Wieso?"

„Sag du's mir."

Brett kniff die Augen zusammen. Jeder Muskel in seinem Körper spannte sich an. Mit den Händen stützte er sich auf den Tisch und erhob sich langsam. „Ich weiß es nicht."

„Natürlich nicht!", erwiderte sie voller Sarkasmus.

„Aber ich werde es herausfinden!" Mit großen Schritten ging er in den Flur und riss seine Jacke vom Kleiderständer.

„Tu das", antwortete sie. „Und sag ihm, er soll meine Familie da raushalten. Es ist schlimm genug, dass ich in dieses Durcheinander hineingezogen wurde. Aber ich will nicht, dass Mom und Dad darin verwickelt werden!"

„Keine Sorge. Diese Botschaft wird er schon verstehen!" Er ging zur Tür, drehte sich aber noch einmal zu ihr um. Mit vor Ärger geröteten Wangen stand sie nun mitten im Esszimmer, die Arme um sich selbst geschlungen. „Schaffst du es alleine?"

„Mir geht's gut", schwindelte sie. „Aber es ist wohl das Beste, wenn du jetzt einfach gehst und nicht mehr zurückkommst. Ich will nichts mehr mit Grant zu schaffen haben. Es ist vorbei, und damit hat sich die Sache!"

„Nicht für Jim Benson!"

„Von mir aus kann Jim Benson zur Hölle fahren!" Mit einem finsteren Blick in seine Richtung ging sie in die Küche. Sie hielt sich mit beiden Händen am Tresen fest und beugte sich über die Spüle. Verzweifelt versuchte sie, die Wut unter Kontrolle zu bringen, die sie in heißen Wellen durchströmte.

„Mein Freund ist er auch nicht gerade", sagte Brett leise. Er war ihr in die Küche gefolgt.

„Wieso bist du dann so versessen darauf, ihm zu helfen?" Bevor er ihr darauf antworten konnte, hob sie abwehrend die

Hand und brachte ihn so zum Schweigen. „Ach ja, ich vergaß. Du schuldest ihm Geld. Wie so viele andere Leute auch! Aber die reißen deswegen nicht das Leben anderer Leute in Stücke!“

„Bethany …“

„Geh einfach!“, fuhr sie ihn an. Sie schloss die Augen und holte einmal tief Luft. Eigentlich hätte sie nun erwartet, Schritte zu hören, die sich entfernten. Stattdessen kam er jedoch näher, packte sie und drehte sie herum, sodass sie ihn ansehen musste. Und noch während sie dachte, dass sie ihn hasste, senkte er seinen Kopf und küsste sie kraftvoll und wild. Der Kuss schien nicht enden zu wollen. Er presste seinen Mund besitzergreifend, ja fast schon wütend, auf den ihren. Ihr Herz raste. Mit einem Mal breitete sich eine Hitze in ihrem Inneren aus. Würde Brett ihre verräterische Leidenschaft spüren? „Nicht …“ Aber ihre Bitte wurde jäh unterbrochen, als seine Arme sie umschlossen.

„Glaub mir. Ich hatte nie vor, dir wehzutun“, flüsterte er ihr zu. „Nie.“

„Es fällt mir so schwer.“

„Ich weiß. Aber wir schaffen das schon.“ Mit einem Seufzer gab er sie frei. Nach einem letzten Blick in ihre Richtung öffnete er die Tür und war verschwunden.

Bethany starrte ihm lange nach. Noch immer konnte sie seinen Kuss auf ihren Lippen spüren. Schließlich hörte sie, wie Bretts Jeep aufheulte und er dann davonbrauste.

„Fröhliche Weihnachten“, flüsterte sie bedrückt, „und Frieden auf Erden.“

7. KAPITEL

Bethany saß am Esszimmertisch. Gedankenverloren starrte sie die einzelne rote Kerze an, deren Wachs langsam auf den Kerzenhalter aus Messing tropfte. Winston lag zusammengerollt zu ihren Füßen. Sie konnte das ferne Läuten der Kirchenglocken hören.

Brett war nun schon seit beinahe drei Stunden fort. Ohne ihn erschien ihr das Haus leer und kalt. Sie musste an ihre Eltern denken, die jetzt wahrscheinlich ebenfalls am Tisch saßen, einen Truthahn tranchierten und mit all den Verwandten lachten. Auch das letzte Weihnachtsfest kam ihr nun in den Sinn – bevor sie das Baby verloren hatte, bevor sie von Grant geschieden worden war. Als sie über all die Feste nachdachte, die die Zukunft noch für sie bereithielt, fragte sie sich, ob sie wohl genauso einsam werden würden wie das diesjährige. Winston hob den Kopf und wedelte mit seinem Schwänzchen.

Abwesend kraulte sie den kleinen Kerl hinter den Ohren. Zum zwanzigsten Mal in einer Viertelstunde warf sie einen Blick auf die Uhr. „Es bringt nichts, hier herumzusitzen und zu grübeln“, erklärte sie dem Hündchen, das sie mit strahlenden Augen ansah. „Nicht, wenn es ein ausgelassenes Fest und Freunde gibt, die mit mir feiern wollen.“

Den ganzen Tag hatte sie schon mit dem Gedanken gespielt. Nun, da Brett gegangen war, entschied sie sich dazu, das Angebot ihrer Freundin Marianne anzunehmen. Bevor sie es sich selbst ausreden konnte, ging sie ins Schlafzimmer und zog sich um. Ein warmer Rollkragenpulli, eine lange schwarze Hose und Stiefel waren genau das richtige Outfit. Kurzerhand steckte sie ihr Haar hoch und legte etwas Lippenstift auf. Auf dem Weg nach draußen schnappte sie sich ihren Mantel, einen Teller mit Plätzchen und eine Flasche Wein. „Es mag zwar nicht das Gleiche sein wie Weihnachten auf der Farm“, sagte sie sich, „aber das muss reichen.“

Als sie ankam und klingelte, war die Feier schon in vollem Gange.

„Bethany!“, rief Marianne überrascht. „Mit dir hatte ich fast schon nicht mehr gerechnet. Komm rein! Komm!“

„Besser spät als nie, sagt man doch, oder?“, konterte Bethany und betrat das gemütliche Häuschen.

„Stimmt!“

Der Geruch von Duftkerzen, Zimt und brennendem Holz lag in der Luft. Sie folgte Marianne ins Esszimmer. Sofort umgaben sie Lachen und sanfte Musik, Menschen, die sich unterhielten.

Nachdem Bethany den Wein und ihre Plätzchen auf dem schon überfüllten Buffet untergebracht hatte, stellte Marianne sie der kleinen Gruppe im Wohnzimmer vor. Ein paar Lehrer von der Schule kannte Bethany schon, doch der Großteil der Gäste war ihr unbekannt.

„Ich wollte Jack gerade losschicken, um nach dir zu sehen“, neckte Marianne sie, wobei ihre dunklen Augen leuchteten. „Was war mit deiner großartigen Idee, über die Feiertage Ski zu fahren?“

„Es liegt schon zu viel Schnee in der Stadt. Da lohnt es sich nicht, den ganzen Weg in die Berge zu fahren“, erwiderte Bethany lachend. „Ich musste ja fast schon mit den Skiern hierherfahren. Der Toyota hätte die Fahrt bis zum Mount Hood sicher nicht überstanden.“

„Na ja, ich freue mich jedenfalls, dass du hier bist. Ob du nun mit dem Auto, mit Skiern oder mit dem Hundeschlitten hergekommen bist, ist ja egal“, antwortete Marianne. „Komm in die Küche. Da gibt es etwas zu essen.“

Bethany kostete die bereitgestellten Häppchen und nahm die Tasse mit heißem Glühwein entgegen, die ihr Mariannes Ehemann Jack reichte. Er war klein und hatte schütteres rotes Haar. Ein ungezwungenes, freundliches Lächeln umspielte ständig seine Lippen, während er dabei zusah, wie seine Frau die Gastgeberin mimte.

„Kann ich dir noch etwas bringen?", fragte er aufmerksam.

„Nein danke. Ich bin versorgt."

„Zu dumm", bedauerte er und deutete auf den Tisch, der sich unter all den Köstlichkeiten förmlich bog. Er warf einen Blick zu Marianne, die von einem Grüppchen zum nächsten huschte. „Marianne hat wohl gedacht, sie müsste eine ganze Armee versorgen! Wir werden ganz klar bis ins neue Jahr Reste essen müssen."

„Worüber meckerst du denn jetzt schon wieder?", zog Marianne ihn auf, als sie zurückkam.

„Er meint wohl, du wärest mit dem Essen etwas zu weit gegangen."

Marianne warf einen Blick auf den Tisch und stöhnte auf. Es war kein freier Zentimeter der Leinentischdecke mehr auszumachen – überall standen Delikatessen. „Vergesst bitte nicht, ich denke wie eine schwangere Frau."

„Dann hoffen wir nur, dass die Gäste wie Schwangere essen. Sonst musst du das Baby auch noch von den Shrimpröllchen entwöhnen, oder wie diese Dinger hier heißen", nahm Jack Marianne auf den Arm und steckte sich schnell ein Häppchen in den Mund.

„Sei doch mal ernst!"

„Keine Chance." Mit einem spitzbübischen Lächeln schnappte er sich Marianne und hielt einen kleinen Mistelzweig über ihre kaffeebraunen Locken.

„He! Warte mal ... Jack!"

„Hab ich dich erwischt!" Ausgelassen bedeckte er Marianne mit Küsschen, bevor er sie losließ.

„Solange du das nicht bei irgendeiner anderen machst", gab sie atemlos zurück. Ihr Gesicht war gerötet, und ihre dunklen Augen funkelten vergnügt.

„Niemals!", ereiferte sich Jack gespielt und grinste Bethany breit an. Dann füllte er sein Glas wieder auf und mischte sich unter die anderen Gäste.

„Er ist verrückt nach dir", stellte Bethany fest.

„Oder einfach nur verrückt?" Marianne beobachtete ihren Ehemann, wie er mit ein paar Freunden scherzte. „Vielleicht sogar etwas von beidem", setzte sie hinzu und ließ sich auf einen Stuhl am Küchentisch fallen. „Meine Füße bringen mich noch um!" Sie zog ihre Schuhe aus und seufzte. „Also, was ist mit dem geheimnisvollen Mann aus Boise passiert?"

Beinahe wäre Bethany die Tasse aus der Hand gefallen, aber sie konnte sich gerade noch zusammenreißen. Das Letzte, was sie jetzt brauchen konnte, waren Fragen, die sie eventuell mit Brett und seiner Untersuchung in Verbindung brachten. Schulterzuckend erwiderte sie: „Oh, ich habe ihn am letzten Schultag auf dem Parkplatz getroffen."

„Und?"

Da Bethany es hasste zu lügen, entschied sie sich, möglichst ausweichend und vage zu antworten. „Er suchte nur nach einem gemeinsamen Bekannten."

„Und er nahm an, dass du wüsstest, wo dieser Kerl ist?"

„Ja." Mit einem unbehaglichen Gefühl schlenderte Bethany zum Herd und schöpfte noch etwas Glühwein in ihre Tasse.

„Und? Wusstest du es?

„Wo er ist? Nein. Ich habe seit Jahren nichts mehr von dem Typ gehört", entgegnete sie und erinnerte sich unwillkürlich, dass Grant sie sitzen gelassen hatte. So war es das Beste, sagte sie sich nun. Doch als er sie verlassen hatte, war es sehr schmerzhaft für sie gewesen.

„Und dann sprang der geheimnisvolle Mann einfach auf sein weißes Ross und entschwand in die dunkle Nacht?"

Bethany musste lächeln. „Eigentlich war es eher ein Jeep."

„Aber natürlich", erklärte Marianne ironisch und glättete den seidigen Stoff ihres Kleides über ihrem runden Bauch. „Wir leben ja in modernen Zeiten."

„Stimmt. Wenn ich Brett richtig verstanden habe ..."

„Halt", unterbrach Marianne sie. „Wer ist Brett? Der Typ, der nach dir gesucht hat, oder euer Freund?"

„Na ja, die zwei sind nicht gerade Freunde", gab Bethany zu. Dabei dachte sie an Grant und die Tatsache, dass Brett angeheuert worden war, um Grant zu finden und ihn der Justiz zu überantworten – falls er noch am Leben war. „Aber Brett ist der Mann, den ich auf dem Parkplatz getroffen habe. Er hat mir den Eindruck vermittelt, dass er noch immer nach diesem anderen Typen sucht."

„Nach dem, den du auch gekannt hast?"

„Ja."

Marianne rieb sich mit den Fingern die Schläfen und schüttelte den Kopf. „Für mich klingt das alles ganz schön verwirrend."

Für mich auch, dachte Bethany bei sich. Sie hatte so viele Fragen: Wo war Brett? Mit wem war er zusammen? In welcher Beziehung stand er wirklich zu Jim Benson und der First Security Bank? Aber vor allem wollte sie wissen, warum es sie überhaupt kümmerte.

„Lass mich dir eins sagen", sagte Marianne und zwinkerte ihr mit einem raffinierten Lächeln zu. „Wenn ich noch Single wäre und so ein gut aussehender Typ nach mir suchen würde – ich würde mich ganz schnell finden lassen."

„Ach ja? Würdest du das?", wollte Jack wissen, der Mariannes Worte aufgeschnappt hatte, und nun in die Küche kam. „Dann frage ich mich nur, wieso ich dich bis ans Ende der Welt jagen musste ..." Er drückte ihr einen Kuss auf den dunklen Lockenkopf. „Zieh deine Schuhe an, Mata Hari. Jetzt geht's richtig los!"

„Kann ich nicht barfuß spielen?", bat Marianne.

Jack lachte. „Ganz wie du willst."

Grummelnd schlüpfte Marianne in ihre Pumps und lächelte Bethany an. „Denk an meine Worte: Ich würde dieses Exemplar nicht kampflos davonkommen lassen."

Kopfschüttelnd begleitete Jack Marianne ins Wohnzimmer und führte sie zur Klavierbank. „Wie wär's mit ein paar Weihnachtsliedern?", fragte er in die Runde. Ein paar der stimmlich begabten Gäste scharten sich um Marianne, als diese das erste Lied anstimmte.

Gegen den Backsteinkamin gelehnt nippte Bethany an ihrem Glühwein. Gedankenverloren sah sie ins Feuer und lauschte den Liedern, die Marianne auf Wunsch der Gäste spielte. Sie summte leise mit und versuchte, nicht an Brett zu denken, nicht an die Art, wie er sich in ihr Leben gedrängt hatte. Doch immer wieder kehrten die Erinnerungen zurück – an die zurückliegenden Tage und an das heimliche Glück, das sie gefühlt hatte, wenn er bei ihr gewesen war.

Bethany schlenderte zurück in die Küche und nahm sich ein paar Häppchen. „Du bist eine Idiotin", murmelte sie vor sich hin. „Du führst dich auf wie ein verliebtes Schulmädchen! Du weißt doch rein gar nichts über ihn!"

Während sie ein Stück von der Lachspastete probierte, überlegte sie, wie weit sie Brett vertrauen konnte und weshalb sie immer noch das Gefühl hatte, dass er etwas vor ihr verbarg. Etwas sehr Wichtiges …

Was macht das schon aus, fragte sie sich im Stillen. Sie seufzte tief und stellte ihre Tasse in das Spülbecken. Die ersten Töne von „Stille Nacht“ drangen zu ihr. Als sie ins Wohnzimmer kam, wollte Marianne ihre Vorstellung gerade beenden.

„Komm, spiel noch ein paar“, forderte eine von Mariannes engsten Freundinnen.

„Später vielleicht.“

„Du tust das doch nur zu gern – und das weißt du auch“, neckte Jack sie, und stürmisches Gelächter erfüllte den Raum. Da läutete es an der Tür. „Ich geh schon, Liebling, spiel du weiter. Und das ist ein Befehl!“

Marianne schnitt ihrem Ehemann eine Grimasse, wandte sich aber wieder dem Klavier zu. Insgeheim mahnte Bethany sich, das Fest endlich unbeschwert zu genießen.

Plötzlich fühlte sie, wie jemand ihr auf die Schulter tippte. Als sie sich umdrehte, blickte sie direkt in Jacks besorgtes Gesicht. Um sich gegen die Musik besser verständlich zu machen, flüsterte er ihr ins Ohr. „Da draußen steht ein gewisser Brett Hanson. Er sagt, er müsse dich sofort sprechen.“

Überrascht fühlte Bethany, wie ihr Herz sofort schneller schlug. „Er ist hier?“

„Soll ich ihn für dich loswerden?“, fragte Jack, so als würde er Ärger erwarten.

„Ich bezweifle, dass das irgendjemand schaffen würde.“

„Ich würde mein Bestes versuchen.“

„Nein, nein“, beschwichtigte sie ihn. „Ich spreche mit ihm.“ Bethany riss sich zusammen. Weshalb war Brett hier? Woher wusste er überhaupt, wo sie war? Kaum hatte sie einen Blick über Jacks Schulter geworfen, als sie Brett auch schon entdeckte.

Er stand zwischen Wohnzimmer und Eingang und betrachtete Bethany mit kalter, düsterer Miene. Als er bemerkte, dass sie ihn ebenfalls ansah, huschte für einen Moment lang ein erleichterter Ausdruck über sein Gesicht. Doch ebenso schnell verhärteten sich seine Züge wieder. Er hatte sich nicht die Mühe gemacht, seine dicke Wildlederjacke oder seinen Hut abzulegen. In der festlich gekleideten und fröhlichen Menge wirkte er völlig fehl am Platz.

„Es dauert nur einen Augenblick", flüsterte Bethany Jack zu. Sie betete, dass Marianne weiterspielen und dass Brett keine Szene machen würde. Denn diese Situation würde sie nicht so leicht erklären können.

„Was machst du hier?", fragte sie ihn, sobald sie allein waren.

„Vielleicht sollte ich dich dasselbe fragen."

„Ich bin eingeladen."

Wütend presste Brett die Lippen aufeinander. „Das macht jetzt sowieso nichts mehr aus. Vielleicht ist es sogar besser, dass du nicht zu Hause warst."

„Was meinst du denn damit?"

Misstrauisch blickte er an ihr vorbei auf die Gruppe von Menschen, die um das Klavier herumstand, und kniff seine blauen Augen zusammen. „Wer wusste, dass du herkommen wolltest?"

„Nur Jack und Marianne. Was soll denn das Ganze?"

Nun wandte er sich ihr wieder zu. „Wir gehen!"

„Du meinst wohl, *du* gehst."

Entschlossen packte er sie am Arm. „Wir beide gehen. Komm mit."

„Ich gehe nirgends hin …", begann sie, doch der Ausdruck in seinen Augen ließ sie innehalten. Sein Blick, kalt und abschätzig, traf sie bis ins Mark. Bethany versuchte sich loszureißen, aber konnte sich nicht aus seinem eisernen Griff befreien.

„Wo ist dein Mantel?“

„Lass mich los!“, warnte sie ihn, wobei sie sich bemühte zu flüstern.

„Erst holen wir deinen Mantel. Wo ist er?“

„Im Schrank im Flur, aber …“

„Geh ihn holen.“

„Brett …“

„Gibt es hier Ärger?“, wollte Jack wissen und blickte forschend in Bethanys Gesicht, als er auf sie und Brett zuging.

„Nein“, antwortete Bethany, woraufhin Brett ihren Arm losließ. Sie warf ihm einen wütenden Blick zu, hielt aber ihre Stimme um Jacks willen unter Kontrolle. „Ich glaube, ich sollte jetzt besser gehen.“

„Bist du sicher?“, fragte er und sah abwechselnd von Bethany zu Brett.

„Ja.“

Die Musik hatte aufgehört, und die Gäste klatschten Beifall, bevor sich kleinere Grüppchen bildeten. Nach einem einzigen Blick in Jacks Gesicht eilte Marianne sofort herbei, um den Ärger zu vermeiden, der sich zusammenzubrauen drohte.

Kochend vor Wut schlüpfte Bethany in ihren Mantel.

„Du kannst doch nicht schon gehen“, protestierte Marianne. Als sie Brett erblickte, erkannte sie ihn sofort.

Bethany zwang sich zu einem Lächeln. „Es tut mir leid. Es war ein tolles Fest.“

„Aber das ist noch nicht vorbei! Ich habe noch so viel zu essen übrig! Sie können selbstverständlich gerne bleiben“, lud Marianne Brett ein.

„Vielleicht ein anderes Mal“, antwortete Brett höflich.

„Aber es ist Weihnachten! Bethany?"

„Ich rufe dich gegen Ende der Woche an, ja?", sagte Bethany entschuldigend. Sie wollte unbedingt gehen, bevor Brett noch einen Aufstand veranstaltete. Bevor ihre Bekannten von der Schule begannen, unangenehme Fragen zu stellen.

„Bist du dir sicher?", gab Marianne nach und begleitete sie zur Tür.

„Ich bin sicher."

„Tja, dann fröhliche Weihnachten." Sie griff nach der Hand ihres Ehemanns, der die Tür offen hielt.

„Das wünsche ich euch auch", antwortete Bethany und trat hinaus in die bittere Kälte. Brett nahm ihre Hand und zog hinter ihnen die Tür zu. Als sie sich umdrehte, bemerkte Bethany, dass Marianne ihnen vom Fenster aus hinterherblickte. Jack stand neben seiner Frau, den Arm locker um ihre Schultern gelegt. Die Sorge stand ihm deutlich ins Gesicht geschrieben. Bethany lächelte den beiden zu und winkte. Sie hoffte nur, dass sie nicht so verängstigt wirkte, wie sie sich fühlte.

„Du hast ja wirklich Nerven", fuhr sie ihn an. „Was denkst du dir überhaupt dabei, mich an Heiligabend von einer Party wegzuzerren?"

„Das musste ich tun."

„Du musstest?", wiederholte sie fassungslos. „Verschone mich, ja? Ich weiß nicht, was für Spielchen du treibst, Brett, aber ich habe es satt." In der Nähe seines Jeeps blieb sie stehen und starrte ihn mit wütenden Augen an. Trotz der eisigen Nachtluft war ihr Gesicht nicht nur vor Kälte, sondern auch vor Zorn gerötet. Sie sah aus, als wäre sie kurz davor, ihn in Stücke zu reißen. „Ich warte auf eine Erklärung."

„Später."

„Wunderbar. Ich erlebe gerade das schlimmste Weihnachtsfest, seit ich denken kann, und du hast Geheimnisse vor mir."

Brett seufzte tief. „Vertrau mir, Bethany. Bitte. Es ist wirklich wichtig. Komm, steig in den Jeep."

„Danke, aber ich bin mit meinem eigenen Fahrzeug hier", zischte sie zurück. Sie wollte gerade zu ihrem Auto laufen, da legte Brett ihr eine Hand auf die Schulter.

„Kannst du es nicht hier stehen lassen?"

„Nein."

„Bethany, ich meine es wirklich ernst", sagte er ruhig, aber nachdrücklich. Sie drehte sich noch mal zu ihm um – und bemerkte seine sorgenvolle Miene erst jetzt. „Kannst du das Auto hier stehen lassen?", wiederholte er.

„Vermutlich schon, aber ich müsste fragen. Das wiederum würde viele Fragen aufwerfen, die ich im Moment nicht beantworten möchte. Versteh doch, ich will eigentlich nur wissen, was los ist."

„Das wüsste ich auch gerne", entgegnete er. „Kannst du deinen Wagen vielleicht irgendwo in der Nähe parken?"

Sie verschränkte die Arme vor ihrer Brust und schüttelte den Kopf. „Nein."

„Na gut. Ich fahre hinter dir her und erkläre dir alles, sobald wir bei dir sind."

„Vergib, wenn ich jetzt nicht aus lauter Dankbarkeit vor dir auf die Knie falle!", gab sie giftig zurück, stieg aber schließlich in ihren Toyota und steckte den Schlüssel ins Zündschloss.

Die Fahrt schien nicht enden zu wollen. Die Straßen waren zwar fast menschenleer. Aber der Schnee, der tagsüber zu schmelzen begonnen hatte, war mittlerweile zu Eis gefroren.

Die geräumten Straßen bereiteten Bethany keine Probleme. Doch sobald sie den Berg hinauffahren wollte, auf dem ihr Haus stand, geriet ihr Wagen ins Rutschen.

„Toll", murmelte sie. Als sie versuchte, das Auto wieder in die Spur zu bringen, schlitterte es lediglich zur Seite. „Einfach toll." Seit sie denken konnte, war sie schon im Schnee gefahren – allerdings in ihrer Heimatstadt Boise. Dort auf dem flachen Land waren die Straßen mit Schneepflügen leicht frei zu halten. Hier in Portland hingegen verfügte man weder über die Ausrüstung noch über genug Arbeitskräfte, um auch die kleineren, steileren Straßen zu räumen.

Als ihre Reifen durchdrehten und sie selbst im ersten Gang den Berg nicht hinaufkam, gab sie auf. Sie parkte das Auto in einer der Seitenstraßen und stapfte durch den Schnee zu Bretts wartendem Jeep. „Ich muss es wohl über Nacht hier stehen lassen", entschied sie und stieg in den Wagen. „Ich hole es dann morgen früh ab."

„Oder vielleicht später." Brett schaltete den Allradantrieb zu und lenkte den Jeep über die kurvige Straße, die zu Bethanys Haus führte.

„Was soll das wieder heißen? Und was hast du dir dabei gedacht, uneingeladen auf Jacks und Mariannes Party aufzutauchen?"

„Ich musste dich finden!"

„Wieso?"

Er blickte sie an und sah deutlich die Wut in ihren großen Augen. „Weil ich krank vor Sorge war. Ich dachte, du wurdest vielleicht entführt!"

„Entführt!" Bethany lachte und wischte einen Teil der Windschutzscheibe frei, als sie auch schon in ihre Einfahrt bogen. „Hast du jetzt den Verstand verloren?"

„Ich wünschte, es wäre so. Ich bin vor etwa einer Stunde

zurückgekommen. Du warst weg, aber ich habe mich selbst hereingelassen."

„Du bist eingebrochen?"

„Die Tür stand offen."

„Aber ... ich habe abgeschlossen."

„Jemand hat sie gewaltsam aufgebrochen", antwortete er, wobei seine Mundwinkel leicht zuckten. „Dein ganzes Haus wurde durchwühlt. Alles wurde auf den Kopf gestellt."

„Mein Haus? Wieso?"

Er zog die Handbremse an und parkte in der Auffahrt. „Ich kann auch nur raten. Aber ich könnte mir vorstellen, dass es mit Grant zusammenhängt."

„Warum?"

„Ich weiß es nicht. Vielleicht hattest du recht. Vielleicht hat jemand das Haus beobachtet und gewartet, bis du gegangen bist. Zum Teufel, vielleicht ist man *mir* hierher gefolgt."

„Ich kann das alles nicht glauben."

Er öffnete ihr die Tür und half ihr beim Aussteigen. „Glaub es lieber", schlug er vor, und seine Stimme klang kalt.

Gemeinsam gingen sie durch die Vordertür. Bethany schaltete das Licht ein und musste sich gegen die Wand lehnen, als sie sich in ihrem Haus umsah. Schubladen lagen auf dem Boden, Möbel waren umgestoßen worden. Papiere flogen überall im Haus herum. Fenster standen offen, und Schränke waren leer geräumt worden. Sogar die Lebensmittel hatte man aus der Vorratskammer gerissen und auf dem Küchenfußboden verstreut.

Auch im Wohnzimmer herrschte das Chaos: Der Weihnachtsbaum lag umgeworfen auf dem Boden. Sämtliche Geschenke waren aufgerissen worden, wobei Schleifchen und Geschenkpapier noch immer an den Pappkartons hingen. Der Schaukelstuhl war gegen den Kamin geschleudert worden, der Korb mit dem Feuerholz lag auf der Seite. Holzsplitter und trockenes Moos übersäten den Boden.

„Oh mein Gott!“, flüsterte Bethany fassungslos und inspizierte jeden einzelnen Raum. In ihrem Schlafzimmer fand sie zwischen Matratze und verstreutem Bettzeug ihre Unterwäsche und ihre Schuhe in einem wilden Durcheinander auf dem Boden.

Schäumend vor Wut lief Bethany ins Badezimmer. Die Fläschchen mit Make-up, Parfum, Badezusätzen und Putzmitteln lagen in Scherben. Das Gebräu von Düften erfüllte den kleinen Raum, sodass man kaum atmen konnte.

„Wer war das?“, brachte sie ungehalten hervor.

„Jemand, der wusste, dass du nicht im Haus bist“, antwortete er. „Erzähl mir von Jack und Marianne.“

„Von den Selbys?“ Sie wirbelte herum und sah ihn direkt an. Beinahe musste sie lachen. „Das sind die beiden nettesten Menschen, die man sich nur vorstellen kann! Die können hiermit nichts zu tun haben.“ Sie betrachtete die heillose Unordnung und schüttelte den Kopf, bevor sie ihn argwöhnisch ansah. „Woher wusstest du eigentlich, wo ich war?“

„Das war nicht leicht“, gab er zu und rief sich ins Gedächtnis, wie verzweifelt er gewesen war, als er sie nicht finden konnte. „Aber ich erinnerte mich an eine Einladung, die ich fand, als ich deine Papiere durchgegangen bin. Als ich sie wiedergefunden hatte, versuchte ich, die Nummer auf der Einladung anzurufen, aber es ging keiner ran.“

„Weil es die Nummer der Schule ist. Marianne arbeitet bei uns im Sekretariat.“

„Ich weiß. Als ich dich telefonisch nicht erreichen konnte, fuhr ich zu der Adresse, die in der Einladung stand. Zum Glück warst du dort.“

„Und wenn ich nicht dort gewesen wäre?“

„Dann hätte ich die Polizei verständigt."

„Ich will nicht, dass die Polizei informiert wird!", rief Bethany.

„Dir bleibt gar keine andere Wahl. Deine Versicherung wird eine Untersuchung fordern."

„Aber dann kommt alles über Grant heraus! Meine Ehe mit ihm, die Tatsache, dass er der First Security Bank all das Geld gestohlen hat."

„Wahrscheinlich." Brett öffnete die Tür ihres Schlafzimmerschranks, holte einen Koffer hervor und warf ihn auf den Boden. „Pack ein paar Sachen zusammen. Warme Kleidung, wenn möglich. Wir gehen."

„Ich kann nicht gehen!"

„Du kannst hier verdammt noch mal nicht bleiben!", erwiderte er aufgebracht und zeigte nun doch noch seine Wut, als er auf das Desaster um sie herum deutete. „Wer auch immer das hier war, Bethany, er meint es ernst! Wenn du bleibst, bringst du dich in große Gefahr."

„Was soll denn das heißen? Dass ich untertauchen soll?"

„Vorerst ja!"

„Ausgeschlossen."

„Verdammt!", rief Brett und kam mit großen Schritten auf sie zu. Mit beiden Händen umfasste er ihre Schultern. „Erkennst du denn nicht, dass das hier mehr als nur ein unbestimmtes Gefühl von dir ist? Du dachtest, du wirst verfolgt. Jetzt sieht es so aus, als hättest du recht gehabt. Willst du hier etwa herumsitzen und auf ihn warten?"

„Das hier ist mein Zuhause", antwortete sie unerschütterlich und ignorierte die Furcht, die sich langsam in ihr breitmachte.

„Aber im Augenblick ist es hier einfach nicht sicher!"

„Das weißt du doch gar nicht."

„Herrgott noch mal, Bethany! Schau dich doch mal um!" Entschlossen sammelte er einige Kleider vom Boden auf und warf sie in den Koffer. „Zuerst werden wir jetzt die Polizei rufen. Dann wirst du packen, und danach verschwinden wir von hier. Verstanden?"

„Du kannst nicht die Polizei rufen …"

„Verstanden?", wiederholte er unnachgiebig. Er war schon zum Telefon gelaufen und hatte die Notrufnummer gewählt.

„Aber mein ganzes Leben …"

„Wird wahrscheinlich wieder an die Öffentlichkeit gezerrt, aber so ist es eben."

„Das ist nur deine Schuld, weißt du das?", erklärte sie erbost. Sie warf ein Paar Jeans in den Koffer und spürte so eine Wut in sich, dass sie schreien wollte. Doch Brett hob einfach seine Hand und wehrte jeden weiteren Einwand ab, als er mit der Polizei verbunden wurde. Er nannte seinen und Bethanys Namen und erklärte, was vorgefallen war.

So erschüttert, wie sie war, hätte Bethany sich am liebsten nur auf ihr Bett werfen und verstecken wollen – allerdings hatte irgendjemand das Bett und auch sonst alles in dem Zimmer in seine Bestandteile zerlegt.

„Es wird eine Weile dauern, bis sie kommen", sagte er, nachdem er aufgelegt hatte. „Wegen Weihnachten."

„Ach ja. Weihnachten. Die Zeit der Freude und des Friedens auf der Welt. Überall, nur nicht hier!" Trotz ihrer Wut musste sie plötzlich aufschluchzen. Heiße Tränen brannten in ihren Augen, als sie sich in der Verwüstung umsah, die einmal ihr gemütliches kleines Häuschen gewesen war. Ihr Zufluchtsort vor der Vergangenheit.

Als sein Ärger allmählich abebbte, ging Brett zu ihr und hob ihr Kinn mit einem Finger nach oben. „Es könnte schlimmer sein“, versuchte er, ihr Mut zu machen.

„Wie denn?“

„Es könnte regnen.“

„Das wäre eher eine Verbesserung!“ Aber dennoch brachte sie ein dünnes, trauriges Lächeln zustande und kämpfte die Tränen zurück. Da beugte er sich zu ihr und berührte liebevoll mit seinen Lippen ihren Mund.

„Ich bin fast umgekommen vor Sorge“, gab er zu.

„Meinetwegen?“

„Ja, deinetwegen“, bestätigte er. Er starrte zur Decke und fuhr sich nervös durch die Haare. „Ich dachte, wer auch immer das gewesen ist, er hätte dich in seiner Gewalt.“ Wieder richtete er seine blauen Augen auf sie. „Ich dachte, ich hätte dich verloren“, erklärte er leise. „Und das hat mich erschreckt. Es hat mich zu Tode erschreckt.“ Behutsam legte er die Arme um sie und zog sie an sich. „Das werde ich nicht noch einmal zulassen.“

Durch seine Worte tief berührt, wurde es Bethany warm ums Herz. Gerade in diesem Moment, als ihre Welt zu zerbrechen schien, war er da. Sie fühlte sich sicher in seinen starken Armen und schmiegte sich an ihn, froh um die Stärke und die Ruhe, die er ausstrahlte. „Hast du Jim Benson eigentlich erreicht?“, fragte sie ihn.

Bretts Miene wirkte mit einem Mal angespannt. „Er ist wegen des Feiertages nicht im Haus.“

„Was ist bei ihm zu Hause?“

„Da geht keiner ans Telefon.“ Bretts Gedanken kreisten um den Hass, den er für seinen Stiefvater empfand. Er konnte das Gefühl nicht abschütteln, dass Benson hinter all dem hier steckte. Und tief in seinem Inneren schwor er, dass er sich dafür rächen würde. „Ist vorher schon einmal so etwas vorgefallen?“

Bethany schüttelte den Kopf, löste sich aus seiner Umarmung und wanderte den Flur entlang in die Küche. Auf dem Weg wollte sie ein Bild an der Wand gerade rücken, als das Foto auf den Fußboden fiel und das Glas in tausend Scherben zerbarst.

Bethany überlegte. „Nein … Bis auf den Unfall …"

„Unfall? Was für ein Unfall?", unterbrach Brett sie.

„Du weißt doch: Als ich den Berg mit dem Fahrrad hinaufgefahren bin und Jenny und Winston entdeckte. Wo ist er überhaupt? Ich habe ihn hiergelassen!" Ganz außer sich vor Sorge rannte sie durch das Haus und rief gleichzeitig nach dem kleinen Hund. Beinahe befürchtete sie, dass er in dem ganzen Durcheinander verloren gegangen sein könnte.

„Bleib ganz ruhig! Es geht ihm gut. Zumindest war es so, als ich gegangen bin."

„Wo ist er?"

„In der Garage."

Aufgebracht bahnte Bethany sich den Weg durch die Küche und öffnete die Garagentür. „Winston!" Als sie das vertraute Winseln des Welpen hörte, kniete sie sich hin, sodass er in ihre Arme flitzen konnte. „Armes Baby! Ich wette, du bist umgekommen vor Angst", tröstete sie ihn und hob das zitternde Fellknäuel hoch. Vor Freude fuhr Winston ihr mit seiner feuchten Zunge durch das Gesicht.

Brett steckte seine Hände in die Gesäßtaschen seiner Jeans und wartete ungeduldig ab. Irgendjemand war hinter Bethany her. Entweder wollte dieser Jemand sie damit einschüchtern – oder er hoffte, etwas Wichtiges zu finden. Etwas, das ihnen vielleicht helfen würde, Grant Mills aufzuspüren. Aber wer? Und was hatte er gesucht?

Unter lautem Sirenengeheul und Blaulichtgewitter traf die Polizei ein. Zwei Polizisten klopften an die Tür, und Brett ließ sie herein. Während die beiden sich in gedämpftem Ton unterhielten, durchsuchten sie das Durcheinander. Sie fotografierten alles, machten sich Notizen und stellten mehr Fragen, als Bethany bereit war, zu beantworten. Unter Bretts wachsamen Augen teilte sie ihnen genauestens mit, wer sie war und inwiefern sie mit Grant Mills in Zusammenhang stand.

„*Der* Grant Mills?“, entfuhr es Andrew Daniels, dem jüngeren Polizisten. Er schob seine Mütze auf dem Kopf zurecht.

Es versetzte Bethany innerlich einen Stich, doch sie erwiderte den Blick des jungen Polizisten. „Selbiger.“

„Weiß das FBI Bescheid?“

„Nicht über die Vorkommnisse des heutigen Abends“, räumte Brett ein. „Noch nicht.“

„Dann müssen wir sie informieren“, stellte Officer Donaldson fest. Der ältere Polizist ließ seinen müden Blick über die umgestürzten Möbel und den demolierten Weihnachtsbaum schweifen. „Am besten lassen Sie alles so, wie es momentan ist.“

„Ich kann in dieser Unordnung nicht leben …“, begann Bethany.

Doch Brett schnitt ihr das Wort ab: „Das werden wir.“

Die Polizisten füllten ihre Berichte aus. Brett klärte sie über seine Beziehung zur First Security Bank auf sowie über die Tatsache, dass er noch immer an dem Mills-Fall arbeitete.

„Sie glauben, es gibt eine Chance, dass er noch lebt?“, fragte Officer Donaldson und gab einen lang gezogenen Pfiff von sich.

„Sogar eine große Chance“, sagte Brett und bemerkte, dass Bethany blass wurde. „Wenn Sie hier fertig sind, dann würden wir jetzt gerne gehen.“

„Teilen Sie uns bitte eine Adresse und eine Telefonnummer mit, unter der Sie zu erreichen sind."

„Einen Moment mal", mischte Bethany sich ein. „Ich gehe nirgendwohin."

„Aber natürlich tust du das", antwortete Brett ihr in einem Ton, der keinen Widerspruch zuließ, und sah sie durchdringend an. „Wenn das FBI alles untersucht hat, können wir zurückkommen und aufräumen." Dann wandte er sich wieder den beiden Beamten zu, notierte die Adresse seiner Hütte auf einer alten Visitenkarte und überreichte sie den Polizisten.

„Man wird Sie sicher befragen wollen", gab Donaldson zu bedenken. „Vielleicht bleiben Sie doch besser hier."

Brett musste dem zustimmen, und so schritten Bethany und er nervös auf und ab. Als das FBI eine Stunde später endlich eintraf, musste Bethany genau die gleichen Fragen beantworten, die schon Donaldson und Daniels gestellt hatten.

Als die Männer dann nach weiteren zwei Stunden den Tatort verlassen hatten, war Bethany außer sich vor Zorn. „Ich habe die Nase voll davon, dass du mich ständig dazu drängst, Dinge zu tun, die ich nicht tun will!", fuhr sie ihn an, das Kinn trotzig nach vorne gestreckt.

„Du hast doch gar keine andere Wahl!", verteidigte er sich.

„Soweit ich weiß, ist das hier ein freies Land."

„Lass den Quatsch!", antwortete Brett, marschierte ins Schlafzimmer und deutete auf den Koffer. „Ist das Ding jetzt fertig gepackt?"

Kochend vor Wut, fand Bethany keine Worte.

Brett kniff die Augen zusammen und schloss den Koffer. „Na schön! Wir gehen!"

„Wohin?"

„Zu mir."

„Nach Boise?“

„Natürlich nicht. Da wird der Täter wahrscheinlich als Nächstes suchen.“

„Also, wohin dann?“

„Ich habe eine Berghütte nicht weit von Seattle.“

„Seattle?“ Ungläubig schüttelte sie den Kopf, ließ sich auf ihr Bettgestell sinken und sah sich in ihrem verwüsteten Schlafzimmer um. „Ich bleibe hier“, verkündete sie bestimmt. „Das ist mein Zuhause, und es gibt zu viel zu tun, als dass ich einfach nach Seattle fahren könnte.“

„Also bleibst du und beantwortest noch mehr Fragen des FBI oder der Presse?“

Bethany schüttelte sich und stöhnte auf. „Habe ich überhaupt eine Wahl?“

„Ich biete dir eine.“

„Früher oder später werde ich mit ihnen reden müssen.“

„Dann doch lieber später. Okay? Hör mal, wir haben keine Zeit, uns jetzt darüber zu streiten. Wir wissen nicht, wer hinter dem Einbruch steckt und ob er wiederkommt oder nicht. Es sieht aus wie ein Einbruch, aber es scheint nichts zu fehlen. Oder fehlt etwas?“

„Ich habe dir und der Polizei schon gesagt, dass ich nichts vermisse.“

„Woher willst du dann wissen, dass der Mann, der das hier getan hat, nicht hinter dir her ist?“, gab Brett zu bedenken. „Woher willst du wissen, dass es nicht derselbe Kerl ist, der dich vor ein paar Wochen beinahe überfahren hätte? Und woher willst du wissen, ob er nicht wiederkommt?“

„Das ist mein Zuhause …“

„Nicht für die nächsten Wochen“, unterbrach er sie mit kühler Bestimmtheit. „Du kommst mit mir mit – und wenn ich dich eigenhändig über den Columbia River tragen muss!“

Das Funkeln in seinen Augen zeigte, dass jede Widerrede zwecklos war.

Allmählich gab sie auf. Also machte sie sich daran, ihre Lieblingsjeans, Unterwäsche und zwei dicke Pullover einzupacken. „Okay. Du hast gewonnen. Vorerst."

„Man muss mit wenig zufrieden sein", murmelte er, öffnete den Koffer und sah ihr dabei zu, wie sie ein paar weitere Kleidungsstücke zusammenfaltete und hineinlegte. Als sie damit fertig war, schlug er den Deckel des Koffers zu. „Bist du startklar?"

„Wie man es nimmt", sagte sie und pfiff nach dem Hündchen. „Nur eine Sache noch."

„Das wäre?"

Sie beugte sich hinab, und der Welpe sprang in ihre Arme. „Winston kommt mit."

Da Brett nicht in der Stimmung war, zu diskutieren, nickte er lediglich. „Meinetwegen." Mit Bethanys Koffer und ihrer Handtasche ging er nach draußen. Bethany folgte ihm und kletterte in den Jeep. Kurz kehrte er noch mal zum Haus zurück, warf ein paar Papiere, Bilder, Alben und Schmuckstücke in einen großen Karton, den er zum Jeep trug.

„Ich hoffe, du weißt, was du tust", meinte sie und warf ihm einen eindringlichen Blick zu, als er in den Wagen stieg und den Gang einlegte.

Mit unbewegter Miene murmelte er: „Das hoffe ich auch. Ich hoffe bei Gott, dass ich weiß, was ich tue."

8. KAPITEL

Schweigend lenkte Brett den Jeep durch die ruhigen Straßen Portlands. Bunte Lichter blitzten auf einigen der Hochhäuser am Ufer. Der Schein der Straßenlampen wurde vom aufgehäuften Schnee und dem Schneematsch auf den Bürgersteigen zurückgeworfen.

Brett fuhr langsam. Immer wieder prüfte er im Rückspiegel, ob ihnen einer der hellen Scheinwerfer auf den Fersen war. Aber er konnte nichts Verdächtiges entdecken. Während er das Auto durch die kleinen Seitenstraßen manövrierte, entspannte er sich ein wenig: Niemand folgte ihnen. Er atmete hörbar aus und schaltete das Radio ein.

„So weit, so gut", murmelte er, schaltete einen Gang herunter und fädelte sich in den Verkehr ein, der über die Hawthorne Bridge nach Norden drängte.

„Wie beruhigend", erwiderte Bethany leise. Argwöhnisch betrachtete sie ihre Umgebung durch die leicht beschlagenen Fenster. Seit sie das Haus verlassen hatten, war sie angespannt. Sie war sich sicher, dass derjenige, der ihr seit Wochen nachspionierte, auch jetzt hinter ihnen her sein würde. „Wo sind sie? Diese Leute, die mein Haus ruiniert haben?"

„Hoffentlich in Timbuktu."

Ein kleines Lächeln erhellte ihr Gesicht. „Komm schon, Brett. Sag's mir: Was glaubst du, wo sie sind?"

„Ich wünschte, ich wüsste es", räumte er ein. „Vielleicht habe ich sie verscheucht, als ich zum Haus zurückgekommen bin. Aber ich schätze, sie wussten genau, dass du auf diese Feier gehst."

„Unmöglich", widersprach sie. „Nicht einmal Marianne und Jack wussten, dass ich komme. Am letzten Schultag habe ich Marianne sogar noch gesagt, dass ich stattdessen wohl in Skiurlaub fahren würde."

„Und die anderen Gäste?"

„Ich kannte nur ein paar von ihnen. Das sind Grundschullehrer, Brett", wies sie ihn zurecht. „Nicht gerade die klassischen Verbrecher."

Seine Hände schlossen sich fester um das Lenkrad. „Du musst nicht gleich die Krallen ausfahren. Ich versuche nur, das alles zu verstehen."

„Ich doch auch", erwiderte sie ungehalten. „Weißt du, wenn du mich fragst: Ich vermute, dass Jim Benson dahintersteckt."

„Er ist in Idaho."

„Das weißt du nicht mit Sicherheit. Außerdem würde er sich bestimmt nicht selbst die Hände schmutzig machen. Selbstverständlich würde er dafür jemanden anheuern."

„Aber aus welchem Grund?", erkundigte Brett sich.

„Woher soll ich denn das wissen? Immerhin hat er doch auch dich geschickt. Und seinen Sohn hat er damit beauftragt, meine Eltern zu schikanieren. Abgesehen davon hätte er ein Motiv: Rache. Nicht nur, dass er meinen Vater hasst, er gibt mir die Schuld an allem, was Grant verbrochen hat!"

Brett wechselte die Spur und warf einen prüfenden Blick in den Rückspiegel – kein Verfolger in Sicht. Auf der anderen Seite des Columbia River, der in völliger Dunkelheit lag, erstreckte sich der Bundesstaat Washington vor ihnen. „Ich würde es Benson glatt zutrauen."

„Wie gut kennst du diesen Mann eigentlich?"

Für einen Augenblick erstarrte Brett förmlich. „Gut genug", antwortete er knapp.

Bethany entspannte sich in ihrem Sitz. „Siehst du", sagte sie, schloss die Augen und zog ihre dicke Jacke enger um sich. „Ich wette, er hat seine Finger im Spiel."

Eine Weile fuhren sie schweigend weiter. Nachdenklich hatte Bethany ihren Kopf an das Seitenfenster gelehnt. Sie wollte glauben, dass sie Brett vertrauen konnte, dass er irgendwie alles in Ordnung bringen würde. Doch die Bilder von ihrem Haus und dem Ausmaß der Zerstörung ließen sie erschauern. All die Ängste, die sie in den vergangenen Wochen gespürt hatte, kamen mit einem Mal wieder zurück. Sie fragte sich ernsthaft, ob sie wohl je die Vergangenheit hinter sich lassen könnte.

„Hast du irgendwelche Feinde?", unterbrach Brett schließlich die Stille.

„Nur Benson."

„Und was ist mit den Weathers-Brüdern?"

„Ich kenne keinen von beiden."

„Bist du sicher?"

„Natürlich bin ich sicher. Jake habe ich noch nicht einmal in der Bank gesehen", stieß sie verärgert hervor. „Wie oft muss ich dir das noch sagen?"

„Ich wollte es nur klarstellen."

„Ich habe keinen von den Leuten je kennengelernt, die etwas mit dem Diebstahl zu tun hatten, okay?" Nachdem sie ihm diese Worte geradezu entgegengeschleudert hatte, starrte sie wieder hinaus in die dunkle Nacht. So weit das Auge reichte, sah sie nichts als leuchtende Schlusslichter. „Das gilt für Karl und Jake Weathers und diese Henshaw. Was macht dich außerdem so sicher, dass der Einbruch heute Abend mit Grant in Verbindung steht?", fuhr sie erregt fort. „Es könnte ebenso gut ein einfacher Fall von Vandalismus gewesen sein."

„Unwahrscheinlich."

„Dann bleibt also nur Grant oder jemand, der mit ihm in Verbindung steht." Sie streckte sich aus und schloss wieder die Augen. „Dabei wissen wir nicht einmal, ob er überhaupt noch lebt.“ Statt darüber nachzugrübeln, in welch kurzer Zeit sich ihr Leben völlig verändert hatte, kuschelte Bethany sich in den Sitz und hielt Winston auf ihrem Schoß fest. „Wie lange dauert die Fahrt zu dieser Hütte?“

„Ein paar Stunden“, antwortete er.

„Ein paar Stunden“, wiederholte sie. „Also irgendetwas zwischen zwei und zwanzig Stunden!“

„So lange nicht, versprochen.“ Er grinste und spähte zu ihr hinüber. Dass sie verstimmt war, konnte er ihr nicht verübeln. Denn bisher hatte er es nur geschafft, ihr Leben in ein emotionales Chaos zu stürzen.

Nur oberflächlich vernahm er die Weihnachtsmusik im Radio. Hatte Jim Benson ihm eine Falle gestellt? Brett kniff misstrauisch die Augen zusammen. Falls Benson hinter dem Einbruch steckte, würde er sicher auch schnell herausfinden, dass Brett Bethany in seine Hütte gebracht hatte.

Mit zusammengepressten Lippen versuchte Brett sich einzureden, dass der Einbruch lediglich ein normaler Fall von Vandalismus gewesen war. Dennoch konnte er das Gefühl nicht abschütteln, dass er den Täter schnurstracks zu ihr geführt hatte. Mit einem kurzen Blick stellte er fest, dass sie eingeschlafen war. Er griff hinter sich und holte eine alte Wolldecke vom Rücksitz hervor. Mit einer Hand am Lenkrad breitete er die Decke über sie und den kleinen Hund.

„Frohe Weihnachten, Bethany“, wünschte er ihr flüsternd und richtete seine Aufmerksamkeit dann wieder auf die lange, dunkle Straße.

Bethany wurde unsanft wachgerüttelt, als sie durch ein Schlagloch fuhren. Sie riss die Augen auf und stellte fest, dass es schon dämmerte und sie sich irgendwo in den Bergen befanden. Die ersten winterlichen Sonnenstrahlen fielen durch die dicken, schneebedeckten Douglastannen.

„Wir sind fast da", informierte Brett sie.

„Du bist die ganze Nacht durchgefahren."

„Den ganzen Morgen", korrigierte er. „Wir sind erst nach ein Uhr losgefahren."

„Erinnere mich nicht daran", murmelte sie zitternd. Gedankenverloren kraulte sie Winston hinter den Ohren, um nicht mehr an das Chaos in ihrem Haus denken zu müssen.

„Du wohnst da zur Miete, nicht wahr?", wollte Brett unvermittelt wissen.

„Ja."

„Wieso ist die Miete so günstig?"

„Bitte?"

„Die Miete ... Du zahlst nicht viel."

„Woher weißt du das?", fragte sie verärgert, wartete aber nicht auf seine Erklärung. „Ach, die Kontoauszüge, die du durchgegangen bist! Das Haus gehört meinem Onkel."

„Lebt er in Portland?"

„Nein, in Idaho. Er hat das Haus geerbt. Als ich dann ein Haus in Portland brauchte, hat er es mir vermietet, um mir aus der Klemme zu helfen." Sie blickte in die idyllische Umgebung und musste unweigerlich an die zertrümmerten Möbel, Fenster und den ruinierten Teppich denken. „Ich weiß nicht, wie ich ihm das alles erklären soll."

„Die Polizei wird sich darum kümmern", beschwichtigte Brett sie.

„Das wird das Beste sein", murmelte sie, hatte aber dennoch Gewissensbisse.

„Kann es sein, dass der Täter es auf deinen Onkel abgesehen hatte?"

„Glaubst du das?"

„Nein, aber ich will keine Möglichkeit außer Acht lassen.“ Als er mit dem Jeep auf eine Lichtung fuhr, fügte er hinzu: „Wir sind da.“

„Hier wohnst du?“, fragte Bethany und starrte auf die kleine Hütte mit der windschiefen Veranda. Komplett aus Holz erbaut, das über die vielen Jahre verblichen und fleckig geworden war, wirkte das Haus ebenso rau und wild wie sein Besitzer.

„Ja.“

„Moment mal“, sagte sie gedehnt und drehte sich zu ihm um. „Vielleicht bin ich so früh am Morgen noch etwas schwer von Begriff. Aber wie führst du von hier aus eine Privatdetektei in Boise?“

„Das tu ich nicht. Ich bin sozusagen halb pensioniert.“

„Und du hast deinen Ruhestand nur verlassen, um Grant aufzuspüren, weil du Jim Benson etwas Geld schuldest?“

Nachdem er den Jeep geparkt hatte, schnappte er sich ihre Taschen und öffnete die Tür. „Das ist zwar grob vereinfacht dargestellt, aber im Grunde stimmt es so.“ Er kam auf ihre Seite des Wagens, um ihr beim Aussteigen zu helfen. Winston sprang von ihrem Schoß und landete prompt in einer Schneewehe, die ihn völlig bedeckte.

„He, kleiner Kerl“, rief Brett und hob den kleinen Hund hoch. „Etwas vorsichtiger“, riet er ihm und wischte ihm den Pulverschnee vom Fell.

Schweigend griff Bethany sich ihren Koffer und stapfte durch den knietiefen Schnee. Dabei ließ sie ihren Blick über die Lichtung schweifen. Die Kulisse war einfach beeindruckend. Die Wintersonne stand über der kleinen Hütte, die am Rande eines Waldstücks errichtet worden war. Riesige Tannen, deren Zweige sich unter dem Gewicht des Schnees bogen, ragten in den Himmel.

„Hier oben ist es malerisch“, gab Bethany zu. „Wie auf diesen Postkarten, die wir immer zu Weihnachten geschickt bekamen.“

„Mir gefällt es auch“, bestätigte Brett. Er nahm die zwei Stufen zur Veranda und stampfte den Schnee von seinen Stiefeln. Nachdem er die Tür aufgeschlossen hatte, hielt er sie für Bethany auf. Langsam legte sie ihren Schal ab und sah sich unterdessen in der kargen Bleibe um, die Brett sein Zuhause nannte. Ihr Atem bildete weiße Wölkchen in der Morgenluft, und sie zitterte, als die Kälte durch ihre Kleidung drang.

Im Inneren wirkte die Hütte nüchtern, ja beinahe nackt. Spärliche abgenutzte Möbel standen auf einem alten gewebten Teppich, der den Dielenboden nur zum Teil bedeckte. Im Grunde waren Küche, Ess- und Wohnbereich ein einziger großer Raum, der an einem Ende durch einen Kamin und am anderen Ende durch einen Holzofen beheizt wurde. Letzterer wurde offenbar auch zum Kochen eingesetzt. Über ihnen befand sich noch ein Dachboden, der über eine Leiter zugänglich war.

Aufgeregt erkundete Winston alles. Er lief von einem Ende der Hütte zum anderen, schnüffelte in den Ecken und winselte, als er zu Bethany rannte.

„Du wirst dich schon daran gewöhnen“, sagte sie, und als sie ihn tätschelte, wedelte er mit seinem Schwänzchen wie wild hin und her. „Das werden wir alle.“

Brett stellte ihr Gepäck neben der Vordertür ab und lud den Jeep aus. Als er wieder im Haus war, rieb er sich die Hände und deutete in Richtung Küche. „Das Badezimmer liegt hinter der Küche, in der Nähe der Hintertür. Die Dusche wird mit Propangas betrieben, wenn ich nicht vergesse, es zu kaufen. Vor ein paar Jahren hat mich das Elektrizitätswerk an die Versorgung angeschlossen, also haben wir Strom und Licht.“

„Aber keine Heizung."

„Ich bin leider noch nicht dazu gekommen, einen Heizkessel einzubauen."

„Toll."

„So schlimm ist es auch nicht." Als sie ihm einen zweifelnden Blick zuwarf, zwang er sich zu einem müden Lächeln. „Selbst wenn der Strom ausfällt, haben wir Laternen, die uns Licht spenden. Und der Holzofen heizt die Hütte eigentlich ganz gut auf. Irgendwann werde ich einen elektrischen Wassertank und einen Ofen kaufen."

Bethany inspizierte die Räume und betrachtete die splitterigen Holzwände und die uralten Glasfenster. „Wie hast du diese Hütte nur gefunden?"

„Sie gehörte meiner Mutter."

„Oh. Ich verstehe", sagte Bethany, als sie bemerkte, wie seine Miene sich sofort verschloss. „Dann lebst du hier oben wie ein Eremit?"

„Einige Leute denken das zumindest." Er begann, Kleinholz aus einem Korb in den Ofen zu stapeln. „Mir gefällt es hier." Dann richtete er sich zögernd auf und wischte seine Hände ab. „Vielleicht möchtest du dich ja frisch machen?", schlug er vor. „Ich mache Feuer und koche uns etwas. In Ordnung?"

„Klingt gut", antwortete sie und schleifte ihren Koffer ins Badezimmer, wo sie sich ihrer Kleider entledigte. Als sie ihre Hose und den Angorapullover ansah, musste sie über sich selbst lachen: Für Mode war dies wirklich nicht der richtige Ort.

Als sie geduscht und sich umgezogen hatte, wurde es langsam warm in der Hütte. Der Geruch von brennendem Holz und brutzelndem Speck begrüßte sie, als sie in die Küche trat. Brett stand am Herd und hielt zwei gusseiserne

Pfannen aufmerksam im Blick.

„Wo hast du den denn her?“, fragte sie und deutete auf die Speckstreifen.

„Aus der Tiefkühltruhe. Wenn man hier oben lebt, muss man gut vorbereitet sein, falls man eingeschneit wird.“

„Kommt das häufig vor?“

„Oft genug zumindest“, erwiderte er und zuckte die Schultern.

Bethany sah auf die Pfannkuchen in der anderen Bratpfanne. „Ich kann hier übernehmen, wenn du duschen gehen möchtest“, bot sie ihm an.

Erschöpft rieb er sich über den verkrampften Nacken und lächelte. „Du bist dran, Lady“, forderte er sie mit einem Zwinkern auf, das Bethanys Herz schneller schlagen ließ.

Das Essen war vorbereitet und der Kaffee durchgelaufen, als Brett schließlich geduscht und sich rasiert hatte. Mit dem verblassten Flanellhemd und den abgenutzten Jeans passte er genau in das Bild eines Einsiedlers. Brett deckte den kleinen Tisch.

„Ich verstehe es einfach nicht“, begann Bethany, sobald sie auf einem durchgesessenen Stuhl am Tisch Platz genommen hatte.

„Was denn?“

Sie strich etwas Butter auf ihren Pfannkuchen und sah dann zu ihm auf. „Was macht ein Privatdetektiv aus Boise hier oben?“

„Sich verstecken.“ Wieder lächelte er, und sie musste einfach mitlachen.

„Ich meinte die übrige Zeit.“

„Ich sagte doch …“

„Ich weiß. Du bist ein halb pensionierter Eremit. Ein 35-jähriger Einsiedler.“

„Sechsunddreißig." Er stützte seinen Ellbogen auf den Tisch auf und nippte an seinem Kaffee.

„Und wie verdienst du dir deinen Lebensunterhalt?"

„Hin und wieder übernehme ich einen Fall. Wie jetzt."

„Und die übrige Zeit?"

„Lebe ich hier. Ich brauche nicht besonders viel."

„Aber du schuldest Jim Benson Geld."

Brett verzog das Gesicht, nickte jedoch. Schließlich schob er seinen Stuhl nach hinten und umschloss seine Tasse fester.

„Wie?"

„Wie was?"

„Wie kam es zu dieser Schuld? Der Jeep? Deine Detektei? Was war es?", fragte sie, denn sie hatte noch immer das Gefühl, dass er etwas vor ihr verbarg.

Einen Moment lang blickte Brett sie an. „Es waren die Umstände. Schulden, die meine Mutter noch hatte, als sie starb, die Grundsteuern für dieses Grundstück ..."

Sie aß ein Stück vom Pfannkuchen. „Und dein Vater hat sich nie gemeldet?", erkundigte sie sich und bemerkte die beinahe vertraute Anspannung auf seinem Gesicht.

„Nein. Der ist abgehauen, als meine Mutter erfuhr, dass sie schwanger war. Sie waren nicht verheiratet."

„Oh ... Das tut mir leid", entschuldigte sich Bethany, denn sie hatte plötzlich das Gefühl, zu neugierig gewesen zu sein.

Er zuckte die Schultern. „Für meine Mutter war es schwer. Immerhin war es damals weit verbreitet, uneheliche Kinder wegzugeben. Glücklicherweise dachten meine Großeltern für ihre Zeit aber sehr fortschrittlich. Sie haben meine Mutter nicht verurteilt und ihr irgendwann dieses Stück Land vererbt."

„Und deine Mutter hat nie geheiratet?"

Schlagartig verdunkelte sich Bretts Blick. „Jahre später. Mein Stiefvater und ich haben uns nie verstanden."

„Das ist aber schade!", murmelte sie, als sie an ihre eigene, nahezu perfekte Kindheit auf der Farm denken musste.

„Das finde ich nicht. Mein Stiefvater und ich haben nichts füreinander übrig, und so gefällt mir die Situation ganz gut. Je weniger ich mit ihm zu tun habe, desto besser."

„Dann siehst du ihn nie?"

„Nur, wenn ich muss", gab er knapp zurück. Seine Schultern schmerzten unter der Anspannung. Er stand auf und ging hinüber zum Kamin. Dort trank er seinen Kaffee aus und schüttete die restlichen Tropfen ins Feuer. Die Flammen züngelten und zischten.

Bethany räumte das Geschirr ab. Unverwandt sah Brett weiterhin in die hellen Flammen. Kurz bevor sie in der Küche fertig war, griff er sich seine Jeansjacke und rief ihr über die Schulter zu: „Ich hole noch etwas Holz." Und damit war er aus der Tür.

Den Rest des Morgens beschäftigte Bethany sich damit, die drei Räume zu putzen, bis sie strahlten. Anschließend kümmerte sie sich um das Mittagessen. Brett stapelte im Wohnzimmer Holz, reparierte die Scharniere an der Tür und verbrachte sehr viel Zeit damit, aus dem Fenster zu spähen – als würde er wirklich erwarten, dass ihnen jemand gefolgt war.

Nach dem Mittagessen überlegte sie, was es zum Abendessen geben könnte. Schließlich war ja Weihnachten. Bretts Gefrierschrank war gut bestückt. Auch wenn kein Truthahn und keine Gans darin waren, hatte sie einen Rinderbraten gefunden, den sie auftauen und schmoren konnte. In einer Kiste auf der Terrasse hinter dem Haus entdeckte sie Zwiebeln, Kartoffeln, Äpfel und Orangen. „Wir haben zwar keine

Weihnachtsgans, keinen Waldorfsalat und keine Preiselbeersoße, aber wir werden schon über die Runden kommen", sagte sie sich und hoffte, dass sie die Arbeit mit dem Holzofen meistern würde.

Als sie mit den Aufgaben in der Küche fertig war, polierte sie eine Petroleumlampe, zündete den Docht an und stellte die Lampe in die Mitte des Tisches.

„Hier drin riecht es aber gut", freute sich Brett, als er durch die Küche ging, um sein Werkzeug auf der Terrasse zu verstauen.

Sein Kompliment ließ Bethany erröten, und sie musste lächeln. „Danke. Du hast nicht zufällig eine Flasche Champagner da?", fragte sie ihn.

„Leider nicht."

„Etwas Wein?"

Kopfschüttelnd runzelte er die Stirn. „Aber wenn du so verzweifelt etwas zum Anstoßen suchst: Irgendwo hätte ich sicher noch eine Flasche Scotch …"

„So verzweifelt nun auch nicht", unterbrach sie ihn lachend.

„Mal sehen …" Er öffnete einen Schrank und wühlte darin herum. „Wie wäre es denn hiermit?" Er rückte ein paar Flaschen zur Seite und zog eine fast unberührte Flasche hervor.

„Was ist das?"

„Brandy."

Zustimmend nickte Bethany. „Perfekt. Genau das Richtige nach dem Essen."

Das Mahl war ein voller Erfolg. Auch wenn Zwiebelsoße, Apfel- und Orangensalat und ein leicht verschmorter Braten nicht gerade zu den traditionellen Weihnachtsgerichten zählten, so schmeckten sie trotzdem köstlich.

Bethany verbrachte den restlichen Abend auf der großen

Couch. Die Füße hatte sie gegen den Kamin gestützt, an den sich auch Brett setzte. Er bestand darauf, Popcorn zu machen. An ihrem Brandy nippend, beobachtete sie das Feuer und knabberte etwas von Bretts Puffmais. Bethany fühlte sich geborgen und sicher. Während sie miteinander redeten und lachten, häufte sich draußen der Schnee in den Ecken der Fensterrahmen an.

„Ich vermute, du hast kein Telefon, oder?", erkundigte sie sich später.

„Nein."

„Schade."

„Musst du jemanden anrufen?"

„Noch nicht sofort. Aber ich sollte meinen Eltern mitteilen, wo ich bin."

„Weshalb? Kontrollieren Sie dich?"

„Manchmal schon", erwiderte sie leise lachend. Gedankenverloren blickte sie in ihr Glas, beobachtete, wie die Flammen sich in der bernsteinfarbenen Flüssigkeit brachen. „Vor allem dieses Jahr. Sie wissen, wie enttäuscht ich war, dass ich über die Feiertage nicht nach Hause fahren konnte. Und nachdem Harry Benson bei ihnen herumgeschnüffelt hat, machen meine Eltern sich sicher Sorgen. Wenn sie bei mir zu Hause anrufen …" Schulterzuckend brach Bethany ab und zog nachdenklich ihre feinen Brauen hoch.

„Was werden sie schon denken?"

„Ich weiß nicht."

„Wahrscheinlich, dass du nun doch deinen Skiurlaub angetreten hast."

„Möglich. Es sei denn, die Polizei ruft bei meinem Onkel wegen des Einbruchs und der Schäden am Haus an. Dann gibt er sicher meiner Mom Bescheid."

„Das könnte ein Problem sein", dachte er laut. „Heute

Abend können wir allerdings nichts mehr tun. Aber ich sorge dafür, dass du an ein Telefon kommst, sobald wir in die Stadt gehen."

„Das wäre schön", murmelte sie und nippte an ihrem Drink.

„Aber sonst haben sie keinen Grund zu denken, dass du in Gefahr bist?"

„Nein." Sie schüttelte den Kopf. „Außer: Harry Benson konnte sie einschüchtern oder mein Onkel hat sie angerufen."

„Dann mach dir keine Sorgen." Er ging zur Couch und setzte sich neben sie. „Harry Benson könnte keiner Fliege etwas zuleide tun." Beruhigend legte er den Arm um ihre Schultern. „Bald fahren wir in die Stadt und rufen deine Eltern an. Du kannst ihnen sagen, dass du dich kurzfristig zum Skiurlaub entschlossen hast."

„Ich soll lügen?"

„Nicht unbedingt. Du bist ja schließlich in den Bergen."

„Aber …"

„Würdest du ihnen lieber erklären, was vorgefallen ist?"

„Nein, aber vielleicht muss ich es." Finster schaute sie in ihr Glas und nippte.

„Dann tun wir das auch", entschied er. „Und jetzt Kopf hoch! Es ist Weihnachten."

„Wie konnte ich das nur vergessen?"

Als er die Traurigkeit in ihren Augen bemerkte, zog er sie an sich, streichelte mit einem Finger tröstend ihre Wange. „Das alles wird bald vorbei sein", versprach er.

„Wie kannst du dir so sicher sein?"

„Habe ich dir nicht versprochen, dass es so oder so vorbei sein wird?"

„Ja, schon."

„Na also. Ach, übrigens habe ich ein Weihnachtsgeschenk für dich."

„Wirklich?" Überrascht sah sie zu ihm, sah das Blitzen in seinen Augen.

„Ja." Er streckte sich, stand auf und ging zu seiner Aktentasche, aus der er einen langen weißen Briefumschlag holte. „Deine Garantie."

„Meine Garantie?"

„Du wolltest doch unbedingt, dass Jim Benson dir schriftlich zusichert, dich und deine Eltern in Ruhe zu lassen, wenn du mit mir kooperierst."

„Und das hat er getan?"

„Jawohl. Dies ist der eindeutige Beweis, dass er zu seinem Wort steht", verkündete Brett sarkastisch. Er überreichte ihr den Brief, den sie ungeduldig las.

„Wann hast du den denn bekommen?"

„Ich habe darauf bestanden, dass er mir das Schreiben per Express schickt."

Nachdenklich betrachtete sie das offizielle Dokument. „Glaubst du, dass er hält, was er verspricht?"

„Da bin ich mir ganz sicher", gab Brett zurück. Aber seine blauen Augen nahmen einen eisigen Zug an, der Bethany erschauern ließ. „Und wenn nicht, wird er sich vor mir verantworten müssen."

„Vielleicht hat er dir ja bereits zeigen wollen, dass er davor keine Angst hat", erwiderte sie leise und musste an ihr verwüstetes Haus denken. „Vielleicht hat er den Auftrag gegeben, meine Wohnung zu zerlegen."

„Das glaube ich nicht." Brett schritt zum Ofen und schürte das Feuer. „Damit will ich nicht sagen, dass er dazu nicht imstande wäre. Aber ich glaube nicht, dass er es täte. Jetzt zumindest nicht. Im Moment sind wir viel zu wichtig für ihn. Ganz sicher wird er nichts unternehmen, was uns davon abhalten könnte, Grant aufzuspüren."

„Tun wir das denn?"

Brett nickte und rieb sich das Kinn. „Ich gebe zu, dass wir ein wenig abgelenkt wurden, aber das ändert sich bald."

„Wann?"

„Wenn ich herausgefunden habe, wer hinter allem steckt."

„Und wie willst du das von hier aus tun?"

Brett wandte sich zu ihr und lächelte. „Beziehungen. Ich habe nicht zwölf Jahre als Privatdetektiv zugebracht, ohne ein paar Beziehungen zu knüpfen. Morgen früh fahren wir in die Stadt. Dort rufen wir dann die Polizei an und fragen, ob sie schon eine Spur haben. Anschließend beginne ich mit meinen eigenen Nachforschungen."

„Hier oben in den Bergen?"

„Nein. In Portland habe ich einen Freund, der mir einen Gefallen schuldet. Er hat ebenfalls eine Ermittlungsagentur. Sicherlich kann ich ihn davon überzeugen, sich ein bisschen umzuhören."

„Und wenn er nichts herausfindet?", fragte sie. Um sich aufzuwärmen, ging sie zum Ofen und streckte die Hände aus.

„Dann fällt uns etwas anderes ein. Leider müssen wir diese Sache Schritt für Schritt angehen."

Seufzend schlang sie die Arme um sich. „Ich wünschte nur, dass alles endlich vorbei wäre", flüsterte sie. „Ein für alle Mal."

Die Fältchen um Bretts Mund schienen sich tiefer einzugraben. Er leerte sein Glas und setzte es ab. „Ich werde mein Bestes geben", versprach er, wandte sich ab und spähte aus dem Fenster in die dunkle, sternenlose Nacht. „Vielleicht sollten wir jetzt ins Bett gehen." Kurz schaute er sie an, aber sah dann wieder weg. „Du kannst das ganze Dachgeschoss für dich haben. Ich mache es mir hier unten gemütlich. Die Couch lässt sich ausziehen. So kann ich auch darauf achten, dass das Feuer nicht ausgeht."

„Ich will dich aber nicht aus deinem Bett vertreiben", gab Bethany zurück.

Überrascht zog Brett eine Braue hoch. „Sag nicht, dass du daran interessiert bist, es mit mir zu teilen!?"

„Bitte?"

Er drehte sich zu ihr um, lehnte sich gegen den Fenstersims und blickte ihr direkt in die Augen. Dabei setzte er eine Miene auf, die möglichst neutral, beinahe unschuldig wirken sollte. Doch als ihm die Erinnerungen an die Nacht zuvor und ihren verführerischen Duft durch den Kopf schossen, war es um seinen edlen Vorsatz geschehen. „Ich habe dich gerade gefragt, ob du mit mir schlafen möchtest."

„Ich glaube nicht, dass das eine so gute Idee wäre."

Er nickte, griff nach dem Brandy und goss sich noch einen Drink ein. „Ich auch nicht", schwindelte er und leerte das Glas in einem Zug. „Also, geh nach oben."

Obwohl sie ihm widersprechen wollte, war sich Bethany bewusst, dass das nur die Spannung zwischen ihnen verstärken würde. Also nahm sie ihren Koffer und hievte ihn die Leiter zum Dachboden hinauf. Dort kleidete sie sich zügig aus, entdeckte aber, dass sie kein Nachthemd eingepackt hatte.

„Typisch!", schalt sie sich leise und warf sich ein übergroßes Sweatshirt über. Während sie ihre Haare zu einem Zopf flocht, setzte sie sich auf die Bettkante und blickte sich interessiert um. Die wenigen Möbel hatten definitiv schon bessere Tage erlebt. Ein zerkratzter Tisch musste als Nachttisch herhalten. Am anderen Ende des Speichers stand ein Schreibtisch an der Wand, und eine einfache Kleiderstange diente als Schrank. Wenn man sich hinstellte, konnte man hinunter ins Wohnzimmer blicken.

„Hey!", rief Brett von unten. „Du hast deinen Freund vergessen."

Bethany sah hinunter und entdeckte Winston am Fuße der Leiter. Kaum hatte er sie erkannt, winselte der Welpe laut, und sein flauschiges Schwänzchen wedelte wild über den Boden.

„Du armes Baby", sagte sie und lächelte das Tier an. „Komm hoch."

Brett musste das kleine Hündchen bis zur obersten Sprosse tragen. „Hier hast du ihn." Als er Winston auf dem Dachboden absetzte, sah Brett an Bethanys langen Beinen empor. Langsam ließ er seinen Blick schweifen: über die Spitzenunterwäsche, die unter dem Sweatshirt hervorblitzte, über die sanften Rundungen ihrer Brüste. Schließlich sah er direkt in ihre bernsteinfarbenen Augen und bemerkte darin die Mischung aus Unschuld und Verführung.

„Danke", brachte sie hervor, wobei ihre Stimme tiefer klang als sonst.

„Kein Problem." Er schenkte ihr ein zögerliches Lächeln, das ihr den Atem zu rauben drohte. „Gute Nacht."

„Nacht", flüsterte sie. Winston hatte es sich derweil am Fußende des Bettes bequem gemacht.

„Wir sehen uns morgen früh." Aus seinen blauen Augen betrachtete er sie forschend.

„Genau. Morgen früh", hauchte sie. Ihr Herz raste. Sie sah ihm dabei zu, wie er langsam die Leiter hinunterkletterte. Als er unten war, atmete sie aus. Unwillkürlich musste sie daran denken, wie geborgen und sicher sie sich in seinen Armen gefühlt hatte ... Gütiger Gott, war das alles wirklich nur ein paar

Stunden her? Ihr schien es, als wären mehrere Jahre vergangen, seit sie an diesem Morgen in seinen Armen erwacht war.

Bethany ignorierte die Schmetterlinge in ihrem Bauch und kletterte in sein Bett. An ihren nackten Beinen fühlten sich die Laken eisig an, doch der kühle Bettbezug roch schwach nach Brett. Lächelnd streckte sie ihre Hand aus, um die Nachttischlampe auszumachen. Dabei fiel ihr Blick direkt auf ein Bild, das auf dem Tischchen stand. Es war das Porträt einer wunderschönen dunkelhaarigen Frau. Sie hatte warme braune Augen, und ihre Haut schimmerte honigfarben. Die Arme hatte sie um den Hals eines Collies gelegt. Glücklich lächelte sie in die Kamera. Der Wind wehte ihr langes Haar aus dem Gesicht, und ihre braunen Augen funkelten. In einer Ecke des Bildes stand handschriftlich:

Fröhliche Weihnachten. In ewiger Liebe, Roberta.

Bethany schloss die Augen und versuchte, den Stich zu ignorieren, mit dem die Eifersucht in ihr Herz traf. Traurig löschte sie das Licht.

9. KAPITEL

Mitten in der Nacht erwachte Brett, und sein ganzer Körper tat ihm weh. Kein Wunder: Die Couch war alt und durchgesessen. Und dass er die vergangenen Nächte ebenfalls in unbequemer Stellung verbracht hatte, verstärkte die Schmerzen nur noch. Bei dem Versuch, es sich bequemer zu machen, warf er sich auf dem quietschenden Ausziehsofa hin und her. Aber er konnte nur an Bethany denken und an die Tatsache, dass sie in seinem Bett auf dem Dachboden lag – nur wenige Meter von ihm entfernt.

Er kam sich wie ein Trottel vor, als er sich noch einmal auf die andere Seite warf, um etwas Ruhe zu finden. Was bedeutete es schon, dass sie die faszinierendste Frau war, die er seit Roberta kennengelernt hatte? Was machte es für einen Unterschied, dass auch sie die Leidenschaft erleben wollte? Dass er sich so sehr nach ihr verzehrte, dass er nicht mehr klar denken konnte? Die Sache war doch die: Sie war Grant Mills' Exfrau! Also galt sie offiziell als verdächtig. Und somit war sie absolut tabu!

Schließlich gab er die Hoffnung auf Schlaf auf. Stöhnend schlüpfte er aus seinem Schlafsack und schwang die Beine aus seinem Nachtlager. Als die kalte Luft seine erhitzte Haut traf, überzog eine Gänsehaut seine nackte Brust. Er versuchte sich einzureden, dass er nur wach war, um das Feuer zu schüren. Daher zog er seine Jeans über, warf noch ein paar Scheite in den Kamin und kniete sich davor hin. Aufmerksam beobachtete er, wie die Glut tiefrot aufleuchtete, bevor das Holz Feuer fing.

In seiner Fantasie sah er Bethany vor sich, erinnerte sich daran, wie sich ihre Haut an der seinen angefühlt hatte. Wie ihr Körper eng an seinen geschmiegt gewesen war. Wie ihr Parfum geduftet hatte. Über die Schulter warf er nun einen Blick zum Dachboden. Wenn man es genau betrachtete, war Bethany gefangen in dieser abgelegenen Berghütte. Ohne dass jemand wusste, wo sie war.

Leise murmelnd streckte er sich und drehte sich um. Er fühlte die Wärme des Feuers in seinem Rücken, schlich dann an der Couch vorbei auf die Leiter zum Dachboden zu. Einen Augenblick lang zögerte er, doch dann stieg er hinauf.

Schlagartig öffnete Bethany die Augen. Bis auf das sanfte Glühen, das vom Kamin herüberstrahlte, lag der Raum in Dunkelheit. Sie rieb sich die Augen und erkannte Brett, der sie unverwandt ansah. Sein vom Schlaf zerzaustes Haar fiel ihm ins Gesicht, als er sich mit nacktem Oberkörper leicht über sie beugte. Beim Anblick seiner strammen Muskeln begann Bethanys Puls augenblicklich wie wild zu rasen.

„Was machst du hier?“, fragte sie ihn mit verschlafener Stimme und stützte sich auf einen Ellbogen.

„Pscht. Ich konnte nicht schlafen. Da dachte ich, ich sehe mal nach dir“, flüsterte er und setzte sich auf die Bettkante.

Sie gähnte, strich sich die Haare aus den Augen und lächelte ihm zu. „Ist es schon Morgen?“

„Noch nicht ganz.“

„Aber …“

„Ich wollte nur nachsehen, ob bei dir alles in Ordnung ist.“

„Mir geht’s gut“, flüsterte sie, und ihr Herz pochte, als sie in sein Gesicht blickte. Seine Augen waren dunkel, und seine kantigen Züge wirkten im Halbdunkel noch ausgeprägter.

„Gut.“ Gerade wollte er aufstehen, als sie ihre Hand auf seine legte.

Schwer atmend stellte sie ihm die Frage, die sie ununterbrochen beschäftigt hatte: „Erzählst du mir von Roberta?"

„Roberta war meine Frau", antwortete er sanft. „Wieso willst du das wissen?"

Sie befeuchtete sich die Lippen mit ihrer Zunge und hielt dabei seinem Blick stand. „Ich habe mich nur gewundert. Mir fiel das Bild auf dem Nachttisch auf, und da dachte ich, dass du vielleicht …"

„Dass ich mit jemandem eine Beziehung habe", beendete er den Satz für sie.

„Ja."

„Ich habe keine ‚Beziehung' mehr gehabt, seit meine Frau gestorben ist", erklärte er. „Bis jetzt."

„Und was nun?", fragte sie und wagte kaum, Luft zu holen.

Er strich sich die Haare aus den Augen, stand auf und ging zur Leiter. „Das ist eine schwere Frage", gestand er sichtlich angespannt. „Ich sage mir immer wieder, dass du ein Bestandteil des Falls bist. Dass du die letzte Person auf der Welt bist, zu der ich mich hingezogen fühlen sollte. Dass ich eigentlich meinen Verstand untersuchen lassen sollte, weil ich überhaupt an dich denke."

„Aber?"

Deutlich hob sich seine Silhouette gegen den schwachen Feuerschein ab. Er ließ den Kopf zwischen seine breiten Schultern sinken. „Ich kann mich irgendwie selbst nicht davon überzeugen."

Bethany setzte sich auf, zog die Beine eng an den Körper und legte sich die Daunendecke um die Schultern. „Mir geht es genauso", gab sie zu. „Ich wünschte, ich könnte dich hassen. Ich rede mir ein, dass du mir egal bist. Dass du einfach nur Unruhe in mein Leben bringst, weil du in einer Vergangenheit gräbst, die ich lieber vergessen würde."

Abrupt hob er den Kopf und blickte sie forschend an. Dabei versuchte er, sich nicht von den wilden Haarsträhnen ablenken zu lassen, die sich aus ihrem Zopf gelöst hatten – und auch nicht von ihrem allzu verführerischen Schlafzimmerblick. „Was ist das Problem?"

„Du." Verlegen zupfte sie einen Faden vom Bett. „Das klingt verrückt, ich weiß. Aber es gibt Zeiten, da möchte ich dich hassen. Dann wiederum … Zeiten, da wünschte ich, du würdest mich für immer festhalten."

Als er nun langsam zum Bett zurückkehrte, war Brett nicht imstande, den Blick von ihr abzuwenden. Er setzte sich auf die Bettkante und berührte sanft ihr Kinn. „Du bist eine sehr schöne Frau, Bethany", erklärte er und sah ihr dabei tief in die Augen. „Faszinierend, aufregend und wunderschön. Und unter anderen Umständen würde ich dich hier und jetzt sofort verführen."

„Was hält dich davon ab?", fragte sie atemlos.

„Zum einen unsere Vereinbarung", antwortete er und streichelte aufreizend langsam über ihre Wange.

„Und sonst?", hakte sie nach, und ihre Augen leuchteten. „Vertraust du mir etwa nicht? Denkst du noch immer, ich wäre in Grants Veruntreuung verwickelt?"

„Nein." Sachte fuhr er ihren Hals entlang bis in ihren Nacken. Dabei rutschte ihr das weite Shirt von der Schulter und gab ein Stück ihrer weichen weißen Haut frei.

„Was ist es dann?", forderte sie ihn heraus.

„Vielleicht vertraue ich mir selbst nicht. Ich kann es mir momentan nicht leisten, mich auf irgendjemanden einzulassen, Bethany. Vor allem nicht auf dich."

„Verdammt noch mal, wir haben uns schon längst miteinander eingelassen", fuhr sie ihn an, überrascht von der

Heftigkeit ihrer Reaktion. „Du hast dich in mein Leben gedrängt, die Nacht in meinem Haus verbracht, mich an Heiligabend von einer Party fortgezerrt und hierher verschleppt. Wir sind alleine, und niemand, nicht einmal meine Eltern, könnten mich finden! Wenn das kein Einlassen ist, was ist es dann?", fragte sie ihn mit Nachdruck.

„Ich meinte in romantischer Hinsicht."

„Ich weiß, was du meinst", erwiderte sie scharf. „Ich will dir nur sagen, dass deine Entschuldigungen nicht stichhaltig sind."

„Ach nein?" Als er nun ihre Hand nahm und sie an seine Lippen drückte, spürte sie Hitze in sich aufsteigen. „Sag es mir, Bethany", forderte er sie auf. Seine Zunge spielte mit ihren Fingern. „Was willst du? Einen Liebhaber oder einen Freund?"

Bethany schluckte und bemühte sich, klar zu denken. „Ich … möchte nur, dass du ehrlich zu mir bist."

„Ist das alles?"

„Ist das denn nicht genug?" Du lieber Himmel, seine Zunge brachte ihre Sinne völlig durcheinander. Wie sollte sie sich nur dabei konzentrieren? Heiße und kalte Schauer durchfluteten ihren ganzen Körper.

„Ich weiß es nicht." Während er weiterhin seinen Mund gegen ihre Hand presste, rückte er näher zu ihr aufs Bett. „Du sendest mir unterschiedliche Signale. Signale, die ich nicht deuten kann. In einem Moment stößt du mich von dir und im nächsten machst du dich an mich heran."

„Ich mache mich nicht an dich heran!", regte sie sich auf.

„Ich bin mehr als bereit, in dieser Beziehung einen Schritt weiterzugehen", sagte er sanft, „wenn du es auch bist."

„Ich dachte, du willst dich nicht einlassen."

„Das will ich auch nicht." Er hauchte ihr einen Kuss auf

die Stirn. „Aber ich scheine mich nicht unter Kontrolle zu haben." Einen Moment verweilte sein Blick bei ihr. Sie wirkte so unschuldig und verletzlich, so warm und verlockend. Er spürte, wie die Lust in ihm aufstieg: Er konnte an nichts anderes mehr denken als daran, sie zu lieben. „Bethany?"

„Ja?"

„Oh mein Gott", flüsterte er, „ich muss den Verstand verloren haben." Mit diesen Worten schwang er sich auf das Bett und schloss Bethany in die Arme. Ohne weiter darüber nachzudenken, grub er seine Hände in ihre Haarpracht und eroberte ihren Mund.

Bethany genoss seinen Kuss, stöhnte unter seinen Liebkosungen auf. Ihre Arme hatte sie um seinen Hals geschlungen, und so berührte sie sanft mit ihren Fingern seine nackte Haut, spielte mit den dunklen Haaren in seinem Nacken.

Heißes, wildes Verlangen durchzuckte ihren Körper. Ihr Herz raste. Gegen diese Begierde war sie machtlos – ihr stockte der Atem, ihre Sinne waren in Aufruhr geraten. Sie fühlte Bretts Küsse auf ihrem Mund, ihren Wangen, ihren Augen. Seine Berührungen waren alles, wonach sie sich sehnte.

Langsam neigte er den Kopf, liebkoste ihre Halsbeuge. Mit seinen Lippen und seiner Zunge streifte er ihre Haut, was ihre Leidenschaft nur noch mehr anheizte. Als er sich auf sie legte, spürte sie den rauen Stoff seiner Jeans zwischen ihren langen schlanken Beinen. Diese süße Qual drängte sie, ihre Beine um seine Hüften zu legen. Ihn fest an sich zu ziehen und sich langsam, rhythmisch mit ihm zu bewegen.

Brett flüsterte ihren Namen und löste ihren Zopf. Ihr Haar ergoss sich in prachtvollen, wilden kastanienfarbenen Wellen um ihr Gesicht. „Bethany, meine süße Bethany ..." Ein drängender Unterton schwang deutlich in seiner heiseren

Stimme mit, als er mit beiden Händen ihr Gesicht umfasste. „Ich will dich so sehr, dass es wehtut. Aber ich muss wissen, dass auch du mich willst.“

„Spürst du das denn nicht?“, brachte sie mühsam hervor.

„Aber es muss mehr als das sein.“ Er küsste sie eindringlich und knabberte zart an ihrem Ohrläppchen. „Mehr als nur reine Lust.“

„Oh Gott“, entfuhr es ihr, als seine Zunge die sensible Stelle unter ihrem Ohr berührte. Tief in ihrem Inneren spürte sie nichts als brennendes Begehren.

Vorsichtig fuhr er mit den Händen unter ihr Sweatshirt und zog es ihr behutsam aus.

Bethany protestierte nicht, denn dazu war sie nicht imstande. Auf dem Bett liegend, sah sie zu Brett hoch, der über ihr saß und sie nicht aus den Augen ließ. Jeden einzelnen Zentimeter ihres Körpers schien er in sich aufnehmen zu wollen. Ihre runden Brüste mit den dunklen Spitzen. Ihre feurige Haarpracht, die ihren Kopf umrahmte.

Bis auf ihr knappes Spitzenhöschen war Bethany nackt. Als sie Brett in die Augen sah, spürte sie, wie sein Blick über ihr Gesicht hinunter zu ihren erregten Knospen schweifte.

Zart strich er mit den Händen ihren Oberkörper entlang, streichelte über jede einzelne ihrer Rippen, ließ mit jeder Berührung ihre empfindsame Haut schier entflammen. Bedächtig erkundete er ihren Körper und fuhr mit den Fingern zu der weichen Wölbung ihrer Brust, die ihn unwiderstehlich anzuziehen schien.

Als er mit seinem Zeigefinger ihre empfindliche Brustspitze massierte, stöhnte sie leise auf. „Bitte, Brett …“

Wie in Zeitlupe senkte er den Kopf und nahm die aufgerichtete Spitze in den Mund.

So wie er sie mit seiner weichen Zunge reizte, mit ihr

spielte, fühlte Bethany ihr heißes Verlangen immer stärker, immer drängender werden. Ungeduldig griff sie in sein dichtes Haar, drückte seinen Kopf fest an sich, um ihm zu zeigen, wie sehr sie sich nach den Liebkosungen seiner Lippen sehnte. Heiser rief sie seinen Namen.

Seine Hände waren überall, berührten sie, erforschten sie, glitten an ihrem schmalen Rücken entlang, über die weiche Rundung ihres Pos. Beinahe schienen seine Finger eine glühende Spur zu hinterlassen, die nun bis hinab zu ihren Schenkeln führte. Lustvoll reckte Bethany sich Brett mit dem ganzen Körper entgegen und stöhnte auf.

In seinem tiefsten Inneren wurde Brett sich plötzlich bewusst, dass er im Begriff war, einen Fehler zu begehen. Einen Fehler, den er nicht rückgängig machen könnte. Doch es war längst zu spät: Er konnte nicht mehr aufhören. Diesen Punkt hatten sie schon lange überschritten. Mit einer geschmeidigen Handbewegung streifte er Bethany den Slip ab und hielt inne, um den Anblick ihres Körpers einen Augenblick lang zu genießen. Schnell entledigte er sich seiner Jeans und legte sich auf Bethany.

„Sag mir, dass du mich willst“, forderte er, während er seinen Körper sanft zwischen ihre Schenkel drängte.

„Ich will dich.“

„Sag mir, dass wir nichts bereuen werden.“

„Keine Reue“, versprach sie ihm und hob sich ihm entgegen.

„Oh Gott, Bethany“, stöhnte er. Sein Verstand verdrängte alle beunruhigenden Gedanken und Zweifel, als er in sie eindrang. „Liebe mich.“ Behutsam begann er sich zu bewegen, beschleunigte allmählich den Rhythmus. Alle seine Bedenken waren vergessen, als er sich in Bethany verlor.

Auch Bethany spürte, wie die Begierde von ihr Besitz ergriff. Sie hielt Brett fest umschlungen, konnte an nichts anderes mehr denken als an ihn. Sie umklammerte seine Schultern, spürte seine Muskeln, seine Kraft, während er mit ihr den Gipfel erstürmte. Eine Welle der Lust erfasste jede Faser ihres Körpers, überrollte sie aus ihrem tiefsten Inneren heraus, sodass Bethany beinahe glaubte, in tausend Einzelteile zu zerspringen.

Kaum einen Moment später erreichte auch Brett den Gipfel der süßen Erlösung, ließ sich nach Luft ringend auf sie fallen. „Bethany", flüsterte er. „Oh, Bethany! Mein Gott, was habe ich getan?" Gequält schloss er die Augen.

„Was haben *wir* getan", korrigierte sie ihn und hielt ihn eng an sich gepresst. „Pst. Keine Reue – erinnerst du dich?"

Er öffnete die Augen und suchte ihren Blick, bevor er ihr ein schmales Lächeln schenkte. „Keine Reue", wiederholte er und schlang die Arme um sie. Sie schmiegten sich aneinander, bis der Schlaf sie schließlich übermannte.

Bethany erwachte und fröstelte. Ein paar Augenblicke lang fiel es ihr schwer, sich zurechtzufinden. Als sie sich in dem kleinen Zimmer umsah, erinnerte sie sich, dass sie die Nacht in Bretts Armen verbracht hatte. Aber jetzt war er fort. Auf einen Ellbogen gestützt, strich sie sich die Haare aus den Augen. Im sanften grauen Morgenlicht ließ sie ihren Blick über den unordentlichen Dachboden schweifen.

Auch Winston war schon erwacht, stand an der Leiter und winselte ihr zu.

„Du willst raus?", fragte sie ihn und zog sich Cordhose und Pulli über. Dann schnappte sie sich das kleine Kerlchen. Die eine Hand fest um den Welpen gelegt, stieg sie vorsichtig die Leiter ins Erdgeschoss hinunter.

Brett war nicht da. Sein Schlafsack lag aufgerollt in einer Ecke des Zimmers, die Schlafcouch war schon zusammengeklappt.

Gerade als Bethany in die Küche lief, öffnete Brett die Hintertür. Als er eintrat, wehte ein eisiger Windstoß herein. „Morgen", begrüßte er sie gedehnt.

Bethany spürte, wie sie leicht errötete. Dennoch begegnete sie seinem Blick. „Guten Morgen." Sie ließ Winston hinaus und wartete ein paar Minuten, bis das Hündchen an der Hintertür zu kratzen begann. „Ist das zu kalt für dich?", erkundigte sie sich lächelnd. Der Hund schüttelte sich den Schnee aus dem Fell und ließ sich neben dem warmen Holzofen nieder.

„Gut geschlafen?", scherzte Brett.

Lächelnd warf sie das Haar zurück. „Wie ein Baby. Und du?"

„Ausreichend." Tief sah er ihr in die bernsteinfarbenen Augen. Wieder verspürte er dieses irritierende Gefühl in seiner Magengegend – genau wie bei ihrer ersten Begegnung. Das Verlangen nach ihr flackerte erneut in ihm auf. Gegen ihre unglaubliche Anziehungskraft, die seine sinnliche Begierde entfachte, war er machtlos.

„Ich habe gar nicht gehört, wie du aufgestanden bist."

Sanft blickte er sie an. „Du hast so tief geschlafen, dass ich dich nicht wecken wollte." Wenn sie nur wüsste, wie unerhört sexy sie in diesem Moment aussah mit ihren grüngoldenen Augen, den geröteten Wangen und dem wilden rotbraunen Haar.

Bald heizte der Ofen den Raum auf, und der verführerische Duft von frisch aufgebrühtem Kaffee erfüllte die kleine Hütte. Bethany rieb sich die Arme. „Was hast du denn draußen gemacht?"

„Ich habe nach Spuren im Schnee gesucht“, erwiderte er.

„Spuren? Von wilden Tieren?“

Kurz zögerte er, schüttelte dann aber den Kopf. „Von Menschen.“

„Glaubst du ernsthaft, dass man uns bis hierher gefolgt ist?“, fragte sie skeptisch.

„Ich glaube es zwar nicht. Aber ich wäre gerne sicher.“

„Und was hast du gefunden?“

„Nichts“, gab er zu und spähte flüchtig aus dem Fenster zu den imposanten Tannen. „Es ist ruhig.“ Er wandte sich wieder zum Ofen und goss ihnen beiden eine Tasse dampfenden Kaffee ein.

„Was ist denn für heute geplant?“, erkundigte sie sich, als sie den angeschlagenen Becher entgegennahm. Sie wärmte sich daran die Hände.

„Erst frühstücken wir, und dann sollten wir in die Stadt fahren. Wir brauchen ein paar Vorräte, und ich muss telefonieren.“

„Ich auch“, flüsterte sie, bevor sie den beunruhigenden Gedanken an ihre Eltern energisch beiseiteschob. „Erzähl mal. Wie kann man dich eigentlich erreichen, wenn man dich sprechen will?“

„Wer denn?“

Achselzuckend blickte sie ihn an. „Völlig egal. Sagen wir mal, das Elektrizitätswerk.“

„Ich habe ein Postfach in der Stadt. Und wer mir nicht schreiben will, der kann ja einfach herkommen.“

Sie lachte auf und sah aus dem Fenster. „Aber klar doch. Wieso auch nicht? Schließlich wohnst du ja praktisch mitten in der Großstadt …“

Brett verzog das Gesicht zu einer Grimasse und beugte sich vor, um das Feuer im Ofen zu schüren. „Wenn mich jemand unbedingt sprechen will, dann findet er mich schon." Als er sich die Hände abgewischt hatte, blickte er ihr voller Sorge ins Gesicht. „Das gilt natürlich auch für dich. Derjenige, der dein Haus verwüstet hat, wird nicht lange brauchen, um herauszufinden, dass du bei mir bist – und wird früher oder später sicherlich hier auftauchen."

„Ich dachte, wir wären hier sicher?"

„Das sind wir. Zumindest für ein paar Tage. Bis ich mir im Klaren darüber bin, welchen Schritt wir als Nächstes unternehmen."

„Weißt du es denn nicht?"

Brett trank einen großen Schluck Kaffee. „Ich wünschte, ich wüsste es", räumte er ein. „Aber seit ich dir zum ersten Mal begegnet bin, habe ich das Gefühl, dass nicht alles nach Plan verlaufen wird."

„Welcher Plan?"

„Deinen Exmann zu finden."

„Ach, daran habe ich schon gar nicht mehr gedacht. Tja, hier oben werden wir ihn sicherlich nicht finden", erwiderte sie spitz und setzte sich an den Tisch.

„Nein, aber wir gewinnen dadurch etwas Zeit."

„Wozu?"

„Um unser Vorgehen genau zu planen." Als er ihr zerzaustes Haar und ihr zerknittertes Sweatshirt betrachtete, lächelte er. „Wir haben nicht sehr viel Zeit. Wieso ziehst du dich nicht um? Derweil mache ich das Frühstück. Ich wäre bis zum Spätnachmittag gerne wieder aus der Stadt zurück."

„Wieso?"

„Ach, ich weiß nicht", begann er und warf durch das Fenster einen besorgten Blick zum Himmel, „nur so ein Gefühl. Als würde sich ein Sturm zusammenbrauen …"

Nach einer heißen Dusche und einem herzhaften Frühstück mit Würstchen und Eiern zog Bethany Skijacke und Handschuhe über. Dann folgte sie Brett zum Jeep.

Knapp eine Stunde später bog Brett von der kurvigen Landstraße, die aus den Bergen führte, auf die Schnellstraße ab. Nach ein paar weiteren Meilen erreichten sie die Stadt – von der Bethany noch nie zuvor gehört hatte. „Bentwood?", fragte sie interessiert, als sie das verwitterte Schild am Ortseingang las.

„Der Ort ist vielleicht nicht so bekannt."

„‚Vollkommen unbekannt' trifft es schon eher", gab sie zurück. Sie wischte die beschlagene Scheibe frei, um die rustikalen Gebäude betrachten zu können, die die einzige Straße der Stadt säumten.

„Eigentlich war Bentwood als Wintersportort geplant, doch der Bauunternehmer ging bankrott. Nur ein paar Menschen blieben noch hier." Vor einem Gemischtwarenladen hielt er an.

Sie kletterten aus dem Jeep und gingen in das verblichene Holzgebäude. Beim Eintreten ertönte eine Klingel. Eine kleine rothaarige Frau mit braunen Augen, einer winzigen Brille und einer gestärkten weißen Schürze grinste, als sie ihren Blick hob. „Hallo, Fremder", begrüßte sie Brett freudestrahlend.

„Hallo, Rosie."

„Jed! Sieh mal, wer wieder da ist!", rief Rosie in den hinteren Teil des Ladens, in dem ein älterer Herr damit beschäftigt war, die Regale aufzufüllen.

„Brett", stellte der Alte fest und schlenderte gemächlich nach vorne. „Wie zum Teufel geht's dir denn?"

„Wie immer."

„Das ist gut."

„Was können wir für dich tun?“, fragte Rosie.

„Ich wollte nur ein paar Vorräte einkaufen und telefonieren.“

„Dann hast du vermutlich keine Zeit für eine Partie Dame?“, wollte Jed wissen, und seine hellen Augen blitzten auf, als er Bethany ansah.

„Heute nicht“, bedauerte Brett und klopfte dem alten Mann auf den Rücken. „Vielleicht beim nächsten Mal.“

„Ich nehme dich beim Wort.“

„Und glaub bloß nicht, dass er es nicht tut“, bestätigte Rosie.

„Hört mal, das hier ist Bethany Mills. Sie ist eine Freundin. Wenn sie etwas kaufen möchte, könnt ihr es einfach auf meine Rechnung setzen.“

„Das mach ich“, sagte Rosie, und nachdem sie Bethany eingehend gemustert hatte, lächelte sie zögerlich.

„Gut.“ Brett warf einen unruhigen Blick in Richtung Münztelefon, das in der Ecke untergebracht war, und wandte sich an Bethany. „Willst du deine Eltern anrufen?“

„Das muss ich wohl oder übel. Wenn mein Onkel sie informiert hat, drehen sie sicherlich durch vor Sorge.“

Sie wählte die Nummer und wartete geduldig, doch es nahm niemand ab. „Kommt schon“, flüsterte sie auffordernd und hoffte, dass ihre Eltern doch zu Hause waren.

Ein paar Sekunden später gab sie auf und legte den Hörer auf die Gabel.

„Kein Glück?“, fragte Brett.

„Leider nicht.“ Tief schob sie die Hände in die Taschen ihrer Jacke. „Vielleicht sind sie draußen oder besuchen jemanden. Ich werde es später noch einmal probieren müssen.“

Aufmunternd lächelte Brett sie an. „Wir werden sie schon erreichen. Es dauert eben ein Weilchen.“

„Ich weiß, ich weiß.“ Besser fühlte sie sich aber dadurch nicht.

„Also, ich muss selbst noch ein paar Gespräche führen. Wieso suchst du nicht inzwischen ein paar Dinge zusammen? Zum Beispiel Hundefutter? Es dauert nicht sehr lange.“

„In Ordnung.“

Nachdem Brett in die altmodische Telefonzelle geschlüpft war und sorgfältig die Tür hinter sich zugezogen hatte, stöberte Bethany in den kurzen Gängen des Ladens und warf von Zeit zu Zeit einen flüchtigen Blick zu ihm. Doch sein Rücken war ihr zugewandt. Sie konnte kaum mehr von ihm sehen als den hochgeklappten Kragen aus Schaffell – und wie das rostfarbene Wildleder seiner Jacke über den starken Schultern spannte. Ohne Zweifel rief er seinen Detektivfreund in Portland an. Möglicherweise auch Jim Benson.

Obwohl sie sich dabei ein klein wenig schuldig fühlte, schlenderte sie hinüber zu den Säcken mit Hundefutter und verweilte länger als unbedingt nötig in der Nähe des Telefons. Natürlich hoffte sie, einige Gesprächsfetzen aufschnappen zu können. Mehr als seine gedämpfte Stimme, das Summen der Kühlvorrichtungen und die bimmelnde Klingel an der Eingangstür hörte sie allerdings nicht.

„Ist doch sowieso alles Mist“, murmelte sie, suchte sich einen Fünf-Kilo-Sack Hundefutter aus und schleppte ihn zum Tresen.

Unterdessen wartete Brett ungeduldig und allmählich genervt darauf, dass Jim Benson ans Telefon ging. Der aber ließ sich Zeit.

„Brett!“, begrüßte Benson ihn dann schließlich. „Wie geht’s dir?“

„So gut es einem unter diesen Umständen gehen kann.“

„Wieso? Hattest du Ärger?“, erkundigte sich Benson.

„Nichts, womit ich nicht umgehen könnte", gab Brett ruhig und mit kalter Stimme zurück. „Ich wollte nur wissen, ob du noch jemanden mit dem Grant-Mills-Fall beauftragt hast."

„Natürlich nicht! Wieso sollte ich denn so etwas tun?"

„Sag du's mir."

Am anderen Ende der Leitung entstand eine kleine Pause. Fast konnte Brett vor sich sehen, wie Jim seine Seidenkrawatte lockerte, wie der alte Mann sich wand.

„Ich bin Bankier, mein Sohn. Ich sehe keinerlei Veranlassung, zwei Männer zu bezahlen, wenn einer allein den Job bewältigen müsste."

„Dann belassen wir es dabei."

„Worauf willst du hinaus?"

„Nur, dass ich es nicht mag, wenn man mir auf die Pelle rückt. Das weißt du."

„Das kann ich dir nicht verübeln."

„Also, ist Karl Weathers zwischenzeitlich aufgetaucht?", fragte Brett seinen Stiefvater.

„Ich hoffte, du könntest mir dazu etwas sagen."

Bretts Nacken verspannte sich augenblicklich. „Bis jetzt habe ich weder ihn noch Mills auftreiben können. Aber das ist nur eine Frage der Zeit."

„Du bist dir ja sehr sicher."

„Das bin ich, ja", bestätigte Brett und dachte an Bethanys verwüstetes Haus. Die einzige Erklärung dafür war, dass er jemandem zu nahe kam. Und dass dieser Jemand allmählich nervös wurde. Verdammt nervös sogar. Ob es ihr nun gefiel oder nicht: Bethany stellte eine Verbindung zum Verbrechen ihres Exmanns dar. Mit einem Blick über die Schulter sah er sie einen Sack Hundefutter zur Kasse zerren. Als er sie so sah, musste er lächeln.

„Brett?“, zog Benson seine Aufmerksamkeit auf sich.

„Ja?“

„Ich erwarte demnächst einen Bericht von dir.“

„Den wirst du bekommen.“ Brett legte auf und wählte die Nummer seines Freundes in Portland. Der Mann war sehr effizient, wenn er nicht gerade an der Flasche hing. Außerdem schuldete er Brett mindestens ein halbes Dutzend Gefallen. Dieses Mal würde Brett alle Register ziehen. Im besten Fall wollte jemand Bethany nur einschüchtern. Und im schlimmsten Fall ... Brett verdrängte den Gedanken. Er wollte nicht an die Folgen denken.

In dem Augenblick meldete sich am anderen Ende eine angeschlagene Stimme.

„Greg?“, fragte Brett.

„Wer zum Teufel ist da?“

„Hier spricht Hanson.“

„Wer?“

„Brett Hanson.“

„Mann, Hanson, was soll denn das? Ich habe einen fürchterlichen Kater, und es ist nicht mal elf Uhr morgens!“, ereiferte sich sein Gesprächspartner.

Bei diesen Worten erstarrte Brett. „Ich dachte, du wärest trocken.“

„Das war ich auch. Aber hin und wieder habe ich einen Rückfall.“

„Versuche, wenigstens ein paar Tage lang nüchtern zu bleiben. Du musst mir einen Gefallen tun.“

Greg stöhnte auf. „Gib mir einen Augenblick, ja?“ Die Unterhaltung wurde durch eine lange Pause unterbrochen, bevor Gregs Stimme, nun sehr viel klarer, wieder in der Leitung ertönte. „Okay. Ich habe nur kurz gefrühstückt – zwei Aspirin und ein Bier. Also, sag mir, was ich für dich tun kann.“

„Kommt noch etwas dazu?", erkundigte sich Rosie bei Bethany und begann, die wenigen Waren, die Bethany nach vorne gebracht hatte, in die Kasse zu tippen. Brot, Milch, Eier, Früchte und Gemüse befanden sich auf dem Band.

„Ich bin nicht sicher. Das ist alles für … meinen Freund", erwiderte sie zögerlich. „Vielleicht möchte er selbst noch etwas hinzufügen." Bevor sie sich zu ihm umwandte, hatte Bethany Brett schon gehört. Sie bemerkte seinen wachsamen Gesichtsausdruck und den kalten Blick in seinen Augen. Mit wem er auch gesprochen hatte – eines stand fest: Er hatte nicht die gewünschten Antworten bekommen.

„Sie hat nicht gerade den Laden geplündert", scherzte Rosie. „Brauchst du noch etwas?"

Er betrachtete den Einkauf auf dem Tresen und schüttelte den Kopf. „Ich glaube nicht. Ach nein, warte. Da wäre doch noch was. Ich brauche etwas von hinten."

„Jed ist hinten. Er wird alles dort eintippen. Bring einfach den Bon mit nach vorne."

Während Rosie sich wieder den Lebensmitteln zuwandte, beobachtete Bethany, wie Brett an eine Ladentheke in der Nähe der Telefonzelle trat. Dort suchte er die Auslage an Jagd- und Angelausrüstung ab. Jed lächelte, nickte Brett zu und verkaufte ihm dann fünf Schachteln mit Gewehrmunition.

Bethany fühlte, wie eine Kälte sie erfasste, als Brett die Päckchen in seine Jackentasche stopfte.

„Gehst du jagen oder erwartest du Ärger?", neckte Rosie ihn, nachdem sie Bethanys Waren in große Tüten gepackt hatte.

Brett lächelte. „Was glaubst du denn?"

Rosies Augen funkelten vergnügt. „Bei dir ist das schwer zu sagen. Hier, bitte schön. Falls ihr Hilfe mit den Tüten braucht, greift euch Jed gerne unter die Arme."

„Das schaffen wir schon“, erwiderte Brett und schnappte sich zwei der Beutel. Den dritten und eine Flasche Milch überließ er Bethany.

„Gebt auf euch Acht“, rief Rosie hinter ihnen her. „Der Wetterdienst hat einen Sturm gemeldet.“

„Na toll“, murmelte Brett vor sich hin.

„Und lass mal wieder von dir hören!“, ergänzte Jed, hob eine Hand und winkte ihnen nach.

Als sie alles im Jeep verstaut hatten und wieder unterwegs waren, lehnte Bethany sich zurück und musterte Bretts kantiges Profil. „Wen hast du angerufen?“

„Meinen Freund in Portland. Diesen Privatdetektiv.“

„Wird er uns helfen?“

„Er versucht es zumindest.“

„Und wen noch?“, fragte sie und beobachtete ihn aufmerksam, um auch nur das kleinste Anzeichen einer Lüge entdecken zu können.

Bretts Finger klammerten sich um das Lenkrad. „Ich habe Jim Benson angerufen.“

„Und?“

„Und er behauptet, ich allein wäre mit dem Fall betraut worden.“

„Glaubst du ihm?“

„Ich bin mir nicht sicher“, räumte er ein. „Andererseits ist es mir schleierhaft, weshalb er lügen sollte. Oder weshalb er noch jemanden anheuern sollte, wenn er doch schon mich bezahlt.“

„Das ergibt alles keinen Sinn“, stimmte Bethany ihm zu, wandte sich ab und blickte aus dem Fenster auf das schneebedeckte Waldgelände. „Allerdings scheint ja im Moment nichts mehr einen Sinn zu ergeben.“

Die ersten Schneeflocken fielen, als sie auf den Weg bogen,

der zur Hütte führte. Brett sah besorgt zum Himmel, seine Miene verdüsterte sich. „Sieht so aus, als würde Rosie recht behalten", sagte er. Der Jeep schoss den restlichen Weg hinauf und kam neben der Holzhütte schlitternd zum Stehen.

„Wir sollten schleunigst reingehen", forderte er Bethany auf. Er hob die Hand über seine Augen, um sie gegen den Schnee abzuschirmen. Mit grimmiger Miene untersuchte er die umliegenden Hügel.

Bethany nickte, griff sich eine Tüte mit Lebensmitteln und ging durch die Hintertür ins Haus. Während sie sich den Schnee von der Jacke schüttelte und die Wollmütze abnahm, tanzte Winston aufgeregt bellend zwischen ihren Füßen herum. „Hast du mich vermisst?", fragte sie ihn lächelnd. Das Hündchen wedelte mit dem Schwanz und kläffte, als wollte es zustimmen. „Du bist einfach ein Schatz", murmelte sie und beugte sich zu ihm hinunter, um ihn zu streicheln.

Brett trug die übrigen Tüten ins Haus und schichtete Feuerholz neben dem Kamin auf. Derweil verstaute Bethany die Nahrungsmittel. Gerade bereitete sie Sandwiches zu, da hörte sie die ersten Böen des aufkommenden Windes, die um den Hügel brausten.

„Was war denn das?", fragte sie beunruhigt.

„Leider erst der Anfang", erwiderte Brett und kam in die Küche.

„Der Anfang?"

„Warst du je während eines Sturms in den Bergen?"

„Eigentlich nicht."

„Dann solltest du dich auf etwas gefasst machen. Es wird nicht gerade ein Spaziergang werden."

Wie zur Bestätigung von Bretts Worten begann das Licht zu flackern. Stirnrunzelnd nahm Brett die Petroleumlampe, die Bethany zuvor angezündet hatte, und eilte in die Vorratskammer. Dort füllte er eine weitere Lampe mit Petroleum und ging anschließend ins Wohnzimmer. „Das Licht wird sicher ausgehen. Das tut es immer. Und weil die Hütte so einsam liegt, dauert es auch mal eine Woche, bis der Strom wieder läuft."

„Aber wir werden nicht eine Woche hier sein, oder?", wollte sie sich vergewissern und schnitt ein belegtes Sandwich in zwei Hälften.

„Ich hoffe nicht", gab er zurück und studierte den grauen Himmel durch das Fenster.

„Du hoffst nicht?", wiederholte sie aufgebracht. „Du solltest dir besser sicher sein. Ich muss am zweiten Januar zurück in die Schule."

Mit beiden Händen umfasste er ihre Taille und lächelte verführerisch. „Wäre es denn so furchtbar, mit mir hier eingeschneit zu werden?"

Eigentlich wollte sie verärgert bleiben, musste aber gegen ihren Willen lachen. „Das klingt wunderbar", räumte sie ein und wich dem Kuss aus, den er ihr auf die Wange drücken wollte. „Aber das ist vollkommen unmöglich."

„Bethany Mills, sei doch ein Mal impulsiv!"

„Das war ich: Als ich mich von dir überreden ließ, mit hierherzukommen."

Er hob eine Braue. „Für das unberechenbare Wetter kann man mich aber nicht verantwortlich machen."

„Aber wir hatten einen Deal. Zwei Wochen – erinnerst du dich? So wie ich das sehe, bleibt dir nur etwas mehr als eine Woche, und danach bin ich aus der ganzen Sache raus."

„Und wenn ich entscheide, dass ich dich nicht gehen lassen kann?", fragte er und sah sie plötzlich ernst an. „Was, wenn ich mich in dich verliebe?"

Eine beklemmende Stille verbreitete sich im Zimmer. Lediglich das knackende Feuer und der tobende Sturm störten die Ruhe.

„Nicht“, sagte sie und versuchte, ihr rasendes Herz zu beruhigen. „Sprich nicht von Liebe. Noch nicht.“

„Weshalb?“

„Weil es einfach noch zu früh ist.“

„Zu früh nach deiner Scheidung?“

„Nein. Zu früh nach unserem Kennenlernen.“ Sie wandte den Blick ab. „Ich habe mehr Fehler in meinem Leben begangen, als ich zählen kann. Und ich will nicht noch einen weiteren machen.“

Er legte ihr seine Hände auf die Schultern und brachte sie dazu, ihm ins Gesicht zu blicken. „Wäre es denn ein Fehler, dich in mich zu verlieben?“

Gequält schloss sie die Augen und nickte. „Vielleicht der schlimmste von allen.“

Er biss die Zähne zusammen, ließ sie dann los und drehte ihr den Rücken zu. „Dann denkst du, du könntest nach zwei Wochen einfach so davonlaufen?“

Kopfschüttelnd kämpfte sie gegen den übermächtigen Drang an, jetzt in Tränen auszubrechen. „Nein … Aber ich sollte es tun. Vergiss nicht, wir haben eine Abmachung.“

„Das stimmt“, bestätigte er, wandte sich um und blickte sie kalt an. „Und Abmachung ist Abmachung, nicht wahr?“

„Ja.“ Ohne ein weiteres Wort reichte sie ihm den Pappteller mit seinem Sandwich und marschierte an ihm vorbei ins Wohnzimmer. Winston folgte ihr.

Ohne das Essen zu beachten, versuchte Brett, sich auf die aktuelle Situation zu konzentrieren. Er beobachtete den Weg zur Hütte und fragte sich, ob der Schnee in ihrer Lage einen Segen oder einen Fluch darstellte. Entweder schützte er sie – oder er machte sie zu einer leichten Beute für ihren unbekannten Verfolger …

10. KAPITEL

Je heftiger draußen der Sturm tobte, desto angespannter wurde die Stimmung in der kleinen Hütte. Brett starrte aus dem Fenster. Die innere Unruhe stand deutlich in seinem Blick, und Bethany konnte die Anspannung in seiner Haltung erkennen. Frustriert zogen sich seine Augenbrauen zusammen. Sein Mund war nur mehr ein dünner Strich, so angestrengt presste er die Lippen aufeinander. Den ganzen Tag hatte er an der Hütte gearbeitet, sowohl drinnen als auch draußen. Er hatte sicher sein wollen, dass sie wetterfest war und den heftigen Winden trotzen konnte, die durch die tiefen Bergschluchten tosen würden.

Das Licht flackerte und erlosch, als die Nacht die Räume zu verdunkeln begann. Fluchend zündete Brett die beiden Laternen an und reichte Bethany eine davon. „Wir sollten besser zu Bett gehen und hoffen, dass die Leitungen nicht einfrieren“, erklärte er. „Ich lasse zwar das Wasser zur Sicherheit laufen, aber vielleicht reicht das nicht aus.“

„Glaubst du ernsthaft, dass es so schlimm wird?“

„Ich weiß es nicht“, räumte er ein und erkannte die Sorge in ihren Augen. „Ich weiß es einfach nicht.“

„Das ist nicht gerade beruhigend, weißt du?“

Er lächelte schief und nickte ihr zu. Das Laternenlicht spiegelte sich in seinen blauen Augen. „Dann müssen wir eben das Beste daraus machen, nicht?“

„Vermutlich schon.“

„Okay. Erst einmal sollten wir beide lieber hier unten schlafen. Wir rücken den Tisch zur Seite und schieben die Couch unter den Dachboden.“

„Weshalb?“

„Nur für den Fall, dass ein paar Schindeln vom Dach geweht werden.“

„Ist das wahrscheinlich?“, fragte sie.

„Ich hoffe nicht“, erwiderte er und blickte missmutig in die Dunkelheit. Dann begann er, die Möbel zu verschieben, und richtete den Bereich unter dem Dachboden wie ein kleines Schlafzimmer her. Nachdem er die Couch ausgeklappt und zwei Schlafsäcke bereitgelegt hatte, besah Brett sich seine Arbeit und nickte anerkennend. „Nicht schlecht, unter den Umständen.“

„Allerdings“, stimmte sie ihm zu. Draußen pfiff der Wind und schüttelte die Äste der Bäume. Fröstelnd rieb Bethany sich über die Arme.

Brett ging auf den Dachboden und trug einige seiner Kleidungsstücke und Bethanys Koffer nach unten. Im Wohnzimmer schürte er das Feuer, setzte sich auf den Rand der Ausziehcouch und zog Stiefel und Socken aus. Aus dem Augenwinkel betrachtete er Bethany, während er sein Hemd aufknöpfte.

Bewegungslos saß sie in dem alten Schaukelstuhl, die Füße auf der Matratze. Sie sah ihm still beim Entkleiden zu. Der Schein der Laterne fiel auf seinen gebräunten muskulösen Körper. Unter den dichten Löckchen auf seiner Brust waren die kleinen Brustwarzen zu erahnen, sein Bauch war glatt und flach.

Er warf das Hemd über die Rückenlehne eines Stuhls und wandte den Kopf in ihre Richtung. „Kommst du nicht ins Bett?“

„Bald.“

„Stimmt etwas nicht?“

„Nein.“ Sie zog die Knie an und legte die Arme darum. „Ich finde es einfach ein wenig komisch.“

„Bei mir zu schlafen?“, fragte er, und seine Mundwinkel zuckten amüsiert.

Nickend suchte sie seinen Blick. „Ich weiß, es klingt dumm. Aber ich bin es nicht gewohnt, die Nacht mit einem Mann zu verbringen, den ich kaum kenne. Tatsächlich hatte ich bis gestern Nacht ...“ Schulterzuckend brach sie ab und schaute zur Seite. Bethany fühlte, wie ihr die Röte ins Gesicht stieg.

„Du hattest noch nie eine Affäre“, führte er ihren Satz fort.

„Stimmt.“ Sie sah ihn schräg an. „Ich hoffe, das ruiniert dein Bild von mir nicht. Ich bin nicht gerade eine von diesen modernen Frauen, die so erfahren und liberal sind.“

„Du musst auch nicht vorgeben, so zu sein.“ Er stützte sich auf seinen Knien ab, stand auf und ging hinüber zum Schaukelstuhl. Dann beugte er sich vor und griff jeweils eine Armlehne, sodass sie nicht entwischen konnte. Seine Muskeln spannten sich an. „Du bist perfekt, so wie du bist“, flüsterte er und suchte mit seinen blauen Augen ihren Blick.

„Weit gefehlt!“, murmelte sie verlegen.

Kritisch studierte er ihre Miene, die sich bei seinen Worten verändert hatte. Ganz leicht berührte er mit seinen Fingern ihren Mund. „Grant hat dich sehr verletzt, nicht wahr?“

„Ein wenig.“

Skeptisch hob er eine Braue. „Oder sogar sehr?“

„Möglich. Er hat meinen Ruf und den meiner Familie fast ruiniert“, gab sie zu.

Brett wischte ihre Bemerkung beiseite. „Das meinte ich nicht. Ich rede von seiner Affäre mit Billie Henshaw. Das hat dich schwer getroffen, nicht?“

Sie spürte, wie ihre Lippen zuckten bei dieser unangenehmen Erinnerung.

„Er ist es nicht wert“, stellte Brett fest und strich ihr eine widerspenstige Locke aus dem Gesicht.

„Ich weiß. Aber es war schwer“, gestand sie mit einem Seufzer. „Ich … Ich war schwanger, als ich herausfand, dass er andere Frauen traf. Damals war ich ziemlich naiv. Und der Gedanke, dass er mit anderen Frauen schlief … Ich konnte es nur schwer akzeptieren. Bis zu diesem Zeitpunkt hatte ich eigentlich gedacht, dass er sich Kinder wünscht, ein Zuhause, eben all die Dinge, die ich mir wünschte.“

Brett biss die Zähne zusammen. „Was hast du also unternommen?“

„Ich konnte nichts tun. Ich habe ihm von dem Baby erzählt.“

„Und?“

„Er gab vor, es zu wollen. Er sagte, dass es zwischen ihm und seiner Freundin aus sei. Alles, was er nun wolle, wäre, dass wir eine Familie würden.“ Wie damals fühlte sie sich auch jetzt wieder wie eine Närrin. Kopfschüttelnd blickte sie an die Holzdecke.

Brett wartete, dass sie weitersprach. Sein Hass auf Grant Mills nahm mit jeder Sekunde zu, in der Bethany seinem Blick auswich.

„Natürlich war alles gelogen. Er hat das Baby nie gewollt. Später hat er sogar versucht, mir eine Abtreibung einzureden, aber es war zu spät. Ich war schon zu weit. Aber selbst, wenn nicht: Ich hätte nie zugelassen, dass dem Baby etwas zustößt!“ Sie ballte die Hände zu Fäusten und spürte, wie die Tränen ihr in die Augen schossen. Wie sehr hatte sie dieses Kind gewollt! Trotz Grants Untreue und seiner Verbrechen wünschte sie sich selbst heute noch, sie hätte dieses Baby bekommen.

„Und das Baby?“

Eine einzelne Träne rollte über Bethanys Wange. „Ich habe es verloren“, flüsterte sie erstickt. „Vor etwa einem Jahr. Wir waren auf dem Weg ins Krankenhaus, in der Hoffnung, das Baby retten zu können. Doch die Straßen waren vereist, und Grant landete im Graben. Es dauerte eine ganze Stunde, bis der Notarzt kam und mich anschließend ins Krankenhaus schaffte. Aber da war es schon zu spät. Das Baby war tot.“

„Das tut mir leid“, sagte er fast unhörbar.

„Mir auch“, flüsterte sie. Ihr Hals war wie zugeschnürt. „Ich wollte mein Baby haben.“

Als die Kräfte sie zu verlassen drohten, schlang er die Arme um sie und zog sie eng an sich. Sie vergrub ihr Gesicht in seiner Halsbeuge. Er spürte die heißen Tränen, die sie vergoss, auf seiner Haut. Schweigend trug er sie hinüber zum Bett und legte sie behutsam auf die ausgebreiteten Schlafsäcke. Er küsste ihr die Tränen von den Augen und drückte sie noch einmal an seine breite Brust.

„Es wird noch mehr Kinder geben“, versprach er ihr. Kaum hatte er die Worte ausgesprochen, da fragte er sich, wie er ihr etwas versprechen konnte, das derart außerhalb seiner Macht lag. Aber er wusste, dass sie seinen Trost brauchte. „Du bist eine junge, schöne Frau, und du kannst so viele Babys bekommen, wie du nur möchtest. Es war einfach nicht der richtige Zeitpunkt für dich.“

Mit feucht glänzenden Augen blickte sie ihn an. „Wird er je kommen?“

„Aber natürlich.“ Er drückte ihr einen Kuss aufs Haar und wiegte sie sanft hin und her. Als sie ihm ihr Gesicht zuwandte, küsste er sie. Anfangs war er ganz zart, aber dann wurde er drängender. Er wickelte die feinen Strähnen ihres Haares um seinen Finger, küsste ihre Augen, ihre Lippen, ihre Wangen. Er schmeckte die salzige Spur ihrer Tränen.

Die Leidenschaft loderte plötzlich hell in ihr auf. Wild klammerte sie sich an ihn, so als könne der Schmerz der Vergangenheit durch sein Liebesspiel ausgelöscht werden.

„Ich mache es wieder gut", beteuerte er, bevor er ihr langsam den Pulli über den Kopf zog. Er bedeckte ihre Brüste mit Küssen, reizte sie mit seiner Zunge, während er sich an ihren Jeans zu schaffen machte. Sie half ihm dabei, hob ihr Becken, damit er ihr die Hose abstreifen konnte. Auf ihrer Haut fühlten sich seine großen Hände warm an. Die Kälte, die sie eben noch gespürt hatte, war mit einem Mal fort. Sie erschauerte vor Verlangen nach ihm, sehnte sich danach, dass er sie die Vergangenheit vergessen ließ.

Sanft erforschte er ihre Haut, fuhr mit seinen Händen ihren schmalen Rücken entlang und legte sie um ihren Po. Ganz nah zog er sie an sich heran. „Vertrau mir einfach, meine süße Bethany", flüsterte er ihr zu und beugte sich über sie. Er liebkoste die empfindsamen Spitzen ihrer Brüste, bevor er sich weiter nach unten begab. Mit seiner Zunge hinterließ er eine heiße Spur auf ihrer Haut, fuhr Zentimeter um Zentimeter über ihren Bauch zu ihrem Nabel hinab.

Sein Atem ging heftig, und auch sie stöhnte auf. Beinahe glaubte sie vor unbändiger, verzweifelter Lust zu vergehen. Die Begierde wallte immer stärker in ihr auf, erfasste jede Faser ihres Seins, drängte danach, erfüllt zu werden.

„Ich liebe dich, Bethany", flüsterte er und umschlang sie fest mit seinen starken Armen. Während er sanft ihren Rücken streichelte, vergrub er sein Gesicht in ihrem weichen, nachgiebigen Körper. „Ich werde dich niemals verletzen."

Sie wollte ihm so sehr glauben. Zärtlich öffnete er ihre Beine und drang langsam in sie ein. Bereitwillig nahm sie ihn in sich auf, strich über seinen Kopf, der zwischen ihren Brüsten lag. Sie hörte, wie er hastig Luft holte, vernahm den gedämpften Klang des anschwellenden Windes von draußen. Mit geschlossenen Augen schmiegte sie sich enger an ihn, spürte seine harten Muskeln auf ihrer Haut, seine Lippen, seine Zunge auf ihren Knospen. Nichts außer ihn wollte sie fühlen.

Brennende Leidenschaft schoss wie Lava durch sie hindurch. Langsam, aufreizend langsam bewegte Brett sich, und Bethany gab sich dem Rhythmus völlig hin.

Drei Tage lang schneite es. Der Wind pfiff durch die Dachbalken. Äste klopften gegen die Wände der Blockhütte, splitterten vom Stamm ab und krachten schließlich unter dem Gewicht von Eis und Schnee donnernd zu Boden.

In der Hütte lief Brett wie ein gefangener Tiger auf und ab. Nervös schritt er durch die kleinen Räume, blätterte dieselben Informationen zu Grant Mills durch, obwohl er sie mittlerweile schon auswendig kennen musste. Er war so angespannt, dass es beinahe körperlich zu spüren war.

„So kommen wir nicht weiter", brummte er frustriert am dritten Tag und klappte Bethanys Highschool-Jahrbuch zu. Auf dem Boden neben seinem Schreibtisch stand eine Kiste mit den Unterlagen und Bildern, die er bereits durchgearbeitet hatte. Das Jahrbuch legte er hinein.

„Da ist nichts drin", sagte Bethany. Sie saß auf der Couch und las zum wiederholten Male eine alte Zeitschrift. „Wäre da etwas gewesen, hätte das FBI es gefunden, glaub mir."

Er ging nicht auf ihre Worte ein, sondern zog ihren alten Schmuck aus seiner Aktentasche. Nachdem er das Bettelarmband untersucht hatte, ließ er es ebenfalls in die Kiste fallen und nahm einen silbernen Ring in die Hand.

„Wieso hast du das denn bloß mitgenommen?", fragte sie ihn verblüfft.

„Weil es da war. Wer hat dir den hier gegeben?"

Als sie den Ring sah, warf sie Brett einen finsteren Blick zu. „Was glaubst du wohl?"

„Grant?"

„Natürlich."

„Wieso hast du ihn dann behalten?"

Seufzend schüttelte sie den Kopf. „Ich weiß nicht. Möglicherweise aus sentimentalen Gründen. Wert ist er jedenfalls nichts. Kein einziges Stück davon ist wertvoll. Das ist alles nur Modeschmuck."

„Auch der Ring?"

„Ja."

„Wo hat er ihn her?"

„Ich weiß es nicht." Angestrengt versuchte sie sich zu erinnern, sodass zwischen ihren Brauen eine Falte entstand.

„Er ist graviert", murmelte er leise und versuchte, die abgenutzte Inschrift zu entziffern. „Was steht da?", fragte er und warf ihr den Ring zu.

Gekonnt fing sie ihn auf, drehte ihn hin und her und kniff die Augen ein wenig zusammen, um die Gravur lesen zu können: „Fullerton Rodeo". Sie erinnerte sich an jenen heißen Julitag, an dem der Geruch von Pferden und Staub in der Luft gehangen hatte. Mit erwartungsvoll glänzenden Augen hatte Grant den Reitern ohne Sattel zugesehen.

Sie legte den Ring auf den Tisch. „Er hat ihn mir in dem Sommer vor meinem Abschluss geschenkt. Wir waren zusammen auf dem Rodeo."

„In Fullerton?"

„Ja. Das liegt an der Grenze zwischen Idaho und Oregon."

„Noch in Idaho?"

„Nein. Auf der anderen Seite des Flusses in Oregon."

Brett überlegte einen Moment, nahm den Ring an sich und betrachtete ihn. „War er ein Rodeofan?"

Achselzuckend antwortete sie: „Ich glaube schon. Er mochte Pferde."

„Mochte er das Reiten?"

„Eigentlich mochte er alles an ihnen." Sie blickte ihn an. „Das passt nicht gerade zu seinem Image als Banker, was?"

„Nein, aber das passt gut zu seinem Image als Naturbursche, Bergsteiger und Angler." Seine Finger schlossen sich fest um den kalten Ring in seiner Handfläche. Er trat ans Fenster und starrte durch die mit Eiskristallen bedeckte Scheibe auf den wirbelnden Schnee. Wild tanzten die Zweige der Tannen im Wind. Unheilvoll graue Wolken hingen über den Bergen.

„Irgendwann muss es ja aufhören", unterbrach Bethany seine Gedanken und lächelte ihn gezwungen an. Sie wandte sich einer alten Anglerzeitschrift zu, blätterte die Seiten durch und warf sie dann zurück auf den Couchtisch.

„Ich weiß."

„Irgendeine Ahnung, wann?"

„Das weiß nur Gott allein."

„Dann müssen wir uns wohl einfach gedulden."

Mit den Fingern strich er sich durch das Haar, bevor er sich zu ihr umdrehte. „Vielen Dank für deinen wahnsinnig hilfreichen Ratschlag."

Leicht zuckte sie mit den Schultern und hob die Hände. „Es bringt nichts, mit Mutter Natur zu streiten", informierte sie ihn. „Übrigens auch nicht, sich zu beklagen."

Brett schob den Ring in seine Tasche, ging mit großen Schritten durch das Zimmer und blieb vor ihr stehen. Forschend blickte er sie an. „Seit wann bist du denn so pragmatisch?"

„Ich bin Lehrerin. Hast du das schon vergessen?", gab sie

witzelnd zurück. „Geduld ist mehr als nur eine Tugend – es ist eine Frage des Überlebens."

„Ach ja?" Zärtlich berührte er die wilden Strähnen ihrer Mähne und seufzte. Selbst in ausgeblichenen Jeans und einem seiner übergroßen Flanellhemden mit aufgekrempelten Ärmeln sah sie einfach zum Anbeißen aus.

„Aber selbstverständlich." Sie legte den Kopf schief und lächelte. Ihre grüngoldenen Augen glitzerten schalkhaft.

Brett war völlig verzaubert. Er schlang die Arme um sie und lehnte seine Stirn an die ihre. „Es gibt da etwas, das du wissen solltest."

„Ach?"

Gelassen öffnete er den obersten Knopf ihres Flanellhemdes. „Du siehst so verdammt sexy aus. Du machst mich völlig verrückt."

Sie lachte auf und schüttelte den Kopf. „Ich glaube, du bist zu lange eingesperrt gewesen, Cowboy. Du verlierst den Verstand."

Ein weiterer Knopf fand seinen Weg durch das Knopfloch.

Bethanys Herz klopfte aufgeregt, als seine Finger die sanfte Haut zwischen ihren Brüsten berührten.

„Mir fällt niemand auf der Welt ein, mit dem ich lieber eingeschneit wäre."

„Jetzt mach aber mal halblang", widersprach sie, doch ihre Stimme klang ganz atemlos. „Noch nicht einmal ein glamouröser Filmstar?"

„Nein." Er schob einen Arm unter ihre Knie, hob sie hoch und trug sie langsam zur aufgeklappten Couch. Ein verwegenes Lächeln umspielte seine Lippen, seine blauen Augen funkelten. „Und das werde ich dir jetzt auch zeigen."

„Was willst du mir zeigen?"

Das schiefe Lächeln auf seinem Gesicht wurde breiter. Er spähte in den weiten Ausschnitt ihres Hemdes, betrachtete die gerundeten Hügel ihrer Brust. „Wie sehr mir deine Gesellschaft gefällt.“ Während er seinen Kopf senkte und ihren Mund mit seinem bedeckte, legte er sie sanft auf das Sofa und streckte sich neben ihr aus.

„Ich kann es kaum abwarten.“

Am nächsten Morgen goss Brett sich eine Tasse Kaffee ein und blickte starr aus dem Fenster. Der tobende Sturm hatte in der Nacht nachgelassen und sich mittlerweile vollkommen gelegt. Allerdings hatte er dreißig Zentimeter Neuschnee mit sich gebracht. Morgens fielen vereinzelt noch ein paar Flocken, aber dennoch schaffte es das fahle Sonnenlicht, sich durch die dunklen Wolken zu kämpfen.

An seinem lauwarmen Kaffee nippend, kehrte er ins Wohnzimmer zurück und beobachtete Bethany beim Aufräumen. Ihre Haare waren zu einem Pferdeschwanz zusammengebunden. Obwohl sie weite Kleidung trug, war sie noch immer die erotischste Frau, die er je getroffen hatte.

Seit Roberta. Er runzelte die Stirn, als er an seine verstorbene Frau dachte. Nur wenige Jahre zuvor hatte Roberta seinem oberflächlichen Leben einen Sinn verliehen. Roberta hatte allein durch ihre Anwesenheit selbst diese schäbige alte Hütte förmlich erstrahlen lassen. In den Jahren nach ihrem Tod hatte er oft gedacht, dass er niemals wieder so voller Hoffnung sein könnte, wie er es in der Zeit mit ihr gewesen war. Ihr Tod hatte das Ende seiner Welt bedeutet. Bis jetzt. Bis Bethany aufgetaucht war.

Als sie sich gerade über das Bett beugte, rutschte ihr Pulli über die Jeans und gab ein Stück ihrer zarten weißen Haut frei. Selbst nach der letzten berauschenden Liebesnacht wollte er Bethany am liebsten erneut auf die Couch werfen, ihr die Kleider vom Leib reißen und sie immerzu lieben. Allein der Gedanke, ihr den Pulli über den Kopf zu ziehen und ihre herrlichen Brüste zu entblößen, bereitete ihm eine süße Qual. Er musste sich bewegen, um zu verbergen, welch deutliche Reaktion ihr Anblick bei ihm hervorrief.

„Mann, dich hat's aber schlimm erwischt", schalt er sich leise, leerte seine Tasse und lief in die Küche, um sich noch einen Kaffee zu holen.

„Entschuldigung?" Bethany hob gerade einen der Schlafsäcke auf und warf ihm einen fragenden Blick über die Schulter zu. „Was hast du gesagt?"

„Ach, nichts Wichtiges. Willst du auch eine Tasse?", fragte er und hielt einen Becher in die Luft.

„Ich hole mir später eine." Sie streckte sich. Während sie sich dann mit den Fingern den Nacken rieb, rollte sie ihren Kopf, um die Verspannung zu lösen. „Nach dem Frühstück." Sie ging auf ihn zu, schlang ihre Arme um ihn und blickte ihn an. „Also, sag es mir. Wie schlimm ist es?"

Als er sie ansah, glaubte er, ein Glitzern in ihren bernsteinfarbenen Augen zu erkennen.

„Ich meine den Schnee."

„Es ist schlimm", gab er zu, „aber wir werden schon damit fertig."

„Wir?", wiederholte sie mit klopfendem Herzen.

Plötzlich stahl sich dieses attraktive schiefe Lächeln auf Bretts Gesicht, und er umfasste ihre Taille. „Wir", bekräftigte er. „Hast du noch nicht verstanden, dass wir ein Team sind?"

„Wie Dean Martin und Jerry Lewis?", erkundigte sie sich lachend.

„Nein. Die haben sich doch getrennt. Ich dachte mehr an

Paare wie den Detektiv Nick Charles und seine Frau Nora aus der Filmserie *Der dünne Mann.* Du weißt schon – verrückte, alberne Abenteurer eben.“ Er drehte sich mit ihr im Kreis, bis sie herzhaft lachte.

„Nick und Nora? Dann ist unser Winston wohl wie ihr Hündchen Asta?“

„Du machst dich über mich lustig.“

„Das hast du auch verdient.“ Flink entschlüpfte sie seinen Armen, schenkte sich Kaffee in eine Tasse und gönnte sich einen großen Schluck. „Nick und Nora Charles! Um Himmels willen! Findest du diesen Vergleich nicht ein wenig hochtrabend?“

„Na ja, vielleicht ein bisschen“, gab er zu und lächelte sie an. „Wenn ich mir es recht überlege, sind wir beide doch eher wie Jennifer und Jonathan Hart.“

Um ein Haar hätte sie sich an ihrem Kaffee verschluckt. „Aus *Hart aber herzlich?* Die sind doch genauso – nur etwas aktueller. Hör doch auf!“, prustete sie, stellte ihren Becher auf dem zerkratzten Tisch ab und ließ ihren Blick prüfend durchs Zimmer schweifen: Nein, die rustikale Hütte mit den abgenutzten Möbeln, dem Holzofen, den grob gearbeiteten Wänden konnte Bretts Vergleichen nicht standhalten. „Diese beiden Paare sind uns gesellschaftlich weit überlegen.“

„Aber sie haben das Leben genossen, haben sich geliebt und waren einfach unzertrennlich, was auch immer passiert ist“, gab er zu bedenken. Er schlang die Arme um sie und zog sie an sich.

„Und so siehst du uns?“ Lachend, doch mit rasendem Puls versuchte sie vergebens, sich aus seiner Umarmung zu befreien.

„Du etwa nicht?“

„Nein!“

Amüsiert hob er eine dunkle Braue. „Dann sag mir, wie du uns siehst.“

„Meinst du das ernst?“

„Aber natürlich!“

„Ich sehe dich eher wie den berühmten Trapper Jeremiah Johnson, der in der Wildnis lebte. Und ich bin … Ich bin … Ach, ich weiß nicht …“ Ihr Lächeln schwand allmählich aus ihrem Gesicht, als sie in das tiefe Blau seiner Augen sah und darin beinahe zu ertrinken glaubte. Sie schluckte und sagte: „Ich bin einfach eine Frau, eine sehr verängstigte Frau, die nicht will, dass ihre Vergangenheit noch einmal ausgebreitet wird. Eine Frau, die ein nettes und ruhiges Leben in Portland führen möchte.“

„Ohne mich?“

Bethany wagte kaum zu atmen. Schließlich schüttelte sie den Kopf. „Ohne den Wirbel, den du verursacht hast.“

Er legte seinen Zeigefinger unter ihr Kinn und hob es an. „Denk an die Zeit, wenn sich der Wirbel gelegt hat. Denk an die Zukunft. Werde ich darin vorkommen?“, fragte er sie leise und betrachtete sie forschend.

„Willst du das denn?“

Traurig lächelte er. „Natürlich. Das versuche ich doch, dir die ganze Zeit zu sagen. Ich liebe dich, und ich möchte, dass du für immer ein Teil meines Lebens bist.“

Ihr Puls raste. Regungslos stand sie da, während er sie in den Armen hielt. Wie gebannt starrte sie in sein Gesicht, war wie hypnotisiert von der klaren Gewissheit, die sie in seinen kantigen Zügen las.

„Ich liebe dich, Bethany“, flüsterte er heiser. „Und ich will, dass du meine Frau wirst.“

„Aber … wir kennen uns doch kaum“, stammelte sie.

„Vor gerade einmal einer Woche sind wir uns zum ersten Mal begegnet.“

„Vor fast zwei Wochen“, korrigierte er sie. „Und in dieser Zeit waren wir beinahe jede Minute zusammen. Wir haben hier miteinander gelebt, haben unsere schlimmsten Seiten kennengelernt. Insgesamt haben wir mehr Zeit miteinander verbracht als so manches andere Paar, das sich entscheidet zu heiraten.“

Unschlüssig biss sie sich auf die Unterlippe. In ihr tobten die Gefühle: Sie wollte lachen, überglücklich und strahlend. Aber sie hatte auch Angst, diesen zerbrechlichen magischen Moment zu zerstören. „Ich … Ich bin nicht mehr so impulsiv wie früher“, entschuldigte sie sich. Wieder dachte Bethany an das Desaster ihrer Ehe mit Grant. „Vielleicht sollten wir uns etwas Zeit lassen.“

Brett runzelte die Stirn und fuhr sich nachdenklich über das Kinn. Unverwandt blickte er ihr in die Augen. „Na schön“, sagte er schließlich. „Aber wenn wir von diesem Berg herunter sind und Grant aufgespürt haben, erwarte ich eine Antwort“, erklärte er.

Als Bethany daraufhin stumm nickte, berührte Brett sanft ihren Mund mit seinen Lippen und umarmte sie fester – fast so, als fürchte er, dass sie fliehen könnte.

Den Kopf gegen seine starke Brust gelehnt, lauschte sie seinem regelmäßigen Herzschlag. Bethany ließ ihre Hände unter sein Hemd gleiten. Wie gut es sich doch anfühlte, ihm zu vertrauen! Nur für einen Moment Grant zu vergessen und das ständige Gefühl zu verdrängen, dass Brett ihr etwas verheimlichte.

Als seine Lippen ihren Mund suchten, gab sie sich ihm ohne Vorbehalte hin. Nichts anderes als ihre Liebe zu ihm zählte in diesem Augenblick.

„Ich glaube, heute ist es so weit“, erklärte Brett nach weiteren zwei Tagen mit einem zufriedenen Lächeln. Er öffnete die Tür und ließ seinen Blick über den klaren blauen Himmel wandern.

Obwohl der Wind noch immer durch die Schluchten pfiff und an den Bäumen zerrte, war kein Wölkchen zu sehen. Das Sonnenlicht glitzerte im frisch gefallenen Schnee.

„So weit für was?“, fragte sie neugierig und stellte sich neben ihn. Sie spürte, wie die kalte Luft durch ihren Pullover drang.

„Wir können gehen.“

„Gott sei Dank!“, rief sie erfreut.

„Ist das etwa ein Anflug von Lagerkoller?“, zog Brett sie auf.

„Darauf kannst du wetten!“ Bethany trat vor die Hütte und beobachtete Winston. Der Hund sprang von der Veranda und landete in einer großen Schneewehe, in der er fast völlig verschwand. Lediglich seine schwarzen Ohrenspitzen waren noch zu sehen.

„Kleiner Dummkopf!“, murmelte Brett, schnappte das Hündchen und musste sich aus Dankbarkeit das Gesicht abschlecken lassen. „Wir sollten uns beeilen“, meinte er und maß den Himmel mit einem prüfenden Blick. „Dieser Wind wird zwangsläufig wieder Wolken und Schnee bringen.“

Schnell packten sie alles zusammen. Nachdem Bethany all ihre Kleidungsstücke in ihren Koffer geworfen hatte, räumte sie die Hütte auf. Obwohl sie sich freute, überkam sie ein Gefühl der Traurigkeit, als sie sich ein letztes Mal umsah. Auch wenn ihr die vergangenen Tage unwirklich wie ein Traum erschienen, so war sie hier doch glücklich gewesen: versteckt in den Bergen mit Brett, weit weg von der realen Welt und all ihren Problemen.

Inzwischen belud Brett den Wagen. Der Morgen war kalt und klar. Auch wenn mehr Schnee lag, als ihm lieb war, würde der Jeep es problemlos schaffen. Er warf seinen Schlafsack ins Auto und erstarrte plötzlich. War das nicht das vertraute Geräusch eines Motors? Jemand fuhr den Berg hinauf!

Während er konzentriert lauschte, zermarterte er sich das Hirn. Wer konnte das nur sein? Niemand wusste, dass sie sich hier oben aufhielten. Die nächste Hütte lag zwei Meilen südlich, aber dieses Auto klang viel näher. Vor Sorge spannte sich jeder einzelne Muskel in seinem Körper an. Aufmerksam suchte er den Berghang ab, als das Motorengeräusch plötzlich erstarb und wieder Totenstille herrschte.

Mit dem Koffer im Arm öffnete Bethany die Tür und lief auf die Veranda hinaus. Als sie Bretts düstere Miene bemerkte, blieb sie wie angewurzelt stehen. Mit einer Handbewegung bedeutete er ihr, wieder in die Hütte zu gehen. Sie zögerte keinen Augenblick, sondern trat sofort durch die noch offene Tür ins Haus zurück. Flüsternd befahl sie Winston, es ihr gleichzutun.

Aus dem Fenster beobachtete Bethany, wie Brett langsam den Jeep umrundete. Sein Blick wirkte starr, sein Gesicht vor Konzentration angespannt.

Beinahe glaubte Bethany schon, ihr Herz klopfe so laut, dass sie nichts anderes mehr hören könnte. Aber sie konnte. Der Knall eines Gewehrs zerriss die Stille, hallte zwischen den Bergzügen wider.

Brett warf sich zu Boden, suchte hinter dem Jeep Schutz. Die Kugel prallte an einem der Bäume ab, und Schnee und Eis rieselten von den Zweigen.

Bethany spähte durch das Fenster. Sofort gab Brett ihr Zeichen, dass sie in Deckung gehen sollte.

In ihr stieg eine ungekannte Angst auf, die sie lähmte, ihr

die Kehle zuschnürte. An den Rücken der Couch gedrängt, hielt sie Winston eng an sich gepresst. In ihrem Kopf überstürzten sich die Gedanken. *Wer ist da draußen? Was wollen sie? Sie haben doch hoffentlich nicht auf Brett geschossen?*

Als sie spürte, wie Panik und Furcht sie zu überwältigen drohten, zog sie Winston fester an sich. Protestierend winselte der Hund.

„Pst!“, zischte sie dem Tier warnend zu, hielt die Augen auf das Fenster gerichtet.

Ein weiterer Schuss löste sich aus dem Gewehr. Bethany sprang auf. Winston glitt aus ihren Armen und begann zu knurren und zu bellen.

„Pscht!“, flüsterte sie panisch. „Komm her!“

Wer war das nur? War das Grant? Nein, Grant würde nicht auf sie schießen. Er hatte nie ein Gewehr besessen.

Kalter Schweiß rann ihr den Rücken hinab. *Lieber Gott, was geht hier nur vor?*

Wieder hörte sie einen Schuss. Ihr schwirrte der Kopf. Sie wusste, dass sie etwas unternehmen musste: Brett lag unbewaffnet dort draußen. Die Angst hatte ihr Herz fest im Griff – trotzdem robbte sie auf dem Bauch in die Küche und arbeitete sich in die Vorratskammer vor.

Vor einigen Tagen hatte sie dort auf der Suche nach Kartoffeln ein Gewehr an der Wand entdeckt. Hoffentlich hing es noch immer am selben Platz.

In der Kammer war es dunkel. Zuerst vorsichtig, dann immer hastiger tastete sie über die staubigen rauen Bretter. Splitter bohrten sich in ihre Hand. Als ihre Finger das Gewehr endlich berührten, schluckte Bethany, bevor sie den Gewehrlauf packte. Es war Jahre her, seit sie das letzte Mal einen Schuss abgegeben hatte. Das war auf der Farm in Idaho mit einer .22er Kleinkaliber-Pistole gewesen. Bisher hatte sie lediglich auf rostige Blechdosen gezielt. Sie hatte noch nie die Waffe auf einen Menschen gerichtet, geschweige denn ihn zu töten beabsichtigt.

Bis zum heutigen Tag – wenn es denn so sein sollte. Wenn es nötig war, um Bretts Leben zu retten, dann würde sie es tun.

Bethany nahm all ihren Mut zusammen und prüfte das Patronenlager. Es war leer. Auf ihrer Stirn bildeten sich kleine Schweißtropfen. Sie konnte sich erinnern, dass Brett mehrere Päckchen Munition in seine Jackentasche gesteckt hatte. Aber die Jacke trug er gerade! „Denk nach, Bethany!", ermahnte sie sich flüsternd und strich sich die Haare aus den Augen. Sie durchsuchte die Kammer, als wieder ein Schuss fiel. Und diesmal klang er näher. Sehr viel näher.

„Bitte, lieber Gott, steh uns bei …"

Vor Angst drehte sich ihr der Magen um. Dennoch durchsuchte sie unbeirrt weiter die Taschen der alten Mäntel, die in der Kammer hingen. Dabei fragte sie sich, warum Brett nicht wieder hereingekommen war. Eiskalte Furcht durchzuckte sie mit einem Mal: Vielleicht war er getroffen, verwundet, lag blutend im Schnee. Oder vielleicht war er schon tot …

„Oh Gott, nein!", brach es aus ihr hervor.

Sie zitterte am ganzen Körper. Endlich hatte sie ein Patronenpäckchen in einer alten Skijacke ertastet. Sie durfte keine Zeit verlieren. Unverzüglich machte sie sich mit zitternden Fingern daran, die Winchester zu laden.

Draußen knallten noch immer Schüsse, und sie sagte sich, dass sie dankbar dafür sein müsse. Schließlich bedeutete der Krach, dass Brett noch am Leben war. Doch jedes Mal, wenn sie den gewaltigen Widerhall der Waffe vernahm, erstarrte sie unwillkürlich. Mit aller Mühe verdrängte sie das Bild, das sich plötzlich vor ihrem inneren Auge formte: Brett, der mit dem Gesicht nach unten im Schnee lag. Unter ihm eine größer werdende Blutlache, die den weißen Schnee rot färbte.

„Er lebt … Er muss einfach am Leben sein“, sprach sie sich Mut zu.

Die Vordertür wurde aufgesprengt, sodass sie donnernd gegen die Wand schlug. Ein junger, unnachgiebig aussehender Mann mit strähnigen blonden Haaren, unrasiertem Gesicht und einem Gewehr stürzte in die Hütte.

Bethany unterdrückte einen Schrei. Gerade hatte sie die letzte Patrone in den Lauf gesteckt. Sofort hob sie das Gewehr an ihre Schulter, zielte auf den Eindringling. Aber er war unglaublich schnell: Er rollte sich auf den Boden, warf Bethany um, griff nach ihrer Waffe. Schwer atmend riss er sie ihr aus der Hand und war im nächsten Moment schon wieder auf die Beine gesprungen.

Langsam wich Bethany vor ihm zurück. Möglichst unauffällig krabbelte sie in Richtung Hintertür, die sich in der Nähe der Vorratskammer befand.

„Keine Bewegung!“ Seine Züge zuckten nervös. Er richtete den Gewehrlauf mitten in ihr Gesicht.

Bethany erstarrte.

„So ist es schon besser.“ Mit dem Ärmel wischte er sich die Nase ab und schniefte. Ununterbrochen wurde sein ganzer Körper von nervösen Zuckungen geschüttelt. Er hatte die Augen zusammengekniffen, und dennoch konnte Bethany den Blick erkennen, den er ihr zuwarf – so kalt und dunkel wie die Nacht.

„Wer sind Sie?“, fragte sie ihn.

Er ignorierte ihre Frage und suchte prüfend das Zimmer ab. Nachdem er offenbar entschieden hatte, dass sie nicht entfliehen konnte, ging er zurück zur Vordertür. Mit Schwung schlug er sie zu und schob den Riegel vor.

Bethany schluckte ihre Angst hinunter. „Wer sind Sie?", wiederholte sie und wunderte sich selbst darüber, dass ihre Stimme so ruhig klang. Irgendetwas an ihm kam ihr bekannt vor.

Er hielt inne und warf einen Blick aus dem Fenster. Als er nun grinste, verzog sich nur die eine Hälfte seines Gesichtes dabei. „Ein Freund", erwiderte er knapp.

„Ach, darum schießen Sie auf uns?"

„Ja, genau deshalb."

„Wie heißen Sie?"

„Lass es, okay? Ich bin derjenige, der hier die Fragen stellt."

„Wo ist Brett?" Auf ihre Hände gestützt, erhob sie sich, drückte sich am Türpfosten der Vorratskammer vorsichtig nach oben.

Der grob aussehende Mann grinste erneut und zuckte die Schultern.

Bethanys Nerven waren zum Zerreißen gespannt. Auch sie blickte nun aus dem Fenster. Jedoch konnte sie nichts weiter erkennen als die offen stehende Hecktür des Jeeps. „Ist er da draußen?"

„Was denkst du denn?"

Oh Gott, er ist getroffen worden! „Ich weiß nicht, was ich denken soll", fuhr sie ihn an.

„Mach dir um ihn keine Sorgen."

„Sie haben ihn nicht erschossen!", schrie sie verzweifelt.

„Vielleicht doch."

Ohne auch nur einen einzigen Gedanken an sich selbst zu verschwenden, lief sie auf die Tür zu.

„Was zum Teufel ..." Im selben Augenblick hechtete er

hinter ihr her, bekam sie an der Taille zu fassen. Schwer atmend schleifte er sie weg vom Fenster, quer durch das Zimmer und drückte sie auf den Sitz am Kamin.

„Er wird es überleben. Und jetzt vergiss ihn!"

„Da draußen wird er erfrieren! Wir müssen ihn reinholen." Die Außentemperatur lag bereits unter dem Gefrierpunkt. Doch die eisigen Windböen trieben das Quecksilber noch weiter nach unten. Sie stand auf und trat ans Fenster.

„Tja, dumm gelaufen." Der Mann lachte hämisch. Nervös griff er in seine Brusttasche. Bethany stellte sich unwillkürlich vor, wie er ein Messer mit langer Klinge rauszog. Doch er holte lediglich eine zerknitterte Schachtel Zigaretten und ein Feuerzeug hervor. Mit einer freien Hand schüttelte er eine Zigarette aus der Packung, zündete sie an und hielt unterdessen weiterhin den Gewehrlauf auf sie gerichtet.

„Wo ist Brett?" Sie suchte jeden Zentimeter vor dem Fenster mit den Augen ab, doch sie konnte nirgends eine Spur von ihm entdecken.

Der Fremde stieß den Rauch aus und behielt dabei die Zigarette zwischen den Lippen. „Mach dir um ihn nur keine Sorgen."

„Aber er ist da draußen ..."

„... und verblutet?", höhnte er. „Wahrscheinlich." Dann wich das amüsierte Lächeln aus seinem Gesicht. Mit dem Gewehr deutete er auf den Kamin. „Setz dich. Ich will nicht, dass du hier herumspazierst. Und jetzt erzähl mir alles, was du über den Aufenthaltsort deines Mannes weißt."

Bethany rührte sich nicht vom Fleck, suchte mit hektischem Blick die nahen Bäume ab. *Wo ist er nur?*

„Ich habe etwas gesagt."

„Ich bin nicht verheiratet."

Bedrohlich zog er die Brauen zusammen. „Warst du aber

mal. Wo ist Mills? Und keine Spielchen! Ich bin nicht in der Stimmung."

„Ich erzähle Ihnen gar nichts, bis ich weiß, dass Brett in Sicherheit ist", fuhr sie ihn an. Draußen konnte sie einfach keine Spur von Brett entdecken. Sie fühlte sich, als würde die Angst sie innerlich zerfressen, doch sie stand erhobenen Hauptes da: Sie durfte sich nicht anmerken lassen, wie verängstigt sie war.

„Das ist nicht allzu clever, kleine Lady. Dabei habe ich gehört, dass du ziemlich intelligent sein sollst. Hör also auf, dir um Hanson Gedanken zu machen. Der packt das schon ... Sofern er nicht verblutet, während ich hier sitze und darauf warte, dass du auspackst." Er ließ sich auf der Couch nieder, lehnte sich zurück und legte seine abgewetzten Stiefel auf den Tisch. „Also. Erzähl mir einfach alles, was du über diesen jämmerlichen Lump, den du Ehemann nennst, weißt", fuhr er fort.

„Ich weiß nichts über Grant. Wir sind schon lange geschieden. Seit etwa einem Jahr." Schließlich flehte sie: „Brett ist doch da draußen, wir müssen ihm helfen ..."

„Du hast ihn seitdem nicht mehr gesehen?"

„Grant? Nein!", rief sie verzweifelt.

Seine Augen funkelten gefährlich, als er Bethany von oben bis unten musterte. „Was, wenn ich dir nicht glaube?"

„Pech gehabt, würde ich sagen. Ich habe keine Ahnung, wo er ist oder was er tut. Ich glaube, er ist tot."

„Ach ja, glaubst du das?" Er strich sich eine schmutzige blonde Strähne aus der Stirn und zog an seiner Zigarette, bevor er sie in die Feuerstelle hinter Bethany schnippte. „Also, wenn deinem Alten in den letzten paar Wochen nichts zugestoßen ist, dann lebt er. Und ein reicher Bastard ist er obendrein. Ich will nur wissen, wo er ist. Er hat meinen Bruder umgebracht, weißt du?"

„Er hat *was* getan?"

„Jake. Er hat Jake umgebracht!"

„Ihren Bruder … Jake?"

„Jetzt komm schon, Lady." Erneut betrachtete er sie eindringlich und schien sich langsam zu beruhigen. „Ich habe mich wohl noch nicht vorgestellt. Dazu neige ich irgendwie, wenn jemand mit einem Gewehr auf mich zielt. Ich heiße Karl Weathers."

„Oh mein Gott", flüsterte sie und sank gegen die Wand. Obwohl sie ihm nie zuvor begegnet war, erinnerte sie sich jetzt an mehrere unscharfe Fotos von ihm, die sie gesehen hatte.

Seine Mundwinkel zuckten. „Wie ich sehe, hast du schon von mir gehört. Von deinem Alten, was?"

„Ich sagte doch schon, ich dachte, Grant sei tot."

„Sicher doch. Und deshalb versucht Hanson ihn aufzuspüren. Erzähl mir nichts!"

„Wirklich, ich weiß nichts." Bethanys Gedanken überschlugen sich. Sie warf einen flüchtigen Blick nach draußen. Wenn sie es nur riskieren könnte, zur Tür zu laufen und hinauszustürzen. Die Schlüssel steckten wahrscheinlich schon im Zündschloss des Jeeps. Und Brett? Lieber Gott, irgendwo da draußen war Brett. *Aber wo? Und ist er überhaupt noch am Leben?*

„Denk nicht mal dran", knurrte Karl wütend. „Du gehst nirgendwohin." Er griff in die Tasche seiner schmuddeligen Jeans und zog einen Schlüsselbund raus – Bretts Schlüssel! Bethany verließ der Mut. Karl schloss seine Finger um die Schlüssel und schob sie zurück in die Tasche. „Wenn du sie willst, musst du schon herkommen und sie dir holen", sagte er mit einem durchtriebenen Lächeln. Gelbliche Zähne blitzten in ihre Richtung, während er über seine Hosentasche strich.

Bethanys Magen rebellierte.

„Ja! Das ist eine Sache zwischen dir und mir." Unverfroren ließ er seinen Blick über ihren Körper schweifen. „Und wir werden das Problem lösen. Also, wo ist dein Alter?"

„Ich sagte schon, ich habe keine Ahnung!"

Er sah sie böse an und umklammerte das Gewehr fester. „Hör mit dem Scheiß auf!"

„Im Ernst!" Bethany strich sich die Haare aus den Augen und überlegte verzweifelt, wie sie dem Bewaffneten entkommen und aus der Hütte fliehen konnte. Es musste doch einen Weg geben! Sie musste Brett finden und ... Was, unterbrach sie sich in Gedanken. Sollte sie sich Brett vielleicht über die Schulter werfen und ihn so den Berg runtertragen? Nein. Sie brauchte die Schlüssel. Und die befanden sich in Karls schmutziger Jeans. Als sie seine Tasche betrachtete, lief ihr ein kalter Schauer über den Rücken.

„Du lügst!", beschuldigte er sie, er war außer sich vor Wut.

„Schön wär's. Hören Sie: Das letzte Mal habe ich Grant ein paar Wochen vor dieser Veruntreuung gesehen. Ich wusste nichts darüber."

„Was hat er dir erzählt?"

„Nichts! Wir sprachen lediglich ein paar finanzielle Dinge wegen der Scheidung durch."

„Darauf wette ich."

Wütend funkelte sie ihn an. „Wieso stellen Sie mir überhaupt all diese Fragen, wenn Sie mir sowieso nicht glauben? Anscheinend ist es völlig egal, was ich sage!" Abrupt stand sie auf und ging zur Tür, hoffte inständig, dass sie es schaffen würde.

„Einen Moment", sagte er und blockierte ihr den Weg mit dem glänzend blauen Lauf seiner Waffe. Gerade in diesem

Moment knallte ein Zweig gegen die Seitenwand der Hütte. Karl zuckte zusammen. „Was zum Teufel ist das?"

„Das war die Tanne hinter der Hütte."

Ungläubig warf er einen Blick aus dem Küchenfenster und bewegte sich dann sichtlich zufrieden zum Kamin. „Setz dich wieder auf den Boden."

„Wieso?"

Er schritt zum vorderen Fenster und suchte die Umgebung ab. „Weil ich sonst dieses Gewehr hier nehme und es deinem Freund an den Nacken halte, bevor ich den Abzug drücke. Wenn du magst, kannst du natürlich zusehen."

„Du Bastard!", schrie sie. Das Wissen, dass Brett schon verletzt war, ließ Bethany alle Vorsicht mit einem Mal vergessen. Wie eine Besessene stürzte sie unerschrocken auf die Tür auf der anderen Seite des Zimmers zu. Doch blitzschnell packte Karl sie am Arm und zerrte sie zurück zum Kamin. Nachdem er sie gezwungen hatte, sich auf den Boden zu setzen, nahm er selbst auf der Couch Platz. Während er die Stiefel auf den Tisch legte, wandte er die Augen keine Sekunde von ihr.

„Ich hab dir doch erzählt, dass er wahrscheinlich verblutet. Also, sag mir einfach, wo Mills ist. Dann können wir Hanson reinholen, und er kann sich aufwärmen. Es ist ganz allein deine Entscheidung."

„Aber ich weiß doch gar nichts!"

„Zum Teufel!" Karls Stiefel krachten auf den Boden. „Wir beide wissen, dass Grant lebt und dass er Jake und mich die ganze Zeit betrogen hat! Das gehörte zu seinem Plan. Aber Billie hat Jake davon erzählt. Und was ist dann passiert? Bum! Ihr Flugzeug stürzt ab, und sie werden beide getötet. Wie günstig, findest du nicht?"

„Und Sie glauben, Grant ist dafür verantwortlich", erwiderte Bethany.

„Darauf verwette ich mein Leben. Aber das habe ich doch schon, nicht wahr?“ Er warf Bethany anzügliche Blicke zu und rieb sich das stoppelige Kinn.

„Tja, Sie haben die falsche Person.“

„Ist das so, ja? Wieso hängt Hanson dann hier herum? Wieso untersucht er alles noch mal? Wenn du nichts weißt, wieso zum Teufel klebt Hanson an dir wie eine Klette?“

„Ich weiß es nicht.“

„Du weißt nicht besonders viel, was?“

„Ich weiß nur, dass Brett sich bewegen muss. Wir müssen …“

„Halt den Mund!“, unterbrach er sie barsch. „Vielleicht sollte ich dir auf die Sprünge helfen. Hanson glaubt, du könntest helfen. Ich glaube, er hat recht. Also, fangen wir noch mal von vorne an. Wo ist Mills?“

„Glauben Sie nicht, dass ich es Ihnen sagen würde, wenn ich es wüsste?“

„Nein. Nicht ohne ein bisschen Überzeugungsarbeit …“ Er grinste wieder, und diesmal fuhr er mit dem Gewehrlauf ihr Bein entlang.

Unbeirrt strich Karl über ihren Körper, als Bethany vergebens versuchte auszuweichen. Sie fühlte die Kälte des kühlen, harten Stahls durch ihren Pullover und ihre Jeans.

„Wieso erzählst du mir nicht von deinem Mann?“, schlug er mit glänzenden Augen vor.

„Weil es nichts zu erzählen gibt“, gab sie zurück.

„Schön“, murmelte er. „Ganz wie du willst. Du willst hier nicht reden, dann machen wir beide eben eine kleine Fahrt. Vielleicht erinnerst du dich an mehr, wenn wir von hier verschwunden sind.“

„Ich gehe nirgendwohin“, erklärte sie ihm in unerschütterlichem Ton – doch innerlich verging sie fast vor Angst.

„Du hast sowieso kein Mitspracherecht." Unsanft zog er sie auf die Beine und stupste ihr den Gewehrlauf in den Rücken. Als von irgendwo ein Knarren ertönte, suchte Karl hektisch den Raum ab. Nichts hatte sich verändert. Er deutete auf die Tür. „Gehen wir!"

„Ich gehe nicht", wiederholte sie trotzig und hob ihr Kinn kämpferisch an.

Auf seinem Gesicht war deutlich zu erkennen, wie es in ihm arbeitete.

„Weißt du, was dein Problem ist?", fuhr er sie an. „Du hast keine Ahnung, mit wem du es zu tun hast! Ohne mit der Wimper zu zucken, würde ich Hanson abkratzen lassen. Aber du glaubst mir offenbar nicht. Dann muss ich dir wohl beweisen, dass ich es ernst meine, was? Wir könnten ja mit deinem Hund anfangen." Mit einer plötzlichen Bewegung riss er das Gewehr herum und nahm Winston ins Visier.

Der kleine Kerl lag ruhig unter dem Küchentisch. Als er nun jedoch bemerkte, dass alle Augen auf ihn gerichtet waren, wackelte er wild mit dem Schwänzchen.

„Nein!" Entsetzt schnappte Bethany nach der Waffe, doch verfehlte sie. Sie kratzte Karl am Arm und hätte ihn beinahe aus dem Gleichgewicht gebracht.

„Aus dem Weg!", befahl er und verpasste ihr einen Schlag.

Bethany stürzte zwar nach hinten. Doch nun befand sie sich nicht mehr in Reichweite des Rasenden.

Genau in diesem Moment erblickte sie Brett aus dem Augenwinkel. Er stand auf dem Dachboden, zum Sprung bereit. Ein tiefroter Fleck breitete sich auf seiner Jacke aus. Einen kurzen Moment lang schien er zu schwanken. Aber genau in dem Augenblick, da Karl den Lauf von Bethany abkehrte, sprang Brett auf den blonden Mann. Mit einem Krachen landeten sie auf dem Boden. Der Schuss löste sich aus dem Gewehr, Glasscherben flogen durch das Wohnzimmer. Brett versuchte, die Waffe zu packen, doch sie entglitt ihm und schlitterte quer durch den Raum.

Bethany schnappte nach ihr.

Im Kampf rollten die Männer über den Boden – mal der eine, mal der andere obenauf. Durch Bretts Verwundung färbten sich die harten Dielen allmählich rot. Bethany zielte mit dem Gewehr, doch keiner von beiden bemerkte sie im Eifer des Gefechts.

„Aufhören!", schrie Bethany.

Erbittert schlugen sie weiter aufeinander ein. Dann war alles in Sekundenschnelle vorbei. Wehrlos lag Karl bäuchlings am Boden, während Brett ihn fest im Griff hielt. Brett bog den Arm des jüngeren Gegners auf dessen Rücken, drohte, ihm die Schulter auszukugeln.

„Hast du jetzt genug?", fragte er ihn keuchend.

Der Mann antwortete nicht.

Brett zog an Karls Hand, was ihn derb und laut fluchen ließ.

„Vorsicht", warnte Brett gedehnt und lächelte Bethany zu. „Es ist eine Dame anwesend."

„Fahr zur Hölle!"

Wieder zerrte Brett an seinem Arm, und der Unterlegene schrie auf.

Bethany lehnte sich gegen den Kamin und beobachtete, wie Brett Karl auf die Füße zwang. „Du jämmerlicher Mistkerl", zischte Brett. „Setz dich da hin. Es ist an der Zeit, dass du ein paar Fragen beantwortest."

„Nie im Leben."

„Du hast keine Wahl." Brett fuchtelte mit der Waffe, die Bethany ihm gereicht hatte, vor seinem Gesicht herum. „Sprich! Erzähl mir von Grant Mills und deinem Bruder."

Blut tropfte aus seinem Mundwinkel. Er wischte sich mit seinem Ärmel über die Lippen.

Wortlos ging Bethany ins Badezimmer, griff sich einige Mullbinden und kehrte ins andere Zimmer zurück. „Ich sollte mir deine Schulter anschauen."

„Noch nicht. In der Vorratskammer findest du auf dem dritten Regal ein Seil. Bring es mir."

Nur für einen kurzen Moment verließ Bethany den Raum. Doch als sie wiederkam, hatte sich die Lage verändert. Karl war in sich zusammengesackt, der wütende Ausdruck in seinem nun plötzlich blassen Gesicht verschwunden. Als Brett ihm nun die Hände auf den Rücken band und seine Füße fesselte, protestierte Karl nicht. Trotzdem hielt Bethany das Gewehr zur Sicherheit auf Karl gerichtet.

„Wir müssen von hier verschwinden", sagte Brett, sobald Karl unschädlich gemacht war. „Falls noch ein Sturm losbricht oder unser lieber Karl hier einen Freund in den Wäldern versteckt hat."

„Aber erst müssen wir uns um dich kümmern." Sie erhitzte Wasser und riss dann Bretts blutgetränktes Hemd auf. An seiner linken Schulter konnte sie genau die Stelle erkennen, an der die Kugel seine Haut gestreift hatte und nur knapp am Muskel vorbeigeschrammt war. Hin und wieder zuckte Brett leicht zusammen, als Bethany die Wunde auswusch und sie verband. „Du musst in ein Krankenhaus. Ich bin schließlich kein Arzt", erklärte sie ihm.

Er zog sich ein frisches Hemd über. „Das wird schon reichen. Es tut mir nur leid, dass er …", begann Brett und deutete in Karls Richtung, „… hier hereingeplatzt ist. Ich muss ohnmächtig geworden sein, als ich mit dem Kopf auf den Wagen aufgeschlagen bin. Ich erinnere mich nur noch daran, dass ich getroffen wurde und dass ich mich hinter den Jeep fallen lassen wollte. Danach ist alles schwarz."

„Mach dir keine Sorgen", beruhigte sie ihn. „Ich bin nur froh, dass du unverletzt bist … Na ja, fast."

Der jüngere Mann blickte seinen Bezwinger finster an. „Ich hätte dich gleich umbringen sollen."

„Das nächste Mal vielleicht."

„Darauf kannst du dich verlassen."

Mit eisigem Gesichtsausdruck sah Brett ihn an. „Dort, wo du hingehst, wirst du keine Chance dazu haben. Und wenn du rauskommst, dann warte ich auf dich."

Voller Abscheu spuckte Karl ihm vor die Füße.

Brett bewegte sich nicht. „Also, Kumpel, dann leg mal los. Hast du Bethanys Haus verwüstet?"

Trotzig starrte Karl vor sich hin, sagte aber kein Wort.

„Ich habe dir erklärt, welche Möglichkeiten du hast", erinnerte Brett ihn sanft und kniff dabei die Augen zu schmalen Schlitzen zusammen. „Du hast die Wahl."

Karls arrogantes Auftreten löste sich langsam in Luft auf. Sein Blick war voller Hass, als er Bethany ansah. „Ja, ich war dort."

„Was hast du gesucht?"

„Dasselbe wie du. Eine Spur zu Mills. Ich dachte mir, wenn du an ihr interessiert bist, dann muss sie etwas wissen."

Brett schnappte sich einen Küchenstuhl, setzte sich rittlings darauf und betrachtete Karl eindringlich. „Da du jetzt unsere ungeteilte Aufmerksamkeit hast: Wieso erzählst du uns nicht alles?"

Karl wurde klar, dass es keinen Ausweg gab, und er fügte sich endlich. Am Anfang sprach er noch zögerlich, doch letztendlich sprudelte die ganze Geschichte aus ihm heraus.

Karl suchte nach Grant, seit dieser vor beinahe einem Jahr seine Komplizen hinterrücks ausgebootet hatte. Keiner von ihnen hatte damit gerechnet, dass Grant die gemeinsamen Pläne durchkreuzen würde. Bei der Flucht im Flugzeug waren Jake und Billie ebenso überrascht gewesen wie Karl, als Grant sich einen Fallschirm umgeschnallt hatte und in die dunkle Winternacht gesprungen war. Karls Meinung nach war Grant damit ein erhöhtes Risiko eingegangen, dass er sich über den USA abgesetzt hatte.

„Unser Ziel war ein kleines, abgelegenes Fischerdorf in British Columbia in Kanada“, erinnerte er sich. „Doch Grant wurde habgierig. Er sprang irgendwo über Nord-Idaho oder dem Staat Washington ab. Vielleicht war seine Entscheidung aber auch clever, denn als wir in Kanada landeten, wartete das FBI schon auf uns. Die ganze Sache war bereits mit den kanadischen Behörden ausgehandelt worden.“ Einen kurzen Moment lang schwieg Karl. Dann fuhr er fort: „Als wir zurück in die Staaten kamen, hat die Polizei uns regelrecht umzingelt. Doch es gab keinen einzigen Beweis, um uns mit dem Verbrechen in Verbindung zu bringen. Ja, sicher gab es ein paar Indizien. Aber die waren nicht so stichhaltig, dass der Staatsanwalt Anklage erheben konnte. Vielleicht hat uns Howie allen einen Gefallen getan, was?“

„Howie?“, wiederholte Brett mit glänzenden Augen. „Wovon redest du da?“

Karl schüttelte den Kopf und zog eine Grimasse. „Ach, nichts.“

„Hat Grant sich als Howard Sparks ausgegeben?“, erkundigte Brett sich gedehnt.

Bethany hielt sich an der Sitzfläche ihres Stuhls fest.

„Manchmal. Das ist nichts Besonderes.“

„Vielleicht hast du uns ja einen Gefallen erwiesen, mein Freund“, sagte Brett und hob seine Mundwinkel.

Bethany fühlte, wie die Kälte sich in ihr ausbreitete.

„Wie wär's mit einer Zigarette?", fragte Karl.

„Vergiss es."

„Komm schon, Mann!"

„Das ist ungesund. Außerdem hast du uns noch mehr zu sagen."

Stirnrunzelnd seufzte Karl schwer. „Okay, okay. Jake rief mich eines Tages an und sagte, er habe Mills aufgespürt und ihm seinen Anteil an den Pfandbriefen abgepresst. Natürlich habe ich ihn sofort gefragt, wo Grant steckt, damit auch ich an meinen Anteil käme. Billie hatte den gleichen Gedanken. Und als Jake mit Billie gerade auf dem Weg zu Grant war, ist ihr Flugzeug abgestürzt. Das erscheint mir wie ein schöner Zufall. Ich vermute, Grant hat jemanden bezahlt, der sich am Flugzeug zu schaffen gemacht hat."

„Nein!" Bethany stand auf und trat ans Fenster. „Vieles von dem, was über Grant gesagt wird, stimmt sicherlich. Aber ich kann nicht glauben, dass er ein Mörder sein soll!"

Bretts Blick blieb unverwandt auf Karl gerichtet. „Und wo ist Mills jetzt?"

„Ich weiß es nicht."

„Du Mistkerl!" Brett stand abrupt auf und stieß dabei seinen Stuhl um. Wütend beugte er sich über Karl, der ihn plötzlich ängstlich ansah.

„Wenn ich wüsste, wo er ist, hätte ich mir dann die Mühe gemacht, euch bis hier hinterherzufahren?"

Ein wenig entspannte sich Brett. Die Furcht in Karls Miene überzeugte ihn davon, dass er die Wahrheit sprach. „Wo *war* er?"

„In Kalifornien. Nördlich von San Francisco. In einem Dorf in der Nähe von Redding am Stausee Lake Shasta. Jake sagte, dass Grant erst nach Vancouver geflüchtet war. Dort hat er abgewartet, bis sich die Aufregung ein bisschen gelegt hatte. Nach einer Weile löste er ein paar Pfandbriefe ein und setzte sich in den Süden ab, durch die Staaten Washington, Oregon und Kalifornien."

„Und jetzt hat er sich einfach in Luft aufgelöst." Brett klang sehr skeptisch.

„Hör mal, Mann, ich weiß nicht, wo er ist! Wieso hätte ich sonst wohl anfangen sollen, seiner Alten zu folgen?"

„Sie?", fragte Bethany. „Sie haben mich verfolgt?" Unwillkürlich musste sie an die vergangenen Wochen denken, in denen Angst ihr Leben beherrscht hatte. In denen sie ständig über ihre Schulter hinter sich gespäht hatte, ohne jemanden zu entdecken. Ständig den durchdringenden Blick von unbekannten Augen in ihrem Rücken gespürt hatte. Das war Karl Weathers gewesen!

„Aber sicher. Und ich wusste, dass ich auf der richtigen Spur war, als Hanson auftauchte. Er war doch der Privatdetektiv der First Security Bank. Ich wusste, Jim Benson würde auch jetzt nicht eher Ruhe geben, als bis er Grant hätte. Und deswegen vermutete ich, dass er seinen Stiefsohn darauf ansetzen würde. Sieht so aus, als hätte ich recht behalten."

„Stiefsohn?" Ruckartig wandte Bethany den Kopf und starrte Brett entgeistert an. Alles Blut war aus ihrem Gesicht gewichen.

Karl beobachtete Bethanys entsetzten Gesichtsausdruck, sah dann in Bretts undurchdringliche Miene. Zum ersten Mal seit zwei Stunden musste er lächeln. „Aber sicher. Jeder in Boise weiß, dass unser Hanson hier der beste Privatdetektiv war, bevor seine Frau gestorben ist. Hat die ganze Zeit für seinen Stiefvater gearbeitet."

Bethany fühlte sich wie benommen. „Du?", fragte sie und rang sichtlich nach Luft. „Du bist mit Jim Benson verwandt?"

Ein Muskel zuckte in Bretts Gesicht. „Meine Mutter und

er haben geheiratet, als ich noch jung war."

„Er ist dein Vater?"

„Stiefvater", korrigierte er.

„Oh Gott", flüsterte sie. Ihre Beine drohten unter ihr nachzugeben. Noch mehr Lügen! „Wieso hast du mir nichts davon erzählt?"

Als Karl versuchte aufzustehen, warf Brett ihm einen bohrenden Blick zu, sodass er sich auf die Couch zurücksinken ließ.

„Das ist nichts, worauf ich besonders stolz bin."

„Und all das Gerede, dass du ihm Geld schuldest! Das war nur eine Lüge?"

„Nein! Ich schulde ihm wirklich Geld. Für diese Hütte hier. Er hat sie von meiner Mutter geerbt. Das ist das Einzige, das ich von meiner Familie habe – meiner wirklichen Familie", erklärte er eindringlich.

„Und dafür tust du alles, nicht wahr? Du schleichst dich sogar in mein Leben ein, um es zu bekommen", sagte sie und fühlte sich, als wäre etwas in ihr zerbrochen. Alles war gelogen gewesen. In der ganzen Zeit, die sie eingeschneit in dieser Hütte miteinander verbracht hatten, hatte er nichts anderes getan, als ihr eine Lüge nach der anderen aufzutischen.

Sie musste sich an die Wand lehnen, fühlte sich so schwach, dass sie beinahe Karls weiteres Geständnis überhört hätte: Er hatte am Steuer des roten Autos gesessen, das sie aus Versehen fast überfahren hätte. Als er ihr Haus ausgekundschaftet hatte, war sie plötzlich früher als erwartet zurückgekommen. Aus Angst, dass Bethany ihn erkennen könnte, war Karl dann den Hügel hinuntergerast.

Obwohl auch dieses Rätsel endlich gelöst war, konnte Bethany keine Erleichterung verspüren. Wie betäubt stand sie da, war vollkommen fassungslos.

Nachdem Brett das zerschossene Fenster zugenagelt und Karl auf den Rücksitz des Jeeps gesetzt hatte, fuhren sie alle in die Stadt zur nächsten Polizeiwache.

Während der gesamten Fahrt verlor Bethany kein Wort, starrte Brett nur verletzt an. Seine Miene war angespannt, die Augen hatte er starr auf die Fahrbahn gerichtet. Wie hatte sie ihm nur glauben können?

Weil ich ihn liebe! Diese plötzliche Einsicht schmerzte sie so sehr, dass sie sich gegen die Beifahrertür lehnen musste. Doch das kalte Glas konnte den Sturm in ihrem Innern, den sein Betrug ausgelöst hatte, nicht beruhigen.

Wieder einmal war sie auf den falschen Mann hereingefallen.

11. KAPITEL

Das Büro des Sheriffs befand sich in einem kleinen Betonbau, der zum County-Gefängnis gehörte. Außer ein paar Betrunkenen und einem Hilfssheriff war niemand da. Es roch nach Zigarettenrauch, Schweiß und kaltem Kaffee.

Wortlos hatte Bethany zugehört, wie Brett die Situation erklärte und mit dem diensthabenden Hilfssheriff sprach. Dieser hatte anschließend seinen Sheriff, die Staatspolizei und letztlich das FBI angerufen.

Nun wimmelte es in dem kleinen Gebäude von Polizisten und Agenten. Mit hochgerollten Ärmeln saßen die Beamten auf harten Holzstühlen oder lehnten an Betonwänden, blinzelten gegen den immer dichteren Rauch an. Und alle befragten Karl, Bethany und Brett, wechselten sich dabei ab.

Bethany drehte eine Tasse kalten Kaffee in den Händen und sah dabei zu, wie Bretts Schulterwunde gereinigt und verbunden wurde. Als der Sanitäter ihm dazu riet, die Wunde im Krankenhaus von einem Arzt untersuchen zu lassen, wischte Brett die Bedenken des jungen Mannes einfach beiseite.

Nachdem der Sanitäter seine Arbeit erledigt hatte, setzte Brett sich neben sie. Für einen Moment trafen sich ihre Blicke, bevor Bethany die Augen abwandte und ihre Kaffeetasse anstarrte. Er versuchte, sie zu berühren, doch sie zuckte vor ihm zurück. Sie hoffte nur, dass die Befragung bald beendet wäre.

Aber es dauerte mehrere Stunden, bis sie fertig waren.

Bethanys Augen brannten, ihr Mund war wie ausgetrocknet. Während des quälend langwierigen Verhörs konnte sie für keinen Moment vergessen, dass Brett sie angelogen hatte.

Jede Minute, die er mit ihr verbracht hatte, war eine Lüge gewesen. Die Tatsache, dass er Jim Bensons Stiefsohn war – und damit ein Teil der Bank, die ihre Eltern und sie selbst ständig belästigt hatte –, war für Bethany kaum zu ertragen.

Als ihr Brett endlich in den Jeep half, fühlte sie sich völlig erschöpft und leer.

Er stieg ebenfalls ein und ließ den Motor an. „Ich finde, wir sollten ein paar Vorräte einkaufen und zurück zur Hütte fahren."

„Wieso?", fragte sie, fassungslos, dass er vorschlug, wieder in die Berge zu fahren.

„Zurzeit ist das der sicherste Ort."

„Hast du jetzt vollkommen den Verstand verloren?"

„Bei all dem Aufruhr um Karls Verhaftung wird Grant sich garantiert von hier fernhalten."

„Ich will nach Hause", sagte sie knapp, und Kälte funkelte in ihren Augen. „Nach Portland."

„Da bist du aber nicht geschützt. Mills könnte dort sein, um nach dir zu suchen."

„Das ist mir egal." Allein der Gedanke, noch mehr Zeit mit Brett zu verbringen, ängstigte sie. Sie konnte sich oder ihren verräterischen Gefühlen einfach nicht trauen.

„Bethany, denk darüber nach …", beschwor er sie.

„Das habe ich! Du hast mich belogen, Brett", unterbrach sie ihn mit zitternder Stimme. „Die ganze Zeit über hast du vorgegeben, du wärest gegen die Bank und Jim Benson."

„Das bin ich."

„Du bist Teil seiner Familie!"

„Aber nicht freiwillig."

„Du arbeitest für ihn!", fauchte sie ihn an. Bethany hielt sich fest, als sie nun durch eine scharfe Kurve rasten, sodass Matsch und Schnee um den Jeep aufspritzten.

„Das war das letzte Mal. Außerdem habe ich auf der Seite des Gesetzes gearbeitet.“

„Wohl kaum“, murmelte sie.

Frustriert verzog er das Gesicht und lenkte das Auto auf die Schnellstraße. „Karl Weathers hätte dich umbringen können. Beschäftigt dich das überhaupt nicht?“

„Du meinst, wenn du mir nicht das Leben gerettet hättest?“, warf sie ihm höhnisch vor. Sie konnte nicht anders – ihr Temperament ging einfach mit ihr durch. „Ich wäre noch nicht einmal in dieser Hütte gewesen, hättest du mich nicht dorthin geschleppt!“

„Aber er hatte dich in Portland schon aufgespürt“, wandte er ein.

„Weil du nach mir gesucht hast!“

„Er hatte dich bereits beinahe überfahren, *bevor* ich überhaupt aufgetaucht bin.“

Sie kauerte sich in ihrem Sitz zusammen, tätschelte Winstons Köpfchen und blickte aus dem Fenster. „Ich möchte nicht darüber reden, okay? Ich habe schon genug über Grant, die Veruntreuung und alles, was damit zusammenhängt, geredet. Das reicht mir für den Rest meines Lebens.“

Er warf einen Blick zu ihr hinüber und presste die Lippen zusammen. „Nur noch eine Sache, Bethany.“

„Was?“

„Ich liebe dich wirklich.“

Unwillkürlich begann Bethanys Herz zu rasen, und sie musste sich beherrschen, um nicht in seine rauen, stolzen Gesichtszüge zu sehen.

„Ob du es hören willst oder nicht: Ich liebe dich.“ Er sah nicht einmal zu ihr hinüber. Stattdessen drückte er das Gaspedal durch und konzentrierte sich auf den Verkehr.

Bethany musste schlucken, aber wandte ihre Aufmerksamkeit wieder dem Geschehen draußen zu. Über die Liebe, die sie so flüchtig miteinander geteilt hatten, wollte sie nicht nachdenken. Eine Liebe, die auf Lügen basierte. Das Vertrauen, das sie ihm geschenkt hatte, war zerstört, zerbrochen in tausend Scherben. Sie konnte nicht anders: Ihre Gedanken kreisten um die Frage, ob ihre gemeinsame Zeit nur ein cleverer Schachzug in seinem Spiel gewesen war. Dem Spiel, das er inszeniert hatte, um sie besser einschätzen zu können. „Wenn du mich liebst“, flüsterte sie, „dann bring mich bitte nach Hause.“

„Später. Wenn es sicher ist.“

Die Hände zu Fäusten geballt, starrte sie wortlos aus dem Fenster. Als sie die Hütte schließlich erreichten, brach ein klarer Morgen an. „Ich dachte, du befürchtest einen weiteren Sturm“, höhnte sie.

„Das tue ich.“ Er hievte ihren Koffer aus dem Jeep und ging zur Vordertür. „Aber ich bin auch todmüde. Ich habe den Wetterdienst angerufen. Es kann sein, dass ein kleiner Sturm über uns hinwegzieht, aber die Wettervorhersage für die restliche Woche ist gut.“ Als er die Wut in ihren Augen entdeckte, fuhr er fort: „Vielleicht können wir dann zurück nach Portland. Zwischenzeitlich hast du ein bis zwei Tage zu deiner Verfügung, um darüber nachzudenken, was du wirklich vom Leben erwartest. Glaub mir, ich werde mich dir nicht aufdrängen.“

Noch immer saß sie im Jeep und musterte ihn misstrauisch.

„Komm schon, Bethany“, sagte er matt. „Lass es gut sein.“ Als er nun seine eigene Tasche aus dem Wagen hob, zuckte er vor Schmerz zusammen.

Bethany sprang aus dem Auto und marschierte zur Hütte. Ihr Gewissen ließ ihr dabei keine Ruhe. Schließlich war Brett müde und verletzt – ein paar Stunden länger konnte sie doch wenigstens noch mit ihm zusammenarbeiten. Außerdem liebte sie ihn trotz allem noch immer.

Insgeheim schalt sie sich die größte Närrin, die es auf der Welt gab. Dennoch lief sie durch die kleinen Räume, machte Feuer im Ofen und durchsuchte die Vorratskammer nach Essbarem.

Brett entzündete das Feuer im Kamin. Zufrieden beobachtete er Bethany, die geschäftig in der Küche arbeitete, und streckte sich auf der Couch aus. Während er ihr mit verträumtem Blick zusah, wurden seine Augenlider allmählich schwer.

Sie wusste, dass sie eigentlich böse auf ihn sein müsste, weil er sie wieder in die Berge geschleppt hatte. Aber sie konnte es einfach nicht. Er wirkte so abgespannt und angeschlagen. Seine dunklen Haare lagen zerzaust auf der abgenutzten Lehne der Couch. Um seinen Mund zogen sich tiefe Sorgenfalten.

Als sie die Suppe fertig hatte, schlief Brett bereits tief und fest – und schnarchte. Lächelnd schlich sie zu ihm hinüber und breitete eine Decke über ihn. „Du bist zwar unmöglich, aber ich liebe dich“, flüsterte sie.

„Wirklich?“ Schlagartig öffnete er die Augen, schnappte sich ihr Handgelenk und zog Bethany zu sich. Für einen Moment blickte sie ihm in die tiefblauen Augen und stellte sich vor, wie ein Leben ohne ihn aussehen würde. Ohne ihn schien die Zukunft so kalt und leer zu sein wie die langen Winternächte.

Schwer atmend wandte sie das Gesicht ab. „Es wäre so viel einfacher, wenn ich dich hassen könnte.“

Er lächelte schief. „Aber es würde nicht halb so viel Spaß machen.“ An ihrem Handgelenk zog er sie zu sich und berührte mit seinen Lippen ganz sachte ihren Mund. „Schlaf mit mir, Bethany“, forderte er sie auf.

„Ich soll einfach vergessen, dass du mich angelogen hast?“

„Ich habe nicht gelogen.“ Er eroberte ihren Mund und küsste sie, dass ihr beinahe Hören und Sehen verging.

„Du hast nur ein paar Fakten ausgelassen“, flüsterte sie atemlos. „Aber das ist das Gleiche.“

„Überhaupt nicht“, widersprach er. Kurz sah er ihr direkt in die Augen, bevor er seine Aufmerksamkeit auf ihren Körper lenkte. Er kostete die süß duftende Haut an ihrem Hals, strich sanft über ihren Nacken. Fast schon greifbar erschien ihm das erotische Prickeln, das sich zwischen ihnen ausbreitete. Seine Finger in ihrem Haar, schloss er die Augen und genoss einfach das schöne Gefühl, dass ihr Körper an ihn geschmiegt war. „Vielleicht sollten wir für immer hierbleiben.“

„Sicher nicht.“

„Nein?“ Er hauchte einen Kuss auf ihren Hals.

„Nein“, gab sie zurück – aber sie schwankte. Den Rest ihres Lebens mit Brett zu verbringen war alles, was sie wollte. Sie spürte, wie seine Hände den Weg unter ihren Pulli fanden, wie er mit seinen sinnlichen Fingern über ihre Haut streichelte, ihre Brüste umfasste. „Brett, bitte …“

Aber er reagierte nicht darauf. Stattdessen hielt er sie, schob gekonnt ihren Pullover hoch. Schließlich zog er sie enger an sich, sodass er mit dem Mund die Spitze ihrer Brust liebkosen konnte. Aufreizend langsam begann er, daran zu saugen. Bethany spürte, wie sich das vertraute Verlangen tief in ihrem Inneren aufbaute. Ein Verlangen, das nur er stillen konnte.

„Brett“, flüsterte sie und protestierte nicht mehr, als er ihr den Pulli auszog.

Am folgenden Morgen kochte Bethany vor Wut. Brett war noch immer verwundet, ja. Auf dem Verband an seiner Schulter breitete sich ein tiefroter Fleck aus. Aber trotzdem wollte er einfach nicht nachgeben.

„Morgen muss ich wieder in die Schule!“, rief sie wohl zum tausendsten Male.

„Vergiss es. Wir gehen nicht zurück. Noch nicht“, stellte er unmissverständlich klar. „Es ist zu gefährlich. Die Zeitungen sind vermutlich voll mit der Geschichte von Karl Weathers' Verhaftung.“ Er schlüpfte in die Ärmel seines Flanellhemdes und zuckte leicht zusammen, als der Stoff seine Schulter berührte.

„Es ist also an dem Ort sicherer, wo man ihn erwischt hat?“, konterte sie scharf. „Ach, hör schon auf. Ich muss zurück an die Arbeit, und du brauchst einen Arzt!“

„Mir geht es gut“, knurrte er.

„Ja, klar. Du bist Superman und Dick Tracy in einer Person!“, rief sie sarkastisch. „Wir hatten eine Abmachung, erinnerst du dich? Zwei Wochen! Die Zeit ist abgelaufen.“

Er kniff die Augen zu schmalen Schlitzen zusammen, blickte aus dem Fenster und wieder zu ihr zurück. „Wir können nicht gehen.“

„Uns bleibt keine andere Wahl, Brett“, sagte sie genervt, und ihre Augen funkelten. „Ich würde ja gerne hierbleiben und so tun, als würde der Rest der Welt nicht existieren. Aber das geht nicht. Ich habe ein Zuhause – das inzwischen wahrscheinlich ein einziger Schrotthaufen ist – und Verpflichtungen in Portland. Unter anderem habe ich einen Job. Einen guten Job! Einen Job, der mich erfüllt.“

„Und was ist mit Grant?“

„Ich kann nicht für den Rest meines Lebens davonlaufen.“ Sie sah ihm tief in die Augen. „Die Vergangenheit lässt sich nicht mehr ändern. Das letzte Jahr habe ich damit verbracht, mich vor dem, was mal mein Leben war, zu verstecken", versuchte sie zu erklären. „Ich habe zugelassen, dass ihr – du, Grant und Jim Benson – mein Leben bestimmt. Ich habe mich in Portland wie in einem Mauseloch verkrochen und hatte Angst, meinem Arbeitgeber zu sagen, dass ich Grant Mills' Exfrau bin. Das ist jetzt vorbei! Es ist Zeit, dass ich akzeptiere, dass mein Exmann ein Schwindler und ein Dieb ist. Und dass diese Tatsache mich und mein heutiges Leben nicht länger beeinträchtigen darf." Kämpferisch hob sie den Kopf und schüttelte sich das Haar aus dem Gesicht. „Ich möchte nach Hause, Brett."

Nachdenklich fuhr er sich durchs Haar und spitzte die Lippen. „Und danach?"

„Das weiß ich noch nicht."

„Was ist mit uns?"

Sie spürte, wie ihr Kinn zu zittern begann, schaffte es aber, seinem Blick zu begegnen. „Auch das weiß ich nicht. Du hast dich verpflichtet, meinen Exmann aufzuspüren. Du würdest alles tun, um ihn hinter Schloss und Riegel zu bringen. Das kann ich verstehen. Aber was ich nicht verstehe, was mir nicht im Entferntesten einleuchtet, ist, warum du dachtest, du müsstest mich hintergehen, damit ich dir helfe."

Er lehnte sich gegen die Wand. „Das schien mir damals notwendig zu sein."

„Damit ich dir vertraue?"

„Ja."

„Hat gut funktioniert, nicht wahr?", sagte sie traurig, während sie ihre Sachen zusammenpackte und in ihren Koffer warf. „Ich habe dir mein Leben anvertraut."

„Und jetzt?"

„Ich weiß nicht, was ich denken soll. Außer, dass ich ein

Leben habe, das in Portland auf mich wartet. Ich will – und ich muss – nach Hause!“

Als Antwort darauf drückte er sich von der Wand ab und griff nach seiner Jacke. „Na gut, Bethany. Du hast gewonnen. Du willst zurück nach Portland, und ich bin es leid, mit dir zu streiten. Ich packe meine Sachen zusammen, und dann können wir in fünfzehn Minuten los. Zufrieden?“

„Ja“, antwortete sie. Aber als sie ihren Blick ein letztes Mal durch die Hütte wandern ließ, fragte sie sich, warum sie das Gefühl hatte, sie hätte gerade die Tür zu ihrem Glück für immer zugeschlagen.

Schlecht gelaunt folgte Brett in seinem Jeep Bethany, die ihren Wagen abgeholt hatte, in die Einfahrt. Dicke Regentropfen platschten auf die Windschutzscheibe seines Autos. Die wenigen bunten Weihnachtslichter, die von den Nachbarhäusern herüberleuchteten, waren nur verschwommen zu sehen.

Bethanys Haus wirkte seltsam ohne den Schnee, der vor wenigen Tagen noch hier gelegen hatte. Blattlose Ahornbäume und riesige Tannen hoben sich groß und kahl gegen den trüben grauen Horizont ab. Der Schneematsch, mittlerweile mit Schmutz und feuchten Blättern bedeckt, türmte sich am Straßenrand.

„Trautes Heim, Glück allein“, flüsterte Bethany, als auch Brett den Motor abstellte. Sie stieg aus ihrem Toyota aus, ging hinüber zum Jeep und öffnete die Tür. Winston sprang sofort heraus.

„Du musst nicht hierbleiben, das weißt du.“ Brett nahm ihre Taschen und folgte Bethany ins Haus.

„Doch, das muss ich.“ Sie schloss die Garage auf und lief in die Küche. Das Haus sah noch genauso aus, wie sie es verlassen hatte. Das Herz tat ihr weh, als sie das Chaos erblickte. Auf was hatte sie sich da nur eingelassen?

Aber sie wollte sich nicht länger unterkriegen lassen. Entschlossen bahnte sie sich einen Weg durch das Durcheinander, nahm das Telefon und wählte. Nach dem dritten Klingeln ging jemand ran.

„Hallo?“

„Dad!“

„Bethie!“, rief er und wandte sich im nächsten Augenblick mit gedämpfter Stimme an seine Frau: „Eleanor, es ist Bethany. Geh um Himmels willen sofort an den anderen Apparat!“

„Bethany?“, fragte ihre Mutter.

„Hi, Mom.“

„Wo warst du denn? Ski fahren?“

„Das nicht gerade“, antwortete Bethany ausweichend. „Aber ich war ein paar Tage in den Bergen. Ich habe auch versucht, euch von dort zu erreichen.“

„Wir haben uns große Sorgen gemacht, als wir hörten, dass bei dir eingebrochen wurde ...“

„Es ist alles in Ordnung, wirklich“, beruhigte Bethany ihre Mutter.

„Und du?“

„Mir geht es gut.“ Sie warf einen Blick zu Brett und lächelte.

„Da fällt mir ein Stein vom Herzen“, sagte ihre Mutter seufzend. „Ich habe mir wirklich Sorgen gemacht, aber dein Vater, na ja, er dachte, du wärst vielleicht in Skiurlaub gefahren.“

„Ganz so war es nicht“, begann Bethany vorsichtig.

„Ach?“ Ihr Vater räusperte sich. „Es hat doch nichts damit zu tun, dass Karl Weathers in Washington vom FBI geschnappt wurde, oder? Wir haben darüber in der Zeitung gelesen, aber es wurden nicht viele Einzelheiten genannt."

Bethany entschied sich, ihnen gleich alles zu beichten. „Ich hatte hier etwas Ärger. Mein Haus wurde verwüstet, und ich bin in die Berge gefahren, mit einem ...", zögernd blickte sie zu Brett. Er hatte sich gesetzt, die Füße auf einen Stuhl gelegt, und belauschte ihre Unterhaltung. „... mit einem Freund", vollendete sie ihren Satz.

„Was zum Teufel ist bei dir los?", wollte Myron wissen.

Vorsichtig informierte Bethany ihre Eltern über die Geschehnisse, einschließlich ihrer Rolle bei der Verhaftung von Karl Weathers. Allerdings verharmloste sie dabei die Gefahr, ihre Beziehung zu Brett sowie die Tatsache, dass sie das Gefühl hatte, dass ihr Leben völlig umgekrempelt worden war. Ihre Eltern hörten ihr wortlos zu.

„Jetzt reicht's!", rief ihr Vater wütend. „Du kommst sofort nach Hause, und sobald du hier bist, werde ich diesem Benson mal meine Meinung geigen!"

Gequält schloss Bethany die Augen und rieb sich die Stirn. „Nein, Dad. Ich bleibe hier. Ich muss das Durcheinander hier aufräumen und morgen in die Schule. Außerdem kann ich nicht immer nach Idaho zu euch zurückgelaufen kommen, sobald etwas schiefgeht."

„Aber wir sprechen hier nicht von irgendeinem Allerweltsproblemchen!", erinnerte ihr Vater sie.

„Ich weiß, aber ..."

„Immer, wenn ich an Grant denke und an das, was er dir alles angetan hat, dann sehe ich einfach rot! Wenn ich diesen Mistkerl jemals wiedersehe, dann bringe ich ihn um!", fuhr er ihr dazwischen.

Allmählich bekam Bethany Kopfschmerzen. „Dad, bitte. Ich habe euch nur angerufen, um euch zu informieren, was hier los war und dass es mir gut geht."

„Geht's dir wirklich gut, Bethany?", vergewisserte sich ihre Mutter, konnte aber die Sorge in ihrer Stimme nicht verbergen.

Bethany lächelte und blickte auf die umgeworfenen Möbel, den schmutzigen Teppich, die Verwüstung überall im Haus. „Natürlich, Mom", schwindelte sie. „Jetzt hört mal: Ich komme euch in den Frühlingsferien besuchen – egal, was passiert."

„Versprochen?"

„Versprochen!"

„Nun gut."

„Wiedersehen", sagte Bethany und lächelte traurig.

„Das war aber eine gute Geschichte", bemerkte Brett, sobald sie aufgelegt hatte.

„Das war keine Geschichte." Ohne weiter darauf einzugehen, rollte Bethany die Ärmel hoch und begann, die Möbel wieder aufzustellen. Während sie den Boden kehrte und staubsaugte, brachte Brett neue Schlösser an, trug den Müll nach draußen und baute das Bett zusammen.

„Was soll ich damit machen?", fragte er und deutete auf den ramponierten Weihnachtsbaum. Der Boden ringsum war übersät mit braunen Nadeln und abgebrochenen Zweigen.

„Ich nehme den Baumschmuck ab, und dann kannst du ihn rausbringen", sagte sie und schüttelte den Kopf beim Anblick der kleinen Tanne. „Das sorgt nicht gerade für weihnachtliche Stimmung, was?"

„Nein. Aber Weihnachten ist ja auch vorbei."

Seufzend nickte sie. „Das stimmt. Und ein neues Jahr hat begonnen. Hoffen wir nur, dass es besser als das letzte wird."

„Ich weiß ja nicht", sagte Brett gedehnt. „Ich finde, das

letzte Jahr hatte durchaus auch ein paar gute Seiten." Mit einem äußerst anziehenden Lächeln auf den Lippen kam er zu ihr herüber und legte seine Arme um ihre Taille. Er zog sie an sich, neigte den Kopf und küsste sie. Sein Mund fühlte sich sanft und warm an.

„Was machst du denn da?", flüsterte sie.

„Pscht ..." Mit beiden Händen strich er ihr über den Rücken, hielt sie fest in seinen starken Armen, um sie erneut zu küssen.

Mit einem Stöhnen ließ sie sich gegen ihn sinken. Für den Moment wollte sie einfach nur vergessen, dass er allzu bald wieder verschwinden würde – um Grants Fährte aufzunehmen.

Schon bald wurden die Zärtlichkeiten immer stürmischer. Mit zunehmender Begierde zog er sie enger an sich. Seine Lippen waren fordernd und hungrig zugleich. Unablässig streichelte er sie, und sein Kuss war so leidenschaftlich, dass er ihr den Atem raubte.

Unwillkürlich schlang sie die Arme um seinen Nacken. Kein Wort des Protestes kam über ihre Lippen, als er sie hochhob und ins Schlafzimmer trug. Auch wenn er sie getäuscht und benutzt hatte – es war ihr egal. Diese eine letzte Nacht wollte sie sich ihm mit Haut und Haaren hingeben.

Sachte legte er sie auf die Tagesdecke und entkleidete sie behutsam. Von dem dunkelblauen Untergrund hob sich ihre helle Haut noch deutlicher ab. Brett legte sich zu ihr auf das Bett. „Was soll ich nur mit dir machen?", flüsterte er und strich zärtlich eine Locke von ihrer Wange.

Seine Berührung ließ Bethany erzittern. Tief blickte sie ihm in die Augen. „Das Gleiche habe ich mich auch gefragt."

Er streichelte über ihre Schultern, dann langsam an ihrem

Körper hinab, bis er seine Hand auf ihrer Taille ruhen ließ. „Ich habe niemals erwartet, noch einmal so etwas zu fühlen."

„Noch einmal?"

„Das war vielleicht der falsche Ausdruck." Er sah in die dunklen Tiefen ihrer grüngoldenen Augen. „Nach Roberta …"

„Oh." Traurigkeit stahl sich in Bethanys Herz. „Deine Frau."

„Ja." Einen Moment lang war sein Blick wie entrückt. „Nach ihrem Tod habe ich mir geschworen, dass ich mich nie mehr mit einer Frau einlassen würde. Dass ich mich nie mehr so einem Schmerz aussetzen würde." In seiner Miene spiegelte sich bei dieser Erinnerung seine Trauer wider. Er schloss die Augen und schüttelte den Kopf. „Das Schlimmste daran war, dass ich nichts tun konnte. Sie war allein, als es passierte. Ich war unterwegs und habe an einem Fall gearbeitet." Sein Blick verdunkelte sich. „Und dann wollte ich diesen Bastard, der das getan hat, aufspüren und zur Rechenschaft ziehen."

„Aber das hast du nicht?"

„Nein. Es gab nicht einmal ausreichend Hinweise, wer der Täter gewesen sein könnte."

„Trotzdem denkst du, dass es ein Unfall war, oder?"

„Ich hoffe doch. Ich hoffe nicht, dass es irgendein Kerl war, den ich ins Gefängnis geschickt habe. Der auf freien Fuß gesetzt wurde und sich dann an mir rächen wollte." Er ließ sich auf das Kissen zurückfallen und blickte starr an die Decke. „Es gab einfach keinen Anhaltspunkt."

Zögerlich berührte Bethany seine Wange. „Und seitdem fühlst du dich dafür verantwortlich, nicht wahr?"

Er zuckte mit den Schultern. „Ich weiß es nicht. Vielleicht", sagte er nachdenklich. „Als sie starb, habe ich mir jedenfalls geschworen, dass ich keine Frau mehr so nah an mich heranlasse." Er wandte seinen Blick von der Decke ab und sah ihr tief in die Augen. „Aber bei dir habe ich das getan." Seufzend strich er ihr mit der Hand über die Wange. „Ich hatte nicht geplant, mich in dich zu verlieben, Bethany, aber ich konnte einfach nicht anders."

„Soll ich mich jetzt besser fühlen?", fragte sie.

„Es ist einfach die Wahrheit." Er drehte sich zu ihr um und schlang die Arme um sie. „Ich wünschte nur, dass alles in meinem Leben so einfach wäre, wie dich zu lieben." Die Leidenschaft flammte erneut auf, als Brett sie innig küsste. Bethanys Herz raste.

Bedrückt schmiegte sie sich an ihn. Obgleich sie keinerlei Zweifel hatte, dass Brett sie liebte oder dass er es zumindest dachte – eines war ihr sehr wohl bewusst: Solange Grant, ob tot oder lebendig, nicht gefunden war, würde er immer zwischen ihnen stehen.

Brett lauschte Bethanys regelmäßigem Atmen und lächelte. Den Arm hatte er um ihre Schultern gelegt. Als er sie enger an sich zog, spürte er, wie sie sich neben ihm bewegte und sich an seine Brust schmiegte. Allein die Berührung ihrer Haare auf seiner nackten Haut reichte aus, um ein sinnliches Verlangen in ihm auszulösen.

Nun, da er wieder in Portland war, musste er Grants Fährte aufnehmen. Leider standen ihm kaum Hinweise zur Verfügung. Natürlich gab es da Karl Weathers' Angaben zu Mills' Aufenthaltsorten. Aber Karls Aussage erschien ihm ziemlich weit hergeholt – vermutlich hatte Karl sogar schlichtweg gelogen. Als mögliche Spuren blieben Brett dann noch Grants Pseudonym Howard Sparks und die Tatsache, dass Grant sich gerne draußen aufhielt als Bergsteiger und

Rodeofan. Lauter Anhaltspunkte ohne jede Verbindung. Er schloss die Augen und überlegte noch einmal sorgfältig. Vielleicht ergab sich etwas, wenn er seine Informationen und das, was Greg Connelly herausgefunden hatte, überprüfte. Sein Freund Greg Connelly, der Privatdetektiv, hatte ja versprochen, sich den Fall mal anzusehen. Doch es war auch gut möglich, dass das alles zu nichts führte …

Er spähte auf die Uhr und verzog das Gesicht. Zehn nach sechs. Draußen hörte er die ersten Autos den Hügel hinunterfahren. Das Motorengeräusch brach störend die Stille. Bethany bewegte sich und seufzte an seiner Brust auf, bevor sie wieder einschlief. Brett drückte ihr einen Kuss aufs Haar und entspannte sich. Noch ein paar Minuten neben ihr im Bett liegen – dann würde er aufstehen und den Tag angehen.

„Ich gehe in die Schule, und damit basta!“ Bethanys Augen funkelten vor Wut, als sie einen prüfenden Blick auf ihre Armbanduhr warf. Sie würde zu spät kommen! Seufzend zog sie ihre Stiefel an und schlüpfte in ihren Mantel. „Zweiundzwanzig Schüler, ein Rektor und zahllose Eltern erwarten von mir, dass ich komme!“

Brett setzte sich mit seiner Tasse Kaffee rittlings auf einen Küchenstuhl und beobachtete sie. „Was, wenn es nicht sicher ist?“

„Ich gehe bloß in die Johnson Elementary School – ich ziehe nicht in die Schlacht“, betonte sie und setzte sich eine Mütze auf. „Hör mal, manche Menschen müssen für ihren Lebensunterhalt arbeiten gehen. Wenn du also freundlicherweise dein Auto zurücksetzen könntest, damit ich meines aus der Garage fahren kann …“

„Das gefällt mir gar nicht“, murmelte er.

Lächelnd legte sie ihm die Hand auf die Schulter. „Ich

weiß. Aber es sind schon weit mehr als zwei Wochen – unsere Abmachung ist längst abgelaufen. Erinnerst du dich? Ich bin es leid, mich ständig zu verstecken. Außerdem sind die Weihnachtsferien seit gestern zu Ende."

Mit widerwilliger Miene leerte er seine Tasse, stellte sie auf den Tisch und stand auf. „Okay. Mach, was du willst. Aber sei bitte vorsichtig."

„Und was machst du heute?"

Er spitzte die Lippen. „Ich habe auch einen Job zu erledigen."

Kurz glaubte Bethany, ihr Herz würde aussetzen. „Du … Bist du noch hier, wenn ich nach Hause komme?"

Einen Moment lang blickte er sie starr an und rieb sich das Kinn. „Das kommt darauf an."

„Worauf?"

„Auf das, was ich heute erfahre." Er griff nach seiner Jacke und zog sie über. „Ich muss mich mit ein paar Leuten unterhalten."

„Jim Benson?", fragte sie.

„Mit dem auch", gab er zu.

Bethany spürte einen Hauch von Enttäuschung in sich aufsteigen. „Ich nehme an, du wirst ihn nicht bitten, dich von diesem Fall abzuziehen."

„Das kann ich nicht."

„Kannst du nicht oder willst du nicht?"

Brett kniff die Augen zusammen, sodass seine Wangenknochen stärker hervortraten. „Ist es das, was du willst? Dass ich den Fall hinwerfe und Grant in Ruhe lasse?"

„Ich weiß es nicht, Brett", räumte sie ein. Sie war dieses ganze verdammte Durcheinander so leid! „Ich weiß es einfach nicht." Damit begab sie sich in die Garage.

Brett folgte ihr und schloss die Tür hinter sich. Bevor sie

ins Auto einsteigen konnte, griff er nach ihrem Arm. „Du bist vorsichtig, okay?“

„Okay.“

Er neigte den Kopf, küsste zum Abschied ganz sanft ihre Lippen und verließ die Garage. Im Rückspiegel beobachtete sie, wie er den Jeep anließ und rückwärts aus der Auffahrt fuhr.

„Er kommt zurück“, beruhigte sie sich selbst. „Heute Abend kommst du nach Hause, und er wird hier auf dich warten.“ Trotzdem zitterten ihre Hände so stark, dass sie den Schlüssel nur mit Mühe in die Zündung stecken konnte. Nervös startete sie den Motor.

Eine halbe Stunde später betrat Bethany das Klassenzimmer. Mit einem Blick auf die Weihnachtsdeko an den Wänden entschied sie, sich sofort an die Arbeit zu machen. Hier in Portland musste sie wieder in die vertrauten Abläufe zurückfinden. Und Kinder zu unterrichten gehörte eben auch zu ihrem Alltag.

Je weniger sie an Weihnachten und an die Zeit dachte, die sie alleine mit Brett verbracht hatte, desto besser. Fast erschien es ihr, als hätte sie sich die Tage mit Brett in der schneebedeckten Wildnis nur eingebildet. Als wäre es jemand anderem passiert.

Hier war sie nun … zurück in der Schule. Es war ganz alleine Bretts Sache, wofür er sich entschied. Obwohl sie ihn von ganzem Herzen liebte, wusste sie, dass ihre Zeit fast abgelaufen war. Sobald er Grant gefunden hätte – falls Grant wirklich noch lebte –, würde Brett verschwinden und sein Einsiedlerdasein in den nördlichen Kaskaden wieder aufnehmen.

Entschlossen legte sie Mütze und Mantel ab und hängte beides in den Schrank. Nachdem sie die Schuhe ausgezogen hatte, kletterte sie auf einen Tisch und begann, den Schmuck von der Wand zu nehmen. Die Weihnachtsdeko verstaute sie sorgfältig in zwei Kisten: In eine kamen die Weihnachtskränze, in die andere die Rentiere.

Als sie wieder aufblickte, sah sie, wie Marianne mit zwei Tassen Kaffee den Raum betrat.

„Bist du also am Ende doch noch zurückgekommen“, sagte Marianne und grinste breit. „Lass Chris nur nicht sehen, dass du auf dem Tisch rumturnst! Der bekommt sonst noch einen Anfall. Gerade startet er nämlich einen großen Feldzug, um die Versicherungsprämien für die Schule zu senken.“ Sie lachte auf.

„Das ist ja schließlich seine Aufgabe.“

„Lass es ihn nur nicht sehen“, neckte Marianne sie.

„Werde ich nicht. Außerdem turne ich hier nicht. Ich hatte nur keine Zeit, die Leiter zu holen.“ Bethany sprang vom Tisch und griff nach der Tasse, die Marianne ihr reichte. „Danke. Den kann ich brauchen.“

„Das dachte ich mir.“ Marianne lehnte sich gegen Bethanys Pult, und ihr Wollpullover spannte sich über ihrem runden Bauch. „Erzähl mal, was hast du in den Ferien gemacht?“

„Das würdest du mir sowieso nicht glauben“, wiegelte Bethany ab.

„Probier's doch mal“, beharrte sie.

Nach einem großen Schluck Kaffee blickte sie ihrer Freundin ins Gesicht und lächelte. „Also gut. Wie wär's damit? Würdest du glauben, dass ich entführt, in eine entlegene Hütte verschleppt und mit einem attraktiven, geheimnisvollen Fremden dort gefangen war, während ein Schneesturm über uns tobte?“

„Würde ich.“ Das neckische Funkeln verschwand aus Mariannes dunklen Augen.

„Ernsthaft?"

„Ich sollte wohl besser auspacken", erwiderte Marianne und drehte ihre Tasse nervös in den Händen. „Nachdem du unser Fest verlassen hattest, habe ich mir große Sorgen um dich gemacht. Schließlich hast du nicht so ausgesehen, als würdest du dich freuen, dass Brent oder wie er auch heißt …"

„Brett."

„Richtig. Dass er aufgetaucht ist. Jack meinte zwar, dass ich mich lächerlich mache, aber ich konnte nicht anders. Also habe ich ein paar Tage lang versucht, dich zu erreichen. Aber du bist nie rangegangen. Da ich von Natur aus neugierig bin und besorgt war, fuhr ich zu dir nach Hause. Dort haben mich dann ein paar Polizisten begrüßt und mich höflich, aber nachdrücklich abwiesen. Als ich fragte, wo du denn seist, sagten sie nur, dass es dir gut ginge. Dann traf ich zufällig dieses kleine Mädchen … Janey?

„Jenny", korrigierte Bethany, die immer erstaunter zuhörte. Sie hatte gar nicht mehr an die Polizisten oder ihre Nachbarn gedacht. Geschweige denn an das, was die kleine Jenny wohl über ihr zertrümmertes Haus und ihr übereiltes Verschwinden denken könnte.

„So hieß sie. Ja. Sie war krank vor Sorge um dich und einen kleinen Welpen namens …" Hilflos fuchtelte Marianne mit den Händen. „Ach, ich hab's vergessen."

„Winston." Bethany quetschte sich in einen der kleinen Stühle und nippte an ihrem Kaffee. „Ich hätte mit Jenny reden sollen, bevor ich verschwunden bin."

Marianne nickte. „Jedenfalls habe ich anschließend mit der Mutter der Kleinen gesprochen."

„Und?"

„Wir haben nur festgestellt, dass wir beide nicht wussten, wo du warst. Ich habe sogar kurz überlegt, ob ich einfach deine Eltern anrufen soll. Die Nummer hätte ich ja hier in der Personalakte nachsehen können. Ich habe es dann aber doch nicht getan, um sie nicht zu beunruhigen."

„Was sicherlich passiert wäre", stimmte Bethany zu und überlegte, dass ihr Leben ein einziges Durcheinander war. Wie hatte sie je glauben können, dass sie einfach nach Hause kommen und so tun könne, als sei nichts gewesen? Alles, wirklich alles, war plötzlich auf den Kopf gestellt – und Brett trug die Schuld daran. Na ja, Brett, Jim Benson, die First Security und natürlich Grant. Bethany zwang sich, mit ihrer Arbeit fortzufahren. In weniger als zwanzig Minuten würde es in diesem Zimmer nur so von überdrehten Fünf- und Sechsjährigen wimmeln.

„Ich wollte deine Familie nicht mit schlechten Nachrichten erschrecken", sagte Marianne, „aber ich war ehrlich beunruhigt."

„Ich weiß. Ich hätte anrufen sollen, aber es war kein Telefon in der Nähe. Es ist eine lange und komplizierte Geschichte. Aber jetzt bin ich ja zurück. Beizeiten würde ich dir die Geschichte gerne erzählen."

„Jederzeit", erwiderte Marianne und wandte sich zur Tür.

„Komm nach dem Unterricht wieder, ja?"

„Mach ich. Ach ... Bethany?"

„Ja?"

Marianne zögerte, fühlte sich sichtlich unwohl. Aber schließlich überwand sie ihr Unbehagen und rief: „Zur Hölle damit!" Sie öffnete ihre Handtasche und reichte Bethany daraus einen zerknitterten Zeitungsausschnitt. „Jack liest wirklich jede Seite der Zeitung", versuchte sie zu erklären. „Er hat das hier gesehen und dachte, dass es vielleicht mit dir und deinem Verschwinden zusammenhängt." Marianne setzte sich auf einen der kleinen Tische.

Starr blickte Bethany auf das Papierstück in ihrer Hand. Es war ein Artikel über die Gefangennahme von Karl Weathers. Der Ausschnitt informierte darüber, dass Brett Hanson, ein Privatdetektiv, und die Frau des mutmaßlichen Verbrechers Grant Mills' daran beteiligt waren, Karl Weathers der Polizei auszuliefern.

„Toll“, flüsterte Bethany, der alle Farbe aus dem Gesicht gewichen war. Sie zerknüllte den Bericht in ihrer Hand und sah in Mariannes besorgtes Gesicht. „Dann kann ich wohl annehmen, dass unser Rektor das hier auch gesehen hat?“

„Vermutlich ja. Aber Chris hat mir gegenüber nichts erwähnt.“

„Na wunderbar!“, murmelte Bethany. In dem Augenblick strömten die ersten Schüler unter aufgeregtem Geschnatter ins Klassenzimmer.

Greg Connellys Lebensumstände hatten sich offenbar verschlechtert. Brett sah sich in dem alten Haus um, als er an die schäbige Tür des Apartments klopfte. Nur eine einzelne Glühbirne, die nackt vom Draht baumelte, beleuchtete den Außenkorridor. Von den Wänden blätterte die Farbe ab.

Er klopfte erneut, dieses Mal allerdings energischer.

„Immer langsam mit den jungen Pferden! Ich komme ja schon!“

Ein paar Sekunden später wurde die Tür geöffnet. Brett hätte Greg beinahe nicht wiedererkannt: Die Augen waren blutunterlaufen, sein dichtes grau meliertes Haar zottig und ungekämmt. Einst war Greg einer der besten Detektive Portlands gewesen. Doch seit seine Frau und sein Kind vor ein paar Jahren ums Leben gekommen waren, hatte Greg, der sich die Schuld daran gab, den Schmerz mit Alkohol betäubt – und sein ganzes Leben zerstört.

„Guten Morgen“, grüßte Brett gedehnt. Greg ging zur Seite und bedeutete ihm mit einer einladenden Handbewegung, einzutreten.

„Ist er das?“

Das Apartment war nur etwas besser als eine Bruchbude: drei Zimmer mit schmuddeligen grünen Wänden, rissigen Linoleumböden und spärlichen, dick gepolsterten Sitzgelegenheiten, die vor Abnutzung schon glänzten und voller Flecken waren.

„Mann, du stehst ja mit den Hühnern auf“, sagte Greg und goss ihnen Kaffee ein. Er trug ausgeblichene Jeans und ein zerknittertes T-Shirt sowie Slipper ohne Socken. Nachdem er den Blechtopf wieder auf den Herd gestellt hatte, strich er sich das ergraute Haar aus den Augen.

„Ich fange eben gerne früh an.“

Greg gab einen missmutigen Ton von sich. „Weißt du denn nicht, dass der Tag nicht vor elf Uhr beginnt?“, erkundigte er sich. „Wie trinkst du deinen Kaffee?“

„Schwarz.“

„Gut. Ich habe sowieso keinen Zucker, und die Milch ist sauer.“ Als Greg nun zynisch grinste, schien ihn das so sehr anzustrengen, dass er sich abstützen musste. Er stellte Bretts Tasse auf den verschrammten Tisch und hievte sich selbst auf den Tresen, während Brett auf dem einzigen Stuhl Platz nahm. „Du willst wohl wissen, was ich über Grant Mills herausbekommen habe.“

Brett lehnte sich zurück und nahm einen Schluck vom bitteren Kaffee. „Richtig. Also, was hast du in Erfahrung gebracht?“

„Nicht viel. Von der Polizei habe ich erfahren, dass Karl Weathers das Haus von Mills’ Frau verwüstet hat.“

„Exfrau“, verbesserte Brett ihn.

Gleichgültig hob Greg die Schultern. „Wie auch immer. Jedenfalls konnte die Polizei im Haus ein paar Fingerabdrücke sicherstellen. Also fing ich an, nach Karl zu suchen."

„Dabei hast du herausgefunden, dass er schon in Gewahrsam ist."

„Richtig. Du bist mir zuvorgekommen." Greg grinste. „Schon wieder."

„Was hast du noch?"

„Ich habe Karls Geschichte überprüft. Es scheint so, als sagte er die Wahrheit. Mills wurde tatsächlich in Vancouver, an der Westküste der kanadischen Provinz British Columbia, gesichtet. Dort konnte er einige Pfandbriefe veräußern, bevor er den Weg in den Süden aufnahm. Als Nächstes wurde er in Seattle gesehen und dann in der Nähe von Lake Shasta in Kalifornien. Der alte Junge scheint ganz schön herumzukommen."

Brett erwiderte Gregs Blick. „Sag mir etwas, das ich noch nicht weiß."

„Der letzte Ort, an dem Grant Mills gesehen worden sein soll, war Redding in Kalifornien."

„Wann?"

„Letzte Woche. Und zwar bevor die Neuigkeiten über Karl die Runde machten."

„Bist du dir sicher?"

„So sicher man sein kann. Ich habe einen ... ‚Freund' beim FBI."

„So eine Information weiterzugeben könnte ihn seinen Job kosten", dachte Brett laut, während er seinen Freund eingehend musterte.

„So läuft dieses Spiel eben. Das weißt du so gut wie ich. Eine Hand wäscht die andere." Greg glitt vom Küchentresen und rieb sich die schmerzenden Muskeln. „Wir haben eine

Abmachung. Ich helfe ihm, und wenn ich Hilfe brauche, hilft er mir."

„Du bist ein Informant?"

Greg schnaubte. „Sagen wir, ein bezahlter Informationssammler. Natürlich inoffiziell."

„Natürlich", murmelte Brett. „Wie praktisch."

„Das ist es manchmal."

„Wieso hat das FBI Mills dann noch nicht festgenommen?"

„Der Teufel entwischt uns immer wieder."

„Benutzt er einen Decknamen?"

„Keine Ahnung."

„Was ist mit dem Namen Howard Sparks? Sagt er dir etwas?"

Greg schüttelte den Kopf. „Sollte er das?"

Mit der Hand fuhr sich Brett über den Nacken. „Ich weiß nicht", entgegnete er und klang dabei sehr müde. „Aber vielleicht ..." In seinem Kopf begann es zu arbeiten.

Nachdem Greg sich eine weitere Tasse Kaffee eingeschenkt hatte, holte er eine Flasche Whiskey aus einem der Schränke über dem fettverschmierten Herd hervor. Er schwenkte die Flasche in Bretts Richtung. „Willst du auch einen?", fragte er und gab sich einen ordentlichen Schuss in den Kaffee.

„Zu früh."

„Niemals."

„Vielleicht nächstes Mal." Brett stand auf und wandte sich zum Gehen. „Vielen Dank für deine Hilfe."

„Du musst dich nicht bedanken. Vergiss nur nicht, dass wir jetzt quitt sind."

„Wenn ich Mills wegen deiner Informationen finde, dann schulde ich dir etwas", erwiderte Brett und hielt schon die Türklinke in der Hand.

Ein schiefes Lächeln zeigte sich auf Gregs Gesicht. „Das höre ich doch gerne. Vielleicht bist du ja an einer Partnerschaft interessiert?"

„Mit dir?"

„Wieso nicht?"

Brett warf einen abschätzigen Blick auf die Flasche. „Im Augenblick nicht. Ich bin ausgestiegen."

„Aber klar doch. Deshalb wolltest du auch Auskünfte über Mills", spöttelte Greg, lächelte seinen Freund aber an. „Na, mach schon, raus hier."

„Wir sehen uns."

„Ja."

„Und Greg?"

„Was denn?"

„Pass auf dich auf."

„Das mach ich immer", gab Greg zurück und hob zum Abschied seine Tasse.

Brett stieg die Treppe hinunter und trat nach draußen. Regen trommelte auf Portlands Straßen, und in den Rinnsteinen hatten sich kleine Bäche gebildet. Gegen den Wind und die Feuchtigkeit konnte er seinen Kragen hochschlagen. Doch für Greg konnte er nicht viel tun: Frau und Kind zu verlieren war unglaublich schwer. Brett hatte sein eigenes Leben beinahe aufgegeben, als Roberta umgekommen war. Glücklicherweise hatte er es aber wieder in den Griff bekommen. Doch Greg hatte nicht so viel Glück gehabt.

Er überquerte die Straße, sprang in seinen Jeep und entschied sich, direkt zum Flughafen zu fahren. Je schneller er Mills aufspürte und seine Schulden bei der First Security beglich, desto früher konnte er zu Bethany zurückkehren, ohne dass noch ein Hindernis zwischen ihnen stand. Er hielt an der nächsten Telefonzelle und rief in der Schule an. Da Bethany noch im Unterricht war, hinterließ er bei der Sekretärin eine Nachricht für sie.

Im Stillen ärgerte er sich darüber, sie nicht persönlich erreicht zu haben, kletterte in seinen Jeep und fuhr zum Internationalen Flughafen Portland. Er hoffte, er würde noch an diesem Nachmittag einen Flug nach Nord-Kalifornien bekommen. Mit finsterem Blick betrachtete er seine gepackte Tasche auf dem Rücksitz und widmete dann seine Aufmerksamkeit wieder der Straße.

Bethany war todmüde, als sie endlich nach Hause kam. Erste Schultage waren immer besonders anstrengend. Aber abgesehen von einem hektischen Unterrichtstag, hatte sie sich auch vor dem Rektor der Schule, Chris Bingham, rechtfertigen müssen. Und anschließend hatte sie Marianne ihre Geschichte erzählen müssen.

Zum Glück hatte der Rektor Verständnis gezeigt und ihr Grants Verbrechen nicht zur Last gelegt.

Marianne jedoch war entsetzt gewesen. „Dann arbeitet Brett für die Bank, die deine Eltern belästigt hat?"

„Ich fürchte, ja."

„Und du vertraust ihm immer noch?", hatte Marianne ganz ungläubig gefragt.

„Ich weiß es nicht", hatte Bethany erwidert.

Mariannes Blick war traurig und mitfühlend gewesen, als sie nachgehakt hatte: „Aber du liebst ihn, oder nicht?"

„Ja", hatte Bethany reumütig zugegeben.

„Pass aber auf dich auf, okay?"

„Werde ich." Marianne hatte besorgt mit dem Kopf geschüttelt, als Bethany ihre Freundin mit diesem Versprechen zurückgelassen hatte.

Als sie nun das Auto in ihrer Garage abstellte, fühlte sie

sich innerlich ausgelaugt. Im Haus suchte sie sofort nach einer Nachricht von Brett – und wusste doch von vornherein, dass sie keine finden würde. Er war gegangen, weit weg, und jagte hinter dem Phantom ihres Exmanns her.

Ihr war der Appetit vergangen, also machte sie sich lediglich eine Tasse heißen Tee. Nachdem sie Winston gefüttert hatte, ging sie hinüber zu Jennys Haus. Das kleine Mädchen radelte draußen auf ihrem Dreirad. Als sie aufblickte und Bethany und Winston erblickte, erstrahlte ihr Gesichtchen. „Bethany, wo warst du denn?“, konnte sie gerade noch fragen, bevor Winston auf sie zuschoss und sie abschleckte.

Bethany brauchte gar nicht mehr zu antworten, denn der Hund nahm Jennys volle Aufmerksamkeit in Anspruch. Die Kleine kicherte und versuchte, den flinken Welpen zu fassen zu bekommen. Zunächst kreiste Winston bellend auf dem nassen Asphalt um die eigene Achse, bevor er dann durch die Pfützen tollte und aufgeregt kläffte, wenn Jenny ihn beinahe erwischt hatte. Trotz ihrer Sorgen musste Bethany einfach lachen.

„Was ist denn hier draußen los?“, fragte Jennys Mutter Linda Porter, als sie den Kopf zur Tür heraussteckte. „Oh, Bethany! Gott sei Dank, dir geht es gut! Wo hast du nur gesteckt?“

„Ich war verreist.“

„Das habe ich mir gedacht.“

Jenny blieb neben Bethany stehen und schaute neugierig zu ihr auf. „Ich habe Polizisten sehen.“

„Gesehen“, korrigierte ihre Mutter.

„Ja, ich weiß“, bestätigte Bethany und zwinkerte ihrer kleinen Freundin zu. „Ich hatte ein kleines bisschen Ärger, bevor ich gegangen bin. Jemand hat eingebrochen und das Haus verwüstet.“

Linda schnalzte mit der Zunge und seufzte. „Willst du hereinkommen und darüber reden?“, bot sie an. „Joey kommt erst in einer halben Stunde vom Basketballtraining nach Hause. Ich habe eben Russischen Tee aufgesetzt. Wie wär’s mit einer Tasse?“

„Sehr gerne“, nahm Bethany die Einladung an.

Während Jenny mit Winston spielte, saß Bethany am unaufgeräumten Küchentisch, nippte an dem heißen Tee und erzählte Linda von ihrem Exmann und der Veruntreuung. Sie erklärte außerdem, dass Brett als Privatdetektiv der First Security Bank versuchte, Grant zu finden. Sobald sie mit ihrer Geschichte geendet hatte, blickte sie gedankenverloren in den Bodensatz ihres Tees.

Linda ließ einen langen leisen Pfiff hören. „Dann warst du mit *dem* Grant Mills verheiratet?“

„Ja.“

„Ich hätte euch beide nie miteinander in Verbindung gebracht.“

„Als ich von Boise nach Portland gezogen bin, habe ich versucht, alle Verbindungen mit meiner Vergangenheit zu kappen. Außer natürlich die zu meinen Eltern. Aber es hat nicht wirklich funktioniert, oder?“

„Irgendwie nicht.“

Bethany lehnte sich zurück und stellte ihre Tasse auf den Tisch. „Es ist ja auch nicht von Bedeutung. Nicht mehr. Ich habe mich entschlossen, mich nicht mehr vor meiner Vergangenheit zu verstecken.“

„So ist es gut!“, rief Linda erfreut.

„Aber jetzt sollte ich besser nach Hause gehen“, sagte Bethany, gerade als Joey, vom Training schweißgebadet, zur Haustür hereingeplatzt kam und auf seine Mutter einzureden begann. Währenddessen lief er schon auf den Kühlschrank zu, öffnete ihn und nahm sich einen Apfel.

„Ich bin am Verhungern, Mom!“, beklagte er sich. Bethany fand selbst nach draußen – und musste immerzu überlegen, wo Brett nur steckte.

Brett knallte den Hörer auf das Telefon, schnappte seine Tasche und rannte quer durch die Flughafenhalle zu seinem wartenden Flieger. Den ganzen Nachmittag über hatte er bei Bethany angerufen, hatte sie aber nicht erreichen können. Mit einem Blick auf seine Armbanduhr drosselte er sein Tempo. Nachdem die Flugbegleiterin sein Ticket und seine Bordkarte überprüft hatte, bahnte er sich den Weg auf den ihm zugewiesenen Platz.

Das Flugzeug nahm Geschwindigkeit auf, und das Terminalgebäude Portlands zog an ihm vorbei. Brett blickte starr nach vorne auf den kahlen Kopf seines Vordermannes. Tiefe Furchen gruben sich um seine Mundwinkel, als er daran dachte, dass es Tage, ja vielleicht sogar Wochen dauern konnte, bis er Bethany wiedersah.

12. KAPITEL

Einige Tage hörte Bethany nichts von Brett. Marianne hatte ihr zwar mitgeteilt, dass für sie ein Mann am ersten Schultag nach den Ferien mehrere Male angerufen hatte. Allerdings hatte er keinen Namen hinterlassen. Bethany konnte also nur annehmen, dass der Anrufer Brett gewesen war.

Sie machte sich große Sorgen um ihn – und sagte sich gleichzeitig, wie dumm es von ihr war, das zu tun. Also vergrub sie sich in die Arbeit und hoffte, dass es sie wie früher ablenken würde, eifrige Kinder zu unterrichten. Aber trotzdem kehrten auch während des Schultages ihre Gedanken immer wieder zu Brett zurück.

Nach einem besonders harten Tag beobachtete sie, wie der letzte Schüler in den Bus stieg, und lehnte sich erschöpft gegen die Wand. Gerade in diesem Augenblick kam Marianne zur Tür herein. „Es wird gemunkelt, dass du dich selbst fertigmachst", erklärte sie und betrachtete kritisch die dunklen Ringe unter Bethanys Augen.

Seufzend schüttelte diese den Kopf. „Nein. Aber ich habe irgendwie Schwierigkeiten, mich in den Alltag einzufinden."

„Du verzehrst dich aber nicht vor Kummer wegen Brett?"

„Quatsch!", entgegnete sie scharf. Sie blies sich eine Haarsträhne aus dem Gesicht, bevor sie dem Blick ihrer Freundin begegnete. „Also gut, dann verzehre ich mich eben", gab sie unumwunden zu. „Wem versuche ich etwas vorzumachen?"

„Mir nicht."

Bethany brachte ein kleines Lächeln zustande. „Das könnte ich gar nicht, selbst wenn ich wollte."

„Ach, ich weiß nicht", gestand Marianne. „Ich bin eigentlich leicht zu überzeugen. Jack sagt, ich gebe schnell nach."

Bethany setzte sich auf einen der Tische und beobachtete den Goldfisch im Aquarium. Sie seufzte tief. „Das tue ich auch … Leicht nachgeben. Zumindest bei den falschen Männern."

„Jeder hat das Recht, einen Fehler zu begehen."

„Schon, aber gleich zwei?"

„Hey, mach dich selbst doch nicht so fertig. Außerdem weißt du nicht, ob Brett wirklich durch und durch schlecht ist", gab Marianne zu bedenken.

„Ich dachte, du verurteilst ihn?"

„Ich doch nicht!", erwiderte sie empört. „Habe nicht ich dir gesagt, was für ein Adonis er ist?"

„Aber du hast mir doch den Zeitungsausschnitt gebracht."

„Ich weiß. Aber ich habe mich geirrt. Als ich darüber nachgedacht habe, fiel mir ein, wie er dich auf der Weihnachtsfeier angesehen hat."

„Ach, und wie hat er mich angesehen?"

„So, als würde er jedem Mann eine Tracht Prügel verpassen, der dich auch nur ein zweites Mal ansieht."

„Ich weiß nicht recht."

Marianne legte die Hand auf Bethanys Arm. „Hör mal. Ich weiß, du denkst, dass er dich nur benutzt hat. Aber es besteht ebenso die Möglichkeit, dass er das nicht getan hat."

„Das ist ja das Problem, nicht wahr?" Bethany spitzte die Lippen. „Ich weiß nichts über ihn – außer natürlich den Dingen, die er mir selbst erzählt hat." Trotzig hob sie das Kinn und straffte die Schultern. „Soweit ich weiß, kann das alles genauso gut ein Haufen Lügen gewesen sein, damit ich ihm helfe."

„Das glaubst du doch nicht ernsthaft", widersprach Marianne.

„Ich *will* es nicht glauben."

„Dann tu es nicht. Du weißt doch: im Zweifel für den Angeklagten."

Bethany lächelte. „Ist das dein Rat?"

„Da kannst du sicher sein. Aber frag mich jetzt nicht, was Jack dir empfehlen würde."

„Weshalb denn nicht?"

„Er würde dir raten, diesen Idioten einfach zu vergessen."

„Darum muss ich mir keine Sorgen machen", sagte Bethany und griff in den Schrank nach ihrem Mantel. „Er ist schon weg."

„Vielleicht arbeitet er ja."

Bethany wickelte den Schal um ihren Hals und hob ungerührt die Schultern. „Stimmt. Vielleicht hat er aber auch Zweifel. Oder vielleicht hat er ja – Gott behüte – Grant gefunden."

„Glaubst du denn wirklich, dass er noch lebt?"

„Karl Weathers glaubt es zumindest", flüsterte Bethany und erschauerte.

„Dann wird Brett ihn finden", prophezeite Marianne.

„Aber wie? Das FBI sucht nach ihm und ein halbes Dutzend weitere Polizeibehörden. Ich weiß nicht, weshalb Brett denkt, dass er mehr Erfolg haben wird."

Marianne hakte sich bei Bethany unter. „Mach dir nur keinen Kopf. Es wird alles gut ausgehen. Das ist immer so."

Müde lächelnd verließ Bethany das Zimmer. *Wenn alles so gut war, wo war dann Brett?*

Brett ließ den Blick durch die Frontscheibe des Hubschraubers schweifen. Weit unter ihm lag das, was von Jake Weathers' Flugzeug noch übrig geblieben war. Schnee und abgebrochene Äste bedeckten mittlerweile die Trümmer. Rumpfstücke lagen zwischen den gewaltigen Kiefern verstreut. Verrostetes, verbogenes Metall ragte empor und funkelte in den Strahlen der hellen Wintersonne.

„Das ist alles?", rief Brett gegen den Lärm der schwirrenden Rotorblätter.

„Ja. Der ganze Rest", entgegnete der Pilot Rich Leland, den Brett für den Flug angeheuert hatte.

„Können wir näher ran?"

„Vielleicht." Der Pilot betätigte den Steuerknüppel, und der Hubschrauber senkte sich über die Bäume, bevor er in etwa dreißig Metern Höhe über dem Boden im Schwebeflug verharrte. „Zu gefährlich, noch tiefer zu gehen", erklärte Rich. „Außerdem gibt's da unten nicht viel zu sehen. Die Polizei hat die Leichen und die gesamte persönliche Habe sichergestellt. Und alles Weitere, was ihrer Meinung nach bei der Identifizierung helfen könnte. Es stellte sich heraus, dass es Weathers und diese Henshaw waren. Aber das wissen Sie schon, nicht wahr?"

„Ich habe so etwas gehört. Besteht eine Möglichkeit, hier irgendwo zu landen?"

Der Pilot schüttelte den Kopf. „Nicht zu dieser Jahreszeit. Sie könnten sich höchstens einen Hundeschlitten mieten – allerdings gibt es davon nicht so viele in diesem Teil Kaliforniens", fügte er lächelnd hinzu.

„Wohl eher nicht."

„Im Frühling könnten Sie hinaufklettern, aber im Moment ist das Wetter einfach zu unberechenbar." Er schwang den Hubschrauber herum, um noch einmal über die einsamen Felsen und Schluchten zu fliegen. „Möchten Sie noch etwas anderes sehen?"

„Nein. Das sollte reichen", erwiderte Brett und warf erneut einen Blick auf den Absturzort. Bei dem Bild des schneebedeckten Wracks wurde ihm flau im Magen. Mit einem Mal überkam ihn der gleiche Schrecken, den er schon mehrere Male gespürt hatte, seit er Bethany verlassen hatte. Das Gefühl, dass er mit seinem Weggang einen großen Fehler begangen hatte – und dass ihr etwas zustoßen würde.

Während Rich den Hubschrauber zurück zum Flughafen steuerte, lehnte er sich in seinem Sitz zurück.

Seit seiner Ankunft in Kalifornien hatten sämtliche Spuren, die Brett verfolgt hatte, in Sackgassen geführt. Falls Grant in Lake Shasta gewesen war, dann musste er den Ort mit den Touristen zusammen verlassen haben. Und somit stand Brett wieder am Anfang.

Nachdem der Pilot gelandet war, reichte Brett ihm eine Hundertdollarnote und begab sich auf den Weg zu seinem Mietwagen. Gedankenverloren fuhr er auf direktem Weg zu seinem kleinen Motel. In seinem Zimmer entledigte er sich seiner Jacke und seiner Schuhe, warf sich aufs Bett und griff nach dem Telefon.

Bethany stand unter der Dusche, als sie es klingeln hörte. Tropfnass schnappte sie sich ein Handtuch, schlang es um sich und lief ins Schlafzimmer. Fröstelnd hob sie den Hörer ab.

„Bethany?"

„Brett! Wo bist du?", fragte sie, und plötzlich breitete sich eine wohlige Wärme in ihr aus. Ungewollt schossen ihr Tränen in die Augen. Ihr Herz klopfte wild und aufgeregt.

„In Lake Shasta."

„Und?"

„Kein Glück. Keine Spur von Grant."

„Vielleicht hat Karl sich geirrt", gab sie zu bedenken. Sie kniete sich auf ihr Bett und zog sich die Decke bis unters Kinn.

„Ich habe versucht, dich zu erreichen“, erklärte er. „Aber die Schulsekretärin wollte dich nicht im Unterricht stören.“

Bethany lehnte sich in die Kissen zurück und lächelte. „Ich kann es ihr nicht verdenken. Das ist schließlich meine Arbeit.“

„Ich habe seitdem mehrmals angerufen, bin aber nie durchgekommen. Ist bei dir alles in Ordnung?“

„Alles wunderbar“, schwindelte sie.

„Bist du sicher?“, hakte er nach.

Eigentlich wollte sie ihm sagen, wie sehr sie ihn vermisste, wie leer das Haus ohne ihn wirkte. Aber sie konnte es nicht – ihr Stolz hielt sie davon ab. „Was sollte denn nicht in Ordnung sein?“, gab sie zurück und schaffte es sogar, fröhlich zu klingen. „Nur, weil du noch nicht einmal eine Nachricht hinterlassen hast?“

„Du bist wütend.“

„Eigentlich nicht.“ Verletzt vielleicht. Wütend? Na ja, ein bisschen schon. Trotzdem war sie erleichtert, dass sie endlich von ihm hörte.

„Gut. Hör zu. Ich fahre jetzt nach Idaho und erstatte Benson Bericht, dann komme ich zurück nach Portland.“

„Wann?“, fragte Bethany und hatte gehofft, locker zu klingen. Doch selbst sie hörte den atemlosen Unterton in ihrer Stimme.

„In ein paar Tagen. Spätestens in einer Woche. Bist du sicher, dass du okay bist?“

„Natürlich bin ich das. Ich habe fast ein Jahr lang hier alleine gelebt. Ich glaube, ich werde es ein paar Tage länger aushalten.“

„In Ordnung. Wir sehen uns bald.“

„Gut.“

Als sie hörte, wie er auflegte, verdrängte die Vernunft sehr schnell ihre überschwänglichen Gefühle. Sie hatte sich wie ein Trottel verhalten, wie ein Dummkopf. Bloß wegen seiner Rückkehr nach Portland hatte sie sich wie ein Schulmädchen verhalten, das ihr erstes Date kaum erwarten kann. „Du bist eine Närrin", tadelte sie sich und marschierte entschlossen ins Badezimmer zurück.

Während sie sich die Haare trocken rubbelte, machte sie sich schwere Vorwürfe. „Du verdienst es, auf die falschen Männer hereinzufallen", schalt sie ihr Spiegelbild. „Du lässt ja auch zu, dass sie dich schikanieren! Oh, Bethany, ich hoffe, du lernst es eines Tages!"

Dennoch konnte sie ein Lächeln nicht unterdrücken. Oder ihre geröteten Wangen verbergen. Brett würde zurückkommen!

In der Empfangshalle der First Security Bank in Boise wartete Brett auf den Fahrstuhl. Die Lobby war überfüllt und der Lärmpegel dementsprechend hoch: lebhaftes Stimmengewirr, klappernde Schreibmaschinen, summende Computer und Schritte, die auf dem polierten Fußboden klackerten.

Als sich die Türen des Aufzugs leise öffneten, trat er ein und drückte den Knopf für die sechste Etage, wo sich die Büros der Geschäftsleitung befanden. Jim Benson erwartete ihn eigentlich nicht, aber Brett kümmerte das wenig. Nach zwei Wochen, in denen er ausschließlich Spuren nachgegangen war, die sich als falsche Fährten erwiesen hatten, wollte er raus aus der Vereinbarung.

Mittlerweile könnte Grant Mills längst außer Landes sein – und selbst das wäre Brett herzlich egal gewesen. Er wollte nur zurück nach Portland und zu Bethany. Ihr Leben und ihr Glück waren wichtiger als alles andere. Einschließlich des Landes seiner Mutter.

Der Lift kam summend zum Stehen, und Brett lief über den dicken Teppich zum Empfang. Er trug Jims Sekretärin sein Anliegen vor und wartete, während sie ihren Chef über die Gegensprechanlage informierte.

An ein kostbares Bücherregal aus Mahagoni gelehnt, beobachtete Brett, wie sich am unteren Ende des Flurs eine Tür öffnete und Harry in seinem makellos sitzenden Anzug zu Jims Büro hastete.

Als er seinen Stiefbruder entdeckte, blieb er wie angewurzelt stehen. „Brett?", fragte er ungläubig und bedachte Bretts Garderobe mit einem verächtlichen Blick. „Was zum Teufel machst du denn hier? Ich dachte, du suchst nach Mills."

„Das habe ich."

„Dann hast du ihn also gefunden?" Harry wirkte erleichtert. Sein dünner Oberlippenbart hörte auf zu zucken.

Bretts Lippen verzogen sich zu einem freundlichen Lächeln. „Nein. Ich dachte einfach, ich komme mal vorbei und spendiere dir ein Bierchen."

„Du hast was?" Für einen Moment fiel Harrys Fassade, und er grinste. Dann fiel ihm wieder ein, wo er sich befand. „Warte mal! Wieso bist du hier? Und spar dir das Lügenmärchen von einem Bier …"

„Brett!" Jim Benson kam aus seinem Büro, ging auf Brett zu und umfasste mit großer Geste seine Hand.

Als wäre der verlorene Sohn in den Schoß der Familie zurückgekehrt, dachte Brett säuerlich.

„Was für eine Überraschung! Komm in mein Büro … Äh, du auch, Harry." Mit diesen Worten wandte er sich seiner Sekretärin zu. „Gloria, würden Sie uns bitte Kaffee bringen?"

„Selbstverständlich."

„Nur herein", drängte er mit einem breiten Lächeln auf dem Gesicht und dirigierte die beiden jüngeren Männer in sein Büro. Zwei Wände in dem edel eingerichteten Eckzimmer waren komplett aus Glas. Daraus bot sich ein eindrucksvoller Panoramablick über die Stadt Boise. Baumkronen und Hochhäuser, Kirchtürme und Mehrfamilienhäuser hoben sich von den stahlgrauen Wolken im Hintergrund ab.

„Nehmt Platz", forderte Jim die beiden auf.

Brett ließ sich in einen mit Leder bezogenen Chromstuhl vor dem Schreibtisch fallen.

Es klopfte leise an der Tür. Gloria trug ein Tablett mit Kaffee herein. Für Jim gab sie die richtige Menge Zucker und Sahne hinein, bevor sie ihm das Getränk reichte. Anschließend bot sie auch den jüngeren Männern eine Tasse an.

Nachdem Gloria den Raum verlassen hatte, nahm Jim seine Brille ab und lehnte sich zurück. An seinem Kaffee nippend, ließ er seinen kalten, aber interessierten Blick auf seinem Stiefsohn ruhen. „Ich nehme an, du bist hier, um mir zu sagen, dass du Mills aufgespürt hast", brach er nach einer Weile das Schweigen.

Brett schüttelte den Kopf. „Ich glaube, er hat das Land verlassen."

Jim erblasste einen kurzen Moment lang, gewann aber schnell die Fassung wieder. „Dann verfolge ihn!"

„Ich kann nicht, er ist verschwunden."

„Aber …"

„Ich habe noch mal mit Karl Weathers gesprochen, aber nichts Neues erfahren. Ich habe Mills' Spur verfolgt: von Vancouver in Kanada südlich über Oregon und Washingtons Küste, dann nach Lake Shasta und schließlich nach Redding."

„Und was hast du gefunden?"

„Nicht mehr als die Polizei und das FBI. Ich war überall, wo er Pfandbriefe veräußert hat, aber sonst hat sich absolut nichts ergeben. Ich habe mit ein paar Leuten gesprochen, die ihn gesehen haben, oder besser, die dachten, sie hätten ihn gesehen. Alle haben das Gleiche gesagt: dass er müde und verhärmt aussieht, zu viel Bier trinkt und sich ständig umsieht."

„Das sollte er auch!", murmelte Jim. Vor Ärger schoss ihm die Röte in die Wangen. „Was willst du dagegen unternehmen?"

„Nichts."

„Was zum Teufel ..."

Ruhig legte Brett einen großen Umschlag auf Jims Schreibtisch. „Hier ist ein vollständiger Bericht, in dem alle Spuren und Hinweise aufgeführt sind, denen ich nachgegangen bin. Leider führt das alles ins Nichts!"

„Nichts!", fuhr Harry auf und hätte beinahe den Kaffee auf sein gestärktes weißes Hemd verschüttet. „Du hast die Stirn, hier mit leeren Händen aufzutauchen?"

„Du denkst wohl, Mills hätte bereits für sein Verbrechen bezahlt?", fragte Jim.

„Natürlich nicht. Aber ich habe keine Hinweise mehr, die ich nachprüfen könnte."

„Damit willst du wohl sagen, dass du versagt hast."

Brett biss die Zähne zusammen. „Möglich."

„Dann kann ich deine Schuld bei der Bank nicht als beglichen ansehen." Eine tiefe Röte überzog Jims Gesicht. Unter seinem Hemdkragen traten die Adern an seinem Hals deutlich hervor. Ungestüm zerrte er an seinem Krawattenknoten.

„Das kann ich verstehen."

„Und ich bin gezwungen, das Stück Land in den Bergen zu verkaufen", drohte er.

„Das dachte ich mir. Aber meine Schulden sind erst in ein paar Monaten fällig."

„Und du glaubst, du könntest das Geld bis dahin auftreiben?" Jim griff nach seiner Pfeife und zündete sie an.

„Ich weiß es nicht."

Harry sah zu Brett und blickte dann wieder in das erregte Gesicht seines Vaters. „Vielleicht sollten wir Mills vergessen. Die Polizei und das FBI suchen ihn ja weiterhin."

„Ihn vergessen?", donnerte Jim ungläubig. „Herrgott noch mal, ihn vergessen? Wo er die Bank zum Gespött des ganzen Staates gemacht hat? Wo er jeden hier in dieser Gemeinde auf die Idee gebracht hat, die Schuld der First Security zuzuschieben? Hast du völlig den Verstand verloren?" Mit zusammengekniffenen Augen schlug er mit der Faust auf den Tisch. „Ich will Grant Mills hinter Gittern sehen!"

„Wegen dem, was er getan hat, oder wegen dieser Fehde zwischen dir und Bethany Mills' Vater Myron Wagner?", erkundigte sich Harry.

„Was hat denn das damit zu tun?"

„Ich weiß es nicht. Aber es ist schon komisch, dass du mich ständig zu ihnen schickst", schoss Harry zurück.

„Stellst du etwa meine Autorität infrage?", fragte Jim drohend.

Harry rückte seine Krawatte zurecht. „Nein."

„Dann halt dich gefälligst da raus!", schrie er.

Als Harry tiefer in seinen Sessel sank, verfinsterte sich Bretts Miene. Es war eine verdammte Schande, dass Harry solche Angst vor seinem Vater hatte. „Tja, ich bin jedenfalls draußen", brach Brett das Schweigen, stellte seine Kaffeetasse auf den Tisch und erhob sich.

„Ich hoffe, das hat nichts mit Mills' Frau zu tun?", fragte Jim gedehnt, während er den vorgelegten Bericht durchblätterte.

Brett spürte, wie sich jeder einzelne Muskel in seinem Körper anspannte. „Wieso?"

„Gerüchten zufolge hat es dich ganz schön erwischt. Es heißt, sie hätte dich um den Finger gewickelt, damit du Grant nicht findest. Weißt du, sie liebt ihn noch immer. Er hat sich von ihr scheiden lassen, nicht umgekehrt."

„Gerüchten zufolge?", wiederholte Brett. Obwohl er wusste, dass Jim ihn aufstacheln wollte, spürte er, wie ihn heiße Wut durchströmte. Er hatte die Zähne so fest zusammengebissen, dass sein Kiefer schmerzte.

„Ja!", rief Jim und lehnte sich zurück. „Boise ist schließlich keine Großstadt. Ihre Eltern leben noch immer hier. Es wird noch viel über Bethany Mills und ihren Exmann geredet. Über den Mann, der die First Security Bank um eine Million Dollar betrogen hat."

„Du bist bezahlt worden. Die Versicherung hat letztendlich den Betrag ausgeglichen."

„Ja, aber es hat uns auch viel gekostet. Es ist teurer als vorher, die Mitarbeiter an sich zu binden. Dabei sprechen wir noch nicht einmal von den Summen, die aufgewendet werden müssen, um alle weiteren Betrugsversuche gegen die Bank zu stoppen."

„Und das ist dann also Bethanys Schuld. Beziehungsweise die Schuld von jedem, der ihr irgendwie nahesteht – vor allem die ihres Vater", stellte Brett fest. Flüchtig sah er zu Harry, bevor er sich wieder Jim zuwandte. „Selbst wenn ich beschließe, weiter nach Mills zu suchen, dann nicht, weil du mich in der Hand hast."

„Es ist das Land deiner Mutter."

„Ja, aber es sind zu viele Bedingungen daran geknüpft."

„Die du erst herausgefordert hast, mein Sohn."

Brett funkelte ihn an. „Du bist ein elender Mistkerl, aber das weißt du, nicht wahr?"

Hörbar schnappte Harry nach Luft, als Brett sich einfach umdrehte und aus dem vornehmen Büro stürmte. Vorbei an der Sekretärin, vorbei am Aufzug. In diesem Moment bevorzugte er die Treppe. Zwar meinte er beinahe, Harry hinter sich zu hören, der ihm folgte und seinen Namen rief. Doch das spielte für ihn keine Rolle mehr. Er war jetzt so weit, ins nächste Flugzeug nach Portland zu springen.

Alles, was nun zählte, war, zu Bethany zurückzukehren und sie davon zu überzeugen, ihn zu heiraten. Selbst das Land seiner Mutter hatte keinerlei Bedeutung mehr. Zum ersten Mal seit Jahren hatte Brett einen wahren Grund, einen neuen Ansporn zum Leben. Und die Ursache war eine wunderschöne, braunhaarige Frau mit intelligenten gold-grünen Augen!

Bald darauf hatte er sich genügend beruhigt, um alles noch einmal gründlich zu durchdenken. Er stieg in sein Auto und fuhr in westlicher Richtung – weg vom Flughafen. Über Fullerton wollte Brett nach Portland zurückzufahren.

Falls Grant Mills schon einmal in dieser Stadt gewesen war, bestand eine – wenn auch kleine – Chance, dass er wiederkam. Wenngleich ihm bewusst war, dass er möglicherweise seine Zeit verschwendete, entschied Brett sich, seinem Gefühl im Bauch zu folgen. Dass er aus dem Deal mit Benson ausgestiegen war, war unwichtig. Trotzdem würde er nichts unversucht lassen: Er musste sich selbst von Grant Mills befreien, bevor er Bethany heiraten konnte.

Bethany ließ das Telefon keine Sekunde aus den Augen. Vor knapp einer Woche hatte Brett sie angerufen. Seit diesem Zeitpunkt hatte sie nichts mehr von ihm gehört. Jetzt hatte sie beinahe resigniert. Sie sagte sich, dass Bretts Anruf und seine angekündigte Rückkehr nur ein Traum gewesen waren. „Tu dir das nicht an“, mahnte sie sich und trocknete den letzten Teller ab. „Er sagte, es könne auch eine Woche dauern. Also gib ihm die Zeit.“

Um sich abzulenken, sah sie fern. Aber auf keine der Sendungen konnte sie sich lange konzentrieren. Also befasste sie sich mit einem von Marianne empfohlenen Buch, legte es aber ebenfalls nach einer Weile zur Seite. Winston hatte sich auf ihrem Schoß zusammengerollt. Bethany verbrachte den Abend schließlich damit, gedankenverloren ins Feuer zu blicken. Irgendwann, es war sicher nach zehn Uhr, stand sie dann auf und streckte sich.

„Morgen früh fängt ein ganz normaler Schultag an", klärte sie das Hündchen auf, das aufgeregt mit dem Schwanz wedelte. „Ja, dir ist das schnurzpiepegal." Sie löschte das Licht, vergewisserte sich, dass die Türen abgeschlossen waren, und machte sich bettfertig. Ruhelos warf sie sich später hin und her, hörte den Regen gegen das Fenster prasseln, bis sie letztlich in einen unruhigen Schlaf sank.

Kurz nach Mitternacht wurde Bethany von einem unablässigen Hämmern geweckt. Sicher nur ein Ast an der Hauswand, dachte sie und drehte sich zur Seite ... Doch mit einem Mal wurde ihr bewusst, dass irgendjemand wie wild gegen die Vordertür trommelte.

Brett, schoss es ihr durch den Kopf.

Mit einem Satz sprang sie aus dem Bett, griff im Vorbeigehen ihren Morgenmantel und rannte den Flur entlang. Obwohl sie den Gürtel noch nicht umgebunden hatte, riss sie die Tür auf. Dann blickte sie in Bretts müde Augen und fiel ihm um den Hals.

13. KAPITEL

Es ist vorbei", flüsterte er und drückte sie so fest an sich, dass ihr die Luft wegblieb. Aber das war ihr gleichgültig. Tränenüberströmt blickte sie ihn an, umfasste sein Gesicht zärtlich mit ihren Händen.

„Vorbei? Was ist vorbei?"

„Grant wurde verhaftet."

Bethany hatte das Gefühl, ihre Beine wollten unter ihr nachgeben. „Aber wie?"

„Das ist eine lange Geschichte", sagte er. Sie trat zur Seite, ließ ihn herein und schloss die Tür hinter ihm. In aller Ruhe zog er seine Jacke aus und hängte sie an die Garderobe.

„Aber wo? Wie …?" Bethany fehlten die Worte.

Müde lächelte er sie an. „Wenn du mir einen Kaffee machst, erzähle ich dir alles."

Mit einer Handbewegung wischte sie sich die Tränen fort, lief in die Küche und kochte Kaffee. Deutlich spürte sie Bretts Blick in ihrem Rücken.

„Es ist schön, wieder hier zu sein", verkündete er leise und nahm das heiße Getränk entgegen.

„Es ist schön, dass du wieder hier bist." Ihre Blicke trafen sich.

„Selbst wenn ich dafür verantwortlich bin, dass Grant gefunden wurde?"

„Das ist mir egal", erklärte sie, während sie sich bei ihm unterhakte. Zusammen gingen sie hinüber ins Wohnzimmer.

Brett zog seine Stiefel aus und entzündete ein Feuer, bevor er sich auf der Couch niederließ und Bethany in seine Arme schloss. „Ich war an jedem erdenklichen Ort im Nordwesten", begann er und lehnte den Kopf zurück. Zum ersten Mal seit einer Woche verspürte er eine wohlige Wärme. „Ich wollte schon aufgeben. Ich hatte Jim Benson sogar schon mitgeteilt, dass ich aussteige."

„Das hat ihm sicherlich gefallen", sagte Bethany sarkastisch.

Ein Lächeln stahl sich auf Bretts Gesicht, als er daran zurückdachte. „Nicht besonders."

„Also …"

„Ich wollte eigentlich mit dem Flugzeug zurück nach Portland. Aber dann entschied ich mich, noch einem letzten Hinweis nachzugehen: Fullerton."

„Das Rodeo?"

„Nein, dafür ist es die falsche Jahreszeit. Aber die Stadt ist klein. Ein paar Mal habe ich Grants Foto gezückt, hin und wieder den Namen Howard Sparks fallen lassen und einfach abgewartet. Dann traf ich einen Typen, der Grant alias Howie kannte. Sie haben mehrere Wildwasserfahrten miteinander unternommen. Dieser Kerl hatte noch eine alte Adresse."

„Und dort hast du Grant angetroffen?"

Brett schüttelte den Kopf. „Das wäre natürlich einfacher gewesen. Aber ich bin dort einer Frau begegnet, die ihn als Howie kannte. Ich erklärte ihr, wer Grant wirklich ist, und rief dann die örtliche Polizei. Die setzte sich mit dem FBI in Verbindung, das den Namen Howard Sparks überprüfte. Und in der Tat konnten sie Grant ein paar Stadtbezirke entfernt ausfindig machen, wo er als Pferdetrainer arbeitete."

Verständnislos fragte Bethany: „Aber wieso, bei all diesem Geld?"

„Es waren ja Pfandbriefe. Wahrscheinlich konnte er sie

nicht veräußern, ohne Aufsehen zu erregen. Ich glaube, er wollte sich irgendwann nach Mexiko absetzen und sie dort verkaufen."

„Wieso hat er das denn nicht schon früher gemacht? Es ist doch fast ein Jahr her."

„Wegen Jake und Billie."

Gequält schloss Bethany die Augen. „Sag nicht, dass er für deren Tod verantwortlich ist", flüsterte sie.

Brett berührte sanft ihr Kinn und sah ihr tief in die Augen. „Ich weiß es nicht. Er beteuert seine Unschuld."

„Ich hoffe, dass er wirklich unschuldig ist", erwiderte sie. „Die Veruntreuung war schon schlimm genug."

„Aber es ist vorbei. Na ja, fast."

„Wie meinst du das?"

Mit den Fingern strich er sich durch sein dunkles Haar. „Die Presse wird recht bald davon Wind bekommen."

„Ich verstehe", sagte sie knapp und presste die Lippen fest aufeinander.

„Ich fürchte, sie werden auch alles über dich noch einmal aufrollen."

Seufzend straffte Bethany die Schultern. „Darum kümmern wir uns, wenn es so weit ist. Es war töricht von mir, zu denken, dass ich mich hier in Portland davor verstecken könnte." Als sie wieder aufblickte, zwang sie sich zu einem unsicheren Lächeln. „Vielleicht ist es an der Zeit, dass ich dazu stehe, wer ich wirklich bin."

„Du musst dich für nichts schämen", erinnerte er sie eindringlich.

„Ich weiß, aber es wird trotzdem nicht leicht."

Brett stellte seine Kaffeetasse ab und nahm sie in die Arme. „Wenigstens bleibt uns die heutige Nacht", sagte er und atmete den Duft ihrer Haare tief ein.

„Und dann?“

„Dann blicken wir in die Zukunft. Gemeinsam.“

Die Neuigkeiten sorgten schon am nächsten Morgen für Schlagzeilen. Der erste Anruf störte sie nicht. Den zweiten fand sie lästig, und beim dritten legte sie einfach auf.

„Ich sagte ja, es würde nicht leicht werden“, stellte Brett mit düsterer Miene fest.

„Davon lasse ich mir nicht die Stimmung verderben“, erwiderte sie und sammelte unbeirrt die Wäsche ein. „Das ist es nicht wert.“

In diesem Moment läutete es.

Sie nahm allen Mut zusammen, schritt zur Vordertür und riss sie auf.

Drei Reporter warteten davor. „Mrs. Mills?“

„Ja?“, sagte sie vorsichtig. Brett stellte sich hinter sie und legte ihr schützend einen Arm um die Taille.

Das schreckte den sommersprossigen Jungreporter jedoch nicht im Mindesten. Sein stechender Blick verweilte unbeirrt auf Bethany. „Ist es korrekt, dass Sie mit Grant Mills verheiratet waren?“

„Ja, vor langer Zeit.“

„Haben Sie ihm in ihrem Haus Unterschlupf gewährt?“

„Nein!“, rief sie entrüstet.

„Hatten Sie eine Ahnung, dass er diese Pfandbriefe gestohlen hat und auf der Flucht angeblich aus einem Flugzeug im Norden Idahos gesprungen ist?“

„Natürlich nicht“, entgegnete sie scharf, hob kämpferisch ihr Kinn und sah den jungen Mann direkt an. „Ich hatte keine Ahnung von seinen Machenschaften.“

„Mrs. Mills, was halten Sie von der abenteuerlichen Nummer, die Ihr Mann abgezogen hat? Waren Sie erleichtert zu erfahren, dass er noch lebt?"

„Das reicht jetzt", unterbrach Brett das Verhör und schirmte sie vor den Reportern ab. „Mrs. Mills hat kein Interesse daran, weitere Fragen zu beantworten." Mit zorniger Miene schlug er die Tür zu. Als er sich zu ihr umdrehte, sagte er: „Es wird nicht besser werden, das ist dir doch klar, oder? Zumindest eine ganze Weile nicht."

„Ich weiß. Aber ich schaffe das schon", erwiderte sie tapfer. Entschlossenheit blitzte in ihren Augen auf.

„Bist du sicher?"

„Ja!"

„Aasgeier!", murmelte er und schaute aus dem Fenster, als es erneut an der Tür läutete. „Sie verstehen es einfach nicht."

„Sie machen doch nur ihre Arbeit", wandte Bethany ein, gerade als der erste einer neuen Welle von Anrufen einging. Nach dem dritten Gespräch, diesmal mit einem Journalisten aus Denver, zog sie den Telefonstecker.

„Am Montag solltest du nicht zur Schule gehen", bemerkte Brett und machte sich in der Küche zu schaffen. „In den nächsten Tagen sorgst du für Schlagzeilen."

„Na wunderbar."

„Deine Arbeit kannst du fürs Erste also vergessen."

„Das geht nicht!"

„Willst du deinen Schülern das hier etwa zumuten?" Mit dem Daumen deutete er zum Fenster.

Draußen vor ihrem Haus entdeckte Bethany Autokolonnen und Kamerateams. „Die würden mir doch nicht bis in die Schule folgen, oder?", fragte sie ungläubig.

„Was ist denn letztes Mal passiert? Damals, als Grant das Geld gestohlen hat und davongelaufen ist … Ich meine, aus dem Flugzeug gesprungen ist?"

Es war die Hölle gewesen. Die Reporter hatten ihr keine ruhige Minute gegönnt. „Ich verstehe." Zur Stärkung trank sie zuerst ihren Kaffee leer. Gefasst ging sie dann zum Telefon und wählte die Nummer ihres Vorgesetzten.

Die Unterhaltung mit dem Schulrektor Chris war nicht einfach, doch schließlich waren sie sich beide einig: Es war im Interesse der Schule, erst einmal abzuwarten, bis sich der Trubel um Bethany und die Grant-Mills-Geschichte etwas gelegt hatte. Chris pflichtete ihr bei, dass sie mindestens eine Woche freinehmen sollte.

Ein paar Minuten später rief er erneut an und teilte ihr mit, dass er für die kommende Woche eine Vertretung gefunden hatte.

„Okay", bemerkte sie, sobald sie aufgelegt hatte. „Was kommt als Nächstes?"

„Pack deine Sachen."

„Meine Sachen?"

„Richtig. Ich habe nachgedacht und entschieden, dass es höchste Zeit ist, deine Eltern zu besuchen. Schließlich hast du sie an Weihnachten so sehr vermisst."

„Ich weiß nicht, ob das eine gute Idee ist", wandte Bethany skeptisch ein. „Sie haben meinetwegen schon so viel durchgemacht. Wenn ich jetzt nach Hause fahre, werden mir mit Sicherheit ein paar Reporter folgen."

„Sagtest du nicht, dein Vater besäße ein Gewehr?", fragte Brett amüsiert. Als sie nickte, nahm er ihre Hand und blickte ihr tief in die Augen. „Das sollte die Reporter auf Abstand halten, meinst du nicht?"

Sie musste einfach lachen. Obwohl sie sich todmüde und ausgelaugt fühlte, war sie froh, dass Brett bei ihr war. „Vermutlich schon."

„Außerdem ist es höchste Zeit, dass ich endlich deine

Eltern kennenlerne."

„Wirklich?"

„Ja", bestätigte er. „Schließlich muss ich sie prüfen."

„Worauf denn?"

„Ob sie geeignete Schwiegereltern abgeben", entgegnete er und schlang die Arme um sie.

„Bitte?"

„Du hast richtig gehört, Bethany. Die letzten Wochen ohne dich waren furchtbar. Also …" Er zog eine kleine schwarze Schachtel aus seiner Tasche und reichte sie ihr. „Betrachte dies als verspätetes Weihnachtsgeschenk."

Als sie die Samtschachtel öffnete, fühlte sie Tränen in sich aufsteigen. Ein strahlender Diamantring lag auf dem mit Satin gefütterten Kissen.

„Heirate mich, Bethany", flüsterte er und streifte den Ring über ihren Finger.

„Ich … Ich weiß nicht, was ich sagen soll", stammelte sie.

„Sag einfach Ja."

„Ja." Sie musste schlucken. „Ja, ja, ja!", brach es freudig aus ihr heraus. Brett zog sie eng an sich und gab ihr einen innigen Kuss, der gleichzeitig so viel für die Zukunft versprach.

„Ich kann das alles nicht glauben", murmelte sie.

„Glaub es. Und jetzt geh packen. Ach … und setz deine Sonnenbrille auf, damit dich niemand erkennt."

„Wie bitte?", fragte sie entrüstet, doch bemerkte dann, dass er sie aufzog.

„Ich buche uns den nächsten Flug nach Boise, und wir überraschen deine Eltern", schlug er vor.

„Das werden wir mit Sicherheit", bestätigte sie und betrachtete den Ring.

„Willst du dich wohl beeilen?", drängte er gutmütig. „Je

schneller wir von hier fortkommen, desto besser."

Wenige Stunden später war Bethany fast schon zu Hause. Nervös biss sie sich auf die Lippe, und ihre Handflächen schwitzten. Was, wenn die Journalisten schon auf der Farm warteten? Wie würden ihre Eltern Brett aufnehmen? Schließlich war er Jim Bensons Stiefsohn.

„Das hier ist also dein Zuhause", stellte Brett fest und bog ab. Der Mietwagen geriet in der vereisten Kurve kurz ins Rutschen, bevor sie den Weg hinauffuhren, der zum Haus ihrer Eltern führte.

„Das ist es", bestätigte sie flüsternd. Ihre Kehle fühlte sich trocken an. Sie konnte den Blick nicht von der Farm abwenden, die seit Generationen ihrer Familie gehörte.

Das zweistöckige Farmhaus war so weiß wie der Schnee ringsum. Mit seinem roten Dach und den grünen Fensterläden hob sich das alte Haus stolz gegen den grauen Himmel ab. Walnussbäume mit schwarzer Rinde fassten die breite Veranda ein. Eine verrostete Schaukel hing vom untersten Ast des blattlosen Ahorns im seitlichen Garten.

Kaum hatte Brett neben der Scheune geparkt, sprang Bethany schon aus dem Wagen. Ohne sich um ihre Taschen zu kümmern, stürmte sie die Treppen zum Haus hoch. Als die beiden alten Collies bellend um das Haus herum auf sie zujagten, lächelte sie. Sie beugte sich zu ihnen herab und streichelte die aufgeregten Tiere. Dabei musste sie an Winston denken. Linda und Jenny hatten versprochen, sich um ihn zu kümmern, während sie fort war.

Knarrend öffnete sich die Tür. Bethany hob den Blick und sah, wie ihre völlig überraschte Mutter nach Luft schnappte. „Bethany! Bist du's wirklich?" Sie stieß das Fliegengitter auf und umarmte ihre Tochter stürmisch. „Myron!", rief sie über die Schulter. „Myron! Es ist Bethie! Sie ist zu Hause!"

Gleichzeitig lachend und weinend lag Eleanor in den Armen ihrer Tochter und entdeckte schließlich Brett. Er hatte sich an einen Verandapfosten gelehnt und ließ Bethany keine Sekunde aus den Augen.

„Was zum Teufel kreischst du denn so?“, grummelte Myron und trat zu seiner Frau an die Tür. Als er seine Tochter erblickte, breitete sich ein Lächeln über sein Gesicht. „Sieh mal einer an. Da ist jemand endlich zur Vernunft gekommen und heimgekehrt!“, rief er und grinste Bethany an, die ihm nun um den Hals fiel. „Gut siehst du aus, Kleine“, sagte er.

„Bethany …?“, begann ihre Mutter.

„Ach ja.“ Bethany räusperte sich und ging zu Brett. „Mom und Dad, darf ich euch Brett Hanson vorstellen?“ Sie lächelte, wollte der ganzen Welt ihr Glück zeigen, das sie tief in ihrem Herzen spürte.

„Es freut mich, Sie kennenzulernen.“ Myron streckte die Hand aus.

„Mich ebenfalls“, stimmte ihre Mutter zu. „Und jetzt kommt herein, bevor wir hier draußen alle noch erfrieren.“

Der vertraute Duft von Zimt und Tabak, Brathähnchen, Speck und starkem Kaffee lag in der Luft. Kurz wischte Eleanor sich die Hände an der Schürze ab und schob dann alle emsig in Richtung Küche. Dort stellte sie einen Teller mit Keksen und Becher mit heißem Kaffee auf den Tisch. „Setzt euch, setzt euch. Ruht euch aus. Ihr habt eine anstrengende Reise hinter euch.“ Sie bedachte Brett mit einem langen, durchdringenden Blick. Schließlich brachte sie aber ein Lächeln für den attraktiven, rau wirkenden Mann zustande, den ihre Tochter mit nach Hause gebracht hatte.

Bevor Bethany etwas sagen konnte, huschte ihre Mutter wieder in der Küche herum. „Ich wette, ihr seid hungrig“, stellte sie fest, offenbar mit sich zufrieden. „Und ihr habt Glück: Ich habe zwei Hähnchen im Ofen."

„Toll."

„Aber leider keinen Nachtisch."

„Ehrlich, Mom, mach dir keine ...", wollte Bethany einwenden.

Ihre Mutter unterbrach sie. „Wenn du mir hilfst, die Äpfel zu schälen, zaubere ich uns schnell den besten Apfelkuchen dieses Staates."

„Meine Frau hält nichts von Bescheidenheit", stellte Myron Brett gegenüber trocken fest.

„Ach, sei du nur still und hol den Eimer mit den Äpfeln von der hinteren Veranda", ordnete Eleanor an. Dennoch schenkte sie Myron, der nun schon seit fünfunddreißig Jahren ihr Ehemann war, das gleiche mädchenhafte Lächeln, in das er sich vor so langer Zeit verliebt hatte.

„Ich steh unter dem Pantoffel!", grummelte Myron, schob aber trotzdem seinen Stuhl zurück und erledigte den Auftrag.

Leise murmelte Eleanor: „Anders wolltest du es auch nicht haben."

Kurze Zeit später kehrte er mit dem Eimer zurück. Bethany schälte die Äpfel am Spülbecken, während ihre Mutter Butter und Salz ins Mehl gab. Inzwischen saßen Myron und Brett am Tisch und musterten sich gegenseitig.

„Sie sind also der Kerl, der Grant endlich gefasst hat", bemerkte Myron. Dabei schob er leicht seine Unterlippe nach vorne.

„Mit Bethanys Unterstützung." Brett nahm einen Schluck Kaffee und begegnete Myrons prüfendem Blick.

„Hoffentlich liegt jetzt alles hinter uns", flüsterte Eleanor, während sie den Teig auf einem großen Küchenbrett ausrollte.

„Den Kerl habe ich nie gemocht."

„Oh Dad ..."

„Und ich habe recht behalten, nicht wahr?"

„Ja, Dad, du hattest recht."

„Mir gefiel nur nicht, dass Jim Benson es mir ständig unter die Nase reiben musste", brummte er weiter.

„War Benson denn hier?"

„Nicht in letzter Zeit", räumte Myron ein. „Bevor Grant eingesperrt wurde, hat er aber diesen Rotzlöffel geschickt, um uns zu ärgern."

„Harry?" Brett musste lächeln.

„Ja, das ist er. Mistkerl."

„Dad!"

„Harry ist schon in Ordnung", erwiderte Brett. „Er ist nur so verkorkst, weil er unter der Knute seines alten Herrn steht. Aber er wird sich sicher wieder fangen."

„Ist das so?", erkundigte sich Myron.

„Ich hoffe es zumindest."

„Und woher wissen Sie das alles?"

Brett verzog das Gesicht zu einer Grimasse und sah aus dem Fenster. „Benson ist mein Stiefvater", gestand er.

Myron warf Bethany einen Blick zu. „Ihr *was?*", fragte er ungläubig.

„Meine Mutter war bis zu ihrem Tod mit ihm verheiratet. Mehr gibt es zu unserem Familienverhältnis nicht zu sagen. Darüber hinaus habe ich als Privatermittler für die First Security Bank daran gearbeitet, Grant aufzuspüren. So wollte ich einen Kredit abbezahlen, den ich für das Land meiner Mutter aufnehmen musste. Ansonsten habe ich mit Jim nichts zu tun."

„Aber bei Harry liegt der Fall doch anders?", bohrte Myron weiter.

„Er hat sich von seinem Vater einwickeln lassen, das ist alles."

Daraufhin brummte Myron nur.

Brett warf Bethany einen Blick zu. „Es gibt noch etwas, das Sie wissen sollten", warf er in den Raum.

„Und das wäre?"

„Ich habe Bethany gebeten, meine Frau zu werden."

Myron stellte seine Tasse ab. „Und?"

„Und sie hat Ja gesagt. Als Erstes wollten wir es Ihnen selbst sagen."

„Nett von Ihnen", bedankte sich Myron. Mit prüfendem Blick drehte er sich auf seinem Stuhl zu seiner Tochter um.

„Bethie? Bist du dir sicher?"

Als Bethany sich zu ihrem Vater umwandte, schimmerte in ihren Augen die Liebe, die sie für Brett empfand. „Ganz sicher."

„Ich will nur nicht, dass du noch einen Fehler begehst."

„Das werde ich nicht."

„Sei doch still, Myron!", rügte Eleanor ihren Mann. „Bethany ist erwachsen. Sie kann ihre Entscheidungen selbst treffen. Und was mich betrifft, Mr. Hanson …"

„Brett", korrigierte dieser sie.

„Brett." Eleanor ging auf ihn zu und streckte ihre Hand aus. „Willkommen in der Familie."

„Danke."

Myron stand auf und ging zum Kühlschrank. „Es ist wohl kein Sekt mehr von Weihnachten übrig?"

Eleanors blaue Augen funkelten. „Draußen in der Kühlbox ist noch eine Flasche."

„Ich glaube, das ist genau der richtige Zeitpunkt, um sie zu öffnen. Sieht so aus, als hätten wir etwas zu feiern!"

Bethany schlang ihre Arme um ihre Eltern. Freudentränen strömten über ihr Gesicht. „Ich danke euch beiden."

„Du brauchst dich nicht zu bedanken. Wir freuen uns für euch", erwiderte ihre Mutter. „Also, wann ist die Hochzeit?"

„Wie wäre es mit diesem Wochenende? Hier?", erkundigte sich Bethany.

„Perfekt!"

Während Myron sich nach draußen auf die Suche nach dem Sekt begab, ging Brett auf Bethany zu und nahm sie in den Arm. „Perfekt", wiederholte er vergnügt und zog sie an sich. Sie strahlte vor Freude.

„Hier haben wir sie", verkündete ihr Vater, als er die Küche betrat. Mit einem Handtuch bewaffnet, öffnete er die Flasche. Der Korken löste sich mit einem lauten Knall, und etwas vom schäumenden Sekt tropfte auf den alten Linoleumboden. Myron füllte vier Gläser. Anschließend hob er sein Glas in die Luft. „Auf die Braut und den Bräutigam." Sein stolzer Blick ruhte auf seiner Tochter. „Auf dass du das wahre Glück findest, das deine Mutter und ich vor langer Zeit entdecken durften", sagte er mit rauer Stimme.

„Danke, Dad." Vor Rührung musste Bethany schlucken. Bedächtig nippte sie an ihrem Glas. Noch nie war sie so glücklich gewesen!

Die Hände auf dem Rücken verschränkt, ging Jim Benson vor seinem Bürofenster auf und ab. Sein Sohn Harry saß auf einer Ecke seines Schreibtisches.

„Er hat es geschafft", wiederholte Harry, während er die unruhigen Bewegungen seines Vaters beobachtete. „Jetzt musst du dich an eure Abmachung halten."

„Ich weiß, ich weiß", blaffte Jim zurück und sah Harry verärgert an. Seit Grant Mills von Brett gefasst worden war, hatte sich Harrys Verhalten geändert – leider zu seinem Nachteil. „Lass Gloria die Urkunde aufsetzen."

„Das habe ich schon."

Auf dem Absatz machte Jim kehrt und starrte seinen Sohn an. „Ohne meine Zustimmung?"

„Ich habe beschlossen, dass dies eine Entscheidung ist, die der Vizepräsident allein treffen kann." Harry zupfte seine Krawatte zurecht und grinste seinen Vater an.

„Ist das so?"

„Ja. Außerdem nehme ich an, dass es dir nichts ausmacht, wenn ich einige Wochen freinehme und Skiurlaub mache."

„Was? Jetzt?" Wütend strich sich Jim über den Nacken. Seine geordnete Welt schien zusammenzubrechen. „Wieso denn ausgerechnet jetzt?"

„Wieso nicht? Mills ist hinter Gittern, heute Morgen wurde Anklage gegen ihn erhoben und Brett ist fertig mit uns. Alles ist in bester Ordnung. Oder?"

„Mills wurde noch nicht verurteilt", wandte Jim ein.

„Das ist nur eine Frage der Zeit. Schließlich tritt Karl Weathers als Kronzeuge auf, und damit ist Grant schon so gut wie überführt."

„Dann meinst du also, dass dieser Zeitpunkt der beste ist, um Urlaub zu machen?"

„Genau."

Laut klopfte es an der Tür. „Herein", bellte Jim, und Brett betrat das Zimmer.

„Hey! Schön, dich zu sehen", begrüßte ihn Harry. Er sprang vom Tisch und klopfte Brett auf die Schulter. Eifrig blätterte er einen Stapel Papiere durch, bis er den von Brett unterzeichneten Kreditvertrag in den Händen hielt. Harry reichte Brett das Originaldokument, auf dessen Vorderseite der Stempel der Bank prangte – und darunter der Vermerk, dass der Kredit in voller Höhe beglichen worden war.

„Dad?“

Böse musterte Jim seinen Stiefsohn, bevor er sich Harry zuwandte.

„Es fehlt nur noch deine Unterschrift auf der gestrichelten Linie“, bemerkte Harry auffordernd. Mit den Zähnen zog er die Kappe von seinem Füller ab und reichte seinem Vater das Schreibgerät.

Jim Benson biss sich auf die Unterlippe, als er den Vertrag unterzeichnete. „Ich sollte dir wohl danken.“

„Nicht nötig“, wehrte Brett ab, faltete die Urkunde zusammen und ließ sie in der Innentasche seiner Jacke verschwinden. „Ich habe nur meinen Job gemacht.“

„Aber du hast es geschafft“, rief Harry und verspürte einen Hauch Schadenfreude, als er sah, wie das Gesicht seines Vaters rot anlief.

„Ich hatte nur Glück.“

„Das spielt keine Rolle. Abgemacht ist abgemacht. Stimmt's, Dad?“

„Ich dachte, du wolltest aussteigen“, bemerkte Jim.

„Wollte ich auch. Aber dann hatte ich eine Eingebung.“

„Und du hast Mills damit hinter Gitter gebracht.“

„Auf welcher Seite stehst du eigentlich?“, fuhr Jim seinen Sohn an.

Abwehrend hob Harry die Hände. „Natürlich auf der richtigen. Du hast dich auf die Abmachung eingelassen. Und auch wenn Brett aussteigen wollte, hat er es letztlich nicht getan.“

„Richtig“, murmelte Jim.

„Gut. Komm, Brett, erzähl mir alles darüber beim Essen“, schlug Harry vor und warf sich lässig seinen Mantel über die Schulter. „Du hast doch nichts dagegen, Dad?“

„Um genau zu sein …“

„Gut“, unterbrach ihn Harry. „Bis später.“ Grinsend führte Harry Brett aus dem Büro.

„Was war denn das gerade?“, fragte Brett verwundert, während sie die Treppe hinabstiegen.

„Ein kleiner Befreiungskampf.“ Verschwörerisch zwinkerte Harry seinem Stiefbruder zu. „Komm, ich spendiere dir ein Bier. Ich habe lange über deine Worte nachgedacht – und du hattest recht. Ich bin zu jung, um so ein Spießer zu sein wie Dad.“

„Weshalb der Sinneswandel?“

Harry drückte die Türen des Gebäudes auf. Die Schneehaufen am Straßenrand reflektierten das schwache Sonnenlicht. „Das hat verschiedene Gründe. Zum einen die Gesundheit. Ich stand kurz vor einem Magengeschwür. Der Arzt sprach von zu großem Stress und hat mir Sport und gesunde Ernährung verordnet. Außerdem waren da all die Dinge, die du mir jahrelang an den Kopf geworfen hast. Ich glaube, es ist Zeit, dass ich endlich ein bisschen lebe.“

„Gute Idee.“

„Und du?“

„Ich?“ Brett schüttelte den Kopf. „Für mich ist es an der Zeit, mich niederzulassen.

„Sag nicht … Mit Bethany Mills.“

Brett lachte, und sein Atem bildete weiße Wölkchen in der kalten Luft. „Du hast deine Augen offen gehalten, was?“

Grinsend schob Harry die Hände in die Jackentaschen. „Das hast du mir immerhin beigebracht. Weißt du was? Im Sommer könnten wir ja mal bei dir oben angeln. Was hältst du davon?“

„Sag einfach Bescheid.“ Brett klopfte Harry auf den Rücken, als sie eine kleine Bar betraten. „Heute solltest du aber das mit dem Bier lassen. Barkeeper? Ein Glas Milch für meinen Freund“, sagte er.

„Heute nicht“, wehrte Harry lachend ab. „Magengeschwür hin oder her – heute trinken wir ein Bier!“

Über den Holzzaun gelehnt beobachtete Bethany die Rinderherde, die in einiger Entfernung auf den schneebedeckten Feldern weidete. Als sie den Motor eines Fahrzeugs hörte, hob sie den Kopf. Brett war zurück! Lächelnd winkte sie ihm. Er stellte das Mietauto ab und kam auf sie zu.

„Wie ist es gelaufen?“, fragte sie.

„Überraschend gut. Danke der Nachfrage“, sagte er mit glänzenden Augen. Aus seiner Jackentasche zog er den unterzeichneten Vertrag und zeigte ihn ihr. „Jim hat zu seinem Wort gestanden. Obwohl ich glaube, das Harry eine Menge damit zu tun hatte.“

„Harry? Du machst doch Witze.“

„Nein. Wir haben sogar ein paar Bierchen miteinander getrunken. Ganz wie in alten Zeiten.“

„Das merkt man“, erwiderte Bethany lächelnd.

Brett stellte einen Fuß auf den untersten Balken, blinzelte in die Sonne und ließ dann den Blick schweifen: auf die verblassten roten Gebäude der Farm, die kahlen Bäume, das solide alte Farmhaus und die dunkelblauen Berge in der Ferne. „Hier ist es wunderschön.“

„Ich weiß. Manchmal denke ich, ich hatte die beste Kindheit, die man sich wünschen kann.“

„Und dennoch bist du gegangen?“

„Ich musste.“

„Würdest du gerne wieder herziehen?“

„Eines Tages vielleicht“, gab sie zu. „Aber im Augenblick

habe ich in Portland noch Verpflichtungen. Das weißt du doch, oder? Dass, falls wir heiraten …“

„*Wenn* wir heiraten“, korrigierte er sie. Er legte den Arm um ihre Schultern und küsste sie sanft.

„Also gut. Wenn wir heiraten, muss ich zurück nach Portland. Wenigstens bis zum Ende des Schuljahrs.“

„Ich habe nichts dagegen. Irgendwie gefällt mir der Gedanke, Hausmann zu sein!“

„Jetzt mach aber mal halblang!“, entgegnete Bethany, und ihr unbeschwertes Lachen hallte über die Felder, auf denen der Schnee wie Puderzucker wirkte. „Mal im Ernst, was willst du dort machen?“

Der Gedanke an Greg Connelly ernüchterte Brett schlagartig. „Vielleicht kann ich einem alten Freund helfen, wieder auf die Füße zu kommen.“

„Dagegen kann ich nichts einwenden.“

„Aber im Sommer fahren wir in die Blockhütte.“

„Abgemacht.“ Sie legte den Kopf in den Nacken und lachte aus vollem Herzen.

Mit der Hand umfasste er ihre Taille und zog sie eng an sich. „Und wir schlafen den ganzen Sommer miteinander.“

„Den ganzen Sommer?“, neckte sie ihn liebevoll.

„Tag und Nacht.“

„Das wird ja immer interessanter.“

„Den besten Teil habe ich dir noch gar nicht erzählt“, eröffnete er geheimnisvoll.

„Der da wäre?“

„Der Grund, weshalb wir miteinander schlafen werden.“

„Nicht nur, weil wir es wollen?“ Ihre Augen glänzten vor Glück, als sie den Anblick seiner rauen Züge tief in sich aufnahm.

„Deswegen auch. Aber ich glaube, es ist an der Zeit, dass

ich Vater werde“, sagte er. „Außer … du kannst den Gedanken an ein Baby noch nicht ertragen.“

Bethany schenkte ihm ein verwegenes Lächeln. „Dafür könnte es schon zu spät sein“, gab sie zurück. „Weißt du, ich muss dir etwas beichten: Dieses Baby, von dem du sprichst, könnte schon unterwegs sein.“

Verdutzt betrachtete Brett sie. „Wirklich?“

„Wirklich!“

„Ja, worauf warten wir dann noch? Wir sollten sofort den Pfarrer rufen“, schlug Brett ungeduldig vor.

„Er kommt doch am Samstagabend. Erinnerst du dich? Das sollte früh genug sein.“

„Schon gut, schon gut.“ Der Gedanke an ein Baby überwältigte ihn. Er sah zu ihrem flachen Bauch, und Stolz füllte seine Brust. „Aber ich weiß nicht, ob ich so lange warten kann.“

„Versuche, dich zu beherrschen.“ Bethany hakte sich bei ihm unter, und gemeinsam gingen sie zum Haus.

„Hiermit erkläre ich Sie zu Mann und Frau“, verkündete Reverend Barnes. „Sie dürfen die Braut jetzt küssen.“

Brett hob Bethanys Schleier. Tief blickte er ihr in die Augen, bevor er die Arme um ihre schmale Taille legte. Dann neigte er den Kopf und küsste sie zärtlich. Sie trug ein einfaches elfenbeinfarbenes Kleid. Doch für Brett war sie die eleganteste Braut auf der ganzen Welt.

Bethany spürte, wie ihr Tränen in die Augen stiegen. Als ihr frischgebackener Ehemann sich von ihr löste, sah sie lächelnd in die kleine Gesellschaft, die sich im Wohnzimmer des alten Farmhauses zusammengefunden hatte. Nacheinander wurden sie von Bethanys Verwandten beglückwünscht.

Brett konnte seine Augen nicht von ihr abwenden. Nachdem der Kuchen verspeist, der Champagner ausgetrunken worden war, nahm er sie entschlossen bei der Hand und zog sie fort.

„Was machst du denn da?“, wollte sie leise von ihm wissen.

„Komm, wir setzen uns ab.“

Schon hatte er seinen Schlips abgenommen. Mit der letzten Flasche Champagner unter dem Arm führte er sie nach draußen in die kalte Nachtluft. Vor der Scheune hielt er an.

„Brett?“

„Pscht. Komm mit.“ Kaum hatten sie die Scheune betreten, da half er ihr die Leiter zum Heuboden hinauf. Dort lag eine Patchworkdecke ausgebreitet.

„Du bist unverbesserlich!“

„Nein. Einfach nur verliebt“, stellte er fest. Mit diesen Worten zog er sie an sich. Stürmisch küsste er sie mit all der brennenden Sehnsucht, die er seit einer Woche unter Kontrolle gehalten hatte. Mit den Händen machte er sich hinten an ihrem Kleid zu schaffen, öffnete geschickt den Reißverschluss.

Sie spürte die kühle Luft auf ihrer Haut, als sie schließlich beide auf den alten Quilt fielen.

„Das hast du geplant“, warf sie ihm lachend vor und genoss es, wie seine Berührungen sie wärmten.

„Schuldig im Sinne der Anklage.“ Sacht streifte er ihr das Kleid von den Schultern und hauchte zarte Küsse auf ihre samtige Haut.

„Ich bin so glücklich.“

„Ich auch.“

Als sie seine Lippen auf ihrem Körper fühlte, erschauerte sie. „Ich liebe dich, Brett.“

„Gut. Denn ich erwarte, diese Worte für den Rest meines Lebens von dir zu hören."

„Das wirst du", versprach sie ihm, fuhr ihm mit den Fingern durchs Haar und zog ihn eng an sich heran. Leidenschaftlich erwiderte sie seinen Kuss. „Für immer von heute an!"

– ENDE –

Lisa Jackson

Die dunkle Welle

Roman

MIRA®

PROLOG

Heftiger Wind fegte über den Puget Sound, wühlte die Wellen auf und peitschte Cord Donahue das dunkle Haar ins Gesicht. Dicke Regentropfen rannen über seinen Nacken, als er begann, das Boot zu beladen. Nicht ein einziges Mal sah er hinauf in den Nachthimmel.

Das kleine Boot schaukelte gefährlich an der Anlegestelle. Cord kümmerte es nicht.

In ihm brannte und tobte maßlose Wut, die Wut über Alisons Verrat!

Mit zusammengekniffenen Augen kämpfte er um sein Gleichgewicht auf dem rutschigen Deck und packte die letzte Kiste in den kleinen Laderaum. Seine Jeansjacke spannte sich über seinen verkrampften breiten Schultern. Er sah seine Zukunft in düsteren Farben vor sich, eine leere und sinnlose Zukunft. Eine Zukunft ohne Alison.

Mit einem heftigen Ruck löste er das Schiffstau und biss sich auf die Unterlippe. Eifersucht durchzuckte sein Herz. Er umklammerte das Steuerrad, betrachtete sein ordentlich verstautes Gepäck und fluchte. Diese mickrigen Kisten verkörperten sein ganzes Leben. Er zog den Kragen seiner Jacke hoch und sah dann doch hinauf in den bedrohlichen Himmel. Wolken jagten über den Vollmond hinweg. Auf dem schwarzen Wasser des Puget Sound tanzten weiße Schaumkronen.

„Na wunderbar", murrte er und startete den Motor. Der alte Außenborder spuckte und sprang schließlich mit Getöse an.

„Hey, Kumpel!" Ein Mann auf dem Dock winkte und schrie über den Lärm des Motors und des Windes hinweg. „Sie da! Sie können jetzt nicht rausfahren. Da braut sich ein Sturm zusammen!"

Doch Cord achtete nicht auf ihn. Er starrte auf das tintenschwarze Wasser, legte den Gang ein und raste los. Aus den Augenwinkeln erblickte er eine Frau im weißen Kleid, die über die Planken rannte. Sein Magen krampfte sich zusammen. Ihr schwarzes Haar umwehte ihr zartes Gesicht. Verzweifelt riss sie die Arme hoch und schien dabei etwas zu rufen.

Alison!

Und wieder schnitt ihr schrecklicher Verrat ihm tief ins Herz. Was zum Teufel hatte sie hier draußen zu suchen? Er riss das Ruder herum, das Boot drehte sich und schickte eine schaumige Gischt über das Dock.

„Cord!“ Er glaubte, ihre Stimme zu hören – oder war das nur der Wind? Er machte sich nicht die Mühe, sich umzudrehen. Er kannte all ihre Lügen bereits. „Cord! Warte …“

Das kleine Boot jagte über das raue Wasser und krachte mit dem Boden immer wieder dumpf auf, als er die glitzernden Lichter von Seattle hinter sich ließ. Freiheit – endlich! Im Augenblick konnte er an nichts anderes als an Flucht denken.

Er lenkte das Boot wie ein Wahnsinniger, ignorierte die Warnbojen. Sein Verstand schrie ihn an, er solle umdrehen, sich ihr stellen, sie mit der Wahrheit konfrontieren! Und dann wurden seine Fantasien gefährlich, er stellte sich vor, wieder mit ihr zusammen zu sein, sah ihre leuchtenden braunen Augen vor sich, ihre herrlichen Lippen, ihre seidige Haut …

Das Boot krachte gegen eine Welle, Holz splitterte. Cord packte das Lenkrad fester.

Den Felsen sah er erst, als es zu spät war. Hastig richtete er seinen Blick nach Steuerbord und zerrte so heftig am Ruder, dass er sich beinahe den Arm ausrenkte.

Das Boot kam ins Trudeln, das Heck knallte gegen den

Felsen, der Rumpf wurde auseinandergerissen. Ein glühender Schmerz schoss durch Cords Schulter. Er fiel auf die Knie und stieß sich den Kopf am Ruder, das sich drehte wie wahnsinnig, als ob der Teufel höchstpersönlich es lenken würde.

Dunkelheit umhüllte ihn, eisiges Wasser ergoss sich über die Deckkante, er hörte, wie der Motor stotterte und erstarb. Mit einer Hand tastete er in der Dunkelheit nach seiner Schwimmweste. Doch seine Finger waren taub, er konnte sie nicht finden. Mund, Nase und Augen waren mit Salzwasser gefüllt, er versuchte verzweifelt, über Wasser zu bleiben. Ein gezacktes Stück Holz schlug ihm gegen den Kopf, Schmerz jagte durch sein Hirn. Er tastete nach einem Halt, nach *irgendetwas*, das ihn davor bewahrte unterzugehen. Er bekam nicht genug Luft und begann zu husten. Seine Lungen schmerzten, schienen explodieren zu wollen. Alles war schwarz und kalt. Er wusste nicht mehr, wo oben und unten war.

Mein Gott, hilf mir!

Seine Fingernägel schrammten über die groben Planken, er verschluckte Salzwasser, seine Hand stieß gegen die raue Kante eines zerbrochenen Bretts, an das er sich klammerte, halb erfroren, bis er nicht mehr konnte.

„Alison!“, schrie er verzweifelt, als seine Finger abglitten. „Alison …“ Er schnappte nach Luft, eine letzte schwarze Welle schlug über ihm zusammen, und er wurde in die Tiefe gerissen.

1. KAPITEL

Cord Donahue lebt!“ Celia Davis stürmte atemlos ins Büro. Die Tür krachte gegen die Wand.

Ihre Worte hallten durch das alte Gebäude und zerrten an Alisons Herz – was für ein grausamer Scherz. Wütend sah sie hoch. Celia schüttelte sich den Regen aus ihrem goldblonden Haar, zog den Mantel aus und schleuderte ihn auf den Kleiderständer neben der Tür.

„Hast du nicht gehört?“, fragte sie mit ernster Stimme.

„Doch“, würgte Alison hervor, unfähig, sich zu rühren. Ihr Herz hämmerte in ihrer Brust. *Cord lebt? Unmöglich!* Doch ein Teil von ihr wollte so gerne daran glauben!

Celia durchquerte das Zimmer und knallte die Abendausgabe des *Seattle Chronicle* auf Alisons überfüllten Schreibtisch. „Hier steht's – Seite eins!“ Sie deutete auf ein Foto, ein grobkörniges Schwarzweißbild eines bärtigen Mannes, der Alison ansah. Er kam ihr bekannt vor. Aber das konnte nicht sein! Nicht nach vier Jahren!

Sie musterte den Mann genauer. Auch wenn sein dunkles Haar länger war und ein Teil seines Gesichts sich hinter einem Bart verbarg, so handelte es sich bei dem Mann auf dem Foto entweder um Cord Donahue oder seinen Doppelgänger.

Aber Cord ist tot, meldete sich ihr Verstand, und sofort schossen ihr Tränen in die Augen. Blinzelnd starrte sie auf die Zeitung und den bärtigen Mann, der behauptete, Cord zu sein. Er trug alte Jeans und Flanellhemd und einen mürrischen Gesichtsausdruck. Dunkle Augen blickten düster unter den dicken Brauen hervor.

Zitternd überflog sie den Artikel, ohne ein Wort zu begreifen, und versuchte, sich zu beruhigen. Inzwischen war sämtliche Farbe aus ihrem Gesicht gewichen, ihr Herz klopfte unkontrolliert, und sie bekam kaum Luft. Ihr Hals brannte, als erneut Tränen in ihr aufstiegen. Sie durfte es einfach nicht zulassen, diese wunderbare, aber völlig irrsinnige Geschichte zu glauben.

„Hey“, flüsterte Celia. „Bist du okay?“

„Ich weiß nicht“, gestand Alison, ohne den Blick von dem Foto zu wenden. So gerne sie der Überschrift glauben wollte, so gerne sie sich sofort auf die Suche nach ihm gemacht hätte, um ihm zu sagen, dass sie nie aufgehört hatte, ihn zu lieben, um ihn zu zwingen, ihr endlich zu erklären, warum er sie verlassen hatte – sie konnte es nicht. Diese Geschichte war zu unglaublich. Die Frage, ob dieser Mann tatsächlich Cord oder nur ein Betrüger war, konnte ihr ganzes Leben auf den Kopf stellen.

Sie schluckte schwer, nahm die Zeitung hoch und betrachtete den bärtigen Mann noch genauer. Verzweifelt versuchte sie, sich zusammenzureißen. Vielleicht glich dieser Mann Cord einfach nur bis aufs Haar! Falls Cord durch ein Wunder überlebt hatte, warum sollte er dann nach vier Jahren des Schweigens plötzlich zurückkehren? Bestimmt wüsste er, dass die Versicherungsgesellschaft ihn strafrechtlich verfolgen und er wegen Veruntreuung ins Gefängnis wandern würde.

Andererseits war genau das der Grund, warum kein vernünftiger Mensch sich freiwillig als Cord Donahue ausgeben würde.

Die dunklen Augen des Mannes schienen sie zu verhöhnen.

Ihr Herz machte einen dummen kleinen Satz.

„Ich dachte, du würdest Freudensprünge machen“, erklärte Celia mit einem verblüfften Lächeln. Sie war nicht nur die Sekretärin von Donahue Investments, sondern auch Alisons beste Freundin.

„Freudensprünge?"

„Ja, oder zumindest durch die Straßen tanzen! Cord Donahue lebt! Er hat all die Jahre gelebt und ist nicht etwa im Meer ertrunken!"

Alison zitterte bei der Erinnerung an diese furchtbare Nacht, was Celia aber nicht zu bemerken schien.

„Es ist unfassbar, dass niemand etwas davon wusste! Er lebte in einem kleinen Fischerdorf in Alaska und hat da wer weiß was gemacht." Sie schüttelte den Kopf und setzte sich auf Celias Schreibtisch. „Das könnte vielleicht der größte Schwindel sein, den die Bürger von Seattle je erlebt haben!"

„Vielleicht ist es nur sein Doppelgänger." Noch immer hatte sie Angst davor, dem Artikel Glauben zu schenken. Sie hatte so lange darum gebetet, dass Cord lebend gefunden würde. Nach ein paar Wochen hatte sie schließlich alle Hoffnung aufgegeben und akzeptiert, dass sie ihn nie wiedersehen würde.

„Soll das ein Witz sein? Sieh ihn dir an, Herrgott noch mal!"

„Vielleicht erlaubt sich jemand einfach nur einen Scherz – jemand, der so aussieht wie er."

„Aber wieso?" Celia hob die Hände. „Wegen dieser Firma? Keinesfalls. Jeder weiß, dass der Erfolg von Donahue Investments längst Vergangenheit ist. Niemand würde sich hierfür als ein Donahue ausgeben." Sie deutete auf die kahlen Wände und die spärliche Einrichtung. Ein paar Pflanzen, zwei schlichte Tische und zwei verschlissene Lederstühle waren alles, was von dem einstmals todschicken Büro übrig geblieben war. Früher einmal – vor dem Skandal – hatten sich die Büros von Donahue Investments über die erste und zweite Etage des Gebäudes erstreckt. „Davon abgesehen, wenn der Mann nur so tut, als wäre er Cord“, fuhr Celia fort, „dann muss er sich was Gutes einfallen lassen, vor allem der Polizei gegenüber und der Versicherungsgesellschaft, die uns aus der Klemme geholfen hat. Niemand, jedenfalls niemand bei klarem Verstand, würde gern Cord Donahue sein.“

„Das kann ich nicht abstreiten“, murmelte Alison.

„Musst du auch nicht. Lies einfach.“ Celia tippte auf die Zeitung. „Hier steht alles schwarz auf weiß.“

Lieber Gott, war das wirklich möglich? Lebte Cord tatsächlich noch?

Fahrig fuhr sich Alison durch das schwarze Haar und begann, den zweispaltigen Artikel zu lesen. Sie hatte gehofft, dass der Skandal endlich hinter ihr läge, und jetzt wurde die ganze Gesichte im *Seattle Chronicle* wieder von vorne aufgerollt! Sie sah Celia an, zwang sich zu einem kleinen Lächeln und unterdrückte den Gefühlssturm, der sie auseinanderzureißen drohte. „Es ist einfach nur so schwer zu glauben.“

„Das ist die Untertreibung des Jahrhunderts. Und ich dachte, du wärst überglücklich. Endlich taucht dein mysteriöser Schwager wieder auf, der Mann, von dem jeder glaubt, dass er das Familienvermögen gestohlen hat und danach bei einem Bootsunfall ertrunken ist. Und lies das. Hier.“ Sie blätterte die Zeitung durch und zeigte auf die Fortsetzung auf der vierten Seite. „Da steht, dass er heute nach Seattle kommt.“

Nicht heute! Sie hatte noch viel zu viel zu tun. Panik stieg in ihr hoch, sie versuchte, ihre zitternden Hände zu verbergen. Sie dachte an ihre Tochter Mandy, und wieder übermannte sie die Angst. Was, wenn er von Mandy erfuhr – oder vielleicht wusste er es schon?

„Mich wundert, dass er dich nicht angerufen hat.“

Alisons braune Augen umwölkten sich. „Wir waren nicht

besonders enge Freunde“, log sie mit trockenem Hals und dachte an das letzte Mal, als sie Cord gesehen hatte – in dieser Nacht, als er mit dem Boot davongebraust war. Sie hatte ihm nachgeblickt, bis er in der Dunkelheit verschwunden war, nur um am nächsten Tag zu erfahren, dass er bei einem Unfall ums Leben gekommen war.

Sie umklammerte ihren Bleistift, das Büro schien mit einem Mal klein und erdrückend. „Meinst du, du kommst heute allein zurecht?“

„Kein Problem“, sagte Celia. „Ist ja sowieso nicht viel los.“ Sie hüpfte vom Tisch und setzte sich auf ihren Stuhl. „Ich frage mich, warum er nicht früher zurückgekommen ist. Oder warum er überhaupt verschwunden ist“, überlegte sie laut, warf ihre kurzen blonden Locken zurück und blickte durch das Fenster auf die regennassen Straßen von Seattle.

„Vielleicht wollte er sich einfach aus dem Staub machen“, schlug Alison vor, während sie ihren Schreibtisch aufräumte.

„Dazu schien er gar nicht der Typ zu sein.“

„Du hast ihn gekannt?“ Alison sah auf.

„Nein, aber ich habe so Geschichten gehört. Du weißt schon, dass er das schwarze Schaf der Familie Donahue war. Zumindest als Teenager.“

„Damals kannte ich ihn nicht.“

„Wie ich gehört habe, hätte er ein paar Mal fast Ärger mit dem Gesetz bekommen.“

„Ist das so?“ Alison verkniff sich die feurige Verteidigungsrede für einen Mann, den zu hassen sie sich geschworen hatte. Warum verspürte sie überhaupt das Bedürfnis, ihn zu schützen, nachdem er sie vier Jahre lang im Glauben gelassen hatte, er wäre tot?

„Es heißt, er allein war der Grund dafür, dass Donahue Investments derart den Bach runterging.“

Alison hob die Schultern, schnappte sich ihren Mantel und versuchte, so gelassen wie nur möglich zu erscheinen. „Ich glaube nicht, dass es allein sein Fehler war“, erklärte sie, obwohl die Beweislage erdrückend gewesen war. Cords Unterschrift hatte auf jedem gefälschten Vertrag gestanden. Und er war mit dem Geld abgehauen. Aber weshalb? Warum hatte er das Geld der Firma unterschlagen und ihre gemeinsame Zukunft weggeworfen? Sie hatte sich vor langer Zeit geschworen, von ihm Antworten zu verlangen, falls sie ihn jemals wiedersehen sollte. Sie band ihr Haar mit einem Gummi zusammen und steckte es unter den Hut. Dann deutete sie mit dem Kinn auf die Zeitung. „Hast du was dagegen, wenn ich die mitnehme?“

„Bitte sehr. Ich hab sie schon gelesen.“

„Danke.“ Sie steckte die Zeitung in ihre Aktentasche, schlüpfte in ihren Mantel und versuchte vergeblich, sich zu beruhigen. Auf die eine oder andere Weise musste sie sich mit Cord auseinandersetzen – oder mit einem Mann, der sich als Cord ausgab. „Ich komme Montag wieder ins Büro“, rief sie über die Schulter.

„Montag ist D-Day, nicht vergessen! Dann will die Bank uns den Kredit kündigen!“

„Wie könnte ich das vergessen?“, murmelte Alison und verzog ironisch die Lippen. Aber in Wahrheit konnte sie sich, seit Celia Cords Namen erwähnt hatte, auf nichts anderes konzentrieren als auf die Tatsache, dass er vielleicht durch ein Wunder noch am Leben war. Sie warf die Tür hinter sich zu.

Sie hastete den Gang entlang, rannte die Treppe hinunter. Die Absätze ihrer Stiefel klapperten auf den alten Holzstufen. Das Herz schlug ihr bis zum Hals, als sie aus dem Backsteingebäude am Pioneer Square stürmte und sich in nördliche Richtung wandte. Sie achtete nicht auf den Regen, der aus dem dunkel bewölkten Himmel fiel und auf den Gehsteig platschte.

Alison lief zum Parkplatz, schloss mit zitternden Fingern die Autotür auf und glitt hinter das Lenkrad.

„Nun beruhige dich mal, Ali“, redete sie sich selbst zu, als sie ihre besorgten Augen im Rückspiegel sah. „Nur weil er vielleicht zurückgekommen ist, heißt das noch lange nicht, dass er dich überhaupt behelligen wird.“ Klar, und Gänse fliegen im Winter nicht nach Süden, dachte sie grimmig.

Das Problem war dieser kleine Teil von ihr – dieser dumme kleine Teil, der nie aufgehört hatte, ihn zu lieben, der nie ernsthaft geglaubt hatte, dass er tot war, und der ihn so verzweifelt wiedersehen wollte. „Nur keine falschen Hoffnungen“, murrte sie, startete den alten Mustang und lenkte den Wagen auf die hügelige Straße, die zur Autobahn führte.

Im Rückspiegel konnte sie die stahlgraue Spiegelung auf dem Puget Sound sehen, diesem riesigen Meeresarm des Pazifiks, in dem Cord vor vier Jahren – wie sie gedacht hatte – sein Leben verloren hatte.

Alison schlängelte sich durch den Feierabendverkehr, das Lenkrad fest umklammernd, und kaute auf der Unterlippe. Im Radio lief Popmusik, die Scheibenwischer bewegten sich im Takt, aber sie konnte an nichts anderes denken als daran, so schnell wie möglich nach Hause zu Mandy zu kommen – vor Cord. Falls er wirklich in Seattle war.

Schließlich lenkte sie den Mustang einen steilen Hügel hinauf und dann durch das schmiedeeiserne Tor des Donahue-Anwesens.

Nachdem sie vor der Garage geparkt hatte, sprang Alison aus dem Auto und betrachtete das würdevolle alte Gebäude, das seit vier Jahren ihr Zuhause war. Dunkel und verlassen stand es da. Drei Stockwerke mit hohen Giebeln und großen Fenstern, abseits der Straße, versteckt hinter Fichten und Ahornbäumen. Ein paar Scheiben im Dachgeschoss waren zerbrochen, einige Backsteine am Fundament abgebröckelt. Das einstmals so stolze und elegante Haus sah inzwischen furchtbar vernachlässigt aus. Alison ignorierte bewusst das Schild des Grundstücksmaklers im Vorgarten, genauso wie die nicht gestutzten Hecken und das Unkraut zwischen den Steinplatten. Ihre Gedanken waren bei dem unvermeidlichen Zusammentreffen, dem sie mit einer Mischung aus Erwartung und Furcht entgegensah. Einerseits erfüllte sich ihr größter Wunsch – und zugleich wurde ihr schlimmster Albtraum wahr. Vielleicht gelang es ihr ja doch irgendwie, ihm aus dem Weg zu gehen …

Aber das ist unmöglich, dachte sie mit rasendem Puls.

Die Katze, die sich in der Lorbeerhecke versteckte hatte, erschreckte sie fast zu Tode. Vögel kreischten und raschelten in den Bäumen über ihr, dicke Regentropfen platschten auf ihren Kopf. „Lazarus, du solltest dich was schämen!“, schimpfte sie den alten grauen Kater, beugte sich lächelnd hinunter und streichelte über seinen Kopf. Er wölbte ihr schnurrend den Rücken entgegen, seine Beute schien für diesen Moment vergessen. „Wenn du zur Hintertür kommst, gebe ich dir was zu fressen“, versprach sie, richtete sich wieder auf und lief über den Steinweg zur Eingangstür, während sie in ihrer Tasche nach dem Hausschlüssel kramte.

„Norma?“, rief sie und stieß die Tür auf. Ihre Schritte hallten laut in der Eingangshalle wider. „Mandy? Mommy ist wieder da!“ Sie spähte die gewundene Holztreppe hinauf und lauschte nach aufgeregten Trippelschritten. Doch es war nichts zu hören.

Alison zog den Hut ab, schüttelte das lange Haar aus,

hängte den Mantel in den Wandschrank und lief in die Küche. Von dem Ticken der Standuhr abgesehen war es still im Haus. Seufzend knipste sie das Küchenlicht an und entdeckte die Notiz am Kühlschrank. Norma war mit Mandy einkaufen gegangen, um Cords Rückkehr mit einem Abendessen zu feiern.

„Na großartig", murmelte Alison. „Ganz großartig." Sie wischte sich die Regentropfen von der Stirn und blickte auf den Tisch. Dort lag die Abendzeitung aufgeschlagen, der Artikel über Cord war rot umrandet. Cords grimmige Augen schienen sie anzustarren. „Zum Teufel mit dir", zischte sie. *Vier Jahre. Und kein einziges Wort.*

Lazarus maunzte vor der Küchentür. „Ich komme, ich komme", rief Alison, ließ dann das nasse Tier herein und goss Milch in eine kleine Schale. „Sieht so aus, als wären wir beide allein", sagte sie. „Wie wäre es, wenn ich uns ein Feuer im Kamin machte?"

Lazarus hatte die Nase tief in die Milch getaucht und schaute nicht ein einziges Mal auf. „Aha, das alles interessiert dich also überhaupt nicht." Sie streichelte ihn liebevoll. „Nun, ich weiß nicht, wie es dir geht, aber ich habe vor, mir eine Tasse Tee zu machen und mich vor den Kamin zu setzen, bis Mandy nach Hause kommt."

Fröstelnd stellte sie eine Tasse Wasser in die Mikrowelle und ging dann ins Wohnzimmer. Die schweren Kirschholztüren standen offen, doch die Vorhänge waren zugezogen und hüllten den Raum in Dunkelheit. Dann erstarrte sie. Sie hörte, wie ein Stiefel über den Holzboden kratzte.

Regungslos stand sie in der Tür und spähte in das Zimmer.

Dann sah sie ihn. Er saß in dem Ledersessel in der Ecke, ein Bein über die Armlehne geschwungen, das andere weit vor sich ausgestreckt und auf einem antiken Tischchen abgelegt. Seine umschatteten Augen hefteten sich auf ihr Gesicht, blickten sie verächtlich an.

Eine Sekunde lang setzte ihr Herzschlag aus. Es gab keinen Zweifel – Cord Donahue war tatsächlich außerordentlich lebendig!

„Cord?“, wisperte sie mit weichen Knien, weil so viele Emotionen an ihrer Seele zerrten. Sie hielt sich am Türrahmen fest.

„Tja“, entgegnete er langsam, seine Stimme so dunkel und vertraut, als ob sie ihn gestern das letzte Mal gesehen hätte. „Wenn das nicht die fröhliche Witwe ist.“

„Was tust du hier?“, fragte sie und verschränkte die Arme vor der Brust. Guter Gott, es war so schwer zu glauben, dass er lebte! Ihr Herz machte einen Sprung bei seinem Anblick. Sie erinnerte sich nur zu gut, wie viel sie miteinander geteilt hatten – und dass ihre Liebe nur auf Lügen aufgebaut gewesen war. Sie erwiderte seinen Blick so ungerührt wie nur möglich, doch in Wahrheit glaubte sie zu zerbrechen, als eine schmerzhafte Erinnerung nach der anderen sie einholte. „Wie bist du hereingekommen? Und wo zum Teufel hast du gesteckt?“, fragte sie mit bebender Stimme.

Er zog einen Mundwinkel in die Höhe, seine Augen blitzten amüsiert. „Kein ‚Hallo Cord, wie geht es dir?‘ Kein ‚Ich habe dich vermisst – zumindest eine Zeit lang, bis ich deinen Bruder geheiratet habe‘?“ Er griff in seine Hosentasche und zog einen Schlüsselbund hervor. Dann warf er ihn in die Luft und beobachtete spöttisch, wie er klirrend vor ihren Füßen auf den Boden fiel. „Ich habe den Schlüssel noch immer. Das war schließlich mal mein Haus. Schon vergessen?“

Wie hätte sie das vergessen können? „Das ist lange her.“

„Richtig.“ Er nickte. „Bevor du David geheiratet hast.“

Alison wollte sich nicht provozieren lassen. „Um Himmels willen, Cord, wir alle dachten, du wärst tot! Du hast uns vier Jahre lang in diesem Glauben gelassen!" Sie spürte Wut in sich aufsteigen. Wie hatte er sie verlassen können – wie hatte er sie nur glauben lassen können, dass er einen schrecklichen Tod gestorben war in den eisigen Wassern des Sound Puget? *Wie?*

Er hob eine Schulter, dann trank er einen großen Schluck aus seinem Glas. „Dein Fehler."

„Mein *was?*"

„Einer von vielen", sagte er, stand auf, streckte sich und lief zur Bar. Dort hob er eine Flasche in die Höhe und kniff die Augen zusammen, um das Etikett zu entziffern. Mit einem gleichgültigen Schulterzucken füllte er sein Glas mit Scotch nach. „Möchtest du auch etwas?" Seine Stimme klang scharf.

Verblüfft sah sie, wie er ein zweites Glas einschenkte. „Ich will nichts trinken", entgegnete sie. „Ich möchte nur ein paar Antworten."

Er nahm beide Gläser hoch. „Nun, du wirst einen Drink brauchen, ob du willst oder nicht." Er schlenderte auf sie zu und reichte ihr ein Glas. Ihre Hände streiften sich kurz, seine fast schwarzen Augen durchbohrten sie. Sein Mund war zu einer dünnen, grausamen Linie zusammengekniffen. „Du hast heute bestimmt einen höllischen Schrecken bekommen. Darauf würde ich wetten."

Er genießt es, dachte sie, und ihr wurde ganz übel bei der Vorstellung.

Cord durchquerte den Raum, lehnte sich an den Kaminsims und blickte sich in dem vertrauten Zimmer um. „Du willst dieses Haus also verkaufen, hm?"

Statt zu antworten, trank sie einen Schluck Scotch, der in ihrer Kehle brannte. Sie betrachtete ihn über den Rand des

Glases hinweg. Was für ein Mann war aus ihm geworden?

„Ist das Haus zu groß für dich? Oder birgt es zu viele Erinnerungen?"

„Ich habe keine andere Wahl", sagte sie langsam. „Zu viele Schulden."

„Ach, komm schon, Ali, du willst mir doch nicht weismachen, dass du Schulden hast?" Seine Augen funkelten. „Du bist reich, und du hast keinen Ehemann, der dir sagt, was du tun sollst. Einfach perfekt."

„Das denkst du wirklich?"

„So ist es doch", antwortete er schlicht. „Du hast deine Karten clever ausgespielt. Einen reichen Mann geheiratet, der früh gestorben ist. Endlich hast du bekommen, was du immer wolltest."

„Wenn du wüsstest." Sie knipste die Tischlampe an und ließ sich müde in einen Ledersessel sinken. Dann zwang sie sich, ihn direkt anzusehen. „Was willst du? Wieso bist du hergekommen?"

„Ist das nicht offensichtlich?"

Sie wandte den Blick nicht von seinem Gesicht. Er war älter geworden in den vergangenen vier Jahren, die grauen Strähnen in seinem Bart bewiesen, dass er kein leichtes Leben gehabt hatte. Seine Haut war tief gebräunt. „Weshalb hast du jeden in dem Glauben gelassen, du wärest tot?"

„Weil das eine Menge Probleme gelöst hat", antwortete er.

„Wie zum Beispiel, sich der Polizei zu stellen?"

Er lächelte böse. „Zum Beispiel. Ich war nicht bereit, all meine Verbrechen zu gestehen."

Also war es wahr! Er hatte das ganze Geld gestohlen, so wie David es vermutet hatte. Nie hätte sie gedacht, dass er zu so etwas in der Lage wäre. Bis jetzt. Mit zitternden Fingern strich sie sich über die Augenbraue. „Es wäre für uns alle leichter gewesen“, sagte sie, „wenn wir gewusst hätten, dass du lebst. David ist mit der Vorstellung gestorben, dass du ertrunken bist.“

„Ich glaube kaum, dass es ihm viel ausgemacht hat“, rief Cord. „Wir haben uns nicht besonders gut verstanden. Dafür hast du gesorgt.“

„Herrgott noch mal, Cord, ihr wart Brüder!“

„Und hatten offensichtlich die gleichen Interessen“, bemerkte er. „Es war ihm völlig egal, ob ich lebte oder nicht. Ich war ihm immer ein Dorn im Auge, und ich könnte wetten, er war froh, mich endlich los zu sein.“

„Nein …“

„Nein?“ Sein Lachen klang hohl. „Komm schon, Ali, du musst deinen geliebten Mann nicht verteidigen. Ich weiß, wie er war. Er war schließlich mein Bruder, nicht wahr? Ich bin mit ihm aufgewachsen.“ Er umklammerte das Glas so fest, dass seine Fingerknöchel weiß wurden. „Es hat nicht lange gedauert, bis er seinen Anspruch auf dich angemeldet hat, oder?“

„Du hast mich verlassen“, sagte sie ruhig. „Du hast mich glauben lassen, du wärst tot. Was hätte ich denn tun sollen? Darauf warten, dass ein Toter zu mir zurückkommt?“ Sie stellte ihr Glas ab und stand auf. „Ich weiß nicht, weshalb du hier bist, Cord, oder was du willst, aber es ist mir auch egal. Ich denke, du solltest gehen.“

„Zurück in mein Grab? Oder in die Hölle?“ Er nahm den Plexiglaswürfel mit einem Foto von Mandy, David und Alison in die Hand, knallte ihn dann wieder auf den Tisch und ging mit großen Schritten auf sie zu. „Denn das ist es, wo ich war, Ali. In der Hölle. Aber das liegt nun alles hinter mir. Ich werde nicht gehen. Nicht, bis ich meinen Namen reingewaschen habe und endlich all das zurückbekomme, was mir schon vor Jahren zustand. Und ich werde in aller Ruhe zusehen, wie du alles verlierst."

Sie hob das Kinn, schürzte die Lippen und starrte ihn herausfordernd an. „Darum geht es also. Deshalb bist du hier!"

Er packte sie an der Schulter. Seine braunen Augen glühten wütend. Jeder einzelne Muskel in seinem Körper schien angespannt. „Hast du mich verstanden, Ali? Ich werde dich ruinieren. Und dabei jede einzelne Sekunde genießen."

Alison zuckte innerlich zusammen, zeigte es aber nicht. „Wenn du dir einbildest, dass du einfach so in mein Leben zurückspazieren kannst, direkt aus deinem Grab, dann irrst du dich! Ich habe keine Ahnung, was du im Schilde führst, Cord, aber glaub mir, es wird nicht funktionieren. Du kannst mich bedrohen, so viel du willst, doch so wie ich es sehe, hast du jeden Anspruch verloren, als du dich aus dem Staub gemacht hast!"

Sein Blick wurde etwas sanfter. „Du hast noch immer alles im Griff, nicht wahr?" So etwas wie Zärtlichkeit huschte über sein Gesicht und erinnerte sie an früher.

„Ich versuche es", flüsterte sie und bekam kaum Luft, als sein Blick auf ihre Lippen fiel. Fast erwartete sie, dass er sie küsste. Ihr Herz begann zu rasen.

Stöhnend schloss er die Augen, nahm die Hand von ihrer Schulter und trat einen Schritt zurück, als ob allein sie zu berühren ihn anekeln würde. „Nun, *Mrs.* Donahue, ich würde sagen, du hast noch eine Menge zu lernen. Ich werde mir alles zurückholen, was ich verloren habe. *Alles!*" Er starrte sie an. „Und ich werde mir dabei alle Zeit der Welt lassen …"

2. KAPITEL

Alison rührte sich nicht. Ruhig erwiderte sie seinen grimmigen Blick. Egal, wie es in ihr aussah, sie durfte nicht zulassen, dass er einfach in ihr Haus kam und wilde Drohungen ausstieß. Zu viel stand auf dem Spiel, sie musste Mandy beschützen. „Verschwinde!“ Sie deutete auf die Tür.

„Das kann ich nicht.“

„Du hast keine andere Wahl. Entweder du gehst freiwillig, oder ich rufe die Polizei.“

Cord besaß die Frechheit zu lachen. Sein Gelächter hallte von den Wänden wider und schnitt in ihr Herz, erinnerte sie an den Sommer vor über vier Jahren, als sie, eine kleine Sekretärin bei Donahue Investments, so hoffnungslos verliebt in ihn gewesen war.

Er zog einen Mundwinkel nach oben. „Sei nicht so melodramatisch, Alison. Du wirst genauso wenig die Polizei rufen wie zum Mond fliegen!“ Er nippte an seinem Getränk, ließ sich auf das Sofa fallen und legte die Stiefel auf den Couchtisch. „Niemals.“

„Fordere mich nicht heraus.“

Er deutete mit großer Geste auf das Telefon. „Bitte schön, ruf an. Aber du solltest wissen, dass ich von der Polizei bereits verhört worden bin, wieder und wieder. Und ob du es glaubst oder nicht, Detective Donnelly scheint meine Geschichte zu glauben. Um genau zu sein, hat er mich gehen lassen, ohne mich auch nur aufzufordern, im Land zu bleiben. Vermutlich weiß er, dass ich nicht abhauen werde – ich habe hier zu viel zu erledigen.“

Sie hob fragend eine Augenbraue und steckte die Hände in die Taschen ihres Wollrocks, um ihr Zittern zu verbergen.

„Oh, keine Sorge, dein Geheimnis ist bei mir sicher“, beteuerte er. „Zumindest für eine Weile. Bis ich alle Beweise habe, die ich benötige.“

„Geheimnis?“, wiederholte sie. *Wovon spricht er? Er kann doch auf keinen Fall wissen …*

„Genau.“

„Was willst du beweisen?“ Ihr Herz hämmerte, als hinge ihr ganzes Leben an einem seidenen Faden.

„Beweise, dass du gelogen hast, Alison. Beweise, dass du David genauso belogen hast wie mich. Beweise, dass du nie etwas anderes wolltest, als den Namen Donahue zu tragen. Beweise, dass du alles, *alles* getan hättest, um zu bekommen, was du wolltest.“

„Was ich wollte“, sagte sie und ballte die Hände in den Rocktaschen zu Fäusten. „Und was war das?“

Er schnaubte verächtlich, nahm die Füße vom Tisch, stand auf und schlenderte langsam auf sie zu. Dann hob er ihre linke Hand und hielt ihren Ehering ins Licht. „Ein Stück Papier, das dich zu einer Donahue macht.“ Seine Augen waren nur noch wütend funkelnde Schlitze. „Eine Heiratsurkunde, Alison. Und die hast du bekommen, nicht wahr? Auch wenn du dafür David in die Falle locken musstest.“

Ihre Wangen wurden rot. „Ich habe niemanden in die Falle gelockt!“

Er wischte ihre Worte mit einer Handbewegung weg. „Mach dir gar nicht erst die Mühe, mich anzulügen! Denn das funktioniert nicht mehr.“ Er ließ ihre Hand fallen, lief wieder zur Bar und schenkte sich ein weiteres Glas ein. „David hat mir alles erzählt. Dass du mit ihm geschlafen und darauf spekuliert hast, schwanger zu werden.“

Alison stellte ihr Glas ab. „Er hat *was* gesagt?“ Sie wurde kreidebleich. Was redete er da? Das stimmte doch alles nicht.

Er konnte doch nicht behaupten, konnte doch nicht *glauben,* dass sie ... „Nein!“

„Jetzt gibt es doch keinen Grund mehr, es zu leugnen, oder?“ Er grinste höhnisch. „Schließlich haben wir den Beweis bereits, oder vielleicht nicht?“ Er warf ihr den Plexiglaswürfel zu. Sie fing ihn auf, schluckte und starrte auf den Schnappschuss. Damals war Mandy gerade sechs Monate alt gewesen. Unbekümmert lachend und mit rosigen Wangen saß sie auf Davids Schultern. „Das Donahue-Erbe.“

Oh Gott. „So war es nicht“, stotterte sie.

„Ach nein?“ Seine Augen funkelten, als glaubte er ihr nicht ein einziges Wort. „Dann erzähl doch mal, *Mrs.* Donahue, wie es war!“ Er beugte sich nach vorne, entdeckte die Zeitung mit seinem Foto auf der Titelseite, zerknüllte sie und warf sie in den Kamin. Dann legte er ein paar Eichenscheite dazu und zündete ein Streichholz an.

„David und ich haben nicht ... Ich hätte niemals ...“

„Was hättest du niemals?“ Hämisch blickte er über seine Schulter. „Das würde ich gerne hören!“

Alison fühlte, wie ihr Temperament mit ihr durchging. „Wenn du hiergeblieben wärst, würdest du es vielleicht kapieren.“

„Zweifellos“, knurrte er und betrachtete die aufzüngelnden Flammen. „Aber nachdem ich nicht hier war ...“

„Weil du mit dem Boot mitten in einen Hurrikan gefahren bist!“

„Spielt keine Rolle. Jetzt bin ich hier. Los, Alison, erzähl mir, wie du meinen Bruder dazu gebracht hast, dich zu heiraten, nachdem du gemerkt hast, dass du schwanger warst.“

„Ich habe David zu gar nichts gebracht“, entgegnete sie scharf. „Er wusste bereits von dem Baby.“

„Woher?“

Es fiel ihr schwer zu schlucken, ihre Wangen brannten. „Er hat den Befund des Arztes gefunden."

„Gefunden?", hakte Cord nach.

„In meiner Wohnung."

„Du hast ihn einfach so rumliegen lassen? Auf dem Tisch vielleicht?" Cords Kiefer wurde hart, ein Muskel zuckte wütend, als ob er bereits wüsste, was sie antworten würde.

„Natürlich nicht. Ich wusste nicht, dass er kommen wollte …"

„Wo war er also?"

Sie zwang sich, ihn nicht anzuschreien. „Auf meinem Nachtisch."

Er starrte sie an. „In deinem Schlafzimmer."

„Ja, aber …"

„Was hatte er da zu suchen?"

„So war es nicht", sagte sie schwach.

„Gut, wie war es dann? Sag es mir. Was hatte er dort zu suchen?"

Alison musste nachdenken, sie hatte die Erinnerungen an diese Zeit tief in sich vergraben. „Ich vermute, er suchte dich."

„In deinem Schlafzimmer? Komm schon, Alison, etwas mehr Fantasie. Das bekommst du bestimmt besser hin."

„Du glaubst mir nicht", sagte sie entschieden. Wie hatte es geschehen können, dass sie sich so weit voneinander entfernten? Sie hatten sich doch einmal geliebt und vertraut, und nun war nichts mehr von alldem übrig als Schmerz und Lügen – und ein Kind. Ein Kind, von dem er nicht wusste, dass es seines war. „Egal", murmelte sie geschlagen. „Es spielt keine Rolle."

„Und ob es eine spielt!"

Die Hintertür knallte zu. „Mommy! Mommy, Mommy", schrie Mandy.

Alison sah, wie Cord den Kopf hob und die Doppeltür fixierte, die ins Foyer führte.

„Hier, Mandy“, rief sie leise. Tränen schossen in ihre Augen.

Mandy stürzte in einem grauen Mantel und mit rosa Fäustlingen ins Zimmer. Als sie Cord entdeckte, blieb sie wie angewurzelt stehen. Ihre braunen Augen wurden groß, sie runzelte die Stirn.

Alison hatte Schwierigkeiten, die Fassung zu bewahren, als Vater und Tochter einander musterten, ohne sich zu erkennen.

„Mandy“, sagte sie steif, „das ist dein … Onkel … Cord.“ Sie zog ihre Tochter in die Arme und küsste sie auf die Wange. „Sag Hallo.“

Mandy schüttelte den Kopf. Dunkle Locken lugten unter ihrer rosa Strickmütze hervor. „Ich habe keinen Onkel.“

„Nun, wir wussten nicht“, sagte Alison sanft, „dass, Cord … zurückkommt. Er war sehr lange fort.“

Mandy kniff die Augen zusammen und betrachtete ein Foto, das über dem Kamin hing. Es war zehn Jahre zuvor aufgenommen worden und zeigte Cord und David. „Cord ist tot“, sagte sie, musterte noch einmal das Bild und dann den bärtigen Mann.

„Ich weiß, aber …“

„Dad ist tot“, fuhr das Kind nüchtern fort. „Das hast du gesagt.“

„Cord!“ Norma kam ins Zimmer. Als sie Cord sah, füllten sich ihre Augen mit Tränen. „Lieber Gott, du bist es wirklich!“ Sie rannte zu ihm und schlang ihre fülligen Arme um ihn. „Gelobt sei der Herr!“

Cord drückte sie an sich. „Du siehst nicht einen Tag älter aus, Norma“, zog er sie auf.

„Ach, hör schon auf." Sie lachte ein wenig, dann wischte sie sich die Tränen aus den Augen. „Wir alle dachten, du wärst tot!"

„Pech gehabt", entgegnete er.

„Von wegen, was für ein Glück!" Sie umarmte ihn noch einmal. „Gott sei Dank lebst du." Alison wusste, dass Norma Cord und seinen Bruder wie ihre eigenen Söhne großgezogen hatte. „Und jetzt lass dich mal anschauen." Sie hielt ihn eine Armlänge von sich und lächelte. „Was soll der Unsinn?" Sie berührte seinen Bart.

„Das ist Teil meines neuen, wilden Erscheinungsbildes."

„Nun, mir gefällt es nicht. Kein bisschen!"

Cord lachte, alle Anspannung wich aus seinem Gesicht.

„Weißt du, eigentlich sollte ich dir den Hintern dafür versohlen, dass du uns so hinters Licht geführt hast. Warum zum Teufel hast du uns nicht wissen lassen, dass du am Leben bist?"

Sein Blick schoss zu Alison. „Ich hatte meine Gründe."

„Ganz bestimmt. Und keiner davon ist auch nur einen Penny wert", schimpfte sie, doch ihre Augen wirkten noch immer ganz sanft. „Alison und ich haben die letzten vier Jahre damit verbracht, um dich zu trauern, während du dich in Alaska großartig amüsiert hast! Du hättest wenigstens schreiben können!"

„Ich denke schon."

„Da denkst du richtig", rief sie entrüstet, lächelte dann aber wieder. „Und erzähl mir bloß nicht, dass du vor der Polizei geflüchtet bist, weil ich das nicht glaube – nicht eine Sekunde lang. Du hast der Firma kein Geld gestohlen, und weder die Versicherungsgesellschaft noch das FBI oder Gott höchstpersönlich können mich davon überzeugen."

Cord lachte leise. Dieses Lachen war so warm, dass Alison beinahe vergaß, wie wütend sie auf ihn war. „Verzeihst du mir?“, fragte er Norma mit verschämtem Grinsen.

„Dass du mich hast glauben lassen, du seist tot? Nie im Leben!“ Aber sie lachte und schloss ihn wieder in die Arme. „Wie ich gelesen habe, hat ein Fischer dir das Leben gerettet.“

„George Clemans“, erklärte Cord. „Ich hatte großes Glück, dass er draußen war. Er sah, wie mein Boot gegen einen Felsen prallte, und zog mich gerade noch rechtzeitig aus dem Wasser.“

Alison hatte das Gefühl, dass ihr Herz zerspringen müsste, als sie sah, wie Norma ein stilles Dankesgebet sprach.

„Dann hättest du doch zurückkommen können“, stellte sie fest.

„Ich weiß.“

„Nun, dann erzähl uns, wie es weitergegangen ist.“

„George lebt auf einer sehr kleinen Insel. Dort gibt es weder Strom noch Telefon und auch keine Tageszeitung. Insofern wusste er nicht, wer ich war.“

„Und du hast es ihm auch nicht verraten.“

„Nein. Und ich wollte auch nicht in ein Krankenhaus.“

„Guter Gott.“ Norma seufzte.

Alison hörte fassungslos zu. Cord hatte offenbar mit aller Macht versucht, seine Spuren zu verwischen. Und es war ihm gelungen.

„Ich wollte nicht ins Krankenhaus, weil ich Angst hatte, erkannt und verhaftet zu werden. Wegen Veruntreuung des Firmenvermögens.“

„Hättest du aber besser mal tun sollen. Stattdessen hast du uns im Glauben gelassen, dass du tot bist – und ein Dieb! Wenn ich nicht so froh wäre, dich zu sehen, würde ich …“ Norma stöhnte. „Ich weiß nicht, was ich tun würde.“

„Und warum bist du nicht nach Hause gekommen, als du

wieder gesund warst?“, mischte Alison sich ein.

Er sah sie an. Sein Blick bezichtigte sie Tausender unbekannter Verbrechen. „Ich hatte beschlossen, meine Vergangenheit hinter mir zu lassen.“

Norma schüttelte den Kopf. „So würde ein schuldiger Mann sprechen, aber erzähl trotzdem weiter.“

„Ich habe George mit dem Geld bezahlt, das er auf dem Bootswrack gefunden hat, und ihn gebeten, mich nach Kanada zu bringen. In Vancouver habe ich mir einen ramponierten Chevy gekauft und bin damit nach Alaska gefahren.“

„Ohne noch einen weiteren Gedanken an uns zu verschwenden“, murmelte Alison.

„Im Gegenteil“, sagte er. „Ich suchte mir Arbeit und habe so viel gespart, wie ich konnte. Zusammen mit dem Geld, das ich noch hatte, investierte ich in eine Lachskonservenfabrik. Die lief mit der Zeit sehr gut, ich konnte sogar meinen Partner ausbezahlen. Also, mir ist es ganz gut ergangen.“

„Bist du glücklich?“, fragte Norma skeptisch.

„Das war ich. Bis ich das von David gelesen habe.“

Norma sah Alison und Mandy an. „Was für ein Unglück“, wisperte sie, bekreuzigte sich schnell und zwang sich dann zu einem Lächeln. „Nun hör mal, du solltest dich rasieren. Am Montag können wir deine Hilfe mit den Leuten von der Bank brauchen, und vor denen solltest du ordentlich und geschäftsmäßig erscheinen.“

Alison krümmte sich innerlich.

„Leute von der Bank?“, fragte er. „Welche Leute?“

„Oh, ich kenne ihre Namen nicht“, entgegnete Norma. „Diese Männer eben von der Federal Commerce Bank.“

„Rex Masterson“, erklärte Alison.

„Warum?“

„Die Bank will ihren Kredit zurückziehen“, gestand sie.

Er hob eine Hand. „Willst du behaupten, dass unsere Firma Schulden hat?“

„Ja.“

„Aber als ich ging …“

„Das war vor vier Jahren“, sagte Alison schnell. „In vier Jahren kann viel passieren! Da kann sogar ein Mensch sterben!“

Norma blickte kopfschüttelnd von Alison zu Cord und dann zu Mandy. „Kommt, lasst uns nicht streiten. Was geschehen ist, ist geschehen, wir können das alles doch auch später klären. Heute Abend müssen wir feiern! Ich werde Cords Lieblingsessen kochen, und unsere kleine Mandy hier wird mir helfen. Nicht wahr, Liebes?“

„Klar!“ Mandys Augen leuchteten. „Backen wir Plätzchen?“

„Viel besser.“ Norma nahm ihre kleine Hand und zog sie zur Tür. „Ich zeige dir, wie man einen richtigen Apfelkuchen backt!“ Norma blickte noch einmal über die Schulter. „Du kannst dir sicher vorstellen, dass das Telefon nicht stillgestanden hat, seit der Artikel erschienen ist.“

Cord seufzte. „Ja, das kann ich mir vorstellen.“

„Komm“, drängte Mandy.

„Gleich, geh schon mal vor.“ Sie wandte sich wieder Cord zu. „Die meisten Anrufe kamen von alten Freunden, einige aber auch von Reportern.“

„Toll“, stöhnte Cord.

„Und ein Typ aus Anchorage hat ein paar Mal angerufen.“

„Lamont?“

„Genau. Ich habe alles auf einem Zettel in der Küche notiert.“

„Ich rufe später zurück.“

Norma warf Alison einen Blick zu und verzog missbilligend den Mund. „Und ein Anruf für dich – Nate Benson."

Alison zwang sich zu einem müden Lächeln. Nate war ein guter Freund der Familie. Er war dabei gewesen, als David bei diesem Jagdunfall ums Leben gekommen war. „Danke."

„Benson", wiederholte Cord nachdenklich. „Wieso ruft er an?"

„Vermutlich deinetwegen", zischte sie. „So wie alle anderen auch."

Norma ließ sich von Mandy aus dem Zimmer ziehen.

Alison fühlte sich auf einmal sehr erschöpft. „Weißt du, sie hat recht. Wir sollten uns nicht streiten. Das hilft doch niemandem."

„Dabei würde sie mich eigentlich am liebsten in Stücke reißen."

„Mit gutem Grund. Du weißt, dass sie dich liebt. Und du hast sie glauben lassen, su seist tot." Alisons Lippen bebten.

„Ich hatte kaum eine andere Wahl, oder?" Cord lief zur Bar, nahm die Scotchflasche hoch, zögerte dann aber. „Warum zum Teufel ruft Nate Benson dich an?"

„Ich habe dir schon gesagt, dass ich es nicht weiß."

„Er war Davids Freund."

„Ja, und er war bei dem Unfall dabei. Er hat David ins Krankenhaus gebracht, aber es war zu spät."

„Ich begreife es einfach nicht", murmelte Cord. „David wusste doch genau, wie man mit einem Gewehr umgeht."

„Wie Nate sagt, glaubte David, dass das Gewehr nicht geladen war." Alison wurde eiskalt bei dem Gedanken an den schrecklichen Unfall, der David das Leben gekostet hatte.

„Er hat also gesehen, wie es passiert ist?"

Sie nickte.

Cord stellte die Flasche wieder hin. „Und jetzt ruft Nate Benson dich an."

„Er ist ein guter Freund, Cord. Ich kann einen guten Freund brauchen“, gestand sie leise.

„Ja, vermutlich. Norma hat wohl recht“, entschied er. Sein Blick wurde wieder distanziert. „Vielleicht sollten wir versuchen, miteinander auszukommen. Zumindest fürs Erste.“ Er sah ihr in die Augen, dann auf den Mund.

Alisons Herz machte einen Sprung.

„Aber ich brauche Antworten, Alison, und zwar ehrliche.“

„Die brauche ich auch.“ Sie sahen sich an, und sie wusste wieder, wie es sich angefühlt hatte, mit ihm zusammen zu sein, sich ihm anzuvertrauen und ihn bis zum Morgengrauen in den Armen zu halten.

Als ob er ihre Gedanken gelesen hätte, schnaubte er verächtlich, spazierte dann gemächlich aus dem Zimmer, die Treppe hinauf. Sie hörte, wie oben eine Tür zugeknallt wurde.

„Wunderbar“, murmelte Alison und starrte in ihr Glas. „Cord ist zurück – und hat Rache geschworen!“ Sie umklammerte das Glas fester und hörte, wie Mandy in der Küche lachte. Ihr Herz zog sich zusammen. Aber sie konnte Cord nicht von seiner Tochter erzählen. Noch nicht. Jedenfalls nicht, bis ein paar Dinge zwischen ihnen geklärt waren.

Cord stand bis zur Hüfte nackt vor dem Spiegel. Seine Augen wirkten hohl. Tiefe Falten zeigten sich um seinen Mund. Sein Bart schimmerte grau, aber zumindest das Haar auf seinem Kopf und seiner Brust war noch immer dunkelbraun. In den letzten Jahren war er sichtbar älter geworden, während für Alison die Zeit stehen geblieben schien. Ihre Haut war noch immer glatt und leuchtend, ihre Augen blitzten, ihr Lächeln wirkte unbeschwert und frisch. Sie war noch genauso schön wie damals, und er war müde. Mein Gott, war er müde.

„Hör auf damit!" Er drehte den Hahn auf, Dampf füllte das kleine Badezimmer und verwischte sein Spiegelbild. Er hatte geglaubt, über sie hinweg zu sein. In Alaska hatte er jeden Gedanken an sie verbannt. Aber kaum zurück, drängten all die Emotionen wieder an die Oberfläche. Er begehrte sie noch immer – genauso wie früher, wenn nicht sogar mehr.

Angewidert von sich selbst, begann er, seinen Bart abzunehmen und sich zu rasieren. „Du bist ein Idiot!", schimpfte er sich, schwenkte die Klinge in heißem Wasser aus und wischte sich mit einem Handtuch den Schaum aus dem Gesicht. „Ein verdammter Idiot."

Als er in die untere Ecke des Spiegels sah, entdeckte er Mandys schelmische Augen, die ihn beobachteten. Sie hielt sich am Türrahmen fest und spähte ins Zimmer.

„Das ist Daddys Zimmer", verkündete sie.

Cord runzelte die Stirn. „Nicht mehr."

„Doch!"

„Nun, jetzt, wo ich wieder zurück bin, gehört es mir", sagte Cord und blickte sich im Bad um. „Bevor ich gegangen bin, war es meins, und jetzt will ich es wiederhaben. Davon abgesehen hat dein Daddy doch wohl ein Zimmer mit deiner Mom geteilt."

Mandy schob die Unterlippe vor und schüttelte den Kopf. „Das war Daddys Zimmer."

Cord zog die Brauen zusammen. In diesem geräumigen Zimmer mit dem angeschlossenen Bad war er aufgewachsen. David hatte ein paar Türen weiter gewohnt, das Schlafzimmer der Eltern hatte sich auf der anderen Seite der Treppe befunden. Es störte ihn, dass David sich sein Zimmer unter den Nagel gerissen hatte neben allem anderen auch, Alison eingeschlossen, aber er schüttelte diese düsteren Gedanken ab. Was für eine Rolle spielte das noch? David war vor drei Monaten ums Leben gekommen, und mit ihm war die Vergangenheit begraben. Er spürte einen albernen Stich der Reue, als er an seinen Bruder dachte. Es hatte eine Zeit gegeben, vor vielen Jahren, als sie sich gut verstanden. Aber später, nachdem ihr Vater gestorben war und sie beide begonnen hatten, in der Firma zu arbeiten, da änderte sich alles. Plötzlich entwickelte sich eine dunkle, böse Rivalität zwischen den Brüdern. Cord hatte als Älterer einen Großteil des Vermögens geerbt, was David nicht verkraften konnte.

Ursprünglich wollte er David die Hälfte der Firma überschreiben, sobald dieser bewiesen hatte, dass er mit der Verantwortung umgehen konnte. So weit war es aber gar nicht gekommen, dafür hatte die Zeit nicht gereicht. Und jetzt war David tot. Cord fühlte den Verlust. Ein heißer Schmerz schoss durch seine Brust.

Er erinnerte sich an seine harten letzten Worte und wünschte, er könnte sie zurücknehmen. Noch vor ein paar Stunden hatte er Alison verletzen wollen – und sie sogar angelogen, was seine wahren Gefühle für seinen Bruder betraf.

Ach, zum Teufel, es war egal, was Alison dachte.

Sie allein trug die Verantwortung für das ganze Unglück der Familie Donahue, sie hatte die beiden Brüder für ihre selbstsüchtigen Ziele ausgenutzt.

Warum aber fühlte er sich noch immer zu ihr hingezogen? Warum sehnte er sich so danach, in ihr glänzendes schwarzes Haar zu fassen?

„Weil du ein verdammter Idiot bist, Donahue“, sagte er zu seinem Spiegelbild. „Ein verdammter Idiot.“

„Das ist ein schlimmes Wort“, unterbrach Mandy seine wütenden Gedanken.

„Wie bitte? Oh. Ja, ich fürchte, du hast recht.“

„Mommy würde das nicht gefallen.“

„Vermutlich nicht“, antwortete Cord, dem es egal war, was Mommy gefiel oder nicht.

„Was machst du?“, fragte Mandy.

„Ich rasiere mich.“ Er schlang ein Handtuch um den Nacken und versuchte, sich in Erinnerung zu rufen, dass dieses Kind der Grund gewesen war, warum er vor vier Jahren Seattle verlassen hatte. Dieses kleine Mädchen war der Beweis für Alisons Untreue.

Sie betrachtete sein glatt rasiertes Gesicht und hob das Kinn. „Sieht besser aus.“

„Findest du?“

Sie nickte eifrig, zog sich kurz zurück, um nur Sekunden später wieder den Kopf ins Zimmer zu strecken. Mandy Donahue mit den tanzenden braunen Augen, den rosigen Wangen und den schwarzen Ringellöckchen war das niedlichste Mädchen, das er je gesehen hatte. Es war schlicht unmöglich, sich von ihrem schelmischen Lächeln und den funkelnden Augen nicht bezaubern zu lassen.

„Du bist ein Frechdachs, weißt du das?“

Sie quietschte begeistert auf, als er sich herunterbeugte und so tat, als wollte er sie fangen.

„Mandy?“, rief Alison.

„Du solltest dich lieber aus dem Staub machen“, flüsterte er. Doch statt zur Treppe zu rennen, hechtete sie unter das Bett und kicherte leise.

„Mandy?“, rief Alison erneut, diesmal lauter. „Wo bist du?“ Sie lief an der offenen Tür von Cords Zimmer vorbei, schaute hinein, und ihr Puls begann zu jagen, als sie ihn sah. Er trug nur Jeans und ein Handtuch um den Nacken. Er fing ihren Blick auf und forderte sie schweigend auf einzutreten.

Sie zögerte, betrachtete sein glatt rasiertes Kinn, das Blitzen in seinen Augen, die amüsiert in die Höhe gezogenen

Mundwinkel. Ihr Blick wanderte tiefer zu den vertrauten breiten Schultern, den dunklen Haaren auf seiner Brust und dem flachen, durchtrainierten Bauch. Sie wagte es nicht, das Zimmer zu betreten. Stattdessen hielt sie sich am Türrahmen fest.

„Ich … ich bin auf der Suche nach Mandy“, sagte sie und spürte entsetzt, dass sie rot wurde.

„Hab sie nicht gesehen“, entgegnete Cord, doch mit den Augen zeigte er aufs Bett, und Alison entdeckte die Spitze eines Turnschuhs, der hastig weggezogen wurde.

Sie lächelte. „Dann muss ich wohl in meinem Zimmer nachsehen“, sagte sie, und ihr wurde ganz warm ums Herz, weil Cord zum ersten Mal seine freundliche Seite zeigte. War das wirklich derselbe Mann, der sie noch kurz zuvor so bitter angegriffen hatte?

„Das ist eine gute Idee“, stimmte er zu, und unter dem Bett erklang Gekicher.

„Was war denn das?“, fragte Alison.

Cord hustete und schüttelte den Kopf. „Ich habe nichts gehört.“

„Nein?“

„Nein.“

Diesmal war das unterdrückte Kichern zu laut, um es zu überhören. „Sie ist hier!“, rief Alison. „Ich frage mich nur, wo?“ Sie spähte ins Badezimmer, öffnete die Tür der Dusche, dann lief sie geräuschvoll zum Schrank. „Da muss sie sein!“

„Nein, Mommy!“ Mandy lachte, und Alison beugte sich nach unten. „Da bist du also! Raus da. Norma braucht deine Hilfe in der Küche. Gleich gibt es Abendessen.“

Mandy krabbelte zögernd unter dem Bett hervor. Ihr rundes Gesichtchen war verschmiert, Staub hing an ihren Kleidern.

„Ach, sieh dich nur an!“, stöhnte Alison und wischte die

Flusen von ihrem Sweatshirt und der Cordhose. „Wie du ausschaust!"

„Ist nicht schlimm", entgegnete das kleine Mädchen ernsthaft, und Cord konnte ein Lachen nicht unterdrücken. Dann deutete Mandy auf ihn. „Er sagt, das ist *sein* Zimmer, nicht Daddys!"

Alisons gute Laune verflog, ihr Gesicht wurde aschfahl. „Tja, nun, er hat recht", sagte sie schnell und leckte sich nervös über die Lippen. „Cord hat hier gewohnt … also … bevor Mommy und Daddy geheiratet haben." Aus den Augenwinkeln sah sie, wie Cord sich versteifte, er fixierte sie mit seinem durchbohrenden Blick.

„Aber danach war das Daddys Zimmer!", beharrte das Kind.

„Ja, für eine Zeit", stimmte Alison zu, hob das Mädchen auf die Arme und trug es zur Tür. „Sieh mal, ich glaube, wir sollten jetzt besser zu Norma gehen, meinst du nicht?" Als sie auf den Flur trat, hörte sie Cords Schritte hinter sich. Sie hatte ungefähr die Hälfte der Treppe erreicht, als seine Stimme sie stoppte.

„Wenn du in der Küche fertig bist", sagte er langsam und lehnte sich über das schimmernde Holzgeländer, „dann sollten wir uns unterhalten."

„Aber danach gibt es Essen, und dann muss ich Mandy baden und eine Geschichte vorlesen und …" Sie wusste, dass sie dummes Zeug plapperte, hielt inne und sah zu ihm hinauf.

„Später", verlangte er.

Alison konnte die Entschlossenheit in seinen Augen sehen und entschied, dass es sich nicht lohnte zu streiten.

„Später", stimmte sie mit sanfter Stimme zu. Dann lief sie die Stufen hinunter, drückte Mandy fest an ihre Brust, als könne er jeden Moment herausfinden, dass das dunkelhaarige Mädchen in Wahrheit seine Tochter war.

Natürlich würde sie es ihm bald sagen müssen. Aber wie? Vielleicht hatte er ja all seine Ansprüche verloren, als er vor vier Jahren ohne ein Wort der Erklärung verschwunden war.

Ihr Herz hämmerte wie wahnsinnig. Früher oder später würde Cord die Wahrheit herausfinden, und dann gnade ihr Gott!

3. KAPITEL

Das Esszimmer war seit Jahren nicht mehr genutzt worden, doch an diesem Abend erstrahlte es in altem Glanz. Kerzen flackerten, die Flammen spiegelten sich in der frisch polierten Platte des Mahagonitisches. Norma hatte den Tisch mit dem besten Geschirr und den edelsten Gläsern gedeckt, das geputzte Tafelsilber blinkte im Licht des Kronleuchters.

„Das Warten hat sich gelohnt“, sagte Cord, als er für Norma den Stuhl zurückschob. Er trug schwarze Hosen, ein weißes Hemd und eine burgunderfarbene Krawatte, und frisch rasiert war er genauso attraktiv wie früher. Alisons Herz zog sich zusammen, als er ihre Hand berührte und dann ihren Stuhl zurechtrückte.

„Ich habe geholfen!“, erklärte Mandy. Sie saß auf einem dicken Telefonbuch und kicherte, als Cord ihren Stuhl an den Tisch schob.

„Ach, deswegen riecht es also so gut!“ Cord zwinkerte Norma zu und setzte sich Alison gegenüber.

„Nächstes Mal mache ich alles ganz allein!“

Norma lachte, während Alison sich fragte, wie sie das Essen durchstehen sollte, nachdem Cord ihr gegenübersaß und den Blick nicht eine Sekunde von ihren Lippen abwandte.

Der köstliche Duft von gegrilltem Lachs, Kräuterreis und Apfelkuchen schwebte verführerisch durch die Räume, doch Alison brachte keinen Bissen hinunter. Stattdessen schob sie nur ihr Essen auf dem Teller herum. Und ärgerte sich über sich selbst, dass Cord eine solche Wirkung auf sie hatte.

Zum Glück war Mandy lebhafter als sonst und plapperte ununterbrochen vor sich hin, weshalb Alisons Schweigsamkeit nicht auffiel. Als Cord ihren Blick auffing, sah sie schnell weg, aus Furcht, er könnte ihre Gedanken erraten. Sie durfte Cord nicht wissen lassen, dass er ihr noch immer nicht egal war.

„Hast du keinen Hunger, Mommy?“ Mandy beäugte Alisons Teller.

„Nicht viel“, gestand Alison.

„Warum nicht? Schmeckt es dir nicht?“

Alison zwang sich zu einem Lächeln. „Es schmeckt wunderbar, du hast das toll gemacht.“

„Dann iss auf!“, rief Mandy verschmitzt, ihre dunklen Augen funkelten. „Sonst bekommst du hinterher keinen Apfelkuchen.“

Cord hustete laut in seine Serviette, vermutlich überspielte er ein Lachen. Seine Augen jedenfalls glitzerten amüsiert.

„Ich werde daran denken“, antwortete Alison und wünschte, sie könnte das Thema wechseln. „Und jetzt kümmere dich nicht weiter um mich.“

Cord wandte sich an Norma. „Du hast dich diesmal wirklich selbst übertroffen.“

Norma strahlte. „Und du, Cord Donahue, bist so charmant wie immer.“

„Auf die beste Köchin in King County“, verkündete Cord und trank einen Schluck Chablis. „Vielleicht sogar im ganzen Nordwesten des Landes.“

„Ach, hör schon auf.“ Norma winkte ab.

„Das meine ich ernst.“

Du trägst ein bisschen zu dick auf, meinst du nicht, Cord? Alison fragte sich, was genau er im Schilde führte. Cord Donahue war ihr einfach unbegreiflich: in der einen Sekunde hart und rachsüchtig, in der nächsten so bezaubernd wie immer. Ob sie ihn jemals verstehen würde?

Sie schützte gesteigertes Interesse an ihrem Teller vor,

um ihn ungestört unter langen schwarzen Wimpern hervor beobachten zu können.

„ ... oder vielleicht nicht, Alison?", fragte er jungenhaft grinsend.

Erschrocken sah sie auf. „Was denn?"

„Hast du etwa nicht zugehört?" Spott lag in seiner Stimme.

„Ich ... ich war in Gedanken."

„Offensichtlich", entgegnete er trocken. „Ich sagte, dass wir morgen etwas Schönes unternehmen sollten, falls die Sonne scheint."

„Etwas Schönes?", wiederholte sie.

„Picknick und Jahrmarkt", entschied Mandy.

„Es gibt zurzeit keinen Jahrmarkt."

„Wir könnten aber in den Zoo gehen oder ins Aquarium. Oder einfach durch den Pike Street Market schlendern und über die Landungsbrücken", schlug Cord vor. „Ist für mich ja schon ziemlich lange her. Ich würde gerne zum Hafen gehen."

„Wir könnten ja eine Bootsfahrt machen!", rief Mandy eifrig.

Alison erblasste. Der Gedanke, mit einem Boot dort hinauszufahren, wo Cord vermeintlich sein Leben gelassen hatte, war zu viel für sie. „Ich glaube nicht ..."

„Grandiose Idee!", rief Cord und rieb sich über das Kinn. „Ich habe schon ein paar Jahre lang kein Boot mehr gesteuert. Ich bin vielleicht ein wenig eingerostet, aber ..."

„Das reicht!", rief Alison aus, schluckte dann aber all die wütenden Worte hinunter, die ihr bereits im Hals steckten.

„Ich ... also, ich hole mal den Kaffee", meldete Norma sich zu Wort und sah besorgt von Alison zu Cord. „Komm, Mandy, du kannst mir mit dem Apfelkuchen helfen." Hastig scheuchte sie das Kind vom Tisch weg und verschwand mit ihm durch die Schwingtür in der Küche.

„Wie kannst du es wagen!“, zischte Alison, sprang auf und starrte ihn an, wie er unbeeindruckt seinen Wein trank. Sie zitterte so heftig, dass sie an der Tischplatte Halt suchen musste. „Findest du das lustig? Uns glauben zu machen, dass du ertrunken bist, Himmelherrgott! Wenn du nur wüsstest, wie schrecklich das für uns alle war …“

„Erzähl es mir“, schlug er vor. „Exakt wie lange hat es gedauert, bis du mit meinem Bruder vor den Altar getreten bist? Drei oder vier Wochen?“

Sie wusste nichts zu antworten. Was sollte sie auch sagen? Er hatte sich bereits seine Meinung über sie gebildet. „Ich … ich war am Ende“, stammelte sie.

„So am Ende, dass du David bei der erstbesten Gelegenheit geheiratet hast.“

„So war es nicht.“

Cord verlor die Geduld. Mit zusammengekniffenen Augen betrachtete er ihre vorgeschobenen Lippen, ihre geröteten Wangen und den Schmerz in ihrem Blick. „Dann sag mir, *Mrs. Donahue*, wie es war! Hattest du etwa keine schöne, große Hochzeit? Flitterwochen in Mexiko? Hast du nicht in diesem Haus gewohnt, Davids Kind bekommen und schließlich alles geerbt? Komm schon, Alison, spuck's aus. Was genau war denn so schrecklich?“, fragte er mit erhobener Stimme.

„Dich zu verlieren“, flüsterte sie, unfähig, die Worte zurückzuhalten.

Wut brannte in seinen Augen. „Und du erwartest, dass ich dir das glaube?“, fragte er leise.

„Ja.“

„Da wären wir!“, rief Norma, die mit einem Tablett rückwärts durch die Tür trat. „Kaffee und Kuchen.“

„Mit Zimt", fügte Mandy begeistert hinzu.

Alison starrte Cord noch immer an, die Schultern gestrafft, das Kinn stolz erhoben. Ohne ein weiteres Wort setzte sie sich wieder hin und lächelte Mandy zu. „Das sieht ganz schön lecker aus", sagte sie.

„Ist es auch!"

Norma verteilte die Teller, schenkte Kaffee ein, doch Alison schmeckte beim besten Willen nichts von Zimt oder Äpfeln. Sie kaute automatisch, täuschte Begeisterung vor und spürte dabei Cords bohrende Blicke. „Ich helfe dir in der Küche", bot sie Norma an.

„Aber auf gar keinen Fall! Ihr beide könnt den Kaffee im Wohnzimmer trinken. Setzt euch vor den Kamin, und entspannt euch. Ich bringe unser kleines Mädchen ins Bett und kümmere mich um die Küche. Und dann muss ich nach Hause."

„Wirklich, das kann ich doch auch …"

„Papperlapapp!" Norma stapelte bereits die Teller übereinander. „Ich stelle das nur schnell ins Spülbecken, dann stecke ich Mandy in die Badewanne. Und jetzt los. Verschwindet!"

Alison gehorchte. Sie lief aus dem Speisezimmer in den Eingangsbereich, ihre Absätze klapperten auf dem Steinboden. Sie spürte, wie Cords Arm den ihren streifte, als er die Tür zum Wohnzimmer für sie öffnete. Wortlos traten sie ein, die Tür fiel hinter ihnen ins Schloss. Wie sollte sie ihm jemals die Wahrheit über Mandy sagen?

„Ich denke, ich verdiene ein paar ehrliche Antworten", murmelte er heiser.

Jetzt reichte es ihr endlich. „Du verdienst Antworten?", rief sie hasserfüllt. „Und was ist mit mir?"

„Was soll mit dir sein?"

„Herrgott noch mal, Cord! Du kannst nicht einfach nach

Jahren hier hereinspazieren und erwarten, dass dir niemand irgendwelche Fragen stellt.“

„Darauf hat die Polizei mich bereits hingewiesen“, sagte er mit bitterer Stimme. „Ach, übrigens, sie wollen den Fall neu aufrollen, also die Geschichte mit der Unterschlagung. Und das bedeutet, dass sie auch die Firma unter die Lupe nehmen.“

Das hat mir gerade noch gefehlt, dachte sie, konzentrierte sich dann aber wieder auf die Fragen, die sie so quälten. „Also, wo warst du? Warum hast du niemanden wissen lassen, dass du lebst?“

„Weil es so besser war.“

„Für wen?“

„Für alle“, entgegnete er knapp. Er lockerte die Krawatte und öffnete den obersten Knopf seines Hemdes.

„Für alle“, wiederholte sie kopfschüttelnd. Ungläubig dachte sie an all die dunklen Nächte, in denen sie sich so einsam gefühlt hatte, an die Albträume, die sie gequält hatten, an die Tränen, die einfach nicht trocknen wollten. „Inwiefern?“

„Was glaubst du denn?“

„Es war wegen der Unterschlagung, richtig? Du bist mit dem Geld unserer Kunden abgehauen und hast es uns – mir und David – überlassen, mit den Konsequenzen zu leben.“

Seine Augen funkelten gefährlich. Glaubte sie wirklich, was sie da sagte? Hatte sie sich dieselben alten Lügen immer und immer wieder eingeredet, bis sie die Wahrheit schließlich wirklich nicht mehr erkannte? Oder versuchte sie einfach nur, ihren eigenen wunderschönen Hals aus der Schlinge zu ziehen? Sie hatte ihr üppiges schwarzes Haar zu einem lockeren Knoten zusammengefasst, es glänzte im Schein des Feuers, die Farbe changierte zwischen Blau und Ebenholz. Ihr dunkelgrünes Kleid betonte die Smaragdsprenkel in ihren braunen Augen. Er riss den Blick von ihrer cremeweißen Haut los und schwor sich, nie wieder auf diese Frau hereinzufallen. „Was hättest du denn getan, wenn ich geblieben wäre?"

„Ich … ich weiß es nicht", gab sie zu und beobachtete, wie er sich ein Glas Scotch einschenkte. Bildete sie sich nur ein, dass seine Hände leicht zitterten? „Ich habe oft darüber nachgedacht, wie anders alles gekommen wäre." Sie schlang die Arme um ihren Körper, setzte sich auf das breite Fenstersims und betrachtete die Regentropfen, die über die Scheibe liefen. Draußen blies ein heftiger Wind, die Zweige der Bäume vollführten einen geisterhaften Tanz. Es war stockdunkel, Wolken bedeckten den Mond und die Sterne. Sie dachte zurück an diese Nacht vor vier Jahren und erschauerte. Wieder sah sie die riesigen schwarzen Wellen des Puget Sound, auf dem ein kleines Boot schaukelte.

„Und?", hakte er nach und warf ein paar Holzscheite ins Feuer.

„Und habe nie eine Antwort darauf gefunden."

„Aber du denkst, es wäre besser gewesen?"

„Aber ja!" Er hörte den Vorwurf in ihrer Stimme. „Wir hätten alles überstanden – zusammen."

„Und wie ist es jetzt?" Er rührte sich nicht von der Stelle.

„Jetzt ist es zu spät. Du bist mit dem Geld abgehauen, David ist tot, und die Firma ist so gut wie bankrott."

„Ende der Geschichte", knurrte er.

„Nicht ganz. Du bist wieder da. Weshalb?"

Mit gerunzelter Stirn ließ er sein Getränk im Glas kreisen. „Ich habe eben erst von Davids Tod erfahren. Diese Neuigkeit hat sich nicht allzu schnell bis zu mir herumgesprochen."

„Zumal du ja angeblich tot warst."

Er ignorierte ihren Einwand. „Es hat ein paar Wochen gedauert, bis ich meine Dinge in Alaska geregelt hatte."

„Und sie sind jetzt geregelt?"

„Mehr oder weniger." Er nahm einen großen Schluck und sah sie an. „Aber ich konnte nicht mehr länger warten."

Sie suchte in seinem Blick nach irgendetwas, nach einem Hauch von Zärtlichkeit oder Sehnsucht vielleicht, aber sie sah nur Verachtung. Seine Lippen waren ganz weiß, so fest presste er sie zusammen. „Warum nicht?"

„Weil ich dich sehen wollte, dich und deine Tochter. Ich wollte wissen, was aus euch geworden ist, nachdem ich meine Siebensachen gepackt hatte und verschwunden war."

„Deine Siebensachen? Wovon sprichst du?"

Cord durchquerte das Zimmer. Alison wusste doch am besten, was geschehen war. Wem wollte sie etwas vormachen? „Ich habe ein paar Dinge mitgenommen, damals …"

„Das Familienvermögen und das Geld der Kunden."

„Nein."

Obwohl sie wusste, dass er log, bemerkte sie die Ernsthaftigkeit in seinem Gesicht; es war, als ob er wirklich glaubte, was er sagte. „Ein paar Dinge wurden später wieder an Land gespült." Er trank seufzend aus und setzte sich auf die Couch. *Wie lange will sie dieses lächerliche Theater noch aufrechterhalten?* „Ich habe nur mitgenommen, was mir gehörte. Du erinnerst dich bestimmt an den Picasso, die Münzsammlung und ein paar Schuldverschreibungen."

Sie spürte, wie sich Zweifel in ihr regte. „Und was ist mit dem Rest – dem Bargeld von den Geschäftskonten?"

„Die waren schon längst abgeräumt."

„Ich verstehe nicht", murmelte sie mit hämmerndem Herzen. Ihre Hände wurden feucht. Was wollte er damit andeuten?

„Aber natürlich verstehst du, Ali."

Als sie den vertrauten Kosenamen hörte, wurde ihr Hals eng. Wenn er doch nur niemals mit diesem verdammten Boot abgehauen wäre!

„Denk nach!“, befahl er und spießte sie mit seinem Blick auf. „Denk genau nach.“

„Ich weiß nicht, was du damit sagen willst.“

„Oh doch. Du weißt ganz genau, was mit dem Vermögen geschehen ist.“

„Du hast es dir unter den Nagel gerissen.“

„Nein!“ Seine Stimme hallte durch den Raum, seine Augen blitzten ungeduldig.

„Dann weiß ich es nicht“, sagte sie benommen.

„Du hast es, Ali. Das wusste ich damals schon, genauso, wie ich von deiner Affäre mit David wusste.“

Sie hatte das Gefühl, geohrfeigt worden zu sein. „Aber ich habe keine …“

„Du leugnest diese Affäre also genauso wie die Tatsache, dass du alles an dich gerafft hast, was du in die Finger bekommen konntest? Ich hätte dir niemals so viele Befugnisse erteilen dürfen.“

Fassungslos lauschte sie seinen Beschuldigungen. „An mich gerafft? Du glaubst doch nicht im Ernst, dass ich … Mein Gott, nein! Ich war deine Assistentin. Ich wäre niemals an das Geld herangekommen, selbst wenn ich gewollt hätte! Du hast es gestohlen!“

„Ich nahm nur das mit, was mir gehörte.“ Er stellte sein Glas ab, dann ging er auf sie zu und blieb so nahe vor ihr stehen, dass sie seinen Atem auf ihrem Gesicht spüren konnte. Er platzierte jeweils rechts und links von ihr eine Hand auf dem Fenstersims, wobei er grausamer und entschlossener wirkte als je zuvor. „Spar dir deine Ausflüchte für jemand anderen auf.“

Er glaubte tatsächlich, sie hätte das Geld unterschlagen und eine Affäre mit David gehabt? Das war doch irrsinnig! Wie konnte er sämtliche Tatsachen nur so verdrehen? Ihr Herz schlug so laut, dass er es eigentlich hören musste. „Aber …"

„Nichts aber. Ich habe die Schuld auf mich genommen, Alison, weil ich nicht wollte, dass du ins Gefängnis wanderst und dabei Davids Kind unter deinem Herzen trägst."

„Ich habe nichts getan!", sagte sie heiser. „Und ich …"

„Verdammt, Alison, hör auf zu lügen!"

Sie legte eine Hand auf seine Brust, spürte seine warmen, harten Muskeln, dann krallte sie sich in den Stoff seines Hemdes und sah ihn unerschrocken an. „Du musst mir glauben, Cord. Ich bin keine Diebin und werde es nie sein. Ich schwöre bei Gott, dass ich nicht einen Penny von dem Vermögen genommen habe."

„Kannst du das beweisen?", fragte er mit belegter Stimme.

„Heißt es nicht: unschuldig bis zum Beweis der Schuld?"

„In meinem Fall hat das nicht besonders gut funktioniert, nicht wahr?"

„Weil du abgehauen bist." Sie schluckte schwer.

„Ich bin abgehauen, um dich zu schützen, verflucht noch mal!" Jeder einzelne Nerv in seinem Körper reagierte auf sie, schrie danach, sie endlich zu berühren.

„Cord, bitte", flüsterte sie. „Ich glaube, das ist keine so gute Idee." Doch als sich ihre Lippen berührten, stöhnte sie leise, und als er die Nadeln aus ihrem Haar zog, wehrte sie sich nicht. Ihr langes, schweres Haar ergoss sich über ihre Schultern.

„Ich habe nie aufgehört, mich nach dir zu sehnen", stammelte er. „Ich habe dich gehasst, habe Rache geschworen, ich wünschte mir sogar, wirklich ertrunken zu sein, damit ich mir nicht vorstellen musste, wie du mit David zusammen warst. Aber ich habe nie aufgehört, dich zu wollen." Er strich über ihren Rücken, und all die Gefühle, von denen sie gehofft hatte, sie wären erloschen, schlugen über ihr zusammen.

Sie erwiderte seinen Kuss voller Leidenschaft, obwohl eine Stimme in ihr sagte, dass sie schon wieder einen schrecklichen Fehler machte. Er benutzt dich nur, rief die Stimme, doch sie hörte nicht hin. Zerrissen zwischen der Liebe zu ihm und der Furcht, ihn wieder zu verlieren, schien sie keinen eigenen Willen mehr zu besitzen. „Cord, bitte", flehte sie, in der Hoffnung, dass er verstand. Sie hasste ihre eigene Schwäche, vergrub die Finger in seinem Haar und wunderte sich, dass sie nicht glücklich über die Rückkehr des einzigen Mannes war, den sie je geliebt hatte.

Weil er dir wehtun und dich wieder nur ausnutzen wird, kreischte die Stimme.

Alison spürte Cords Kraft, sie hatte Angst, sich für immer zu verlieren. Ihr Körper erbebte unter seinen heißen Händen, ihr Herz setzte aus, als er mit der Zunge über ihre Lippen strich. Aufstöhnend machte sie sich von ihm los. Wenn sie sich ihm jetzt hingab, würde er ihr niemals mehr vertrauen, sondern sich nur in seiner Vorstellung bestätigt fühlen, dass sie sich Männern hingab, um ihre eigene Haut zu retten.

„Cord, nicht", flüsterte sie, hielt sich aber noch immer an ihm fest und atmete seinen warmen, wunderbaren Duft ein. Wie lange hatte sie davon geträumt? Sie sah die Fragen in seinen Augen, achtete aber nicht darauf. Sie brauchte Zeit, um nachzudenken, erst dann konnte sie ihm vielleicht alles erklären. „Ich ... ich muss nach Mandy sehen", sagte sie schnell, entwand sich seiner Umarmung und strich ihre Kleider glatt.

„Ali“, rief er mit rauer Stimme hinter ihr her.

Mit letzter Kraft drückte sie die Tür auf und stürmte zur Treppe, wo sie beinahe mit Norma zusammengestoßen wäre.

„Mandy möchte dir Gute Nacht sagen“, erklärte Norma.

Alison nickte, ihr war klar, dass Norma ihre roten Wangen bemerkt hatte, genauso wie ihr zerknittertes Kleid und die zerwühlten Haare. *Der Teufel soll Cord Donahue und seine Verführungskünste holen!* „Ich bin gerade auf dem Weg zu ihr“, antwortete Alison. „Und vielen Dank für alles.“

„Keine Ursache. Weißt du, ich habe Cord aufwachsen sehen. Das Mindeste, was ich tun konnte, war, heute Abend für ihn zu kochen.“ Ihr Lächeln verblasste, sie berührte Alison am Arm. „Es ist ein Wunder, dass er wieder hier ist.“

„Ich … ich weiß.“

„Ab jetzt wird alles besser. Warte nur ab.“

Alison wünschte, sie könnte Normas Optimismus teilen. „Das hoffe ich.“

„Er wird dem alten Rex Masterson und dieser verflixten Bank schon die Meinung geigen!“ Sie zwinkerte Alison zu. „Wenn er es richtig anstellt, dann müssen wir vielleicht nicht einmal das Haus verkaufen.“

Reines Wunschdenken.

Norma ging weiter, nahm ihren Mantel aus dem Schrank in der Eingangshalle und streckte den Kopf ins Wohnzimmer, um Cord Gute Nacht zu wünschen.

Alison blieb nicht stehen. Sie war noch nicht wieder bereit, Cord zu sehen – noch nicht. Ihr Herz hämmerte noch immer wie verrückt, in ihrem Kopf wirbelten Vergangenheit und Gegenwart durcheinander. Sie eilte die Treppe hinauf und hörte Mandys Stimme durch die Tür.

„Lieber Gott, beschütze Mommy und Onkel Cord, auch

wenn er tot ist", sagte Mandy leise.

Alison musste schmunzeln. „Ich schätze, er ist nicht tot", sagte sie und steckte die rosa Bettdecke um Mandy fest.

„Warum nicht?"

„Weil er sich irgendwie retten konnte", murmelte Alison, beugte sich vor und drückte einen Kuss auf Mandys dunkle Ringellocken. „Schlaf jetzt, wir können morgen früh darüber reden. Oder noch besser, du fragst Onkel Cord einfach."

Mandy kuschelte sich in ihr Kopfkissen und schloss die Augen.

Cord wird eine Menge zu erklären haben, dachte Alison seufzend. Und ich auch. Sie knipste die Nachttischlampe aus. „Gute Nacht, Kleines." Als sie sich umdrehte, sah sie, dass Cord am Türrahmen lehnte und sie beobachtete.

„Du musst David sehr geliebt haben", sagte er, als sie an ihm vorbeiging. Schmerz verdunkelte seinen Blick. Er folgte ihr auf den Flur.

„Gerade sagtest du noch, ich hätte ihn nur benutzt", schoss sie zurück. Sie wollte ihn genauso verletzen, wie er sie verletzt hatte mit seinen wilden Anschuldigungen. „Schon vergessen? So, wie ich dich benutzt habe – dafür." Sie hob die Hand, ihr Ehering blitzte im Licht des Flurs auf.

Er packte ihr Handgelenk, die Augen zu dunklen Schlitzen zusammengekniffen. „Ich versuche, dich zu verstehen, Alison, irgendeinen Sinn in diesem Durcheinander zu finden!"

„Vielleicht hättest du dir das mal vor vier Jahren überlegen sollen!"

„Das habe ich versucht."

„Du bist *abgehauen*", schleuderte sie ihm ins Gesicht. Er ließ sie los, und sie taumelte gegen die Wand. „Das habe ich am allerwenigsten von allem begriffen – warum du abgehauen bist." Sie sah ihn mit aufgerissenen Augen an. „Nie zuvor habe ich erlebt, dass du vor etwas weggelaufen bist, und dann plötzlich rennst du davon wie ein angeschossenes Kaninchen!"

„Ich hatte meine Gründe."

„Ach ja, stimmt", sagte sie. „Du wolltest mich beschützen." Sie biss sich heftig auf die Unterlippe. „Wenn ich dir nur glauben könnte", murmelte sie so leise, dass er sie kaum verstand.

„Dann glaube mir." Wieder stand er dicht vor ihr. Er legte die Hände auf ihre Schultern, drückte sie gegen die Wand und zwang sie, in seine klaren braunen Augen zu sehen.

„So, wie du mir glaubst?", wisperte sie.

„Ich versuche es."

„Aber es fällt dir schwer, richtig? Es ist so viel leichter zu glauben, dass ich hinter deinem Rücken eine Affäre mit deinem Bruder hatte und zugleich das komplette Firmenvermögen gestohlen habe. Aber natürlich war das für mich längst nicht genug. Nein, Sir! Nachdem du weg warst, habe ich dich sofort vergessen, David geheiratet und nicht ein einziges Mal mehr daran gedacht, dass du im Puget Sound ertrunken bist."

Er rührte sich nicht.

„Lieber Gott, Cord, ist dir nicht klar, wie lächerlich das klingt?"

Er war noch immer misstrauisch.

„Denk doch mal darüber nach, verdammt! Denk daran, was wir uns bedeutet haben. Kannst du mir nicht vertrauen?"

Er zögerte, balancierte kurz auf dem schmalen Grat zwischen Wahrheit und Lügen, aber ein leises Husten aus Mandys Zimmer rückte alles wieder in die richtige Perspektive. Er sah über die Schulter zu der geöffneten Tür, hinter der

Davids Tochter schlief.

Alison spürte, wie er sich wieder von ihr entfernte. Sie wusste sofort, dass sie verloren hatte. Mal wieder. Sie hatte nicht die Kraft, noch länger zu streiten, denn er hatte sie längst all dieser Verbrechen für schuldig befunden, Untreue eingeschlossen. Sie versuchte, den dicken Kloß hinunterzuschlucken, trat einen Schritt zur Seite und ging zu ihrem Zimmer. „Das führt zu gar nichts", sagte sie leise. „Du solltest jetzt besser gehen."

„Gehen?", wiederholte er mit erhobenen Augenbrauen. „Das ist mein Haus."

„Aber du kannst nicht hierbleiben."

„Wieso nicht?"

„Weil es nicht richtig wäre ..." Sie brach mitten im Satz ab. Ihm war es doch völlig egal, was sie oder der Rest der Welt dachte. Dieser Mann hatte Seattle den Rücken gekehrt, hatte seine Geliebte und seine Kunden in dem Glauben gelassen, dass er mit dem ganzen Vermögen abgehauen und ums Leben gekommen war, nur um vier Jahre später wiederaufzutauchen. Offenbar war es ihm völlig egal, was andere dachten.

„Sprich weiter", forderte er sie spöttisch auf.

„Vergiss es. Du kannst in Davids Zimmer schlafen."

„*Davids* Zimmer", wiederholte er kopfschüttelnd. „Warum hattet ihr getrennte Schlafzimmer?"

„Denk mal nach, Cord. Denk einfach mal darüber nach!", rief sie und ging in ihr Zimmer.

„Das werde ich", sagte er in dem Moment, als sie ihm die Tür vor der Nase zuknallte und sich dann dagegenlehnte. Mit zitternden Fingern strich sie sich über die Stirn. Warum war es so schwer? Wieso konnten sie nicht einfach noch einmal von vorne beginnen, glücklich, dass sie sich endlich wiedergefunden hatten?

Sie ließ sich aufs Bett sinken und wusste nicht, ob sie lachen oder weinen sollte. Cord lebte und war in Seattle, in diesem Haus, nur zwei Zimmer von ihr entfernt. Und doch war sie genauso einsam wie in der Nacht, als sie ihn zum letzten Mal von den Landungsbrücken der Elliott Bay aus gesehen hatte.

„Ach, Cord", flüsterte sie, lehnte sich zurück und schleuderte die Schuhe von den Füßen. Dann starrte sie an die Decke und dachte zurück an den heißen Sommer, als sie Cord Donahue zum ersten Mal gesehen hatte …

4. KAPITEL

Alles hatte so unschuldig begonnen. Sie war früh aufgestanden, hatte sich sorgsam angekleidet und mental auf das Vorstellungsgespräch bei Donahue Investments vorbereitet. Vor Aufregung verließ sie ihre Wohnung viel zu früh und vertrieb sich die Zeit mit einem Schaufensterbummel. Anschließend bestellte sie sich einen Kaffee und einen Muffin in einem kleinen Café am Pioneer Square.

Als es endlich Zeit war, überquerte sie die viel befahrene Straße, ohne der Skyline von Seattle, die den knallblauen Himmel aufschlitzte, Beachtung zu schenken, und betrat das elegante viktorianische Gebäude.

Natürlich wusste sie nicht, dass sich in wenigen Minuten ihr ganzes Leben ändern würde. Sie wollte diese Arbeit fast genauso sehr, wie sie sie brauchte, wobei sie nur hoffen konnte, dass man ihr die Verzweiflung nicht anmerkte. Sie betrachtete sich in der Glastür des Aufzugs. Ihr blau schimmerndes Haar hatte sie zu einem Knoten im Nacken geschlungen, sie trug einen weinroten Anzug und eine weiße Seidenbluse. Doch obwohl sie so professionell gekleidet war, konnte sie das aufgeregte Blitzen in ihren Augen nicht verbergen.

Der Aufzug hielt in der dritten Etage. Jetzt oder nie. Schmetterlinge flatterten in ihrem Bauch, als sie die Büroräume betrat. Das war schon ihr zweiter Besuch bei Donahue Investments. Anfang der Woche hatte sie mit dem Personaldirektor gesprochen. Jetzt wollte der Firmenchef persönlich sie kennenlernen.

Sie schluckte ihre Nervosität hinunter, drückte die schwere Tür auf und trat in die große Empfangshalle mit den deckenhohen Fenstern. Sie betrachtete die Ledersofas und polierten Tischchen, die riesigen Pflanzen und den dicken grauen Teppich. Hinter einem großen Holzschreibtisch saß die Empfangsdame, ein silberblondes, etwa zwanzigjähriges Mädchen, das sie mit kühlen blauen Augen und einem selbstbewussten Grinsen begrüßte. Alison blickte auf das Namensschild und las: Louise Caldwell.

„Mein Name ist Alison Banning“, sagte Alison und zwang sich zu einem passenden Lächeln. „Ich habe einen Termin mit Mr. Donahue.“

„Oh, Miss Banning, ich habe schon den ganzen Vormittag versucht, Sie zu erreichen“, antwortete Louise, offenbar ein wenig verlegen. „Mr. Donahue ist etwas dazwischengekommen.“

Alisons Herz sank. „Er ist nicht da?“

„Das schon, aber …“ Sie zuckte die Achseln. „Er muss jeden Moment los.“

„Wir hatten einen Termin“, sagte Alison und versuchte, ihre Enttäuschung zu verbergen.

„Ich weiß, aber …“ Louise seufzte. „Vielleicht kann ich ihn noch schnell abfangen.“

„Nein, bitte, warten Sie …“

Doch Louise war schon aufgesprungen und klopfte leise an eine schwere Holztür. „Mr. Donahue?“, rief sie und öffnete die Tür einen Spalt.

„Bitte, tun Sie das nicht!“, flehte Alison, die Cord Donahue auf keinen Fall den Eindruck vermitteln wollte, sie sei aufdringlich. Doch Louise war schon ins Zimmer geschlüpft.

Alison blieb nichts anderes übrig, als zu warten.

Ein paar Sekunden später kam Louise wieder heraus und hielt ihr die Tür auf. „Er hat jetzt Zeit für Sie.“

Gott sei Dank. Alison atmete tief durch, sie erwartete,

einem strengen, grauhaarigen Mann mit langweiligem Gesicht und einem maßgeschneiderten dreiteiligen Anzug zu begegnen.

Stattdessen fiel ihr Blick auf einen jungen Mann, nicht älter als zweiunddreißig, der in einem niedrigen Ledersofa lümmelte. Er trug verwaschene Jeans, Holzfällerhemd und eine mit Schafspelz gefütterte Wildlederjacke. Seine Haut war gebräunt, sein kaffeefarbenes Haar fiel ihm widerspenstig in die Stirn. Mit konzentriert zusammengezogenen Brauen studierte er ein Dokument, dessen Seiten auf dem Sofa verstreut lagen.

„Das ist Miss Banning", verkündete die Sekretärin und riss ihn damit aus seinen dunklen Gedanken.

„Wie bitte?" Er hob den Kopf und sah Alison mit dunkelbraunen, sprühenden Augen an.

„Miss Banning. Es geht um die Verwaltungsstelle, Sie wissen schon." Louise warf Alison einen nervösen Blick zu. „Ich habe Ihnen gerade von ihr erzählt."

„Ach so, genau." Ein selbstironisches Lächeln lag auf seinen Lippen, als die Sekretärin die Tür hinter sich schloss. „Entschuldigen Sie, ich schätze, ich war ganz in diese Unterlagen vertieft." Er stand auf und streckte ihr die Hand hin. „Wegen des Vorstellungsgesprächs müssen Sie mir verzeihen, Miss Banning. Bei mir haben sich einige Termine geändert, und – ach, verdammt, es ist so, ich muss in …" Er blickte auf seine Uhr. „In zwanzig Minuten habe ich ein Treffen mit einem sehr wichtigen Klienten."

Alison war sprachlos. Zwar ergriff sie seine Hand, konnte aber den Blick nicht von seinen Jeans und dem Holzfällerhemd losreißen.

„Wir gehen fischen", erklärte er schnell und ließ ihre Hand los. „Fragen Sie mich nicht, warum … Das war die Idee des

Klienten." Er lachte leise in sich hinein, schob sich das Haar aus den Augen und legte ein Bein auf seinen Schreibtisch. „Gibt keinen Grund, zu förmlich zu sein, oder?" Er deutete auf einen der Stühle. „Setzen Sie sich. Tut mir leid, dass ich nicht vorbereitet bin. Ich hatte Louise gebeten, Sie anzurufen ..." Er zuckte mit den breiten Schultern. „ ... aber sie hat Sie offenbar nicht erreicht."

„Ich war nicht zu Hause." Fasziniert von der Fröhlichkeit in seinen warmen braunen Augen, fragte Alison: „Soll ich vielleicht ein anderes Mal kommen?" Egal, wie dringend sie diese Stelle wollte, sie konnte auch noch ein oder zwei Tage warten. Nach vier Jahren College, das sie als Beste des Jahrgangs abgeschlossen hatte, und drei Jahren Berufserfahrung in einem Management-Trainings-Programm bei der First Puget Bank war sie für diesen Job bestens ausgebildet und erfahren genug. Wenn sie nur die Chance bekam, es diesem Mann zu beweisen.

„Das müssen Sie nicht", beschloss er.

Er wollte sie also nicht einstellen. Er hatte sich bereits dagegen entschieden! „Hören Sie, Mr. Donahue, ich will diesen Job", gestand sie. Sein Blick wurde scharf, er presste die Lippen zu einer dünnen Linie zusammen. „Ich ... ich werde jede Arbeit übernehmen, die Sie mir geben, egal, ob es ums Kaffeekochen, um die Prüfung von Quartalsabrechnungen oder das Analysieren von Markttrends geht."

„Weshalb?"

Sie hob trotzig das Kinn. „Weil ich einen Job brauche und das der Beste ist, den es hier gibt."

„Ich denke, das ist ehrlich genug."

„Das hoffe ich."

Er rieb sich nachdenklich über das Kinn. Dann lief er plötzlich um den Schreibtisch herum, durchwühlte eine Aktenschublade und zog ein bedrucktes Blatt heraus, das sie als ihren eigenen Lebenslauf erkannte. Er las derart konzentriert, dass Alison das Gefühl hatte, ihr ganzes Leben läge offen vor seinen Augen.

Sie hielt die Luft an.

„Gut, Miss Banning, dann führen wir jetzt dieses Vorstellungsgespräch und machen es kurz." Mit einem Mal wurde sein Gesicht hart und entschlossen, er begann, Fragen auf sie abzufeuern.

„Warum haben Sie Ihre Stelle in der Bank aufgegeben?"

„Weil ich dort so weit gekommen war wie möglich", antwortete sie und verschwieg die Tatsache, dass ihr Vorgesetzter immer wieder versucht hatte, sich mit ihr zu verabreden. Wenn es dabei nur um ein Abendessen gegangen wäre, hätte sie natürlich nicht kündigen müssen, doch Doug Feller erwartete ganz offensichtlich mehr, und Alison war nicht willens, sich zu verkaufen, auch nicht für eine Beförderung. Sie wollte allein durch ihr Können Karriere machen, und nicht, indem sie mit Männern in entsprechenden Positionen schlief.

„Aber Sie sind bereit, sich in unserer Firma von ganz unten hochzuarbeiten. Wieso?"

Sie zwang sich zu lächeln, dann erzählte sie ihm von ihrem Interesse am Kapitalmarkt, sagte, dass sie mehr lernen wollte und stolz wäre, für eine so angesehene Firma im Stadtzentrum Seattles zu arbeiten.

„Weitere Gründe?"

Sie dachte kurz darüber nach, ihm von Doug Fellers Avancen zu erzählen, überlegte es sich dann aber anders. „Natürlich. Das Aktienbezugsrecht der Mitarbeiter … Etwas Besseres gibt es in der ganzen Stadt nicht."

Da lächelte er. „Sie möchten also Teilhaber von Donahue Investments werden?"

„Ja." Sie sah ihn direkt an.

„Wissen Sie, es dauert zehn Jahre, bevor die Mitarbeiter dieses Recht bekommen."

„Ich habe vor, mindestens so lange für Sie zu arbeiten."

Er legte ihren Lebenslauf auf den Tisch. „Was ist mit Ihrer Familie?"

„Wie ich erwähnte, sind meine Eltern tot."

„Nein, ich spreche von Ihrem Mann."

„Ich habe keinen Mann."

„Noch nicht", verkündete er lächelnd. „Sehen Sie, Miss Banning, Sie sind erst fünfundzwanzig. Innerhalb der nächsten zehn Jahre werden Sie sehr wahrscheinlich heiraten und Kinder bekommen. Und dann wird Ihr Interesse an dieser Firma merklich nachlassen."

„Vielleicht aber auch nicht", sagte sie mit glühendem Blick. „Ich verspreche Ihnen, Mr. Donahue ..."

„Cord. Lassen wir diese Formalitäten." Sein Gesicht wurde wieder weicher, und sie bemerkte, wie unterschiedlich er sein konnte. Knallhart in der einen Sekunde, nett und freundlich in der nächsten.

„Na gut ... Cord. Ich verspreche Ihnen, dass ich doppelt so hart arbeiten werde wie jeder Mann."

Er hob skeptisch die Augenbrauen. „Die Stelle als meine Assistentin wäre sehr anspruchsvoll. Überstunden und ... ständige Terminänderungen, weil ein Kunde urplötzlich fischen oder jagen gehen will oder weiß Gott was sonst noch. Diese Arbeit könnte Ihr soziales Leben mächtig beeinträchtigen."

Welches soziale Leben? Die letzten Jahre hatte sie überwiegend mit Studieren und Arbeiten verbracht. „Ich werde mein Bestes geben", versprach sie mit einem siegessicheren Lächeln, das nur ein wenig in den Mundwinkeln zitterte.

„Was haben Sie zu verlieren?"

Er rieb sich wieder über das Kinn und sah sie mit neuem Interesse an. „Ich kann brummig sein wie ein Bär."

„Ich auch."

Er lachte. „Darauf könnte ich wetten. Also gut, Alison, Sie haben den Job." Er sah wieder auf seine Uhr. „Dann bis morgen um acht."

Am liebsten hätte sie laut gejubelt, aber sie riss sich zusammen und schüttelte einfach nur seine Hand. Diesmal spürte sie die Wärme seiner Berührung, die Stärke in seinem Griff, und als sich ihre Blicke trafen, sah sie in ihm mehr als zuvor. Ihr Herz schlug mit einem Mal schneller, als er sie aus dem Büro begleitete.

Sie schwebte beinahe über den Flur zum Treppenhaus, raste die Stufen hinunter und stürmte aus dem Gebäude.

Hallelujah! Sie hatte es geschafft. Sie hatte tatsächlich den Job an Land gezogen, den sie schon lange wollte!

Sie fühlte sich wie auf Wolken und wollte diesen herrlichen Moment auskosten. Statt also die drei Blocks zu ihrem Auto zu laufen, rannte sie hinunter zum Hafen. Die Sonne schien durch ein paar dicke Wolken, ein frischer, kalter Wind blies ihr ins Gesicht. Sie dachte an den kommenden Tag, an ihre neue Stelle und an Cord Donahue. Was für ein Glückskind sie war, dass der bestaussehende Chef im ganzen Land ausgerechnet sie eingestellt hatte!

Leider war ihre Freude nur von kurzer Dauer.

Als Alison am nächsten Morgen zur Arbeit kam, war Cord nicht in seinem Büro und tauchte auf nicht auf, als sie in der Personalabteilung die nötigen Papiere ausfüllte.

Louise, Cords Sekretärin, führte Alison in ein kleines Büro mit einem riesigen Bücherregal und einem hohen Fenster mit Blick auf die Straße. „Das ist deines", sagte Louise, zeigte ihr dann den Korridor, der zu den Toiletten, der Cafeteria und dem Konferenzzimmer führte. „Das ist die Tür zu Cords Büro, und dahinter ist Davids Reich."

„David?"

Louises Lächeln wurde breiter, ihre blauen Augen schimmerten ein wenig, obwohl sie offenbar versuchte, ihre Gefühle zu verbergen. „David Donahue, Cords jüngerer Bruder", erklärte Louise. „Er ist stellvertretender Geschäftsführer. Cord ist somit auch sein Chef."

Louise interessiert sich also für David, dachte Alison. „Und wann kommt Mr. Donahue, ich meine Cord, zurück?"

„Ich weiß nicht genau. Er hat gestern Abend angerufen und gesagt, dass er ein paar Tage verreisen muss. Das geschieht oft. Vergiss das nicht, am besten schnappst du ihn dir immer dann, wenn du die Gelegenheit dazu hast. Und jetzt ..." Sie zeigte auf einen Metalltisch mitten im Zimmer, auf dem ein Computer stand. Daneben stapelten sich Ausdrucke und Berichte. „Cord dachte offenbar, du könntest dich erst mal damit beschäftigen."

„Na klar", murmelte Alison.

„Sag mir einfach, wenn du was brauchst: Kaffee, Büroklammern, Wegbeschreibungen ... vielleicht ein Beruhigungsmittel."

„Mache ich."

Grinsend verließ Louise das Büro, und Alison verbrachte die nächsten Tage und Abende damit, die Informationen auf ihrem Schreibtisch durchzuarbeiten. Cord bekam sie nicht ein einziges Mal zu sehen. Er war einfach verschwunden, und sie konnte nichts gegen ihre idiotische Enttäuschung ausrichten, die sie jedes Mal ergriff, wenn er sich wieder nicht in der Firma blicken ließ.

„Du bist so albern", sagte sie am Freitagmorgen zu ihrem Spiegelbild auf der Toilette. Sie schminkte sich die Lippen und hängte sich die Tasche um, bereit, einen neuen Tag voller ermüdender Berichte in Angriff zu nehmen.

Doch als sie ihr Büro betrat, setzte ihr Herzschlag einen Moment aus. Vor ihrem Schreibtisch saß ein Mann. *Cord!*

Erst als der Mann sich umdrehte, erkannte sie ihren Fehler. Obwohl er Cord ähnlich sah, war sein Gesicht weicher, seine Augen heller, und sofort wusste sie, dass es sich um Cord Donahues jüngeren Bruder handelte.

„Sie müssen Alison sein", sagte er, stand auf – sein dunkelblauer Anzug war leicht zerknittert – und streckte ihr die Hand hin. „Ich bin David, der andere Sohn."

„Der andere?", wiederholte sie, als sie seine Hand ergriff. Sein Händedruck war genauso fest wie der von Cord, sein Lächeln genauso strahlend, und doch empfand sie nicht dieselbe magnetische Anziehungskraft wie bei Cord. „Guten Morgen." Hastig lief sie hinter ihren Schreibtisch, legte ihre Handtasche in eine Schublade und setzte sich ihm gegenüber.

„Der, der diese Firma nicht geerbt hat", erklärte er, deutete mit einer ausholenden Handbewegung auf die Einrichtung des Zimmers. „Und wer würde das alles schon wollen!"

Vielleicht er, überlegte sie still. „Was kann ich für Sie tun?"

David lächelte breiter und zeigte dabei seine perfekten weißen Zähne. „Ich möchte Sie zum Frühstück einladen, dann können wir uns in Ruhe unterhalten. Auf der anderen Straßenseite gibt es ein kleines Café. Wir essen schnell ein paar Spiegeleier mit Speck, und ich verraten Ihnen, was Sie für mich tun können … und für Cord natürlich."

„Natürlich." Alison fühlte sich nicht ganz wohl in Gegenwart dieser aufdringlichen jüngeren Version von Cord, aber sie ignorierte ihre Befürchtungen. Cords Bruder war schließlich der stellvertretende Geschäftsführer der Firma und so gesehen ebenfalls ihr Chef. Andererseits durfte sie Louise nicht vergessen. Cords Sekretärin war so nett zu ihr gewesen und schien heimlich für David zu schwärmen.

„Bitte!“, sagte er und schenkte ihr ein warmes, versicherndes Lächeln.

Sie hatte sowieso keine Wahl, und außerdem handelte es sich nur um ein harmloses Frühstück, nicht um einen Heiratsantrag. „Na klar“, sagte sie schnell, bevor sie es sich noch anders überlegen konnte. „Warum nicht?“

Beim Hinausgehen erklärte er Louise, dass er und Alison für eine Stunde das Büro verlassen würden, dann zeigte er Alison die Hintertreppe und eine Tür, von der aus man direkt auf eine kleine Gasse trat. Er nahm ihren Ellbogen, dirigierte sie über die Straße und in ein ruhiges kleines Café namens „Simply Sam's“.

Sie setzten sich ans Fenster. Der kleine Tisch mit dem Wachstuch und einer Plastiknelke in der Mittel verbreitete die Gemütlichkeit und Wärme eines leeren Kühlschranks. „Hier gibt es die besten Bratkartoffeln mit Corned Beef der Stadt“, verkündete David.

„Wenn man Corned Beef mag“, sagte sie.

„Mag das nicht jeder?“

Sie schüttelte lachend den Kopf. „Kann ich mir nicht vorstellen.“

Eine rothaarige Bedienung in enger weißer Uniform schlenderte an ihren Tisch. „Das Übliche?“, fragte sie und hob Bleistift und Augenbrauen.

„Zwei Mal“, antwortete David. „Und … Kaffee?“ Er sah Alison fragend an.

„Schwarz.“

„Bekommen Sie." Die Bedienung verschwand durch eine Schwingtür hinter dem Resopaltresen.

„Verstehe", sagte Alison und musste lachen. „Sie haben mich mit der Aussicht auf Spiegelei und Speck hierher gelockt, und am Ende bekomme ich Bratkartoffeln. Richtig?"

David zuckte mit den Schultern. „Ich konnte nicht anders", sagte er, und schon wurden zwei Teller mit Fleisch und zwei dampfende Kaffeebecher vor sie gestellt. „Davon abgesehen", er zwinkerte ihr zu, „wollte ich Sie beeindrucken. Cord wird Sie vermutlich bald in ein langweiliges, teures Schickimicki-Restaurant zum Lunch oder Abendessen einladen. Aber ich bevorzuge einen Ort mit mehr … Atmosphäre."

Alison betrachtete die orangefarbenen Plastikstühle und den gelben Linoleumboden. „Dann auf die Atmosphäre", sagte sie kichernd, hob ihren Kaffeebecher und stieß mit David an.

„Und auf die Freundschaft", sagte er und starrte sie über den Rand seines Bechers lange an.

„Und auf die Freundschaft", wiederholte sie, hatte aber kein gutes Gefühl dabei. Es schien, dass David irgendetwas von ihr wollte. Doch das war verrückt. Sie kannte den Mann kaum, und er versuchte wahrscheinlich nur, nett zu sein. Sie sah auf ihren Teller, begann zu essen und stellte überrascht fest, dass David recht gehabt hatte. Die Bratkartoffeln mit Zwiebeln und Corned Beef schmeckten köstlich.

„Das liegt an den Gewürzen", erklärte er ihr. „Eine ganz spezielle Würzmischung."

„Sicher." Sie lachte nervös und ergriff die Chance, das Thema zu wechseln. „Sie haben vorhin Cord erwähnt. Wann kommt er zurück?"

„Zurück?"

„Louise sagte, dass er für ein paar Tage nicht in der Stadt sei."

„Oh." Er schien überrascht, versuchte es aber zu verbergen. „Ich schätze, er wird heute wiederkommen. Vielleicht ist er jetzt schon im Büro."

Plötzlich hatte Alison ein schlechtes Gewissen. Nicht, dass sie etwas Falsches tat, aber falls Cord heute ins Büro kam, sollte sie eigentlich an ihrem Schreibtisch sitzen, jederzeit bereit, falls er sie brauchte. Sie wunderte sich darüber, wie ihr Puls nur bei dem Gedanken an ihn zu rasen begann. Sie nahm einen letzten Schluck Kaffee. „Ich, also, ich sollte besser zurückgehen."

„Keine Hektik. Wir hatten noch kein Dessert."

„Dessert? Beim Frühstück?"

„Wieso nicht?" Seine bernsteinfarbenen Augen blitzten vergnügt.

„Weil ich satt bin und wirklich eine Menge Arbeit habe."

„Die wird Ihnen schon nicht davonlaufen."

„Aber ich habe den Eindruck, sie wird sich mindestens verdoppeln, wenn ich sie zu lange liegen lasse", scherzte sie.

„Wie Sie wollen." Seufzend zerknüllte er seine Serviette, warf sie auf den Tisch und beglich die Rechnung.

Ein paar Minuten später betrat Alison wieder ihr Büro, nur um diesmal Cord vor ihrem Schreibtisch sitzend zu entdecken, der ihre Notizen las und kaum aufsah, als sie die Tür hinter sich schloss. Er trug einen schwarzen Anzug und ein weißes Hemd, sein Haar war ordentlich gekämmt.

„Haben Sie sich amüsiert?", fragte er, ohne den Blick von dem Report zu nehmen, an dem sie die letzen drei Tage gearbeitet hatte.

Unsinnigerweise wurde sie rot. „Es war nett. Ich war mit David bei Simply …"

„Ich weiß.“ Er stand auf, Wut blitzte in seinen dunklen Augen. „David fühlt sich dazu verpflichtet, allen weiblichen Angestellten die Hintertreppe und die Gasse zu zeigen.“

Alison holte tief Luft. „Es war nur ein Frühstück“, sagte sie und wunderte sich darüber, dass sie das Bedürfnis hatte, sich zu rechtfertigen.

„Sicher.“ Er sah sie mit bohrendem Blick an, und sie erwartete, dass er noch mehr sagte, etwas, das dazu gedacht war, sie zu verletzen. Doch stattdessen entspannte sich sein Gesicht ganz plötzlich, er räusperte sich. Alison konnte nicht anders, als ihn anzustarren und sich in seinen Augen zu verlieren. „Ich … ich wollte Sie nicht …“, begann er.

„Sie wollten kein Brummbär sein?“

Da lachte er endlich. „Genau.“ Er deutete auf die Ausdrucke auf Ihrem Tisch. „Hatten Sie Zeit, sich das mal durchzusehen?“

„Ja.“

„Und?“ Er lehnte sich in seinem Stuhl zurück und verschränkte die Arme vor der Brust.

Alison wusste, dass er sie auf die Probe stellte. Sie reichte ihm die Abrechnung eines Klienten. „Und ich habe den Eindruck, dass Ihr Computersystem ein Update brauchen könnte. Damit die monatlichen Abrechnungen leichter zu verstehen sind. Es sollte sowohl der Ertrag ausgewiesen werden wie auch das Wachstumspotenzial, die Aktivposten sollten nach Kategorien aufgegliedert sein und die Vielfalt des Portfolios erklärt werden. Damit auch der Laie alles nachvollziehen kann.“

„Wozu?“

„Nun, mit Abrechnungen wie diesen bekommen Sie bestimmt öfter Anrufe von Kunden.“

„Ein paar“, gestand er und hörte dann interessiert zu, als

sie ihm von dem Computersystem erzählte, mit dem sie zuvor gearbeitet hatte. Dann zog sie eine Mappe aus der Schublade und reichte sie ihm.

Cord blätterte durch die Broschüren und Kostenvoranschläge, die sie eingeholt hatte. Er schien zufrieden, als er fragte: „Sonst noch was?"

„Ja. Bei diesem System", sie zeigte auf das Angebot, das sie selbst am besten fand, „gibt es auch ein sehr einfaches, aber genaues Rechnungsprüfungsverfahren für die Buchhaltung. Ich habe bereits mit der Firma gesprochen, sie würden es uns ohne weitere Kosten überlassen."

„Gute Arbeit", murmelte er. „Ich schätze, da haben Sie sich das Frühstück mit David verdient. Ich habe etwas überreagiert."

Sie stimmte ihm grinsend zu. „Entschuldigung angenommen."

„Und wie kann ich es wiedergutmachen? Wie wär's heute Abend mit einem Essen?"

Sie sprang beinahe auf vor Freude, hielt sich aber im letzten Moment gerade noch zurück. „Ich glaube, ich sollte mich besser erst mal um den Rest kümmern", sagte sie und deutete auf die anderen Ausdrucke. Sie wusste nicht, ob sie bereits so weit war, einen Abend mit ihrem faszinierenden Chef zu verbringen.

„Vielleicht ein anderes Mal?"

Ja! „Vielleicht", entgegnete sie langsam, obwohl sie am liebsten schon jetzt jede Minute mit ihm verbracht hätte und sich dafür selbst verachtete. Sie hatte oft genug erlebt, dass Frauen auf der Karriereleiter nach oben geklettert waren, nur weil sie sich mit ihren Chefs einließen, und sie hatte sich geschworen, bei solchen Spielchen niemals mitzumachen. Aber als sie in Cords warme Augen blickte, konnte sie einfach nicht Nein sagen. „Gut. Ein anderes Mal."

Und das ergab sich dann am folgenden Freitag. Nachdem sie eine Woche lang eng mit Cord zusammengearbeitet und versucht hatte, ihre albernen Schulmädchenfantasien im Zaum zu halten, war sie schließlich allein mit ihm in ihrem Büro. Sie hatten den Tag über anstrengende Gespräche mit Computervertretern geführt und konnten beide eine Abwechslung gut vertragen.

Inzwischen hatte Cord seine Krawatte gelockert und die Hemdärmel hochgekrempelt, sein Haar war hinreißend zerzaust, er hing in einem Stuhl vor ihrem Schreibtisch und schüttelte den Kopf, als der letzte Computervertreter das Zimmer verließ.

„Gott sei Dank", murrte er. „Ich wäre froh, wenn ich nie mehr eine Festplatte, einen Monitor oder eine Grafikkarte sehen müsste."

„Amen", flüsterte sie. Ihr Nacken schmerzte, sie schleuderte ihren Stift auf den Tisch und rieb sich die Augen.

Cord stand auf, um sich zu strecken. „Ich finde, wir haben uns einen schönen Abend verdient." Er blickte über die Schulter. „Haben Sie Lust?"

Diesmal konnte sie sich nicht zurückhalten. „Und wie", gestand sie mit klopfendem Herzen. Sie musste an Davids sarkastische Voraussage denken, dass Cord sie in ein elegantes, steifes Restaurant einladen würde. Aber das war ihr egal; die Vorstellung, mit Cord Zeit außerhalb des Büros zu verbringen, war einfach himmlisch.

„Gut. Dann hole ich Sie um sieben ab."

„Was soll ich anziehen?"

Grinsend antwortete er: „Hauptsache nicht einen von diesen verdammten Anzügen. Überraschen Sie mich."

Das tat sie. Sie entschied sich für einfaches schwarzes Kleid mit einem silbernen Gürtel. Das Haar trug sie offen, es fiel in weichen Wellen über ihre Schultern. Der Abend war einfach perfekt. Cord holte sie Punkt sieben zu Hause ab, fuhr mit ihr zu einem kleinen Restaurant in den Bergen, von dem aus man einen herrlichen Blick auf die Stadt hatte. Die Sonne ging hinter den Olympic Mountains unter, die stille Oberfläche des Puget Sound färbte sich dunkelrot. Segelboote zeichneten sich vor dem Horizont ab. Als es schließlich dunkel wurde, blitzten die Lichter von Seattle wie Juwelen auf, Sterne funkelten in dem lavendelfarbenen Himmel.

„Das ist so schön", murmelte sie und blickte aus dem Fenster, weil sie sich davor fürchtete, Cord anzusehen, dessen Gesichtsausdruck sie nicht deuten konnte.

„Finde ich auch", sagte er.

Sie aßen Hummer mit Spargel, geröstetem Weißbrot und süßen Birnen. Schweigsame Ober erschienen immer wieder am Tisch, um ihre Gläser mit weißem Burgunder zu füllen. Alison blätterte durch die Dessertkarte: Mousse au chocolat, Erdbeersahnekuchen, lemon tart, Himbeercreme und Petit Fours.

„Ich kann nicht mehr", verkündete sie, als der Ober ihr eine Schale mit Süßigkeiten hinhielt.

„Und Sie, Sir?"

Cord schüttelte den Kopf, sein dickes dunkles Haar schimmerte golden im Kerzenlicht.

Sie bestellten Kaffee mit Brandy und starrten schweigend auf den nachtschwarzen Puget Sound. Alison wurde warm, als er ihre Hand ergriff, um ihr beim Aufstehen zu helfen, das Herz schlug ihr bis zum Halse. Er ließ ihre Hand nicht los, während er sie durch das Lokal bis zum Parkplatz führte. Eine kühle Sommerbrise blies ihr das Haar aus dem Gesicht und presste den Stoff ihres Kleides gegen ihre Knie. Aber ihr war nicht kalt. Es war, als ob allein Cords Anwesenheit sie wärmte.

Sie stiegen in sein Cabriolet ein, und er steuerte auf Seattle zu, doch dann wandte er sich plötzlich Richtung Norden.

„Moment mal“, sagte sie. „Ich wohne südlich ...“

„Ich weiß. Aber ich dachte, Sie hätten vielleicht Lust auf eine kleine Bootstour.“

„Um halb elf nachts?“

„Wieso nicht?“ Er schenkte ihr sein umwerfendes Lächeln.

„Das ist verrückt“, flüsterte sie, als er schließlich parkte und ihr die Tür öffnete.

„Vielleicht.“ Er schnappte sich ihre Hand und rannte los über die Landungsbrücken, ihre Schritte auf den Holzplanken hallten durch die Nacht. Er blieb vor einem kleinen weißen Motorboot stehen.

„Aber dafür sind wir nicht richtig angezogen“, protestierte sie.

„Macht es Ihnen etwas aus?“

Nicht, solange ich bei dir bin. „Ich schätze nein.“

Er hob sie auf das Boot, das leicht zu schaukeln begann. Da umfasste er ihre Hüfte fester und zog sie so nah an sich, dass sie seine Wärme spüren und sein Aftershave riechen konnte.

Sie hob den Kopf, um seinem fragenden Blick zu begegnen, dann betrachtete sie für einen Moment seine Lippen und fragte sich, wie es wohl sein würde, ihn zu küssen.

„Dann mal los“, flüsterte er rau, ließ sie los und lief zum Steuer. Der Motor sprang an, Cord warf die Leine auf das Dock und lenkte das Boot hinaus aufs offene Wasser.

Du hast den Verstand verloren, sagte sie sich. Was in aller Welt tust du hier mitten in der Nacht, allein auf einem Boot mit deinem Chef?

Aber sie war entschlossen, dieses Abenteuer zu genießen, und falls sie sich verliebte, wollte sie sich durch nichts und niemanden aufhalten lassen. Zitternd sah sie Cord an, der seine Jacke auszog und um ihre Schultern legte.

„Ich möchte nicht, dass Sie morgen krank sind und nicht zur Arbeit erscheinen“, sagte er.

„Morgen?“, fragte sie. „Am Samstag?“

„Unser außerordentliches Meeting. Schon vergessen?“

Sie stöhnte.

„Keine Ausreden.“

„Daran würde ich nicht im Traum denken.“ Lachend versuchte sie, ihr flatterndes Haar zu bändigen. „Wissen Sie, ich habe einen Chef, von dem es heißt, dass er sich regelmäßig in einen *Ursus horribilis* verwandelt.“

„In einen *was?*“

„Oder vielmehr einen *non compos mentis Ursus horribilis.*“

„Und was ist das?“

„Ein Grizzlybär.“

„Tatsächlich?“ Er schlang den freien Arm um ihre Taille und zog sie an sich.

„Um genau zu sein, ein Grizzlybär, der nicht ganz bei Verstand ist.“

„Aha, so nach und nach kommt die Wahrheit ans Licht. Sie wollten diesen Job nur, um mich beleidigen zu können! Wer hat Sie auf mich angesetzt? David?“ Er lachte.

„Diese Beleidigung haben Sie verdient, so wie sie sich an diesem einen Morgen aufgeführt haben.“

„Schuldig“, stimmte er zu. Und beinahe hätte er noch etwas gesagt, etwas Wichtiges, das konnte sie in seinen Augen lesen, doch er sah schnell weg, presste die Lippen zusammen, hielt sie aber noch immer fest an sich gedrückt. „Sie bringen mich ganz durcheinander“, murrte er. „Also ist der *non compos mentis*-Teil richtig. Zumindest seit ich Sie kenne.“

Sie rührte sich nicht. Konnte es tatsächlich sein, dass er dasselbe empfand wie sie? Obwohl sie schon fünfundzwanzig war, hatte sie sich bisher noch nie so richtig verliebt, sie glaubte nicht einmal daran, dass wahre Liebe überhaupt existierte. Doch in diesem Moment, unter den golden funkelnden Sternen, war sie sich dessen nicht mehr so sicher.

„Kalt?“, fragte er.

Sie schüttelte den Kopf.

„Ich möchte Ihnen etwas zeigen. Halten Sie sich fest.“ Er gab Gas, das Boot schnitt wie ein Messer durch das Wasser. Alison wäre beinahe auf den Sitz gestürzt, doch Cord hielt sie fest. Salzwasser brannte auf ihren Wangen. Eine halbe Stunde später hielt er vor einer dunklen Insel.

„Wo sind wir?“, fragte sie.

„Bainbridge Island, ein paar Meilen nördlich von Winslow.“

„Und was gibt es hier?“

„Einen geheimen Ort.“ Er legte an, überprüfte noch einmal, dass das Boot fest vertäut war, dann knipste er eine Taschenlampe an. Er zog sie über die verwitterten Holzplanken und ein Stück Strand auf einen zugewachsenen kleinen Pfad.

„Wer lebt hier?“ Sie starrte in das hüpfende Licht seiner Taschenlampe.

„Ich – oder zumindest wollte ich das gerne als Kind.“

Als sie über einen Stein stolperte, hielt er sie fest. „Sie hatten recht, wir sind nicht passend angezogen für das hier“, gab er zu.

„Nächstes Mal nehme ich Wanderstiefel mit.“

Er drückte ihre Hand und leuchtete auf ein zweistöckiges Cottage, das auf beiden Seiten von hohen Tannen umzäumt war. Die Eingangstreppe war verwittert, einige Fensterscheiben waren zerbrochen.

„Sie sind wohl schon eine Weile nicht mehr hier gewesen“, bemerkte sie.

„Fünf oder sechs Jahre.“ Er musterte das Cottage. „Ich wollte nicht.“

„Warum nicht?“ Sie blickte über den dunklen Puget Sound auf die blinkenden Lichter von Seattle. Sie hörte leises Meeresrauschen und den spitzen Schrei einer Eule. „Im Grunde bedarf es nur etwas Muskelkraft.“

„Einer Menge Muskelkraft“, sagte er.

„Sie haben doch den ganzen Sommer.“

„Zu viel Arbeit.“

„Warum haben Sie mich dann hierher gebracht?“

„Ich weiß es nicht“, gestand er und starrte sie überrascht an. Das Mondlicht spiegelte sich in seinen Augen. Alisons Herz setzte beinahe aus, als er ihre Lippen fixierte und zart mit dem Daumen darüberstrich. „Ich weiß nicht einmal, ob ich heute Abend mit Ihnen hätte ausgehen sollen“, seufzte er.

Das geht mir genauso.

Sie rührte sich nicht, konnte kaum atmen, als er den Kopf senkte und seine warmen Lippen auf ihre drückte. Sie versuchte, nicht zu reagieren, stand einfach still, bis er die Arme um ihre Taille schlang und sie besitzergreifend an sich zog. „Ach, Alison“, murmelte er. Sein Atem roch nach Kaffee. „Was soll ich nur mit dir machen?“

„Genau das frage ich mich auch.“

Wieder küsste er sie, diesmal drängend und leidenschaftlich, und Alison ergab sich. Er spielte mit ihrem Haar, atmete schwer, küsste ihre Lippen, ihre Augen und Wangen. Sie legte die Arme um seinen Hals, spürte, wie das Blut heiß durch ihre Adern schoss und ihr Herz unregelmäßig pochte.

„Alison“, flüsterte er wieder und wieder. Seine Hände glitten unter die Jacke, die er ihr um die Schultern gelegt hatte. Sie fiel lautlos zu Boden. „Wenn du nur wüsstest, wie wahnsinnig du mich machst!“

Sie schloss die Augen, hörte nicht auf all die Zweifel, die sich meldeten, sondern überließ sich dem Augenblick, seinen feuchten Lippen, seiner fordernden, forschenden Zunge. Er klammerte sich an sie, als suchte er Halt, doch ihre Knie waren weich, und gemeinsam sanken sie zu Boden.

„Oh Gott“, stöhnte er über sie gebeugt. „Sag mir, dass ich aufhören soll.“

„Ich ... ich kann nicht.“

„Sag mir, dass ich aufhören soll“, wiederholte er beinahe ärgerlich.

Der Wind fuhr durch die Bäume, sie wandte den Blick von ihm ab, versuchte, wieder Vernunft anzunehmen. Wo war überhaupt ihr Stolz geblieben? Doch in Cords Nähe hatte dieser Stolz sich in nichts aufgelöst, war in der tiefschwarzen Nacht verloren gegangen. „H...hör auf“, stammelte sie schließlich und fügte dann hinzu: „Nein, bitte, hör nicht auf. Hör nie mehr auf.“

Er berührte ihr Haar. „Ich habe mir schon in der Sekunde, in der du zum ersten Mal in mein Büro kamst, gewünscht, mit dir allein zu sein“, gestand er, offenbar irritiert über seine eigene Schwäche.

„Hast du mich deshalb hierher gebracht?“

Er hob die Schultern. „Vermutlich. Ich war nicht mehr hier, seit mein Vater gestorben ist. Ich wollte nicht hierherkommen.“

„Warum?“ Es faszinierte sie, diese neue Seite an ihm kennenzulernen. Sie stützte sich auf einem Ellbogen auf, um seinen ernsten Blick erwidern zu können.

Er schloss die Augen, als müsse er seine Lust bezwingen, um wieder einigermaßen klar denken zu können. „Ich schätze, das war symbolisch. Das Ende meiner sorgenfreien Jugend sozusagen. Meine Mutter starb bereits drei Jahre zuvor, und mein Vater hatte sich hier mehr oder weniger zur Ruhe gesetzt. Er kam nur noch ab und zu in die Stadt, um sich um die Firma zu kümmern."

„Er ist hier gestorben?", vermutete sie.

„Ja." Er atmete tief durch. „Die Nachbarn haben ihn gefunden. Herzinfarkt." Als ob die Erinnerungen noch zu schmerzhaft wären, schluckte er schwer. „Er war erst siebenundfünfzig."

„Das tut mir leid", flüsterte sie.

„Mein Gott, Alison", stöhnte er und stand auf. Leise schimpfend wischte er sich den Staub aus der Hose. „Ich … Es tut mir leid."

„Das muss es nicht."

„Ich hätte dich niemals hierher bringen dürfen."

„Ich bin froh, dass du es getan hast." Nun sprang sie auch auf, lehnte sich an ihn und spürte erleichtert, wie er die Arme um sie schlang. Mit ihm allein an diesem einsamen Strand fühlte sie sich lebendiger als seit Jahren.

Cord betrachtete das alte Haus. „Ich ließ das Cottage mit Brettern zunageln und wollte nie mehr zurückkommen … bis heute Nacht. Deinetwegen habe ich es mir anders überlegt."

„Meinetwegen?"

Ein ironisches Lächeln umspielte seine Lippen. „Sehr richtig, Miss Banning. Zum ersten Mal seit sechs Jahren habe ich das Bedürfnis, jemandem von meiner Vergangenheit zu erzählen, und du kannst mir glauben, ich begreife es selbst nicht. Nun …“, er hob seine Jacke auf und schüttelte den Sand aus, „wenn wir nicht bald verschwinden, verliere ich vielleicht noch den letzten Rest an Selbstbeherrschung.“

Am liebsten hätte sie gefragt, was so schlimm daran wäre. Aber sie sagte nichts. Sie spielte sowieso schon mit dem Feuer. Es war besser, Schritt für Schritt vorzugehen. Schließlich war Cord Donahue ihr Chef.

Er legte seine Jacke liebevoll um ihre Schultern. „Nachdem mein Vater gestorben war, habe ich die Firma geerbt, zumindest den größten Teil, und das Haus.“

„Oh.“ Ohne nachzudenken, fragte sie: „Und der Rest deiner Familie?“

Sein Kiefer wurde hart. „Es gibt nur noch David“, sagte er schnell, in seinen Augen blitzten Schuldgefühle auf.

„Ich … ich wollte nicht neugierig sein.“

„Ach nein?“ Dann lächelte er wieder. „Spielt ja sowieso keine Rolle. David wird dir liebend gerne alle Einzelheiten erzählen, also solltest du vielleicht auch meine Version der Geschichte hören.“

„Wirklich, du musst es mir nicht erzählen.“

„Du hast gefragt“, stellte er fest und half ihr über den Steg in das schaukelnde Boot. „Dad hat mich sozusagen zum Aufpasser meines Bruders gemacht, was David überhaupt nicht behagt.“

„Kann ich mir vorstellen.“

„Ich auch.“ Er löste die Halteleine und rollte sie auf. „Er hat eine Wohnung in Snoqualmie geerbt, außerdem einen kleinen Treuhänderfonds und eine lebenslange führende Stellung in der Firma. Das ist nicht gerade wahnsinnig viel“, fügte er hinzu, als ob er ihre Gedanken gelesen hätte.

Kein Wunder, dass es eine so große Spannung zwischen den beiden Brüdern gab.

„David ist bitter enttäuscht."

„Kannst du ihm das verdenken?", fragte sie, als er den Motor startete und das Boot über das Wasser jagte.

„Nein. Aber er weiß, dass er sich nur in der Firma beweisen muss. Ich habe die Verträge bereits ausarbeiten lassen. Er wird die Hälfte des ganzen Vermögens bekommen."

Aber erst, wenn du zu der Ansicht gelangt bist, dass er dafür bereit ist, dachte Alison und zitterte in der kalten Nachtluft. Sie wünschte, sie hätte nie nach dem Erbe gefragt, das alles ging sie wirklich nichts an.

Cord schwieg, bis sie Seattle erreicht hatten, und Alison war viel zu müde, um ihn zum Reden zu bringen. Der Abend hatte sie einander nähergebracht – vielleicht sogar zu nahe – und das, obwohl Cord Donahue vielleicht der einzige Mann in ganz Seattle war, in den sie sich nicht verlieben durfte.

Als er sie schließlich vor ihrer Wohnung absetzte und zur Tür brachte, berührte er ihr Kinn mit seiner Hand und küsste sie sanft auf die Lippen. Es war wie ein stillschweigendes Versprechen, dass eines Tages viel mehr folgen würde.

„Ich möchte nicht gehen", flüsterte er mit belegter Stimme, strich ihr über die Wange. Er stand so nah vor ihr, dass sie die goldenen Flecken in seinen braunen Augen sehen konnte.

Sie dachte nicht nach, rief nur schnell: „Du musst nicht gehen."

„Du verstehst nicht", sagte er. „Ich möchte *nie wieder* gehen." Dann drehte er sich abrupt um und lief davon. Sein Geständnis hing noch immer in der Luft, selbst als sie seinen sich entfernenden Schritten lauschte.

„Das ist verrückt", murmelte sie und berührte ihre Lippen. Doch ihr Herz jubelte, ihr Puls raste, und sie konnte das fantastische, atemberaubende Gefühl, sich verliebt zu haben, nicht mehr abschütteln.

Genauso wenig, wie sie schlafen konnte. Nach einem warmen Bad und einer heißen Schokolade lag sie mit einem langweiligen Kriminalroman im Bett, noch immer hellwach, und ihre Gedanken an Cord überschlugen sich.

„Hör auf", sagte sie laut. Um halb drei schließlich knipste sie die Nachttischlampe aus und schloss die Augen.

Um viertel nach drei klingelte das Telefon.

Sie nahm vor dem zweiten Klingeln ab, wagte aber kaum zu hoffen, dass es Cord wäre.

„Noch wach?", fragte er, und ihr dummes Herz begann schon wieder zu pochen.

„Ich kann nicht schlafen."

„Ich auch nicht." Sie bemerkte das Zögern in seiner Stimme.

„Ich dachte, du würdest vielleicht gerne mit mir frühstücken."

„Jetzt?"

„In ein paar Stunden, bevor dieses blöde Meeting beginnt, das irgendein Idiot einberufen hat."

„Du meinst *dich?*"

„Richtig."

Sie rief sich all die nüchternen, logischen Gründe ins Bewusstsein, warum sie ablehnen sollte. Er war ihr Chef, der Inhaber der Firma. Sie wollte in keine klebrige Affäre verwickelt werden, die nur böse enden konnte. Sie sagte: „Ich würde sehr gerne mit dir frühstücken." Dann sank sie zurück in ihre Kissen und hörte ihm zu, wie er Pläne für den nächsten Morgen und das ganze Wochenende machte.

Als Alison jetzt vier Jahre später im Bett lag und diese quälenden Erinnerungen sie nicht schlafen ließen, seufzte sie auf. Ihre Beziehung mit Cord hatte so wunderschön und unschuldig begonnen. Dieser Sommer war so intensiv, so voller glühender Leidenschaft gewesen, dass sie blind gewesen war für die Fallstricke, die eine so tiefe Liebe in sich barg. Damals hatte sie geglaubt, dass ihre Liebe niemals enden würde. Doch genau das war geschehen, als Cord so rücksichtslos aus ihrem Leben verschwunden war, damals, in dieser tiefschwarzen, stürmischen Nacht.

Und was noch viel schlimmer war: Er hatte sie vier qualvolle Jahre lang in dem Glauben gelassen, dass er ertrunken war.

Um dann einfach zurückzukommen – und nur zwei Türen weiter in diesem Haus zu übernachten.

5. KAPITEL

Cord konnte nicht schlafen. Allein der Gedanke daran, dass Alison ein paar Meter weiter in ihrem Bett lag, brachte sein Blut in Wallung.

Er hatte die Hände hinter dem Kopf verschränkt, fixierte die dunkle Zimmerdecke und lauschte den Geräuschen der Nacht: dem stetigen Prasseln des Regens, dem leisen Seufzen des Windes und dem Knarren der alten Holzböden im Haus. Doch seine Gedanken waren bei Alison.

Sie schläft nur zwei Türen weiter, stichelte eine innere Stimme.

Na und?

Das ist deine Chance! Mach dir nicht länger was vor. Du hast dich all die Jahre nach ihr verzehrt. Dann los, finde endlich heraus, warum sie dich betrogen hat.

Sie behauptet, mich nicht betrogen zu haben.

Und du glaubst ihr?

„Gott, das würde ich so gerne", knurrte er laut.

Dann finde es heraus. Es sind nur ein paar Schritte über den Gang – mehr nicht. Sie liegt auf ihrem Bett, das schwarze Haar auf dem Kopfkissen ausgebreitet, ihre zarte, weiße Haut …

„Halt die Klappe!" Wütend sprang er aus dem Bett und lief zum Fenster. Die blauen Straßenlampen tauchten die Einfahrt des Hauses in ein unwirkliches Licht.

„Jetzt reiß dich mal zusammen, Donahue." Er hielt sich am Fensterrahmen fest – an Davids Fensterrahmen. Warum hatten sein Bruder und Alison nicht ein Schlafzimmer geteilt? Die Frage ließ ihn einfach nicht los. Cord hätte niemals vermutet, dass seine Reaktion auf Alison so heftig sein würde, dass noch immer Gefühle in ihm tobten, die er kaum kontrollieren konnte.

Er hatte sich eingeredet, über sie hinweg zu sein, dass er sie in Wahrheit nie geliebt und David und sie einander verdient hatten.

Natürlich hatte er sich nur etwas vorgemacht, was ihm in der Sekunde klar geworden war, als er sie wiedersah. Als ob all die Empfindungen dieses heißen Sommers vor über vier Jahren unter der Oberfläche nur darauf gewartet hätten zu explodieren. So wie damals bei der Firmenfeier am Unabhängigkeitstag …

Alison ließ die Beine über dem Anlegesteg baumeln, sie hatte die Jeans bis zu den Knien hochgekrempelt und planschte mit den Zehen im Wasser, während das letzte Boot mit Donahue-Angestellten davonfuhr.

Der Ausflug zum 4. Juli war längst vorbei, selbst David und Louise waren schon gegangen, zusammen mit Louises Schwester, einem Rotschopf namens Francine. Leider hatte es so ausgesehen, als ob David sich mehr für Francine, eine Kundenberaterin bei der Peninsula Bank, interessierte als für Louise.

Seufzend hatte Alison Cord ungefähr hundert Mal erklärt, dass er sich nicht in das Leben seines Bruders einmischen durfte. Wenn David nicht kapierte, dass Louise ihn liebte, war ihm nicht zu helfen.

Cord hockte auf dem Geländer vor dem alten Cottage auf Bainbridge Island und beobachtete, wie Alison ihr Haar zurückwarf. Es schimmerte warm in den letzten Strahlen der untergehenden Sonne. Er kannte sie nun seit zwei Monaten, und er war von ihr noch immer genauso fasziniert wie am ersten Tag, als sie in sein Büro gekommen war und sich um einen Job beworben hatte.

In den letzten Wochen hatten sie sowohl im Büro zusammengearbeitet als auch an der alten Blockhütte. Sie hatten geschrubbt, repariert, gestrichen und neue Möbel gekauft. Und sie hatten sich unsterblich ineinander verliebt. Cord hielt sich an sein Versprechen – so schwer es ihm auch fiel –, ihre Beziehung geheim zu halten. Dabei konnte er es kaum erwarten, der ganzen Welt zu verkünden, dass er sie liebte und heiraten wollte.

Er lächelte in sich hinein, sprang von dem Geländer, schenkte zwei Gläser Champagner ein und lief über den gewundenen Pfad zum Anlegesteg. „Amüsierst du dich gut?"

Sie sah blinzelnd zu ihm hoch. „Und wie! Das war eine tolle Party, wenn ich mich mal selbst loben darf."

„Ich habe nichts dagegen einzuwenden." Er setzte sich im Schneidersitz neben sie und reichte ihr das langstielige Glas. „Auf Alison Banning, meine persönliche Assistentin und die weltbeste Organisatorin von Partys."

Sie stießen miteinander an. Er zwinkerte ihr zu. Er war der glücklichste Mann des Universums.

Strahlend warf Alison einen Blick über die Schulter auf das Haus, das noch bis vor Kurzem mit Brettern vernagelt gewesen war. „Also gibst du endlich zu, dass es eine gute Idee war, das Cottage wieder herzurichten?"

„Hmm. Ich denke schon."

„Du weißt, dass es so ist." Sie nippte an ihrem Glas, und Cord betrachtete ihren Hals, als sie schluckte. „Das war ein perfekter Tag für ein Grillfest."

„Du hast recht. Und sogar David scheint es gefallen zu haben."

„Was *du* gar nicht für möglich gehalten hättest, nicht wahr?"

Cord zuckte mit den Schultern. Er wollte nicht über seinen jüngeren Bruder nachdenken. In den letzten Wochen war David besonders verschlossen gewesen, als ob ihn etwas quälte oder er etwas zu verheimlichen versuchte. Cord fragte sich, ob es vielleicht etwas mit Louise zu tun hatte, verwarf den Gedanken aber wieder. So, wie David sich an Francine rangemacht hatte, schien er sich nicht besonders für Louise zu interessieren.

Also hingen seine Probleme vielleicht mit der Arbeit zusammen. Allein in der vergangenen Woche hatte Cord zwei Mal versucht, mit David zu sprechen, doch David hatte ihm nervös versichert, dass er sich das alles nur einbildete.

„Du machst dir noch immer Sorgen, oder?“, fragte Alison.

„Sollte ich das deiner Meinung nach nicht tun?“

„David ist ein erwachsener Mann. Er kann seine eigenen Entscheidungen treffen.“

„Was man heute nicht gerade bemerkt hat.“

„Ach, nun ja, Francine sieht gut aus.“ Aber irgendwie schien Alison nicht glücklich bei dem Gedanken zu sein. Sie blickte auf das Wasser, auf dem das Boot mit David, Louise und Francine vor ein paar Minuten verschwunden war. „Sie ist … interessant.“

„Und flirtet gerne“, sagte Cord missgelaunt.

„Vielleicht braucht David keinen älteren Bruder, der ihm immer über die Schulter schaut“, schlug sie vor.

„Vielleicht aber doch.“

„Warum gibst du ihm denn keine Chance?“

„Das habe ich bereits.“ Cord beugte sich zu ihr. „Findest du nicht?“

„Da bin ich mir nicht sicher“, gestand sie, schlang die Arme um die Knie und zog die Beine aus dem Wasser. „Mir erscheint David ziemlich frustriert. Ich glaube, es wäre besser, wenn er auf eigenen Füßen stehen würde.“

Etwas in ihrer Stimme beunruhigte ihn, berührte eine eifersüchtige Stelle in seinem Herzen, die er nicht so recht kontrollieren konnte. „Wie es scheint, weißt du eine Menge über David."

„Wir sind Freunde", sagte sie. „Das ist alles."

„Klar." Er trank aus, stand auf und reichte ihr die Hand. Doch mit einem strahlenden Lächeln tauchte sie den Fuß wieder in das eiskalte Wasser und spritzte ihn voll. Cord schrie auf. Alison sprang hoch und sauste über den Anlegesteg davon.

Sie war schnell, lachend lief sie durch den kühlen Sand, doch er war schneller und erwischte sie, kurz vor der kleinen Bucht, wo er und David früher immer gespielt hatten.

„Nicht so schnell", rief er, schnappte sich ihre Hand und riss sie in seine Arme.

Sie wehrte sich kichernd, aber nicht lange. Er stürzte sich auf ihre Lippen. Sie reagierte sofort. Er spürte ihren schnellen Herzschlag, ihre warmen Lippen. Der Geruch von Sand und Salzwasser hing in ihrem Haar. „Ich liebe dich", flüsterte er, als sie gemeinsam zu Boden sanken.

„Und ich liebe dich."

Langsam knöpfte er ihre Bluse auf, schob sie von ihren Schultern und betrachtete ihre wunderschönen Brüste. „Heirate mich, Alison", flüsterte er. „Heirate mich morgen."

„Nicht morgen, Liebster", antwortete sie heiser, und da explodierte das erste Feuerwerk am Himmel. Dunkelrot schillernd breitete es sich über dem Himmel aus wie ein Spinnennetz.

„Dann übermorgen", schlug er vor und vergrub sein Gesicht zwischen ihren Brüsten.

Leise stöhnend begann sie, sich zu bewegen. „Nächsten Sommer", flüsterte sie ihm ins Ohr.

Hitze jagte durch seinen Körper. So lange konnte er nicht warten. Schon jetzt konnte er sich kaum noch zurückhalten, so sehr begehrte er sie. Sanft streichelte er über ihre Brustspitzen. „Ich werde dich wohl davon überzeugen müssen, es dir noch mal anders zu überlegen."

„Das ... das werde ich nicht." Ihre Stimme aber schwankte. Ohne ein weiteres Wort begann Cord, nacheinander ihre Brustwarzen mit der Zunge zu liebkosen. „Cord, bitte ..."

„Bitte was?" Sanft öffnete er ihre Jeans und schob sie über ihre schmalen Hüften.

„Oooh ..."

„Nächste Woche?"

„Nächsten *Sommer!*" Sie presste sich an ihn, krümmte sich im Sand und kämpfte gegen die Lust an, als er jeden Zentimeter ihrer seidigen Haut streichelte und küsste. Mit einem Zischen ergoss sich goldener und silberner Regen über den Himmel und spiegelte sich in ihren Augen. Cord konnte sich nicht länger zurückhalten. Keuchend riss er sich die Kleider vom Leib. „Du bis die eigensinnigste Frau, die ich je kennengelernt habe", murrte er in ihr Ohr.

Sie schlang die Arme um seinen Hals und zog seinen Kopf an sich. Seine Muskeln schmerzten unter ihren Berührungen, jeder vernünftige Gedanke löste sich auf. Er konnte nur noch ihren weichen Körper spüren, auf dem er lag, er lauschte ihren verflixten Ausreden, warum sie ihn nicht heiraten konnte und ihr Verhältnis geheim halten wollte. Weder wollte sie ihn bloßstellen, noch sollte ihr vorgeworfen werden, sie würde ihn nur benutzen. Sie wollte ihrer Liebe noch etwas Zeit geben, bevor sie sich in eine Ehe stürzten.

Cord glaubte ihr kein einziges Wort. Er liebte sie, und das war alles. Zur Hölle mit dem Gerede in der Firma. Wen interessierte es, was der Rest der Welt dachte?

„Früher oder später wirst du wieder einen ehrbaren Mann aus mir machen müssen“, murmelte er in ihr Haar und versuchte, sich zu beherrschen, als ihre Finger langsam über seinen Rücken wanderten.

„Nächstes Jahr. Ich verspreche es.“

Sie spielte ein gefährliches Spiel. Jede Faser seines Körpers schrie nach ihr. „Dann sollten wir lieber vorsichtig sein“, sagte er, obwohl er kurz überlegte, dass es vielleicht gar nicht schlecht wäre, sie zu schwängern – dann musste sie ihn heiraten. Zugleich wollte er sie natürlich zu nichts zwingen, um nicht für immer an ihrer Liebe zweifeln zu müssen.

„Ist schon in Ordnung“, seufzte sie in sein Ohr. „Es ist gerade eine sichere Zeit.“

„Bist du sicher?“

„Hundertprozentig. Ich hatte Biologie-Leistungskurs“, zog sie ihn auf.

Er brauchte keine weitere Ermutigung. Zwei qualvolle Monate lang hatte er gewartet, sie immer wieder gebeten, ihn zu heiraten. Er wünschte, dass dieser Moment nie zu Ende ginge.

Mit dem Zischen und Heulen der Raketen zum Independence Day am Himmel und dem Feuerwerk, das in seinem Kopf explodierte, liebte er sie zum wunderbaren ersten Mal. Einmal glaubte er, einen Zweig knacken zu hören, und hatte kurz das Gefühl, beobachtet zu werden, doch er schüttelte diesen unschönen Gedanken ab. Er und Alison waren allein an diesem Strand, und alles andere war egal.

Das war über vier Jahre her, und als Cord jetzt aus dem Fenster starrte, konnte er nicht umhin, sich zu fragen, wie er so dumm hatte sein können. Nun wusste er, warum Alison es mit einer Hochzeit nicht eilig gehabt hatte. Hinter seinem

Rücken hatte sie eine Affäre mit seinem Bruder begonnen. Und der Beweis für ihre Untreue war das kleine Engelchen, das auf der anderen Seite des Flurs schlief.

Es sei denn, Mandy ist deine Tochter.

Sein Magen verkrampfte sich. Seit er das Mädchen zum ersten Mal gesehen hatte, dachte er über eine mögliche Vaterschaft nach. Zeitlich würde es zumindest hinkommen. Wenn er damals weniger vorsichtig gewesen wäre, könnte er zumindest die leise Hoffnung verspüren, dass das blauäugige kleine Mädchen wirklich seine Tochter war. Aber wahrscheinlich handelte es sich dabei nur um den unsinnigen Wunsch eines verzweifelten Mannes.

Wenn er nur nicht so verdammt vorsichtig gewesen wäre! Wenn er der Natur ihren Lauf gelassen hätte!

Barfuß lief er zur Tür, zögerte kurz, dann schlich er über den Gang zu Mandys offen stehender Tür. Leise trat er ins Zimmer und starrte das Kind im dämmrigen Schein der Nachtlampe an. Ein Daumen steckte in Mandys Mund, sie hatte ihren Arm um einen schon leicht verschlissenen Teddy geschlungen, das Haar umrahmte in zerzausten Locken ihr Gesichtchen.

Und selbst wenn sie Davids Tochter war? Mandy war das Einzige, was von seiner Familie noch geblieben war, die letzte Generation von Donahues.

Und sie könnte deine Tochter sein.

„Klar, und den Weihnachtsmann gibt es auch“, grummelte er und strich Mandy eine Haarsträhne aus dem Gesicht. Sie drehte sich seufzend auf die andere Seite, ihre kleinen Lippen bearbeiteten ihren Daumen. „Gute Nacht“, wisperte er und wunderte sich über das ungewohnte Gefühl, das sein Herz berührte. Als er sich umwandte, entdeckte er Alison in der Tür.

„Kannst du auch nicht schlafen?" Sie trug einen weißen Bademantel, ihr Haar war genauso zerzaust wie das von Mandy. Sie sah beunruhigend schön aus.

„Es war … ein schwieriger Tag."

„So kann man es auch nennen." Ein Großteil ihrer Verbitterung hatte sich in Luft aufgelöst, sie riskierte sogar ein Lächeln. Ihn so mit Mandy zusammen zu sehen war anrührend, außerdem war es viel zu spät in der Nacht, um schon wieder einen Streit vom Zaun zu brechen. „Ich dachte, ich mache mir eine Tasse Kakao. Möchtest du auch eine?"

Er lächelte zurück. „Ob das wohl hilft?"

„Vermutlich nicht, aber das ist immer noch besser, als sich eine weitere Stunde im Bett hin und her zu werfen."

Dem hatte er nichts entgegenzusetzen. Er folgte ihr die Treppe hinunter und sah ihr dabei zu, wie sie zwei Tassen Milch in der Mikrowelle erhitzte und dann jeweils zwei Teelöffel Kakao darin verrührte.

„Lass uns Waffenstillstand schließen", schlug sie vor und setzte sich ihm gegenüber an den Tisch.

„Ich dachte, das hätten wir schon."

Sie lächelte in ihre Tasse. „Ja. Und wir haben ihn bereits gebrochen."

„Wahrscheinlich hast du recht." Er lachte leise. „Ich war noch nie in der Lage, in deiner Nähe vernünftig zu denken. Aber heute Nacht … einverstanden. Waffenstillstand."

„Gott sei Dank." Sie nahm all ihren Mut zusammen, blickte in seine dunklen Augen und achtete nicht auf das verräterische Pochen ihres Herzens. „Sieh mal, Cord, ich weiß, dass wir eine Menge zu klären haben. Und ich weiß, dass du mir nicht vertraust. Aber Mandy zuliebe sollten wir eine Art von …"

„… Fassade aufrechterhalten?"

„Wenn du es so ausdrücken willst." Seufzend probierte sie den heißen Kakao. Er würde ihr nie wieder vertrauen, das konnte sie in seinen Augen sehen. „Wir sind keine Kinder mehr."

„Ich glaube nicht, dass wir das je waren."

„Vielleicht nicht, aber ob es uns gefällt oder nicht, wir müssen miteinander auskommen, bis wir dieses Durcheinander zwischen uns geklärt haben."

„Worauf willst du hinaus?"

„Ich will nur sagen … nichts von dem, was zwischen uns geschehen ist, hat irgendetwas mit Mandy zu tun." Alisons Hals wurde ganz trocken bei der Lüge. „Ich möchte sie nicht verletzen oder verängstigen. Also sollten wir in ihrer Gegenwart nicht streiten."

Cord nickte mit zusammengebissenen Zähnen. „Na schön. Ich werde mein Bestes versuchen – auch wenn sie nicht in der Nähe ist – und wenn du mich nicht provozierst."

„Ich provoziere dich nicht …" Sie unterbrach sich selbst. „Nun, vielleicht tue ich das manchmal", gestand sie. „Danke." Mit einem Mal fühlte sie sich unbehaglich, sie trank schnell aus und stellte die Tasse in die Spüle. „Gute Nacht", sagte sie leise. Sie spürte seinen Blick in ihrem Rücken, als sie die Küche verließ.

„Nacht."

Während sie die Treppe hinauflief, fragte sie sich, ob sie vor ihm flüchtete. Sie schaute noch einmal schnell bei Mandy hinein, dann lief sie in ihr Zimmer und schloss die Tür. Sie wartete auf Cords schwere Schritte auf der Treppe, doch zehn Minuten vergingen, und es war nichts zu hören außer dem Ticken der Uhr und dem Wind, der wütend an dem alten Haus zerrte und die Fensterläden klappern ließ.

Erschöpft zog sie den Morgenmantel aus, kletterte ins

Bett und hoffte, endlich schlafen zu können. Morgen musste sie Cord erneut gegenübertreten, und dafür brauchte sie all ihre Kraft.

Alison wurde von dem Duft von gebratenem Speck und frisch gekochtem Kaffee geweckt. Als sie sich ausgiebig streckte, fiel ihr wieder ein, dass Cord zurück nach Seattle gekommen war, mit der festen Absicht, ihre Welt zum Einstürzen zu bringen. „Das soll er mal versuchen", murrte sie. Sie fühlte sich überraschend erfrischt und bereit, es mit allem aufzunehmen, was er zu bieten hatte.

Gähnend schlüpfte sie in ihren Morgenmantel und schaute in Mandys Zimmer. Ihr Bett war leer, Mandys Lieblingsteddy lag mit dem Gesicht nach unten auf dem Teppich. „Das passiert selbst den Besten von uns", erklärte Allison dem abgewetzten alten Bär und setzte ihn auf Mandys Bücherregal.

Mit bloßen Füßen lief sie lautlos die Treppe hinunter, bemerkte, dass im Wohnzimmer bereits der Kamin brannte und aus der Küche Geschirrklappern und Kindergelächter drangen.

„Guten Morgen", rief Alison, als sie die Tür aufdrückte, weil sie erwartete, Norma und Mandy zusammen in der Küche vorzufinden.

„Morgen", antwortete Cord mit einem Blick über die Schulter. Er stand am Herd, Mandy balancierte auf einem Stuhl neben ihm und beobachtete konzentriert, wie er Pfannkuchen hoch in die Luft warf und mit der Pfanne wieder auffing.

„Mommy, sieh mal!", rief sie ehrfürchtig.

„Ich sehe es."

„Du scheinst nicht besonders beeindruckt zu sein", zog Cord sie freundlich auf, als ob jeglicher Streit vom Vortrag vergessen wäre. Alison lächelte. Vielleicht hatten sie ja doch noch eine Chance.

„Oh, das bin ich", entgegnete sie.

„In der Kanne ist frischer Kaffee."

„Danke." Sie schenkte sich eine Tasse ein und sah fasziniert dabei zu, wie Cord Mandy die Pfanne einbuttern ließ. Sie wollte „sei vorsichtig!" rufen, verkniff es sich aber. Cords ganze Aufmerksamkeit war auf Mandy gerichtet, Alison wusste instinktiv, dass er niemals zugelassen hätte, dass Mandy sich verbrannte oder von dem Stuhl fiel. Er stand direkt neben ihr, den Blick auf sie geheftet.

Er musste schon über eine Stunde wach sein. Er war geduscht, frisch rasiert und angezogen. In den grauen Cordhosen und dem weiten Sweatshirt sah er umwerfend gut aus. Mit Erschrecken stellte sie fest, dass sie niemals aufgehört hatte, ihn zu lieben.

„Die beiden Ladys sollten jetzt mal nach oben gehen und sich anziehen. Denn gleich nach dem Frühstück geht's los."

„Was geht los?", fragte sie mit gerunzelter Stirn.

„Wir fahren zum Hafen. Ich habe Mandy einen Tag am Wasser versprochen."

„Aber …"

„Bitte, Mommy!" Mandy hüpfte vom Stuhl und zerrte an Alisons Hand.

„Hey, mal schön langsam!" Alison hätte beinahe ihren Kaffee über Mandy verschüttet, die jetzt wie ein Tornado aus der Küche schoss. „Was hat das alles zu bedeuten?", wandte sie sich an Cord.

Er warf einen weiteren Pfannkuchen in die Luft. „Du wolltest einen Waffenstillstand, und du hast betont, dass unsere Probleme nichts mit Mandy zu tun haben."

„Ich weiß. Aber ich hätte nicht erwartet, dass du so schnell kapitulierst."

„Hätte ich auch nicht."

„Ich kann einfach nicht glauben, dass jetzt alles klar zwischen uns ist."

„Oh, das ist es auch nicht." Sein Gesicht wurde ernst. „Weit gefehlt. Aber für dieses Wochenende werden wir unser Bestes geben, um nicht wieder zu streiten."

„Und danach?"

„Danach müssen wir uns unterhalten", sagte er scharf. „Wir sollten uns endlich dem stellen, was vor vier Jahren geschehen ist."

Amen, dachte sie, erzitterte aber etwas unter der Wucht seines Blicks. „Gut. Denn ich kann kaum erwarten, wie du dein Verschwinden mitten in der Nacht erklären wirst. Und dass du deinen Tod vorgetäuscht hast!" Er wollte etwas sagen, doch sie sprach einfach weiter. „Und ich will keine Lügen mehr hören, von wegen du wolltest mich beschützen. Denn ich war unschuldig, und das wusstest du!"

„So unschuldig, dass du meinen Bruder ein paar Wochen später geheiratet hast. Falls du es vergessen hast, mich wolltest du nicht so schnell heiraten, egal, wie oft ich dich darum gebeten habe." Traurigkeit lag in seinen Augen. „Und in der ganzen Zeit hast du dich mit David getroffen."

„Das ist nicht wahr!"

„Lass es, Alison." Er drehte sich wieder zum Herd. „Waffenstillstand – richtig?"

Zum Teufel mit ihm! Sie knallte die Tasse auf den Tisch, wandte sich um und marschierte aus der Küche. Dieser Mann konnte einen so verdammt wütend machen! In der einen Minute war er liebevoll und aufmerksam, in der nächsten rachsüchtig und eiskalt.

Sie schwor sich, jegliches Gefühl zu bekämpfen, das sie noch für ihn hatte, dann rannte sie die Treppe hinauf und riss sich den Morgenmantel und das Nachthemd vom Leib. Noch immer aufgebracht, drehte sie die Dusche auf, bis das Badezimmer voller Dampf war, steckte sich das Haar hoch und stieg hinein. Leise vor sich hinschimpfend, seifte sie sich ein und schrie leise auf, als die Glastür plötzlich aufgerissen wurde. Cord stand mitten im Badezimmer und starrte ihren nassen Körper von Kopf bis Fuß an.

„Was soll das? Du kannst doch nicht einfach hier hereinkommen." Sie versuchte vergeblich, ihre Blöße mit den Händen und einem jämmerlichen alten Waschlappen zu bedecken.

„Schließ das nächste Mal ab."

„Klopf das nächste Mal an! Und jetzt raus. Mandy könnte ..."

„Mandy frühstückt unten. Davon abgesehen: *Ich* hatte vorhin beim Duschen die Tür abgeschlossen ..."

Gott sei Dank. „Was hast du hier zu suchen?" Sie versuchte, nicht darauf zu achten, wie sich sein Haar im Nacken durch die Feuchtigkeit kräuselte. Sein Gesicht war errötet, er fixierte den Puls an ihrem Hals, dann betrachtete er ihre Brüste, den Bauch und die Beine unter dem strömenden Wasser. Schließlich riss er sich von dem Anblick los, als wäre ihm ein großer Fehler unterlaufen, und er knurrte durch zusammengebissene Zähne: „Du hast mich einfach stehen lassen, Ali, und ich hatte noch etwas zu sagen."

„Sag es und verschwinde." Doch unter seinem Blick hatte sie zu zittern begonnen, sie spürte, wie ihre Brustspitzen sich aufrichteten.

Er schluckte schwer und sah ihr in die Augen. „Ich habe das Geld nicht genommen. Keinen einzigen verdammten Cent. Abgesehen von dem, was mir gehörte."

„Ich aber auch nicht!“ Sie wollte ihn am liebsten am Kragen packen und schütteln, aber dazu hätte sie sich erst bedecken müssen.

„Wer war es dann?“

„Das weiß ich nicht, und ich kann jetzt in diesem Moment auch nicht darüber nachdenken!“

Als würde er erst jetzt ihre Situation begreifen, drehte er sich wortlos um, knallte die Glastür zu, und Alison sank aufatmend gegen die Wand. Der hatte vielleicht Nerven! Wie konnte er es wagen, einfach so ins Badezimmer zu stürmen? Und trotzdem hämmerte ihr albernes kleines Herz wie wild, sie konnte seinen sengenden Blick noch immer spüren.

„Du bist eine Närrin, Alison Donahue“, sagte sie laut. „Eine dumme, begriffsstutzige Närrin.“ Sie hoffte, das heiße Wasser würde das Gefühl wegwaschen, das Cords Augen auf ihrem Körper hinterlassen hatten, und betete still um die Kraft, sich in seiner Gegenwart künftig besser im Griff zu haben. „Cord ist zurück, und nun beginnt der Kampf deines Lebens!“

Eine dreiviertel Stunde später hatte sie einen Großteil ihrer Würde wiedergefunden. Mit geraden Schultern trat sie in die Küche, wo Mandy gerade Lazarus ein Stück Speck hinhielt.

„Das hat aber lange gedauert“, bemerkte Cord. Er stand mit verschränkten Armen da. In seinen Augen lag ein amüsiertes Glitzern.

„Ich wurde gestört“, sagte sie.

„Von wem?“, fragte Mandy, sah auf und wäre beinahe über Lazarus’ Milchschüssel gestolpert.

„Vorsichtig, Mandy.“

„Ja, von wem?“, wollte Cord wissen.

„Nicht so wichtig.“ Alison nahm ihre Jacke von einem

Kleiderhaken neben der Hintertür. Sie wollte sich nicht provozieren lassen – nicht schon wieder.

„Du hast das Frühstück verpasst", sagte Mandy. „Cord wollte nicht warten."

Alison schoss Cord einen vielsagenden Blick zu. „Ich weiß, Schätzchen", sagte sie und verkniff es sich hinzuzufügen: „Cord tut sowieso nur, wozu er gerade Lust hat." Stattdessen zog sie Mandy ein rosafarbenes Kapuzenshirt über und stopfte eine Jacke, Süßigkeiten und ein paar Bananen in ihre Schultertasche.

„Du packst ja wie für eine ganze Armee."

„Nur für ein kleines Mädchen", entgegnete Alison ungerührt, obwohl ihr die Vorstellung, einen ganzen Tag mit Cord und Mandy zu verbringen, überhaupt nicht behagte. Die beiden zusammen zu sehen und sie belügen zu müssen würde nicht einfach werden. Natürlich musste sie früher oder später die Wahrheit gestehen, aber noch nicht jetzt; erst wollte sie herausfinden, was Cord wirklich vorhatte. Gestern Abend noch hatte er verkündet, dass er sich an ihr rächen und ihr alles nehmen wollte. Wenn er erfuhr, dass Mandy seine Tochter war, würde er dann versuchen, sie ihr wegzunehmen? Alison wurde eiskalt bei dem Gedanken.

„Alison?"

„W…was ist?"

„Stimmt etwas nicht? Du siehst aus, als hättest du einen Geist gesehen." Die Wärme in seiner Stimme überraschte sie.

„Das habe ich auch", flüsterte sie mit schreckensgeweiteten Augen. „Dich."

6. KAPITEL

Ein paar mutige Sonnenstrahlen kämpften sich durch die stahlgrauen, schweren Wolken über Elliott Bay. Es war sehr windig, nur wenige Segelboote waren zwischen den Fähren und den großen internationalen Schiffen zu entdecken. Alison spazierte am Wasser entlang, starrte auf das raue Meer und atmete die salzige Luft ein.

„Ich will auf das Schiff", rief Mandy von ihrem Posten auf Cords Schultern aus. Aufgeregt deutete sie auf eine der riesigen Fähren.

„Ein andermal", antwortete Cord lachend.

„Jetzt!" Sie begann, ihn zu treten, doch Cord hielt ihre Fersen mit seinen großen Händen fest.

„Hey, ganz ruhig."

„Du hast es aber versprochen!"

„Sie ist ganz schön dickköpfig, oder?" Cord warf Alison einen Blick zu. „Das muss sie von ihrer Mutter haben."

„Oder ihrem Vater", murmelte Alison leise, aber zum Glück hatte Cord nichts gehört.

Sie liefen über den Pier und betrachteten wie die anderen Touristen die Schaufenster der vielen Souvenirläden, Boutiquen und Kunsthandwerkgeschäfte in den alten Lagerhäusern.

Gegen Mittag schlug Cord schließlich vor, in einem der Restaurants zu Mittag zu essen. Mandy protestierte vehement. „Picknick!", rief sie immer wieder. „Du hast Picknick und Jahrmarkt gesagt!"

„Halt mal, du Zwerg. Das hast *du* gesagt", betonte Cord. „Ich sagte nur, wir würden etwas Schönes unternehmen. Und das tun wir."

Mandy schmollte, sie schien davon nicht überzeugt.

Alison betrachtete den bewölkten Himmel, dann strich sie über Mandys Wange. „Heute nicht, Süße. Es wird bald regnen."

Mandy jammerte auf dem ganzen Weg, bis sie zu einem Restaurant kamen, in dem Cord und Alison früher öfter gegessen hatten. Vor der massiven Holztür blieben sie stehen.

„Was hältst du von ‚Murphy's'?", fragte er.

„Ich … ich denke, eher nicht."

„Zu viele Erinnerungen?"

„Auch das", gab sie zu.

Mandy, die zu fürchten schien, dass das Mittagessen ausfallen könnte, entwand sich Cords Armen und zerrte an der Tür. „Ich hab Hunger!", rief sie laut.

Alison steckte in einer Zwickmühle. Schließlich folgte sie den beiden zögernd in das schwach beleuchtete Restaurant und ignorierte alle aufsteigenden Erinnerungen, während Cord einen Tisch am Fenster auswählte, durch das man einen wunderschönen Blick auf Elliott Bay hatte.

Alison hob Mandy in einen Kinderstuhl. Sie warf kaum einen Blick auf die Speisekarte. „Für dich, Schätzchen, Fisch und Chips", schlug sie vor. Das Restaurant mit seinen langen Tischen und den blau karierten Tischtüchern war ihr viel zu vertraut – es fühlte sich zu richtig an, hier zu sein. Obwohl es draußen noch taghell war, brannte eine Lampe über dem Tisch und malte bekannte Schatten auf Cords Gesicht.

Mandy begann, mit dem Plastiklöffel zu spielen, während Cord sie beobachtete wie einen seltenen Vogel.

Was er wohl dachte? Erriet er, dass Mandy seine Tochter war? Eher nicht, dachte Alison. Er war viel zu sehr davon überzeugt, dass Alison ihn mit seinem Bruder betrogen hatte. Wut brannte in ihrem Herzen. Wie konnte er nur so blind sein?

Der Ober nahm ihre Bestellung auf. Kurz darauf stellte er zwei dampfende Schalen Fischsuppe und für Mandy Fisch und Chips auf den Tisch.

Alison löffelte schweigend ihre Suppe, Cord konzentrierte sich beim Essen ganz auf Mandy, ließ seine Blicke über ihre dunklen Locken und die Grübchen in den Wangen wandern. Alison hätte am liebsten geschrien. Er musste die Ähnlichkeit doch bemerken! Sie war so offensichtlich!

„Ihre Tochter ist einfach hinreißend", flüsterte eine ältere Frau Cord zu, als sie an ihm vorbei zur Kasse lief. Cord biss die Zähne zusammen, schoss Alison einen fragenden Blick zu, und obwohl sie lieber weggesehen hätte, zwang sie sich, genau das nicht zu tun. „Donahue-Gene", bemerkte sie und schluckte.

„Richtig." Er warf die Serviette auf den Tisch.

„Du bist nicht mein Daddy", klärte Mandy ihn auf, die zumindest Teile des Gesprächs verstanden hatte. „Oder?"

„Natürlich nicht", antwortete er grimmig, und Alison seufzte leise. Fast unmerklich begann sie, sich ihm wieder nahe zu fühlen, gerade so, als ob die letzten vier Jahre nichts als eine kurze Unterbrechung gewesen wären, eine Zeit, in der beide nur darauf gewartet hatten, sich wiederzusehen. Wenn sie es zuließ, könnte sie ihm vielleicht sogar wieder vertrauen. Aber das wäre gefährlich. Gestern Abend noch hatte er geschworen, sie zu ruinieren, und ihr war klar, dass er es sich in den letzten vierundzwanzig Stunden sicher nicht anders überlegt hatte.

Beunruhigt beobachtete sie, wie Cord bezahlte und Mandy auf den Arm nahm, die bereits den Finger in den Mund gesteckt hatte. Ihre Augenlider flatterten.

„Wir sollten dich nach Hause ins Bett bringen", flüsterte Alison zärtlich.

„Nicht schlafen!“ Doch ihr Protest wurde von einem heftigen Gähnen unterbrochen.

„Klar, nicht schlafen.“ Alison verzog die Lippen zu einem Lächeln.

Als sie Cords Jeep erreichten, war Mandy in seinen Armen bereits fest eingeschlafen. „Lass mich mal“, sagte Alison, nachdem Cord die Tür geöffnet hatte und hilflos an den Gurten von Mandys Kindersitz herumfingerte. Geschickt setzte sie Mandy hinein, ohne sie zu wecken.

„Ich schätze, ich habe mit so was nicht viel Erfahrung“, erklärte Cord langsam, und Alison zwang sich zu einem Lächeln.

„Keine Kinder in Alaska?“

„Nicht von mir – oder David“, entgegnete er, legte den ersten Gang ein und fuhr los in Richtung Autobahn.

Alison biss sich auf die Zunge. Spielte er nur mit ihr? Nervös trommelte sie mit den Fingern auf der Armlehne und sagte kein Wort mehr während der qualvoll langen Heimfahrt. Genauso wenig wie Cord. Er fuhr mit versteinertem Gesicht, die Augen auf die Straße gerichtet. Mandy schnarchte leise auf dem Rücksitz.

Als sie endlich zu Hause waren, machte Alison ihre Tochter los und trug sie nach oben ins Bett. Cord folgte ihr nicht. Er setzte sich ins Wohnzimmer.

Alison wagte es nicht, ihn dort zu stören. Sie kannte ihn gut genug, um zu wissen, wann er allein sein wollte. Also beschloss sie, während Mandy schlief, das Frühstücksgeschirr zu spülen.

Lazarus maunzte an der Hintertür.

„Du magst den Regen wohl nicht, hm?“, fragte Alison den alten grauen Kater, der hereintrottete, den leeren Fressnapf inspizierte, dann auf das Fensterbrett sprang und sich zu putzen begann.

Alison spürte, wie ihre Unruhe sich ein wenig legte. Sie weichte die Pfanne im Wasser ein und durchstöberte dann den Kühlschrank auf der Suche nach etwas, das sie zum Abendessen kochen konnte. Sie fragte sich, ob Cord geruhte, ihnen Gesellschaft zu leisten, beschloss dann aber, dass es keine Rolle spielte. Er konnte tun und lassen, was er wollte – das tat er ja sowieso.

Wie zum Beispiel vorgeben, tot zu sein, dachte sie. Sie bezweifelte, dass sie ihm diese abscheuliche Lüge jemals würde verzeihen können.

Die Hintertür wurde aufgestoßen. Norma trat rückwärts in die Küche und schüttelte ihren Regenschirm aus.

„Was machst du denn hier?"

„Ich bin gekommen, um das Abendessen zu kochen."

„Aber heute ist doch dein freier Tag."

„Oh, das weiß ich." Norma fegte Alisons Einwand mit einer Handbewegung weg. „Aber Cord kommt schließlich nicht jeden Tag zurück nach Hause, oder?"

„Das kannst du laut sagen", stöhnte Alison.

Norma warf ihr einen durchdringenden Blick zu, während sie sich ihre Schürze umband. „Du klingst nicht allzu erfreut darüber."

Alison hob eine Schulter. „Ich bin gottfroh, dass er lebt", erklärte sie sanft. „Ich bin so froh, dass er … dass er in diesem schrecklichen Sturm nicht ums Leben gekommen ist."

„Aber?" Norma begann bereits, ein Hühnchen in Stücke zu schneiden, ohne allerdings den Blick von Alison zu wenden.

„Ich bin wütend, dass er uns so lange an seinen Tod hat glauben lassen."

„Geht mir genauso. Aber ich versuche, es ihm nicht

nachzutragen. Er hat das bestimmt nicht ohne guten Grund getan."

„Bist du dir da sicher?"

„Ich habe den Jungen großgezogen, auch wenn er eine Mutter hatte. Ich weiß, was für ein Mann er ist." Sie legte die gewürzten Hühnchenstücke in eine Backform und schob sie in den Ofen. „Und ich weiß, dass er dich sehr geliebt hat."

Alison rührte sich nicht. Ihre Affäre mit Cord war ein Geheimnis gewesen. Niemand hatte davon gewusst. Nicht einmal Norma.

„Mach dir gar nicht erst die Mühe, es zu leugnen", fuhr Norma fort. „Ich habe Augen im Kopf, weißt du? Mir scheint, ihr beide hattet einen schlimmen Streit, und er ist abgehauen und hat die Leute glauben lassen, er sei ein Dieb."

„Und du glaubst das nicht?", fragte Alison überrascht. Norma hatte bisher nicht ein einziges Wort über den Skandal verloren.

„Natürlich nicht. Und du auch nicht, wenn ich mich nicht irre."

„Aber all die Beweise ..."

„Pah! Beweise! Was bedeuten die schon? Ich würde sagen, die Integrität eines Mannes ist Beweis genug."

„Aber er ist *abgehauen.*"

„Ich weiß." Norma wischte sich die Hände an der Schürze ab. „Wie ich bereits sagte, er muss dafür einen verflixt guten Grund gehabt haben."

Wie zum Beispiel mich zu schützen, dachte Alison höhnisch, schob den Gedanken dann aber zur Seite.

„Was ich nicht verstehe", gestand Norma, „ist, wie du dich so schnell auf David einlassen konntest."

„Er ... er war immer gut zu mir. Auch schon, bevor Cord weggelaufen ist ..."

Norma seufzte schwer. „David hat dich auch geliebt. Auf seine eigene Weise, vermute ich."

„Was soll das heißen?", fragte Alison und fürchtete sich vor dem, was sie gleich hören würde.

„Ich spreche nicht gern schlecht über Verstorbene, zumal David dein Mann war. Aber ich habe auch ihn großgezogen. Er ... er war schwierig. Keine Frage, Cord war auch nicht einfach, er war wild und hatte als Teenager auch ein paar Mal Ärger mit dem Gesetz. Nichts Ernsthaftes allerdings. David ist solchen Problemen eher aus dem Weg gegangen. Aber während Cord offen und ehrlich war, hat David alles mit sich selbst ausgemacht. Er war ... anders. Verschlossen. Ich wusste nie, was er wirklich dachte ..." Sie unterbrach sich selbst. „Auf seine Weise war er ganz bestimmt ein guter Mensch, aber er hat dich nie so sehr geliebt wie Cord." Norma begann, mit dem Rücken zu Alison, Kartoffeln zu schälen.

Doch für Alison war dieses Gespräch noch nicht beendet. „Woher wusstest du davon?"

„Das konnte doch ein Blinder sehen, Liebes. Er hat dich damals geliebt, und er liebt dich auch heute noch."

Wenn du wüsstest, dachte Alison.

„Dieses Mal lässt du ihn nicht wieder davonrennen", fügte Norma hinzu.

Als ob ich es verhindern könnte. „Ich werde daran denken." Alison hockte sich aufs Fensterbrett und streichelte Lazarus über den Rücken. Der alte Kater rieb sich schnurrend an ihr, was sie kaum bemerkte, weil ihr ganzes Denken mit Cord angefüllt war. Sagte Norma die Wahrheit? Liebte Cord sie vielleicht noch immer? Oder handelte es sich nur um den frommen Wunsch einer lieben alten Frau?

In diesem Augenblick kam Cord in die Küche. Er hatte

eine Jacke angezogen und hielt den Autoschlüssel in der Hand.

„Und wohin willst du?“, fragte Norma.

„Weg.“

„Weg wohin?“ Norma stemmte die Arme in die Hüften. „Das Abendessen ist in etwa einer Stunde fertig. Ich bin doch nicht umsonst hierhergekommen!“

Er grinste schwach und hielt Norma einige Zettel unter die Nase, Telefonnotizen, die Norma selbst für ihn geschrieben hatte. „Ich muss mich um ein paar Angelegenheiten kümmern. Aber ich werde mich beeilen.“

„Eine Stunde“, wiederholte Norma mit strengem Blick. „Weißt du, wir haben gerade über dich gesprochen.“

Alison wäre vor Scham am liebsten im Boden versunken.

„Nur Gutes, hoffe ich.“ Er blickte zum Fenster, wo Alison mit Lazarus auf dem Schoß saß.

„Natürlich“, zog Norma ihn auf.

„Ich bin um fünf zurück.“

„Und ich nehme dich beim Wort.“

Leise murrend riss Cord die Hintertür auf, Lazarus sprang von Alisons Schoß und jagte nach draußen, bevor Cord die Tür hinter sich zuknallte.

„Ich glaube, er lässt sich nicht gerne bevormunden“, verkündete Alison grinsend. Sie sah ihm nach, wie er mit hochgezogenen Schultern durch den Regen rannte und in seinen Jeep kletterte.

„Das war schon immer so.“ Normas Lächeln verblasste. „Aber hör auf meinen Rat. Er braucht eine Frau in seinem Leben, damit er endlich sesshaft werden kann.“

„Und du glaubst, dafür wäre ich die beste Kandidatin.“

„Die *einzige* Kandidatin, so wie ich das sehe.“

Alison verspürte ein albernes Glücksgefühl bei diesen

Worten. Eine Sekunde lang erlaubte sie es sich, darüber nachzudenken, wie die Zukunft aussehen könnte, wenn Cord sie tatsächlich noch liebte.

Cord kam zum Abendessen. Gerade noch pünktlich. Gerade als Norma leise schimpfend den Tisch deckte und Alison Bratensoße in eine Schale schüttete, stürzte er durch die Hintertür. Sein Haar war nass, sein Gesicht streng, als er die Jacke auszog und neben die Tür hängte.

„Schön, dass du uns Gesellschaft leistest", bemerkte Norma trocken.

„Ich sagte doch, dass ich komme."

„Wo warst du?", fragte Mandy, die auf dem Boden mit Holzklötzen spielte.

„Weg."

„Wo?" Sie rollte mit ihren runden Augen und warf ihm ein schüchternes Lächeln zu.

Cord lächelte zurück. „Das ist eine beliebte Frage in diesem Haushalt. Ich hatte geschäftlich zu tun mit einem Mann aus Alaska." Er beugte sich zu ihr hinab und hob sie auf den Arm. „Er kauft meine Konservenfabrik."

„Deine was?" Mandy war offensichtlich verwirrt.

Lachend rief er: „Du bist mindestens genauso neugierig wie Norma!" Er tippte ihr auf die Nasenspitze, und Mandy gluckste.

„Das habe ich gehört", sagte Norma. „Und wenn du nicht gerade von den Toten auferstanden wärst, wäre ich dir sehr böse."

„Kann ich mir denken." Er zwinkerte ihr zu.

„So, und jetzt setzen sich mal alle, bevor es kalt wird."

Sie aßen schnell und sprachen nur über Belanglosigkeiten. Doch immer wenn Alison aufschaute, stellte sie fest, dass

Cord sie fixierte, ihr Gesicht studierte wie ein unlösbares Rätsel.

Nach dem Essen entschuldigte er sich und verließ das Haus erneut. „Ihn scheint eine Menge umzutreiben“, sagte Norma.

„Geht es uns nicht allen so?“, fragte sich Alison laut.

Norma begann, die Spülmaschine einzuräumen. „Nun, junge Dame“, sagte sie zu Mandy. „Hast du schon gepackt?“

„Gepackt?“, wiederholte Alison, die noch immer an Cord dachte.

„Du hast doch nicht vergessen, dass Mandy mit mir ein paar Tage in Spokane verbringt, oder? Mit meiner Schwester?“

„Ach du liebe Zeit, Norma. Das hatte ich allerdings vergessen. Seit Cord wieder da ist …“

„… ist alles auf den Kopf gestellt. Ich weiß, ich weiß.“ Norma lachte fröhlich.

„Ich habe ihre Sachen nicht gewaschen und …“

„Mach dir keine Gedanken. Schließlich wollte ich Mandy mitnehmen, damit du diese Woche Ruhe hast.“

Alison dachte an die vor ihr liegende Woche. Am Montag musste sie sich mit der Bank auseinandersetzen. Rex Masterson drohte damit, das Darlehen zu kündigen. Wie Celia es so treffend ausgedrückt hatte: Montag war D-Day für Donahue Investments. Wenn Alison bis dahin nicht die letzten Hypothekenraten bezahlt hatte, war alles vorbei. Sie hatte hart darum gekämpft, das Firmengebäude zu behalten, indem sie unter anderem Räume vermietete, und doch war sie nicht in der Lage, die monatlichen Raten zu begleichen.

„Was für ein Schlamassel.“ Alison lehnte sich mit der Schulter an die mit Kiefernholz getäfelte Küchenwand.

„Das wird schon werden, wart nur ab“, sagte Norma. Sie steckte sich eine silberne Haarsträhne unter ihre Schildpattspange. „Jetzt, wo Cord zurück ist, werden sich alle Probleme in Luft auflösen."

Oder nur noch schlimmer werden, dachte Alison erbittert, nahm Mandy bei der Hand und lief mit ihr nach oben, um Kleider und ihr Lieblingsspielzeug in einen kleinen Koffer zu packen.

Ohne Mandys Geplapper und Getrappel war es überraschend leer und einsam in dem großen Haus. Und ohne Cord, dachte Alison, die sich mit einer alten Decke über den Beinen auf das Sofa im Arbeitszimmer gekuschelt hatte. Zweimal hatte das Telefon geläutet, jedes Mal waren es Makler gewesen, deren Kunden sich für das Haus interessierten, für den Fall, dass Alison den Kaufpreis senkte.

Alison hatte abgelehnt. Jetzt, wo Cord wieder zurück war, konnte sie das Haus nicht verkaufen.

Nachdem Norma mit Mandy gegangen war, hatte Alison den Abend mit Putzen verbracht und dabei überlegt, wie sie die Bank dazu bringen konnte, das Donahue-Gebäude nicht zu versteigern. Aber sosehr sie sich auch das Hirn zermarterte, ihr fiel keine Lösung für das finanzielle Dilemma ein. Wenn sie nicht das Haus innerhalb der nächsten vierundzwanzig Stunden verkaufte, hatte sie nicht die geringste Chance, die fälligen Hypotheken zu zahlen.

Es sei denn, Cord besitzt Geld … nämlich das Donahue-Vermögen.

„Hör auf damit!", befahl sie sich, schloss die Augen bei der schrecklichen Vorstellung und versuchte, sich zu entspannen.

Die Türglocke riss sie aus ihren Gedanken. Gähnend stand sie auf, streckte sich, lief durch die Eingangshalle und öffnete. Dort stand, groß und blond und selbstsicher wie immer, Davids Freund Nate Benson.

„Hi“, sagte er und zeigte seine weißen Zähne. „Wird auch Zeit, dass du aufmachst.“

„Ich bin wohl eingeschlafen. Komm rein.“ Sie freute sich über seinen Besuch.

„Du hast mich nicht zurückgerufen“, warf er ihr vor.

„Ich hatte viel um die Ohren.“

„Wegen Cord.“

„Ja, er hat auch damit zu tun.“

„Sind eine Menge Reporter aufgetaucht?“

„Nein, nicht viele. Ich glaube, Cord kümmert sich allein um sie.“

„Ich habe seine wundersame Auferstehung von den Toten verfolgt“, sagte Nate. „Faszinierend. Ich frage mich nur, warum er dich hat glauben lassen, er sei tot.“

„Ich weiß es nicht.“ Sie wollte nicht über Cord sprechen. „Wie wäre es mit einer Tasse Kaffee oder Tee?“

„Hast du nichts Stärkeres?“

„Mal sehen.“ Sie gingen in die Küche, wo Alison sich gleich wohler fühlte. Die mit Kiefernholz verkleideten Wände, die bunten Vorhänge und die an Haken hängenden Töpfe verbreiteten eine warme und zwanglose Atmosphäre.

Auf Zehenspitzen durchsuchte sie den obersten Schrank und entdeckte eine Flasche Irish Cream. „Wie wäre es mit Irish Coffee?“, fragte sie.

„Wunderbar.“ Nates blaue Augen leuchteten. „Kann ich dir helfen?“

„Du könntest im Wohnzimmer den Kamin anmachen“, schlug sie vor. „Ich komme dann gleich.“

Als er die Küche verlassen hatte, atmete sie tief durch. Auch wenn Nate Davids bester Freund gewesen war und ihr nach dem Jagdunfall viel Trost gespendet hatte, so gelang es ihm doch immer, dass sie sich in seiner Gegenwart ein wenig unsicher fühlte. Sie versuchte, sich einzureden, sie sei einfach zu empfindlich. Als der Kaffee fertig war, fügte sie den Likör hinzu und trug die Glastassen ins Wohnzimmer. Das Feuer prasselte bereits im Kamin.

„Wo ist Cord?“, fragte Nate und probierte einen Schluck. „Hmm. Schmeckt großartig.“

„Danke. Ich weiß nicht, wo Cord ist. Er, also, er kommt oft spät nach Hause“, sagte sie und täuschte ein reges Interesse am Kaminfeuer vor.

„Eine Frau?“

„Ich habe keine Ahnung. Vielleicht.“ Sie versuchte, ungezwungen zu klingen, doch allein bei der Vorstellung wurde ihr eiskalt. „Er hat zu tun.“

„Darauf könnte ich wetten. Die Polizei, die Versicherung, die Presse. Im Augenblick ist er der berüchtigtste Einwohner von Seattle.“ Grinsend setzte er sich neben sie aufs Sofa. „Aber er wohnt hier?“

„Ja. Er sagt, das Haus gehöre ihm.“

„He, mal langsam! Vergiss nicht, dass ich Grundstücksmakler bin. Und meiner Meinung nach hat er jedes Recht aufgegeben, als er einfach abhaute und seinen Bruder auf dem Trockenen sitzen ließ.“

„Das sieht er anders.“ Alison hatte zwar das Gefühl, Cord verteidigen zu müssen, unterdrückte aber eine scharfe Erwiderung und nahm stattdessen einen Schluck aus ihrer Tasse.

„Ich glaube, dass er da richtig schlechte Karten hat. Soll er dich doch vor Gericht bringen.“

„Vor Gericht?“ Guter Gott, der letzte Ort, wo sie sich mit Cord auseinandersetzen wollte, war ein Gerichtssaal. Ihre Hände begannen auf einmal zu zittern.

„Klar. Vermutlich wird er wegen des Anwesens klagen,

aber er hat nicht gerade den besten Ruf, falls du weißt, was ich meine."

„Ich will nicht vor Gericht schmutzige Wäsche waschen", flüsterte sie. Sie dachte an Mandy. Wenn Cord schließlich entdeckte, dass sie seine Tochter war, würde er Alison vermutlich sowieso vor Gericht zerren.

„Du darfst nicht klein beigeben. Himmel noch mal, du bist immerhin Davids Witwe, du hast das alles hier ganz legal geerbt. Daran ändert Cords plötzliche Reinkarnation auch nichts mehr. Du musst dafür kämpfen. Ich weiß, dass du finanzielle Probleme hast, aber in diesem Anwesen, in der Firma und in dem Haus auf Bainbridge Island steckt eine Menge Geld. Gib nicht kampflos auf, Alison. Denk auch an Mandy."

Das tue ich doch, hätte sie am liebsten geschrien. Dann hörte sie einen Wagen die Auffahrt hinauffahren. Ihr Herz begann zu hämmern.

Nate lockerte seine Krawatte.

„Ich glaube, Cord ist zurück", sagte sie.

Nate blickte durchs Fenster, sein Gesicht wurde ernst. „Scheißkerl", murmelte er leise.

Sie hörte, wie der Motor abgestellt wurde. Ein paar Minuten später schlug die Haustür zu, Cords Schritte hallten durch den Flur. Jeder einzelne Muskel in ihrem Körper spannte sich an.

„Ali?", rief er und streckte den Kopf ins Wohnzimmer. Seine Stimme war warm und freundlich.

„Ich bin hier."

Mit den Händen in den Hosentaschen schlenderte er ins Wohnzimmer, dann blieb er wie angewurzelt stehen. „Benson", sagte er tonlos.

„Schön, dich wiederzusehen, Cord." Nates Worte klangen hohl und wirkten so unecht wie sein Lächeln. „Jetzt bist du ja berühmt – deinen Namen findet man auf allen Titelseiten."

Alisons Herz blieb beinahe stehen.

„Ich hätte dich ohne deinen Bart beinahe nicht erkannt", fuhr Nate fort und trank die Tasse leer.

Cord stellte sich neben den Kamin. „Kann ich dir irgendwie behilflich sein?"

„Ich wollte nur Alison besuchen."

„Als Davids Freund, nicht wahr?"

Nate schien verwirrt. „Du weißt doch, dass wir eng befreundet waren."

Cord nickte nachdenklich. „Du warst also beim Jagdunfall dabei?"

Alison drehte sich der Magen um bei der Erinnerung an den Tag, als sie von dem schrecklichen Unfall erfahren hatte.

„Ich war dabei." Mit angespanntem Gesichtsausdruck stellte Nate seine Tasse ab. „Ich … nun, ich würde lieber nicht darüber sprechen. Es war …" Er sah Alison an und wurde blass, „… grauenvoll."

„Na schön", murmelte Cord, dessen Gesicht selbst alle Farbe verloren hatte bei dem Gedanken an Davids Tod.

„Ich sollte besser gehen." Nate sah auf die Uhr. „Gute Nacht, Alison. Danke für den Kaffee. Ich rufe dich an."

„Du brauchst nicht …"

Doch er war schon aus dem Zimmer geeilt, seine Schuhe klackten laut auf dem Steinboden der Eingangshalle.

„Ich habe ihn wohl verärgert", bemerkte Cord, der durch das Fenster beobachtete, wie Nates Sportwagen in der Dunkelheit verschwand.

Alison wurde erst jetzt klar, dass sie allein waren und nichts mehr zwischen ihnen und der Wahrheit stand. Nervös stellte sie ihre Tasche auf den Tisch.

„Du hättest etwas höflicher sein können."

„Ich wüsste nicht wieso. Er ist ein Scheißkerl."

„Genau so hat er dich auch genannt."

Cord grinste spöttisch. „Nun, vielleicht ist er doch klüger, als ich dachte. Ich mag es einfach nicht, dass er hier herumhängt." Er warf ihr einen scharfen Blick zu, als hätte er zu viel gesagt. „Wo ist der Zwerg? Schon im Bett?"

„Norma hat sie für ein paar Tage mit zu ihrer Schwester in Spokane genommen."

Cord lächelte. „Zu ihrer Schwester? Rose?"

„Genau."

„Arme Mandy."

„Wieso, stimmt was nicht mit Rose?" Alison war nicht sonderlich besorgt. Sie hatte Normas Schwester schon ein paar Mal getroffen. Sie war eine nette und freundliche Frau, die Mandy sofort ins Herz geschlossen hatte.

„Sie nimmt jeden streunenden Köter bei sich auf – von Dackeln bis zu schwedischen Elchhunden, von Welpen bis zu arthritischen Kötern, einfach alles." Er runzelte die Stirn. „Es sei denn, sie hat sich in den letzten Jahren verändert."

Alison reckte sich lachend. „Dann wird Mandy sich wie im siebten Himmel fühlen."

„Nun", sagte er langsam, ging zum Sofa und blieb vor ihr stehen. „Jetzt sind wir also endlich allein."

Ihr Hals zog sich zusammen. Sie nickte. „Sieht ganz danach aus."

„Gut." Er warf sich in einen Stuhl und sah sie lange an. „Vielleicht können wir jetzt ein paar Dinge klären."

„Ich schätze, das ist eine sehr gute Idee", murmelte sie, „nachdem du wieder unter den Lebenden weilst."

Er ignorierte ihre Bemerkung. „Dann beginnen wir mit der wichtigsten Frage."

Jetzt ist es so weit. Entschlossenheit lag in seinem Blick.

„Ich fürchte, ich habe mehr als nur eine Frage.“

„Ich auch. Aber eines nach dem anderen.“ Er beugte sich vor und nahm den Acrylwürfel mit dem Schnappschuss in die Hand.

Alisons Herz setzte eine Sekunde lang aus, nur um danach doppelt so schnell zu schlagen. „Also?“, fragte sie atemlos vor Angst.

„Fangen wir mit Mandy an“, sagte er ruhig. „Ist sie Davids Tochter? Oder meine?“

Sie schluckte.

„Hast du mich gehört?“, fragte er leise, als sie nicht antwortete.

„J…ja.“ *Guter Gott, warum gerade jetzt?*

„Und?“

Es gab keinen Ausweg. Sie konnte nicht lügen. Sie leckte sich über die Lippen. „Natürlich ist Mandy deine Tochter.“ Er schien kein bisschen überrascht, und Alison, die sich am liebsten in seine Arme geworfen und ihn angefleht hätte, sie und ihr gemeinsames Kind zu lieben, gelang es, stolz das Kinn zu heben. „Ist das nicht offensichtlich?“

Er saß sehr aufrecht da. „Bist du dir sicher?“

„Absolut“, entgegnete sie verärgert. „Cord, ob du es glaubst oder nicht, ich war außer mit dir mit niemandem zusammen!“ Sie wünschte sich so sehr, dass er ihr glaubte, beugte sich vor und berührte ihn leicht an der Schulter. „Ich habe in diesem Sommer mit niemandem außer mit dir geschlafen. Also kann Mandy nur deine Tochter sein.“

Sein Gesicht entspannte sich ein wenig, woraufhin sie wagte zu fragen: „Weißt du nicht mehr, wie es mit uns war?“

„Ich weiß, wie es für mich war.“

„Aber für mich doch auch“, rief sie. „Gott, ich habe dich so sehr geliebt.“

Er schloss die Augen, als könnte er so alles von sich wegschieben, was sie sagte, als könnte er sich so den Hass und die Rachsucht erhalten, die er so lange schon in sich trug.

„Ich habe dich geliebt, Cord“, wiederholte sie. „Nur dich.“

„Hör auf“, sagte er mit brüchiger Stimme und stand auf.

Sie folgte ihm. „Und es verletzt mich, dass ... dass du wirklich glaubst, ich hätte mit einem anderen zusammen sein können außer dir.“

„David hatte den Beweis“, knurrte er zwischen zusammengebissenen Zähnen hindurch.

„Was für ein *Beweis?*“, wollte sie wissen und ließ die Hand sinken. Es hatte keinen Zweck, mit ihm zu sprechen. „Obwohl es keine Rolle spielt“, flüsterte sie. „Es spielt nur eine Rolle, dass du mir so wenig vertraut hast.“ Sie schüttelte den Kopf, nahm den Würfel und betrachtete das Foto darin. „Du warst für mich alles im Leben“, sagte sie schlicht. „Und trotzdem hast du nicht geglaubt, dass ich dir treu sein konnte.“

„Du warst schwanger. Warum hast du mir nichts davon gesagt?“

Sie wirbelte mit Tränen in den Augen herum. „Ich hatte keine Möglichkeit, nicht wahr? Einen Tag nachdem ich es erfahren hatte, bist du verschwunden und hast jeden in dem Glauben gelassen, du seist ertrunken! Weißt du, wie es ist, wenn der Mann, den man liebt, der Vater deines ungeborenen Kindes, abhaut, weil er Geld unterschlagen hat, weil er sich der Polizei nicht stellen will – und dann in dem eiskalten schwarzen Wasser ertrinkt?“

„Nein. Ich weiß nur, wie es ist, wenn man erfährt, dass die Frau, die man liebt und heiraten will, vom eigenen Bruder schwanger ist.“

„Ach, Cord. Wie konntest du nur so etwas glauben? Hast du nicht eine Sekunde daran gedacht, dass es dein Kind sein könnte?"

„Ich hatte aufgepasst", antwortete er. „Und du warst auch sehr vorsichtig. Damit du mich nicht heiraten musstest."

Sie wich einen Schritt zurück, als hätte er sie geschlagen. Wie konnte er die Wahrheit nur so entsetzlich verdrehen? „Ich war vorsichtig, weil ich dich nicht in eine Ehe locken wollte, für die du noch nicht bereit warst."

So verzweifelt Cord ihr auch glauben wollte, er wusste, dass sie log. Er packte sie am Arm. „Du warst doch diejenige, die unsere Beziehung geheim halten wollte."

„Ich wollte dich nicht kompromittieren."

„Oder wolltest du unserer Beziehung vor David verheimlichen?"

„Wenn du nur mal eine Sekunde nachdenken würdest", schrie sie ihn an, „dann würde dir aufgehen, dass ich überhaupt keine Zeit für einen anderen Mann hatte – egal ob für David oder sonst jemanden. Du und ich, wir waren ununterbrochen zusammen. Weißt du nicht mehr? Oder hat dir die Verbitterung deine Erinnerungen vernebelt?"

„Ich kann mich an viel erinnern", gab er zurück.

„Dann weißt du auch noch, wie es mit uns war."

Er kniff die Augen zusammen. „Ich weiß noch, dass ich nicht in der Stadt war. Ich weiß, dass du mit David oft frühstücken oder mittagessen warst. Ich weiß, dass mir David den Schlüssel zu deiner Wohnung gezeigt hat. Ich weiß, dass David mir von deiner Schwangerschaft erzählt hat, er hat mir den Schwangerschaftstest gezeigt und mir gestanden, dass er der Vater ist."

„Aber er war nicht … Ich hätte niemals …" Dann erst begriff sie, was er gesagt hatte. Sie wurde aschfahl. „David … Er muss gelogen haben“, murmelte sie heiser.

„Glaubst du das wirklich?“

„Ich … ich weiß nicht, was ich glauben soll.“ David war immer so gut zu ihr gewesen, er hatte sich um sie und Mandy gekümmert, sie beide geliebt, nachdem Cord gegangen war. „Warum sollte er …“

„Warum sollte er nicht?“, sagte Cord.

Erschüttert fiel sie auf das Sofa, Lügen und Behauptungen kreisten durch ihren Kopf. Das alles ergab überhaupt keinen Sinn. „Ich denke … du solltest mir besser erzählen, woran du dich noch erinnerst. Ich will alles wissen.“ Sie konnte das Ausmaß des Betrugs nicht fassen. Doch wer war der Lügner? David oder *Cord?*

Er rieb sich müde den Nacken. „Da gibt es nicht viel zu erzählen“, gestand er resigniert. „David sagte, er müsse etwas mit mir besprechen, etwas, worüber er nicht im Büro reden könne. Ich dachte, es hätte mit der Firma zu tun.“ Er schnaubte über seine eigene Ahnungslosigkeit. „Er fuhr zu deiner Wohnung, und er ging einfach hinein, als gehörte sie ihm.“ Cord kniff die Lippen zusammen. „Er benutzte seinen eigenen Schlüssel, lief direkt ins Schlafzimmer und gestand mir dort, dass du von ihm schwanger warst.“

„Aber woher hätte er das wissen sollen?“

„Das frage ich dich.“

„Ich … ich weiß es nicht.“ Alison dachte fieberhaft nach. „Hat er gesagt, dass er von unserer Beziehung wusste?“

Cord öffnete die Augen. „Er hat sich benommen, als wüsste er nicht, dass du außer ihm noch jemanden hattest. In einem fort erzählte er mir, wie sehr er dich liebte und dass du darauf bestehen würdest, die Affäre geheim zu halten, um ihn nicht zu kompromittieren.“

„Mein Gott", flüsterte sie.

„Kommt dir das bekannt vor?" Cord stand auf und schob die Hände in die Taschen.

„Das konnte er doch nicht wissen ..."

„Er sagte, du würdest dich vor dem Geschwätz fürchten, und du wolltest vor allem nicht, dass ich von euch beiden erführe. Er sagte, niemand sollte glauben, dass du dich nach oben schläfst."

Sie protestierte leise. Das waren ihre Worte gewesen, ja, aber das alles hatte sie nie zu David gesagt, sondern zu Cord.

„Er deutete sogar an, dass du darüber nachdächtest, das Kind abzutreiben, um ihm und mir und der Firma die Verlegenheit zu ersparen."

„Und du hast ihm geglaubt?", fragte sie erschüttert.

„Er zeigte mir deinen Schwangerschaftstest und eine Packung mit Vitaminen auf deinem Nachttisch."

„Schwangerschafts-Vitamine." Sie schluckte schwer. „Aber trotzdem, hast du nicht eine Sekunde daran gedacht, dass es auch dein Kind hätte sein können?"

„Selbstverständlich."

„Aber?"

„Warum hättest du dann David sagen sollen, dass es sein Kind wäre?"

„Hast du nicht einmal daran gedacht, dass er lügen könnte?", rief sie wütend. „Selbst die idiotensicherste Verhütung geht manchmal schief! Warum hast du mich nicht einfach gefragt?"

„David hat mir einen Brief gezeigt."

„Einen Brief?"

„Einen Brief von dir. Du hast ihm geschrieben, dass du von ihm schwanger bist und ihn heiraten willst."

„*Wie bitte?*" Bis ins Mark erschüttert, konnte sie ihn nur

anstarrten. „Ich habe nie einen solchen Brief geschrieben ...“

„Aber ich habe ihn doch mit eigenen Augen gesehen. Es war deine Handschrift!“

„Oh, Cord, nein ...“ Sie legte die Hände vor das Gesicht. Sie war so tief verletzt, dass sie nicht sprechen konnte. Wieso hatte David das getan?

„Aber wieso hat er gelogen?“

Alison schüttelte den Kopf.

Cord lief zwischen dem Kamin und dem Fenster hin und her. „Warum zum Teufel hat er gelogen?“

„Ich weiß es nicht.“

Er öffnete und schloss die Hände, während er angestrengt versuchte, sich genau zu erinnern. „Er muss gewusst haben, dass wir zusammen waren“, entschied er.

„Aber niemand wusste es.“ *Außer Norma.* Irgendwie hatte die Haushälterin herausgefunden, dass sie und Cord sich ineinander verliebt hatten. War es so offensichtlich gewesen?

„Er wusste es!“ Er fuhr sich durchs Haar. „Irgendjemand hat es ihm gesagt, oder er hat es sich gedacht. Auf jeden Fall wusste er, dass wir beide eine Beziehung hatten.“

Alison schluckte. „Norma wusste es.“

„Norma?“, wiederholte er schockiert. „Woher?“

„Ich weiß nicht ... aber sie hat es wohl erraten. Ich bin mir sicher, dass sie David gegenüber nichts erwähnt hat. Aber wenn sie es schon erraten konnte ...“

„Dann er auch.“

„Ja.“ Sie dachte an die ersten, unerträglichen Tage, als sie die Hoffnung noch nicht aufgegeben hatte, dass Cord durch ein Wunder noch am Leben war. Als diese Hoffnung dann langsam starb, hatte sie sich Cords Bruder anvertraut. „Hinterher ... da wusste er es natürlich.“

„Wieso? Hast du es ihm erzählt?“

„Ja. Du warst weg. Ich ... wir dachten, du wärst tot. Bei dem Gedenkgottesdienst ...“, flüsterte sie. „Ich habe ihn fast nicht durchgestanden. David hat mich hinterher nach Hause gebracht. Mir war schlecht, und er wusste, dass es hier nicht nur um Trauer ging. Er zählte eins und eins zusammen.“

„Und kam darauf, dass du schwanger warst.“

„Zumindest dachte ich das.“

„Er hatte es längst gewusst, Ali.“ Cord ließ die Schultern sinken. „Verdammt noch mal, und ich habe ihm geglaubt!“ Cord lief zur Bar und schenkte sich einen Drink ein. „Ich habe dem Bastard geglaubt.“

„Ich habe diesen Brief nie geschrieben.“

„Dann muss er ihn gefälscht haben.“

Alison dachte an Davids tröstende Worte, seine verständnisvollen Berührungen, als sie ihm sagte, dass sie von seinem Bruder schwanger war. Er schien nicht besonders überrascht und bot ihr umgehend an, sich um sie zu kümmern, ihr während der Schwangerschaft beizustehen und dem Kind seinen Namen zu geben, den Namen Donahue.

Zunächst hatte sie noch Widerstand geleistet. Die ganze Welt sollte wissen, dass sie von Cord schwanger war. Doch David sagte, sie müsse an das Kind denken.

„David hätte nicht gelogen!“ Sie ballte die Hände.

„Und ob er das hat, verflucht! Es gibt keine andere Erklärung.“

„Es sei denn, du denkst dir das alles nur aus.“

„Ich?“ Er sah sie fassungslos an. „Wozu denn?“

Sie bebte innerlich.

„Ich habe keinen Grund zu lügen.“

„Du hast tausend Gründe“, zischte sie und dachte an das Vermögen, das mit ihm verschwunden war.

Als Cord die Enttäuschung in ihren Augen sah, begriff er, wie sehr sie David geliebt haben musste. Er bezweifelte nicht, dass Mandy sein Kind war. Alison hatte nicht gelogen. Aber was ihm das Blut in den Adern gefrieren ließ, war die vernichtende Tatsache, dass Alison seinen Bruder zu sehr geliebt hatte, um an seinen Verrat glauben zu können.

Vielleicht hatten sie es ja auch zusammen ausgeheckt, dachte er wütend. Vielleicht hatten sie gemeinsam geplant, das Firmenvermögen zu veruntreuen. Vielleicht hatte Alison ihn nur abgelenkt, mit ihm gespielt, während David das Geld von den Konten abhob …

„Du glaubst mir nicht", sagte sie, als sie die Bitterkeit in seinem Blick sah.

„Ich hätte dir mein Leben anvertraut, Alison."

„Und dann hast du mich verlassen."

„Wenn ich nur gewusst hätte, dass du von mir schwanger warst." Seine Worte waren kaum zu verstehen.

„Wenn du nur dageblieben wärst, damit ich es dir hätte erzählen können." Mit einem Mal müde, stand sie auf. „Das bringt uns nicht weiter." Sie ging zur Tür, doch Cord sprang auf und verstellte ihr den Weg.

„Wir sind noch nicht fertig."

„Ich denke doch."

„Falls Mandy meine Tochter ist", rief er, „dann soll sie meinen Namen tragen, nicht Davids. Ich möchte, dass alle Urkunden geändert werden, dass ich als ihr Vater eingetragen bin."

„Falls?", frage sie. „Glaubst du mir nicht?"

„Das ist … nicht leicht."

„Sieh sie dir einfach mal genau an."

„David war mein Bruder, er sah mir auch ähnlich."

Sie lächelte freudlos. „Es ist mir egal, ob du mir glaubst

oder nicht. Sie ist deine Tochter. Ich habe mit David vor der Hochzeit nicht geschlafen – nicht, dass es dich etwas anginge." Sie hob die Stimme: „Wenn du einen Vaterschaftstest machen willst, vergiss es. Ich werde meine Tochter so einem erniedrigenden Verfahren nicht aussetzen!" Sie riss die Tür auf. Er knallte sie wieder zu. „Lass mich gehen, Cord."

„Noch nicht." Er ließ die breiten Schultern sinken. „Okay, okay. Ich glaube ja, dass sie meine Tochter ist. Das habe ich von Anfang an vermutet."

„Gott sei Dank." Alison war erleichtert, aber nur für eine Sekunde.

Er sah sie fest an. „Ich will das Sorgerecht für meine Tochter."

„Nie im Leben!", fauchte sie.

Er sprach leise, keine Drohung lag in seinen Worten, er erklärte ihr einfach nur, was geschehen würde: „Es ist deine Entscheidung, ob wir uns einigen oder nicht. Ich will meinem Kind ein Vater sein. Das verstehst du doch sicher."

„Aber …"

„Entweder stimmst du dem geteilten Sorgerecht zu, oder ich werde den größten Aufstand machen, den diese Stadt je erlebt hat."

„Das hast du doch schon", schrie sie. „Indem du von den Toten auferstanden bist. *Dich* hätte man Lazarus nennen sollen!"

„Treib es nicht zu weit, Ali." Er berührte ihre Wange, beinahe zärtlich, und Alison hätte am liebsten losgeheult.

„Und du auch nicht. Ich habe mich verändert, Cord. Ich bin nicht mehr nur Wachs in deinen Händen. Du kannst mir drohen, bis du schwarz wirst. Ich werde niemals, hörst du, niemals das Sorgerecht für Mandy aufgeben!" Sie hatte ihre Hände zu Fäusten geballt, und am liebsten hätte sie damit gegen seine Brust getrommelt, um wieder etwas Vernunft in ihn hineinzuprügeln. Wie konnte er nur an ihr zweifeln? Wie?

Er ließ die Hand sinken. „Ach, Ali", flüsterte er. „Warum ist es nur so weit gekommen?"

Sie durfte ihm nicht zeigen, wie wichtig er ihr noch immer war. „Weil du davongelaufen bist, Cord, weil du den Unfall hattest und praktischerweise nicht mehr aufgetaucht bist." Sie öffnete die Tür, rannte die Treppe hinauf, knallte dann die Schlafzimmertür hinter sich zu und betete darum, einen Weg zu finden, ihn nicht länger zu lieben.

7. KAPITEL

Am Montagmorgen klappte Alison ihre Aktentasche zu, betrachtete sich im Spiegel und beschloss, dass sie das Unvermeidliche nicht mehr länger hinauszögern konnte. Um zehn Uhr war der Termin mit Rex Masterson von der Federal Commerce Bank.

In den letzten Tagen hatte sie nicht allzu oft an ihre finanziellen Probleme gedacht, weil Cord ihre Gedanken ganz und gar ausfüllte. Aber jetzt nicht mehr. An diesem Vormittag würde das Firmengebäude in den Besitz der Bank übergehen, falls sie nicht umgehend zwanzigtausend Dollar auftrieb.

„Ziemlich wahrscheinlich“, murrte sie, als sie die Treppe hinunterlief. Obwohl sie wusste, dass Cord wach war – es duftete nach frisch gekochtem Kaffee –, beschloss sie, ihm heute Morgen nicht gegenüberzutreten. Sie brauchte jetzt all ihre Kraft.

Alison zog ihren Mantel an und steckte einen Regenschirm unter den Arm, als die Wohnzimmertür sich öffnete.

„Morgen“, sagte Cord.

„Hallo.“ Sie sah auf. Er war noch unrasiert, er trug verwaschene Jeans und ein ungebügeltes Hemd und sah aus wie ein Fischer an der alaskischen Küste.

„So früh schon Termine?“, fragte er.

„Ich habe schließlich noch immer einen Job, weißt du.“ Sie hörte die Schärfe in ihrer eigenen Stimme. Sofort tat es ihr leid. Sie hatte jetzt keine Zeit für kindische Spielchen.

„Stimmt.“ Er hob einen Finger. „Als Chefin von Donahue Investments.“

Sie antwortete nicht.

„Und heute ist der Tag, an dem du diesen Typen triffst, Masters, richtig?“

„Rex Masterson.“

„Meinst du nicht, du könntest eine Tasse Kaffee und ein Frühstück vertragen, bevor du dich in die Höhle des Löwen wagst?“ Er grinste anzüglich.

„Ist schon gut“, log sie, ihr Magen zog sich nervös zusammen.

„Ich mache dir gern Frühstück“, bot er mit einem einnehmenden Lächeln an.

„Nein danke.“

„Vielleicht kann ich dir ja helfen. In Bezug auf die Bank, meine ich.“

Sie dachte wieder an das Geld, das er angeblich in Alaska verdient hatte. Vielleicht konnte Cord der Firma ja einen kleinen Kredit geben. Doch sie verwarf den Gedanken so schnell, wie er gekommen war. Schließlich hatte dieser Mann Rache geschworen. Sie beschloss, niemals auch nur einen Penny von ihm anzunehmen. „Nein danke“, sagte sie erneut. „Das ist allein mein Problem.“

„Ich korrigiere – unser Problem. Vergiss nicht: Das, was von dem Donahue-Vermögen noch übrig ist, sollte mir gehören.“

„Das hättest du dir überlegen müssen, bevor du *ertrunken* bist“, sagte sie.

„Ich wollte nur meine Hilfe anbieten.“ Er klang so ernsthaft, dass sie ihm beinahe geglaubt hätte.

„Das ist nett von dir.“ Dann, bevor sie auf sein Theater hereinfallen konnte, verließ sie das Haus.

Nebel hing tief über dem Land. Alisons Wangen waren feucht, als sie ihr Auto erreichte und hineinkletterte. Sie wusste, dass Cord ihr hinterhersah, aber sie warf nicht einmal einen Blick in den Rückspiegel, aus Angst, dass sie es sich noch einmal anders überlegen könnte.

Celia saß bereits an ihrem Schreibtisch und steckte emsig die Kontoauszüge der Kunden in Kuverts. Als Alison eintrat, sah sie mit großen, glänzenden Augen auf. „Wird auch Zeit, dass du kommst", schimpfte sie.

„Ich … ich wurde aufgehalten."

„Von Cord Donahue, richtig? Er wohnt in *deinem* Haus." Celia war augenscheinlich überrascht.

„Er hält es für sein Haus."

„Oh. Darauf wäre ich nie gekommen."

„Das wäre keiner", entgegnete Alison müde und hängte ihren Mantel auf. „Wir alle dachten schließlich, er wäre tot."

„Erzähl mir alles", verlangte Celia, während sie zwei Tassen Kaffee einschenkte. „Ich habe das ganze Wochenende wie auf glühenden Kohlen gesessen."

„Ging mir genauso", gestand Alison.

Als sie Celia alles erzählt hatte, rief diese: „Er glaubt, *du* hast das Geld genommen?"

„So sieht er es."

„Und du glaubst seiner Version auch nicht. Richtig?"

Alison lehnte sich zurück und rieb sich die Schläfen. „Ich weiß nicht, was ich glauben soll. Ich habe mir nie vorstellen können, dass er das Geld geklaut hat, aber alle Beweise sprachen gegen ihn."

„Wenn also er es nicht hat und du auch nicht, wer dann?"

„Ich weiß es nicht. Cord hat angedeutet, dass David und ich den Betrug zusammen ausgeheckt haben könnten."

„Mal ganz langsam! Jetzt schiebt er die Schuld auch noch auf deinen Mann?"

„Und auf mich. Wir hätten gemeinsame Sache gemacht." Sie lachte leise. „Wie findest du das?"

„So ein Blödsinn. Dein Mann schien ein, nun, netter Kerl zu sein."

„Danke." Alison trank einen Schluck Kaffee. David war freundlich und verständnisvoll gewesen und hatte ihr in der Firma alle Freiheiten gelassen. Mit seiner Hilfe war sie schnell in der Lage gewesen, die Führung der Firma zu übernehmen. Wenn er überhaupt einen Fehler gehabt hatte, dann vielleicht den, dass er Cord verübelte, einen Großteil des elterlichen Vermögens geerbt zu haben. Doch auch davon war nach Cords Verschwinden keine Rede mehr gewesen. Cord hatte sie dazu gebracht, an David zu zweifeln, und das würde sie ihm nie verzeihen!

„Was willst du nun tun?", fragte Celia.

„In welcher Hinsicht?" Es gab so viele Probleme zu lösen. Am wichtigsten war, dass sie das Sorgerecht für Mandy behielt.

„Wegen der Firma. Will Cord sie nicht zurückhaben?"

„Ich denke schon."

„Und?"

„Nun, zunächst muss er seinen Namen wieder reinwaschen, sowohl bei der Polizei als auch bei der Versicherung."

„Aber du glaubst, dass ihm das gelingt?"

„Er jedenfalls glaubt das", sagte Alison. „Aber darüber kann ich mir jetzt keine Gedanken machen. Rex Masterson und weiß der Himmel wer noch werden bald da sein."

„Oh!" Celia sprang von ihrem Stuhl auf, wobei sie fast ihren Kaffee verschüttete. „Das hätte ich ja beinahe vergessen." Sie nahm einen rosafarbenen Notizzettel von ihrem Schreibtisch. „Mastersons Sekretärin hat angerufen und gesagt, dass er den heutigen Termin nicht einhalten könne. Er meldet sich später."

„Hat sie gesagt weshalb?"

„Nein."

Alison seufzte erleichtert auf. „Ist ja auch egal. Auf jeden Fall haben wir jetzt mehr Zeit, uns Gedanken über eine alternative Geldquelle zu machen." Sie trommelte mit den Fingern auf den Tisch. „Hat sonst noch jemand angerufen?"

Celia reichte ihr ein paar weitere Notizzettel. „Zwei Reporter und ein Versicherungssachverständiger. Sie rufen später noch einmal an."

„Aber Cord wird heute nicht in die Firma kommen."

Celia hob die Schultern. „Das haben sie mir nicht geglaubt. Außerdem hat ein Detective Donnelly angerufen."

„Er wollte Cord sprechen?", fragte Alison besorgt.

„Erraten."

„Wie klang er?"

„Das ist das Interessante. Er tat so, als wollte er nur ein bisschen plaudern. Er klang überhaupt nicht fordernd, so wie die Typen im Fernsehen immer."

„Vielleicht schaust du zu viele Krimis", schlug Alison vor, war aber insgeheim dankbar. Sie hoffte so sehr, dass Cord seine Unschuld bewiesen hatte.

„Und was ist mit Mr. Donahue? Könnte er nicht etwas Geld in unsere Firma investieren?"

Alison runzelte die Stirn. „Ich glaube, das wäre keine besonders gute Idee."

„Wieso nicht? In der Zeitung stand, dass er in Alaska ein kleines Vermögen gemacht hat."

„Es ist besser, wenn wir ihn da raushalten", sagte Alison genau in dem Moment, als die Bürotür aufgestoßen wurde und Cord frisch rasiert und in einem hellgrauen Anzug hereinspazierte.

Celia saß wie festgefroren auf ihrem Stuhl und starrte ihn an. „Sie … Sie müssen …"

„Cord Donahue.“, half er ihr aus.

„Celia Davis“, stellte Alison sie vor und stand auf. Was zum Teufel hatte er hier zu suchen?

„Gut.“ Er schüttelte Celias Hand. „Ich vermute, Sie sind Alisons rechte Hand.“

„Und die linke“, sagte Alison.

Sein Blick wanderte durch das Büro und wurde hart, als er feststellte, wie karg die beiden kleinen Räume eingerichtet waren.

„Ich habe nicht erwartet, dich hier zu sehen“, sagte Alison, die sich fragte, was er vorhatte.

Er verblüffte sie mit seinem warmen Lächeln, aber sie ließ sich nicht darüber hinwegtäuschen, dass er mit Sicherheit bereits einen festen Plan hatte, wie er ihr alles wegnehmen konnte. Erst die Firma, dann das Haus … und schließlich Mandy.

„Bis vor vier Jahren war ich der Chef dieser Firma. Es scheint sich nicht viel verändert zu haben.“

„Nicht viel?“ Alison warf Celia einen Blick zu.

Celia, die die Spannung zwischen den beiden zu spüren schien, schnappte sich einen Stapel Briefe und nahm ihren Mantel vom Haken. „Ich muss das mal schnell zur Post bringen.“ Und dann war sie so schnell verschwunden, wie Cord aufgetaucht war.

„Was hast du hier zu suchen?“

„Ich rette deinen Kopf.“

„Wie bitte?“

„Ich habe nicht viel Zeit“, sagte er, durchquerte das Zimmer und zog eine Schublade auf. „Ich will sämtliche Unterlagen, Kontoauszüge und sonstiges Material einsehen, das du hast.“ Er schnappte sich ein paar Aktenordner und blätterte sie schnell durch. „Und wenn Miss Davis zurückkommt, soll sie sich um die hier kümmern. Wir können jede Hilfe brauchen."

„Warte mal eine Minute."

„Ich meine es ernst, Alison", sagte er bestimmt.

„Das ist einfach unmöglich. Wir müssen die Kontoauszüge von Kunden verschicken." Sie deutete auf die übrig gebliebenen Kuverts auf Celias Tisch.

„Nicht bevor ich sie durchgesehen habe."

„*Du?* Was hast du damit zu tun?" Aber sie kannte die Antwort bereits.

„Alles. Soweit ich weiß, bin ich noch immer Chef dieser Firma, und ...", er hob die Hand, als sie protestieren wollte, „ ... ich habe mit meinem Anwalt gesprochen. Wenn du mir nicht glaubst, dann ruf Carl Zimmerman an. Du und ich, *Mrs.* Donahue, sind jetzt ein Team. Du kannst mit mir oder gegen mich arbeiten. Entscheide dich."

„Du hast bereits mit Carl gesprochen?" Er lächelte so verdammt selbstsicher.

„Mehrfach. Also, warum bringst du mir nicht einfach die Unterlagen? Ich werde mich hierher setzen", er deutete auf das Sofa beim Fenster, „... bis mein Schreibtisch gebracht wird."

„Dein Schreibtisch?"

„Er wird morgen Nachmittag geliefert."

„Du hast dich bereits um alles gekümmert, nicht wahr?", fragte sie verschnupft.

„Um mehr, als du dir vorstellen kannst", entgegnete er hintergründig, nahm die Ausdrucke von Celias Tisch und warf sich auf das Sofa.

Alison stand volle dreißig Sekunden lang sprachlos da und fragte sich, was sie tun sollte. Schließlich verkündete sie: „Ich denke, ich werde für eine Weile verschwinden." Sie musste unbedingt einen klaren Kopf bekommen. „Mein Termin hat sich verschoben, und …“

„Ich weiß.“

Sie hatte schon die Hand nach ihrem Mantel ausgestreckt, doch nun drehte sie sich verblüfft um. „Woher weißt du das?“

„Ich habe mit Rex Masterson gesprochen, genauso wie mit der Versicherung und verschiedenen Kunden.“

„Alles an einem Morgen?“ Es gab keinen Zweifel, Cord war zurück, und er hatte die Führung übernommen. Es interessierte ihn einen feuchten Kehricht, wie hart sie die letzten Jahre gekämpft hatte, dass sie alles versucht hatte, um die Firma vor dem Ruin zu retten, als er vermeintlich ertrunken war. Wut brachte ihr Blut zum Kochen. „Himmel noch mal, wie konntest du das wagen, ohne mit mir darüber zu sprechen? Ich habe mit diesen Leuten fast vier Jahre lang zu tun gehabt.“

„Und du brauchst Hilfe“, sagte er nüchtern.

„Hilfe? Von dir?“ Sie zog verärgert den Mantel über. „Du bist der Mann, der mir letzte Woche noch geschworen hat, mir alles zu nehmen. Schon vergessen?“

„Das war, bevor ich wusste, dass Mandy meine Tochter ist.“

„Und das hat alles geändert?“ Sie konnte es nicht fassen.

„Ja“, entgegnete er nur.

„In der einen Sekunde willst du mich bekämpfen, und in der nächsten stehst du plötzlich auf meiner Seite?“, fragte sie ihn mit brennenden Wangen. „Nun, entschuldige, dass ich dir das nicht abnehme, Cord. Ich habe nicht die letzten vier Jahre nur darauf gewartet, dass du wiederkommst und alles zerstörst, wofür ich gearbeitet habe. Und ich lasse auch nicht zu, dass du mir nichts, dir nichts in meinem und in

Mandys Leben auftauchst!“ Ohne seine Antwort abzuwarten, stürmte sie aus dem Büro.

Was glaubte er eigentlich, wer er war?

Cord Donahue, dem von Gesetzes wegen die Firma, das Haus und das ganze Donahue-Vermögen gehört. Mandys Vater.

Der Mann sollte in der Hölle schmoren! Sie stopfte die Hände in die Manteltaschen, achtete nicht auf die bedrohlichen dunklen Wolken am Himmel und marschierte los, die hügeligen Straßen hinauf und hinunter, in der Hoffnung, sich etwas zu beruhigen.

Aber sie war so wütend darüber, dass er ihr vorgemacht hatte, er sei ertrunken, dass er jetzt einfach wieder in der Firma auftauchte … und dass sie ihn noch immer liebte. „Du bist völlig bescheuert“, murrte sie vor sich hin, entdeckte eine Wiener Konditorei und beschloss, sich einen richtig guten Kaffee und ein Stück Apfelstrudel zu gönnen.

In der Konditorei duftete es nach Zimt, Kaffee und Vanille. Die Gäste saßen an kleinen runden Tischen, lasen Zeitung oder unterhielten sich, während die Bedienungen hin- und herflitzten, Tassen nachfüllten, Bestellungen aufnahmen und freundlich lächelten.

Alison bestellte an der Theke und ging dann mit einem Teller Apfelstrudel und einem Becher österreichischem Kaffee mit Sahne an einen leeren Tisch, fest entschlossen, keine Sekunde länger über Cord nachzudenken. Was natürlich nicht funktionierte. Ständig tauchten die unterschiedlichsten Bilder vor ihr auf. Wie sie damals so sorglos miteinander über den Strand gerannt waren, wie sie in seinen Armen aufwachte und das gleichmäßige Schlagen seines Herzens spürte. Sie dachte an den grausamen, bärtigen Mann, der Rache geschworen hatte, dann an den freundlichen, zärtlichen

Mann, der Mandy auf den Schultern trug.

Wer also war er heute? War der elegant gekleidete Geschäftsmann ihr Freund oder ihr Feind?

„Soll ich Ihnen nachschenken?", frage eine junge Bedienung.

Alison blickte in die blitzenden blauen Augen des jungen Mädchens, das sie an sich selbst vor einigen Jahren erinnerte. „Nein danke", sagte sie, bezahlte und verließ die Konditorei.

Inzwischen platschten riesige Regentropfen auf den Bürgersteig. Alison lief die steile Straße hinunter zum Hafen, atmete den vertrauten Geruch von Fisch, Salz, Zigarettenrauch und Motoröl ein.

Erst vor wenigen Tagen war sie auf denselben feuchten Landungsstegen spaziert, zusammen mit Mandy und Cord, wie eine ganz normale Familie. Heute fühlte sie sich entsetzlich allein.

Sie lehnte sich an die Brüstung und starrte über das kalte Wasser des Puget Sound. Sie wusste nicht, was sie tun sollte. Offenbar war Cord für immer zurückgekehrt. Wie er gesagt hatte, konnte sie entweder mit ihm oder gegen ihn arbeiten. Das Problem war nur, dass sie ihm nicht vertrauen konnte. In der einen Minute benahm er sich, als ob er ihr am liebsten an den Kragen wollte, dann wieder glaubte sie zu spüren, dass sie ihm noch immer etwas bedeutete. „Was du auch machst, es ist falsch", sagte sie laut. Der Wind blies ihr das Haar aus dem Gesicht.

Sie hatte keine andere Wahl. Sie musste abwarten, sehr umsichtig sein, ihn genau beobachten und den Mund halten, solange er sich als Chef der Firma aufspielte und mit den Geschäftspartnern verhandelte, mit denen sie vier Jahre zusammengearbeitet hatte. Früher oder später würde die

Wahrheit ans Licht kommen, und dann wüsste sie endlich, ob er auf ihrer Seite war oder nicht.

Die Woche verging langsam. Cords neuer Nussbaumtisch wurde geliefert, außerdem ein schokoladenbrauner Lederstuhl, ein Computer und ein Teppich. Er ließ alles in das leere Büro auf der anderen Seite des Flurs bringen.

Alison machte gute Miene zum bösen Spiel, ignorierte Celias fragende Blicke und kam allen von Cord geäußerten Forderungen nach. Sie sagte keinen Ton, als Rex Masterson auf Cords Bitte den Kredit verlängerte, sie schwieg auch mit zusammengebissenen Zähnen, als Lila Prentiss, eine ältere Klientin, darauf bestand, mit Cord persönlich statt mit Alison zu sprechen.

Und sie zwang sich zu einem Lächeln, als die Polizei in der Firma auftauchte, um einige Fragen zu stellen.

„Was denken *Sie* denn, Mrs. Donahue?“, wollte Detective Donnelly wissen. „Schließlich haben Sie hier gearbeitet.“

Er war zwar ein wenig mürrisch, schien aber fair zu sein.

„Ich glaube nicht, dass Cord Donahue ein Dieb ist“, antwortete sie.

„Aber wer war es dann? Ihr Mann vielleicht?“

„Das kann ich mir genauso wenig vorstellen. Was glauben *Sie,* Detective?“

„Ich stecke in einem Dilemma“, gab er zu und schenkte sich eine Tasse Kaffee ein. „Bevor ich Cord Donahue kennenlernte, dachte ich, er war es. Seine Taten sprachen für sich selbst. Aber er ist zurückgekommen, und nun, tja, nennen wir es Intuition, jetzt jedenfalls glaube ich nicht mehr, dass er der Schuldige ist. Ich glaube, er wurde ausgetrickst.“ Donnelly musterte seine Fingernägel. „Er gibt uns bereitwillig jede Auskunft, die wir brauchen. Nein, Ma'am, er benimmt sich in keiner Weise wie ein Mann, der etwas zu verbergen hat. Zumindest jetzt nicht mehr."

Die letzten Tage waren hart gewesen, ja, aber die Nächte waren eine wirkliche Qual. Nie wusste sie, wann Cord nach Hause kommen würde. Meistens hörte sie den Jeep erst nach Mitternacht in der Auffahrt, dann lauschte sie seinen Schritten auf der Treppe und versteifte sich, wenn er an ihrer Tür vorbeikam.

An einem Abend hatte sie das Gefühl, dass er direkt vor ihrer Tür stehen blieb. Sie bildete sich sogar ein, dass der Türknauf sich drehte, doch dann entfernten sich seine Schritte. Und ein albernes Gefühl der Enttäuschung durchfuhr sie.

Am Freitagabend glaubte sie, es nicht mehr länger aushalten zu können.

„Reiß dich zusammen", schimpfte sie sich selbst, zerrte die Anzugjacke herunter und hängte sie in den Schrank. Dann zog sie ihre Lieblingsjeans und ein weites pflaumenfarbenes Sweatshirt an und steckte sich die Haare hoch. Sie zuckte zusammen, als das Telefon klingelte.

„Mommy?"

Alisons Herz schnürte sich zusammen. „Hallo, Liebling. Wie geht es dir?"

„Ich vermisse dich."

„Ich vermisse dich auch. Kommst du morgen nach Hause?"

„Weiß nicht. Ich will noch auf dem Pony reiten."

„Was für ein Pony?"

„Tante Rose hat Ponys."

„Tante Rose wohnt mitten in Spokane", sagte Alison erstaunt. „Wie kann sie da Ponys haben?"

„Sie hat auch Hunde", erklärte Mandy.

„Hab ich schon gehört."

Nach ein paar weiteren Minuten einer Unterhaltung, die nicht viel Sinn ergab, kam Norma ans Telefon. „Hast du das alles verstanden?“, fragte sie lachend.

„Eher nicht.“

„Also, im Wesentlichen geht es darum, dass Roses Tochter Judy einen Bauernhof außerhalb der Stadt hat. Judy züchtet Walliser Ponys und hat Mandy versprochen, dass sie am Sonntag reiten darf.“

„Darf ich?“, schrie Mandy aus dem Hintergrund.

„Wäre es in Ordnung, wenn wir erst am Montag zurückkämen? Es liegt ganz an dir.“

Alisons Herz flatterte. „Wenn es für dich keine Umstände macht?“

„Nein. Und Mandy amüsiert sich prächtig“, versicherte Norma ihr. „Natürlich vermisst sie dich abends, aber ansonsten hat sie gar keine Zeit, sich einsam zu fühlen. Roses Cockerspaniel hat Welpen bekommen – neun! –, und Mandy kann sich gar nicht von ihnen losreißen.“

„Kann ich mir vorstellen.“

„Also bist du einverstanden?“, fragte Norma.

„Wenn es für dich in Ordnung ist.“

„Gut.“ Norma holte tief Luft. „Und nun sag mir die Wahrheit – wie läuft es bei dir zu Hause?“

„Alles okay, schätze ich.“ Alison hätte gerne überzeugender geklungen, aber sie konnte Norma nicht belügen. Sie lehnte sich an die Küchenwand und verdrehte das Telefonkabel zwischen den Fingern.

„Und Cord?“

Alison wurde steif. „Er ... Ihm scheint es gut zu gehen.“

„Ich vermute, er hat sich um den Kredit gekümmert.“

„Stimmt“, gab Alison zu, noch immer verärgert darüber, dass er sie nicht zuvor informiert hatte. „Er hat einige Raten bezahlt und damit das Firmengebäude gerettet."

„Gelobt sei der Herr."

Den wollte Alison nicht zu früh loben. Sie erzählte Norma, dass Cord wieder in der Firma arbeitete, verabschiedete sich dann noch von Mandy und legte auf. Sie fühlte sich vollkommen verlassen.

„Dann tu etwas dagegen", murrte sie vor sich hin. Im Stillen hatte sie gehofft, dass Mandy bald zurückkommen und Cord wieder mit ihnen einen Tag verbringen würde. Sie verachtete sich selbst dafür. Was für eine hoffnungslose Romantikerin sie war. Deswegen schnappte sie sich das Telefon erneut und wählte die Nummer eines örtlichen Reisebüros. Vielleicht konnte sie über das Wochenende auf die San Juan Islands fahren.

Sie erreichte nur den Anrufbeantworter und legte auf, ohne eine Nachricht zu hinterlassen. In diesem Augenblick hörte sie Cords Wagen, was sie überraschte. Die ganze Woche war er nie vor Mitternacht nach Hause gekommen. Ihr Puls raste, als er durch die Hintertür in die Küche trat.

Seine Krawatte hing locker um seinen Hals, seine Jacke war zerknittert, und auf seinem Kinn zeigten sich dunkle Stoppeln. „Ist Mandy zurück?", fragte er.

„Nein. Norma hat angerufen. Sie bleiben noch bis Montag."

Seine Lippen wurden schmal vor Enttäuschung. „Warum?"

Als Alison es ihm erklärte, entspannte er sich ein wenig.

„Also sind wir allein, hm?" Er sah sie mit dunklen Augen an, und sie hatte das Gefühl, ein wenig zu zerschmelzen.

„Nun, eigentlich habe ich mir überlegt, morgen auf die San Juans Islands zu fahren und vielleicht in Friday Harbor zu übernachten."

Er runzelte die Stirn. „Du hast bereits gebucht?“

„Noch nicht.“

Er hob die Augenbrauen. „Gut. Ich habe nämlich eine bessere Idee.“

„Und die wäre?“

„Das wirst du schon sehen. Pack einfach deine Sachen, als ob du auf die San Juans fahren würdest.“

„Warte mal, Cord.“

„Tu es einfach.“

„Wir sind hier nicht bei der Arbeit, weißt du“, sagte sie wütend. „Ich habe mir die ganze Zeit deine Befehle gefallen lassen, aber jetzt ...“

„Bitte“, unterbrach er sie sanft. „Vertrau mir nur dieses eine Mal, Ali. Wir müssen reden. Über Mandy. Und ... und ich denke, wir sollten die Chance nutzen, dass wir allein sind, und herausfinden, ob von dem, was wir einmal fühlten, noch etwas übrig ist.“

Sie glaubte ihren Ohren nicht zu trauen. „Ist es das, was du willst?“

Er schloss die Augen. „Ich weiß nicht mehr, was ich will.“ Seine Stimme war heiser. Er strich ihr zärtlich eine Haarsträhne von der Wange. „Genau das hoffe ich ja herauszufinden.“

„Indem du mit mir allein bist.“

„Genau.“

Alison glaubte keine Luft mehr zu bekommen. Er musste nicht sagen, was genau er dachte, sie sah es in seinen Augen. War das wirklich möglich? Hatten sie noch eine Chance? Oder war das nur ein weiterer Trick, um ihr Mandy wegzunehmen?

„Du machst es mir nicht gerade leicht, weißt du“, sagte sie. „Mal bist du eiskalt und dann wieder wahnsinnig nett.“

„Ich kann nichts dagegen tun“, flüsterte er. „Nur in deiner Nähe zu sein macht mich verrückt."

Die Erinnerungen, die diese Worte beschworen, trieben ihr Tränen in die Augen. „Ich weiß einfach nicht, was ich denken soll. In der einen Minute schwörst du, mich zu vernichten, und in der nächsten ..." Sie brach ab, als er ihr einen Finger auf die Lippen legte, sanft und warm.

„Bitte", sagte er, schlang einen Arm um sie und zog sie an sich, „versuch, mich nur dieses eine Mal nicht zu hinterfragen." Er drückte seine Stirn an ihre. „Ich weiß, dass ich anfangs etwas unfair war."

„Etwas unfair?", wiederholte sie. „Das ist die Untertreibung des Jahrhunderts. Du wolltest mich in Stücke reißen, Cord, das war unverkennbar."

„Ich weiß. Und es war ein Fehler."

„Ein Fehler ungeheuren Ausmaßes!"

„He, nun mal langsam", flüsterte er. „Ich versuche mich gerade zu entschuldigen, und das fällt mir nicht leicht."

„Und mir fällt es nicht leicht, deine Entschuldigung anzunehmen. Du ... du änderst deine Meinung zu schnell."

Seufzend verdrehte er die Augen. „Dann vertrau mir eben nicht. Auch in Ordnung. Hauptsache, du packst."

„Ich weiß nicht ..."

„Alison, bitte." Er richtete sich auf. „Ich denke, dass keiner von uns mehr Zeit für Spielchen hat."

„Was soll das schon wieder heißen?"

„Jetzt oder nie. Wir müssen die Dinge in Ordnung bringen. Wir haben ein Kind, an das wir denken müssen, eine Tochter, die ich bereits liebe. Entweder du kommst mit mir ... oder nicht."

Sie schluckte ihren Stolz hinunter und straffte die Schultern. Sie wusste nicht, ob er ihr gerade damit drohte, ihr Mandy wegzunehmen, aber sie musste es herausfinden. Davon abgesehen bestand zumindest die minimale Chance, dass sie wieder zueinanderfanden.

„Gut, Cord“, sagte sie. „Ich komme mit. Ich werde dir folgen, wohin auch immer du vorhast zu gehen. Aber ich kann dir nicht versprechen, dir zu vertrauen, verstehst du? Dazu ist diese Woche schon zu viel geschehen.“

Cord nickte und riss sich die Krawatte herunter. „Meinetwegen.“

Alison lief nach oben, um zu packen. Sie konnte nur beten, dass sie nicht gerade den schlimmsten Fehler ihres Lebens beging.

8. KAPITEL

Cord starrte durch die Windschutzscheibe auf die Rücklichter der vor ihm fahrenden Autos. Was ist nur in mich gefahren, fragte er sich verärgert. Warum hatte er Alison gebeten, das Wochenende mit ihm zu verbringen? Gut, die letzte Woche war anstrengend gewesen, und die einsamen Nächte in dem zugigen alten Haus mit Alison im Nebenzimmer hatten ihm beinahe den Verstand geraubt.

Er konnte sich kaum daran erinnern, wann er das letzte Mal richtig geschlafen hatte. Um nicht allzu oft in ihrer Nähe zu sein, hatte er viele Stunden im Büro verbracht, in einem kleinen Restaurant spät zu Abend gegessen und danach in einer Bar Sport geschaut und Bier getrunken. Während dieser ganzen zermürbenden Woche hatte er Alison abwechselnd gehasst und geliebt.

Und nun verdarb er alles, indem er darauf bestand, mit ihr allein ein Wochenende zu verbringen. Er warf einen Blick in ihre Richtung. Sie saß an die Beifahrertür gedrückt, als wollte sie so viel Abstand zu ihm halten wie nur irgend möglich.

Beinahe hätte er gelächelt. Sie sah ungefähr so glücklich aus, als wäre sie auf dem Weg zu ihrer eigenen Beerdigung. Blass und mit großen Augen starrte sie nach vorne, sie hatte die Hände tief in ihren Jackentaschen vergraben und den Mund zu einer harten Linie zusammengepresst. Sie sprach kein einziges Wort, während er durch die Straßen von Seattle fuhr.

Na wunderbar! Was hatte er sich von so einem Wochenende denn eigentlich erhofft? Seit er nach Seattle zurückgekehrt war, fühlte er sich von Tag zu Tag mehr zu ihr hingezogen. Er glaubte ihr inzwischen, dass sie mit David nicht geschlafen hatte, zumindest nicht bis zu dem Tag, an dem er selbst vermeintlich ertrunken war. Und er glaubte, dass Mandy seine Tochter war. Aber die verdammten Bücher bewiesen doch, dass sie die Buchhaltung gefälscht hatte. Und dieser verflixte Brief, den David ihm gezeigt hatte? Was war damit? Und warum hatte David gelogen?

Weil er dich loswerden wollte. Weil er Alison für sich selbst haben wollte. Weil er eindeutig mit der Unterschlagung des Geldes etwas zu tun hatte – mit der Unterschlagung, die dir in die Schuhe geschoben wurde!

„Scheißkerl", murmelte er, und Alison schnellte empor.

„Wie bitte?"

„Nichts. Ich habe nur laut gedacht."

„Und nichts besonders Angenehmes, so wie es klang."

„Nein, nichts Angenehmes." Das Ausmaß von Davids Betrug schien sein Herz aufzuschlitzen, zugleich fühlte er sich selbst dafür verantwortlich. Hätte er David gleich den gerechten Anteil geben sollen, das Erbe aufteilen und es darauf ankommen lassen, dass sein Bruder die Verantwortung dafür übernahm? David hatte Cord nicht besonders gemocht, aber hatte er ihn gehasst? Immer wieder stellte er sich diese schreckliche Frage. Hatte er in seiner großspurigen Rolle des älteren Bruders David dazu gebracht, ihn derart zu hintergehen?

Alison blickte mit gerunzelter Stirn aus dem Fenster und streckte sich. „Wohin fahren wir?", fragte sie, als Cord plötzlich das Lenkrad herumriss und scharf um eine Ecke bog.

„Kannst du dir das nicht denken?"

Cord steuerte auf den Hafen zu. Alison lehnte sich zurück. „Zum Jachthafen", flüsterte sie und dachte an die Schlafsäcke und die Tüten voller Nahrungsmittel, die Cord in den Kofferraum gepackt hatte. Sie hatte geahnt, dass er nicht einfach einen Campingausflug plante.

„Genau."

Sie blickte in den Himmel. Es wurde langsam dunkel, der Regen mischte sich mit Nebel. „Das ist nicht gerade der perfekte Abend, um mit dem Boot rauszufahren."

„Da hast du wahrscheinlich recht."

„Bestimmt wird uns die Hafenpolizei aufhalten."

„Vielleicht."

„Und das ist dir egal, nicht wahr?"

Er parkte an dem Privatsteg der Familie, wo das von der Versicherungsgesellschaft ersetzte Boot festgemacht war.

Er warf ihr ein schiefes Lächeln zu. „Die Polizei und ich sind inzwischen gute Freunde geworden", rief er sarkastisch. „Komm schon, lass uns gehen."

Sie hatte wohl kaum eine andere Wahl.

„Hat David das ausgesucht?", fragte er, als er das weiße Boot mit dem Namen *Ali's Dream* entdeckte. Es schaukelte auf dem Wasser.

„Ja. Nach deinem Unfall."

„Nach einer angemessenen Trauerzeit, wie ich hoffe."

Sie seufzte müde. „Natürlich. Ich wollte es verkaufen, aber der einzige Käufer, der interessiert war, konnte nicht bezahlen, und so habe ich es zurückgeholt."

„Warum wolltest du es verkaufen?"

„Weil ich das Geld brauchte", sagte sie.

Er betrachtete das Boot nachdenklich, als schätzte er ab, was es wohl wert war. „Steht es noch immer zum Verkauf?"

„Ja. Aber bisher habe ich keine weitere Annonce geschaltet. Das Geschäft platzte in der Woche, in der du zurückkamst und ..." Sie zuckte mit den Schultern. „Ich hatte andere Probleme."

Ohne ein weiteres Wort half sie ihm, das Gepäck aufs Boot zu laden. Dann löste Cord das Haltetau, wendete und jagte los. Der kalte Aprilwind kniff ihr ins Gesicht und zerrte an ihrem Haar. Alison schlang die Arme um ihren Oberkörper. Es war ein furchtbarer Fehler gewesen, ihn zu begleiten. Inzwischen war ihr klar, wohin sie fuhren; sie wunderte sich, dass sie es nicht schon vorher geahnt hatte.

Cord wollte sie nach Bainbridge Island bringen, zu dem einsamen Strand, wo sie sich während des Feuerwerks zum ersten Mal geliebt hatten. Das war so lange her, als gehörte es in ein anderes Leben.

Die Minuten schienen zu kriechen. Endlich tauchte die Insel vor ihnen auf. Alison erschauerte. Cord hatte während der ganzen Fahrt geschwiegen, den Blick auf das Wasser gerichtet, die Lippen zusammengepresst. Als er schließlich den Motor ausschaltete, war die Stille fast unerträglich.

„Bist du mit David jemals hier gewesen?", fragte er, während er das Boot festmachte.

„Nein, nie."

„Warum nicht?" Er sah sie durchdringend an.

„Es schien mir irgendwie nicht richtig", flüsterte sie. In der Dunkelheit konnte sie kaum den Strand erkennen. „David war auch nicht erpicht darauf, hier seine Zeit zu verbringen. Eine Frau aus Winslow kümmerte sich gelegentlich um das Cottage."

„Mandy würde es hier bestimmt gefallen", sagte er.

„Bestimmt."

Er trug das ganze Gepäck und die Taschenlampe. Als er ein Geräusch hörte, blieb er stehen, leuchtete das Gelände ab und entdeckte ein verblasstes Verkaufsschild, das im Wind schaukelte.

„So viel zum Thema Nostalgie", knurrte Cord, kickte gegen das Schild und marschierte den überwucherten Weg zum Cottage hinauf.

Alison folgte ihm. „Ich hatte keine andere Wahl, weißt du“, sagte sie, während er sich am Schloss zu schaffen machte und feststellte, dass sein Schlüssel nicht mehr passte.

„Hast du einen Schlüssel?“

„Zu Hause.“

„In Seattle. Das hilft uns jetzt auch nicht weiter.“

Sie ließ ihre Umhängetasche auf die Veranda fallen und seufzte erschöpft. „Du hast mir schließlich nichts gesagt. Ich hatte keine Ahnung, dass du hierher wolltest.“

Er schnaubte. „Dann muss ich eben hinaufklettern wie damals als Kind“, beschloss er, ließ seine Taschen fallen, sprang auf das Verandageländer und zog sich am Dach hoch.

„Bist du verrückt? Was machst du da?“, rief sie, doch schön hörte sie Schritte über sich, dann ein verrostetes Quietschen. Ein paar Sekunden später erschien er an der Eingangstür.

„Kein Strom“, verkündete er.

„Abgestellt.“

„Und das Wasser?“

„Ich ... ich weiß nicht.“

Er leuchtete mit der Taschenlampe auf den Kamin. „Na also.“ Auf dem Sims lag eine Schachtel Streichhölzer, daneben stand eine Kerosinlampe, die er anzündete. Der Raum wurde von einem warmen, goldenen Schein erhellt.

Alison sah sich um. Die Möbel waren mit Tüchern abgedeckt, der Teppich lehnte aufgerollt an der Wand. Alles war mit einer dicken Staubschicht überzogen.

„Wann war deine Putzfrau zum letzen Mal hier?“ Cord wischte ein Spinnennetz weg, dann inspizierte er den Kamin.

„Letzten Herbst.“

„Aha. Vielleicht sollte sie künftig öfter kommen – so drei Mal im Jahr."

„Sehr witzig", entgegnete Alison, doch sie musste grinsen. Irgendwie war es wildromantisch, mit Cord in diesem alten Cottage zu kampieren. Langsam begann sie, sich zu entspannen. Vielleicht brauchten sie wirklich nur mal ein Wochenende zu zweit.

Während Cord im Garten nach Feuerholz suchte, zog Alison die Tücher von den Möbeln und rollte den Teppich wieder aus. Sie wusste, wie gefährlich es war, mit ihm allein zu sein. Wenn sie nicht aufpasste, würde er sehr schnell ihre Gefühle für ihn bemerken.

Aber ist das nicht genau das, was du dir wünschst? Sie betrachtete die beiden Schlafsäcke. Sie konnte nicht so tun, als ob sie nie daran gedacht hätte, mit ihm zu schlafen. Aber wenigstens hoffte sie, dass sie stark genug war, nach dem Kopf und nicht nach ihrem Herzen zu handeln.

„Sieht gar nicht so schlecht aus", unterbrach Cord ihre Gedanken. Er trug zwei große Eichenholzstücke ins Wohnzimmer und legte sie in den Kamin. „Kleinholz liegt auch draußen, und in der Küche habe ich eine alte Zeitung gefunden. Viel mehr gibt's hier allerdings nicht."

„Du hast doch Essen mitgebracht."

„Aber nicht allzu viel."

„Nun, eine Nacht werden wir schon überleben. Davon abgesehen bin ich nicht besonders hungrig." Sie beobachtete, wie er sich vor den Kamin bückte und ein Streichholz anzündete. Er bewegte sich so geschmeidig, als ob seine Muskeln flüssig wären. Die Jeans hing tief auf seinen schmalen Hüften, die Jacke spannte sich über seine Schultern. Die Arbeit in Alaska hatte offenbar jedes Gramm Fett von seinem Körper geschmolzen, und sie fragte sich, wie er die vergangenen Jahre gelebt hatte. Und mit wem. Hatte es eine Frau in Alaska gegeben? Oder mehrere? Natürlich konnte niemand erwarten, dass er diese lange Zeit enthaltsam gelebt hatte.

„Hast du was?“, fragte er.

Alison holte hastig Luft. „Ich war nur in Gedanken.“

„Du schienst eine Million Meilen entfernt zu sein.“

„Nicht ganz so weit“, sagte sie. „Nur etwa fünfzehnhundert oder so.“

Er blickte ins Feuer. „Fünfzehnhundert Meilen?“

„Alaska“, sagte sie nur. „Ich frage mich, wie du dort deine Zeit verbracht hast.“

„Mit Arbeit.“

„Und wenn du nicht gearbeitet hast?“

„Dann habe ich geschlafen.“

Ihr Mund war auf einmal trocken, sie leckte sich über die Lippen. „Allein?“

Als er schließlich begriff, seufzte er tief und ließ die starken Schultern sinken. „Ich würde dich gerne belügen, Alison, und behaupten, dass ich eine Menge Frauen hatte. Aber ganz ehrlich, dafür fehlte mir die Zeit. Nicht, dass ich nicht gerne einen Sechzehnstundentag gegen eine Nacht mit einer schönen Frau getauscht hätte.“

„Das ist schwer zu glauben“, sagte sie leise. „Vier Jahre?“

Er verzog die Lippen, sein Gesicht wurde hart. „Lass uns einfach sagen, dass sich die Gelegenheit nicht ergeben hat. Ich hatte nicht so ein Glück wie du. Ich hatte keine Frau, auf die ich zurückgreifen konnte.“

Sie verpasste ihm eine Ohrfeige. „So war es nicht“, zischte sie. „Ich habe dir wieder und wieder erklärt, was geschehen ist, und ich werde mir nicht das ganze Wochenende anhören, was für eine Schlampe ich bin, die sich an den Bruder ranmacht, der gerade verfügbar ist – der gerade *am Leben* ist!“ Zitternd vor Wut schrie sie: „Ich bin mit dir mitgefahren, um ein paar Dinge zu klären, aber ich werde nicht zulassen – hörst du, ich werde es *nicht* zulassen … dass du mich wie eine … wie eine … Nutte behandelst.“

„Ich wollte nicht …“

„Dann lass die abfälligen Kommentare, Cord. Die kann ich nämlich gar nicht brauchen.“

„Du warst doch diejenige, die mich nach meinem Liebesleben in Alaska gefragt hat.“

„Weil es mich interessiert, verdammt noch mal! Weil du mich interessierst!“ Sie schluckte erschrocken, wollte sich gerade abwenden, doch er riss sie in seine Arme und presste die Lippen auf ihre, mit all der Leidenschaft, die sich in vier vergeudeten Jahren aufgebaut hatte.

Alison wollte sich wehren, wollte nicht, dass seine Hände sich auf ihrem Rücken so wunderbar anfühlten, aber es gelang ihr nicht. Ihre Lippen öffneten sich wie von selbst. Ein Feuer, verzehrender als die Flammen im Kamin, jagte durch ihren Körper.

„Mein Gott, Alison, was soll ich nur mit dir anstellen?“, flüsterte er verärgert.

Liebe mich einfach, Cord. Lass uns so tun, als ob all die Schmerzen der Vergangenheit nie existiert hätten. Lass uns so tun, als ob sich nie etwas zwischen uns gestellt hätte.

„Ich … ich überlege vielmehr, was ich mit *dir* anstellen soll“, sagte sie. Er strich ihr das Haar zurück und drückte die Lippen auf ihren Hals. Gemeinsam glitten sie auf den Boden.

Stöhnend, als kämpfte er mit sich selbst, hielt Cord inne und starrte sie an. In ihrem Blick spiegelte sich das Kaminfeuer und eine tief verborgene Sehnsucht.

„Gott, ich habe dich so vermisst“, sagte er, zog den Reißverschluss ihrer Jacke auf und begann, durch den Stoff des Sweatshirts ihre Brüste zu streicheln. Klagend rief sie seinen Namen, während er sie langsam auszog, bis sie nackt auf dem zerschlissenen alten Teppich vor dem Feuer lag. Er sah sie lange an, schluckte, leckte sich über die Lippen, dann beugte er sich vor und nahm ihre aufgerichteten Brustwarzen in den Mund.

„Oh, Cord“, schrie sie leise, bittersüße Erinnerungen füllten ihren Kopf, glühende Leidenschaft schoss durch ihren Körper. Sie konnte ihr eigenes Herz schlagen hören und wollte nicht länger daran denken, dass er Rache geschworen hatte. Sie konnte nicht glauben, dass er sie jetzt nur benutzte. Obwohl ein Teil von ihr sie anflehte, vorsichtig zu sein, sich Zeit zu lassen, achtete sie nicht darauf. Sie lag in den Armen des Mannes, den sie liebte. Alles andere spielte keine Rolle.

Sie zog ihm die Jacke aus, zerrte an seinen Jeans, an seinem Hemd, ließ die Hände über seine breiten Schultern und seinen harten Bauch wandern und vergrub ihr Gesicht in den warmen Haaren auf seiner Brust.

„Ich will dich schon so lange“, murmelte er.

„Und ich will dich.“

Er küsste sie zärtlich, geduldig, wie jemand, der schon zu lange gewartet hatte. Er spreizte ihre Beine und drang langsam in sie ein. Alison wölbte sich ihm entgegen, drückte ihren Körper an seinen und überließ sich ganz und gar seinem Rhythmus.

„Alison … oh Alison, Geliebte“, flüsterte er in ihr Haar, bewegte sich gleichmäßig, strich über ihre Augenbrauen und küsste den Schweiß von ihrer Haut.

Ihr Atem wurde flach, ihre Augen schimmerten glasig, sie dachte an die Sommernacht, als sie sich zum ersten Mal geliebt hatten. „Cord", schrie sie und vergrub die Finger in seinen Schultern, als sie den Gipfel erreichte und Sterne explodierten wie damals das Feuerwerk am Himmel.

„Liebe mich", stöhnte er, verspannte sich kurz, hielt inne, dann brach er mit einem lauten Schrei auf ihr zusammen, sie genoss sein Gewicht, ihre Körper passten perfekt zusammen.

„Ich liebe dich", murmelte sie leise an seiner Brust, übertönt von seinem lauten Atem.

Alison fühlte sich schrecklich verwundbar, Tränen drückten gegen die geschlossenen Lider. Sie hatte so lange auf ihn gewartet, und wie um sich davon zu überzeugen, dass er wirklich zurückgekommen war, klammerte sie sich an ihn, spürte seine harten Muskeln unter ihren Händen und lauschte dem Schlag seines Herzens.

Als Cord schließlich den Kopf hob, sah er Tränen auf ihren Wangen schimmern. „Tut es dir leid?", fragte er und küsste ihr die Tränen weg.

„Ich bin erleichtert", hauchte sie. „Ich dachte, ich würde dich nie mehr wiedersehen. Ich hatte alle Hoffnung aufgegeben."

Seine Zähne blitzten im Halbdunkel auf. „Oh, ihr Kleingläubigen!", rief er lachend.

„Wie kannst du darüber Scherze machen?"

Er tippte ihr auf die Nasenspitze. „Ich denke, wir beide können ein wenig Unbeschwertheit brauchen, meinst du nicht?"

Sie brachte ein zitterndes Lächeln zustande. „Bist du nicht derselbe Mann, der geschworen hat, mich zu ruinieren und sich dabei so viel Zeit zu lassen, wie es ihm gefällt?"

„Das kann ich nicht abstreiten", stöhnte er.

„Dann verstehst du vielleicht mein Dilemma."

Wieder grinste er, diesmal boshafter, seine Augen blitzten.

„Weißt du“, begann er und strich quälend langsam über ihren Hals, „ich könnte ja behaupten, dass ich mich gerade eben an dir gerächt habe.“

„Oder ich mich an dir.“ Sie keuchte auf, als er seine Fingerspitze befeuchtete und dann auf ihre Brustwarze legte, die sich sofort wieder aufrichtete. „D…da gehören immer zwei dazu.“

„Ach ja?“

Sie erschauerte unter seinen Berührungen und begann, mit der Zunge über seinen Hals und seine Brust zu fahren. Er stöhnte auf. „Du hast noch nie gerne verloren“, stieß er hervor.

„Niemals.“ Und dann spielte sie mit ihm so, wie er zuvor mit ihr gespielt hatte.

„Mein Gott, Frau, du bist unbarmherzig“, murrte er schließlich, stand mit letzter Kraft auf, wickelte sie in eine Decke von der Couch und hob sie auf die Arme.

„He, was machst du da?“

„Das, was ich von Anfang an hätte tun sollen.“ Er stieg lachend die Treppe hinauf. In der oberen Etage angekommen, riss Cord die Tücher von den Möbeln. „Und jetzt, Ali“, sagte er und legte sie auf das alte Bett, „lass mich dir noch mal zeigen, wie sehr ich dich vermisst habe.“ Er ließ seine Lippen über sie wandern. „Und dieses Mal werde ich mir viel Zeit lassen …“

Alison erwachte aus einem tiefen Schlaf. Das graue Licht der Dämmerung sickerte durch die Fenster ins Zimmer. Zitternd blies sie sich eine Haarsträhne aus den Augen, rollte sich zur Seite und sah direkt in Cords Augen, der besitzergreifend einen Arm über ihre Taille gelegt hatte.

Ein wenig verlegen wollte sie an der Decke ziehen, nur

um überrascht festzustellen, dass sie ordentlich in einem Schlafsack verstaut war. „Wie …?“

„Du hast geschlafen“, sagte er. „Und ich war der Meinung, dass wir mehr brauchen als diese dünne Decke. Also habe ich unsere Taschen heraufgebracht, die Lebensmittel verstaut und die beiden Schlafsäcke mit dem Reißverschluss zusammengeschlossen und … voilà.“

„Und dabei bin ich nicht aufgewacht?“ Gähnend stützte sie sich auf dem Ellbogen auf.

„Du hast nur ein paar gequälte Seufzer von dir gegeben“, entgegnete er und begann, an ihrem Hals zu knabbern.

„Ach, komm.“

„Wirklich.“ Kleine Fältchen bildeten sich in seinen Augenwinkeln, er grinste sie jungenhaft an. Dann zog er sie an sich, vergrub das Gesicht in ihrem langen, zerzausten Haar und begann wieder, sie zu lieben. Zwar waren Alisons nagende Zweifel mit dem Tageslicht zurückgekehrt, doch sie schob sie vehement zur Seite. Dieses Wochenende wollte sie jede einzelne Minute mit Cord genießen und sich nicht erlauben, an die Zukunft zu denken oder an die Vergangenheit.

Du bist eine Närrin, rief eine kleine Stimme in ihr, aber sie achtete nicht darauf und gab sich ihm wieder und wieder hin. Als Cord schließlich eingeschlafen war, schlüpfte Alison aus dem Schlafsack. Sie wusch sich schnell mit kaltem Wasser und zog sich an.

„Wohin willst du?“, brummte Cord, als sie versuchte, aus dem Zimmer zu schleichen.

„Nach unten.“

„Warum?“ Sein schwarzes Haar fiel ihm in die Stirn.

„Ich finde, es ist Zeit aufzustehen. Meinst du nicht?“

„Keine Ahnung.“

„Nun, dann sieh doch mal aus dem Fenster.“ Sie zeigte

auf den blauen Himmel, den ein paar zarte weiße Wölkchen durchzogen. „Es ist schon fast Mittag, und ich bin halb verhungert."

„Also hast du beschlossen, aufzustehen, Feuer zu machen und mir dann gebratenen Speck, Eier, Toast, Kaffee und selbst gebackene Zimtschnecken zu servieren."

„All das über einem offenen Feuer."

„Genau."

„Rate mal."

Laut lachend begann Cord, sich zu strecken. „Gut. Du willst also, dass ich aufstehe, mit dir in den Ort fahre und dich zum Frühstück einlade."

„Das kommt schon eher hin."

Er rollte aus dem Bett, versuchte, sie zu packen, doch sie war schneller, duckte sich an ihm vorbei und rannte die Treppe hinunter. Sie hörte ihn aufschreien, als er unter die eiskalte Dusche stieg und laut über das Leben von Hinterwäldlern und Frauen schimpfte, die so geizig waren, dass sie sogar an der Stromrechnung sparten.

„Du wirst das schon überleben", rief sie ihm zu.

Er beugte sich über das Treppengeländer. „Gerade so", knurrte er, während er sich das Haar trocken rieb und ihr ein strahlendes Lächeln zuwarf.

„Dann wirst du dich freuen zu hören, dass wir keinen Kaffee haben."

„Toll. Ganz toll."

„Komm, beeil dich. Ich will in den Ort fahren."

„Wieso?" Er kam barfuß die Treppe herunter.

„Ich muss Norma anrufen und ihr sagen, wo ich bin. Nur für den Fall, dass sie mit mir Kontakt aufnehmen muss."

„Wozu denn? Das Telefon hier ist doch sowieso nicht angeschlossen."

„Es könnte etwas passieren“, antwortete sie. „Ein Unfall oder so etwas. Dann könnte sie die Polizei benachrichtigen, und die würde hierherkommen.“

„Es wird keinen Unfall geben“, behauptete er, hob mit einem Finger zärtlich ihr Kinn und sah sie ernst an.

„Das hoffe ich zumindest.“

„Also, lass uns gehen.“ Cord zog seine Stiefel an, während Alison in ihren Mantel schlüpfte. Ein paar Minuten später standen sie nebeneinander im Boot. Möwen segelten laut schreiend über dem grauen Wasser. Cord steuerte auf das gegenüberliegende Ufer zu.

Als sie in Winslow festgemacht hatten, nahm Cord Alisons Hand, und gemeinsam liefen sie über den Pier zur erstbesten Telefonzelle. Nachdem Alison sich davon überzeugt hatte, dass es Mandy gut ging, lief sie zu Cord, der draußen auf sie wartete. „Alles in Ordnung?“ Er lehnte an der Brüstung und beobachtete die Fischer dabei, wie sie ihre Netze auswarfen.

„Ja, ich denke schon.“

Er sah hastig auf. „Ihr fehlt doch nichts?“

„Nein, gar nichts. Aber sie hat sich wohl ganz schön an eines dieser Hundewelpen gewöhnt und besteht darauf, es mit nach Hause bringen zu dürfen.“

„Und das magst du nicht.“

„Wir haben doch schon Lazarus.“

„Aber ein Hundebaby schadet doch nicht.“

„Mandy ist noch nicht mal vier. Ich glaube nicht, dass sie schon die Verantwortung übernehmen kann …“

„Ach, komm schon.“ Cord legte ihr einen Arm um die Schulter. „Jedes Kind braucht einen Hund.“

„Ich hatte keinen.“

„Nein?“

„Das ging nicht. In der Wohnung war nicht genug Platz,

und so entschieden sich meine Eltern für einen Kanarienvogel."

„Aber jetzt wohnst du in einem Haus."

Noch, dachte sie besorgt. Was würde geschehen, wenn das Haus verkauft wurde? „Ich weiß nicht."

„Nun, wir können ja beim Frühstück darüber nachdenken", entschied er und führte sie die Straße hinunter in ein idyllisches Restaurant mit knallroten Fensterläden und einer Glocke über der Tür.

„Wir?", fragte sie.

„Schon vergessen?" Er hielt ihr die Tür auf. „Sie ist auch meine Tochter."

Also geht es bereits los, dachte sie. Cord drängte sich in Mandys Leben. Wie weit würde er gehen? Wenn sie ihm doch nur vertrauen könnte.

Doch das konnte sie nicht. Noch nicht. Nicht, bis sie endgültig wusste, dass er ihr Mandy nicht wegnehmen würde.

„Wie wäre es hier?" Er deutete auf einen Tisch neben einem Kachelofen.

„Perfekt."

Gerade als Alison sich setzen wollte, kam die Bedienung an den Tisch gerannt. „Cord Donahue?", schrie sie. „Bist das wirklich du?"

„Aus Fleisch und Blut", bestätigte er.

Tränen standen in ihren Augen. „Ich kann es nicht fassen! Ich habe darüber gelesen, in der Zeitung, weißt du. Aber ich habe es nicht geglaubt! Len. Len!", rief sie über die Schulter. „Komm her. Es stimmt, Cord ist wieder da!"

Ein kräftiger Mann trat gemächlich hinter der Theke hervor. „Nicht möglich", murrte er und wischte sich die Hände an der Schürze ab. „Hätte nicht gedacht, dass ich deine hässliche Fratze noch mal zu sehen bekomme." Er schüttelte Cords Hand.

„Nun, ich schätze, da hast du Pech gehabt." Cord lachte.

„Du hingegen scheinst ein Glückspilz zu sein", sagte Len mit einem Seitenblick auf Alison.

„Das könnte man so sagen."

„Nun, esst, was immer ihr wollt. Es geht aufs Haus." Len wandte sich wieder Richtung Küche. „Und wenn du etwas mehr Zeit hast, dann komm mal vorbei, und wir feiern. Und du erzählst mir mal ganz genau, was in dieser Nacht geschehen ist."

„Das werde ich", versprach Cord. Angela reichte ihnen die Speisekarten und schenkte Kaffee ein.

„Alte Freunde der Familie", erklärte Cord, nachdem sie bestellt hatten. „Sie haben mich schon als Kind gekannt."

Alison nippte schweigend an ihrem Kaffee. Angela kam mit dampfenden Tellern an den Tisch. Zitronenmuffins, Rühreier, knuspriger Speck, Würstchen und mit Erdbeeren und Sahne gefüllte belgische Waffeln.

„Das habe ich doch gar nicht bestellt", protestierte Alison.

„Ich weiß. Das war Lens Idee. Er will ein bisschen angeben", erklärte Angela. „Schließlich spaziert nicht jeden Tag der gute alte Cord hier herein. Um genau zu sein, ist es ziemlich lange her."

„Richte Len unseren Dank aus", sagte Cord. Als Angela zum Nebentisch lief, zeigte er mit seiner Gabel auf Alison. „Und du iss! Wir wollen Len doch nicht beleidigen, oder?"

„Auf keinen Fall."

Kopfschüttelnd spießte er ein Würstchen auf. „Nun zurück zum Thema. Wie wollen wir Mandys Hund nennen?"

9. KAPITEL

Nach dem Frühstück kauften Alison und Cord in einem kleinen Supermarkt ein, liefen dann zurück und kletterten ins Boot. Wolken ballten sich am Himmel, als Cord *Ali's Dream* um die kleine Insel herumlenkte. Er zeigte ihr all die kleinen privaten Buchten, die er als Kind entdeckt hatte.

Gegen Nachmittag hatten sie die gesamte Insel umschifft. Cord hielt an einem halbmondförmigen, von uralten Fichten gesäumten weißen Sandstrand.

„Hier warst du als Kind öfter?", fragte Alison und ließ sich auf die ausgebleichte Decke sinken, die Cord nah am Wasser ausgebreitet hatte.

„Jeden Sommer." Er blickte auf das weite Meer.

„Du hast diesen Ort vermisst", vermutete sie. Er lehnte sich an sie. Gemeinsam betrachteten sie die tief hängenden Wolken, durch die sich ein paar Sonnenstrahlen kämpften und auf dem Wasser funkelten.

„Ja, das habe ich vermisst." Er warf einen Stein in das ruhige Wasser. „Damals war alles einfacher. Dad hat noch gelebt." Mit gerunzelter Stirn griff er nach einem weiteren Stein. „Und David auch."

Alisons Herz zog sich zusammen. David, ihr Ehemann. War er wirklich ein Dieb gewesen? Seufzend legte sie den Kopf auf Cords Schulter, atmete die Salzluft ein und fühlte sich so unendlich wohl neben dem Mann, den sie liebte.

„Alles war damals viel leichter", fuhr er fort. „Keine Probleme. Keine Bankangestellten, keine Versicherungsfritzen, keine Polizei. Alles war ganz klar."

„Und jetzt?", fragte sie.

„Und jetzt ist alles kompliziert – wahnsinnig kompliziert." Er ließ Sand durch seine Finger rieseln. Am Horizont wurde die untergehende Sonne von trüben grauen Wolken bedeckt. Cord rieb die Hände aneinander. „Wir sollten besser gehen", sagte er und half Alison auf die Beine.

Nachdem er die Decke ausgeschüttelt hatte, warf er sie über die Schulter, und Hand in Hand liefen sie zurück zum Boot. Cord startete den Motor, als das Boot von einem ersten Windstoß erfasst wurde. Dicke Regentropfen fielen aus den Wolken. Cord verzog das Gesicht und lenkte das Boot Richtung Süden.

Ein paar Minuten später tauchte bereits das Cottage vor ihnen auf. „Gerade noch rechtzeitig", rief Cord, schnappte sich die Einkäufe und Alisons Hand. Gemeinsam rannten sie über die glitschigen Planken zum Cottage. Als sie die Veranda erreichten, war Alison pitschnass. Lachend schüttelte sie ihr Haar aus. Cord machte sofort Feuer im Kamin, die knisternden Flammen tauchten das Zimmer in sanftes Licht. Alison musterte seinen Rücken, die breiten Schultern und die schmalen Hüften. Es war so leicht, einfach so zu tun, als ob nie etwas geschehen wäre.

Als ob er ihren Blick gespürt hätte, sah er über die Schulter. „Genau wie damals."

„Fast." Sie lächelte ihn an. Und bevor sie noch etwas Dummes sagen konnte, nahm sie die Taschenlampe vom Kaminsims und eilte nach oben. Der Wind heulte um das Haus, Regen prasselte gegen die Fensterscheiben. Mit gerunzelter Stirn betrachtete sie das Bett. Hier war sie nun, allein mit Cord, und bereits wieder bis über beide Ohren verliebt. Sie konnte einfach nicht anders. Wenn sie beide auch nur die kleinste Chance hatten, dann wollte sie sie nutzen.

„Bitte sehr!", rief Cord, und Alison blickte über die Brüstung nach unten. Er stand vor dem Kamin, wischte sich die Hände an den Jeans ab und betrachtete die goldenen Flammen.

„Sieht gut aus", sagte sie.

„Bist du froh, dass du mitgekommen bist?", fragte er.

Sie lief die Treppe hinunter. „Sehr."

„Vielleicht haben wir genau das gebraucht – etwas Zeit zu zweit."

„Vielleicht."

Er sah ihr lange in die Augen, dann räusperte er sich und blickte weg. „Du könntest mal in der Küche nachsehen, ob du einen Kessel findest. Dann können wir vielleicht was kochen."

Sie zündete eine der Kerosinlampen an, lief in die Küche, durchwühlte die Schränke und fand tatsächlich einen Wasserkessel. In dem flackernden Licht schnippelte sie Zwiebeln, Paprika, Knoblauch und Fleisch und warf alles in den Kessel, den sie mitten ins Feuer stellte. Dann nahm sie eine alte Kaffeekanne aus Emaille, füllte sie mit Wasser und stellte sie auf einen Holzscheit.

„Ob das wohl funktioniert?", murmelte sie.

„Hast du nicht heute Morgen noch vom einfachen Landleben geschwärmt?", zog er sie auf.

„Na gut. Ich meine nur, wir hätten uns besser vorbereiten sollen."

„Nächstes Mal." Er schlang die Arme um ihre Taille.

„Wird es ein nächstes Mal geben?"

„Wenn du magst, Alison." Er drückte die Lippen in ihr Haar. „Und nächstes Mal nehmen wir unsere Tochter mit."

Alisons Herz machte einen Satz. Mandy hier – mit Cord? Wie eine richtige Familie? Das war beinahe zu schön, um wahr zu sein. „Das kannst du ihr vorschlagen, wenn wir wieder zu Hause sind." Warum nur fühlte es sich so gut an, von ihm umarmt zu werden? „Da gibt es etwas, was ich dich schon die ganze Zeit fragen will“, fuhr sie fort.

„Raus damit.“

„Was wäre geschehen, wenn ich nicht mitgekommen wäre?“

„Ich hätte dich schon davon überzeugt.“

„So sicher warst du dir?“

„Nicht sicher, nur wild entschlossen. Wir mussten einfach reden, vor allem über Mandy.“

Das stimmte. Sie seufzte erleichtert. So albern es auch war, mit ihm wäre sie überall hingegangen. „Ich … ich kümmere mich mal besser um das Essen.“

Das Fleisch hatte zu brutzeln begonnen, sie fügte weiße Bohnen und Tomaten hinzu. Dann wickelte sie ein Baguette in Alufolie und legte es neben die Kaffeekanne.

„Riecht fantastisch“, sagte Cord.

„Das liegt nur daran, dass du Hunger hast.“ Aber sie lachte. „Ich hoffe nur, dass es auch schmeckt.“ Sie rührte das Chili einmal um.

„Du bist nicht gerade ein großer Camping-Fan, oder?“

„Eher nicht.“

Er wurde ernst. „Wie hat das dann mit David funktioniert? Er war doch so ein Naturfreund.“

„Es hat nicht funktioniert“, sagte sie tonlos.

Cord hob die Augenbrauen.

„Wenn er zelten oder fischen oder jagen gehen wollte, dann ging er eben. Ich blieb mit Mandy zu Hause.“

„Und das wolltest du so?“

Sie zuckte mit den Schultern. „Ich hätte wohl mit ihm gehen können. Er hat zumindest nie gesagt, dass er das nicht will. Aber David hat seine Ausflüge immer mit Freunden zusammen geplant.“

„Wie Nate Benson?“

Sie sah kurz hoch, dann wieder zurück ins Feuer. „Ja.

Wie Nate. Sie sind meistens mit Nates Wohnmobil gefahren, und es war sozusagen ein ungeschriebenes Gesetz, dass die Frauen nie mitkamen. Nachdem ich sowieso nicht fand, dass das Jagen etwas für Mandy wäre, war es mir egal. Zumal einige von Nates Freunden etwas … nun, grob waren.“ Sie sah einen Muskel in seinem Kiefer springen. „Nun, mal sehen, ob das Chili fertig ist.“ Mit einem Geschirrhandtuch nahm sie den Kessel aus dem Feuer und stellte ihn auf den Herd. Dann füllte sie zwei Schalen, während Cord das Brot in dicke Scheiben schnitt. Schließlich rührte er Kaffeepulver in das kochende Wasser.

Sie setzten sich im Schneidersitz vor den Kamin und aßen. „Das ist das beste Chili, das ich jemals gegessen habe“, verkündete Cord. Er tätschelte seinen Bauch.

„Lass das bloß nicht Norma hören.“ Alison kicherte. „Erst letzte Woche hast du ihr wieder und wieder gesagt, was für eine fantastische Köchin sie ist. Die beste im ganzen Land oder so was in der Art.“

„Das ist sie auch.“

„Das stimmt, und deswegen solltest du mir nicht dieselben Komplimente machen.“ Sie zwinkerte ihm zu, nahm das schmutzige Geschirr und trug es in die Küche. Als sie das Geschirr abgetrocknet hatte und aus dem Fenster starrte, spürte sie seine Hände auf ihren Schultern. Er zog sie an sich. „Ich bin froh, dass du dich letzte Nacht wieder auf mich eingelassen hast.“

„Ich hatte doch kaum eine andere Wahl.“

„Natürlich hattest du. Ich weiß, dass ich ein erstklassiger Mistkerl war, als wir uns wiedergesehen haben.“

„Alte Gewohnheiten legt man schwer ab.“ Sie spürte, wie er sich versteifte, und hätte ihre scharfen Worte am liebsten wieder zurückgenommen. „Ich … Es tut mir leid“, flüsterte sie. „Das hätte ich nicht sagen sollen."

„Wie du mir, so ich dir, nicht wahr?" Er küsste ihren Nacken. „Ach Ali, warum versuchen wir ständig, einander wehzutun?"

„Wenn ich das nur wüsste." Sie spürte, wie seine Wärme in sie drang. Es fühlte sich richtig an, mit ihm hier zu sein. Sie wollte die Vergangenheit so gerne vergessen. „Vielleicht sollten wir einfach noch mal von vorne anfangen."

„Glaubst du, das wäre möglich?"

„Ich weiß es nicht."

„Lass es uns versuchen."

Mit geschlossenen Augen dachte sie an all die Gründe, warum sie ihm nicht vertrauen konnte. „Warum?" Sie wagte kaum zu atmen. Wenn er nur sagen würde, dass er sie noch immer liebte, dass sie ihm noch immer wichtig war.

„Weil wir so viel verloren haben", murmelte er. „Und außerdem müssen wir an Mandy denken."

Er hatte sie also nicht aus Liebe mit an diesen entlegenen Ort genommen, sondern aus Pflichtgefühl. Natürlich. Im Grunde hatte sie es doch von Anfang an gewusst. Sie drehte sich in seinem Armen um und sah ihn an. „Also liegt es an Mandy."

„Natürlich. Aber genauso sehr an dir." Er küsste sie auf den Mund.

Ich will ihm so gerne vertrauen, dachte sie, als die Lust wieder erwachte, sich ausdehnte und durch ihren Körper wanderte. Liebe mich, hätte sie am liebsten geschrien, doch das ging nicht, weil er ihre Lippen mit der Zunge teilte. Als er die Hand unter ihr Sweatshirt schob, stöhnte sie auf. Ihre Brüste sehnten sich nach seiner Berührung.

„Cord", stöhnte sie.

„Langsam, Liebling", flüsterte er in ihr Haar. „Wir haben die ganze Nacht ..."

Blasses Tageslicht fiel durch die Fenster, als Alison sich streckte und ein Auge öffnete. „Cord?“, rief sie. Er antwortete mit einem herzhaften Lachen aus der unteren Etage. Der Duft nach frischem Kaffee und gebratenem Speck hing in der Luft. Sie hörte seine Schritte auf der Treppe.

„Na also, Dornröschen. Hast du schließlich doch beschlossen aufzuwachen!“ Er sah sie lächelnd an.

„Mmm.“ Sie gähnte. „Was duftet hier so gut?“

„Rate mal.“

„Mit Erdbeermarmelade gefüllte Crêpes, Pilzomelette und gegrillter Schinken“, sagte sie.

„Fast.“

„Gut. Eisgekühlter Champagner, Orangen aus Florida, ein deutscher Apfelkuchen mit Schlagsahne und …“

„Klar“, brummte er, warf sich auf sie und drückte sie auf die Matratze. „Du kannst froh sein, wenn du verbrannten Toast und Kaffee von gestern bekommst.“ Er beugte sich vor und küsste sie herzhaft auf den Mund. Obwohl sie sich die ganze Nacht leidenschaftlich geliebt hatten, begehrte sie ihn schon wieder. Seine Hand wanderte zu ihrer Brust, und sie keuchte auf, als er sie streichelte.

„Du bist unersättlich“, sagte er und legte sich neben sie.

„So wie du.“ Sie schlang die Arme um seinen Hals. Cord griff in ihr dichtes Haar, zog ihren Kopf zurück und übersäte sie mit Küssen. Sie rieb sich an ihm, dann öffnete sie seinen Hosenknopf.

„Alison“, seufzte er.

Ein lautes Knallen aus dem Kamin erschreckte sie beide.

„Was zur Hölle …?“ Er sah auf. Schwarzer Qualm stieg die Treppe herauf. „Verdammt“, murrte er, zog fluchend die Hose wieder hoch und rannte nach unten.

Alison wickelte sich in das Bettlaken, blickte über die

Brüstung und sah Cord vor dem Kamin kauern. Schimpfend nahm er eine verbrannte Pfanne aus dem Feuer. Der verkohlte Speck zischte und knisterte laut. Alison lachte, als Cord die Pfanne in einer Hand, mit der anderen Hand seinen Hosenbund festhaltend, nach draußen lief. Als er zurückgestampft kam, lachte sie noch immer.

„Du warst mir ja eine tolle Hilfe", brummte er.

„Ich kann nichts dafür. Du bist heute für das Frühstück verantwortlich."

„Von wegen." Seine braunen Augen blitzten.

„Sieht so aus, als müsstest du noch mal ganz von vorne beginnen", stichelte sie.

„Weißt du, Ali", rief er drohend, „du solltest besser aufpassen, was du sagst."

„Sonst?"

Er kniff die Augen zusammen. „Sonst könnte jemand beschließen, dir eine Lektion zu erteilen." Seine Zähne blitzen, er rannte zur Treppe und nahm jeweils zwei Stufen auf einmal. „Und ich weiß auch schon, wer."

„Cord, warte ...", protestierte sie.

Aber er hatte sie schon gepackt. „Nun, das Frühstück ist sowieso ruiniert."

„Du könntest es noch einmal versuchen."

„Das habe ich auch vor", verkündete er ernsthaft. Mit einem sanften Stoß beförderte er sie aufs Bett.

„Du bist wirklich unersättlich", sagte sie.

„Nur mit dir, Ali. Nur mit dir." Er öffnete ihre verkrampften Finger und schob das Bettlaken auseinander. Während er seinen Blick über ihren nackten Körper wandern ließ, zog er sich langsam aus.

„Ich habe dich vermisst", sagte sie.

„Und ich dich. Mein Gott, wenn du nur wüsstest, wie

sehr." Er stürzte sich auf ihre Lippen, sie spürte sein Gewicht, die Kraft seines Körpers, als er sie wieder liebte, und sie war verloren, konnte an nichts mehr denken und nichts mehr sehen als diesen Mann, den sie mehr als alles andere auf der Welt wollte.

„Heirate mich, Alison", schrie er, kurz bevor er auf ihr zusammenbrach. „Bitte, heirate mich."

Wenn ich nur könnte, dachte sie. „Wie bitte?" Sie rang um Luft, weil sie fürchtete, sich verhört zu haben.

„Ich habe dich gebeten, mich zu heiraten." Er vergrub das Gesicht in ihrem blauschwarzen Haar. „Ich möchte, dass wir eine Familie sind. Du und ich und Mandy."

Eiskalte Gewissheit erfasste ihr Herz. So war das also. Er wollte seiner Tochter ein Vater sein. Tapfer kämpfte sie gegen die Tränen an, die in ihren Augen brannten.

„Alison?"

„Ich glaube nicht, dass das eine gute Idee wäre. Jedenfalls noch nicht", fügte sie schnell hinzu, sprang aus dem Bett und schnappte sich ihre Kleider.

„Aber wieso?"

„Wir brauchen Zeit, Cord", rief sie fast ein wenig wütend. Sie wusste, wie mager diese Ausrede klang. Doch als David gestorben war, hatte sie sich geschworen, wenn überhaupt, dann nur noch einmal zu heiraten, aus Liebe. Schließlich wusste sie aus eigener Erfahrung, wie es war, eine nicht gerade perfekte Ehe zu führen. Und jetzt hatte Cord nicht etwa gesagt, dass er sie liebte. Natürlich war sie ihm wichtig, keine Frage, und es berührte sie, dass er Mandy ein Vater sein wollte, aber auch David hatte auf seine Art für sie gesorgt, und ihr Leben hatte sich dabei seltsam hohl angefühlt. Niemals wieder wollte sie Liebe im Namen der Sicherheit opfern.

Cord packte sie am Handgelenk. „Das ist dieselbe Entschuldigung wie vor vier Jahren, und sie funktioniert nach wie vor nicht."

„Nun halt mal die Luft an. Ich habe mich ja noch kaum daran gewöhnt, dass du wieder hier bist!"

„Du warst vor ein paar Minuten schon ziemlich gut an mich gewöhnt!"

Am liebsten hätte sie ihn geschlagen, aber sie riss sich zusammen. „Und Mandy. Denk doch auch mal an sie."

„Genau das tue ich doch. Sie ist meine Tochter. Ich will, dass sie zu mir gehört."

„Das also meintest du, als du sagtest, wir müssten uns unterhalten. Es ging dir um deine Tochter. Aber Cord, sie ist doch noch ein kleines Mädchen."

„Mein kleines Mädchen."

„Aber das weiß sie nicht."

„Wir werden es ihr sagen."

Alison schüttelte heftig den Kopf. „Wir müssen ihr Zeit lassen."

„Es ist wegen Nate Benson, nicht wahr?", rief er.

„Nate Benson?", entgegnete sie verständnislos.

„Du liebst ihn", schrie Cord herausfordernd. Seine Augen wurden dunkel.

„Ich? Und Nate Benson?" Über diese lächerliche Anschuldigung musste sie lachen.

„Es ist so. Gib es doch zu!"

„Du glaubst, dass ich mit Nate Benson zusammen bin … aber trotzdem mit dir hierher gefahren bin und … Mein Gott, du denkst, ich habe eine Affäre mit Nate Benson und jetzt auch noch mit dir?" Ungläubig starrte sie ihn an. „Du kennst mich im Grunde überhaupt nicht, oder?" Sie schluckte Tränen der Enttäuschung hinunter und versuchte, sich loszureißen, aber er hielt sie fest. „Du hast mich nie richtig gekannt."

„Ich habe doch gesehen, wie er dich anschaut!"

„Was für ein Quatsch!" Am liebsten hätte sie ihm ins Gesicht geschrien, dass sie ihn liebte, dass sie nie einen anderen Mann gewollt hatte. Aber es war sinnlos, er würde ihr nie mehr glauben, weil sie damals David geheiratet hatte. „Das beweist nur, dass ich recht habe. Wir brauchen Zeit."

Cord ließ endlich ihre Hand los. „Meinst du nicht, dass wir bereits zu viel Zeit vergeudet haben?", fragte er sanft.

„Und wessen Fehler war das?"

„Deiner, verdammt noch mal."

„Meiner?", entgegnete sie entgeistert.

„Weil du mich nicht geheiratet hast, als ich dich zum ersten Mal fragte!" Er stand auf. Wütend stieg er in seine Jeans.

„Du bist erst eine gute Woche wieder da."

Er durchbohrte sie mit loderndem Blick. „Das ist kein Argument, Alison. Du und ich – wir kennen uns ein Leben lang." Er stampfte die Treppe hinunter.

Zum Teufel mit ihm, dachte Alison, während sie sich anzog. Er kann nicht einfach zurück in mein Leben spazieren und dort weitermachen, wo er vor vier Jahren aufgehört hat. Und er kann nicht erwarten, dass ich ihn heirate, nur weil er Mandys Vater ist!

„Mach dich fertig. Wir verschwinden", rief er von unten.

„Glaub mir, ich bin bereit!"

Sie bürstete sich verärgert das Haar, bis es knisterte. Dann warf sie ihre Kleider in den Koffer. Warum war sie überhaupt hierhergekommen? Warum ließ sie es immer wieder zu, dass er sie so tief verletzte?

Die Antwort schnitt ihr wie ein Messer tief ins Herz: Weil sie ihn liebte. Und an dieser schrecklichen Tatsache würde sich nie etwas ändern.

10. KAPITEL

„Mommy!" Mandys Schritte hallten durchs Haus, dann stürzte sie ins Zimmer, wo Alison gerade versuchte, einen Krimi zu lesen.

Alison breitete die Arme aus. „Hallo, mein Liebling!"

„Ich hab dich vermisst." Mandy rieb ihr Näschen an Alisons Wange.

„Ich dich auch."

„Wo ist Onkel Cord?" Mandys Blick wanderte durch den Raum.

„Er ist gerade nicht da." Seit sie und Cord nach Seattle zurückgekehrt waren, hatte er die meiste Zeit schweigend vor sich hin gebrütet. Es war, als ob die wunderschöne Zeit auf der Insel nie existiert hätte. Er benahm sich wieder genauso rätselhaft wie davor. „Er kommt bald zurück."

„Gut! Ihn hab ich auch vermisst."

„Wirklich?" Alisons Mund wurde unangenehm trocken. „Und wo hast du Norma gelassen?"

„Sie ist bei Bangles."

„Wer ist Bangles?" Sie hörte, wie die Hintertür zugeschlagen wurde.

„Mandy?", rief Norma.

„Wir sind hier", antwortete Alison. Kurz darauf kam Norma mit gerötetem Gesicht ins Zimmer, die Brille saß schief auf ihrer Nase, ihr Kleid war voller Schmutz, und sie rang um Luft. „Guter Gott, was ist denn mit dir passiert?"

„Bangles!", kicherte Mandy. „Warte, bis du ihn siehst."

„Ihn?"

Norma hob beschwichtigend eine Hand. „Also, bevor du sauer wirst ..."

„*Wer oder was* ist Bangles? Und jetzt erzähl mir bitte

nicht, dass in unserer Garage ein Walliser Pony steht!"

„Nein!" Mandy zerrte an Alisons Hand. „Bangles ist ein Hund!"

„Ein *was?*"

Norma verdrehte seufzend die Augen. „Ein Cockerspaniel-Baby. Sie wollte entweder ihn oder wirklich ein Pony. Ich konnte sie einfach nicht losreißen …"

Alison versuchte, ein Lächeln zu unterdrücken, was ihr nicht gelang. „Du bist einfach zu gutmütig", warf sie Norma vor, dann ließ sie sich aus dem Zimmer ziehen, durch die Küche in die Garage, wo in einer Ecke ein hellbraunes Hundebaby an seiner Leine zerrte, wild mit dem Schwanz wedelte und aufgeregt kläffte. Norma hatte ihm eine Strohmatte hingelegt.

„Er ist hinreißend", flüsterte Alison.

„Nein! Er ist Bangles!", insistierte Mandy.

„Ich meinte … ach, egal." Alison beugte sich lachend über den Welpen und streichelte ihn hinter den Hängeohren.

„Aber meine Güte, wie groß er ist." Alison hatte wenig Ahnung von Hunden, aber hier handelte es sich auf jeden Fall um den größten Cockerspaniel-Welpen, den sie je gesehen hatte. „Tja, Kumpel, ich bin gespannt, was passiert, wenn Lazarus dich sieht."

„Gott bewahre", flüsterte Norma inbrünstig. „Die werden sich garantiert eine Jagd liefern, bei der eine Menge Fell fliegen wird!"

„Daran hättest du denken sollen, bevor du ihn hierher gebracht hast."

Lachend zeigte Norma auf Mandy. „Versuch du mal, diesem Dickkopf etwas auszureden. Ich bin gespannt."

„Okay, okay, aber er kann nicht in der Garage bleiben. Hier ist es zu kalt." Alison nahm die alte Strohmatte unter den Arm und machte die Leine los. Bangles schoss nach vorne und beschnüffelte die Räder der Autos und die Gartengeräte. Alison zog ihn ins Haus.

„Er ist noch nicht ganz stubenrein", warnte Norma.

„Das müssen wir ändern – aber im Haus, wo es etwas wärmer ist."

„Wer ist hier zu gutmütig?"

„Das brauchst du mir nicht auch noch unter die Nase zu reiben. Wir sollten ihn zunächst mal in der großen Besenkammer unterbringen. Die können wir mit Papier auslegen." Sie nahm ein altes Babygitter von Mandy und klemmte es zwischen Küche und Speisekammer, während Norma Zeitungspapier auf dem Boden ausbreitete.

„Na, wie sieht das aus?", fragte Alison und trat einen Schritt zurück.

„Wie ein Gefängnis", rief Cord, der gerade die Küche durch die Hintertür betrat.

„Onkel Cord!" Mandy warf sich in seine geöffneten Arme. Der Blick, den Cord Alison über die Schulter seiner Tochter zuwarf, sprach Bände.

Er wollte sein Kind haben.

„Schau dir Bangles an!", befahl Mandy.

„Bangles?"

Der Welpe jaulte und bettelte und warf sich immer wieder gegen das Gitter, bis Cord sich zu ihm beugte und die Ohren kraulte. „Was für ein Hund bist du denn?"

„Ein Cocker", erklärte Norma. Sie hatte sich inzwischen den Schmutz von Gesicht und Händen gewaschen. Ohne Cord anzusehen, öffnete sie den Kühlschrank und nahm verschiedenes Gemüse heraus.

„Cocker?", fragte Cord und hob ungläubig eine Augenbraue. „Wenn dieses Tier ein Cocker ist, dann bin ich ein ..."

„... toter Mann?", sagte Alison mehr zu sich selbst.

Cord sah sie düster an. „Ich wollte sagen, dann bin ich eine Dogge. Dieser Hund ist keinesfalls ein Cocker."

„Eine Cockermischung", korrigierte Norma sich und sah eindeutig schuldbewusst aus.

„Wie gemischt?"

„Nicht sehr."

„Mit was?"

„Lab."

„Lab? Lab wie Labrador? Lab wie groß genug, um uns die letzten Haare vom Kopf zu fressen?", fragte er fassungslos. „Norma ..."

„Du kannst von Glück sagen", meldete Alison sich zu Wort. „Mandy wollte nämlich eigentlich ein Pony."

„Ich denke, sie hat eines. Dieser Hund wird ..."

„... ein toller Wachhund werden", unterbrach Norma ihn. „Also halt mir keinen Vortrag über seine Größe, Cord Donahue. Sei einfach dankbar, dass ich nicht einen ganzen Stall voll Walliser Ponys mitgebracht habe."

„Glaub mir, das bin ich", lachte Cord, dessen Laune sich offenbar gebessert hatte. Er hob Mandy auf die Schultern. „Halt dich fest", sagte er zu ihr.

Er war nun fast vierundzwanzig Stunden lang gereizt und böse gewesen, hatte sich im Büro geweigert, Telefonate entgegenzunehmen, und sich zu Hause im Arbeitszimmer eingeschlossen. Und kaum war Mandy da, entwickelte er sich plötzlich zu Mr. Wonderful.

„Und wo warst du?", fragte Norma. „Es ist schon fast sieben."

„Ich habe länger gearbeitet."

In diesem Moment spazierte Lazarus in die Küche, um nach seinem Fressen zu sehen. Der Hund jaulte auf und sprang an dem Gitter hoch, während der alte Kater fauchte und zischte, zur Seite sprang und dann auf die Tür zujagte.

„Ist schon gut." Alison streckte beruhigend die Hand nach ihm aus, doch Lazarus schlug mit ausgefahrenen Krallen nach ihr und zerkratzte ihren Arm. Dann sprang er auf die Küchentheke und warf Vasen und Gläser um.

„Runter da!", rief Norma. Cord ließ Mandy schnell von der Schulter, packte die sich windende Katze und setzte sie vor die Tür.

„Der Dritte Weltkrieg direkt hier in Seattle", bemerkte er. „Alles in Ordnung?", fragte er Alison.

„Geht schon." Sie wusch sich den Arm, räusperte sich und versuchte, die Besorgnis in seinem Blick zu übersehen. Denn das verschlimmerte ihren Kummer nur. Sobald sie an das wunderschöne Wochenende dachte, hätte sie den dummen Streit am liebsten vergessen. Aber das schien ganz und gar nicht in seinem Bestreben zu liegen, und deswegen versuchte sie, all ihre albernen Fantasien zu unterdrücken.

„Ich helfe dir", sagte sie, zog eine Schürze an und stellte sich neben Norma.

„Das bekomme ich schon hin." Trotzdem zeigte sie auf eine Schüssel. „Du kannst den Teig machen. Es gibt Hühnchenpastete."

„Ich will nicht helfen", erklärte Mandy. „Ich will mit Bangles spielen."

„Sollen wir mit ihm einen Spaziergang machen?", schlug Cord vor.

Alison sah nach draußen. Regen prasselte auf den Hinterhof. „Es regnet."

„Ein bisschen Regen hat noch niemandem geschadet", sagte Cord und griff nach Mandys Jacke. „Los geht's."

Alison wollte schon protestieren, schwieg dann aber lieber. Sie wollte keinen weiteren Streit mit Cord riskieren – zumindest nicht, solange Mandy in der Nähe war. Also biss sie die Zähne zusammen und richtete ihre Aufmerksamkeit wieder auf die Schüssel mit Mehl und Butter.

„Kommst du auch mit?", fragte Mandy und zerrte an Alisons Pulli.

„Nicht jetzt, Liebling. Ich muss Norma helfen."

„Ach was, geh schon", rief Norma, doch Alison begann bereits, Butter und Mehl zu verrühren.

„Vielleicht hole ich euch ja später ein."

„Versprochen?" Mandy sah sie erwartungsvoll an.

„Ja, versprochen."

„Yippee!" Nachdem sie ihren Willen bekommen hatte, schnappte Mandy sich die Leine. Kaum hatte Cord die Tür geöffnet, jagte Bangles los und schleifte Mandy hinter sich her. „Das mit dem Einholen könnte schwierig werden", murmelte Cord und warf die Tür hinter sich zu.

Alison antwortete nicht.

„Habt ihr beide Ärger?", wollte Norma wissen, die gerade die Soße auf dem Herd umrührte und nicht aufsah.

„Mehr als das, fürchte ich."

Seufzend warf Norma Karottenscheiben und Erbsen in die Soße. „Wie viel mehr?"

„Erinnerst du dich, dass Cord vorhin vom Dritten Weltkrieg sprach?"

„Wenn ihr beide mal lange genug aufhören würdet zu streiten, um festzustellen, dass ihr euch liebt, dann wäre das für uns alle besser", verkündete Norma. „Und ich dachte, ihr zwei würdet auf der Insel alles klären."

„Das haben wir auch, aber …"

„Kein Aber, Alison. Gott weiß, dass Cord ein störrischer Esel ist. Immer schon war ihm sein Stolz im Weg, aber ich dachte, du zumindest wärst vernünftiger."

Alison sah durch das Fenster, wie Mandy atemlos hinter dem Hund herrannte. „Na gut", sagte sie leise. „Ich werde es noch mal versuchen."

„So ist es gut. Und jetzt gib mir die Schüssel, damit ich den Teig ausrollen kann. Das Essen ist in einer Stunde fertig."

Sie nahm all ihren Mut zusammen, zog ihre Jacke über und stolperte beinahe über Lazarus, als sie aus der Tür trat. Der alte Kater verdrückte sich schnell ins Haus. Alison musste lächeln. „Du solltest dich besser an ihn gewöhnen, Lazarus. Ich schätze, er wird für immer bleiben."

„Mommy!", kreischte Mandy begeistert und achtete einen Moment lang nicht auf den kleinen Hund, der sich flugs von ihr losriss. „Oh … oh."

Endlich frei, galoppierte der Hund durch den Rosengarten auf den Vorderhof. Leise fluchend nahm Cord mit großen Schritten die Verfolgung auf.

„Jetzt ist es geschehen", sagte Alison, musste aber lachen.

Mandys dunkle Augen wurden ernst. „Wird Cord böse sein?"

„Ein bisschen, aber nicht auf dich." Sie verwuschelte Mandys feuchte Locken und zog ihr die Kapuze auf. Cord kam mit Bangles im Schlepptau wieder zurück. Mann und Hund waren mit Dreck bespritzt.

„Ich denke, das war genug Sport für mich", japste er mit rotem Kopf.

Alison konnte ein Lächeln nicht unterdrücken.

„Darf ich ihn halten?", fragte Mandy und streckte die Hand aus.

„Nur wenn du ihn auf die hintere Veranda bringst und ihn dort anbindest. Wir müssen ihn baden, bevor er wieder ins Haus darf", erklärte Cord.

„Ich bin ganz vorsichtig", versprach Mandy feierlich. Alison blickte ihrer Tochter nach. Norma öffnete lachend und schimpfend zugleich die Tür, band den Hund fest und scheuchte Mandy hinein.

„Das wird nicht ganz einfach", sagte Cord, als Bangles zu jaulen begann.

„Dann sag du ihr, dass sie ihn nicht behalten darf", schlug Alison vor.

„Ich?"

„Du bist es doch, der unbedingt die Vaterrolle übernehmen will. Das gilt dann im Guten wie im Schlechten."

Er verzog die Lippen ein wenig. „Du bist noch immer sauer auf mich, oder?"

„Sehr. Um genau zu sein, ist sauer nicht der richtige Ausdruck. Ich bin außer mir, und mir wird übel, wenn ich daran denke, auf welche Art und Weise du versuchst, mich zu manipulieren. Seit du wieder in Seattle bist, spielst du mit meinen Gefühlen. Und erwartest auch noch, dass ich so feige bin, alles mit mir machen zu lassen!"

„Feige? Du?" Er warf lachend den Kopf zurück. „Du bist alles Mögliche, Alison Donahue", rief er, packte ihre Hand und zog sie hinter eine dichte Hecke. „Aber bestimmt nicht feige."

„Was bildest du dir eigentlich ein …", keuchte sie, brach aber ab, als sie das belustigte Blitzen in seinen Augen sah.

„Wie ich bereits sagte, du bist mit Sicherheit die dickköpfigste und sturste Frau, die ich je kennengelernt habe."

„Ich?" Sie glaubte ihren Ohren nicht zu trauen. Als sie versuchte, sich von ihm zu befreien, drückte er sie noch fester an sich.

„Aber du bist auch die aufregendste und faszinierendste Frau, die ich je gesehen habe." Und dann küsste er sie, lang und leidenschaftlich. Sie dachte noch, dass sie sich wehren sollte, aber es war sowieso nutzlos. Er würde nicht aufhören. Und das wollte sie auch nicht.

„Du bist ein Mistkerl“, flüsterte sie an seinen Lippen, dann warf sie ihm die Arme um den Hals. „Ein arroganter, selbstgerechter, aufgeblasener Mistkerl.“ *Und ich liebe dich, verdammt noch mal!*

„Soll das heißen, dass du mich noch immer nicht heiraten willst?“

„Oooh.“ Schon wieder stieg die Wut in ihr auf. Schließlich unterstellte dieser Mann ihr Affären mit Nate Benson, David und weiß der Herrgott mit wem noch alles. Und er hielt es für möglich, dass sie das Firmenvermögen unterschlagen hatte.

Ja, aber dieser Mann ist auch Mandys Vater. Sollten wir nicht verheiratet sein und versuchen, einander zu lieben? Zumindest Mandy zuliebe?

Sie riss sich von ihm los. „Ich werde darüber nachdenken“, sagte sie, rannte zum Haus und rutschte beinahe auf dem nassen Gras aus.

„Wer rennt diesmal weg, Alison?“, schrie er ihr hinterher.

Mandy war müde. Nachdem sie gegessen und gebadet hatte, schlief sie in Cords Armen ein, während er ihr eine Gutenachtgeschichte vorlas. „So ergeht es mir mit Frauen“, murmelte er, küsste sie auf die Stirn und betrachtete ihr kleines Gesicht.

„Sie hatte einen ziemlich anstrengenden Tag.“ Alison drehte die Nachttischlampe dunkler. Obwohl die Spannung zwischen ihr und Cord während des Abendessens fast greifbar gewesen war, hatten sie sich friedlich verhalten. Sie sah, wie Cord Mandy zärtlich zudeckte. Ihr Herz zog sich zusammen. Er würde so ein wundervoller Vater sein.

Aber er hatte das alles weggeworfen, als er an ihrer Treue zweifelte.

Was für ein schreckliches Durcheinander!

Es klingelte an der Tür. Alison fragte sich, wer um diese Uhrzeit wohl noch vorbeikommen würde. Als sie öffnete, sah sie sich einem Fremden gegenüber, einem Mann mit rotem Haar und dicker Brille.

„Kann ich Ihnen helfen?", fragte sie. Cord kam gerade die Treppe hinunter.

„Mein Name ist Carl Jenkins", sagte der Mann. Er reichte ihr eine elfenbeinfarbene Visitenkarte. „Ich arbeite für Smith National."

„Die Versicherungsgesellschaft."

„Richtig. Ich habe verschiedene Male in Ihrer Firma angerufen. Aber Mr. Donahue ruft nicht zurück." Sein kleiner Mund war zusammengepresst. Alison konnte ihn auf Anhieb nicht leiden.

Inzwischen stand Cord neben ihr. „Kommen Sie herein", sagte er. „Ich dachte, wir hätten alles geklärt."

„Nicht ganz", entgegnete Jenkins steif. Mit strengem Gesicht folgte er Cord ins Arbeitszimmer. „Wir haben mit unserer Rechtsabteilung gesprochen."

„Worüber?"

Jenkins lächelte schwach. „Über eine Klage wegen der Versicherungssumme, die wir vor vier Jahren ausbezahlt haben. Über eine Million Dollar."

„Aber ich habe das Geld unserer Klienten nicht unterschlagen. Das konnte ich bereits der Polizei beweisen. Sprechen Sie mit Detective Donnelly. Er hat mir versichert, dass mein Name von allen Verdächtigungen reingewaschen wird."

Jenkins schüttelte den Kopf. „Sie konnten nur beweisen, dass Sie das Geld nach Ihrem Verschwinden auf kein Konto eingezahlt und auch nicht in bar ausgegeben haben. Also vermuten wir, dass das Geld entweder noch irgendwo existiert oder mit Ihrem Boot im Puget Sound untergegangen ist."

„Ich habe das Geld nicht gestohlen", sagte Cord leise.

„Nun, wenn Sie es nicht waren, wer dann?"

„Ich weiß es nicht", brummte Cord mit zusammengebissenen Zähnen.

„Warum sind Sie dann geflohen?"

Alison wischte sich nervös die Hände an der Hose ab. Natürlich hatte sie sich nichts zuschulden kommen lassen. Aber wenn Cord in die Enge getrieben wurde, würde er dann sie oder David beschuldigen? Würde Mandy die schmerzhafte Wahrheit über David erfahren, den Mann, den sie all die Jahre für ihren Vater gehalten hatte?

„Ich bin aus persönlichen Gründen gegangen", antwortete er knapp. „Möchten Sie etwas trinken?"

„Nein danke", entgegnete Jenkins und richtete seine Brille. „Was für persönliche Gründe?"

Cord lächelte kalt. „Zu persönlich, um mit Fremden darüber zu sprechen."

„Hören Sie, Mr. Donahue, ich interessiere mich nicht für Wortspielchen."

„Wofür interessieren Sie sich dann?"

„Für eine Begleichung."

„Begleichung wessen?"

„Unseres Schadens, versteht sich. Eines Schadens von über einer Million Dollar!"

„Oh nein", flüsterte Alison.

„Und damit wäre sichergestellt, dass Sie mich nicht verklagen werden?"

„So ist es.“

Cord kniff die Augen zusammen. „Wie gesagt habe ich bereits mit der Polizei gesprochen. Die Staatsanwaltschaft wird den Fall nicht weiterverfolgen.“

Jenkins steckte zwei Finger unter seinen Hemdkragen, er schien zu schwitzen. „Es sei denn, unsere Rechtsabteilung überzeugt sie, dass Sie der Schuldige sind.“

„Wissen Sie, wo Sie sich Ihre Rechtsabteilung hinstecken können?“, fragte Cord sanft.

Alison wäre am liebsten gestorben. Die Spannung in dem Raum war beinahe unerträglich. Sie wünschte, dass sie irgendetwas tun könnte.

„Mommy?“

Nein! Entsetzt drehte sie sich um. Mandy stand mit ihrem Lieblingsteddy in der Tür und rieb sich die Augen. „Wer ist das?“, fragte sie.

„Ein Geschäftsfreund von Daddy, ich meine, Onkel Cord.“ Sie spürte, wie sie rot wurde. „Komm, Liebes, ich hole dir ein Glas Wasser und bringe dich wieder ins Bett.“

„Ich bin nicht müde.“ Mandy gähnte.

„Natürlich nicht.“ Ohne noch einen Blick zurückzuwerfen, scheuchte sie Mandy aus dem Zimmer. Als sie die Treppe hinaufstieg, konnte sie Jenkins eintönige Stimme noch immer hören.

„Smith National ist darüber nicht glücklich“, wiederholte Jenkins.

Cord fühlte sich in die Ecke gedrängt. Auch wenn er sich anfänglich Rache geschworen hatte, so wollte er inzwischen nichts anderes mehr, als Alison zu beschützen. Und diesem Jenkins am liebsten das eingebildete Lächeln aus dem Gesicht prügeln.

„Ich werde Ihnen das Geld zurückzahlen“, sagte er.

„Dann geben Sie also zu …“

„Ich gebe überhaupt nichts zu! Und ich erwarte dahingehend eine schriftliche Vereinbarung!“

„Aber bestimmt …“

„Hören Sie, Jenkins, ich werde Ihren Verlust begleichen. Ihre Versicherung bekommt jeden einzelnen Penny zurück. Bringen Sie einfach sämtliche Rechnungen nächste Woche in die Firma.“

Jenkins hustete. „Es ist hinreichend bekannt, dass Donahue Investments nicht die Mittel hat, so eine Summe zu bezahlen. Sie haben nach diesem Skandal die meisten Ihrer Kunden verloren.“

„Daran arbeite ich“, antwortete Cord fest. „Wir werden sie zurückgewinnen.“

„Aber so lange können wir nicht warten. Wir brauchen das Geld umgehend.“

„Geben Sie mir ein wenig Zeit.“ Cord verlor langsam die Geduld. „Ich verkaufe meine Konservendosenfabrik in Alaska. Und ich habe noch weitere Ersparnisse.“

Jenkins hob die Augenbrauen.

„Die nichts mit Ihrem Verlust zu tun haben“, stellte Cord klar. In diesem Moment kam Alison mit aschfahlem Gesicht zurück. Ihre Augen waren groß – vor schlechtem Gewissen? Cord trat einen Schritt auf den kleinen Mann zu. „Und jetzt schlage ich vor, dass Sie uns allein lassen. Kommen Sie nächste Woche in die Firma. Bis dahin habe ich das Geld zusammen.“

Der ordentlich gekleidete Versicherungsvertreter schien noch etwas sagen zu wollen, doch dann verließ er schnell das Zimmer. Die Haustür knallte hinter ihm zu, und Bangles begann wild zu kläffen.

„Den wären wir erst mal los“, murrte Cord. Er steuerte auf die Hausbar zu.

„Mandy möchte, dass du ihr noch mal Gute Nacht sagst.“

Cords Stimmung hellte sich ein wenig auf. Die kleine Göre hatte ein Talent, selbst die dunkelsten Wolken verschwinden zu lassen. Er stellte die Flasche zurück auf den Tisch und lief schnell aus dem Raum.

Mandy wartete mit halb geschlossenen Augen auf ihn.

„Warum bist du überhaupt wieder aufgewacht?“, fragte Cord.

„Weil du Mommy angeschrien hast.“

„Nein, nicht Mommy.“ Cord legte einen Finger unter ihr Kinn.

„Aber das tust du manchmal.“

„Nun, das stimmt.“ *Manchmal verdient sie es! Und nicht nur das!*

„Sie mag dich“, erklärte Mandy mit unschuldiger Miene.

„Woher weißt du das?“

„Weil … weil … sie lächelt, wenn du da bist.“ Dann, als ob die Diskussion beendet wäre, kuschelte Mandy sich in ihr Kissen und umklammerte ihren Teddybären.

„Wirklich?“ Cord rieb sich gedankenvoll das Kinn. Wenn er nur eine Sekunde lang glauben könnte, hoffen könnte … doch schon musste er wieder an diesen Wurm Jenkins von Smith National denken. Irgendjemand hatte das Geld gestohlen. Ob nun David oder Alison oder beide zusammen – er musste einfach die Wahrheit herausfinden, bevor die Hölle losbrach und Mandy sich inmitten des schlimmsten Skandals befand, den Seattle je erlebt hatte.

Er blickte auf sein schlafendes Kind. Er wollte Alison so gerne glauben. Aber zuvor würde er in der Vergangenheit wühlen, bis alles, wirklich alles ans Tageslicht kam.

Alison war mit ihren Nerven am Ende, als sie am nächsten Tag ins Büro kam. Am Abend zuvor hatte Cord Mandy ins Bett gebracht und war dann wortlos in seinem Zimmer verschwunden. Als sie aufgestanden war, hatte er das Haus bereits verlassen.

Celia saß nicht an ihrem Tisch, doch durch Cords Milchglastür schimmerte Licht, und sie konnte ihn reden hören. Vermutlich telefonierte er. Sie musste mit ihm sowohl über die Versicherung als auch über die Polizei sprechen. Hastig stellte sie den Wasserkocher an, füllte zwei Tassen mit Wasser und rührte Kaffee darunter. Mit dem *Investment Journal* unter dem Arm klopfte sie vorsichtig an Cords Bürotür.

„Herein“, rief er brüsk und sah kaum auf, als sie eintrat. Sie stellte eine dampfende Tasse vor ihn. Er hatte seine Jacke auf das Sofa geworfen, die Hemdsärmel aufgerollt und die Krawatte gelockert. Die Ringe unter seinen Augen bewiesen, dass er genauso wenig geschlafen hatte wie sie.

„Du bist früh aus dem Haus gegangen“, sagte sie.

„Mmm.“

„Du bist offenbar mit den sprichwörtlichen Hühnern aufgestanden.“

Jetzt schaute er hoch und starrte sie mit zusammengekniffenen Augen an. „Du weißt doch, was man von dem frühen Vogel sagt.“

Ihr Magen krampfte sich zusammen. „Also hast du einen Wurm gefangen?“

„Nein, aber jemand sollte das möglichst schnell tun – damit wir uns Jenkins und Smith National vom Hals schaffen.“

„Aber du hast doch gesagt …“

„Ich habe gelogen“, entgegnete er sanft. „Ich kann nicht eine Million Dollar in bar besorgen, selbst wenn ich alles verkaufe, was ich besitze.“

„Aber deine Konservenfabrik …"

„Damit kann ich keinesfalls die beiden ausstehenden Hypotheken für das Haus, den Kredit für die Firma *und* die Versicherungsgesellschaft bezahlen." Er lehnte sich zurück, ohne den duftenden Kaffee vor sich zu beachten.

„Warum hast du ihm dann gesagt, dass du bis nächste Woche alles regeln könntest?"

„Um Zeit zu gewinnen."

„Aber das kannst du nicht ewig so weitermachen."

„Nein."

Sie setzte sich auf die Armlehne des Sofas und hielt die warme Tasse in beiden Händen. „Was hoffst du in einer Woche erreichen zu können?"

„Keine Ahnung", gestand er.

Sie bemerkte einen Stapel alter Kontoauszüge und Computerausdrucke auf seinem Tisch. Das Papier war vergilbt und roch modrig.

„Die Unterlagen von vor vier Jahren", erklärte er.

Sie umklammerte ihre Tasse fester. „Und was hast du herausgefunden?"

„Dass jemand seine oder ihre Spuren perfekt verwischt hat." Er warf ihr einen Kontoauszug zu, auf dem sie die Abbuchung von einem Kundenkonto entdeckte und daneben die Initialen C. D., in Cords Handschrift geschrieben.

„Du hast das abgehoben?"

„In diesem Fall ja. Sieh dir das Datum an."

Ihr Herz setzte einen Moment aus. Es handelte sich um den Tag seines Verschwindens. Der ganze alte Schmerz holte sie wieder ein, und sie blickte in sein Gesicht, dankbar, dass er noch lebte. Wie oft hatte sie sich gewünscht, noch eine Chance mit ihm zu bekommen? Wie oft hatte sie davon geträumt, dass er noch am Leben war und zu ihr zurückkehren würde?

„Alison?“, fragte er, sein dunkler Blick tauchte tief in sie hinein.

Errötend versuchte sie, sich auf seine Worte zu konzentrieren.

„Nun sieh dir das an.“ Er reichte ihr ein Blatt. „Das ist ein Schreiben eines Kunden, der eine Abhebung bestätigt.“

„Und?“ Doch sie ahnte schon, worauf er hinauswollte.

„Es wurde kein Scheck ausgestellt. Das Schreiben ist eine Fälschung. Und das ist nur ein Beispiel dafür, wie Geld von den Konten verschwunden ist.“

„Aber wohin? Es muss doch irgendwo eine entsprechende Einzahlung geben.“ Sie versuchte nachzudenken. Bereits vor vier Jahren war sie das alles mit der Polizei durchgegangen.

„Auf das allgemeine Konto.“

„Und dann?“

„Dort wurde es zur persönlichen Verwendung von Cord Donahue abgehoben.“ Er reichte ihr die entsprechenden Papiere. „Das Problem ist nur, dass ich den Scheck nie eingelöst habe.“

„Aber das verstehe ich nicht. Irgendjemand hat den Scheck schließlich einlösen müssen.“

„Es war an dem Tag, an dem ich verschwunden bin. Es sieht also so aus, als hätte ich das Geld mitgenommen, zusammen mit all dem anderen.“

„Und das hast du nicht?“

„Was glaubst du?“

Tief im Herzen wusste sie, dass er es nicht gewesen war. „Dann denkst du also, dass ich es war“, flüsterte sie mit gesenkten Schultern. Er bezichtigte sie nicht nur des Diebstahls, sondern auch noch der Fälschung seiner Unterschrift.

„Nein. David hat mir die Kontoauszüge gezeigt. Dort standen deine Initialen mit Bleistift. Ich habe sie wegradiert und meine darübergesetzt."

„Meine Initialen? Aber ich habe nie ..."

„Ich weiß. Es muss David gewesen sein. Er hat das Geld auf das allgemeine Geschäftskonto überwiesen und nach und nach transferiert."

Alison hatte Schwierigkeiten, all die Puzzleteilchen zusammenzusetzen. „Aber er hätte einen Verbündeten gebraucht, um die Schecks einzulösen."

„Ja. Jemand hat mit ihm zusammengearbeitet."

„Es muss eine andere Erklärung geben", rief sie. „Das klingt ja, als ob David ein Krimineller gewesen wäre. Das kann ich einfach nicht glauben. Er war viel zu gut zu Mandy und mir."

„War er das?", zischte Cord.

Unter seinem anklagenden Blick konnte sie kaum atmen, aber sie musste David einfach verteidigen. „Er ... er hat es versucht."

Cord atmete ungeduldig aus, stand auf und blickte durchs Fenster auf die nebligen Straßen. „Glaubst du vielleicht, mir fällt das leicht? David war schließlich mein Bruder."

„Und du hast ihm nie vertraut."

Seine Lippen wurden dünn. „Nicht, wenn es um Geld ging, nein."

„Oder um mich."

Er schnaubte. „Womöglich war das mein Fehler", gab er müde zu. „Ich konnte, was dich betrifft, nie klar denken." Frustriert fuhr er sich mit den Fingern durch sein dunkles Haar.

„Warum wühlst du dann in der Vergangenheit herum?"

„Rate mal."

Plötzlich begriff sie. „Du willst der Versicherungsgesellschaft beweisen, dass sie zu Recht für den Betrug eines Mitarbeiters von Donahue Investments bezahlt haben. Die eine

Million Dollar mussten sie bezahlen – nur verdächtigen sie den Falschen. Denn nicht du hast das Geld gestohlen, sondern David."

„In etwa."

„Das wäre ziemlich praktisch für uns. Jenkins und die hohen Tiere bei Smith National werden uns das nicht abkaufen."

„Noch nicht, fürchte ich. Nicht, bis ich die Beweise habe."

„Und wie willst du an die herankommen?"

Er streckte sich. „Ich bin mir nicht sicher. Ich weiß nur, dass ich sie finden muss, und zwar nicht nur, um die Versicherungsgesellschaft zufriedenzustellen." Er warf ihr ein vorsichtiges Lächeln zu. „Ich muss das auch für Mandy tun", sagte er leise. „Und für uns."

Ihr Herz schlug einen Salto, aber sie versuchte, weiterhin vernünftig zu bleiben. „Du wirst nach Beweisen suchen, egal, wer dabei verletzt oder durch den Schmutz gezogen wird", rief sie, weil sie das Gefühl hatte, den Mann, der sie nach Cords Verschwinden beschützt hatte, nun ebenfalls beschützen zu müssen.

„Damit kenne ich mich aus. Mein Name wurde mehr durch den Dreck gezogen als sonst einer in dieser Stadt."

„Aber David kann sich nicht mehr verteidigen."

Seine Kiefer mahlten. „Scheint, als wolltest du ganze Arbeit leisten."

„Ich versuche nur, objektiv zu sein."

„Und die Wahrheit interessiert dich überhaupt nicht?"

„Doch. Natürlich …"

„Gut. Das macht es für uns alle leichter. Und jetzt verrate mir: Weißt du, wo Louise arbeitet oder wohnt?"

Alison sah ihn verständnislos an. „Louise?", wiederholte sie fragend.

„Meine ehemalige Sekretärin, Louise Caldwell."

Ihr Hals wurde trocken. „Du willst mit Louise sprechen?"

„Ja." Erschöpft zerrte er an seiner Krawatte.

„Sie hat danach bei der Crestview Title Company angefangen", sagte Alison. „Aber ich weiß nicht, wo sie wohnt. Ich glaube, irgendwo in der Nähe von Bellevue."

„Danke." Er schnappte sich seinen Mantel.

„Wohin willst du?"

„Weg", antwortete er, und Alison wurde mit einem Mal eiskalt. Natürlich hatte sie kein Recht, auf Louise oder irgendeine Frau eifersüchtig zu sein, aber sie konnte einfach nicht anders.

„Was hast du vor?"

„Ich weiß noch nicht genau." Er ging zur Tür.

„Aber du hast Termine."

„Kümmer du dich darum. Du bist laut Firmenunterlagen noch immer Geschäftsführerin. Du kannst doch bestimmt mit ein paar Kunden umgehen."

Und schon war er verschwunden.

Alison nahm seine unberührte Kaffeetasse und ging seufzend in ihr Zimmer. Zwar überlegte sie kurz, ob sie ihm folgen sollte, schob diesen Gedanken aber schnell beiseite. Was auch immer er vorhatte, sie wollte damit nichts zu tun haben.

„Wo warst du?", fragte Celia, die übers ganze Gesicht strahlte und gerade die Post öffnete.

„Bei Cord."

„Ich dachte, ich hätte ihn gerade gehen hören."

„Hast du auch."

„Aber er hat Termine." Celia blickte auf ihren Tischkalender.

„Ruf die Kunden an, sag ihnen, dass Cord überraschend

aus dem Haus musste. Entweder können sie heute mit mir sprechen oder einen neuen Termin für nächste Woche mit ihm vereinbaren."

Nächste Woche, wenn die Smith National Insurance Company kam, um so viel Geld wie möglich aus der Firma herauszupressen. Alison verzog das Gesicht. Sie konnte es der Versicherung nicht übel nehmen; natürlich musste die Rechtsabteilung das Gefühl haben, betrogen worden zu sein. Aber sie war es einfach leid, ständig die Wölfe vor ihrer Tür zu verscheuchen.

Cord nahm sich nicht die Zeit, nachzudenken. Er kletterte in seinen Jeep und jagte Richtung Osten über die Mercer Island Bridge davon, die über den Lake Washington führte. Er konnte nur hoffen, dass Louise ihm den endgültigen Beweis liefern würde, dass David tatsächlich der Schuldige gewesen war. Und wenn sie ihm nicht helfen konnte?

Dann musste er wieder ganz von vorne beginnen, bei null, mit jedem einzelnen Mitarbeiter sprechen, der vor vier Jahren bei Donahue Investments angestellt gewesen war.

Eine halbe Stunde später rollte er auf den Parkplatz von Crestview Realty. Es handelte sich um ein kleines, mit vielen Schreibtischen vollgestopftes Büro. Trotz des Klapperns der Tastaturen, des Klingelns der Telefone und des allgemeinen Durcheinanders entdeckte er Louises blassblondes Haar und ihre blauen Augen sofort, als er durch die Tür trat.

Louise sah auf, und ein strahlendes Lächeln erhellte ihr Gesicht. „Cord!", schrie sie und eilte auf ihn zu. „Mein Gott, Sie sind es!" Sie grinste von einem Ohr zum anderen. „Ich kann es nicht glauben!" Sie wandte sich an eine blond gelockte Kollegin. „Kathy, kannst du mal eben für mich die Stellung halten? Das ist mein früherer Boss!"

„Kein Problem“, antwortete Kathy freundlich, dann fiel ihr die Kinnlade hinunter. „Sie sind doch der Mann aus der Zeitung, oder? Der, von dem man dachte, er wäre ertrunken.“

„Ein und derselbe.“ Louise warf ihre Tasche über die Schulter, umrundete den Empfangstresen und legte ihre langen Finger auf Cords Arm. „Kommen Sie, wir verschwinden besser, bevor das ganze Büro Wind davon bekommt, wer Sie sind.“ Sie sah mit sprühenden Augen zu ihm auf und flüsterte: „Ich kann einfach nicht fassen, dass Sie es wirklich sind!“

Sie führte ihn in ein kleines Café ein paar Straßen weiter, sie bestellten Kaffee und Donuts, und nachdem Cord etwa eine Million Fragen beantwortet hatte, die Louise über den Bootsunfall und sein Leben stellte, gelang es ihm schließlich endlich, einen Schluck zu trinken.

„Gott sei Dank sind Sie am Leben“, murmelte Louise, als sie sich endlich etwas beruhigt und davon überzeugt hatte, dass der Mann vor ihr tatsächlich Cord Donahue war. „Ich wünschte nur, dasselbe könnten wir auch von David sagen.“

Cord drehte die Tasse zwischen seinen Händen. „Ich vermute, das ist nicht leicht für Sie – Davids Tod, meine ich.“

Louise erschauerte. „Es war schrecklich. Ich dachte, Sie beide wären tot.“

„Ich hatte immer den Eindruck, dass Sie ihn mehr als nur mochten.“

„David?“ Sie schüttelte den Kopf. Doch ihre großen Augen wurden dunkel. „Er war Alisons Mann.“

„Nicht von Anfang an.“

„Nun, aber später.“ Louise sah nervös auf ihre Uhr. „Ich sollte zurückgehen. Gleich geht Kathy in die Pause.“

Cord packte sie am Handgelenk. „Ich weiß, dass Sie mit David ausgegangen sind und in ihn verliebt waren. Es muss für Sie ein großer Schock gewesen sein, als er Alison heiratete.“

Seufzend hob Louise die Schultern. „Es hat ein bisschen wehgetan. Aber ich wusste ja, dass er mit einer anderen zusammen war."

Cord versteifte sich. Er betrachtete lange ihr trauriges Gesicht. Zweifellos sagte Louise die Wahrheit.

„Es überraschte mich nur, dass es sich um Alison handelte", fuhr sie mit geschlossenen Augen fort, als wären die Erinnerungen zu schmerzhaft. „Ich wusste zwar, dass sie ab und zu zusammen zum Frühstücken gingen oder Mittagessen, aber ich hätte nie gedacht …"

„… dass die beiden eine Affäre hatten?"

Sie wich seinem Blick aus. „Genau. Ich weiß, das klingt verrückt, aber ich dachte immer, dass Alison sich für Sie interessierte."

„Tatsächlich? Wieso?"

„Sie hat natürlich nie etwas gesagt."

Natürlich.

„Es war die Art, wie sie Sie angesehen hat und wie Sie in ihrer Gegenwart waren – ich weiß nicht, irgendwie sanfter. Und deswegen habe ich geglaubt, dass Sie beide zusammen wären."

„Also waren Sie überrascht, als sie David geheiratet hat?" Er beobachtete sie über den Rand seiner Tasse hinweg.

„Ja! Ich … ich wusste, dass er sich auch noch mit anderen Frauen traf."

Eine verblasste Erinnerung tauchte auf einmal auf, etwas, was er schon vergessen hatte. „Wie zum Beispiel mit Ihrer Schwester?" Er sah, wie sie totenblass wurde.

„Meine Schwester?"

„Francine."

Louise durchwühlte nervös ihre Handtasche nach einer Zigarette, zündete sie sich an und inhalierte den Rauch tief. „Sie hatten eine Affäre."

„Zu der Zeit, als sie bei der Peninsula Bank gearbeitet hat."

„Das ist lange her." Sie biss sich auf die Lippen.

Cord spürte, dass sie etwas zurückhielt, dass er sich auf der richtigen Spur befand. „Sie glaubten also, David hätte etwas mit Ihrer Schwester."

„Hatte er", sagte sie fest.

„Zu der Zeit, als das Geld in der Firma unterschlagen wurde?"

Sie zögerte. Dann nickte sie langsam, zog an der Zigarette und blies den Rauch seitlich weg. Ihm war klar, dass er sie unter Druck setzte und schmerzhafte Erinnerungen in ihr auslöste, aber er konnte jetzt nicht aufhören. Wegen Alison. Er wollte sie beschützen und, wenn es möglich war, ihre Unschuld beweisen. „Und dann hat er Alison geheiratet. Haben Sie deshalb gekündigt?"

„Wahrscheinlich", murmelte Louise. „Erstens dieser riesige Skandal, als Sie verschwunden sind. Und dann noch Alison und David. Ständig riefen Kunden an, die Polizei schnüffelte herum. Und ich beschloss zu gehen."

„Und jetzt?"

Sie drückte die Zigarette aus. „Ich habe mich bei Crestview nach oben gearbeitet", verkündete sie stolz. „Ende des Jahres werde ich zur Filialleiterin befördert, und danach werde ich heiraten."

„Jemanden, den ich kenne?"

Sie lachte ein wenig. „Ich denke nicht. Er ist vor eineinhalb Jahren nach Seattle gekommen. Da waren Sie noch tot", fügte sie grinsend hinzu.

„Gratulation", sagte er ernst.

„Ich schicke Ihnen eine Einladung zur Hochzeit."

„Darauf bestehe ich."

Danach erzählte sie in aller Ausführlichkeit von dem Mann, den sie heiraten wollte, einem Hafenarbeiter, und Cord hoffte nur, dass sie wirklich über David hinweg war.

Als er sie schließlich wieder zurück in ihr Büro brachte, wusste er zwar nicht viel mehr als zuvor, aber zumindest war klar, wen er als Nächstes treffen musste: Francine Caldwell. Vielleicht konnte sie ihm einige Antworten geben. Damit er zu Alison zurückkehren, die dunkle Vergangenheit endlich ruhen lassen und Mandy ein richtiger Vater sein konnte.

11. KAPITEL

Bangles hatte eine Ecke von Cords Lieblingsledersessel zerkaut. Norma schnalzte mit der Zunge, wischte sich die Hände an der Schürze ab und entschuldigte sich bei Alison: „Ich schätze, Mandy hat das Gitter geöffnet, als ich oben die Betten gemacht habe.“ Sie schüttelte den Kopf. „Wie auch immer, als ich herunterkam, hatte er bereits ein großes Loch hineingebissen.“

Alison betrachtete die weiße Füllung, die durch das weiche, ochsenblutrote Leder quoll. „Nicht besonders klug von dir“, erklärte sie dem gar nicht reumütigen Bangles, der in die Höhe hüpfte und versuchte, ihr über das Gesicht zu lecken.

„Ich fühle mich schrecklich.“ Norma sah den Hund böse an.

„Ist doch nicht deine Schuld.“ Alison versuchte, die Leine an seinem Halsband festzumachen, doch er duckte sich weg und jagte durch das Zimmer. „Hierher!“ Doch Bangles kümmerte sich nicht darum, stieß gegen die große Messinglampe, die gefährlich wackelte, und verschwand durch die Tür. Alison versuchte noch, die Lampe zu halten, doch schon hörte man Glas splittern, woraufhin es dunkel wurde im Zimmer.

Der Hund jagte mit viel Getöse die Treppe hinauf.

„Gütiger Himmel!“, jammerte Norma, während Mandy lachte und Alison hinter dem ausgelassenen Hund die Treppe hinaufrannte. „Bangles! Komm her!“ Sie erwischte ihn am Ende des Ganges. „Böser Hund“, schimpfte sie atemlos, konnte aber ein Lächeln nicht unterdrücken, als er versuchte, im Boden zu versinken. „Du solltest besser hören, oder ich lasse Lazarus auf dich los!“ Sanft zog sie ihn die Treppe hinunter, er folgte mit eingezogenem Schwanz und gesenktem Kopf. „Später machen wir einen Spaziergang, okay?“ Alison kraulte ihn hinter den Ohren und steckte ihn dann wieder in die Besenkammer. „Aber jetzt sei erst mal lieb."

„Sei lieb!", wiederholte Mandy.

„Vielleicht hatte Cord ja recht", sagte Norma. „Vielleicht war es keine besonders gute Idee, Bangles mitzubringen."

„Ich mag Bangles!", verkündete Mandy. „Und er gehört mir."

„Das stimmt schon, Liebes, das stimmt schon." Norma kicherte leise. Dann röhrte ein Wagen die Auffahrt hinauf, und sie blickte aus dem Fenster. „Ach, sieh nur, jetzt bin ich mit dem Abendessen noch nicht fertig. Alles nur wegen dem Hund!"

„Ich helfe dir", bot Alison an, obwohl sie todmüde war. Cord war den ganzen Tag nicht zurück ins Büro gekommen. Wo war er gewesen? Was hatte er getan? Und wieso war er so überzeugt davon, dass er die Wahrheit herausfinden würde, wenn dazu nicht einmal die Polizei in der Lage gewesen war?"

„Nein, das bekomme ich schon allein hin. Und Mandy kann den Tisch decken. Nicht wahr, Mandy?"

„Darf ich wirklich?" Mandy öffnete bereits begeistert die Besteckschublade.

„Warte mal, du hast mit dem Hund gespielt. Also wasch dir erst die Hände. Dann holst du Platzdeckchen und legst Gabel und Löffel darauf. Keine Messer. Ich kümmere mich um die Teller."

Murrend stellte Mandy sich auf einen Stuhl, um sich die Hände zu waschen, als die Tür aufgestoßen wurde. Cord spazierte herein, zwang sich zu einem Lächeln, das breiter wurde, als er Mandy erblickte. „Onkel Cord!", kreischte diese, hüpfte vom Stuhl und rannte auf ihn zu.

Er packte sie und warf sie hoch. „Wie geht es dir, Zwerg?"

„Bangles hat deinen Stuhl gefressen."

„Wie?"

„Komm, ich zeig's dir." Sie wand sich, bis er sie absetzte, und rannte durch die Schwingtür in die Halle. Cord folgte ihr, und Alison zuckte zusammen, als sie ihn schreien hörte: „Dieser verfluchte Hund!" Doch als er in die Küche zurückkam, grinste er, seine Augen blitzten amüsiert. Mandy saß auf seinen Schultern.

„Cord sagt, ich hätte ein Pony mitbringen sollen! Darf ich, Mama? *Bitte?*" Ihre braunen Augen funkelten vor Begeisterung.

Alison hätte Cord am liebsten erwürgt.

„Nur ein kleines Pony", rief Mandy.

„Ach, Liebling. Das geht nicht. Wir haben nicht genug Platz für ein Pony."

„Es kann hier schlafen." Sie deutete auf die Besenkammer. „Zusammen mit Bangles."

Cord lachte laut auf. „Darüber sprechen wir später, Zwerg. Oh, und Norma, wir haben einen Gast zum Abendessen."

„Einen Gast?"

Alisons Herz sank. Er hatte Louise eingeladen. Obwohl sie Louise immer gemocht hatte, konnte sie die Vorstellung, dass Cord mit einer anderen Frau zusammen war, einfach nicht ertragen. Obwohl sie natürlich überhaupt keinen Anspruch auf ihn hatte. „Ich freue mich, Louise wiederzusehen."

Er runzelte die Stirn. „Louise? Oh, nein. Unser Gast heute Abend ist Nate Benson."

„Benson?", wiederholte Norma, als wäre sie plötzlich taub geworden. Sie kniff die Lippen zusammen und zeigte auf Mandy. „Nun, ich denke, dann werden wir beide in dem anderen Zimmer essen. Ich habe nur Schweinekoteletts …"

„Das ist perfekt."

Noch immer verblüfft, starrte Alison ihn an. Als Cord den Namen Nate das letzte Mal erwähnt hatte, hatte er ihn geradezu ausgespuckt. „Warte mal eine Sekunde. Warum kommt Nate zum Abendessen?"

„Rein geschäftlich", erklärte Cord lapidar. Dann, als er ihren besorgten Ausdruck bemerkte, fügte er hinzu: „Lass uns ins Wohnzimmer gehen. Dann erkläre ich es dir."

Überrascht von seinem plötzlichen Sinneswandel folgte sie ihm.

„Ich dachte, du kannst Nate nicht ausstehen", sagte sie, als Cord die schwere Tür hinter ihnen geschlossen hatte und begann, das Feuer im Kamin zu schüren.

„Kann ich auch nicht."

„Das ergibt doch keinen Sinn."

Er warf ihr über die Schulter ein strahlendes Lächeln zu. „Nein, vermutlich nicht." Er richtete sich auf. „Ich versuche nur herauszufinden, was geschehen ist. Für uns. Für uns alle. Du weißt, dass ich Mandy sehr liebe."

Sie nickte.

„Sie darf nicht in dem Glauben aufwachsen, dass ihr Vater ein Verbrecher war. Deswegen ist es wichtig, dass ich meinen Namen reinwasche – für sie. Ich meinte es ernst, als ich sagte, dass sie wissen soll, wer ihr Vater ist."

„Wir werden es ihr sagen", versprach Alison.

„Und ich werde nicht ewig warten." Sein Blick verdüsterte sich ein wenig. „Das kann ich nicht." Die Uhr in der Halle schlug halb sieben. Cord zuckte zusammen. „Also hör zu, halte heute Abend einfach zu mir, in Ordnung? Ich glaube, ich bin kurz davor, die Wahrheit herauszufinden."

Sie schnappte nach Luft. „Wirklich? Aber wie?"

„Es hat eine Weile gedauert, aber Louise war wirklich eine große Hilfe. Jetzt lass mich bitte duschen, dann erzähle ich dir alles."

„Aber ich will es jetzt wissen."

Er lächelte sie an. „Hab ein wenig Geduld." Er lief aus dem Zimmer.

Und Alison ging verwirrt zurück in die Küche. Norma schälte gerade Kartoffeln und sah kaum hoch, als Alison sich benommen an den Tisch setzte. „Warum in aller Welt lädt er ausgerechnet jemanden wie Benson ein?", fragte Norma sich laut.

„Es geht um die Veruntreuung." Alison nagte an der Unterlippe. Würde Cord irgendwann so weit gehen, ihr Mandy wegzunehmen?

„Der hat doch keine Ahnung."

„Du magst Nate nicht besonders, oder?"

„Kann nichts mit ihm anfangen. Er schaut einem nie in die Augen. Meiner Meinung nach hat ein Mann, der einen nicht direkt anschauen kann, etwas zu verbergen."

„Aber Nate war Davids bester Freund."

„Glaub mir, dieser Mann ist niemandes Freund, nur sein eigener. Ich kann nicht fassen, dass Cord ihn eingeladen hat. Aber andererseits weiß man ja momentan nie, was Cord als Nächstes tut." Norma rümpfte die Nase. „Wenn du magst, geh rauf und zieh dich um. Ich würde das natürlich für jemanden wie Nate nicht tun. Mandy und ich kümmern uns ums Essen."

Alison verzog leicht den Mund. „Nimm nicht zu viel Arsen, in Ordnung?"

Norma antwortete nicht.

„Ich wusste nicht, dass du so über Nate denkst."

„Du hast mich ja nie gefragt, oder?" Dann rief sie Mandy zu, die gerade an Bangles' Schwanz zog: „Komm, ich zeige dir, wo das gute Silber ist."

„Das weiß ich schon." Mandy fegte ins Esszimmer.

„Aber du musst erst noch mal deine Hände waschen." Norma winkte ab. „Völlig sinnlos."

Mandy streckte den Kopf in die Küche.

Alison lachte. „Mandy, wenn du mit dem Tischdecken fertig bist, solltest du auch hochkommen und dich umziehen.

„Muss ich nicht", sagte Mandy und verschwand wieder im Esszimmer.

„Ich schicke sie rauf", versprach Norma. „Und jetzt raus mit dir."

Als Alison die Treppe hinauflief, hörte sie in Cords Badezimmer das Wasser rauschen. Sie dachte an den Tag, als er sich in ihr Badezimmer geschlichen hatte, und auch wenn sie befürchtete, dass er sauer werden würde, wollte sie es ihm heimzahlen. Sie öffnete leise seine Zimmertür, schloss sie hinter sich ab, dann drehte sie mit zusammengebissenen Zähnen am Türknauf der Badezimmertür, die plötzlich aufgerissen wurde. Cord stand noch tropfend mit einem Handtuch um die Hüfte vor ihr. „Suchst du jemanden?", fragte er mit blitzenden Augen.

„Oh", keuchte sie erschrocken. „Oh, nur dich. Ich wollte mich revanchieren." Sie blickte über seine Schulter zur Dusche. „Das Wasser läuft noch."

Er entblößte seine weißen Zähne. Er war nur Zentimeter von ihr entfernt, Wassertropfen liefen über seine harten Muskeln und glitzerten in seinem feuchten Haar. „Ich habe dich erwartet."

„Hast du? Aber wieso?" Verwirrt sah sie ihn an und begann zu zittern.

„Ich habe jedes Mal, wenn ich unter der Dusche war, auf dich gewartet."

„All die Wochen?“

„Und glaube mir, das Warten hat sich gelohnt.“ Er hob die Hand, legte sie zart in ihren Nacken, zog ihren Kopf zu sich und drückte seine nassen, warmen Lippen auf ihren Mund. Alisons Herz begann zu pochen. In den letzten Tagen war die Atmosphäre zum Bersten angespannt gewesen. Jetzt fühlte es sich so gut an, einfach in seine Umarmung zu sinken. Er duftete nach Seife. Sie protestierte nicht, als er sie hochhob und vorsichtig auf das Bett legte.

„Mommy?“ Ein leises Klopfen an der Tür. „Onkel Cord?“

Alison sprang hastig auf und fuhr sich durchs Haar. „Ich bin hier, Liebling. Ich komme gleich.“

„Die Tür ist abgeschlossen.“

„Zum Glück!“, flüsterte Alison, dann rief sie: „Ich … ich komme gleich in dein Zimmer. Such dir schon mal aus, was du anziehen willst.“

Sie hörte, wie Mandy davontapste, und strich sich mit einem zitternden Finger über die Augenbraue. Was war nur in sie gefahren – und in ihn?

„Gefährliches Spiel, nicht wahr?“, spottete Cord. Jegliche Zärtlichkeit war aus seinem Blick gewichen.

„Es ist kein Spiel.“

„Aber natürlich, Alison. Eine Scharade.“ Er bemühte sich, seinen Zorn zu bändigen. „Hier sind wir beide – ihre Eltern, Herrgott noch mal! – und verstecken uns wie Teenager auf dem Rücksitz eines Autos. Sie ist meine Tochter, unsere Tochter, verdammt! Ich begreife nicht, warum wir hier zusammen in diesem Zimmer sind und uns dafür schämen müssen!“

„Aber wir … wir sind nicht verheiratet“, erklärte sie.

„Etwas, was du schnell ändern könntest.“ Er warf sich aufs Bett, zog sie an sich und starrte zur Decke. Sie legte den

Kopf auf seine nackte Brust und hörte das Schlagen seines Herzens. Seine Hände lagen zärtlich und tröstend auf ihrer Haut. „Ich gebe nicht auf, verstehst du? Entweder heiratest du mich bald, oder ich bringe dich vor Gericht."

Das klang nicht kalt oder böse, sondern, ganz im Gegenteil, eher resigniert. „Lass uns nicht darüber streiten."

„Ich streite nicht, ich sage dir nur, wie es mir geht. Sie ist meine Tochter, und ich liebe sie. Ich habe Rechte, ob wir verheiratet sind oder nicht."

Sie stützte sich auf den Ellbogen ab, sah ihn an, und wenn sie nur einen Hauch von Zärtlichkeit in seinen Augen entdeckt hätte, die geringste Chance, dass er sie doch liebte, dann hätte sie ihn angefleht, sie auf der Stelle zu heiraten. Stattdessen aber sah sie, wie sein Gesicht hart wurde, der Blick eisig.

„Du wirst mich nicht heiraten, stimmt's? Nicht einmal Mandy zuliebe, die, wenn ich mich recht erinnere, der Grund war, warum du David geheiratet hast."

Sag mir einfach, dass du mich liebst. „Ich sollte besser gehen." Sie kletterte vom Bett und lief zur Tür. „Mandy wartet."

Doch er war schneller. Bevor sie die Tür öffnen konnte, stellte er sich ihr in den Weg.

„Cord ..."

„Da gibt es noch etwas, das ich wissen will."

„Nicht jetzt ..."

„Warum hat David in diesem Zimmer geschlafen? Ohne dich?"

„Er ... Das war nicht von Anfang an so."

Cords Gesicht wurde blass, seine Augen glühten. „Warum, verdammt noch mal?", brüllte er, und Alison befürchtete, dass Mandy ihn hören könnte.

„Es ist doch ganz egal ..."

„Du wirst es mir erzählen“, rief er. „Und zwar bevor du dieses Zimmer verlässt.“

„Mommy, komm doch!“, rief Mandy.

Sie hatte keine andere Wahl. „Ich fand heraus, dass David eine Freundin hatte“, sagte sie leise.

„Wen?“

„Ich … Das weiß ich nicht.“

„Ich dachte, er wäre so ein wundervoller Ehemann gewesen.“

„Das war er auch, okay? Er hat sich um mich gekümmert und Mandy als seine eigene Tochter angenommen. Er gab uns ein Heim und ließ mich in der Firma schalten und walten, wie ich wollte.“

„Aber er hat dich betrogen“, stellte Cord grob fest. „Weshalb?“

„Woher soll ich das wissen?“

„Du musst doch eine Vermutung gehabt haben.“

„Mommy?“

„Deinetwegen, verflucht noch mal“, zischte sie. „Deinetwegen!“

Cord sank ein wenig in sich zusammen, was Alison ausnutzte, um die Tür aufzureißen. Beinahe hätte sie Mandy umgerannt, die halb angezogen und ängstlich in Strümpfen vor ihr stand.

„Was hast du gemacht?“, fragte Mandy.

„Ich habe mit Onkel Cord geredet. Und jetzt komm, ziehen wir uns richtig an.“ Sie wusste, dass Cord noch in der Tür stand, unwiderstehlich sexy mit dem Handtuch über den Hüften, aber sie gönnte ihm nicht die Genugtuung und würdigte ihn auch nicht eines einzigen Blickes. Zumal sie das selbstgefällige Grinsen auf seinem Gesicht jetzt nicht ertragen hätte.

Nate Benson kam pünktlich um sieben. Alison lief gerade die Treppe hinunter, als es klingelte. Cord spazierte aus dem Arbeitszimmer und öffnete die Tür.

„Benson", sagte er kalt. „Komm rein. Möchtest du etwas trinken?"

„Gern." Nate schien sich unwohl in seiner Haut zu fühlen. Er warf Alison einen Blick zu, als erhoffte er sich von ihr eine Erklärung, doch sie zuckte nur mit den Schultern. Sie wusste nicht, was Cord vorhatte. Nervös folgte sie den beiden Männern ins Arbeitszimmer.

„Also, worum geht es?", fragte Nate, als Cord ihm ein Glas Scotch reichte. „Du hast meiner Sekretärin gesagt, dass du das Firmengebäude von Donahue Investments verkaufen willst?"

Wie bitte? Aber das darf er nicht! Ich habe so hart dafür gearbeitet, es zu retten!

Cord verzog keine Miene. „Darum geht es auch", räumte er ein. „Aber nicht nur."

„Aha?" Nate zwang sich zu einem Lächeln.

„Ich hoffte, du könntest mir behilflich sein, ein paar Dinge zu klären. Du warst Davids engster Freund."

Alisons Magen zog sich zusammen. Sie registrierte Cords stahlharten Blick und den fest zusammengebissenen Kiefer.

„Das glaube ich zumindest."

„Gut. Dann können wir uns nach dem Essen unterhalten."

„Über David?", fragte Nate beklommen.

„Genau."

Nate trank einen Schluck, und in diesem Moment rief Norma zum Essen. Alison schleuderte Cord einen fragenden Blick zu – was hatte er vor? –, aber er ignorierte ihn.

Das Abendessen war ebenso köstlich wie nervenaufreibend. Zwar sprach Cord über die Spiele der Seattle Seahawks und über Politik, doch er schien nicht ganz bei der Sache zu sein. Stattdessen saß er Alison gegenüber und betrachtete sie mit wissendem Blick.

Als Norma schließlich die Dessertteller abgeräumt und Mandy zu Bett gebracht hatte, servierte sie Kaffee im Arbeitszimmer, und Alison war klar, dass der Showdown nicht mehr lange auf sich warten lassen würde.

Nate saß auf der Couch. „Okay, Donahue“, sagte er schließlich und blickte betont auf seine Uhr. „Was ist nun mit dem Firmengebäude?“

Cord schenkte drei Gläser Scotch ein, verteilte sie und lehnte sich dann mit düsterem Blick an den Kamin. „Ich überlege, ob ich es verkaufe.“

„Du überlegst nur“, entgegnete Nate, offenbar enttäuscht.

„Es wäre eigentlich nicht nötig, wenn es nicht so hoch belastet wäre. David hat, kurz nachdem er die Führung übernahm, ein großes Darlehen aufgenommen.“

„Ich erinnere mich.“

Cord schien erfreut. Alison trank einen Schluck und versuchte zu begreifen, was Cord von Nate wollte.

„Nun, dann weißt du als Davids bester Freund vermutlich auch, was er mit dem Geld angestellt hat.“

Nate schüttelte den Kopf und schob die Unterlippe etwas vor. „Ich vermute, er hat es in die Firma gesteckt. Das war ein ziemlicher Skandal, als du verschwunden bist. Eine Menge Kunden haben ihre Konten gekündigt.“

„Das Geld wurde nicht in die Firma gesteckt …“

„Warte mal“, unterbrach Alison ihn.

„Ich habe das überprüft.“

„Aber ich habe die Auszüge doch gesehen! Ich habe schließlich in der Firma gearbeitet und …“

„Ein paar Monate. Und dann hast du über ein Jahr ausgesetzt, um Mandy zur Welt zu bringen und die erste Zeit bei ihr zu sein. Stimmt's?"

Alison nickte. Langsam begann sie zu verstehen.

„In dieser Zeit hat David das meiste Geld aus der Firma gezogen."

„Cord, bitte", flehte sie. Ein Teil von ihr wollte das alles nicht hören.

„Bist du dir da sicher?" Nate zerrte an seinem Kragen.

„Ja. Aber es gibt ein paar Dinge, die ich nicht verstehe. Dinge, die du mir vielleicht erklären kannst."

„Das bezweifle ich."

„Wo ging das Geld hin?"

„Das weiß ich nicht."

Cord schlenderte langsam auf Nate zu. „Denk darüber nach. Und wenn du es mir nicht sagst, dann wird Detective Donnelly sich liebend gern mit dir unterhalten."

„Hey, warte mal 'ne Sekunde, ich habe nichts getan", protestierte Nate.

„Außer Beweise zurückgehalten. Vielleicht solltest du dir einfach mal alles von der Seele reden."

Nate schluckte nervös, warf Alison einen Blick zu, ließ sein Getränk im Glas kreisen und starrte hinein. „Da gibt es nicht viel zu sagen."

„David hat das Geld unterschlagen, richtig?"

Nate schloss die Augen. „Ja, aber zu der Zeit wusste ich das noch nicht. Er hat mir das erst viel später erzählt. Und dann …" Nate zuckte die Achseln. „Er hatte eine Frau, an die er denken musste. Es hätte niemandem geholfen, wenn ich ihn verraten hätte. Vor allem, nachdem du tot warst."

„Aber das war ich nicht."

„Himmelherrgott, Donahue, das wusste niemand!"

„Also, was hat David dir noch gesagt?"

Nate legte nachdenklich den Finger an die Nasenspitze. „Eine Menge", gab er zu, als ob es ihn erleichterte, endlich die Wahrheit zu erzählen. „Aber das meiste erfuhr ich erst bei unserem letzten Jagdausflug, das schwöre ich."

Cord beugte sich vor. „Hat David sich umgebracht?", fragte er leise.

Alison keuchte auf. „Cord, nein!"

„Natürlich nicht", sagte Nate entgeistert. „Es war ein Unfall."

Cord entspannte sich ein wenig. „Gott sei Dank. Also, warum fängst du nicht einfach am Anfang an?"

Nate gab auf. „Wie du dir vermutlich schon gedacht hast, hatte David finanzielle Probleme. Er hatte ein ganzes Vermögen verzockt – sein Erbe, das Darlehen und das Geld, mit dem er die Versicherungen beliehen hatte."

„Verzockt? Auf welche Weise?", wollte Alison wissen.

„Unterschiedlich. Die Verluste bei den Pferdewetten waren im Vergleich niedrig. Er hat auch auf Footballspiele gesetzt und Poker gespielt. Es ging um sehr viel Geld."

„Geld von unseren Kunden?", flüsterte Alison fassungslos.

„Du hast nichts davon gewusst?", fragte Cord, als er sah, wie bleich sie geworden war.

„Ich … ich wäre nie auf die Idee gekommen. Aber es ist möglich. Er ist oft spät nach Hause gekommen, sagte aber immer, er hätte mit Kunden gegessen."

„Von seiner Spielsucht hast du nichts geahnt?"

„Ich wusste, dass er zu den Pferderennen nach Long Acres ging, ja." Sie schüttelte den Kopf. „Mir erscheint das alles weit hergeholt."

„Glaubst du, ich denke mir das alles nur aus?", fragte Nate

ungläubig. „Warum sollte ich, um Himmels willen?“

„Ich weiß nicht mehr, was ich glauben soll. Seit Cords Rückkehr ist unser ganzes Leben auf den Kopf gestellt.“

Cord atmete tief durch. „Hat David dir sonst etwas erzählt?“

„Wie zum Beispiel?“

„Wer war sein Komplize? Jemand, der in einer Bank arbeitete, muss beteiligt gewesen sein. Sehr viele Schecks wurden auf meinen Namen ausgestellt und bei der Peninsula Bank eingelöst.“

Guter Gott, das war die Bank, in der Francine Caldwell gearbeitet hat. Mit einem Mal begriff Alison die ganzen Zusammenhänge. Ihr wurde übel. Sie sah Cord kurz an. *Er weiß es. Er weiß alles und will Nate in die Mangel nehmen.*

„Ich habe das Geld nicht zu Gesicht bekommen“, sagte Cord. „Und David hat die Schecks auf meinen Namen ausgestellt. Entweder benutzte er meinen Ausweis, was ich für unwahrscheinlich halte, oder er hat einen Bankangestellten bestochen.“

Nate leckte sich über die trockenen Lippen. „Das hätte dann wohl jeder sein können, schätze ich.“

„Aber es war nicht jeder.“

Alison fühlte ein kaltes Loch in ihrem Magen, als ihr das Ausmaß von Davids Betrug klar wurde. Sie betrachtete Cord und erwartete bereits, ein triumphierendes Glitzern in seinen Augen zu sehen. Doch sie entdeckte nur Schmerz, und ihr Herz wurde weich. Er hatte David auch geliebt.

Nate ließ die Schultern sinken. „Ach, zum Teufel! David – er, also, er hatte eine Freundin, die in einer Bank arbeitete. Sie steckte mit drin und hat natürlich auch ihren Anteil bekommen. Glaub mir, Alison“, flüsterte er heiser. „Mir tut das alles sehr leid.“

Alison rührte sich nicht. Sie hörte nur zu, wie dieser Mann seinen besten Freund verriet. Sie zweifelte nicht eine Sekunde an seinen Worten, das Geständnis war für ihn genauso quälend wie für sie.

„Ist schon gut. Ich vermute, er hat dir den Namen der Frau verraten und noch viel mehr. Einschließlich der Wahrheit über Mandy."

Nate fuhr sich durch das ordentlich frisierte Haar. „David hatte geahnt, dass du dich mit Cord triffst. Und er wusste, dass du beim Arzt warst. Er hat einfach zwei und zwei zusammengezählt. Und da kam ihm die Idee, dass er den Betrug am besten verschleiern könnte, wenn er Cord dazu zwang, die Stadt zu verlassen. Weil er glaubte, Cord wäre der Einzige, der ihm auf die Schliche kommen würde."

„Und ich?" Alisons Hände zitterten so heftig, dass sie sie in die Rocktaschen stecken musste.

„Er dachte sich, dass du am Boden zerstört sein würdest, sobald Cord verschwände. Und dass du dich dann ihm zuwenden würdest."

„Er hatte recht", bemerkte Cord, und Alison glaubte sterben zu müssen. Wie hatte sie so blind sein können?

„Also hat David es so aussehen lassen, als ob Alison das Geld gestohlen hätte."

„Ja." Nate sah Cord an. „Und nachdem er dich davon überzeugt hatte, dass sie von ihm schwanger war und die Firma hintergangen hatte, wusste er, du würdest alles tun, um sie zu schützen."

„Und wenn ich das nicht getan hätte?"

Nate blickte auf seine Hände. „Ich weiß nicht. Aber ich schätze, dann hätte er eben Alison fallen lassen."

„Oh!" Alison schlug verletzt die Hand vor den Mund. Sie wollte nicht glauben, dass David, der Mann, der ihr so viel gegeben hatte, in Wahrheit so herzlos und grausam gewesen war. „Aber …“

„Falls es dir hilft“, sagte Nate, „du warst ihm wirklich wichtig. Er hat sich gleich von Anfang an in dich verliebt, aber dann hat er dich und Cord bei einer Feier zum Unabhängigkeitstag zusammen entdeckt …“

Alison wurde rot bis unter die Haarspitzen. Ihre Augen füllten sich mit Tränen.

„Und der Name des Mädchens?“, fragte Cord, während er eine tröstende Hand auf Alisons Schulter legte.

Nate schluckte. „Ich … ich kann mich nicht erinnern.“

„Francine?“, schlug Cord vor. „Francine Caldwell? Die Schwester von Louise?“

Nate stieß ein lautes Seufzen aus. „Ich glaube, ja. Sie hat bei einer Bank gearbeitet.“

Entsetzt flüsterte Alison: „Sie hat hier einmal angerufen.“ Dann blickte sie auf ihre Hände. Sie hatte den Eindruck, nun auch noch den letzten Rest von Stolz verloren zu haben. Sie war zutiefst verletzt, wütend und gedemütigt. „Guter Gott“, murmelte sie.

„Und hat Francine für David einen Brief geschrieben und Alisons Unterschrift daruntergesetzt?“

Nate nickte. „David wusste, du würdest ohne jeglichen Beweis die Geschichte nicht schlucken.“

Alison hätte am liebsten geschrien.

Cord ließ Nate nicht aus den Augen. „Wirst du der Polizei und der Versicherungsgesellschaft dasselbe sagen wie uns?“

Nate wurde aschfahl. „Ich weiß nicht. Das könnte meinen Ruf ruinieren.“

„Du wirst drüber hinwegkommen.“ Cords Augen funkelten böse. „So wie ich.“

„Aber ich bin Grundstücksmakler. Wenn etwas von der

Geschichte in die Zeitung kommt …"

„Dieses Risiko musst du wohl eingehen. Immerhin hast du erst später davon erfahren, nicht wahr? Das heißt, du hast nichts Kriminelles getan. Ich werde diese Tatsache bei der Polizei bekräftigen."

Nate biss die Zähne zusammen, schloss die Augen, dann sagte er schließlich: „Okay. Warum nicht. Wenn das alles war, würde ich jetzt gern gehen. Wir können uns wieder treffen, wenn du beschlossen hast, das Gebäude zu verkaufen", fügte er hastig hinzu.

„Ich melde mich", versprach Cord und brachte Nate zur Tür.

„Du hast gelogen", sagte Alison tonlos, als er mit ernstem Gesicht zurückkam. „Du hast nicht vor, das Gebäude zu verkaufen."

„Genauso wenig wie dieses Haus, es sei denn, es bleibt mir nichts anderes übrig. Das hat Benson schon kapiert."

Alison hatte das Gefühl, in Stücke gerissen worden zu sein. Es war eine Sache, David der Untreue zu verdächtigen, aber das … „Du gehst davon aus, dass Nates Aussage die Versicherungsgesellschaft dazu bringt, umzuschwenken."

„Wir werden sehen." Er trank sein Glas leer.

„Es war ein langer Tag", sagte Alison. Sie war müde bis auf die Knochen. „Ich gehe besser nach oben."

„Noch nicht." Cord drehte sich zu ihr.

„Was ist?"

„Es gibt noch etwas zwischen uns zu klären."

„Heute Abend?"

„Je früher, desto besser." Er durchquerte das Zimmer, setzte sich neben sie und ergriff ihre Hand. „Ich weiß, wir hatten unsere Probleme. Und der Himmel weiß, es werden wahrscheinlich noch einige auf uns zukommen. Aber nachdem die Vergangenheit geklärt ist, sollten wir einen Neuanfang versuchen."

Seine Hand war so warm. Fast hatte sie das Gefühl, dass er sie noch immer liebte – wenn auch nur ein bisschen. „Und wie?"

„Wir erzählen Mandy, dass ich ihr Vater bin. Dann heiraten wir. Es wird Zeit, dass das Kind die Wahrheit erfährt."

„Einfach so?" Sie glaubte ihren Ohren nicht zu trauen.

„Es wird natürlich etwas Zeit brauchen."

Erleichtert legte sie den Kopf an seine Schulter. „Ich bin froh, dass du so verständnisvoll bist. Wir dürfen sie nicht überfordern. Aber in ein paar Monaten, wenn die ganze Aufregung sich gelegt hat, ja, dann müssen wir ihr sagen, wer du bist."

Cord wurde ganz steif. „Nicht in ein paar Monaten, Alison. Ich will, dass Mandy die Wahrheit bis Ende dieser Woche erfährt. Wir werden es ihr nach und nach beibringen, aber sie muss davon erfahren."

„Das ist zu schnell", rief sie verzweifelt. Sie hatte das Gefühl, dass ihr Leben erneut einstürzte.

„Wieso?"

„Sie glaubte über drei Jahre lang, dass David ihr Vater ist. Wir können ihr jetzt nicht einfach den Boden unter den Füßen wegziehen, indem wir sagen: ‚Oh, übrigens, wir haben uns geirrt. Nachdem Daddy jetzt tot ist und Onkel Cord lebt, wird der dein Vater sein.'"

„Warum nicht?"

„Weil sie es nicht verstehen wird.

„Das muss sie doch nicht – jedenfalls nicht alles auf einmal."

„Aber innerhalb einer Woche?" Alison machte sich wütend von ihm los, doch als sie den Schmerz in seinen Augen sah, wurde ihr warm ums Herz. „Bitte, Cord, lass uns noch einmal darüber nachdenken. Endlich haben wir mal alle Zeit der Welt. Wir sollten das Beste daraus machen."

Wut stieg in ihm auf, als er sich daran erinnerte, wie sie ihn das erste Mal bereits hingehalten hatte, und wieder konnte er nicht anders, als ihr zu misstrauen. „Du willst warten, so wie immer", warf er ihr vor. „Nun, ich kann das nicht, Alison. Ich habe zu lange eine Lüge gelebt, ich halte es nicht mehr länger aus. Entweder heiratest du mich nächste Woche, und wir erzählen Mandy, dass ich ihr Vater bin, oder ich werde um das Sorgerecht kämpfen."

Alison wurde eiskalt. „Das meinst du nicht ernst", wisperte sie. „Das würdest du nicht tun."

„Wart's ab."

„Cord, sei doch vernünftig."

„Du verstehst es einfach nicht, oder?" Seine Stimme klang drohend. „Das ist kein Witz, Alison. Ich verlange hier und jetzt mein Recht. Ich will meine Tochter!" Er stieß mit dem Daumen gegen seine Brust.

„Und nur das ist wichtig", entgegnete sie aufgebracht. All ihre Hoffnungen zerplatzten. Er liebte sie nicht. Er wollte sie nur heiraten, um in der Nähe seines Kindes zu sein.

Seine Hände öffneten und schlossen sich, an seiner Schläfe pochte eine Vene. „Wir sind uns nicht egal, das wissen wir beide. Und Mandy zuliebe sollten wir alles tun, damit unsere Beziehung funktioniert."

Mandy zuliebe. „Das ist sehr edel von dir, Cord."

„Das hat nichts mit edel zu tun."

„Ach nein? Womit dann? Mit männlichem Stolz? Egoismus?"

„Sie ist meine Tochter, verdammt noch mal."

„Meine auch." Alison erhob sich mit zittrigen Knien und

streckte das Kinn vor. „Und ich werde tun, was das Beste für meine Tochter ist."

„Nämlich?"

„Ihr etwas Zeit lassen, sich an die Situation zu gewöhnen. Du bist erst ein paar Wochen wieder hier, Cord. Du kannst nicht erwarten, dass sich alles von einer Sekunde auf die nächste ändert."

„Du meinst so wie bei dir und David damals?"

Ihre Augen schienen Feuer zu spucken, sie hob die Hand, als wollte sie ihn schlagen, doch sie hatten einander schon genug verletzt. „Gute Nacht, Cord." Sie wusste, was sie zu tun hatte.

„Ich werde nicht nachgeben, und wenn ich dich vor Gericht zerren muss."

„Mit welcher Begründung? Dass ich keine gute Mutter bin? Eine Betrügerin? Was?" Sie wartete seine Antwort nicht ab. Er war wild entschlossen, um seine Tochter zu kämpfen, und Alison war nicht bereit, sie aufzugeben. In den letzten Jahren hatte sie erst Cord verloren und dann David. Und jetzt – auch wenn sie Cord liebte – war sie nicht bereit, auch noch ihre Tochter zu opfern. Er konnte Zeter und Mordio schreien, sie wusste, was zu tun war: Sie musste mit Mandy verschwinden. Entschlossen lief sie die Treppe hinauf.

Sie hörte ihn noch eine Weile verärgert vor sich hin murmeln, dann wurde die Haustür so wütend zugeknallt, dass die Fenster klirrten. Ohne eine Sekunde zu überlegen, schnappte sie sich zwei Koffer und trug sie schnell in Mandys Zimmer. Dann öffnete sie leise den Schrank und begann, Mandys Kleider und Lieblingsspielzeug einzupacken.

Alison hatte keine Ahnung, wohin sie gehen sollte, aber sie musste verschwinden, eine Zeit lang allein sein, um über alles nachzudenken. Sollte sie Cord heiraten, obwohl er sie nicht liebte? War sie bereit, ihr Ideal einer perfekten Ehe Mandy zuliebe aufzugeben? Vielleicht, aber zunächst einmal musste sie zur Ruhe kommen. Sie durfte nicht zulassen, dass schon wieder ein Mann sie manipulierte – nicht einmal Cord. Auch wenn sie ihn so sehr liebte, dass es wehtat. Sie legte die Stirn an die Schranktür, Tränen brannten in ihren Augen.

„Mommy?“, murmelte Mandy.

Sie zwang sich zu seinem Lächeln und richtete sich auf. „Psst, Liebling. Schlaf noch ein bisschen. Dann gehen wir.“

„Wohin?“ Mandy streckte sich mit geschlossenen Augen.

Gute Frage. „Das ist eine Überraschung.“

„Kommt Onkel Cord auch mit?“ Mandy vergrub gähnend das Gesicht im Kissen.

„Nicht sofort, Liebling.“

„Ich werde ihn vermissen“, sagte Mandy.

„Ich auch“, gestand Alison und ließ Mandys Koffer zuschnappen. Sie musste so schnell wie möglich verschwinden, bevor sie es sich noch anders überlegen konnte.

12. KAPITEL

Was meinst du mit *weg?*“, brüllte Cord, der durch die Küche marschierte und dabei Norma durchdringend anstarrte. Sein Kopf dröhnte noch immer, nachdem er sich in der Nacht zuvor betrunken hatte und dann in seinen Klamotten eingeschlafen war. Aber obwohl seine Schläfen so schmerzhaft pochten, war er überzeugt, dass Norma sich irren musste. Alison konnte nicht weg sein. Nicht jetzt. Sie hätte Mandy niemals ohne ein Wort einfach mitgenommen.

„Ich … ich weiß nicht, wie ich es sonst sagen soll.“ Normas Augen waren rot geweint. „Aber als ich heute Morgen kam, war ihr Wagen nicht in der Garage. Und weder Mandy noch sie, noch der Hund waren im Haus.“

Cord musterte die offene Besenkammer. Kein Hund. Kein Gitter. Angst stieg in ihm auf, er rannte von einem Zimmer ins nächste und rief immer wieder ihren Namen. „Alison“, schrie er und jagte die Treppe hinauf. „Alison, wo zum Teufel steckst du?“ Er riss Türen auf und knallte sie wieder zu, zerrte Kleider aus den Schränken, öffnete Fenster und brüllte immer wieder ihren Namen.

Aber niemand antwortete.

Beinahe hätte er das Telefon aus der Wand gerissen, so wild wählte er die Nummer des Büros.

„Donahue Investments“, meldete Celia sich.

„Ist Alison da?“

„Nein, Mr. Donahue, sie ist noch nicht hier.“

„Hat sie angerufen?“

„Nein. Gibt es ein Problem?“

„Himmel, ich weiß es nicht! Falls sie anruft, fragen Sie sie unbedingt, wo sie ist. Und wenn sie kommt, lassen Sie

sie nicht gehen!“

„Aber …“

„Tun Sie’s einfach!“ Er knallte den Hörer auf. Erinnerungen wirbelten in seinem Kopf durcheinander. Alison, wie sie ihm in einem weißen Kleid hinterherrannte, Alison, wie sie ihn am Strand liebte, Mandy, die von einem viel zu großen Welpen hinter sich hergezogen wurde, Alisons nasser Körper unter der Dusche. Wo war sie bloß?

Beinahe hätte er Norma umgerannt, als er in die Küche stürmte und seine Schlüssel schnappte.

„Wohin willst du?“, fragte sie.

„Ich mache mich auf die Suche.“

„Aber *wo?*“

„Ich weiß es nicht, verdammt noch mal!“ Dieselbe Angst wie schon vor vier Jahren übermannte ihn, die Angst, Alison für immer verloren zu haben.

„Jetzt beruhige dich erst mal.“ Norma legte eine Hand auf seinen Arm.

„Das kann ich nicht!“ Er riss die Tür so heftig auf, dass seine Schulter schmerzte.

„Der Herr steh uns bei“, betete Norma und bekreuzigte sich fieberhaft.

Cord rannte zu seinem Jeep, startete den Motor und jagte die Auffahrt hinunter. Kieselsteine und Wasser spritzten auf.

Als er vor dem Donahue-Gebäude parkte, konnte er sich kaum erinnern, wie er dorthin gekommen war. Er überquerte die Straße, ohne nach links oder rechts zu schauen, hörte Reifenquietschen und Hupen, achtete nicht darauf und rannte in das Gebäude und die Treppe hinauf. In der zweiten Etage riss er die Tür auf.

„Gütiger Himmel“, keuchte Celia. „Was ist denn mit Ihnen geschehen?“

Er blickte sich forschend im Zimmer um. „Ist sie inzwischen gekommen?"

„Nein."

„Hat sie angerufen?"

Celia schüttelte den Kopf, während sie ihn betrachtete wie ein Wesen von einem anderen Stern. Mit zitternden Fingern fuhr er sich durch das regenfeuchte Haar.

„Was ist passiert?", fragte Celia unsicher.

„Ich wünschte, ich wüsste es." Cord ließ sich auf das Sofa sinken, alle Kraft schien ihn verlassen zu haben. Er legte den Kopf nach hinten, schloss die Augen und versuchte trotz seines Katers und seiner Angst nachzudenken.

„Mir gefällt es hier nicht!", rief Mandy, verschränkte die molligen Ärmchen vor der Brust und beäugte verächtlich das Zimmer.

„Ach komm, es ist doch nett", versuchte Alison sie zu überreden, doch ihre Stimme klang nicht besonders überzeugend. Mandy war es gewohnt, in einem großen, wenn auch alten Herrenhaus zu wohnen. Dieses kleine Häuschen mit dem winzigen Garten, den verwohnten Möbeln und dem muffigen Geruch konnte es damit nicht aufnehmen.

„Wann kommt Onkel Cord?"

„Ich weiß es nicht." Alison war es müde, immer wieder dieselbe Frage zu hören. Seit zwei Wochen.

„Bangles vermisst ihn!", erklärte Mandy.

Als er seinen Namen hörte, begann der Hund in der Küche zu jaulen.

„Bangles vermisst Cords Stuhl, seine Hausschuhe und seine Socken", berichtigte Alison ihre Tochter. Dann, um das Thema zu beenden, stellte sie den Schwarzweißfernseher an, der in der Ecke des kleinen Wohnzimmers stand. „Lass uns fernsehen."

„Ich mag nicht." Mandy ließ sich nicht ablenken. Die Bindung, die sie in so kurzer Zeit zu Cord aufgebaut hatte, war erstaunlich eng, und Alison fragte sich wohl zum hundertsten Mal, ob sie nicht doch einen Fehler gemacht hatte. Vielleicht hätte sie in Seattle bleiben, Cord heiraten und darauf hoffen sollen, dass seine Liebe eines Tages zurückkehrte.

„Du bist bescheuert", schimpfte sie leise.

„Was?"

„Ach nichts. Komm, wir fahren in die Stadt zum Mittagessen. Mommy hat heute Geld bekommen!" Nun, das war nicht ganz gelogen. Sie hatte das letzte Geld von ihrem Sparbuch abgehoben, und früher oder später musste sie sowohl eine Arbeit als auch einen Babysitter finden. Und weitere Entscheidungen waren zu treffen. Kontakt hatte sie nur mit Norma aufgenommen, sie aber verpflichtet, Cord gegenüber auf jeden Fall Stillschweigen zu bewahren.

„Hab keinen Hunger."

„Ach Mandy, natürlich hast du Hunger." Alison hatte die Nase voll davon, mit ihrer Tochter zu streiten. „Es gibt Fisch und Chips."

Mandy streckte ihre Zunge raus. „Igitt!"

„Du magst doch Fisch und Chips."

„Aber da schmeckt es nicht!", erklärte Mandy mit funkelnden Augen. „Ich will nach Hause. Bangles will Lazarus sehen."

Alison musste trotz allem lachen. „Erst vermisst er Cord und jetzt auch noch Lazarus. Das glaube ich nicht."

Mandys Kinn begann zu beben. „Aber ich." Tränen stiegen in ihre Augen.

Alison tat das Herz weh. „Ach Liebling", flüsterte sie und wischte Mandy die Tränen weg. „Es tut mir leid. Alles wird wieder gut. Es wird dir hier gefallen."

„Nein!", schrie Mandy, schob die Unterlippe vor und entwand sich Alisons Armen. Dann lief sie über den Linoleumboden in die Küche. Bangles kläffte begeistert.

Alison überlegte einen Moment, doch zurück nach Seattle zu fahren und Cords lächerlichen Forderungen nachzugeben. Ihn Mandy zuliebe zu heiraten.

Aber vielleicht war es ja bereits zu spät. Vielleicht hatte Cord längst beschlossen, dass er lieber um das Sorgerecht kämpfen als mit ihr zusammenleben wollte. Und dann? Sie starrte durch das Fenster in den grauen Tag und hörte, wie Mandy zu Bangles sagte: „Wenn Mommy nicht mitgeht, dann gehen wir eben allein!"

Alison lehnte die Stirn an die kühle Fensterscheibe. Sie konnte den Gedanken nicht ertragen, Mandy zu verlieren.

Cord saß am Küchentisch, die Füße auf einen Stuhl gelegt, und beobachtete Norma, die in ihren ausgebleichten Regenmantel schlüpfte. Sie kam ihm nervös vor. Zudem vermied sie es schon seit geraumer Zeit, ihm in die Augen zu schauen. Alison war nun schon über zwei Wochen verschwunden, und Cords Angst und Verzweiflung hatten sich nach und nach in eiskalte Entschlossenheit verwandelt.

Er würde auf der Suche nach ihr jeden einzelnen Stein umdrehen, und wenn er jeden einzelnen Privatdetektiv in diesem verdammten Land auf sie ansetzen musste. Wenn er sie gefunden hatte, würde er sie zwar wieder einmal verlieren, aber diesmal zu seinen Bedingungen. Er ignorierte das leere Gefühl in der Brust und versuchte, sich damit zu trösten, dass sie schließlich bekam, was sie verdiente.

„Du weißt, wo sie sind." Er kniff die Augen zusammen und trank einen Schluck Kaffee.

„Ich habe keine Ahnung, wo Alison mit Mandy hin ist.“ Sie schob ihre Brille hoch und legte sich einen Schal um.

„Du bist eine schlechte Lügnerin.“

„Ich lüge dich nicht an.“

„Aber du sagst mir auch nicht die Wahrheit.“

Mit geschürzten Lippen klemmte sie sich die Handtasche unter den Arm. „Du hast mir nichts vorzuwerfen, Cord Donahue.“

„Ist auch egal.“ Er hob die Schultern. „Denn es spielt keine Rolle, ob du es mir sagst oder nicht. Ich werde sie finden.“

„Aber ich weiß nicht …“

„Alison braucht Geld und eine Arbeit. Vermutlich hat sie ihr Erspartes bereits abgehoben, und die Bank weiß ihre neue Adresse – vielleicht sogar die Post. Außerdem gibt es noch die Sozialversicherungsnummer und das Finanzamt. Früher oder später werde ich sie finden.“

Als er sah, dass Norma zauderte, umklammerte er die Kaffeetasse und sah sie fest an.

„Du erpresst mich, das tust du!“

„Und du verschweigst mir etwas. Sieh es doch mal so: Wenn Alison nicht wollte, dass ich sie finde, sich also *wirklich* vor mir verstecken wollte, dann hätte sie dir nichts verraten.“

„Aber sie wusste, dass ich mir Sorgen um Mandy mache.“

Mit glitzernden Augen beugte er sich vor. „Also weißt du es.“ Er musste sich zwingen, sitzen zu bleiben. Wenn er etwas gelernt hatte in all den Jahren, dann zu wissen, wann er Norma bedrängen konnte und wann nicht.

„Ach, Himmel, Cord.“ Sie verdrehte die Augen zum Himmel, dann ließ sie sich schwer auf einen Stuhl sinken. „Natürlich weiß ich, wo sie sind. Alison hat ein Haus in Victoria gemietet.“

„In Kanada?“

„Sie dachte, sie wäre dort sicher."

Cord entspannte sich ein wenig. „Sie hat wirklich Angst davor, dass ich ihr oder Mandy etwas antun könnte." Der Gedanke machte ihn krank, sein Kaffee schmeckte mit einem Mal bitter. Er lief zum Spülbecken und goss ihn weg.

„Ich weiß nicht, was in ihr vorgeht", erklärte Norma. „Ich weiß nur eines: Ihr beide seid derart dickköpfig und stolz, dass ihr wunderbar zusammenpasst." Sie langte in ihre Tasche und reichte ihm ein zusammengeknülltes Stück Papier.

Nachdem er es glatt gestrichen und festgestellt hatte, dass es sich um Alisons Adresse handelte, lächelte er Norma an. „Danke."

„Der Herr sei mir gnädig, wenn sie es herausfindet", murrte Norma und ging.

Cord verschwendete keine Sekunde mehr. Er riss seine Jacke von der Garderobe, schloss die Tür hinter sich ab und rannte zu seinem Jeep. Er fragte sich, wie er die nächsten Stunden aushalten sollte, die er bis nach Victoria brauchen würde. Er konnte nur hoffen, dass er Anacortes erreichte, bevor die letzte Fähre abgelegt hatte.

Alison packte Mandys Hand fester, während sie über die holprige Straße liefen und in die Schaufenster sahen. Englisches Porzellan, schottische Umschlagtücher und Bücher aus aller Welt.

Nachdem sie doch Fisch und Chips gegessen hatten, war sie mit Mandy in den botanischen Garten gegangen. Zumindest für ein paar Stunden schien sie ihren Schwur wegzulaufen vergessen zu haben.

Sie spazierten am Jachthafen entlang, beobachteten die Liebespaare in den Pferdekutschen, dann setzten sie sich in ein elegantes altes Hotel und bestellten Tee. Gegen vier Uhr rieb Mandy sich die Augen. Alison beschloss, dass es Zeit war, in das armselige kleine Cottage zurückzufahren. „Lass uns heimgehen, Mäuschen“, flüsterte sie, als sie Mandy zum Auto trug.

„Onkel Cord sagt Zwerg zu mir“, murmelte Mandy.

„Ich weiß.“ Sie küsste Mandy auf das dunkle Haar.

„Ich mag das.“

„Ich auch.“ *Geht das schon wieder von vorne los.* Aber obwohl Mandy offenbar gerne weiter über ihr Lieblingsthema gesprochen hätte, lehnte sie den Kopf an Alisons Schulter und begann still, am Daumen zu lutschen. „Hat er mich lieb?“, fragte Mandy leise.

„Aber ja, und wie.“

„Und dich? Norma sagt ja.“

Wenn Norma nur recht hätte. „Ich weiß nicht, Liebling.“ Sie drückte Mandy an sich.

Als Alison sie in den Kindersitz steckte, schlief Mandy bereits tief und fest. Alison schlüpfte hinter das Lenkrad und betrachtete den düsteren Himmel. Sie schaltete Licht und Scheibenwischer an. Vor dem Häuschen angekommen, trat sie prompt in die größte Pfütze. „Toll“, murmelte sie, schnallte Mandy ab und hob sie vorsichtig hoch.

Sie packte Mandy gleich ins Bett, zog ihr nur Schuhe und Strümpfe aus und deckte sie zu. „Ich hab dich so lieb“, flüsterte Alison und knipste das Licht aus. *Und Cord hat das Recht, seine Tochter sehen zu dürfen.*

Sie machte Feuer, steckte die Haare hoch, zog die nassen Kleider aus und ließ sich in ein dampfend heißes Bad sinken. Mit geschlossenen Augen lehnte sie sich zurück und genoss es, wie ihre Muskeln weich wurden.

Zwar versuchte sie, sich auf die Zukunft zu konzentrieren, doch ihre Gedanken drehten sich wie immer um Cord. Sie hatte ein schlechtes Gewissen. Sie war ohne Abschied gegangen, hatte keine Nachricht hinterlassen oder auch nur einmal angerufen, um ihn wissen zu lassen, dass es Mandy und ihr gut ging.

Sie blinzelte die Tränen weg, stieg aus dem Bad und schlüpfte in den dicken Bademantel. Schnell schaute sie nach Mandy, die sich kaum bewegt hatte. Alison tapste in die Küche und stellte den Rest der Lasagne vom vergangenen Abend in den Ofen. Dann schenkte sie sich ein Glas Wein ein, setzte sich vor den Kamin und starrte in die roten und goldenen Flammen.

Sie musste eingenickt sein, denn sie wurde von lautem Hämmern an der Tür geweckt. Alison schaute durch den Spion, und da stand er. Mit wütendem Gesicht und blitzenden Augen.

Sie wusste nicht, ob sie lachen oder weinen sollte.

13. KAPITEL

Onkel Cord!“, brüllte Mandy, die mit verschlafenen Augen ins Zimmer kam.

„Wie geht es dir, Zwerg?“ Er kniete sich hin und öffnete die Arme. Ohne eine Sekunde zu zögern, warf sie sich hinein.

„Hey, langsam“, sagte er. „Gott, hab ich dich vermisst“, flüsterte er in ihr Haar.

Alison spürte, wie Tränen in ihren Augen brannten, die sie hastig wegwischte, damit Cord nichts davon mitbekam. Aber ihn auf dem Boden knien und Mandy so fest umarmen zu sehen überzeugte sie endgültig davon, dass es ein Fehler gewesen war, ihn zu verlassen.

„Warum kommst du jetzt erst?“, fragte Mandy schließlich, als er sie auf den Arm nahm.

Cord warf Alison einen vorwurfsvollen Blick zu. „Es war nicht so leicht, dieses Haus zu finden.“

„Aber du hast es gefunden.“ Mandy strahlte. „Und jetzt sind wir alle wieder zusammen.“

Als wollte er ihre Worte unterstreichen, begann Bangles, in der Küche laut zu bellen und an seinem Gitter hochzuspringen. Grinsend lief Cord mit Mandy auf dem Arm zu ihm und ließ ihn heraus, woraufhin Bangles in einem irren Tempo durch das Zimmer fegte, seine Nägel klackten auf dem Holzboden, Lampen schwankten gefährlich.

Mit zurückgeworfenem Kopf begann Cord, laut zu lachen. „Wie ich sehe, hast du dich nicht geändert.“ Er tätschelte Bangles’ Kopf. „Lazarus vermisst dich.“

„Siehst du!“ Mandy starrte ihre Mutter triumphierend an. „Können wir jetzt nach Hause gehen?“

„Nach Hause?“, wiederholte Cord.

„Nach Seattle“, erklärte Alison. „Sie redet über nichts anderes, seit wir hier sind.“ Sie konnte einfach nicht den Blick von ihm wenden. War es wirklich erst zwei Wochen her, dass sie zum letzten Mal in seine mahagonifarbenen Augen gesehen und sein warmes Lachen gehört hatte?

Er stellte Mandy auf dem Boden ab. „Heute Nacht können wir nicht nach Hause. Deine Mutter und ich müssen erst noch ein paar Dinge zwischen uns klären.“

„Und dann können wir gehen?“

„Vielleicht“, sagte er, ohne Alison aus den Augen zu lassen. Er betrachtete ihr Gesicht, dann wanderte sein Blick tiefer über ihren Bademantel. Nervös zog sie den Kragen zusammen.

„Ich packe“, beschloss Mandy.

„He, warte mal ’ne Sekunde …“

„Lass sie“, sagte Alison. „Darauf hat sie so lange gewartet.“ Sie schenkte ihm ein zögerliches Lächeln. „Sie hat dich vermisst. Es ist kein Tag vergangen, an dem sie mich nicht gepiesackt hat, nach Hause zu fahren oder dich wenigstens anzurufen.“

„Warum hast du es dann nicht getan?“

„Ich … ich brauchte Zeit.“

„Und jetzt?“

Sie blinzelte. „Ich weiß nicht. Mir ist klar geworden, dass ich einfach vor allem weggelaufen bin.“

Der Wecker am Backofen begann zu klingeln, was Alison gern als Entschuldigung nutzte, um das Zimmer zu verlassen. Sie konnte einfach keinen klaren Gedanken fassen, wenn Cord in der Nähe war; das hatte sich auch in all den Jahren nicht geändert. Sie wusste, dass sie nach Seattle zurückkehren musste – entweder um ihn zu heiraten oder um mit ihm um das Sorgerecht für Mandy zu kämpfen. Es ließ sich nicht länger aufschieben.

Unentschlossen zog sie die dampfende Auflaufform heraus und stellte sie auf ein Holzbrettchen. Der Duft von Tomaten, Oregano und Käse erfüllte die Luft. Sie hatte Cord nicht hereinkommen hören und erschrak, als er besitzergreifend einen Arm um ihre Taille legte. „Ich habe dich auch vermisst", sagte er, drehte sie zu sich um und vergrub das Gesicht an ihrem Hals. „Die letzten zweieinhalb Wochen waren die Hölle für mich."

Zitternd rieb sie sich die Arme. Sie wollte nicht schon wieder auf ihn hereinfallen. „Ich hätte anrufen sollen."

„Du hättest überhaupt nicht erst verschwinden dürfen." Er seufzte schwer. „Ich habe einen Fehler gemacht. Nach dem Gespräch mit Benson habe ich völlig überreagiert. Es tut mir leid."

Sie kniff die Augen zusammen, um nicht in Tränen auszubrechen.

„Zuerst war ich einfach nur stinksauer. Aber dann habe ich angefangen nachzudenken. Ich will dich nicht zwingen, mich zu heiraten, Ali. Und ich werde dir Mandy nicht wegnehmen. Aber ich möchte, dass ihr wieder nach Hause kommt. Ich möchte nicht, dass mein Kind ohne mich aufwächst. Alles, was ich von dir verlange, ist, dass ich sie regelmäßig sehen kann."

Alison war so verblüfft, dass sie nichts antworten konnte. Cord gab all seine Forderungen auf. Eigentlich hätte sie darüber glücklich sein müssen, doch stattdessen spürte sie nichts als Enttäuschung und ein schreckliches Verlustgefühl. Sie hatte in den letzten beiden Wochen so sehr gehofft, er würde erkennen, dass er sie noch liebte, und sie bitten, ihn aus diesem Grund zu heiraten.

„Komm nach Hause, Ali. Mit Mandy. Du kannst das Haus

haben. Ich ziehe aus. Ich wünsche mir nur, dass Mandy erfährt, wer ihr Vater ist."

„Natürlich." Als sie den Schmerz in seinen Augen sah, konnte sie sich nicht vorstellen, allein in dem großen Haus zu leben. In dem alten Haus, das ohne ihn so leer und kalt sein würde. Außerdem gehörte es in Wirklichkeit ihm. „Aber du musst nicht ausziehen."

„Selbstverständlich. Das wolltest du doch von Anfang an. Und seit du gegangen bist, ist viel geschehen. Die Polizei ist nun restlos davon überzeugt, dass ich unschuldig bin, selbst die Versicherung ist beschwichtigt. Jenkins hat angerufen und bestätigt, dass höchstwahrscheinlich David der Schuldige war. Smith National ist darüber natürlich nicht besonders glücklich, aber sie können nicht viel tun, außer sich womöglich an Francine Caldwell zu wenden, die nach Luises Drängen endlich gestanden hat."

„Also ist die Firma wieder auf sichere Füße gestellt."

Er nickte und ließ langsam die Arme sinken. „Jetzt haben nur noch du und ich ein Problem. Und deswegen werde ich ausziehen."

Alison schüttelte den Kopf. „Das Haus gehört dir. Ich will es nicht."

„Es gehört Mandy", verbesserte er sie.

„Fertig", rief Mandy, die ins Zimmer gerannt kam und ihren kleinen Koffer auf den Boden fallen ließ. Da er nicht richtig verschlossen war, flog ihr Lieblingsspielzeug in allen Richtungen durchs Zimmer. „Oh."

„*Oh* ist richtig." Cord kniete bereits auf dem Boden. „Komm, ich helfe dir beim Aufheben." Er berührte zärtlich ihre Nasenspitze. „Und dann soll Mommy das Abendessen bringen. Ich bin halb verhungert!"

Er zwang sich zu einem Grinsen, aber Alison konnte die

Anspannung in seinen Augen sehen. Sein Kind aufzugeben musste die schwerste Entscheidung seines Lebens gewesen sein.

Ein paar Minuten später saßen sie alle drei um den winzigen Plastiktisch herum. Mandy war es bereits gelungen, ihr komplettes Gesicht mit Tomatensoße zu verschmieren.

„Schau dich nur an", schimpfte Alison und wischte ihr mit einer Serviette den Mund ab. „Du musst dringend gebadet werden."

„Das mache ich, während du abräumst", erklärte Cord so mühelos, als ob sie schon seit Jahren zusammenlebten. Ihr Herz zog sich schmerzhaft zusammen, sie fragte sich, ob sie Vater und Tochter wieder auseinanderreißen durfte – und warum sie es überhaupt wollte.

Während sie den Tisch abräumte, lauschte sie dem plätschernden Wasser im Badezimmer. Cord sang, und Mandy kicherte. Innerlich zerrissen, spülte sie das Geschirr, dann stellte sie Kaffeewasser auf, was sie an das Wochenende erinnerte, das sie mit Cord auf der Insel verbracht hatte. Wenn sie damals nur Mandy mitgenommen hätten. Vielleicht wäre dann alles ganz anders gekommen.

Mandy kam aus dem Badezimmer gehüpft, mit sauberem, rosigem Gesicht. Sie trug ihren mintgrünen einteiligen Schlafanzug.

„Diese Dinger sind verdammt schwer anzuziehen", murrte Cord kopfschüttelnd. Er ließ sich auf einen Stuhl fallen. „So viele Druckknöpfe."

„Cord hat ihn mir falsch herum angezogen."

„Was mir erst aufgefallen ist, als ich sie in die Hosenbeine stecken wollte und feststellte, dass sie nach hinten gedreht waren."

„Ist mir auch schon passiert", bemerkte Alison.

Nachdem Mandy einen Stapel Bücher durchwühlt hatte, kletterte sie auf Cords Schoß. „Lies mir was vor“, verlangte sie mit glänzenden Augen, dann sah sie Alison an. „Cord sagt, ich darf ihn Daddy nennen“, verkündete sie stolz.

Alison fiel beinahe vom Stuhl. „Er ... er hat *was* gesagt?“, stotterte sie. Ihre Hände zitterten so heftig, dass sie die Kaffeetasse auf dem Tisch abstellen musste.

„Dass ich ihn Daddy nennen darf. Und das will ich!“

„Aber ...“

Mandy schob die Unterlippe vor. „Ich hab keinen Daddy mehr, und ich will wieder einen!“

Guter Gott, dachte Alison schwach. Nun ist es also so weit.

Cord umarmte seine Tochter fest, die einen Daumen in den Mund schob und zufrieden begann, die Seiten des Buches umzublättern. Cord sah Alison direkt in die Augen. Er wartete offenbar darauf, dass sie Mandy die Wahrheit sagte.

„Du kannst Cord so nennen, wie du magst, Liebling“, murmelte sie mit unsicherer Stimme. „Solange er einverstanden ist.“

„Er hat's gesagt.“

„Dass du ihn Daddy nennen sollst?“

„Dass er mein Daddy ist. Ich hab gesagt, dass das nicht stimmt. Mein Daddy ist tot“, erklärte Mandy nüchtern, dann grinste sie zu Cord hinauf. „Lies das vor!“ Sie deutete nachdrücklich auf eine Seite, und Cord begann zu lesen.

Er hat es ihr gesagt. Und Mandy hat es mit der Gelassenheit einer Dreieinhalbjährigen aufgenommen. Alison hätte eigentlich wütend sein müssen, aber plötzlich kamen ihr all die Befürchtungen der letzten Wochen so überflüssig vor.

Cords gleichmäßige Stimme ließ Mandy schnell einschlafen. Wortlos trug Cord sie in ihr Schlafzimmer. Alison hatte das Gefühl, ihr Herz müsse zerspringen, so sanft hielt er seine Tochter im Arm.

„Und nun“, sagte er, als er ins Wohnzimmer zurückkehrte. „Was wird nun geschehen? Kommst du morgen mit nach Seattle?“

„Ja.“ Sie hatte schließlich keine andere Wahl. „Mandy war die ganze Zeit unglücklich.“

„Und du?“ Er sah sie ernst an.

„Es … es war nicht einfach.“ Sie schluckte den Kloß hinunter, der sich wie immer bildete, wenn sie daran dachte, wie sehr sie ihn vermisst hatte.

„Aber es ging.“

„Irgendwie.“ Sie wich seinem Blick aus. „Ich hatte mir überlegt, mir einen Job zu suchen und für immer hierzubleiben, aber Mandy kann sich nicht damit abfinden.“

„Das braucht sie auch nicht“, sagte er schnell, stand auf und nahm seine Jacke von der Couch. „Ich bin morgen um zehn Uhr zurück.“

Sie sah ihn verzweifelt an. „Du willst gehen?“, flüsterte sie ungläubig.

„Wenn du mir versprichst, dass du nicht wieder wegläufst.“

„Ich … Das werde ich nicht.“ Sie zwang sich zu einem kleinen Lächeln.

„Gut. Dann sehen wir uns um zehn.“

Bevor er es sich anders überlegen konnte, trat Cord eilig in die kühle Nacht, holte ein paar Mal tief Luft und verdrängte das einladende Bild von Alison in ihrem langen weißen Bademantel mit den geröteten Wangen und den locker hochgesteckten dunklen Haaren. Ihre leuchtenden braunen Augen verfolgten ihn, als er in seinen Jeep stieg, und beinahe wäre er umgekehrt.

Sie wollte ihn nicht, so viel stand fest. Sie versuchte nur, nett zu sein, weil er Mandys Vater war. Aber heiraten wollte sie ihn nicht – nicht jetzt und vermutlich niemals. Und er konnte einfach nicht mehr länger warten. Wenn sie Mandy allein großziehen wollte, musste er damit leben. Hauptsache, er durfte seine Tochter sehen, wann immer er wollte.

Klar, dachte er missmutig, als er den Motor startete. Und du wirst ganz locker über Alison hinwegkommen.

Leise vor sich hinfluchend, fuhr er in die Stadt, entdeckte bald das flackernde Neonschild eines heruntergekommenen Motels mit Kabelfernsehen und einem Pool. Ihn interessierten die Vorzüge wenig, er sehnte sich nur nach einem Bett. Er hätte natürlich auch bei Alison bleiben können, aber er traute sich in ihrer Gegenwart selbst nicht über den Weg. Er musste sich von ihr fernhalten, hier und auch in Seattle, egal, wie schwer es ihm fiel. Mit zusammengebissenen Zähnen füllte er das Formular aus, zahlte für die Nacht und lief die Treppe hinauf. Das Zimmer Nummer 215 war genauso schrecklich, wie er es sich vorgestellt hatte. Aber das war egal. Er würde sowieso kein Auge zutun.

Als Cord am nächsten Morgen laut an die Tür klopfte, hatte Alison bereits alles gepackt, mit der Vermieterin gesprochen, das Telefon gekündigt und der Post ihre neue, alte Adresse mitgeteilt. Der Gedanke, nach Seattle zurückzukehren, machte sie nervös.

„Er ist da!“, jubilierte Mandy und riss die Tür auf. „Wo warst du so lange?“ Sie streckte die Arme nach oben.

„Ist doch egal, oder, Zwerg? Jetzt bin ich ja da.“

Alison räusperte sich. „Ich habe schon alles in meinen Wagen gepackt. Ich muss nur noch den Schlüssel abgeben.“

„Ich fahre mit Daddy!“, beschloss Mandy strahlend.

„Aber ...“, setze Alison an, dann sah sie Cords fragenden Blick.

„Du hast doch wohl keine Angst, dass ich mit ihr abhaue, oder?“ Er verzog die Lippen zu einem ironischen Lächeln.

„Natürlich nicht. Wir müssen nur den Kindersitz in dein Auto umladen.“

„Und Bangles fährt auch mit uns!“, fuhr Mandy fort.

„Komm, wir lassen Bangles bei Mommy.“ Cord lachte. „Dann können wir beide uns besser unterhalten!“

Mandy, die kleine Verräterin, lachte überglücklich, als Cord ihren Kindersitz in seinen Jeep packte.

Bangles kläffte aufgeregt und jagte einen schnatternden blauen Eichelhäher, wobei er beinahe über den Zaun gesprungen wäre. „Komm hierher!“, befahl Alison, leinte ihn an und winkte Cord zu, der rückwärts aus der Ausfahrt fuhr. Mandy saß stolz neben ihm, in der einen Hand ihren Teddybär, mit der anderen winkte sie zurück.

Alison verließ das kleine Häuschen in Victoria ohne das geringste Bedauern. Auf der Fähre in Anacortes entdeckte sie Cord an Deck, wie er Mandy die verschiedenen Inseln der San-Juan-Kette zeigte.

Die frühe Morgensonne schien schwach, aber warm. Dunst stieg vom grauen Wasser des Puget Sound auf und umhüllte die smaragdgrünen Inseln vor ihnen. Mandys Nase war vom Wind gerötet. Sie unterhielt sich aufgeregt mit ihrem Vater. Alison schlang die Arme um ihre Taille, stellte sich neben Cord und hatte das Gefühl, eine Million Meilen von ihm entfernt zu sein.

„Ist das deine?“ Mandy zeigte auf Lopez Island.

„Meine?“, wiederholte er lachend. „Nein.“

„Mama sagt, dir gehört eine Insel ganz allein.“

Alison verdrehte die Augen. „Nein, Liebling, ich sagte,

dass Cord ein Haus auf einer Insel hat."

„Auf der?"

„Nein." Cord schmunzelte. „Aber eines Tages fahren wir dorthin."

„Heute", entschied Mandy.

„Nicht heute, Liebling", murmelte er. „Heute fahren wir zurück nach Seattle und kümmern uns um ein paar Dinge."

„Um was für Dinge?" Sie drehte ihr koboldartiges Gesichtchen zu ihm.

„Um viele Dinge", erklärte er schroff, drückte sie an sich, und es lag nicht nur am schneidenden Wind, dass Alisons Augen brannten.

Der Rest der Reise verlief ohne weitere Vorkommnisse, und als Alison schließlich das Haus betrat und aus Versehen Lazarus von seinem Platz an der Küchentür verscheuchte, strahlte Norma sie an. „Wird Zeit, dass du wieder da bist. Kaffee ist fertig. Außerdem gibt es Krebsfleisch, Baguette und einen riesigen Salat!"

Alisons Magen begann zu knurren, sie hatte den ganzen Tag noch nichts gegessen. „Klingt wunderbar", entgegnete sie schwach.

„Nun sag nicht, dass ihr schon wieder gestritten habt."

„Nicht so richtig", antwortete Alison.

„Nenn es, wie du magst, es kommt auf dasselbe hinaus. Ihr habt eure Probleme nicht gelöst." Seufzend drehte sie sich wieder zum Tisch, wo sie mit einer Zange die flammend roten Krebsschalen aufbrach.

Alison war zu müde, um zu diskutieren. Nachdem sie Bangles wieder in der Besenkammer untergebracht hatte, trug sie die Koffer auf ihr Zimmer und begann auszupacken. Doch als sie ihre Kleider in den Schrank hängte, bekam sie das Gefühl, ein Eindringling zu sein. Dieses Haus gehörte in Wahrheit Cord.

Nach dem Abendessen schob Cord seinen Stuhl zurück. „Ich gehe dann mal“, sagte er. „Wenn ihr mich braucht, ich bin bei Carl Zimmerman.“

„Bei dem Anwalt?“, fragte Alison.

„Es gibt noch ein paar Dinge wegen der Versicherung zu besprechen.“ Bevor er ging, gab er Mandy einen Kuss.

„Ich dache, das wäre schon längst erledigt“, wunderte Norma sich, als er gegangen war.

„Vielleicht geht es noch um die letzten Details.“

„Vielleicht.“ Aber Norma schien davon nicht überzeugt zu sein.

Kurz darauf schlief Mandy auf dem Sofa ein. Alison trug sie nach oben und legte ihr den Teddybär in den Arm. In einer Hinsicht hatte Cord recht, dachte sie, als sie die rosa Wände und Vorhänge, die sauberen weißen Regale und die große Spielzeugkiste betrachtete. Mandy gehörte hierher, zu Norma und ihren Freunden. Und zu ihrem Vater.

Sie lehnte sich an die Kommode und fasste einen Entschluss. Sie würde ihren Stolz überwinden und Cord bitten, sie zu heiraten. Sie liebte ihn, und vielleicht würden mit der Zeit ja auch seine alten Gefühle für sie wieder erwachen. Und selbst wenn sie ein Leben lang ohne seine Liebe sein müsste, das wäre immer noch besser, als ein Leben lang ohne ihn zu sein.

Sie wartete ihm Arbeitszimmer auf ihn, blickte in das Feuer des Kamins, hörte, wie die Uhr Mitternacht schlug, dann ein Uhr. Um zwei Uhr lief sie seufzend die Treppe hinauf in ihr Zimmer.

Mandy weckte sie. „Norma sagt, es ist Zeit aufzustehen.“

Alison blickte auf die Uhr. „Oh, sie hat recht!“ Es war schon fast zehn Uhr. Und noch immer hatte sie nicht mit

Cord gesprochen. „Ich komme gleich runter. Ist Cord schon auf?"

„*Daddy* ist schon weg."

„Na toll", murrte sie. Sie hatten noch so viel zu besprechen. Es ging nicht nur um Mandy, sondern auch um ihre Position in der Firma und darum, wann und wo die Hochzeit stattfinden sollte. *Falls sie stattfindet.*

Eine halbe Stunde später eilte sie die Treppe hinunter. Mandy stand neben Norma auf einem Stuhl und half ihr, Kekse auszustechen.

„Guten Morgen", sagte Alison und schenkte sich eine Tasse Kaffee ein.

„Morgen."

„Tut mir leid, dass ich verschlafen habe."

Norma lächelte. „Den Schlaf hast du bestimmt gebraucht."

Alison lachte, und sie fühlte etwas Hoffnung in sich aufsteigen. Heute endlich würde sie mit Cord alles klären. „Ich habe ein paar Dinge in der Stadt zu erledigen", verkündete sie.

„Ich will nicht mit!", rief Mandy. „Ich mache Kekse für Daddy."

Normas Augenbrauen wanderten in die Höhe, aber sie sagte nichts. Alison wurde rot.

„Ich bin nachmittags zurück", erklärte sie, zog die Jacke über und fuhr in die Stadt. Sie eröffnete ein Konto bei der Bank, dann rief sie Celia von einer Telefonzelle aus an und lud sie zum Mittagessen ein.

„Erzähl mir alles!", befahl Celia, nachdem sie einen Tisch in einem kleinen Fischrestaurant am Pioneer Square gefunden hatten.

„Ach, und ich dachte, du hättest vielleicht schon alles von Cord erfahren."

Celia schüttelte ihre blonden Locken. „Er war verschlossen wie eine Auster, seit du verschwunden bist.“

„Das wusste ich nicht.“ Alison spielte mit ihrem Garnelensalat.

„Zuerst hat er sich wie ein Verrückter aufgeführt, aber nach etwa drei Tagen beruhigte er sich etwas und stürzte sich wieder in die Arbeit. Er hat einige frühere Klienten zurückgewonnen, es ist ihm gelungen, ein Darlehen für das Firmengebäude aufzunehmen …“

Alison hob den Kopf, ihr Herz begann wild zu hämmern. „Bist du dir da sicher?“

Celia schob sich eine Gabel von ihrer Quiche in den Mund und nickte. „Ist ein bisschen seltsam“, sagte sie. „Am Anfang kam er mir wie ein Amokläufer vor, aber dann drehte er sich um hundertachtzig Grad. Plötzlich war er ganz ruhig, das fand ich total beängstigend. Einfach komisch, wenn du verstehst. Wie ein sterbenskranker Mann, der noch rechtzeitig alles regeln will.“

„Wie zum Beispiel?“, hakte Alison nach und schob ihren Teller zur Seite. Sie hatte keinen Hunger mehr.

„Na, eben das Firmengebäude und das Haus zu retten.“

„Das Haus?“

„Ja, wusstest du das nicht?“

Alison schüttelte den Kopf.

„Das Geld hat er, glaube ich, durch den Verkauf seines Unternehmens – dieser Konservenfabrik oder was immer das war.“

„Woher weißt du das alles?“

„Weil Cord Donahue nicht in der Lage ist, selbst einen Brief zu tippen, koste es, was es wolle. Ich habe gesehen, wie er versuchte, einige Formulare auszufüllen, und bot ihm meine Hilfe an. Zwar wollte er mich offensichtlich nicht wissen lassen, worum es ging, andererseits war er sehr erleichtert."

„Wann war das?"

„Kurz bevor er sich auf die Suche nach dir gemacht hat. Obwohl bis dahin noch nicht alles erledigt war."

„Nein?"

„Nein. Aber er sagte, um alles andere würde er sich selbst kümmern, das sei zu persönlich."

„Verstehe ich nicht."

„Ich auch nicht", gestand Celia. Sie warf ihre Serviette auf den Tisch. „Da hat sich alles geklärt, mit der Polizei, mit der Versicherungsgesellschaft, und trotzdem ist er so mies gelaunt wie ein Grizzlybär!"

„Ich frage mich nur, wieso."

„Ich dachte, das könntest du mir vielleicht verraten."

„Ist Cord heute im Büro?" Plötzlich hatte Alison es eilig, mit ihm zu sprechen. Sie wurde das Gefühl nicht los, dass eine Katastrophe bevorstand.

Celia schüttelte den Kopf. „Nö. Er ist den ganzen Tag bei seinem Anwalt." Sie sah auf ihre Uhr. „Ach, ich muss los." Sie schnappte sich ihren Regenschirm. „Falls ich das noch nicht gesagt habe: Ich bin froh, dass du wieder da bist. Und bitte, fang wieder an, bei uns zu arbeiten. Ohne dich ist dieses Büro wie ein *Grab!*" Mit diesen Worten schlängelte Celia sich an den Tischen vorbei zum Ausgang und drückte die Tür mit der Schulter auf.

In den Stuhl zurückgelehnt trank Alison ihren Kaffee aus. Was hatte Cord nur vor? Irgendetwas stimmte nicht – aber was?

Heute Abend, beschloss sie erneut, würde sie ihren albernen Stolz überwinden und Cord bitten, sie zu heiraten.

14. KAPITEL

Dunkle Wolken schoben sich langsam über die Stadt und machten den Tag zur Nacht. Dann begann es heftig zu regnen. Der Verkehr stockte, die roten Rücklichter spiegelten sich in den Pfützen auf der Autobahn.

Alison saß hinter dem Steuer ihres Wagens, beobachtete die sich wild bewegenden Scheibenwischer und lauschte im Radio leider etwas zu spät dem Bericht über die verstopften Straßen.

Als sie endlich nach Hause kam, war es bereits nach fünf und stockdunkel. Sie schloss die Tür auf, schüttelte sich den Regen aus dem Haar und begrüßte einen jämmerlich aussehenden Lazarus in der Küche. „Tut mir leid, dass ich zu spät komme", entschuldigte sie sich bei Norma.

„Ich habe von den Staus gehört."

„Schrecklich." Erst jetzt sah sie Norma an und wusste sofort, dass etwas passiert sein musste. Ihr sonst so strahlendes Gesicht wirkte düster, die Augen hinter der Brille waren verschattet.

Mandy!

Doch Mandy spielte leise mit ihren Puppen in einer Ecke der Küche. Sie lächelte ihre Mutter an, sagte aber kein Wort, so vertieft war sie in ihre eigene Welt. „Was ist passiert?"

„Sag du es mir", entgegnete Norma. „Ich will genau wissen, was zwischen dir und Cord geschehen ist."

„Nichts …"

„Es muss etwas geschehen sein!"

„Warum?" Lähmende Angst stieg in ihr auf und schnürte ihr die Luft ab.

„Sag schon", drängte Norma. „Ich will alles wissen, was

geschehen ist, seit du nach Victoria verschwunden bist."

„Aber Cord – wo ist er?"

„Ich weiß es nicht! Ich hoffe, dass du mir einen Hinweis geben kannst." Panik schimmerte in ihren Augen.

Alison versuchte, ruhig zu bleiben. „Gut, gut. Ich bin gegangen, weil Cord mir ein Ultimatum gestellt hat", erklärte sie der älteren Frau mit gesenkter Stimme, damit Mandy sie nicht verstehen konnte. „Du hast wahrscheinlich schon vermutet, dass Mandy Cords Tochter ist."

„Das dachte ich mir, ja. Und heute Morgen habe ich gehört, dass sie ihn Daddy nannte."

Alison erzählte Norma so schnell wie möglich von ihrer damaligen Beziehung zu Cord und der anschließenden Hochzeit mit David.

„Und dann?"

„Er stellte er mir ein Ultimatum. Er bat mich, ihn zu heiraten. Wenn nicht, drohte er damit, mir Mandy wegzunehmen."

„Das würde er nie tun!", behauptete Norma. „Aber davon mal abgesehen, was hält dich davon ab, diesen Mann zu heiraten?"

„Jetzt nichts mehr. Denn er hat es sich anders überlegt. In Victoria hat er mir gesagt, dass er mir Mandy niemals wegnehmen würde."

„Und trotzdem willst du ihn nicht heiraten?" Norma schnalzte mit der Zunge. „Warum nicht? Du wirst keinen besseren Mann finden."

„Ich weiß. Und ich werde sein Angebot auch annehmen, wenn er mich noch immer will", gestand sie.

„Liebst du ihn denn nicht?" Norma legte tröstend eine Hand auf ihren Unterarm.

„Das ist nicht das Problem. Er liebt mich nicht, darum

geht es. Und … nach der Ehe mit David hatte ich mir geschworen, nur noch aus Liebe zu heiraten."

„Du glaubst, dass Cord dich nicht liebt?", fragte Norma offensichtlich verblüfft.

„Nicht mehr."

„Sag mal, bist du blind?"

„Aber …"

„Nichts aber. Du bist diesem Mann wichtiger als sein eigenes Leben! Warum ist er denn vor all den Jahren verschwunden? Du hast doch selbst gesagt, dass er dich beschützen wollte. Hat er nicht alle Schuld auf sich genommen und sein Leben riskiert, nur um deines zu retten? Und du glaubst, dass er dich nicht liebt?"

„Damals schon, aber das ist Jahre her."

„Und Liebe hört einfach so auf, nicht wahr?" Norma schüttelte den Kopf. „Denk doch mal darüber nach, Alison. Dieser Mann blieb verschwunden, weil er glaubte, dass du mit David glücklich verheiratet warst. Und er kam in der Sekunde zurück, in der er erfuhr, dass du wieder frei bist."

„Er wollte Rache."

„Rache, von wegen! Er liebt dich. Das hat er immer getan, und das wird sich nie ändern. Mach doch mal die Augen auf, Mädchen. Sonst verlierst du ihn vielleicht für immer."

„Warum? Was ist passiert?"

„Er ist weg", sagte Norma nur.

„Wohin?"

„Ich weiß es nicht. Ich weiß nur, dass etwas nicht stimmt. Seit er aus Victoria zurückkam, war er so still und verschlossen, selbst mir gegenüber. Gestern Nacht kam er erst sehr spät nach Hause und war bei Tagesanbruch schon wieder weg. Ich sage dir, er hat etwas vor, so sicher wie das Amen in der Kirche. Und zwar nichts Gutes."

„Hat er etwas gesagt?"

„Das ist ja das Schlimme – er hat kein Wort gesagt. Hat nur Mandy geküsst und umarmt, als ob er sie nie mehr wiedersehen würde. Und dann ist er gegangen."

„Wann war das?"

„Vor etwa einer halben Stunde."

„Vielleicht bildest du dir das alles nur ein."

„Ich habe den Jungen großgezogen", erklärte Norma mit Tränen in den Augen. „Ich weiß, wenn es ihm nicht gut geht."

Alison rannte die Treppe hinauf in Cords Zimmer. Seine Kleider hingen noch im Schrank, seine persönlichen Dinge lagen herum, und Alison konnte wieder atmen. Norma hatte übertrieben, das war alles.

„Alison!", hörte sie Normas Stimme von unten. „Sieh nur!"

Alisons Füße berührten kaum die Stufen, so hastig eilte sie nach unten in das Arbeitszimmer. Norma stand vor dem Schreibtisch und las verschiedene Formulare durch. „Ich wusste es", flüsterte sie. „Er ist weg."

„Weg?" Alison nahm ihr die Papiere aus der Hand, überflog sie und keuchte auf.

„Er hat dir alles überschrieben", murmelte Norma. „Dir und Mandy. Das Haus, die Firma, alles." Tränen liefen über ihre faltigen Wangen.

Alison verlor keine Sekunde mehr, stopfte die Unterlagen in ihre Tasche, schnappte sich ihren Regenmantel, rannte zur Tür und schrie über ihre Schulter: „Kannst du dich um Mandy kümmern?"

„Natürlich, aber wohin willst du?"

„Ich weiß nicht." Ohne ein weiteres Wort rannte sie zur Garage, sprang ins Auto und jagte die Auffahrt hinunter.

Wo war er? Und warum wollte er sie verlassen? Ihre

Hände am Lenkrad waren feucht. Sie fuhr auf die Stadt zu. Zwar glaubte sie nicht, dass sie ihn fände, aber es gab zumindest einen Ort, wo sie unbedingt nach ihm suchen musste. Die Angst um ihn war genauso übermächtig wie in der stürmischen Nacht vor vier Jahren, und sie konnte nur beten, dass er nicht auf dieselbe Weise verschwinden wollte wie damals.

„Bitte, lieber Gott, lass mich ihn finden", flehte sie, trat heftig auf die Bremse und riss die Tür auf. Der Wind zerrte an ihren Kleidern, Regen prasselte aus dem schwarzen Himmel, sie rutschte ein paar Mal auf den glitschigen Planken aus.

„Cord!", schrie sie. „Cord. Bitte, bitte, du musst hier sein." Wind und Regen peitschten ihr ins Gesicht, fegten über das Wasser und warfen die kleinen Boote hin und her.

Auf einem von ihnen entzifferte sie *Ali's Dream,* und tatsächlich entdeckte sie einen Mann, der gerade die Leinen löste. Cord! Da war er! Mit wild hämmerndem Herzen sprang sie in das Boot, bevor er sie überhaupt bemerkt hatte.

„Was zum Teufel soll das?", brüllte er, wirbelte herum und wurde totenblass, als er sie sah. „Was tust du hier?"

„Das sollte ich dich eigentlich fragen." Sie starrte ihn an. „Ich habe das alles schon einmal erlebt, Cord, und noch einmal mache ich das nicht mit." Zum ersten Mal, seit er zurückgekehrt war, schämte sie sich ihrer unsterblichen Liebe nicht mehr.

„Du solltest besser gehen." Sein Blick war hart.

„Niemals." Tränen schimmerten in ihren Augen, ihre Stimme wurde vom Wind davongetragen.

„Wie bitte?"

„So leicht wirst du mich nicht los. Ich werde nicht gehen."

Er stand stocksteif da, Regen tropfte über sein Gesicht, der Wind riss an seinem dunklen Haar. „Du brauchst nichts zu sagen“, flüsterte er.

„Aber das werde ich. Ich bin hier, weil ich dich liebe, Cord“, rief sie tapfer und rechnete schon mit einer schroffen Zurückweisung. „Ich habe dich immer geliebt, und ich werde dich immer lieben. Es gab nur einen Grund, warum ich dich nicht heiraten wollte. Ich hatte Angst, dass du mich nicht liebst. Aber jetzt kümmert es mich nicht mehr. Denn egal, ob du mich liebst oder nicht, ich will deine Frau sein – nicht, weil ich Mandys Mutter bin, sondern weil ich dich schon einmal verloren habe und ich es nicht noch einmal ertragen könnte.“

Er ließ die Leine sinken. „Du musst das nicht sagen, Ali. Nicht Mandy zuliebe und nicht mir zuliebe. Ich habe dir alles überschrieben …“

„Zur Hölle damit“, schrie sie, langte in ihre Tasche, zog die Unterlagen heraus und riss sie in Stücke.

„Warte mal …“

Alison warf die Schnipsel in das tiefschwarze Wasser, auf dessen Wellen sie davontrieben. „Ich will dein Geld nicht, Cord, ich will auch nicht das Haus oder die Firma. Ich will nur dich.“ Sie straffte die Schultern. „Ich möchte dich heiraten, Cord. Ich wünschte nur, dass mir mein Stolz nicht so lange im Weg gestanden hätte!“

„Ist das ein Heiratsantrag?“, fragte er. Ein vorsichtiges Lächeln umspielte seine Mundwinkel.

„Ja.“

Er trat einen Schritt nach vorne. „Und du dachtest, ich würde dich nicht lieben.“

„Ja.“

Langsam streckte er eine Hand nach ihr aus. „Nach allem, was ich getan habe?“ Er legte die Hand an ihre nasse Wange.

„Lass uns nicht mehr darüber reden, wir fangen doch jedes Mal an zu streiten."

„Dieses eine Mal gebe ich dir recht, Ali."

„Dann wirst du mich heiraten?"

„Ja." Er überlegte einen Moment. „Jetzt gleich?"

„Gleich?" Ihr Herz schlug so laut, dass sie es durch das Heulen des Windes hören konnte.

„Auf der Insel wartet ein Priester sozusagen seit Jahren darauf. Er ist ein alter Freund meines Vaters."

„Aber wir können doch nicht einfach wegrennen und ..." Als sie das belustigte Funkeln in seinen Augen sah, biss sie sich auf die Zunge. „Nun, natürlich können wir." Sie küsste seine raue Wange. „Lass uns fahren, Kapitän. Wohin immer du willst."

Grinsend schlang er die Arme um sie und küsste ihre nassen Lippen. „Später", versprach er. „Zuerst müssen wir nach Hause und Norma und Mandy davon erzählen. Irgendwie habe ich das Gefühl, die beiden würden uns umbringen, wenn sie bei der Zeremonie nicht dabei sein dürften."

Alison umarmte ihn kichernd. „Ich kann warten", stichelte sie.

„Aber nur ein paar Stunden."

„Wie du willst!"

„Diesmal wird uns nichts mehr aufhalten, Ali. Ich habe dich damals geliebt, ich liebe dich heute, und ich werde dich für immer lieben."

„Und ich liebe dich."

Er hob ihr Kinn und begann, sie im strömenden Regen zu küssen. Sie spürte, dass er zitterte, und sie wusste, dass es diesmal für immer war.

– ENDE –

MIRA IST ONLINE FÜR SIE!
www.mira-taschenbuch.de
Das gesamte Taschenbuchprogramm übersichtlich nach Kategorien!
Immer aktuell: Neuerscheinungen und Vorschau auf separaten Seiten!
MIRA TASCHENBUCH

Lisa Jackson
Nie wirst du vergessen
Band-Nr. 25241
8,95 € (D)
ISBN: 978-3-89941-395-3
304 Seiten

Lisa Jackson
Denn schuldig ist, wer liebt
Band-Nr. 25282
8,95 € (D)
ISBN: 978-3-89941-463-9
304 Seiten

Lisa Jackson
Noch einmal sollst du büßen
Band-Nr. 25311
8,95 € (D)
ISBN: 978-3-89941-499-8
304 Seiten

Deutsche Erstveröffentlichung
Dieser Roman erscheint im Januar 2009

Sharon Sala
Gefangene Seele
Band-Nr. 25340
8,95 € (D)
ISBN: 978-3-89941-556-8
480 Seiten

Ginna Gray
Der Tod trägt dein Gesicht
Band-Nr. 25297
7,95 € (D)
ISBN: 978-3-89941-482-0
384 Seiten

Ginna Gray
Pakt mit dem Feind
Band-Nr. 25328
7,95 € (D)
ISBN: 978-3-89941-542-1
432 Seiten

Anne Stuart
Tod ist nur ein Wort
Band-Nr. 25240
7,95 € (D)
ISBN: 978-3-89941-393-9
336 Seiten

Elise Title
Secrets
Band-Nr. 25320
8,95 € (D)
ISBN: 978-3-89941-533-9
416 Seiten

Christiane Heggan
Abbild des Todes
Band-Nr. 25246
7,95 € (D)
ISBN: 978-3-89941-405-9
400 Seiten

Deutsche Erstveröffentlichung

Christiane Heggan
Das Philadelphia Komplott
Band-Nr. 25200
7,95 € (D)
ISBN: 978-3-89941-293-2
368 Seiten

Deutsche Erstveröffentlichung

Karen Harper
Brennendes Inferno
Band-Nr. 25257
7,95 € (D)
ISBN: 978-3-89941-423-3
416 Seiten

Deutsche Erstveröffentlichung

Karen Harper
Schwarze Flügel
Band-Nr. 25202
7,95 € (D)
ISBN: 978-3-89941-295-6
432 Seiten

Heather Graham
Hastings House
Band-Nr. 25339
8,95 € (D)
ISBN: 978-3-89941-555-1
416 Seiten

Chris Jordan
Die Spur der Rache
Band-Nr. 25319
7,95 € (D)
ISBN: 978-3-89941-532-2
464 Seiten

James Patterson (Hrsg.)
Thriller I
Band-Nr. 25327
7,95 € (D)
ISBN: 978-3-89941-541-4
352 Seiten

James Patterson (Hrsg.)
Thriller II
Band-Nr. 25368
7,95 € (D)
ISBN: 978-3-89941-592-6
336 Seiten

Suzanne Forster
Das Arrangement
Band-Nr. 25303
7,95 € (D)
ISBN: 978-3-89941-491-2
464 Seiten

Suzanne Forster
Das Internat
Band-Nr. 25244
7,95 € (D)
ISBN: 978-3-89941-403-5
608 Seiten

Jasmine Cresswell
Die Formel der Macht
Band-Nr. 25267
7,95 € (D)
ISBN: 978-3-89941-435-6
416 Seiten

Laura Caldwell
Römisches Roulette
Band-Nr. 25254
7,95 € (D)
ISBN: 978-3-89941-419-6
368 Seiten